Aufbau Reconstruction

Aufbau Reconstruction

Dokumente einer Kultur im Exil

Herausgegeben von Will Schaber

Mit einem Geleitwort von Hans Steinitz

The Overlook Press New York
Kiepenheuer & Witsch Köln

© 1972 by The Overlook Press
Adress all inquiries to The Overlook Press,
RFD 301, Woodstock, New York 12498
Alle Rechte für die Bundesrepublik Deutschland,
die Deutsche Demokratische Republik, die Schweiz,
Österreich und die Niederlande bei
Verlag Kiepenheuer & Witsch, Köln
Gesamtherstellung Butzon & Bercker, Kevelaer
Schutzumschlag und Einband Hermann Bürger
Printed in Germany 1972
ISBN 0-87951-001-3 [The Overlook Press]
ISBN 3-462-00841-2 [Kiepenheuer & Witsch]

Inhalt

AUGENZEUGEN BERICHTEN

KOMMENTAR UND KONTROVERSE

KRITIK UND ESSAY

MENSCHEN DER ZEIT

Bildverzeichnis

Aufbau, Neubau, Brückenbau

Ein Geleitwort vom Chefredakteur des »Aufbau«

DR. HANS STEINITZ

Am 30. Januar 1933 wurde Adolf Hitler deutscher Reichskanzler, nur wenige Tage später Franklin D. Roosevelt Präsident der Vereinigten Staaten. Diese beiden Ereignisse sollten innerhalb weniger Jahre das Antlitz der Erde verändern und das Schicksal unseres Jahrhunderts bestimmen. In Deutschland zeigte die nationalsozialistische Diktatur schon nach ein paar Tagen ihr wahres Gesicht: die verfassungsmäßige Rechtsordnung wurde außer Kraft gesetzt, innenpolitische Gegner wurden verfolgt und inhaftiert, Konzentrationslager wurden eröffnet, die Geheime Staatspolizei gegründet, oppositionelle Parteien aufgelöst, Zeitungen verboten, die ersten antijüdischen Maßnahmen dekretiert. Die Diktatur verschärfte ihren Terror nur allmählich; aber ihre ersten Maßnahmen waren sogleich fühlbar als Vorboten kommender Dinge.

Noch im gleichen Frühjahr setzte eine Flucht aus Deutschland ein. Politiker, opponierende Zeitungsredakteure, engagierte Geistliche aller Konfessionen begannen sich durch eiligen Grenzübertritt einer fragwürdigen »Schutzhaft« zu entziehen. Jüdische Staatsbeamte, über Nacht aus dem Dienst entlassen, und jüdische Rechtsanwälte, plötzlich nicht mehr vor Gericht zugelassen, gingen ratlos ins Ausland, um sich irgendwo eine neue Existenz aufzubauen. Zuerst waren es nur ein paar hundert, dann ein paar tausend; bald aber fingen jüngere Menschen an, im Lande ihrer Väter keine Zukunft mehr für sich zu sehen, und bereiteten sorgsam eine mühselige reguläre Auswanderung vor, meist nach Übersee. In den Vereinigten Staaten trafen, gebremst durch die komplizierte Einwanderungsgesetzgebung, anfangs nur wenige ein; aber bald wurden es mehr, je stärker sich das Hitlerregime im Lande durchsetzte. Die Nürnberger Rassengesetze (1935) nahmen den deutschen Juden offiziell staatsbürgerliche Rechte und soziale Bewegungsfreiheit; der »Anschluß« Österreichs machte allen Einsichtigen klar, daß ein neuer Krieg drohte, der ganz Europa in seinen Bann ziehen würde, und mit den organisierten Pogromen vom November 1938 zog der Terror einen Schlußstrich unter die jüdischen Gemeinden Deutschlands und die jüdischen Existenzen im Lande. Amtlich wurde den in Konzentrationslager verbrachten Juden mitgeteilt: »Wandert aus, oder bleibt in Haft!«

In dieser Zeit nahm die Auswanderung deutscher Juden und sonstiger deutscher Hitlergegner nach den Vereinigten Staaten sprunghaft zu: vermehrt um solche Leute, die erst in europäische Nachbarländer Deutschlands geflohen waren und dort das Einreisevisum nach Amerika abgewartet hatten. Wenig später gesellten sich ihnen Flüchtlinge aus Österreich und der Tschechoslowakei hinzu, ebenfalls in schnell wachsendem Umfang. Seit dem Ende 1938 gab es in den Vereinigten Staaten die anti-hitlerische deutsche Emigration als kompakten soziologischen Begriff: mehrheitlich, wenn auch bei weitem nicht ausschließlich, aus Personen jüdischen Glaubens oder jüdischer Abstammung bestehend, mehrheitlich Angehörige eines gebildeten städtischen Mittelstandes: mehr als eine Viertelmillion deutschsprechender, ihrer gewohnten Umgebung und Tradition beraubter, mit verzweifelter Entschlossenheit um ihr Weiterleben ringender Menschen vielfach schon vorgerückten Alters.

Es fiel ihnen nicht leicht, neue Wurzeln zu schlagen. Amerika erwachte eben erst aus der tiefsten, schwersten Wirtschaftskrise seiner Geschichte; die Neuankömmlinge hatten die schwere Hürde der Sprachenunkenntnis zu überwinden, sie hatten ihre Lebensgewohnheiten einem veränderten Klima anzupassen; Angehörige akademischer Berufe sahen sich gezwungen, noch einmal zur Schule zu gehen und sich neue Diplome, Berufszulassungen und Lizenzen zu erwerben; Großstädter versuchten ihr Glück auf dem Lande, Kaufleute in der Landwirtschaft, ehemalige Gewerbetreibende als Tellerwäscher und Fahrstuhlführer.

Aber sie schafften es. Unsäglich viel Schweiß wurde vergossen, unsägliche Rückschläge wurden mit zusammengebissenen Zähnen überwunden, unsägliche Handikaps aufgeholt. Die Flüchtlinge hatten Hilfe und Beistand: gutgesinnte Amerikaner halfen ihnen, die langsame Wirtschaftserholung bot manche Chance – und eine in New York erscheinende Zeitung half ihnen, Woche für Woche, auf jeder Seite, in jeder Spalte, die bedrückenden Probleme der Fremdheit zu lösen. Diese Zeitung – der »Aufbau« – beriet sie in unbekannten Rechtsfragen, erklärte das New Yorker Untergrundbahnsystem, gab Empfehlungen für die Wohnungsmiete, erteilte englischen Sprachunterricht, vermittelte Arbeitsplätze, zählte deutschsprechende Ärzte und Krankenschwestern auf, wußte Rat für Fragen der Kindererziehung, erteilte Anweisungen für den Umgang mit Behörden, half ihnen Steuerformulare auszufüllen und Kontakte mit Angehörigen in Deutschland oder anderswo aufrechtzuerhalten. Es gab keinen einzigen unter diesen Einwanderern, der nicht dem »Aufbau« irgendwann einmal, in irgendeiner Weise – meist sogar kontinuierlich – Rat, Hilfe, Beistand, nützliche Belehrung, rettende Ideen und unentbehrlichen Schutz verdankt hätte.

Die erste Nummer des »Aufbau« war am 1. Dezember 1934 erschienen, zwölf Seiten stark, mit dem Untertitel »Nachrichtenblatt des German Jewish Club, Inc., New York«. Ein junger österreichischer Journalist, Edward Jelenko, als Korrespondent europäischer Zeitungen in New York ansässig, hatte sie redigiert und fast ganz alleine geschrieben; er war kurz zuvor an den Vorstand des »German Jewish Club« mit dem Vorschlag herangetreten, dessen hektographiertes Klubprogramm in ein gedrucktes Mitteilungsblatt umzuwandeln – ein Vorschlag, für den sich der damalige Vorsitzende des Klubs, Ernst Heumann, aktiv einsetzte. Die ersten Ausgaben des zuerst monatlich erscheinenden Blattes wurden allen Neueinwanderern, soweit man ihrer Adressen habhaft werden konnte, kostenlos ins Haus geschickt; erst ab 1396 wurde das Blatt, über das Format des bloßen Vereinsorgans hinaus, zu einer regulären Zeitung mit Abonnementsgebühren und Inseraten und damit gesunder finanzieller Basis.

Der »German Jewish Club« war bereits vor den Hitlerjahren in New York als Verein einer kleinen Gruppe jüdischer Deutsch-Amerikaner entstanden; von 1933 an nahm er an Mitgliederzahl und Bedeutung zu. Der herausfordernde Titel »Aufbau-Reconstruction« für sein Mitteilungsblatt wurde gewählt als Proklamation des Lebenswillens der Flüchtlinge aus Hitlerdeutschland, die ihr Leben im Asylland neu aufbauen wollten. Der Name »Aufbau« blieb; der englische Untertitel »Reconstruction« wurde 1966 fortgelassen, als die Phase des »Wiederaufbaus« im Leben der Einwanderer als abgeschlossen gelten konnte.

Am 1. April 1939 übernahm Dr. Manfred George, früher in Berlin Ullstein-Redakteur und bekannter, mutiger antihitlerischer Schriftsteller, die Chefredaktion. Sehr schnell gelang es seiner sachkundigen und zielbewußten Führung, dem Blatt, das vom Dezember 1939 an Wochenzeitung wurde, Format, Statur und Ansehen zu geben. Er präzisierte die drei großen Leitmotive, denen das Blatt fortan zu folgen haben würde, und wandte sie in der Alltagspraxis an: die Loyalität der amerikanischen Neubürger zu ihrer neuen Heimat, das treue Festhalten an jüdischem Glauben und Bewußtsein der (mehrheitlich jüdischen) Leser, und die nicht fortzuleugnende Verbindung mit dem kulturellen deutschen Erbgut von Sprache und Geschichte. In dieser Zeit prägten die Hammerschläge des Zweiten Weltkrieges Antlitz, Charakter und Haltung der Zeitung: die Ratschläge für Neueinwanderer verloren ihren hervorragenden Platz im Blatt, dafür füllten Hiobsbotschaften aus Konzentrationslagern und Ghettos, von gestrandeten Auswandererschiffen und bei Grenzübergängen ertappten Flüchtlingen die Seiten.

In diesen kritischen Jahren scharten sich die angesehensten Schriftsteller und Gelehrten deutscher Zunge um den »Aufbau«. Ein brillanter Mitarbeiterkreis, wie ihn kaum eine andere Zeitung auf Erden je aufweisen konnte, stellte sich zur Verfügung: Thomas Mann und Albert Einstein, Fritz v. Unruh und der protestantische Theologe Paul Tillich, Franz Werfel und Lion Feuchtwanger und viele, viele andere . . . Der Redaktion gehörten jahrelang unter anderen der ehemalige sozialdemokratische Reichstagsabgeordnete Siegfried Aufhäuser, Kurt Kersten und Herbert Weichmann, später regierender Bürgermeister von Hamburg, an. Manfred George blieb Chefredakteur des Blattes durch die ganzen dramatischen Kriegs- und Nachkriegsjahre hindurch, das Blatt mit klarem Blick durch eine sich ständig verändernde und ständig neue Anforderungen stellende Welt steuernd, bis zu seinem Tode Ende 1965; ihm folgte Anfang 1966 als Nachfolger der Schreiber dieser Zeilen.

Auf dem Höhepunkt des Zweiten Weltkrieges, im Jahre 1944, feierte »Aufbau« seinen zehnten Geburtstag. Zu diesem Anlaß schrieb Manfred George: »Der ›Aufbau‹ mahnte und warnte. Wir entlarvten Nazis, die uns mit Drohbriefen bombardierten, wir konnten – zuerst ein Blatt fast ohne Mittel – von hundert Ecken und Enden der Welt Dinge berichten, weil wir Hunderte und Aberhunderte von Korrespondenten hatten, freiwilligen Mitarbeitern, die sich ohne weiteres zur Gemeinschaft des ›Aufbau‹ zählten. Lesergemeinschaft war Schicksalsgemeinschaft; die Vertriebenen Europas schrieben ihr Blatt gewissermaßen selbst. Aus der Sahara konnte der »Aufbau« als erstes Blatt von dem geheimen Bau der Trans-Sahara-Bahn melden, weil Refugees dort Zwangsarbeiter waren. Refugees teilten dem ›Aufbau‹ die Anwesenheit japanischer Spitzel in Hauptstädten Südamerikas mit.«
Diese Worte enthalten in der Tat in prägnantester Kürze das Geheimnis der Bedeutung und des Erfolges von »Aufbau«: »Lesergemeinschaft war Schicksalsgemeinschaft; die Vertriebenen Europas schrieben ihr Blatt gewissermaßen selbst.« Das war der Grund für die enge Verflechtung zwischen der Emigrantengruppe und ihrer Zeitung – eine Verflechtung, geradezu eine Identität, weit über alles hinaus, was man sonst üblicherweise an Beziehungen zwischen einer Zeitung und ihren Lesern kennt. Von dieser intensiven, engen Schicksalsgemeinschaft zwischen Zeitung und Leserschaft profitierten beide: Leistungen und Erfolge der Emigranten in ihrer neuen amerikanischen Hei-

mat halfen, das Ansehen der Zeitung zu heben; und die Anerkennung, die die Zeitung in breiten amerikanischen Kreisen, nicht zuletzt auch in Regierungskreisen fand, trug dazu bei, das Ansehen der Neueinwanderer als willkommene Mitbürger zu stärken.

»Aufbau« war niemals eine »große Zeitung, auflagemäßig gesehen, vergleichbar mit Erfolgsblättern rund herum; dennoch war und ist das Blatt ein »Erfolg«, wenn man als Maßstab die Wirkung, den Einfluß, das Echo, den Ruf in breitester Öffentlichkeit nimmt.

Der Fall ist in jeder Hinsicht einmalig und schwer mit den Argumenten der Logik zu erklären. Woran lag es, daß sich diese Zeitung in ökonomisch wie politisch so schwierigen Zeitumständen gegen unzählige Widerstände ihren Weltruf erwerben konnte? Warum haben sich die Leser um sie geschart, als wäre sie ein Stück Familienbesitz, warum wurde sie geachtet und zugleich anderswo gefürchtet, als wäre sie eine Großmacht mit Geld und Soldaten? Und woran liegt es, daß »Aufbau« sich diesen Ruf und diese Weltgeltung noch weit über das Ende des Hitlerregimes hinaus bis auf den heutigen Tag erhalten konnte, also weit über den ursprünglich eng gezogenen Rahmen seiner Existenzberechtigung als Anti-Hitler-Sprachrohr hinaus?

Die Logik versagt. »Aufbau« ist eine amerikanische Zeitung, und doch erscheint sie in deutscher Sprache und behandelt deutsche (und sonstige ausländische) Themen mit detailliertester Anteilnahme; »Aufbau« ist ein New Yorker Lokalblatt, hat aber treue Leser in 45 Ländern, über die ganze Welt verstreut; »Aufbau« ist eine jüdische Zeitung, und doch wird sie von zahllosen Nichtjuden gelesen und geschätzt und hat nichtjüdische Mitarbeiter und Redaktionsangehörige in großer Zahl; »Aufbau« spricht für den gewaltsam vom deutschen Kulturkreis abgetrennten Volkssplitter, und bewahrt doch der deutschen Sprache, Literatur, Kultur und Tradition die Treue; und obwohl das Blatt kein zionistisches Organ ist, nimmt es doch am Wohl und Wehe des Staates Israel mit Leidenschaft Anteil. Es läge auch nahe anzunehmen, daß das Blatt heute, 36 Jahre nach seiner Entstehung, Organ einer einzigen und jetzt altgewordenen Generation geblieben sei – und doch wird es Woche für Woche auch von ungezählten Menschen der jüngeren nachrückenden Generation aufmerksam gelesen.

Diese Widersprüche sind nicht zu erklären; man wird sich mit der Antwort abfinden müssen, daß das richtige Wort, zum richtigen Zeitpunkt an die richtigen Kreise adressiert, sich seine eigenen Gesetze und seine eigene Formel schafft und sich mit eigener Kraft durchzusetzen vermag. Dabei soll man keineswegs in billiger Selbstüberheblichkeit behaupten, daß jedes Wort, das irgendwann einmal im »Aufbau« stand, immer und automatisch richtig und unangreifbar war; es blieben diesem Blatt nicht die Fehlschlüsse und Falschprognosen und Irrtümer erspart, die in der Presse ja kaum vermeidbar sind. Zweifellos war »Aufbau« im Zweiten Weltkrieg superpatriotisch-amerikanisch, freilich damals durchaus im Einklang mit dem leichtverständlichen Überschwang in der Stimmung seiner meisten Leser; zweifellos urteilte er in den ersten Nachkriegsjahren voreilig falsch, als er die Möglichkeit einer Neuexistenz jüdischen Lebens und jüdischer Gemeinden in Deutschland und Österreich abstritt und auch die Ansichten eines neuen demokratischen Rechtsstaates in Deutschland pessimistisch beurteilte, und zweifellos hätte »Aufbau« noch nachdrücklicher als er es jetzt getan hat, für israelische Konzessionen und einen arabisch-israelischen Kompromißfrieden nach dem Sechstagekrieg von 1967 eintreten sollen.

Aber im großen und ganzen hat das Blatt die Prinzipien seiner ideologischen Marschroute niemals zu revidieren gehabt. Dem humanitär-freiheitlichen Geist, der bei der Entstehung des Blattes Pate stand, ist es konsequent treu geblieben. In den ersten Jahren seines Bestehens war es annähernd die einzige Zeitung der Welt, in der vertriebene antihitlerische Schriftsteller deutscher Sprache zu Wort kamen; es warnte vor der drohenden Kriegskatastrophe, in seinen Spalten teilten unbekannte Einsender Einzelheiten über hitlerdeutsche Angriffspläne mit, die keine andere Zeitung und keine Regierung erfuhr. Als Amerika in den Zweiten Weltkrieg eintrat, erhob »Aufbau« die Fahne des loyalen Patriotismus und sammelte Geld für Freiheitsanleihen, Blut für die Blutbank des Roten Kreuzes, Freiexemplare des Blattes für die Söhne von »Aufbau«-Lesern in Uniform, – womit die Zeitung die zusätzliche Aufgabe erfüllte, zwischen diesen und dem Lande, dem sie dienten, zum unersetzlichen Bindeglied zu werden.

Nach dem Ende des Krieges änderte sich der Aufgabenkreis der Zeitung – nicht aber ihre Marschroute. Die in diesem Buche zusammengestellten Beispiele und Auszüge aus vergilbten Spalten der Zeitung lassen erkennen, wie »Aufbau« den aus den Konzentrationslagern befreiten Verfolgten von gestern den Weg zurück ins Leben zu ebnen suchte, wie er half, versprengte Familien zusammenzuführen, Listen von Gesuchten und Vermißten veröffentlichte und in der Tat in Tausenden von Fällen zerrissene Familienbande wieder zusammenfügen konnte; in jenen Jahren hat »Aufbau« wahrscheinlich mehr Menschen Glück und jubelnde Freude verschafft, als irgend eine andere Zeitung je zuvor. Und »Aufbau« war auch die erste Zeitung der Welt, die über die demokratische Zukunft Deutschlands offen, mit allem Für und Wider schwarz auf weiß diskutierte und eine Debatte in Gang brachte, die auf die dann einsetzenden tatsächlichen Ereignisse fruchtbar einwirkte.

»Aufbau« half bei der Identifizierung und Verfolgung von Nazi-Kriegsverbrechern, bei der Evakuierung der DP-Lager nach Palästina und den USA, bei der Anerkennung für jene deutschen Bürger, die sich durch die Hitlerjahre hindurch Anstand und Menschengesinnung bewahrt hatten. Er unterstützte den israelischen Unabhängigkeitskrieg und die Entstehung des jungen Staates Israel und den allmählichen Wiederbeginn demokratischer Institutionen und demokratischen Lebens in Deutschland. Das Blatt half, die angeklagten Nazi-Hauptkriegsverbrecher in Nürnberg zu überführen, enthüllte etliche alte Nationalsozialisten, die sich in den diplomatischen Dienst der jungen Bundesrepublik Deutschland eingeschlichen hatten, ergriff die Initiative zur großzügigen und moralisch einwandfreien Lösung des ganzen Wiedergutmachungskomplexes, dem es – bis heute – seine sorgfältige Aufmerksamkeit widmet, und ließ in seinen Spalten Theodor Heuss und Konrad Adenauer, Ludwig Erhard und Willy Brandt, Eleanor Roosevelt und Adlai Stevenson, John F. Kennedy und John Lindsay zu Worte kommen, um ihre Ideen seinen Lesern zu vermitteln.

Die Zeiten haben sich geändert, aber die Maßstäbe von demokratischem Anstand und liberaler Menschenwürde, die »Aufbau« an alle Zeitfragen anlegt, sind geblieben. Das Blatt hat sich den demokratischen Kräften im Nachkriegsdeutschland in kameradschaftlicher Offenheit zugewandt, aber allen chauvinistischen, neo-nazistischen und antisemitischen Trends unbarmherzig den Krieg erklärt. Es hat an die österreichische Regierung appelliert, ihren moralischen Wiedergutmachungspflichten vollauf nachzukommen, und an die Regierung von Israel, das Schicksal der arabischen Flüchtlinge liberal und konstruktiv zu lösen. Konsequent hat es die Bürgerrechtsbestrebungen der amerikanischen Neger unterstützt, aber pausenlos gegen antisemitische Entgleisungen junger schwarzer Extremisten, zum Beispiel bei einer Negerkunst-Ausstellung im New Yorker Metropolitan Museum, seine Stimme erhoben – bis ihm Erfolg beschieden war. »Aufbau« hat Begegnung und Aussprache mit Angehörigen der jungen Studentengeneration gesucht – in vielen Ländern – und zur Verbreiterung seiner Basis im Jahre 1969 eine »Gesellschaft der Freunde des ›Aufbau‹« gegründet, die die drei Grundprinzipien des Blattes vertritt: Loyalität zu den Vereinigten Staaten, Treue zur jüdischen Idee und Tradition, Anerkennung des ererbten deutschen Kulturgutes. (Diese »Gesellschaft der Freunde« hat, als erstes Tätigkeitsfeld, Gespräche zwischen deutschen und jüdischen Studenten eingeleitet, die ermutigend verliefen).

Jahrelang hat das Blatt seine besondere Aufmerksamkeit den schwierigen Problemen der »Inselstadt« Berlin gewidmet und dabei auch die Keimzellen für eine Renaissance des freiheitlichen Berliner Kulturgeistes hegen und pflegen geholfen, nicht zuletzt in aktiver Unterstützung der neuen jüdischen Gemeinde in der ehemaligen Reichshauptstadt. Neuerdings hat »Aufbau« in die Debatten über die »Heinrich-Heine-Universität« in Düsseldorf eingegriffen. Schließlich hat das Blatt Emigrantenliteratur sammeln helfen, Dokumente zur Geschichte der antihitlerischen Emigration zusammengestellt und die individuellen Tragödien wie die individuellen Erfolge dieser Emigration in einzigartiger Chronik aufgezeichnet.

Freilich wird der Leser in diesem Buch manches dessen, was hier aufgezählt wurde, vermissen. Eine komplette Chronik von sechsunddreißig Jahrgängen der Zeitung, von allem, was getan und geleistet – und vielleicht auch versäumt – wurde, konnte hier unmöglich geboten werden – nur eine Auswahl besonders typischer und wichtiger Höhepunkte der Aktivität des Blattes, in denen es, berichtend, enthüllend oder auch selber in das Räderwerk der Geschichte eingreifend, das Antlitz der Zeit prägen half. Nicht eine Geschichte einer Zeitung konnte hier mit einigem Anspruch auf Vollständigkeit geschrieben werden, erst recht nicht eine Geschichte der antihitlerischen Emigration in Amerika; dennoch wird sich aus diesen Seiten, mosaikartig Stein um Stein zusammenfügend, bei aller Lückenhaftigkeit ein eindrucksvolles und bemerkenswertes Gesamtbild ergeben.

Es ist das Bild einer ideologischen Entwicklung einer Gruppe Menschen, die zu einer Schicksalsgemeinschaft wurden, die sich gemeinsam die Aufgaben stellten, sich einer gemeinsamen Gefahr entgegenzustemmen und gemeinsam ein Werk des Aufbaus, des Neubaus und des Brückenbaus zu unternehmen. Sie hatten sich auf ihrem Wege mit Haß und Bitterkeit auseinanderzusetzen, mit Kleinmut und Verzweiflung, mit billiger Zuversicht und überbordendem Enthusiasmus. Sie mußten versuchen, in Jahren der Niederlage und der Prüfung den Mut nicht sinken zu lassen, in Jahren massenhaften Blutvergießens klaren Kopf zu behalten, in chaotischen Jahren der Friedenssuche zu wissen, in welche Richtung Recht und Wahrheit deuteten. Sie führten ihre Lesergruppe durch Jahre der Bewährung und Verwurzelung auf neuen Boden und kon-

frontierten sie mit den neuen Aufgaben, die sich ihnen – und der nachrückenden Generation stellen. Die Männer und Frauen dieser Schicksalsgemeinschaft, die »Aufbau« schrieben und herausgaben, die an ihm mitwirken und
die ihn unterstützen, dürfen eines von sich sagen: sie haben Shakespeares
großes Mahnwort beherzigt, »sich selber treu« zu bleiben.
Davon legt die nachfolgende Auswahl von Artikeln und Meldungen Zeugnis ab, ein Zeugnis, das für sich selber spricht.

*

Dieses Buch ist ein Kollektivwerk der Redaktion der deutschsprachigen
Wochenzeitung »Aufbau« in New York; sie übernimmt für die Auswahl
der Artikel, Zitate, Meldungen und Zeichnungen kollektiv die Verantwortung. Es war eine gewaltige und verantwortungsvolle Arbeit, aus der
Fülle des vorliegenden Materials sichtend und wertend eine Auswahl zu treffen, wobei das Hauptproblem die Beschränkung auf das war, was wirklich
wichtig, typisch, entscheidend und charakteristisch für dieses ungewöhnliche
Blatt in ungewöhnlichen Zeitläuften war.
Die Hauptbürde dieser Arbeit des Sichtens, Wertens und Auswählens wurde
von Will Schaber getragen, der außerdem alles Material in logischer Folge
ordnete und den verbindenden Text dazu schrieb. Ein anderes Redaktionsmitglied, Ludwig Wronkow, wählte die Illustrationen aus und steuerte – als
dienstältester Angehöriger der Redaktion – die Angaben über die Grün-
dungsjahre des Blattes bei sowie die Einzelheiten über Organisation, Tätigkeit und Personalzusammensetzung des »New World Club«, der als
Nachfolger des ursprünglichen »German Jewish Club« Eigentümer und Herausgeber des »Aufbau« ist, und die im Anhang dieses Buches wiedergegeben
sind.
Für beratende und recherchierende Hilfe bei der Gestaltung des Buches
dankt die Redaktion einer Reihe von Redaktionsangehörigen und Mitarbeitern des Blattes, allen voran Frau Hilde Marx, aber auch Dr. Joachim Auerbach, Robert Breuer, Vera Craener, Peter Fabrizius, Kurt R. Grossmann,
Dr. Gunter Kamm, Dr. Robert M. W. Kempner, Pem (Paul Marcus),
Friedrich Porges, Otto Schütz und, nicht zu vergessen, dem Porträtzeichner
B. F. Dolbin sowie vielen, vielen anderen, die uns mit ihrer breiten Erfahrung und hervorragenden Sachkunde zur Seite standen. Das Redaktions-
sekretariat des »Aufbau«, bestehend aus den Damen Charlotte Bernhardt,
Hilde Brandt und Martha Loewenstein, hat sich mit Korrekturlesen, Mate-

rialsichtung und Manuskriptbereinigung ebenfalls um das Werk verdient gemacht.

Ein besonderes Wort des Dankes gebührt Hellmuth Kohn, dem Vorsitzenden des Aufsichtsrates des »Aufbau«, der nicht nur in unermüdlicher Hilfsbereitschaft alle technischen und administrativen Angelegenheiten dieses Buches auf seine Schultern genommen, sondern auch in allen redaktionellen Phasen beratend und anspornend mitgewirkt hat. Und es ist fast überflüssig zu betonen, daß wir auch dem Verleger dieses Buches, Peter M. Mayer in New York, für seine Initiative und Ratschläge in allen Aspekten dieses Buches zu sehr aufrichtigem Dank verpflichtet sind. Ohne die enthusiastische und aufopfernde Mitwirkung aller dieser Männer und Frauen hätte dieses Buch niemals erscheinen können.

Schlagzeilen

Manfred George

»Nun hat die Welt ihren Krieg«

Zweiter Weltkrieg, 1939

MANFRED GEORGE

Manfred Georges Leitartikel zum Ausbruch des Zweiten Weltkrieges zeigte, daß der »Aufbau« die Vereinsblattsphäre verlassen hatte. Er war zu einem selbstbewußten Blatt der deutsch-jüdischen Emigration geworden. Genauer gesagt: der Immigration. Denn das Blatt betrachtete es von vornherein als eine seiner Hauptfunktionen, den Flüchtlingen aus Hitler-Europa den Weg in das amerikanische Leben zu ebnen.

Neben dem Artikel Georges enthielt die Nummer vom 15. September 1939 Aufsätze von Ludwig Marcuse, Oskar Maria Graf und Ferdinand Bruckner, eine politische Rundschau »Marsch der Zeit«, ein Jom-Kippur-Gedicht von Mascha Kaleko, ein »New Yorker Notizbuch« Kurt Hellmers, Filmbesprechungen, eine Buchseite, eine Rubrik »Stimme des Lesers«, Artikel über »Krieg und Börse« und »Krieg und Grundstücksmarkt«, Fußballnachrichten, eine Sprachkolumne »Say It in English«, und eine Notizfolge »Wie wir hören« (die heute noch weitergeführt wird). Kurz: Der »Aufbau« war ein ausgewachsenes Journal mit Identität und Profil geworden.

Manfred Georges Zusammentreffen mit dem Blatt war schicksalhaft. Der frühere Ullstein-Redakteur (am 22. Oktober 1893 in Berlin geboren) war ein Mann von weit gespannten intellektuellen und künstlerischen Interessen. Er erwarb 1917 unter dem berühmten Franz von Liszt ein Jus-Doktorat an der Berliner Universität (Thema: »Problem der Bestrafung des Ehebruchs«), hatte aber bereits als Student seine journalistische Laufbahn begonnen – als Redakteur des Berliner Wochenblatts »Deutsche Montagszeitung«. Georges Bekanntschaft mit den Exponenten des deutschen literarischen Expressionismus – Männer wie Walter Hasenclever, Kurt Pinthus, Ernst Toller und Rudolf Leonhard – prägten Anschauung und Stil des jungen Mannes. Von 1917 bis 1923 und von 1928 bis 1933 war er als Redakteur verschiedener Ullsteinblätter tätig (das fünfjährige Intervall verbrachte er bei der Ullstein-Konkurrenz Mosse).

Er schrieb politische Artikel und Theater- und Filmkritiken nicht nur für seine Berliner Blätter, sondern gleichzeitig für zahlreiche deutsche Provinzorgane und schweizerische Zeitungen; verfaßte eine Revue »Oh, USA« (zusammen mit Julian Arendt und dem Komponisten Paul Strasser), schuf Romane, Kurzgeschichten, Biographien über den Zündholzkönig Ivar Kreuger und über Theodor Herzl.

Die Nazis erklärten seinen Paß für ungültig; George floh zu Fuß über das Erzgebirge nach Prag. Hier war er bald wieder eingeschaltet: als Redakteur der Prager »Montagszeitung«; daneben wurde er Mitarbeiter anderer tschechischer und schweizerischer Zeitungen sowie der »Pariser Tageszeitung«, damals das führende Blatt der Antihitler-Emigration. Und er half eine deutschsprachige Zeitschrift gründen, die »Jüdische Revue« (die redaktionelle Arbeit daran machte monatliche Reisen von Prag nach dem entfernten Karpathorußland, wo das Blatt gedruckt wurde, nötig).

Nach der Sudetenkrise des Jahres 1938 kam er auf abenteuerlichen Wegen – über Ungarn, Jugoslawien, Italien, die Schweiz und Frankreich – nach New York. Neben seinem physischen Gepäck brachte er ein unsichtbares, unwägbares, aber für seine Zukunft unendlich wichtiges Umzugsgut mit: die Gutwilligkeit und Loyalität unzähliger Kollegen und Freunde. Auf sein Zeichen hin stiegen sie mit in den »Aufbau« ein.

George prägte dem Blatt seinen persönlichen Charakter auf. Seinem Instinkt folgend, gab er ihm eine faszinierende ambivalente Position zwischen Politik und Kunst, Amerika und Europa (und später Israel), zwischen Jüdischem und Allgemeinem, Geistigem und Praktischem. Seine Tage und Nächte waren von der Sorge um das Blatt und seine Gestaltung erfüllt. Er hatte eine berserkerhafte Arbeitsenergie. Wenn er Freunde und Bekannte traf, wiederholte sich oft dasselbe Muster der Unterhaltung: George erkundigte sich, wie es der Frau und den Kindern gehe ... Eine kleine Pause ... Und dann mit listigem Augenzwinkern die Frage: »Was werden Sie uns jetzt für den »Aufbau« schreiben?«.

Das war »Mr. Aufbau«.

Nun hat die Welt ihren Krieg. Den Krieg, den sie verhüten wollte und den zu verhüten sie nichts tat. Egoistisch-soziale Interessen und eine fast unbegreifliche Stupidität im Begreifen der Situation auf der einen Seite, Grössenwahn, Blutdurst und ein manischer Imperialismus auf der anderen haben es zuwege gebracht, dass Europa in ein Schlachtfeld verwandelt wurde.

Ueber den ganzen Erdteil spannt sich ein blutiger Himmel. Und er weint blutige Tränen über sein verlorenes Kind Erde.

Zwischen den Völkern stehen wir Juden. So fern stehen wir diesem Geschehen, dass nicht einmal ein Hitler uns mehr als durch ein paar herausgebrüllte Gewohnheitsphrasen in Beziehung zu dem gesetzt hat, was an Grauenhaftem nun geschieht. So fern stehen wir und so nah zugleich, dass der Körper unseres Volkes nicht weniger zerrissen und zerschmettert, gequält und geschändet wird von Feuer und Blei als der anderer Nationen.

Wenn einer vor diesem Krieg hat zittern müssen, weil er um seine Brüder bangte, so war es der Jude. Es mag ein paar unter uns geben, die aus unbeherrschtem Hass und natürlicher Rachsucht freudig erregt die Weltbrandstifter von Berlin in ihre furchtbarste Probe hineintaumeln sahen, aber wer über sich und die Grenzen seiner unreinen und unklaren Gefühle hinaussah, der wusste von vornherein, dass wenn auch der Jude nichts mit dem Krieg zu tun hat, er von seinem Ausgang abhängt.

Diesem Krieg wird und kann niemand entgehen. Die meisten Menschen stehen erst am Anfang des Begreifens. Er ist des Weltkriegs zweiter Teil und wird in seinen Folgen weiterhin die uns gewohnten Lebensformen zerstören. In unreparierbarer Breite und Tiefe. Was an Scheusslichem bereits geschehen ist, ist ein freundliches Kinderspiel gegen das, was noch kommen wird. Die Plätze, auf denen gekämpft wird, sind kleine und enge Bezirke gegen das Ausmass der Felder, auf denen das Ende entschieden werden wird.

Wer mit biblischen Worten sprechen will, kann ruhig sagen, dass hier eine letzte und äusserste Prüfung von höllischen Ausmassen gekommen ist und dass auf weiten Strecken der Erde kein Stein auf dem anderen bleiben wird.

Niemand von uns weiss, wie die Welt am Ende dessen aussehen wird, was jetzt begonnen hat. Manche Staatsmänner sprechen vom Kampf bis zum »bitteren Ende«. Sie stellen sich darunter noch etwas vor. Alles, was jetzt geschieht, ist vorläufig noch fassbar. Aber bald wird alles unfassbar sein! Was jetzt in Polen vorgeht, diese Zerstampfung eines ganzen Landes, in dem das Kind im Mutterleib bereits nicht mehr sicher ist und Hospitäler für tuberkulöse Mädchen bereits zum Bombenobjekt entmenschter Flieger werden, was in diesem Land geschieht, dessen Felder und Bewohner in einen roten Saftbrei aus zersplittertem Menschenfleisch und zerwühlter Erde zusammengekocht werden, das ist erst der Anfang. Noch sind die Gase nicht losgelassen, noch brach das Feuer nicht aus den Flammenwerfern, noch hat die Vergiftung der Ströme und die Entfesselung des Bazillentodes nicht begonnen.

Dieser Krieg wird das scheusslichste und umfassendste Morden werden, das die Welt gesehen hat. Er muss es werden, weil er von den scheusslichsten und gründlichsten Mördern begonnen wurde, die sich je zu Volksführern aufgeworfen haben. Nicht umsonst hat Hitler den barbarischen Dschingis

Khan zum nordischen Arier ernannt. Er brauchte für sein Vorbild den Rassentitel.

Auf solch einen Krieg müssen wir Juden uns einstellen. Wir sind ohnmächtig und schwächer denn je. Drei Millionen allein von uns in Polen sind im Augenblick vor den Gewehren ihrer Todfeinde. Millionen sind behaftet mit dem Aussatz elenden Flüchtlingstums in aller Welt, nicht wissend, über welche Grenze sie morgen gejagt werden. Nur ein kleiner Bruchteil lebt unter einem günstigeren Himmel. Ja, auch das Land der Zukunft jüdischer Jugend, Palästina, starrt in Waffen, und diese Waffen werden von Juden getragen.

Und deshalb ist dieser Krieg, zu dem wir nichts getan haben, in seinen Ursachen und Zielen auch unser Krieg. Weil es um unser Leben geht.

In diesem Krieg entscheidet sich noch viel gründlicher als das Schicksal anderer Völker das Schicksal des jüdischen. Von dem Ausgang dieses Krieges hängt die Zukunft jedes Einzelnen von uns ab. Man kann sich nicht früh und rechtzeitig genug, nicht tief und ernsthaft genug dieser entscheidenden Wahrheit bewußt werden. Denn durch die Kräfte, die diesen Krieg gewinnen werden – und niemand weiss, welche Kräfte das sein werden –, wird wesentlich die gesamte Zukunft des Judentums mitbestimmt werden.

Dieser Krieg ist ja nicht nur ein Krieg der Leiber, sondern auch grundsätzlicher, moralischer Haltungen, so sehr er auch aus den Gasen einer Jauchegrube voll Unmoral in diesen sonnendurchwärmten Herbst hineinexplodiert ist. Und so müssen wir zur Sympathie und zur Tat, die wir im Kampf gegen das Böse stellen, noch eines hinzufügen: den Glauben an den Wert, den wir als ein in einer göttlichen Moral zusammengehaltenes Volk für diese Welt darstellen, in der alle Begriffe schwanken.

Wenn der so oft töricht ausgelegte Begriff »auserwählt« einen zeitlichen Sinn in diesen Tagen des beginnenden Chaos hat, so den, dass uns neben dem äussersten Einsatz der Kampfbereitschaft mit allem, was wir sind und haben, noch die tausendfach schwerere Aufgabe zufällt, unseren Menschheitsglauben an Recht und Moral aus dem Tumult zu retten. Nicht nur für uns, sondern für die Welt.

Das ist der Sinn der grossen Schicksalsstunde, die mit furchtbar donnerndem Schlag sich für uns angekündigt hat. (15. September 1939)*

---

* Die in Klammern stehenden Daten unter den Zeitungsauszügen beziehen sich auf die jeweilige Ausgabe des »Aufbau«.

Pearl Harbor, 1941

Auf den Eintritt Amerikas in den Kampf gegen die Achsenmächte reagierte der »Aufbau« am 12. Dezember 1941 in dem folgenden kurzen Artikel. Sein patriotischer Ton entsprach dem Gefühl des Augenblicks.

IN DIESER HISTORISCHEN STUNDE

Die grosse historische Stunde Amerikas hat geschlagen. Im Kampf um die Frage, ob Recht oder Unrecht, Freiheit oder Tyrannei auf dieser Welt herrschen sollen, haben die Vereinigten Staaten ihre Stellung bezogen. Dem Ueberfall Japans antwortet eine geeinte und kampfbereite Nation mit dem Ruf zu den Waffen, und im ruhigen Selbstvertrauen zur gerechten Sache.

In diesem Augenblick hat die junge Immigration, die in den letzten Jahren Asyl und neue Heimat unter dem Sternenbanner fand, nur einen Wunsch und ein Gelöbnis: an der Seite des amerikanischen Volkes zu stehen und ihm nach besten Kräften zu helfen in der Verteidigung seines Landes und seiner Ideen. Diese junge Immigration, aus so vielen Ländern sie gekommen sein mag und so viele Sprachen sie spricht, ist geeint in dem Bekenntnis zur Demokratie, in ihrem Hass gegen jede Diktatur und in ihrer Liebe zu dem Volk, das sie aufgenommen hat.

Vom Atlantischen zum Pazifischen Ozean, von der kanadischen Grenze bis zum Golf von Mexiko, ja überall, wo der amerikanische und der panamerikanische Gedanke Form und Inhalt, Leben und Aufgabe ist, stehen diese Immigranten mit allem, was sie haben und leisten können, hinter dem Präsidenten und dem amerikanischen Volk.

Herz und Hirn sind erfüllt von dem einen Gedanken:
Durch dick und dünn für die Verteidigung Amerikas!

D-Day, Juni 1944

MANFRED GEORGE

Die lähmende Spannung, die über der ganzen Welt lag, hat sich gelöst. Die Gewitterwolken über der Festung Europa sind in Donner und Blitz auseinandergebrochen. Die Invasion ist im Gange. Der Vorhang über dem letzten Akt, der mit der Vernichtung des nazistischen Deutschland und seiner wahnwitzigen Welteroberungspläne enden soll, ist aufgegangen. Noch können die erstaunten Sinne die Riesenschau des alliierten Angriffs kaum erfassen. 4000 Fahrzeuge und zahllose kleinere Boote, Schoner, Transportbarken haben den Kanal fast in ein Land verwandelt, elftausend Flugzeuge überspannen ihn in einem fortwährenden Strom; der Himmel ist schwarz von ihnen. Und das alles ist erst ein Anfang.

Noch liegt die französische Südküste im Sonnenschein des Vorsommers, noch flammen keine Feuersignale im Balkan, noch braut Ungewissheit über die Stunde des kommenden Angriffs längs der russischen Front, noch ist der Vulkan der Untergrundbewegung nicht ausgebrochen.

Es wird ein sehr langer und sehr blutiger letzter Akt werden. Die Führer der alliierten Nationen haben keinen Zweifel darüber gelassen, dass dies die Monate der grossen Opfer sein werden. Tag um Tag werden sich jetzt überraschende Ereignisse überstürzen. Viele werden nicht gleich erklärbar und deutbar sein, manche zusammenhanglos erscheinen, und erst nach Monaten wird man rückschauend den Riesenplan vor sich haben, den dieses einzigartige historische Wagnis darstellt.

Es ist ein Wagnis, das nur einen einzigen Ausgang haben kann: den Sieg. Es ist die grosse, alles entscheidende Karte, die hier ausgespielt wird. Es ist die letzte und endgültige Karte. Es gibt keine andere mehr.

In dieser Stunde sind alle Völker vereint, und was sie an Geist und Kraft, an physischer und psychischer Stärke besitzen, unterliegt der grossen Prüfung. Das Schicksal der Welt ist in der Schwebe, und die Welt hält den Atem an. Über alle Ozeane hinweg lauscht sie den Nachrichten entgegen, späht sie nach allen jenen Zeichen, die sich aus dem Verlauf der ersten Runde für die weiteren Kämpfe erkennen lassen. Geduld ist das Gebot der Stunde für die Heimatfront. Fünf bis sechs Wochen dürften vergehen, bis sich die Situation so geklärt hat, um ihre Erfolgschancen übersehen zu können.

Im Angesicht dieser Invasion bekommen alle politischen und diplomatischen Ereignisse der letzten Wochen eine neue Sinngebung. Und so sehr auch die Stunde der Tat und dem Soldaten im Feld gehört, so sehr mahnt sie zur Besinnung auf Ziel und Zukunft. Die letzten Wochen haben sehr deutlich manche Gegensätze der Auffassung im Lager der Alliierten erkennen lassen, Gegensätze, die überwunden und geklärt werden müssen, wenn dem militärischen Erfolg ein erfolgreicher Frieden folgen, wenn die kommenden Generationen ernten sollen, was die Väter mit der Hingabe ihres Lebens gesät haben.

Eine ganze Anzahl von laufenden Diskussionen sind nur verständlich, wenn man zum Beispiel die amerikanischen und die englischen Ideen über die Gestaltung der Nachkriegswelt vergleicht. Die zögernde Haltung Roosevelts, das französische Befreiungs-Komitee de Gaulles als provisorische Regierung bereits jetzt anzuerkennen, hängt zutiefst mit der in den Vereinigten Staaten eingewurzelten Auffassung zusammen, dass die Selbstbestimmung der Völker durch die Völker selbst ausgeübt werden soll. Die heldische Figur de Gaulles und ihre historische Bedeutung, ja die Tatsache, dass er wohl bald der Leiter Frankreichs sein dürfte, ändert nichts daran.

Wenn Amerika heute den Begriff »Europa der Zukunft« denkt, so fordert es zugleich, dass Europa sich seine Zukunft selbst schafft. Wir werden wahrscheinlich bald in Frankreich erkennen, wie das französische Volk sein Land geführt und regiert haben will. Alle Untergrund- und freien Bewegungen sind, da immer nur eine Minderheit von Menschen aktiv ist, letzten Endes abhängig von der Bestätigung durch die breiten Massen, deren Tendenzen und Wünsche nach einiger Zeit sich in ausgleichender Form bemerkbar machen, und zwar in der Form der regulierenden Auseinandersetzung mit den Führern, die Richtung und Ton angeben. Nur in Diktaturen geschieht das nicht. Will man Europas künftige Demokratien fest und breit im Boden der Zukunft wurzeln lassen, muß ein Spielraum für diesen Ausgleich da sein.

47 Millionen Churchills
Es gibt keine Parteien mehr, es gibt
nur noch Engländer.

Nach dem Fall Frankreichs, 8. November 1940
Zeichnung: Ludwig Wronkow

Das hat nichts zu tun mit der militärischen Anerkennung der kämpfenden Elemente, die Freiheit und Demokratie vorbereiten. Wohl aber hätte es zu tun mit ihrer relativ vorzeitigen Einschaltung in das diplomatische Spiel.

Wenn die englische Regierung sich zu de Gaulle scheinbar rückhaltloser verhielt und gleichzeitig positive Worte für Franco kürzlich fand, so hat hierbei das zeitpolitische Moment dem ideologischen Moment gegenübergestanden.

Nach der Konzessionen einer größeren Anpassung des britischen Empire-Gedankens an die neue kommende Weltordnung nicht sehr zugeneigten Dominion-Konferenz geht man wohl nicht fehl, in Churchills Politik den Wunsch zu sehen, nach dem Verzicht auf Einfluss in Osteuropa die traditionellen Bindungen in Westeuropa aufrechtzuerhalten und zu fördern. Damit hängen eng zusammen die englischen Tendenzen in der italienischen Frage und in der griechischen, die auf die »life line« des Mittelmeeres bezogen sind.

DIE AMERIKANISCH-RUSSISCHE FREUNDSCHAFT

Zwischen Amerika und Russland, die mit England gemeinsam nach diesem Kriege den Frieden der Welt garantieren und aufrechterhalten müssen, existieren solche Meinungsverschiedenheiten in geringerer Form. Diese beiden Riesenreiche, die die führenden Mächte sein werden, haben allerdings ein Bestreben, im Interesse des gemeinsamen Wohles der Völker keine »balance of power«-Politik zu begünstigen. Die Rede des Handelskammerpräsidenten Johnston in Moskau ist nicht unverblümter gewesen, als es sonst Reden Stalins waren. Sie hat die Gegensätze in der inneren, entwicklungsbedingten Struktur beider Länder festgestellt und dann die Möglichkeiten der Zusammenarbeit erörtert. Die amerikanische Politik, die ja vor allem auch für die Zukunft pazifisch orientiert sein muss, sieht in Russland heute einen natürlichen Bundesgenossen. Das geht so weit, dass bekanntlich Roosevelt auf der Teheraner Konferenz plötzlich improvisiert den Vorschlag eines »Freistaates Kiel« machte, mit dessen Errichtung (bei einer Internationalisierung des Kieler Kanals) Russland nicht nur einen wichtigen Ausweg nach der Nordsee und dem Atlantik bekommen würde, sondern den es auch gegen Deutschland schützen müsste. Die Ostsee würde damit – da man auch mit einem Freihafen Königsberg rechnen dürfte – eine russische Seedomäne werden.

In Ostasien liegen die Dinge noch etwas schwieriger. Es hat sich in den letzten Wochen gezeigt, dass die militärische Macht Chinas infolge der jahrelangen physischen Entbehrungen und ungenügenden Waffenversorgung sowie infolge innerer Konflikte starke Einbussen zu erdulden hatte, und dass die Japaner sich gegen den kommenden Angriff der Alliierten auf dem chinesischen Festland in immer bessere Positionen hineingearbeitet haben. Die russisch-amerikanische Zusammenarbeit ist hier die Voraussetzung entscheidender Erfolge, ebenso wie die machtvolle Aufrüstung Chinas. Es ist aber sicher, dass China als Verbündeter und Mitglied des Rates der Vier eines Tages bestimmte Forderungen stellen wird, die in der Zielrichtung seines Strebens nach einer machtvollen und selbständigen Nation liegen und die zum Beispiel die Frage Hongkong und auch anderer Gebiete sicher aufs Tapet bringen werden.

Hier berühren wir wieder den Fragenkomplex des britischen Empire. Zugleich aber wird der Ausgleich sichtbar, der durch die Dynamik der Geschehnisse sich entwickeln muss. Denn die anglo-amerikanische Freundschaft und Zusammenarbeit ist eine unerlässliche Voraussetzung für die ungestörte Blüte des Empire, z. B. für den Schutz und die wirtschaftliche Einordnung Australiens und Kanadas in einer neuen, ungeahnten Entwicklungen zustrebenden Welt. In einer Welt, die in diesen Tagen und Wochen aus dem Blut der Söhne aller freien Völker geboren wird.

(9. Juni 1944)

Franklin Delano Roosevelts Tod

April 1945

THOMAS MANN

Als einen »Wanderredner der Demokratie« hat Thomas Mann (1875–1955) sich selbst einmal bezeichnet. Er spielte damit auf einen wichtigen Teil des Wirkens in seiner zweiten Lebenshälfte an. Der Autor der »Betrachtungen eines Unpolitischen« hatte während der Jahre der Weimarer Republik seine politischen Anschauungen entscheidend geändert. »Ich bin zwar als ›deutscher Dichter‹ ein Anfänger im Sozialismus«, schrieb Thomas Mann 1928 an Will Schaber, »aber ich bin mir klar darüber, daß jeder lebendige Mensch heute Sozialist und – im Wortsinn – Sozial-Demokrat sein muß.« Der Dichter war ein Engagierter geworden. Nachdem die deutschen Reichstagswahlen im September 1930 den Nationalsozialisten einen unerwartet großen Erfolg gebracht hatten, warnte er das deutsche Volk in einem »Appell an die Vernunft« im Beethovensaal von Berlin.
Während der Hitlerjahre wurde Thomas Mann zu einem internationalen

Sonderbotschafter des deutschen Geistes. Sobald er amerikanischen Boden erreicht hatte (die Universität Princeton rief ihn 1938), verwendete er einen großen Teil seiner Zeit darauf, in Schrift und Rede das »andere Deutschland« zu vertreten. In einer Reihe von Rundfunkansprachen, die die BBC ausstrahlte, appellierte er direkt an das deutsche Volk, die Gewaltherrschaft abzuschütteln.

Von Anfang an war Thomas Mann ein Verbündeter des »Aufbau«. Nach dem Ende des Zweiten Weltkrieges bediente er sich des Blattes, um seinen Brief an Walter von Molo zu veröffentlichen, in dem er eine Rückkehr nach Deutschland ablehnte. Im September 1946 forderte er im »Aufbau« zur Unterstützung der notleidenden in Deutschland und Österreich überlebenden Juden auf (»diese Menschen sind nicht gerettet, sie müssen erst gerettet werden, und dazu rufe ich von Herzen auf«).

Auch wenn der Dichter falschen Gerüchten über seine politischen Anschauungen entgegentreten wollte, sprach er durch das Organ der deutschen Emigration. So begegnete er am 10. Dezember 1952 dem von der Associated Press verbreiteten Vorwurf, er sei ein schlechter Amerikaner, indem er an den »Aufbau« schrieb: »All mein Tun und Streben, all meine Bücher und all mein Sein erweisen mich als unablässig bemüht, nach meinen Kräften beizutragen zum großen kulturellen Erbe des Westens.«

Einer der bedeutendsten »Aufbau«-Beiträge Thomas Manns war sein Nachruf auf Franklin Delano Roosevelt. Er erschien unter der Schlagzeile »Macht und Güte« in der Nummer vom 20. April 1945.

Er hatte die Liebenswürdigkeit, den gewinnenden Zauber Cäsars. Er hatte auch sein Glück. Seine Grösse selbst hatte viel Verwandtschaft mit der des Römers.

Wie dieser war er Aristokrat, ein Kind des Reichtums und ein Freund des Volkes, der Hort des kleinen Mannes. Und wie Cäsar den römischen Gedanken zu der dem Christentum als Weltreligion vorarbeitenden Konzeption eines universellen Reichsbürgertums erweiterte, so sah Roosevelt die abendländische Kulturidee aufgehen in einer Weltzivilisation mit der Atmosphäre des religiösen und sozialen Humanismus, dem sein Herz gehörte. Das Wort »Religion« hatte kaum konfessionellen, es hatte universellen Sinn in seinem Munde.

Klug wie die Schlangen und ohne Falsch wie die Tauben, fein und stark, hochentwickelt und einfach wie das Genie, erleuchtet von intuitivem Wissen um die Notwendigkeiten der Zeit, den Willen des Weltgeistes – eingerechnet

das Wissen, dass er der Glücklichste ist, der diesem Willem am mutig-gehor-
samsten, zähesten und geschmeidigsten dient –, genau der Mann jenes »Glaubens«, von dem Goethe sagt, dass er »sich stets erhöhter, bald kühn hervor-
drängt, bald geduldig schmiegt, damit das Gute wirke, wachse, fromme...«
– so sehe ich ihn, so kannte, bewunderte, liebte ich ihn und war stolz, unter
seiner Aegide ein civis romanus zu werden.

Als ich das erste Mal einige Stunden in seiner Nähe verbringen durfte, stand
ich noch unter dem frischen Schock der Emigration, des Exils, des Verlustes
der Heimat – und unter dem Eindruck der gleichgültig nachfragenden Ah-
nungslosigkeit der Welt. Wir Flüchtlinge aus Hitler-Deutschland fanden,
auch wenn wir individuell ehrenvoll aufgenommen wurden, geringes Verständnis in den Ländern, in denen wir Schutz suchten. Was wir erlebt hatten,
was wir kommen sahen, wovor wir zu warnen versuchten, konnte oder
wollte niemand begreifen. Eine Art von Selbstschutz hinderte die Welt am
Verständnis. Hier war einer, zum ersten Mal einer, der alles verstand, alles
wusste, alles sah, dem die Worte, die wir sprachen, kein leerer Schall waren,
weil der Weltbürgerkrieg, in dem wir standen, seinem Geist ein lebendig
empfundenes Faktum war. Und dieser Eine war zufällig der mächtigste
Mann der Erde.

Man vergisst das nicht. Unendliche Dankbarkeit folgt einer solchen stärken-
den, tröstlichen, versichernden Erfahrung nach.

Ich habe Roosevelt wohl einen »shrewd politician« schelten hören. Nun, er
war es: ein geborener Adept der Politik, die man die »Kunst des Möglichen«
genannt hat und die ja in der Tat eine kunstähnliche Sphäre ist, insofern sie,
gleich der Kunst, eine schöpferisch vermittelnde Stellung einnimmt zwischen
Geist und Leben, Idee und Wirklichkeit, dem Wünschenswerten und dem
Notwendigen, Gewissen und Tat, Sittlichkeit und Macht. Eine Hermesnatur
gewandter und heiter-kunstvoller Vermittlung, des Zugeständnisses an die
Materie, um das Geistige darin zu verwirklichen, schien er ohne bewußte
Beziehung zu den schönen Künsten, Literatur, Musik, Malerei, war aber
selbst eine Erscheinung von vollkommen ästhetischem Zauber.

Ein shrewd politician? Und was hätte er lieber sein sollen? Ein Intellektuel-
ler? Das wäre ungenügend gewesen. Ein Mann der Tat ist kein Intellektuel-
ler, es sei denn in dem weitesten Sinn, nach welchem das Gute und Rechte
mit dem Geistigen zusammenfällt. Ein Mann der *guten* Tat – wohl uns, dass
es auch das gab: die Tatkraft aus Güte und zum Zweck des Guten. Die Zeit
hatte uns in der Gestalt des faschistischen Diktators den Mann des Willens

und der Tat, den modernen Massenbändiger gezeigt, dessen ganze Schlauheit und Energie dem Bösen diente. Ich habe in Franklin Roosevelt immer den geborenen und den *bewussten* Gegenspieler des abgründig bösen, aber wohl eben damit auch abgründig dummen und weltblinden Diabolismus gesehen, dem das arme Deutschland verfallen und durch den es der Welt so gefährlich geworden war. Dass die Demokratie sich fähig erwies, *auch* den Mann und Täter hervorzubringen, den Starken, Zähen und Schlauen, den Menschenbehandler, den grossen *Politiker des Guten,* das war ihre Rettung, die Rettung des Menschen und seiner Freiheit.

Ein Künstler und ein *Held.* Das Herz hätte ihm mit weniger Ehrfurcht entgegengeschlagen, wenn nicht das Heroische, das Trotzdem, die Überwindung der Schwäche, die wir Tapferkeit nennen, zu seinem Bilde gehört hätten. Die Krankheit, die ihn nicht hatte töten können, hatte ihn doch gelähmt. Die körperliche Hemmung brachte etwas Erschütterndes in den Glanz seines Lebens. Er konnte nicht gehen, und er ging; er konnte nicht stehen – und er stand – stand in vier Wahlfeldzügen – und warb mit der goldenen Stimme, mit der Natur ihn beschenkt, um das Recht, sein Werk vollenden zu können.

Der Tod hat sich als unerbittlicher erwiesen als die Demokratie, der er diente. Er hat ihm sein Werk, das gross gedachte und weitschauende, ein Menschheitswerk, aus der Hand genommen, sehr sanft, sehr schonend, ein Freund unwillkürlich auch er. Ein plötzlicher Kopfschmerz, eine Bewegung der Hand nach dem Hinterhaupt – und schon Bewusstlosigkeit, das Ende aller Leiden. Aber das Ende eben – und ein wie unzeitiges!

Das Sonnige, Bevorzugte und das Melancholische verbinden sich, Liebe weckend, in diesem Tode, diesem Heldenleben. Ihm war nicht gewährt, den vollen Sieg und den Völkerfrieden zu sehen, an dessen Gewinnung er all seine Kraft und Klugheit setzte, und für den er gestorben ist. Wer fühlt nicht, dass die Auspizien der Konferenz von San Francisco glücklicher gewesen wären, wenn er selbst, wie seine Absicht war, sie eröffnet hätte! Und doch müssten wir uns vor ihm unseres Schmerzes schämen, wenn wir ihn in Verzagen ausarten liessen. Er konnte sein Werk weit genug fördern, dass es ohne ihn in seinem Geist vollendet werden mag. Es gelang ihm, seine Nation, das amerikanische Volk, dafür zu gewinnen, das sich noch vor achtzehn Jahren nur zum kleinsten Teil aufgelegt zeigte, der League of Nations beizutreten, und das nach jüngsten Erhebungen in seiner überwältigenden Mehrheit dem Isolationismus abgesagt hat und gewillt ist, einer Weltorganisation anzugehören, welche die Macht haben soll, den Frieden zu schützen.

Wie werden vor der Geschichte die »Führer«, »Duces« und »Caudillos« des alten Kontinents dastehen im Vergleich mit Roosevelt, dem es gegeben war, die soziale Bildung und Reife seines Volkes so mächtig zu fördern, während sie nur die Freiheit morden konnten!

Uns, die wir seine Zeitgenossen waren, hat das Glück zwiefach wohlgewollt. Wir können dahingehen mit der Erfahrung, dass zwar auf diesem Stern das Niederträchtige immer seinen Platz behaupten wird, dass aber das Niederträchtigste, Hitlers Geist und Herrschaft, nicht darauf geduldet, sondern mit vereinten Kräften hinweggefegt wurde. Und wir können sterben in dem Bewusstsein, einen grossen Mann gesehen zu haben.

(20. April 1945)

VE-Day, Mai 1945

MANFRED GEORGE

Der Leitartikel des »Aufbau« zum Ende des Krieges in Europa ist besonders bemerkenswert durch die am Schluß angeschlagene Note: Ablehnung des Hasses gegenüber dem besiegten Volk und der Hinweis darauf, daß das deutsche Volk durch die Anerkennung der Menschenrechte den Weg zu sich selbst finden müsse.

Nun ist die Sonne des VE-Day über Europa aufgegangen. Sie wärmt und erlöst auch die Herzen auf diesem Kontinent. Der gewaltigste Aufstand des Bösen, den die Geschichte je erlebt hat, ist niedergeschlagen. Das biblische Untier, dem Schoss einer vom Teufel zur Entfesselung des Weltunheils verfluchten Mutter entsprossen, verwest irgendwo unter den Trümmern Berlins. Die Städte schmücken sich im Jubel, und über den Ländern wehen Freiheitsfahnen. Über den Ländern und ihren Gräbern. Ihrer gedenken heute alle, die sich bewusst der Tatsache sind, dass ein Sieg erst dann ein wahrhafter Sieg ist, wenn man ihn zu halten versteht und nicht die Opfer vergisst, die er gekostet hat.

40 Millionen Menschen sind durch das Verbrechen der Nazis – deutsche Tote miteingerechnet – zugrunde gegangen, vertrieben, entwurzelt, an Körper und Seele verwüstet worden. Davon haben die Russen einen Anteil von rund 12 Millionen zu tragen, und die Juden haben mindestens vier Millionen, d. h. 25 Prozent der Gesamtziffer dieses Volkes in der Welt, eingebüsst. Von

35

den zerstörten Kulturwerten und Städten wollen wir schweigen. Aber eines ist sicher: was die Nazis und ihre Gefolgsleute in anderen Ländern verbrochen haben, das hat der Menschheit einen so gigantischen Verlust zugefügt, dass auch die schärfsten und entschlossensten Richter machtlos vor diesem von Blut triefenden Dossier der Schuld sitzen müssen. Eine Frage wird jedem in den Stunden des VE-Day gegenwärtig gewesen sein: wie kann eine neue Katastrophe verhindert werden?

Da sind wir gerade noch zurecht gekommen« hat Churchill gesagt, als er vor einem Monat die eroberte Bombenabschussstellung von Marquise Mimoyecques bei Calais – 95 Meilen von London entfernt – sich ansah. Im allgemeinen Trubel der Nachrichten ist damals das Auffinden dieser Batterie wenig beachtet worden. Sie hatte fünfzig weittragende, neuartig konstruierte Geschütze, die es ermöglicht hätten, London Tag und Nacht mit zehn Raketengranaten per Minute zu bombardieren und in Kombination mit V 2- und fliegenden Bomben die englische Hauptstadt ebenso wie Bristol, Portsmouth, Birmingham und andere Städte dem Erdboden gleichzumachen. Erfindungen der Zerstörung waren in Deutschland gegen Ende des Krieges so weit gediehen, dass nur der schnelle Vormarsch der Alliierten, die Niederhaltung der feindlichen Luftwaffe und damit verbunden die Zerstörung der deutschen Zufuhr- und Transportwege zur Front uns vor neuen schweren Rückschlägen bewahrte.

Die deutsche Entschuldigung, die Schwerin-Krosigk in seiner Erklärung an das deutsche Volk für die Zeichnung des »unconditional surrender« abgibt, ist denn auch lediglich die »materielle Überlegenheit des Gegners«. Kein Wort von eigener moralischer Schuld, keine Verdammung des Nazigeistes ist in den Proklamationen der Besiegten zu finden. Vergessen wir nie, dass Dönitz bis zuletzt im Sinne Hitlers es versucht hat, West gegen Ost auszuspielen. Die Männer, die die Waffen jetzt niederlegen, tun das zähneknirschend und von Hass und Rachsucht erfüllt. Verhaltene Wut spricht aus all den mühsam beherrschten offiziellen Reden und Aufrufen. So werden z. B. die U-Boot-Leute zur »Bewahrung des U-Boot-Geistes aufgefordert, General Böhme in Norwegen erklärt seinen Leuten, sie seien ungeschlagen (man erinnere sich an die 1918-Phrase »im Felde unbesiegt«), und im übrigen wird die ganze Kapitulation als ein Mittel der Vermeidung »innerer Auflösung« begründet.

Und das ist gut so. Diesmal wird es keine Dolchstosslegende geben. Der Generalstab hat unterzeichnet und die offizielle Naziregierung hat die Über-

1941
Eine Zeichnung, die eine Fortsetzung hat.
Am 25. Juli veröffentlichte der "Aufbau" das erste Mal ein V für Victory.
Zeichnungen von WRONKOW

1945

Aus dem »Aufbau« vom 11. Mai 1945. Die Karikatur von 1941 wurde darin wiederholt. Zeichnungen: Ludwig Wronkow

gabe bedingungslos sanktioniert. Es wird die letzte Handlung dieser Herren gewesen sein. Von heute an haben sie zu existieren aufgehört. Der grösste Teil dieser Männer gehört vor die Kriegsverbrecher-Gerichte. Von heute an haben wir nur mit dem deutschen Volk an sich zu tun. Jene Mitschuldigen an der Naziherrschaft, die die Weimarer Republik durch ihre Schwäche an die Nazis verspielt hatten und jetzt daraus eine Tugend und ein politisches Geschäft mit den Alliierten wie mit dem deutschen Volk selbst machen wollen, sind freilich kaum seine Vertreter, die die beleidigte Welt anerkennen kann. Das deutsche Volk wird sein Schicksal in die eigene Hand zu nehmen haben und beweisen müssen, dass es fähig ist, mit der furchtbaren Vergangenheit innerlich und äusserlich zu brechen, und es wird den Alliierten durch tätige Hilfe bei der Vereitelung des letzten Tricks Dönitz' helfen müssen, der mit seiner Erklärung der Trennung von Staat und Nazipartei der letzteren den Weg in die Untergrund-Arbeit geebnet hat.

Eines hat Schwerin-Krosigk in seiner Proklamation wirklich erkannt: den Hass, der heute Deutschland rings umgibt. Aber wir glauben, die Welt wird klüger als die Nazis sein. Sie weiss, dass Hass niemals die Grundlage der Zukunft sein kann, die wir alle aufbauen wollen. Festigkeit und Gerechtigkeit sind die sichersten Stützen einer demokratischen Welt. Sie sprach aus allen Proklamationen der alliierten Militärbehörden, ob sie von Eisenhower oder vom russischen Oberkommando erlassen wurden. Festigkeit und Gerechtigkeit und – Misstrauen. Nicht wir werden den Deutschen zu beweisen haben, dass sie uns trauen können, sondern sie uns, dass sie es ernst meinen mit ihrem Wunsch, einstmals wieder mit allen Völkern zusammenzuarbeiten. Gehorsam und freundliches Lächeln bedeuten gar nichts. Das kann auch der Ausdruck von Knechten sein, die sich davon Vorteile erwarten. Worauf es ankommt, ist: die Kargheit und Schwere der kommenden Tage als selbstverschuldet zu empfinden und zu begreifen und eine innere und äussere Form der Freiheit zu finden, die in der Anerkennung der Menschenrechte sich auch wieder allmählich das eigene Menschenrecht zurückerwirbt. Bis dahin wird und muss die Welt den Wächter spielen. Aber sie wird froh sein, wenn sie es eines Tages nicht mehr zu tun braucht.

(11. Mai 1945)

14. August 1945

»Der Tag des Friedens«

MANFRED GEORGE

New York, Dienstag, 14. August, 7.15 nachmittags. Soeben sind die Worte des Präsidenten Truman im Radio verhallt. Draussen vor den Fenstern tobt der chaotische Jubel der Millionenstadt. Tuten und Blasen, Schreien und Pfeifen, Glockenklang und ein ununterscheidbares Meer von Rufen klingen zusammen in einem Lärm, der alles auslöscht und die einzelne Menschenstimme im Schwall der Freudenwogen ertränkt.

Was hier an aufgestauter Erwartung und Erregung explodiert, ist die menschlichste aller Freuden: der Triumph über den Sieg einer gerechten Sache. Ist die schönste Vereinigung von Menschen zu einer Massenfeier: zur Feier des Friedens.

Überall in der Welt steigt in diesen Stunden der Jubel zum Himmel. Das ist das Wundervolle: wir hier in Amerika sind mit unserer Freude nicht allein. Die ganze zivilisierte Welt teilt sie mit uns, hat sie mit uns zusammen sich erobert und verdient. Der letzte grosse Anschlag auf die Würde und die Freiheit des Menschengeschlechts ist erstickt. Dem totalen Krieg unserer Feinde ist unser totaler Sieg über sie gefolgt.

Kaum eine Woche ist verflossen, dass die Menschheit im Besitz des bisher unfassbaren und noch immer unvorstellbaren Gutes der Sonnenenergie ist – und schon ist die erste Welt-Erschütterung erfolgt. Ein Kaiserreich mit zwar umzingelten, aber zum Teil noch ungeschlagenen Armeen hat aufgegeben. Japans Geschichte ist in einer Woche um tausend Jahre zurückgedreht worden. So wie Deutschland tief und aller Macht beraubt in den Staub sank, ist nun auch Japan von der Landkarte der asiatischen Sphäre weggewischt und wieder das Inselzwergenreich geworden, das er war, ehe es sich in die Welt der Machtkämpfe hinauswagte.

Wenn je eine Nation sich eines Vergeltungsschwurs erinnert und ihn erfüllt hat, so sind es die Vereinigten Staaten gewesen. »Remember Pearl Harbor« – der Spruch hat in Millionen und Abermillionen Hirnen des amerikanischen Volkes sich eingegraben und ist in Millionen und Abermillionen amerikanischen Fäusten zur Tat geworden. Die Stunde der Vergeltung für Japan ist da. Die Stunde der Erlösung und des Friedens für die Völker der Welt hat zugleich mit ihr geschlagen.

Der Krieg ist zu Ende. Der Friede beginnt. Täuschen wir uns nicht: Wenn wir aus dem Glück des Sieges auftauchen, wenn wir auf die Welt sehen werden, die am Ende dieser Kämpfe geblieben ist, dann wissen wir, dass wir vor einer neuen gigantischen Kraftanstrengung stehen, vor der Gewinnung des Friedens.

»Wir werden keine ruhige Minute in unserem Leben mehr haben«, hat Willkie im letzten Wahlkampf Roosevelt zugerufen. Er hatte nicht gewusst, dass sein und seines Gegners Leben so kurz sein würde. Aber diese Voraussage trifft für alle zu, die heute leben. Denn nur wenn sie weiter am Kampf um eine bessere Welt beteiligt bleiben, wird dieser Krieg einen Endsinn gehabt haben. Und dieser Kampf wird lange, schwere Jahre dauern. Fünf Erdteile sind zu ordnen und zu koordinieren.

Es ist jetzt neun Uhr abends. Keine Sekunde hat draussen in den New Yorker Strassen der Lärm aufgehört. Er hat sich sogar noch gesteigert. Begeisterung und wilder Enthusiasmus schwemmen die Massen durch die Strassenschluchten. Es ist ein Geschenk, diese Stunde erleben zu dürfen. Jeder fühlt das. Dieser unbändige Sturm ist mehr als die Freude, gesiegt zu haben. Man spürt: es ist die Freude, dass die Tage des Tötens und Getötetwerdens vorüber sind.

Mögen die Menschen die Flamme dieser Begeisterung hüten. Möge aus Trümmern und Rauch und aus der Erinnerung an unzählige Gräber der unerschütterliche Wille aller Gutgesinnten aller Völker und Rassen aufsteigen: Nie wieder Krieg.

(17. August 1945)

»Endlösung«

Unter der Schlagzeile »Ein Dokument der Schande« wurde in der Ausgabe vom 15. November 1947 berichtet:

London, im November.

Der »Aufbau« ist in der Lage, der Welt ein einzigartiges Dokument aus den Akten des früheren deutschen Reichssicherheitshauptamtes und der deutschen Ministerien vorzulegen: das Protokoll der Sitzung der deutschen Staatssekretäre über die »Endlösung der Judenfrage« vom 20. Januar 1942. An diesem Tag, der als schwärzester Tag in der Geschichte der modernen Judenheit in Zukunft als Gedenktag begangen werden sollte, haben Hitlers Staatssekretäre beschlossen, die Juden Europas mit Stumpf und Stiel auszurotten.

Mit der Auffindung dieses Dokuments, dessen Kopien sich im British Foreign Office und bei amerikanischen Stellen befinden, ist bewiesen, dass die Ausrottung der Juden nach einem vorher genau bestimmten Plan der deutschen Ministerien stattfand, der nicht etwa eine spezielle Aktion Hitlers oder der Gestapo war.

Jedes deutsche Ministerium hatte eine Rolle in diesem Plan: das *Auswärtige Amt* hatte auf die Regierung der Vasallen-Staaten zu drücken, damit diese auch ihre Juden in die Todeslager sandten.

Die »ehrenwerten« Diplomaten *Ernst von Weizsäcker, Gustav Adolf Steengracht von Moyland* und *Ernst Woermann* waren Staatssekretäre und Unterstaatssekretär während der Dauer dieser Aktionen. Das *Reichsministerium des Innern* mit seinem Staatssekretär *Wilhelm Stuckart* hatte die Regelung zu treffen, wer als Jude vergast und wer als Halbjude »nur« zu sterilisieren war. Die *Reichskanzlei* des Reichsministers *Heinrich Lammers,* die *Parteikanzlei,* die *Behörde des Vierjahresplans* unter den Staatssekretären *Erich Neumann* und *Paul Koerner* wirkten in ihrem Sektor an der Vernichtungsaktion mit.

Nachdem die Herren Berufsbeamten mit der weissen Weste die Pläne und Direktiven ausgearbeitet hatten, blieb den Beamten des Reichssicherheitshauptamtes nur noch die Rolle der Henker.

Einige dieser Henker sind bereits hingerichtet worden, aber noch fehlt die Anklage gegen die in Nürnberg inhaftierten Reichsminister und Staatssekretäre, die an höchster Stelle den Massenmord der Juden geplant und durchgeführt haben.

Um der Gerechtigkeit willen muss die gesamtzivilisierte Welt von den amerikanischen Anklägern in Nürnberg, General Telford Taylor und Professor Robert Kempner, verlangen, dass die Hauptschuldigen sofort in Nürnberg angeklagt werden, bevor die Verfahren im nächsten Sommer an deutsche Gerichte übergehen.

Vor allem darf auch nicht vergessen werden, dass der amerikanische Kongress in seiner neuen, in der nächsten Woche beginnenden Tagung dafür sorgt, dass eine solche Aburteilung derjenigen Verbrecher erfolgt, die das grösste Unglück und die ungeheuerlichste Untat dieses Jahrhunderts begangen haben. Der Marshall-Plan sieht den europäischen Wiederaufbau vor. Bevor dieser Aufbau beginnt, insbesondere aber, ehe Deutschland die auch von uns zu einem gewissen Teil als berechtigt angesehene Hilfe zuteil wird, müssen mindestens die schlimmsten deutschen Kriegsverbrecher in ihrer Gesamtheit zur Verantwortung gezogen sein.

Es folgte das Besprechungsprotokoll der Konferenz vom 20. Januar 1942 in Berlin im Haus am Großen Wannsee Nr. 56/58 – der Plan der »Endlösung« der Judenfrage durch organisierten Massenmord.

So erfuhr die Welt zum ersten Male von der phantastischsten und barbarischsten Verschwörung aller Zeiten.

Geburt Israels: 1947

MANFRED GEORGE

Das Wunder des neuen Jüdischen Staates ist die Bestätigung eines anderen Wunders: dass ein Volk so lange darauf harren und hoffen konnte wie das jüdische Volk. Das jüdische Volk ist ein wunderbares Volk.

Das klingt so leicht und bombastisch dahingeschrieben. Ach, wie viele Glieder dieses Volkes sind so gar nicht wunderbar anzusehen. Wie sind sie zerfetzt und zerschlagen, zerlumpt und verarmt. Und wie viele Menschen dieses Volkes haben in den Jahrhunderten die Reihen verlassen und ihren Frieden mit dem bequemen Leben gemacht.

Viele andere sind zu Ruhm und Ehren gestiegen, sind Helden und Heilige der Menschheit geworden, und wieder andere haben Besitz und Ehren turmhoch gehäuft. Aber das war nicht das Wunderbare. Das Wunderbare geschah auf einem ganz anderen Gebiet des Lebens dieses Volkes, auf dem Gebiet des Sterbens.

Gepriesen und verehrt, verfolgt und gequält – immer wieder geriet dieses

Volk auf eine Ebene seiner Geschichte, auf der es der blanken Vernichtung ins augenlose Antlitz sah. Aber immer wieder überdauerte es Könige und Reiche, Völker und andere Götter.

Es ist gar nicht zu verstehen, dass diese zerstreute Menge flüchtiger und meist nur ein paar Generationen an einer Scholle haftender Menschen den Verlust seiner ursprünglichen Heimat überlebt hat. Es ist eine einzigartige Leistung in der Weltgeschichte. Es ist das Wunder eines Volkes, unüberbietbar und unüberboten.

Und wenn jetzt in Palästina ein Teil dieses Volkes Kern und Zelle einer neuen staatlichen Gemeinschaft baut, zurückkehrend zu Anfängen seines Seins, das von Jahrtausenden überschattet ist, so fragt sich letzten Endes eine erstaunte Menschheit, woher diesem Volke die Kraft kam.

Kein Jahr verrann im Lauf der jüdischen Geschichte, wo immer sie sich auf der Bühne der Welt abspielte, ob unter den Cäsaren oder den spanischen Königen, unter Napoleon, den Zaren oder Hitler, ob in der Wüste, im verfallenen Dorf oder in den Schlössern der Reichen – kein Jahr verging, dass nicht in den Herzen der Juden eine Stimme sprach: »– und nächstes Jahr in Jerusalem«.

Es war eine Stimme der Mahnung und Warnung. Der Mahnung, nie die Hoffnung aufzugeben, und der Warnung des Endes, wenn man die Hoffnung fahren lassen würde. Jahrhunderte flüsterte die Stimme nur und war sehr leise. Dann wieder wurde sie bisweilen in Einzelnen gewaltig: in Dichtern, in Abenteurern, in Verzweifelten am brennenden Pfahl. Wieder war dann viele hundert Jahre Ruhe. Schicht um Schicht der Geschichte lagerte sich über sie, Bräuche übertönten sie, Riten machten sie zaghaft und konventionell. Schliesslich schien sie all ihre Kraft verloren zu haben. Bis sie dann eines Tages wieder in Russland sich zu erheben begann und etwas später in einem merkwürdigen Sendboten des Schicksals ihre Auferstehung feierte.

Es war in den Tagen, da in den Gassen von Wien und Paris der Judenhass, der traurige Bote des Niedergangs einer Nation, sich zu regen begann, dass die unbegreifliche Allmacht sich einen merkwürdigen Repräsentanten für die innere Stimme der Juden wählte: den Theodor Herzl aus Budapest, Journalisten in Wien, einen bürgerlichen Menschen, seiner Herkunft fast bereits völlig entwachsen. So wie die Propheten, wenn sie zur Sendung berufen wurden, Stimmen hörten in der Nacht – vielleicht weil die Nacht so ruhig war, dass sie ihre Gewissen laut reden zu hören vermeinten – so hörte auch Herzl die Stimme.

Sie fuhr in ihn wie ein »Blitz in der Nacht«. Man muss nur seine Tagebücher über die Zeit seiner Erweckung lesen, um ermessen zu können, wie plötzlich aus diesem hyper-gebildeten, hyper-assimilierten, eitlen und gepflegten Pariser Korrespondenten einer Wiener Tageszeitung ein wahrhaft Besessener wurde. Plötzlich hatte ihn die Stimme erfasst.

Er schrie sie hinaus. Er hörte nicht auf, ihr Worte zu geben, bis zu seinem Tode. Es war die Zeit, da Europa reif wurde zum Untergang. Vielleicht auch nur zur Verwandlung durch Zerfall und Wiederauferstehung. Aber als die Zeitenwende sich in tausend Einzelheiten, lange vor dem Ausbruch der grossen Kriege ankündete, da jagte die Stimme die Juden Europas aus ihrer gefährlichen Beschaulichkeit auf. Sie sagte voraus, was keiner glaubte, und worüber jeder lachte. Es dauerte nicht lange, bis alles Lachen den Juden Europas verging.

Nicht viele hatten die Stimme gehört. Einige nahmen sie auf und kündeten sie weiter. Und aus Glaube und Hoffnung, aus Liebe und Gottvertrauen wuchsen dem verstreuten Volke überall neue Kräfte zu: Selbstvertrauen und Stolz, Kampfesmut und eine Opferbereitschaft ohnegleichen. Von Herzl über Wolfsohn und Jabotinsky zu Weizmann, von den Pionierhütten zu den neuen Dörfern und Städten Palästinas, von einer verlachten Idee zu einer von den Vereinigten Völkern der Erde besiegelten Tat, hatte die Stimme die Verkünder ihrer Botschaft geführt.

Palästina ist als Staat eine Wirklichkeit geworden. Und wieder gibt es viele, die einst die Idee verlachten und nun den Beginn der Wirklichkeit verhöhnen möchten. Gewiss, das ist ein kleines, schmales, seltsam zerfetztes Ländchen, das sich schliesslich die Juden nach Jahrzehnten hingebendster, mühevollster Arbeit reich an Schweiss, Blut und Tränen, abstecken konnten. Zweitausend Jahre Sehnsucht und inniges Verlangen haben seinen Boden gedüngt. Verwittert fast im Sturm der Ewigkeit sind die Namen der Väter, deren Land jetzt die Söhne mit dem Siegel der Vollmacht der Welt abgestempelt zurück erhalten.

Dies ist ein Anfang und kein Ende. Denn die Stimme wird nicht schweigen, bis sie erfüllt sein wird. Das Land war die Voraussetzung. Sein Aufbau und das Wesen seines Aufbaus bleiben das Ziel. Es bleibt das Ziel, dieses jüdische Land nicht nur zu irgend einem Staat zu gestalten, sondern zu einem vorbildlichen Staat, zu dem Staat eines Volkes, das die Missgunst und die Irrtümer, die Fehler und das Versagen so vieler anderer Staaten am eigenen Leib erfahren hat.

Für die Juden in der Welt aber bedeutet die Schaffung des jüdischen Palästina ein Vielfaches. Für alle jene Juden, die heimatlos umherirren und die bisher in den Lagern oder umgeben von feindlichen Nachbarn und Mördern von morgen vergeblich den Nachthimmel nach einem Stern der Hoffnung absuchten, ist Palästina die grosse und nunmehr erfüllbare Hoffnung. Diejenigen Juden aber, die als vollberechtigte Bürger ihrer Länder ein ordentliches und schöpferisches Leben führen, können in dem jüdischen Staat Palästina die Rückkehr des jüdischen Volkes zur Normalität begrüssen, ein Volk unter Völkern, mit einem Lande, wie auch andere Völker es haben, zu sein.

Aber das jüdische Schicksal lässt sich nicht rückwärts drehen. Palästina ist eine Tat, die in die Zukunft weist. Es ist für die Juden in Palästina und für die, die dorthin noch wandern werden, geschaffen. Der amerikanische Jude zum Beispiel wird weiter ein Bürger unter seinen Mitbürgern sein, so wie es der Amerikaner irischer oder italienischer oder polnischer Abstammung ist, und er wird das Land Palästina mit der Zärtlichkeit und Wärme betrachten und ihm zu helfen versuchen, wie der Ire seinem Irland, der Pole seinem Polen, der Deutsche seinem Deutschland auch als amerikanischer Staatsbürger zu helfen versucht. Dass seine Loyalität ebenso wie die aller anderen Nationalitätengruppen der Vereinigten Staaten selbstverständlich absolut und allein den USA gilt, brauchte eigentlich nicht erwähnt zu werden, wenn es nicht törichte Leute gäbe, die sich davor fürchten, dass ein Staat Palästina Antisemiten das Schlagwort liefern könnte: »Jetzt haben die Juden einen Staat, jetzt sollen sie alle dorthin gehen.«

Mit diesem Schlagwort muss immer gerechnet werden, wo man mit der Dummheit des Antisemitismus zu rechnen hat. Herr Oswald Mosley, der der neue faschistische Führer Europas werden möchte, hat die Parole bereits ausgegeben. Gerade wir hier können sie so gut widerlegen, denn wer würde bei uns auf den Gedanken kommen, sei er auch der heftigste, sagen wir Anti-Ire, die Iren nach Irland senden zu wollen. Nein, Palästina ist eine grundlegende Lösung der Judenfrage. Sie kommt im Moment der höchsten Not, in dem Augenblick, da die letzten jüdischen Überreste des europäischen Massakers neuer Vernichtung zu entrinnen versuchen. Denn es gibt in dem grössten Teil Europas keine Möglichkeiten eines jüdischen Lebens mehr. Die andere grosse Möglichkeit eines jüdischen Lebens, dem es vergönnt ist, jüdisch bleiben zu dürfen, bieten die Vereinigten Staaten, unsere grosse Nation der Nationen. Es ist kein Zufall, dass sie es war, die einen Hauptanteil an der Geburt des neuen jüdischen Staates hatte. Denn nirgends auf der Welt sind die Ideen des alten und des neuen Testaments noch so lebendig ineinanderfliessende Wirklichkeit, wie hier bei uns in den USA, die noch jung genug waren und unverhärtet genug, um die alte Stimme der jüdischen Sehnsucht zu hören und ihr eine neue Heimat auf geweihter Erde zu geben.

(5. Dezember 1947)

Schulentscheidung, 1954

MANFRED GEORGE

Ein Zitat aus der amerikanischen Unabhängigkeitserklärung – »All Men Are Created Equal« – erschien als triumphierende fünfspaltige Schlagzeile im »Aufbau« vom 21. Mai 1954. Sie war die Überschrift zu dem Kommentar Manfred Georges über die historische Integrierungsentscheidung des amerikanischen Obersten Bundesgerichtshofs. Auszüge aus dem Artikel folgen. Dem hier eingeschlagenen Kurs blieb der »Aufbau« in späteren Jahren auch dann treu, als einzelne extremistische Neger antisemitische Slogans zu verbreiten begannen.

Die Entscheidung des Supreme Court, eine Trennung weisser und schwarzer Kinder in den öffentlichen Schulen wegen ihrer Rasse für ungesetzlich zu erklären und das in den Südstaaten gewählte Prinzip »Gleichheit der Schulen bei Trennung der Schulen« zu verwerfen, ist von der ganzen Nation mit Recht als ein historisches Ereignis empfunden worden. Der Oberste Gerichtshof hat dadurch, dass er eine *getrennte Erziehung als eine wesentlich ungleiche Erziehung* bezeichnet hat, den Kern des Problems getroffen, das seit langem einer Lösung bedurfte ...

Das Ausmass der Bedeutung des richterlichen Urteils ist heute überhaupt nicht abzusehen. Man übertreibt wohl nicht, wenn man sagt, dass ein neuer Meilenstein in der Geschichte unseres Landes passiert wurde. Die grosse Barrikade auf dem Weg zur Gleichberechtigung der gesamten Negerbevölkerung der Union, die 1896 mit dem Supreme Court-Urteil errichtet wurde, das die Doktrin des »separate but equal« postulierte, ist jetzt 1954 endlich demoliert worden. »Segregation« ist endgültig als unzulässig erklärt worden. Und die Tatsache, dass hier der an sich seltene Fall einer Einstimmigkeit des Obersten Gerichts vorlag, erhöht die Bedeutung des siegreichen Endes des Kampfes unserer farbigen Mitbürger, den sie mit Unterstützung aller liberalen Kräfte des Landes seit 58 Jahren um eine Aenderung der damaligen Entscheidung gekämpft haben.

Die Regierung selbst war sich sofort darüber klar, dass eine neue Epoche in der inneren Geschichte der USA mit dem Urteil angebrochen war. In 34 Sprachen liess sie durch die »Voice of America« die Entscheidung des Supreme Court in die Welt hinaussenden, eine Entscheidung, die in der gegenwärtigen Zeit klar und deutlich verkündet, dass die Vereinigten Staaten fest entschlossen sind, nicht nur gegen Ungerechtigkeit und Tyrannei in der Welt zu kämpfen, sondern auch im eigenen Lande.

(21. Mai 1954)

Sputnik, 1957

Die erste Weltraumfahrt – durch den russischen Satelliten Sputnik – wurde von Manfred George als eine Drohung und eine Hoffnung geschildert:
Worin unterscheidet sich dieser 4. Oktober von allen anderen 4. Oktobern, die die Menschheit durchlebt hat?
Dieser Tag war der große Absprung. Was hier geschah, war das endgültige Verlassen der bisherigen Welt, war der Sturz hinauf und hinunter zugleich. Als das Geheimnis des Atoms enthüllt wurde, als man in den Kern der Einheit des Seienden drang und dabei wieder nur dessen Einheit fand, seine Totalität, war die Urkraft des Lebens erobert. Wir wissen heute noch nicht, wohin diese Entdeckung führen wird. Und schon ist das Zweite geschehen: der Mensch hat den ihm bisher gegebenen Raum verlassen. Der kleine Mond kreist in unbekannten Welten. Was Unendlichkeit war, ist Endlichkeit geworden. Aber hinter dieser neuen Endlichkeit stehen schon wieder neue Unendlichkeiten. Welten um Welten bauen sich auf, fächerartig mit ihren unbekannten Bezirken diese alte Erde umschliessend.
Plötzlich haben wir einen Begriff, nein, keinen Begriff, sondern nur eine Herz und Hirn mit unheimlicher Ahnung nebelhaft bedrängende Vision vom Weltenraum. Wir kennen ihn von astronomischen Karten, weisse Sternchen schön auf blauem Hintergrund, von Photo-Aufnahmen mit Wunder-Apparaten, und von einem staunenden Blick durch eines jener phantastischen Riesen-Teleskope, die die Menschen auf ihren hohen Gebirgen aufgestellt haben. Aber was sind das für kleine Ausschnitte, für nahe erreichbare Himmelsgegenden – der Weltenraum, dieses unfassbare, dieses vielleicht bisher sehr gnädig Verhüllte, ist jetzt erst wirklich da. Plötzlich ist er aus der

Theorie zu einer uns bewussten Existenz gebracht worden. Seine Fenster sind eingeschlagen. Wir starren, blind, hinein.

Man spricht von der Sicherheit, in späterer Zeit einmal zum Mars oder Mond oder sonst wohin in das Myriaden-Meer der Sterne des Universums zu fahren. Von bemannten Weltraum-Stationen, so unendlich weit schon und doch noch nicht weit genug, um nicht alles auf der Erde sehen oder auch zerstören zu können. Man spricht von allem, was bisher nur Traum war, guter Traum oder böser Traum. Von einem spricht man noch gar nicht – und es hat auch wenig Zweck, davon zu sprechen, weil es vermessen klingt und sehr missverstanden werden könnte – nämlich davon, welche ungeheuren Umwälzungen im Leben der Völker, ihrer Gesellschaftsform, ihrer Beziehungen zueinander diese beginnende Eroberung des Weltraums mit sich bringen wird.

Denken wir nur einige wenige Jahre zurück. Denken wir an die Zeit, als die Menschen noch nicht jene ungeheuren Kräfte der Natur sich zu eigen gemacht hatten, die ihnen heute ermöglichen könnten, in wenigen Tagen die Erde unbewohnbar und menschenleer zu machen. Plötzlich war die Erde so eng und klein wie noch nie. Und man schaudert vor dem gewaltigen Spiel eines Schicksals, das just in diesem Augenblick – und was ist ein Jahrzehnt mehr als ein Augenblick, ein Heben und Senken der Augenlider Gottes – sich den Menschen auf dieser so eng gewordenen Erde den Weltenraum öffnet. Was ist der Sinn, was wird die Zukunft sein? Wird der Gedankenflug des Menschen in schöpferischer Tat den Flug seiner Maschinen überholen?

(11. Oktober 1957)

1966: »Aufbau« trauert

Der Jahreswechsel 1965/66 brachte eine Zäsur in der Geschichte des »Aufbau«: Chefredakteur Manfred George starb unerwartet.
Drei Kontinente trauerten um den Mann, der dem Blatt Jahrzehnte hindurch seine geistig-politische Kontur gegeben hatte.
Der amerikanische Bundessenator Jacob K. Javits sagte:
Unsere Nation und die Welt haben einen wundervollen Redakteur und Menschen verloren. Gibt es noch Ritterlichkeit, so war er deren Verkörperung. Ja, er besass eine so tiefe Einsicht in die persönliche Natur und die öffentliche Manifestation des Menschen, dass man ihn als nahezu unersetzlich bezeichnen muss.

14. März 1949

Lieber Herr Manfred George,

in diesem Monat begehen Sie ja Ihr zehn-
jähriges Jubiläum als Herausgeber des „Aufbau"!
Das heisst Sie wollen es nicht „begehen", nach
allem, was ich höre, aber dass wir andern es
tun, können Sie nicht hindern. Als einer Ihrer
Leser – und verbunden überdies mit Ihrem Werk
als Mitglied des Advisory Board – sage ich Ihnen
recht herzlichen Glückwunsch. Sie haben etwas
Grossartiges aufgebaut in diesem ereignisvollen
Jahrzehnt. Ihr Blatt ist eine Macht geworden
– und eine wohltätige. Es steht für die Sache
Ihres Volkes, Ihrer Glaubensgemeinschaft, aber
weit darüber hinaus für die Sache der Kultur
und der Humanität und zwar mit einer journalistischen Verve und Anziehungskraft, die ihm
über die ganze Erde hin zahllose, durchaus

nicht nur jüdische, Leser zugeführt hat. Außerdem ist es als deutsch-amerikanisches Blatt in das Leben dieses Landes hineingewachsen, und ich bin überzeugt, dass es heute schon eine "Stimme im Rate" hat, und dass seine Urteile und Hinweise, etwa in deutschen Angelegenheiten, aber nicht nur in diesen, den Maßgebenden durchaus nicht gleichgültig sein können.

"Aufbau", ein rüstiger, redlicher, gutwilliger Titel. Ich bin nicht für Abenteuer der Zerstörung, sondern für das schönere Abenteuer des Werkes. Möge eine schwankende, nach Untergang halb lüsterne Welt sich Ihre gute Parole zu eigen machen:

Ihr ergebener

Thomas Mann

Brief Thomas Manns an Manfred George zu dessen zehnjährigem Jubiläum
als Herausgeber des »Aufbau«

Israel sprach durch seinen Washingtoner Botschafter Harman:

Manfred Georges hervorragende Verdienste um den jüdischen Wiederaufbau in der schwierigsten Periode der jüdischen Geschichte werden nie vergessen werden. Wir in Israel werden das Gedenken an seine Freundschaft und Hilfe wachhalten.

Für die Bundesrepublik Deutschland schrieb Bundeskanzler Ludwig Erhard:

Manfred George war ein bedeutender Journalist und ein aufrechter Mann, der stets um einen Brückenschlag zwischen der deutschen Emigration und dem Land ihrer Herkunft bemüht war. Wir gedenken seiner in Dankbarkeit. Möge sein Werk der Versöhnung in kommenden Generationen reiche Früchte tragen.

Heinz Pol, der langjährige »Aufbau«-Mitarbeiter, zeichnete den »Mann am Schreibtisch«:

Manfred Georges bewundernswerteste Leistung in meinen Augen, wie wohl denen aller seiner Freunde und Mitarbeiter, bestand darin, dass er es offensichtlich ohne die geringste Anstrengung fertigbrachte, jung zu bleiben ... Er war und blieb dreissig Jahre alt ... Er hat keinen Bauch angesetzt, weder seelisch noch körperlich. Er war, je nach dem Thema, das er sich erwählte oder das der Tag ihm brachte, witzig, einfallsreich, geistvoll, ernsthaft, durchdringend, lässig, gefühlvoll, verspielt oder sachlich – und manchmal alles zusammen in einem einzigen Aufsatz oder Essay.

Er schuftete wie kaum ein anderer in seinem Beruf, aber er fand immer Zeit, das Leben zu beobachten, nein, es in vollen Zügen zu geniessen. Es gab kein neues Buch, das er nicht las, und es gab wenige Premieren, die er versäumte. Ein neuer Schriftsteller, eine junge Filmschauspielerin, deren Leistungen er anerkannte, konnten ihn in den Begeisterungstaumel eines Primaners fallen lassen ... Wie jeder gute Zeitungsmann und Schriftsteller liebte er Prägnanz und Kürze. Wenn er diesen Nachruf lesen und korrigieren könnte, so würde er jetzt, seine Hornbrille auf die Stirn schiebend, mit einem tiefen Seufzer ausrufen: »Na ja, aber nun ist's genug. Wer will denn das alles lesen. Mach' einen Schlusssatz und damit basta!«

(7. Januar 1966)

ARNO ROSENTHAL

25. September 1913
5. Juni 1967

GEFALLEN IM KAMPFE
FÜR ISRAELS FREIHEIT

betrauert von seiner Frau und Kindern,
seinem Vater, seiner Schwester, Verwandten und Freunden

BIALA ROSENTHAL
geb. Cohen
Tiberias, Israel

BERNHARD ROSENTHAL
Jüdisches Altersheim
Iranische Strasse 3
1000 Berlin 65, Germany

Unser geliebter

RAFI

ist nicht mehr. Er fiel im Alter von 21 Jahren bei Gaza in
Erfüllung seiner Pflicht, damit sein Vaterland leben kann.

OTTO und EVA HILB, Eltern
früher Ulm a. Donau
MIKI und GABI, Brüder
ERICH und KAETHE JOSEPH
Grosseltern
früher Lübben/Spreewald
KURT und FRIDA HILB
Frankfurt/Main
JOSEF und INGE MALAMED
New York

Trauerhaus: Bat-Yam, Israel
24, Gdud Haiwri Street

Gefallene des 6-Tage-Kriegs. Diese beiden Anzeigen erschienen
am 14. Juli 1967 im »Aufbau«

1967: Der Sechstagekrieg

*Das Drama des Sechstagekrieges im Juni 1967 traf die Leser des »Aufbau«
nicht unvorbereitet. Bereits mehrere Wochen vor dem Ausbruch des Kon-
flikts wurde das Explosive der Situation geschildert: die Kriegsbereitschaft
der ägyptischen Armee; ominöse Konferenzen zwischen den ägyptischen
und syrischen Verteidigungschefs; Nassers Verlangen auf Abberufung der
UN-Friedenspolizei.*
*Unter dem Erscheinungsdatum des 9. Juni berichtete der »Aufbau« den
Beginn des Krieges. Die Schlagzeile hieß »Their finest hour – drei Tage, die
die Welt erschütterten«. Ein Kasten an der Spitze des Blattes notierte:*

> Israels Lage, Mittwoch (7. Juni, 12 Uhr mittags):
> Militärisch: hervorragend.
> Diplomatisch und politisch: erheblich gebessert.
> Wirtschaftlich und finanziell: sehr kritisch.

*In seinem Leitartikel (»Und was kommt nachher?«) warnte Hans Steinitz
»vor dem leichtfertigen Optimismus . . ., in den zertrümmerten ägyptischen
Bombenflugzeugen und ausgebrannten Tanks russischer Provenienz bereits
Garanten für die friedliche Zukunft Israels zu erblicken«. Die großen Siege,
die das Antlitz der Erde verändern, würden nicht mit Waffengewalt, sondern am Konferenztisch errungen.*
Heute von Frieden zu sprechen (und nicht nur von Waffenruhe), ist sicher
irrational. Aber eines Tages werden Nasser und Shukairy* nicht mehr da
sein, auch die arabischen Völker werden des Demagogentums müde werden,
andere und dringlichere Probleme werden die Oberhand gewinnen, und der
eine oder andere arabische Staatsmann mag gar die Opportunitäten einer
»guten Nachbarschaft« erkennen. Es gibt historische Präzedenzfälle ohne
Zahl: eines Tages haben die christlichen Mächte des Abendlandes aufgehört, gegen die Sarazenen zu kämpfen, die Welfen gegen die Ghibellinen,
die Habsburger gegen die Türken, die Engländer gegen ihre rebellischen
Kolonisten in Amerika, ja sogar, in unserer Zeit, die Deutschen gegen die
Franzosen.

* Ahmed Shukairy, Führer der »Palästinensischen Befreiungs-Organisation«.

Mondlandung, 1969

»Große Tat, kleine Menschen«

HANS STEINITZ

Hans Steinitz, der nach dem Tod Manfred Georges die Chefredaktion des
»Aufbau« übernahm, ist wie sein Vorgänger Berliner.

Aber er entstammt einer anderen Generation (Jahrgang 1912) und einem
anderen Lebenskreis. Steinitz verbrachte die ganzen Nazijahre in Europa.
Mit seinen eigenen Worten: »Ich wurde 1933 aus dem Hörsaal der Berliner
Universität heraus verhaftet und eingesperrt; mit einiger Mühe gelang es
mir, nach Abzahlung einer erfreulich milden Strafe (ich kam noch vor das
Jugendgericht, was wahrscheinlich meine Rettung war) in der Schweiz mein
Studium abzuschließen. Dann ging ich nach Frankreich, wurde Journalist,
absolvierte meine Lehrzeit bei »Paris Soir« und »Ce Soir«, meldete mich
bei Kriegsausbruch freiwillig zur französischen Armee und wurde nach dem
Waffenstillstand von 1940 demobilisiert. Später landete ich in den Konzen-
trationslagern von Gurs und Les Milles. Aus Les Milles brach ich Anfang
September 1942 aus (nachts über die Mauer und unter Stacheldraht hinweg)
und hielt mich eine Zeitlang in Marseille und Lyon illegal auf. Aber am Ende
des Jahres wurde mir der Boden in Frankreich zu heiß. Als geübtem und
leidenschaftlichem Bergsteiger gelang es mir, mich über die Savoyer Alpen
in die Schweiz zu retten. Die Arbeitslager, in denen ich in der Schweiz die
nächsten Jahre verlebte, waren in meinen Augen Sanatorien im Vergleich zu
Gurs und Les Milles.«

Nach seiner Freilassung am Ende des Krieges erhielt er zunächst eine An-
stellung am Schweizerischen Sozialarchiv in Zürich. Im Jahre 1947 ent-
sandte ihn der Berner »Bund« als politischen Korrespondenten in die USA.
Im Laufe der Zeit traten zu den schweizerischen Zeitungen, für die er hier
arbeitete, auch die Hamburger »Welt«, die »Stuttgarter Zeitung«, der »Rhei-
nische Merkur« und der »Springer-Auslandsdienst«.

Steinitz wurde 1964 von Manfred George als sein Stellvertreter in den
»Aufbau« berufen. Seit dieser Zeit und besonders seit seiner Übernahme der
Chefredaktion hat er in das Blatt einen Schuß jugendlicher Vitalität ge-
bracht, die, alte Ziele wahrend, neue Aufgaben setzte.

Seine Glosse zur ersten Mondlandung, am 25. Juli 1969 auf der Titelseite
des »Aufbau« veröffentlicht, wurde einige Tage später in der »Joe O'Brien
Show« des New Yorker Rundfunksenders WNBC anerkennend zitiert.

Vor vielen Millionen Jahren sprang einmal ein unbekannter Fisch vom Wasser aufs Festland und entdeckte, dass man auch auf dem Lande leben könnte. Das war, bis vorigen Sonntag, die grösste Entdeckung in der bisherigen Geschichte unseres Erdballs. Jetzt haben wir eine neue Entdeckung gemacht: dass unser Erdtrabant, der uns nächste Himmelskörper, viel weniger furchterregend ist als man annahm, weder von Drachen noch Ungeheuern bewohnt, solide genug um menschliches Gewicht zu tragen und, wie wahrscheinlich ist, sogar mit unterirdischen Wasserreservoiren versehen.

Seit einer Woche schwelgt die Welt in Superlativen, um diesen einzigartigen Vorstoss in den Weltraum zu beschreiben. Aber nüchterne Techniker gehen schon weiter: wenn Wasser auf dem Mond ist, kann man ihn sich nutzbar machen; man muss dann nur noch eine zweite Voraussetzung schaffen, nämlich wieder-verwertbare Raketen und Mondfähren bauen, die für regelmässigen Erd-Mond-Verkehr notwendig sind. Könnte man Flugzeuge, Automobile, Schiffe auf Erden nur jeweils zu einer einzigen Reise benutzen, dann gäbe es ja auch auf Erden keinerlei Verkehr.

Eine grosse Tat ist vollbracht worden. Noch grössere stehen offensichtlich bevor. Umso schmerzlicher berührt es, dass die Menschheit sich der Grösse dieser Stunden nicht gewachsen zeigte, sondern klein, kleinlich und unwürdig blieb.

Oder soll man es menschliche Grösse nennen, wenn Vizepräsident Agnew, noch bevor die Mondlandung gelungen war, eilig-eilig als erster zum Flug auf den Mars aufrief — wie ein Bauer auf der Vieh-Auktion, der schnell noch einen Taler drauflegt, um sich ja den Preisochsen zu sichern.

Oder finden sich Worte der Vernunft und des Sinnes für die groteske sowjetrussische Stör- und Ablenkungsaktion mit ihrer »Luna 15«, die den Amerikanern den Prestigesieg rauben sollte und anscheinend doch nur auf dem Mond schmählich in tausend Stücke geborsten ist?

Und muss man nicht auch mit Bedauern feststellen, dass Präsident Nixon die Grosstat unserer Astronauten rechts und links in politischen Vorteil umzumünzen sucht, bis zu der Peinlichkeit seiner banalen und nichtssagenden telefonischen Grussbotschaft auf den Mond hinauf?

Das alles sind menschliche Kleinheiten, die die Grösse der Stunde schmälern. Die Lehre ist klar: jetzt, da die Astronauten wieder zur Erde zurückkehren, gilt es, menschliche Grösse und Weitsicht zu entfalten, menschlichen Anstand und menschliche Würde zu fördern und das menschliche Dasein auf Erden so zu gestalten, wie es unsere unglaublichen technischen und wissenschaftlichen Fähigkeiten gestatten. (25. Juli 1969)

»Aufbau« hilft Geschichte schreiben

Aktion Landkarte

Spione haben nach dem Zweiten Weltkrieg – wie immer nach Kriegen – ihre »Enthüllungen« veröffentlicht. Intelligence-Chefs wie Allen Dulles schilderten Begegnungen, die, angeblich oder wirklich, den Gang der militärischen und politischen Operationen beeinflußten. Aber eine Aktion des »Aufbau« hat im stillen wahrscheinlich stärker gewirkt als einzelne Taten und Geheimkontakte zwischen den Lagern.

Am 20. November 1942 veröffentlichte das Blatt den folgenden Aufruf:

IMMIGRANTEN –
HELFT DEN AMERIKANISCHEN BESATZUNGSTRUPPEN!

Wenn amerikanische Offiziere und Soldaten in hoffentlich nicht allzuferner Zeit Deutschland besetzen, müssen sie erstklassig ausgebildet sein, um sich überall gut zurechtzufinden. Dies ist eine gewaltige Aufgabe und erfordert »background studies«. Es wird daher für Ausbildungszwecke folgendes Material dringend gewünscht, das nicht zu alt sein soll:

Baedeker und andere Reisehandbücher, Beschreibungen von Gegenden, Strassenverzeichnisse, Firmenkalender, Adressbücher, Telephonbücher, Verzeichnisse von Beamten und Angestellten des Staats, der Städte und von Firmen oder Konzernen, Budgets von Städten, der deutschen Länder, und anderes statistisches Material, auch über kleinere Gemeinden.

Wir appellieren an jeden Immigranten, in seinen Kisten und Schränken nachzusehen, ob er noch solches Material besitzt, damit es als Beitrag zur Kriegsführung an die Anstalten geleitet werden kann, die es für die Ausbildung von Offizieren und Mannschaften dringend brauchen. Jedes einzelne Stück soll die Inschrift tragen: Gift for the War Effort by the refugee ... (name) ... (address).

Es wird gebeten, die Zusendungen an den »Aufbau« zu richten, der das Material sofort weiterleitet.

Am 4. Dezember 1942 berichtete der »Aufbau« über den Erfolg der Aktion und erneuerte den Aufruf:

DIE AKTION FÜR LANDKARTEN,
STADTPLÄNE UND KRIEGSWICHTIGE INFORMATIONEN

Der Appell für Landkarten und Stadtpläne, den der »Aufbau« am 20. November veröffentlichte, verspricht einen grossen Erfolg. In Hunderten von

Briefen haben Refugees aus Europa ihre Bereitwilligkeit erklärt, durch Übersendung von Landkarten, Autokarten, Stadtplänen, Generalstabskarten und Informationen über die Lage kriegswichtiger Betriebe Wesentliches zu der Niederlage Hitlers beizutragen. Jedes einzelne Angebot wird genau geprüft und es wird mit den zuständigen Amtsstellen Fühlung genommen.

Die Aktion ist aber noch in vollem Gange. Es wird deshalb an die Tausende von Lesern appelliert, die noch nicht Zeit hatten, ihre Regale, Kisten usw. auf wichtiges Material hin durchzusehen. Alle diese werden dringend gebeten, sobald als möglich an:

Geographic Research, Department of Geography, Wharton School, University of Pennsylvania, Philadelphia, Pa.

zu schreiben. Auch der »Aufbau« nimmt solches Material an und leitet es weiter.

»Geographic Research« ist noch besonders interessiert an genauen Ortsplänen von Mittel-, Ost- und Westdeutschland, von Österreich, Skandinavien, den Balkanländern, Frankreich, Italien, anderen Mittelmeerländern, usw. Ferner sind neuere europäische Telefonbücher oder Adressbücher von Interesse.

Wir erwarten in Ergänzung der Zuschriften, die eingegangen sind, noch weitere Angebote von Plänen, Kartenwerken und Informationen über die Lage kriegswichtiger Betriebe. Die Mitarbeit der Refugees an dieser kriegswichtigen Arbeit wird ein hervorragender Beweis für ihre bereits bekannte Loyalität sein.

Die Redaktion des »Aufbau«.

Am 23. Januar 1943 schrieb die große »New York Herald Tribune« unter der Überschrift »Refugees' Maps Assist U. S. in Planning Attack«:

Tausende von Flüchtlingen aus Deutschland und den von Achsenmächten besetzten mitteleuropäischen Staaten haben in den letzten beiden Monaten in ihren Koffern und persönlichen Papieren nach Landkarten, Bildern und anderem Informationsmaterial gesucht, das für die Vereinten Nationen von militärischem und wirtschaftlichem Wert sein könnte.

Über 1000 Personen haben bereits wertvolle Landkarten, Bilder militärischer Ziele und Zeichnungen von Örtlichkeiten ihrer Heimatländer übermittelt, an denen sich vor dem Eintritt der USA in den Krieg gegen die Achsenmächte Fabriken, Untergrundlager, Benzintanks und andere Kriegsinstallationen befanden.

Die meisten dieser Dokumente wurden den interessierten Behörden durch »Aufbau« zugesandt, das vom New World Club veröffentlichte deutschsprachige Blatt, das schätzungsweise von 150 000 mitteleuropäischen Flüchtlingen in Amerika gelesen wird.

»Aufbau« startete die Kampagne für das Material in seiner Ausgabe vom 20. November. In einem die Aktion stützenden Leitartikel wurde darauf hingewiesen, dass ein kleiner deutscher Ort wie Griesheim am Main, vier Meilen von Frankfurt entfernt, die Stätte verschiedener militärischer Punkte sei, deren genaue Oertlichkeiten durch Flüchtlinge aus dem Ort nachgewiesen werden könnten.

Das Blatt, das verschiedene Wohlfahrtsorganisationen der Flüchtlinge unterstützt, sandte die meisten der von den Lesern übermittelten Informationen an die geographische Forschungsabteilung der Wharton School of Finance and Commerce an der University of Pennsylvania.

Dort wird das Material – unter der Leitung von Dr. Robert M. W. Kempner, dem führenden Rechtsexperten des preussischen Innenministeriums vor der Machtergreifung Hitlers – inspiziert, in die richtigen Zusammenhänge gebracht und kritisch bewertet; alle Informationen von Bedeutung werden an die jeweils zuständige Regierungsstelle weitergeleitet.

Einiges Material wurde jedoch vom »Aufbau« direkt angefordert durch das von Oberst William J. Donovan geleitete Office of Strategic Services, das Daten für das amerikanische Heer sammelt.

Charakteristisch für das von den Flüchtlingen zur Unterstützung der Alliierten gesandte Material ist der gestern eingelaufene Brief einer Frau, der früher eine grosse Villa in Berlin gehörte. Sie schickte ein grosses Bild des Gebäudes, einer mausoleumartigen Architektur, auf dem sie zwei Fenster mit einem Kreuz markierte. Der Brief, der genaue Zeichnungen und Diagramme enthält, erklärt, dass das Haus seit dem erzwungenen Verkauf an einen »Arier« ein Geheimarchiv mit amtlichen Dokumenten beherbergt. Die Kreuze bezeichnen die Räume, in denen sich die Geheimschränke befinden.

Ein anderer Leser sandte eine grosse Zahl äusserst detaillierter Landkarten aus Deutschland, Frankreich, den Balkanländern und anderen besetzten Gebieten. Einige davon sind auf Leinen aufgezogene Militärkarten. Sie enthalten Informationen über die Topographie der betreffenden Gebiete, sowie über Strassen, Fusspfade und wichtige Gebäude.

Die meisten Karten, die das Blatt erhielt, wiesen mit Bleistift- oder Tintenstrichen auf die Oertlichkeiten von Untergrund-Flughäfen, Benzintanks, Küstengeschützen und anderen militärischen Installationen hin.

An einigen dieser Punkte wurden natürlich seit der Ankunft der Flüchtlinge in Amerika Aenderungen vorgenommen, aber in ihrer Gesamtheit sind die Informationen von bedeutendem Wert. Einige von ihnen mögen die Grundlage für Bombenangriffe der RAF und der USA-Luftwaffe bilden.

(Aus dem Englischen übersetzt)

Am 30. April 1943 erließ der »Aufbau« einen weiteren Appell:

VIELLEICHT HÄNGT DER ERFOLG DER INVASION VON DIR AB

Der ausserordentlich grosse Erfolg, den unser »Map Drive« hat, veranlasst uns, unseren Lesern ein weiteres Ersuchen einer US-Regierungsstelle zu unterbreiten. Es werden sofort gesucht:

Photos, besonders aus den Küstengebieten, von Häfen, von allen möglichen Arten von Fabriken, Stadtpläne, Strassenpläne usw.

Nur aus folgenden Gebieten:

Inseln des Mittelländischen Meeres, Italien, Nordküste und afrikanische Küste des Mittelländischen Meeres.

Bitte alles Material an den »Aufbau«, 67 West 44th St., New York City zu senden, der für die Weiterleitung Sorge tragen wird. Es wird nur Material gesucht, auf dessen Rückgabe verzichtet wird.

Heer und Flotte brauchen dringend die Hilfe aller »Aufbau«-Leser. Vielleicht hast Du gerade das Photo, das noch in den Kriegsakten fehlt – vielleicht entscheidet Deine Hilfe Aktionen von ungeheurem Ausmass.

Bereits vorher – am 22. Januar 1943 – hatte der »Aufbau« geschrieben:

Über ein Ergebnis dieser und anderer Aktionen sollten sich Hitler und die Nazis klar sein: die Vereinten Nationen wissen heute mehr über Hitlers wunde und verwundbare Stellen als er selbst.

Konkrete Nachweise liegen nicht vor, aber es darf als wahrscheinlich angenommen werden, daß zum Beispiel die Bombardierung der Gestapo-Gebäude und des Eichmann-Hauptquartiers im früheren jüdischen Logenhaus in der Kurfürstenstraße in Berlin mit Hilfe von Informationen der Flüchtlinge erfolgte. Sobald die Geheimarchive eines Tages geöffnet werden, wird man vielleicht auch hören, ob der erfolgreiche Luftangriff auf die Möhnetalsperre auf diese Weise ermöglicht wurde.

Patriotisch und humanitär

Auch sonst wurde im »Aufbau« während des Zweiten Weltkriegs die Loyalität der deutschen Emigration gegenüber ihrer neuen amerikanischen Heimat akzentuiert. Dahinter steckte nicht nur der ehrliche Wille der Emigranten, das Ihrige zur Niederlage der Achsenmächte beizutragen, sondern auch die Absicht, dem amerikanischen Justizministerium zu zeigen, daß die Emigration von der Kategorie der »enemy aliens« abgesetzt werden sollte. Darum wurde das patriotische Banner oft – wahrscheinlich allzu oft – gehißt.

Dem patriotischen Impuls der politischen Flüchtlinge entsprang 1942 die Idee, den amerikanischen Streitkräften aus eigenen Mitteln ein Kampfflugzeug zu stiften. Der Name? »Loyalty« natürlich.

Der »Aufbau« kurbelte die Aktion an und meldete in seiner Ausgabe vom 17. April 1942 die »begeisterte Zustimmung der offiziellen Kreise in Washington«:

Die leitenden Persönlichkeiten im House, im Senat, in den Ministerien – sie alle haben nur eine Meinung: Eine ausgezeichnete Idee, ein wundervoller Versuch, jenen inneren Kontakt zu festigen und zu steigern, der heute so dringend notwendig ist, notwendig für beide Teile. Für den grossen, mächtigen Partner, den das amerikanische Volk darstellt, und die relativ kleine Schar der Immigranten, die darauf brennt, mit ihm den Kampf gegen Hitler und den Faschismus führen zu können. »Wenn dies Werk gelingt«, äusserte ein hoher Beamter zu einem Vertreter des »Aufbau«, »so ist für die Sache der jungen Immigration und alle ihre Probleme viel gewonnen.«

Fortlaufend wurde über den Gang der Sammelkampagne berichtet. Eine Zuschrift an das »Loyalty«-Komitee stammte von dem früheren Berliner Stadtverordneten und Reichstagsabgeordneten Hugo Heimann und seiner Frau. Heimann sandte einen Dollarschein mit den Worten: »Niemand bedauert mehr als ich selbst, daß unser Beitrag so gering ist. Aber wir haben alles verloren, und mit 83 Jahren habe ich keine Stelle.«

In Hollywood stützten Ernst Lubitsch, Wilhelm Dieterle, Frau Bruno Frank und die Tochter Bruno Walters die Aktion. Am 9. Oktober wurde das Endergebnis gemeldet: $ 48 500. Insgesamt hatten sich rund 16 000 Menschen an der Sammlung beteiligt. Der Scheck wurde am 28. Oktober 1942 in Washington vor zahlreichen Pressephotographen dem stellvertretenden Minister für die amerikanische Luftwaffe, Lovett, übergeben. (Die »Loyalty«-Abordnung bestand aus den Vorsitzenden des Komitees, Arthur Cohn und Dr. Wilfred C. Hulse, und seinem Schatzmeister Arthur Loewengard.)

Die Taufe der »Loyalty« folgte im März 1943 auf dem La Guardia-Flug-
feld in New York. Brigadiergeneral Willis R. Taylor dankte den Emigranten
»für den feinen amerikanischen Geist, den Sie bewiesen haben«. Elisabeth
Bergner taufte das Flugzeug:

Amerika, selbst eine Mischung von Rassen und Völkern, ist das edle Symbol
der mächtigsten Streitkraft, die die Welt je gesehen hat. Amerika widmen
wir in Demut dieses Flugzeug.

Und Dir, Kampfflugzeug P-40, das in der Sonne vor uns glitzert, wünschen
wir herrlichen Erfolg. Wenn Du über unsere Heimatländer fliegst – Deine
grossen Brüder, die amerikanischen Bomber, vor den Angriffen der Feinde
schützend – wenn Du so Deinen kleinen Teil tust, um den Sieg für Wahrheit,
Gerechtigkeit und Liebe zu beschleunigen – nimm eine Botschaft der Hoffnung mit für unsere unglücklichen Landsleute, die noch unter dem Joch der
Unterdrückung leben. Nimm die Botschaft mit, dass Amerika und seine Verbündeten unerbittlich arbeiten und kämpfen, Tag und Nacht. Bring ihnen
unser Gebet, Glaube und Hoffnung, dass sie bald aus ihrer Sklaverei befreit
sein werden. Dass bald die strahlenden vier Freiheiten auch ihnen gehören
werden, dass bald eine neue Welt der Gerechtigkeit und Freiheit triumphie-
rend erstehen wird für alle Menschen.

Kampfflugzeug P-40; mögest Du in der Vorhut von Amerikas Streitkräften
sein, die die Feinde der Menschheit aus den Himmeln, den Ländern und den
Meeren der Welt vertreiben.

Und so taufe ich Dich: »Loyalty«.

(26. März 1943)

Eine Loyalitätsaktion anderer Art unternahm der »Aufbau« 1948. In der
Nummer vom 28. Mai wurde der Wortlaut eines Telegramms an den Bürger-
meister Israel Rokach von Tel Aviv mitgeteilt:

Es ist uns eine Freude und Genugtuung, Ihnen, dem Oberhaupt der unter
fortgesetzten heftigen Angriffen des Feindes unerschüttert standhaltenden
Hauptstadt des Staates Israel, mitteilen zu können, dass unser Blatt und die
mit ihm verbundene Organisation einstimmig beschlossen haben, der Stadt
Tel Aviv eine Motor-Ambulanz als Geschenk zu überweisen. Die Ambulanz
ist bereits in Auftrag gegeben und wird sofort nach Lieferung an Sie abgehen.
Ihnen, Herr Bürgermeister, bleibt es überlassen, zu entscheiden, wo und an
welcher Stelle unsere Ambulanz die beste und zweckmässigste Verwendung
finden kann. Wir bitten Sie und mit Ihnen alle Bürger von Tel Aviv, unsere

Gabe als ein bescheidenes Zeichen der Bewunderung und des Dankes der jüdischen Immigranten aus Deutschland und Oesterreich für das kämpfende und aufbauende Israel, dem unsere heissesten Segenswünsche gelten, ansehen zu wollen.

Die Übergabe der Ambulanz meldete der »Aufbau« in einem Bericht aus Tel Aviv:

Die vom »*Aufbau*« *und* »*New World Club*« für Israel gestiftete Ambulanz ist in diesen Tagen in Tel Aviv den dortigen Stadtbehörden übergeben worden. Es war ein schöner Spätsommernachmittag. Auf dem hübschen Platz vor der Tel Aviver Stadtverwaltung hatten sich zu beiden Seiten einer Bühne, von der die jüdische Fahne und die Fahne des Red Magen David wehten, einige hundert geladene Gäste eingefunden. Rings um den Platz und in den anliegenden Strassen hatte sich ein zahlreiches neugieriges Publikum eingefunden, das von Polizei und Ordnern des Magen David Adom in der Absperrungszone gehalten wurde.

Pünktlich zur festgesetzten Zeit erschien der lange Zug von einundzwanzig blendend weissen, von verschiedenen Organisationen in den Vereinigten Staaten gestifteten Ambulanzwagen. An der Spitze fuhr der Wagen des »Aufbau«, der in Hebräisch und Englisch die Inschrift trägt »donated by Aufbau, American-Jewish weekly, New York City«.

Der »Aufbau«-Wagen war der Star der Parade, denn er hielt während der Feierlichkeit als einziger direkt vor der Rednertribüne und wurde unzählige Male von den verschiedenen Photographen und Filmleuten aufgenommen.

Als erster Redner bestieg der Bürgermeister *Israel Rokach* das Podium und widmete insbesondere der Spende des »Aufbau« einen grossen Teil seiner Rede. Er war voll des Dankes und der Anerkennung für die vom »Aufbau« und »New World Club« gezeigte Gesinnung und feierte sie als beispielhaft für die innere Verbundenheit des amerikanischen Volkes mit Israel. Er nahm *mit Liebe und tiefem Dank* die Gabe des »Aufbau« entgegen. Sie helfe einem dringenden Bedürfnis ab, da bis zum heutigen Tage das grosse städtische Krankenhaus in Tel Aviv, »Hadassah«, über keine eigene Ambulanz verfügte. Die »*Aufbau*«-*Ambulanz werde die Hadassah-Ambulanz werden* . . .

Am nächsten Tage verzeichnete die gesamte hebräisch, englisch und deutsch geschriebene Presse in Israel mit besonders herzlicher Anerkennung die Tatsache, dass »Aufbau«, das Blatt der deutschsprachig-jüdischen Einwan-

derung in USA, eine so glänzend mit modernsten Hilfsmitteln für Zivil- und
Felddienst zugleich ausgestattete Ambulanz Israel geschenkt habe. Viele
Zeitungen brachten grosse Photos unserer Ambulanz.

(17. September 1948)

»Gesucht wird . . .«

KURT LUBINSKI

*Seit Mai 1939 erfüllte der »Aufbau« neben seiner politischen auch eine be-
deutsame menschliche Mission besonderer Art: durch Anzeigen und Suchli-
sten brachte das Blatt Menschen zusammen, die einander seit Jahren und
oft Jahrzehnten nicht mehr gesehen hatten.*
*Eine einzige »Aufbau«-Suchanzeige ergab Antworten aus Brooklyn, New
York, Johannesburg in Südafrika und Onehunga in Neuseeland. Ein junges
Mädchen in Chile, das zur Erinnerung an die Vergangenheit nur eine ver-
blaßte Fotografie besaß, erhielt Briefe aus England, Ägypten, USA und
Südamerika. Alle Verwandten wurden gefunden: Großeltern, Tanten, die
Schwester und – der Vater. Die Frau, die die Suchaktion für das Mädchen
eingeleitet hatte, schrieb an den »Aufbau«:*
. . . Dass ein einziger Aufruf in einer einzigen Zeitung das schaffen konnte,
das allerdings ist märchenhaft. Es ist selbstverständlich, dass es keine andere
Zeitung sein konnte als Ihr »Aufbau«. Ich bin Ihnen so dankbar, dass es
eine Zeitung gibt, die solches Suchen und Finden möglich macht.
*Mary Graf, die diesen Brief im »Aufbau« vom 1. April 1955 mitteilte, wies
darauf hin, daß das Blatt auch Suchlisten von Organisationen mit durch-
schlagendem Erfolg druckte:*
Das Rote Kreuz schrieb einmal, dass es 80 Prozent seiner Anfragen durch
den »Aufbau« positiv erledigen könne.
*Der folgende Artikel schildert eine der unwahrscheinlichsten Geschichten, die
das Leben zum Teil mit Hilfe einer Zeitung schrieb. Er stammt von Kurt
Lubinski, der bis zu seinem Tode 1955 ein vielseitiger Mitarbeiter des »Aufbau« (Theater- und Buchkritik, Feuilleton) war. Lubinski, der vor dem
Hitlerregime in Deutschland sich als Reiseschriftsteller einen Namen gemacht
hatte, studierte noch in vorgerücktem Alter Germanistik an der Columbia
University und wurde Deutschprofessor an der New York University.*

Gesucht wird: Nichtenberg. Rosa. geb. Grünblatt. früher Berlin. jetzt
U. S. A., von Moses Greenblatt, c/o D. Kessler, 956 East 172nd St., Bronx,
N. Y.   *»Aufbau«, 26. Mai 1944.*

Mr. Moses oder Morris Greenblatt, wie er sich im Geschäftsleben nennt, ein
Mann in den besten Jahren, sass eines Nachmittags in seinem Laden »Greenblatt's Delicatessen«, 8001 Sunset Boulevard, Hollywood. Filmgrössen
machten ihre Einkäufe, Ernst Lubitsch, Felix Bressart, Walter Slezak und
Frau; Louise Rainer ass Greensblatts köstlichen »Gefilte Fish« gleich an Ort
und Stelle. Mrs. Greenblatt aber erinnerte sich plötzlich, dass sie eine Ver-
abredung mit ihrer Schneiderin hatte, und Mr. Greenblatt, fachkundig und
guter Ehemann zugleich, schloss den Laden und ging mit.
Es waren noch mehr Kunden in dem Salon und die Schneiderin sagte:
»Sehen Sie, Mr. Greenblatt, die Dame dort ist eine ›Refugee Lady‹ aus
Berlin.«
Mr. Greenblatt: »Aus Berlin? – Haben Sie lange dort gelebt?«
»Dreissig Jahre«, sagt die Dame.
»Und in welcher Gegend?«
»In der Grenadierstrasse.«
»In der Grenadierstrasse? – Dann kennen Sie am Ende meine Schwester –
die Rosie – Rosie Grünblatt?«
»Aber natürlich. War sie nicht immer in dem Schreiber'schen Milchladen?«
»Ja, das ist meine Schwester all right«, sagte Mr. Greenblatt. »Wissen Sie
ihre Adresse?«
»Sie ist in Amerika. Aber ihre Adresse weiss ich nicht.«
Kein Nachforschen hilft. Mr. Greenblatt gibt es auf, seine Schwester Rosie
wiederzufinden.
Und das war im Jahre 1940.
Genau betrachtet, ist Morris Greenblatt sein Leben lang auf der Suche ge-
wesen, auf der Suche über die kleinen und die grossen Landstrassen der Welt,
nicht nur nach seiner Schwester Rosie, sondern auf der Suche nach Lebens-
glück und Frieden, nach der Erfüllung seines jüdischen Schicksals.
Der Vater hatte die Mutter verlassen und war auf Wanderschaft gegangen,
als Moses Grünblatt in Opatow, in Russisch-Polen, zur Welt kam. Vier
Jahre ist er alt, wie ihn die Grossmutter zum Grossvater nach Lodz bringt.
Der Grossvater ist Glaser und, wenn es in keinem Haus Fenster zu setzen

gibt, wird das wenige Brot noch weniger. Versteckt unter der Bank eines Eisenbahnkupees, fährt der fünfjährige Moses nach Hause zur Mutter – zum ersten Mal allein und auf seine angeborene Findigkeit gestellt, ein blinder Passagier. Nicht zum letzten Mal in seinem Leben, bei weitem nicht. Hier zwischen Opatow und Lodz wird der Junge zum Befehlshaber eines ganzen »Gang« seiner Art, lauter hungernder, lebenshungriger Judenkinder, denen Moses Grünblatt den Weg zu dem sichersten Versteck unter den Bänken des Eisenbahnzuges zeigt.

Moses besass keine Schuhe und hatte nie eine Bade-Anstalt von innen gesehen, als eines Tages der Vater wieder erschien. »Reich« geworden in den Augen der Familie, denn »Vater« Grünblatt hatte inzwischen seine Nationalität gewechselt. Er war türkischer Staatsbürger geworden, hatte zum zweiten Mal geheiratet und lebte, zivilisiert, anständig gekleidet, mit geordnetem Erwerb, in Basel. Er nahm seinen Sohn Moses mit sich nach der Schweiz.

In Luzern ging er jetzt zur Schule. Er war nicht mehr allein. Eine kleine Schwester war da, die er betreuen durfte, Rosie. Sie war nun seine Schutzbefohlene, und beide waren nicht mehr Kinder in zerfetzten Kleidern. Rosie war der erste Mensch, der zärtlich zu ihm war, und sie nannte ihn »Moische«. Aber die Schweiz blieb die Fremde; der so lange vermisste Vater blieb ein Fremder. Moses bekam Sehnsucht nach der alten Heimat, in der ihn der Grossvater Jiddisch lesen und schreiben gelehrt hatte. Mit zwölf Jahren, eine Fahrkarte, soweit reichend wie möglich, in der Tasche, war er wieder allein. Die Fahrkarte ging nur bis Krakau und das letzte Ende der Reise war seiner Geschicklichkeit, seiner Gabe sich durchzuschlagen, wieder einmal überlassen.

Er lernte Bürstenbinden und fand in Warschau Arbeit. Aber als die russische Revolution von 1905 das Land in Verwirrung setzte, war auch seine bescheidene Existenz vernichtet. Er mußte weiter suchen, von Stadt zu Stadt, schließlich kam er über Breslau nach Berlin.

In der Grenadierstrasse hatte jetzt der Vater ein Milchgeschäft. Rosie, die Schwester, war sechs Jahre alt, als der große Bruder kam. Seitdem er mit ihr dort hinter dem Ladentisch gespielt hatte, hat er sie achtunddreissig Jahre lang nicht wiedergesehen.

Denn es war kein Platz für Moses im Hause. Drei Mark in der Tasche genügten für einen Start in Leipzig und für Arbeitssuche in Fulda, Mannheim und Köln am Rhein.

Anzeigenseite der Ausgabe vom 31. Mai 1946. »Aufbau« diente nach dem Zweiten Weltkrieg als wichtiges Organ für Familienzusammenführung.

Gesucht wird

Gebühr $1.00 für jeden gesuchten Namen. Familien gleichen Namens bezahlen $1.00, wenn die Daten für alle übereinstimmen. Suchanzeigen sind an den "Aufbau" zu richten.

Haas, Joseph (Krawatten-Mfg., früher Heldenbergen, Hessen, jetzt Columbus, Ohio), von Siegfried Kirschner, 60 Cabrini Blvd., New York 33, N. Y.

Meister, Jenoe-Eugen (früher Budapest, 1944 deportiert nach Sachsenhausen, dann K.Z. Tit-

---

Wir suchen unsere Mutter:

Bertha-Mucke Friedmann

verw. Wolfsohn
geb. Wallfisch

früher Breslau, deport. von Beausoleil, Frankreich, September 1942.

HENRY WOLF-WOLFSON
Hotel Casino
Varadero Beach, Cuba

CLAUDE WOLFSON
Bld. Belgique 19, Monaco
Principauté de Monaco.

Wer kann Auskunft geben
über meine Verwandten:

BERTHA JACOB
geb. Flanter

ADOLF JACOB

aus Breslau, Sonnenstr. 33, zul. Israel. Altersheim, Breslau, Kirschallee, oder deren Verwandte:
FLANTER, MORGENSTERN, HERZFELD (Namslau), UCKO, GOLDSTEIN, sowie

MARGARETE JACOB

geb. Selowsky, aus Magdeburg, zul. Ratibor, Obschl., Niederwallstrasse 17.
Unkost. werd. gern erstat.
GUILHERME (Willy) JACOB
aus Ratibor-Gleiwitz, Adr.:
Sao Paulo, Brasil
Caixa Postal 3521.

Wir suchen unsere Eltern
und Geschwister:

SALOMON BAUM und
Frau CERLINE

geb. Ackermann, Frei Laubersheim, Rheinhessen;

JENNY BAUM

FLORA BAUM

letzter Wohnsitz Worms a./Rh.

ROSA BAUM

Frankfurt a. M., Eschersheimerlandstrasse 67;

Friedel KATZENSTEIN

deportiert von Leeuwarden, Holland, im 1942.
Dankbar für jede Auskunft.
Alle Unkosten vergütet.

BAUM BROTHERS
GOOD WILL FARM
HATFIELD, PENNA.

Dankbar für jede
Auskunft über:

Fam. **Herbert Prinz,** früher Lauenburg/Pom.; Fam. Paul Prinz, Fam. Siegmund Prinz, Fam. Fritz Jacoby, Fam. Hans Preuss, fr. Berlin. — Richard Karo, 120 Haven Ave., New York 32, N. Y.

---

lingi, Bayern, dann Hamburg), von Jan Wolf, House Theodori, Katamon Quarter, Jerusalem, Palestine.

Weinmann u. Frau u. Sohn u. Tochter (früher Pelzgeschäft), von G. Streussler, 49 Upper Berkeley St., London W. 1, England.

Nussbaum, Frederic u. Familie (zul. 6030 Waterman Ave., St. Louis, Mo.); und Schulein, Frau Alfred (zul. 882 Clements Ave., St. Louis, Mo.), von Frau Heinrich Loewenstein, Slotsgade 13, c/o Wittgrefe, Fredensborg, Dänemark.

Lubasch, Abraham und Necha u. Samuel u. Hersch u. Dawid (früher Brzozow - Polen), und Freifeld, Hersch und Mathilda (früher Domaradz-Polen, jetzt alle Bronx oder Brooklyn), von Henia Holdstein, Garching/Alz, Oberbayern, 159a, U.S. Zone, Postleitzahl 13b, Germany.

Mendelsohn, Jack, von Rudner, 666 West End Ave., New York City (für Leopold Mendelsohn, Berlin).

Eisenkling, Artur (früh. München, zul. Paris), von Jakob Eisenkling, c/o Hicem, P. O. Box 1425, Shanghai, China.

Grauer, Dr. Rudolf (Rechtsanwalt aus Wien), von Bruder Emil Grauer, 2 Rue des Maronites, Paris 20, France (schwer erkrankt).

Frimberger, Josef (zul. 414 E. 163 St., N.Y.C.); und Rosenau, Walther S. (zul. 5330 Blackstone Ave., Chicago); und Weyl, Max, 24 Courtland St., Middletown, N. J.); und Rothschild, Ernst (zul. 414 Lake St., San Francisco, Cal.); und Hess, Werner und Ellen (früher Wiesbaden, dann Kansas City), von Walter Flackenheim, c/o Hicem, Shanghai, China.

Schoenfeld, Dr. Bruno (zul. Community College, Stillwater, Minn.), von Alfred Zacharias, c/o Hicem, Shanghai, China.

Horiz, Armin, Ing. (früher Wien, jetzt U.S.A.), von Vally Edmond, 234 E. 76 St., New York City (für Dr. Dezider Friedmann).

Urman, Jack (seit 1939 USA.); und Hermann, Dr. jur. (seit 1940 USA, zul. 1402 Vicennes Ave., Chicago Heights. Ill.); und Urman, Joe (seit 30 Jahren USA, verm. Bronx), von Claire Hradetzny, 41 D, USSR Embassy Compound, Peiping, China.

Borut, Harry (bis 1939: 126 Perry Ave., N. Y.); und Lipman, Bella (bis 1939: 706 Vanderbilt St., N. Y.), von Judyta Rogol, UNRRA Team 7, c/o 115 Mil. Gov. Det., B.A.O.R.

Halbrohr, John (seit 1914 Metzger in Brooklyn), von Mrs., Max Gans, 21 Sherman Avenue, New York 34 (für Steven Gombos, Luxemburg).

Eidinger, Nathan und Bertha (früher Wien, jetzt Nizza, France), von Heide Weil-Fluss, 155-01 90th Ave., Jamaica, L. I., N. Y.

Gottschalk, Dr. Walter (früh. Haiti); und Fischer, Alfred (USA), von Victor Fischer, Plaza Hotel, New York City.

Jakubowicz, Regina (früher Sossnowitz - Polen, zul. New York); und Herschkorn, Jaku-Jankel (Friedlaender), Zaharat, (zul. New York); und Onkel Herschkorn oder Friedlaender (Inh. eines Installationsunternehmens, zul. Florida); und Friedlaender, Bernhard (Juwelier in Tel-Aviv); und Spalten, Frimeta, geb. Jakubowicz (Palästina), von Nuta Nathan Jakubowicz, Yorckstrasse 6, II, Hannover, Germany.

Reich, Gustav (früher Gmünd, Nieder-Oesterreich, zul. England); und Streussler, Heinrich und Familie (früher Wienernstadt, zul. England), von Leopoldo Zeilinger, Ciudad de la Paz 1951, dep. 3, Buenos Aires, Argentine.

Lipschuetz, Herbert (früher Prenzlau, Uckm., jetzt USA), von Rudolf Davidsohn, Caixa Postal 3674, Rio de Janeiro, Brazil.

Wunsch, Isak (geb. in Hutniki, Bez. Brody, Polen, seit 1912 USA, Eigentümer einer Restauration in New York); und

---

Das erste Lebenszeichen

Israel Eliezer **Szprycer** (Sohn von Abraham und Dwoyra Szprycer, geb. Waysman, aus Warschau), Krygslean 83, Gent, Belgien.

Julius **Joachimsthal** (geb. 7. Juni 1883, Berlin), 343-85 Ward Road, Shanghai-Hongkew, China. Hans, Walter und Erna **Courant**, c/o Jasinski, Ul. Zamkowa 70-M 5, Katowice, Polen.

Milka **Giwerz,** geb. Zentner (aus Kazatyn, 1911-38 Düsseldorf), Avenue Charles Quint, 263 Bruxelles, Belgium.

Erich und Gerda **Ascher,** geb. Stein (fr. Stettin), 108 Paoting Road, Shanghai, China.

Margarete **Stein,** geb. Eisenhardt (fr. Salzwedel), 108 Paoting Road, Shanghai, China.

Street, Ridgewood, L. I.), von J. Kramer, Chauffeur im D.P. Hospital 2014 in Landsberg, Lech.

Rozenblat, Bajsech (New York); und **Tanchen Rozenblat** (Toronto, Canada), von Szaja Garnek, UNRRA Team 311, Landsberg, Lech, Bavaria, Germany.

Popowski, Familie (New York und Paterson, N. J.), von Pinkus Frajberg, UNRRA Team 311, Arnoldstr. 1, Landsberg, Lech, Bavaria, Germany.

Bauer, Emmi, geb. Berger (fr. Wien, Schuhhaus Bauer), von Liesel Stein, 57 Poplar Street, Bridgeport 5, Conn.

Töchter von Eisler **Feiwel** (früher Czechoslovakia, jetzt USA), von Armin Gedajlowitsch, UNRRA It. 34, AC. HC, C.M.F., Italia.

Freunde und Verwandte von Pola **Fajerstayn,** aus Lodz, Poland, von Pola Fajerstayn, UNRRA IT. 34, Camp Lecce, Hq. A.C. C.M.F., Naido, Lecce.

Frankl, Kitty, geb. Reich (früher Wien, seit 1938 USA; New York, Detroit und Philadelphia), von Ernst Landau, UNRRA Team JDC-JE 109, APO 757, US Army.

Sachs, Kurt (Weimar(, von Fritz Hartwig, 515 West 170 Street, New York City.

Schattenstein, Susanne, geb. Isserlin; und Stockuski, Dr. und Genia (zul. 26 Kestucio-Gve. Mariapole, Litauen), von Kurt Schmeltzer, 7 Maple Road, Bournville, Birmingham 30, England.

Payne, Olga (zul. New York, für Margarete Henkel, Berlin); und Nebel, Erwin (früher Hindenburg, für Ilse Steiner, London); und Pinchuk, Trudi (zul. 1444 Glynn Court, für Lily und Piri Berger); und Streit Izydor (zul. New York); und Zausner, Henie (zul. New York, für Maks Weiz); und Messel, Moris (Brooklyn, für Boris Icikson); und Goldberg, Mathias (früher Danzig, verm. Chicago, für Mrs. Itzig, London); und Ziegler, Chaim (früher Cholonea); und Johanna, geb. Rosendorff (früher Neustadt); und Ziegler, Emma (für Harry Siegmund, Leipzig); und Loewenstein, Mary (früher Kowno, Lithuania, für Jetta Wiesemann, Berlin), von American Federation of Jews from Central Europe, 1674 Broadway, New York 19, N. Y.

Shapiro, Mr. (früher Kowno), von R. S. Ruppel, Southbury, Conn. (für Liuba Pinkert).

Bettmann, Dr. Otto (früher Süddeutschland, seit 1939 New York), von Kate Lyon, 311 West 87 Street, New York (für Dr. Arndt Schneider).

Libowski-Guttmann, Mrs. (Chicago); und Eisenstaedt, Paula (zul. New York), von Hugo Libowski, Schüruferstrasse 309a, Dortmund-Aplerbeck, Postleitzahl 21, Provinz Westfalen, Deutschland, britische Zone.

Strauss, Hans (früher Nastaetten im Taunus, seit 1933 Ben Jehudastreet 25, Tel-Aviv, Palestine, Auto-Fahrschule Orient), von Ernst Michel, c/o Dana-News Agency, Bad Nauheim.

Fried, Joe und Zoltan (aus

Wessl, Karl (Ingenieur, New York), von Oskar Tycho, Köstlergasse 5/20, Wien VI, Oesterreich.

Gruenberg, Max (New York), von Mine Wenk, 33 bis Avenue Gambetta, Montauban T. et G. France (für Herta Salomons).

Scharf, Ernst (früher Wien, seit 1938 New York); und Brainin, Max und Fritz (früher Wien, Neffen des Schriftstellers Ruben Brainin); und Herz, Irma (früher Wien, seit 1938 USA); und Fraenkel, Leon und Trude, geb. Hauser (früher Wien); und Schindler, Baruch David (früher Wien, seit 1933 USA), von S. Kleiner, 225 Rue Crequi, Lyon, France.

Mendheim, Doris, von Elsa Segall, 2120-12 Street, Detroit 6, Mich.

Totcek, Werner (New York), von Selfhelp of Emigrees from Central Europe, Inc., 147 West 42 Street, Room 519, New York 18, N. Y.

Katz, Rudi (früher Essen, dann Philadelphia), von Alfred Rohr, 34 Hillside Avenue, New York 33, N. Y.

Bart, Mr. (Hotel u. Sodawasserfabrik in New York), von Jacob und Leopoldine Bart, 10 rue Rhonat, Villeurbanne, Rhone, France.

Cytrin, Sylvia (früher Ostruw Siedlec, Polen, seit 1913 New York); und Schwager von Leo und Luda Kopf (früher Thorn, Polen, jetzt New York, für Leo Birstein, Berlin), von Office of the Chaplain US Headquarters, Berlin District, APO 755, US Army.

Ucko, Arno und **Pepi,** geb. Hauser (zul. 640 Ft. Washington Ave., New York); und Ucko, Lothar und Nedel, geb. Hauser (zul. Rua Jose Maria 734, Sao Paulo, Brazil); und Kallmann, Edith, geb. Ucko und Martha (zul. Rua Alia 92, Laranyeiras, Rio de Janeiro), von Käte Engmann-Wollsteiner, Kurfürstenstrasse 8, Berlin-Steglitz, Germany.

Fuchs, Robert und Irma, geb. Friedlander (früher Berlin); und Weinstein, Benno und Ellen, geb. Buchholz (früher Berlin); und Bernhardt, Siegfried und Frau, geb. Ewenstein (früher Berlin); und Heilborn, Ludwig und Thekla, geb. Brann (früher Breslau); und Heilborn, Heinz und Hanna, geb. Neumann, und Heilborn, Egon (früher Breslau, dann Paris), von Margarete Schwartz, c/o Hicem, P.O.B. 1425, Shanghai, China.

Katzenstein, Henry (früher Ruhrgebiet, seit 1910 Südafrika), von Johanna Haase Israel, 321 West 100 Street, New York 25, N. Y.

INTERNATIONAL SEARCH CENTER

Gebühr $1.00 pro gesuchten Namen. Familien gleichen Namens bezahlen $1. wenn die Daten für alle übereinstimmen.

Jacobsohn, Ludwig, Jenny, Selma (aus Berlin-Charlottenbg., Droysenstr. 5, 1942 nach Theresienstadt deport.), von Lotte Weiss, 26 Sandringham Drive, Moortown, Leeds, England.

Glasberg, Herman (fr. Bad

American
New York Chapter — F
205 E. 42nd St., New York C
HAS MESSA

Anseme (or Arseme), Pasteur, N. Y. (from Olga Lepp, Marseille).

Besushko, Omelau (Dr.), N. Y. (from Wladimir Malarczyn).

Blobstein, Vilhelm, N. Y. (from Szersei Herskovits, Sweden).

Bronk, Arthur, N. Y. (from Red Cross in London).

Chusid, Sam, N. Y. (from Sal-

Köln war herrlich. Der Jahrmarkt war in vollem Schwung und in der »Herberge zur Heimat« gab es viele Altersgenossen, lauter Wanderburschen, wie er einer fast von der Wiege an war.

In der Herberge liess Moses sein Köfferchen – gegen Quittung wie üblich; bezahlte sein Bett im voraus, gegen Quittung wie üblich; und steckte sein schwer erspartes Vermögen von ganzen achtzig Mark in die Rocktasche wie ebenfalls üblich und – verlor in dem Gedränge des Jahrmarkts seine Quittung für Gepäck und Schlafstelle mitsamt seinem Vermögen von achtzig Mark.

Die Wanderburschen in der »Herberge zur Heimat« hatten Mitleid mit Moses Grünblatt. »Im Rhein ankert ein Schiff, das dringend Matrosen braucht«, sagten sie. Aber als Moses am andern Morgen hinkam, war es schon fort. Statt dessen lag am Brückenkopf ein Rheindampfer, die »Auguste Victoria«. Der schöne weisse Vergnügungsdampfer, der die internationale Touristenwelt zwischen Köln und Mainz spazieren fuhr, war in den Augen von Moses der Traum von einem Schiff. Und als er, am Brückenkopf herumlungernd, die Hände in den Taschen, sichtlich arbeitslos, diesen Traum betrachtete, erschien ein Mann mit einer blauen, goldverbrämten Mütze. So ein Mann ist immer der Kapitän, und Moses fragte nach Arbeit.

»Wie schnell kannst du kommen?« fragt der Mann mit der Mütze.

»In einer halben Stunde.«

Nach ihrem Ablauf diente Moses Grünblatt aus Opatow fünf Monate als Deckhand auf dem Rheindampfer und sparte sich das Geld für eine Fahrkarte Zwischendeck nach Buenos Aires zusammen.

In den Fabriken von Buenos Aires gingen 1907 Agenten umher, die erzählten, dass nur in Brasilien das Geld auf der Strasse läge. Fünfunddreissig Dollar pro Tag bekämen die Arbeiter, die sich zum Bahnbau in den Fieberdschungeln des Amazonenstroms verdingten. Dass sie aber nach kurzer Zeit das verdiente Geld wieder an die Compagnie vererbten, die es gezahlt hatte und die ihnen ein schlichtes Massengrab bereitete, erfuhr Moses Grünblatt erst, als er mit achthundert ebenfalls angeheuerten Leuten auf einem Boot der Bahngesellschaft den Amazonas hinauffuhr. Die andern hatten schon dasselbe vernommen. Es gab Meuterei, der Dampfer hielt und setzte die unangenehme Belegschaft ohne Geld und Lebensmittel kurzerhand ans Ufer.

Achthundert Mann machten sich im Dschungel des Amazonas daran, mit ihren Fäusten Flösse zu bauen. Halb auf dem oft überschwemmten Floss liegend, halb im Sumpfland watend, rettete sich Moses Grünwald nach der Stadt Manaos.

Es war die Rückkehr in die Zivilisation. Hier gab es Vertreter europäischer Regierungen und einen wenn auch mühseligen Weg – sechs Tage zu Fuss – zum nächsten Konsulat, dann einen Dampfer nach Rio und einen anständigen Schiffsjob auf der »Schleswig«. Aber Südamerika und die Hoffnung, das gesuchte Glück dort zu finden, hatte Moses Grünblatt abgeschrieben.

Jetzt sind die U. S. A. für ihn das gelobte Land seiner Suche. Aber als Seemann muss er reisen, wie die Schiffe fahren. Und wenn es zweimal um die Welt wäre. Selbst über Russland! Dort erwischen den jungen Mann die Soldaten des Zaren und stecken ihn in die Armee. Der Jude Moses Grünblatt muss in Sibirien dienen, in Blagowetschinsk. Es ist nicht weit von der Mandschurei, und desertieren ist nicht schwer im Grenzgebiet. In Kiautschau, in Tsingtau, in Shanghai arbeitet Moses als Kellner und Tellerwäscher und auf deutschen Schiffen reist er als Koch nach Japan. Er wechselt von Linie zu Linie, bis er – der Weltkrieg von 1914 bricht gerade aus – als Seemann in New York ankommt. Das Schiff fährt wieder ab – ohne Moses Grünblatt. Er ist an Land geblieben – illegal.

Das gefällt ihm nicht. Er will Morris Greenblatt werden und endlich ein geordnetes Leben führen. Die U. S. Army braucht Soldaten. Freiwillige bekommen ihre First Papers. Er wird amerikanischer Infanterist.

Hier, in der U. S. Army, fand zum ersten Mal die ganze Summe dessen, was Morris Greenblatt mosaikartig in einem Leben der Wanderschaft und Zähigkeit gelernt hatte, die verdiente Anwendung, seine Sprachen, seine geschickten Umgangsformen, seine Warenkenntnisse. Zuerst dient er gegen die Mexikaner in Arizona; 1915 kommt er zur 15. Infanterie, die in Tientsien am internationalen Polizeidienst teilnimmt.

Es ging stürmisch im Fernen Osten zu. Revolution in Russland, tschechische Truppen stranden in Wladiwostok, und Amerika sendet seine Expeditionskorps aus. Morris war als Dolmetscher dabei. Noch ein Dienstjahr auf den Philippinen, eines in Los Angeles, und als verabschiedeter Sergeant und amerikanischer Bürger nimmt Morris Greenblatt die Suche nach seinen von Krieg und Revolution versprengten Verwandten auf.

Die Mutter, die Grosseltern leben nicht mehr, erfährt er in New York. Einem Bruder schickt er das Reisebillet und 1925 – nach neunzehn Jahren – bekommt er die Adresse von Rosie, seiner Schwester, in die Hände. Er schreibt, sie antwortet: in Berlin fege die Inflation allen Besitz fort, sie sei glücklich verheiratet, ihr Mann käme auf Besuch nach Amerika, sein Glück zu versuchen. . . .

Zehn Tage später war der Schwager schon in Connecticut. Er brauchte Geld; denn sein erster Verdienst reichte nicht, um Frau und Kind kommen zu lassen. Er bat um sechshundert Dollar. Aber Morris Greenblatt war jung verheiratet und konnte nicht helfen. Der Schwager, enttäuscht, schrieb nur noch ein letztes Mal, bevor er nach Berlin zurückkehrte:

»Moses, Dein Vater ist gestorben. Ich schreibe Dir, damit Du Kaddisch sagen kannst. Das ist alles.«

Achtunddreissig Jahre, nachdem Moses Grünblatt seine Schwester Rosie im Milchladen der Grenadierstrasse zum letzten Mal gesehen hatte, verkaufte er sein Geschäft, Greenblatt's Delicatessen in Hollywood, und reiste, ein arrivierter Mann, Besitzer eines Hauses auf dem Sunset Boulevard, mit Frau und Tochter nach New York. Zum ersten Mal in seinem Leben hat er Zeit, wirklich Zeit nach seiner Schwester Rosie zu forschen.

Er setzt Anzeigen in die jiddischen Blätter New Yorks. Keine Antwort. Er geht auf die Bibliothek in der 42. Strasse, wälzt Adress- und Telefonbücher, er besucht die Hias, den Council of Jewish Women. Achselzucken überall. . . .

Resigniert sitzt er bei einem Freund, Fritz Mosell (171 East 73. Street): »Fritz, I have been everywhere. What shall I do now?«

»Wait a minute, Moses, your sister is a refugee, isn't she – and a refugee from Germany – then she certainly reads the ›Aufbau‹.«

Am Montag, den 22. Mai, eilte Morris Greenblatt zum Büro des »Aufbau«, bezahlte fünfzig Cents, und in der nächsten Nummer, am 26. Mai, stand unter der Rubrik »*Gesucht wird*« seine Anzeige:

Nichtenberg, Rosa, geb. Grünblatt, früher Berlin, jetzt U. S. A., von Moses Greenblatt, c/o D. Kessler, 956 East 172nd Street, Bronx, N. Y.

Es war seine letzte Hoffnung. Am Donnerstag ist er Downtown, kauft eine Nummer, liest seine eigne Anzeige, wartet Freitag, Sonnabend und – erwartet im Grunde nichts mehr.

Am Sonntag klingelt es an der Tür. Ein Telegramm ist da. Es ist aus Pittsburgh und Morris liest:

»*Saw your ad. Anxiously waiting for you. Please call sister Rose Berger.*«

Es war ein eigentümliches Telefongespräch, in dem die Geschwister nach achtunddreissig Jahren zu einander sagten:

»Moische, how are you?« und »How are you, Rosie?«

Morris Greenblatt fuhr mit dem ersten Zug nach Pittsburgh.

Rosie selbst – ihr Name war von Nichtenberg zu Berger vereinfacht – hatte die Suchanzeige im »Aufbau« nicht bemerkt. Aber eine Freundin, Mrs. B. Huttner, hatte sie entdeckt und Rosie vorgelegt. Diese hatte, seit sie in Amerika angekommen war, vergeblich nach ihrem Bruder Morris Greenblatt gesucht.

(7. Juli 1944)

Nürnberg und die Folgen

In dem Nürnberger Prozeß gegen die führenden Naziverbrecher kam es in der Nachmittagssitzung des 13. Dezember 1945 zu einem dramatischen Augenblick. Der amerikanische Ankläger Thomas Dodd (später US-Senator für Connecticut) erklärte:

Ich wurde erst heute früh darauf aufmerksam gemacht, dass in einer New Yorker Zeitung auf drei oder mehr Seiten Inserate von Familien erscheinen, die Auskünfte über Verwandte suchen, die früher ihren Wohnsitz in Deutschland oder Europa hatten. Die meisten dieser Anzeigen beziehen sich auf dieses oder jenes Konzentrationslager. Die Zeitung heisst: »Aufbau« und ist eine deutschsprachige Zeitung, die in New York City erscheint. Diese Nummer der Zeitung stammt vom 23. November 1945.

Ich will den Gerichtshof nicht mit der Liste der Namen aller dieser unglücklichen Menschen aufhalten, aber wir nehmen Bezug auf sie, als eine New Yorker Publikation, eine deutschsprachige Zeitung jüngsten Datums, die das schreckliche Ausmass dieser Tragödie zeigt, die so viele Menschen durch diese Einrichtungen der Konzentrationslager betroffen hat. Unserer Ansicht nach bedarf es keines besonderen Arguments zur Unterstützung unserer Feststellung, dass die Nazi-Verschwörer diese Konzentrationslager und ähnliche Schreckenseinrichtungen benutzten, um Verbrechen gegen die Menschlichkeit sowie Kriegsverbrechen zu begehen.

(Nürnberger Protokolle, deutsche Ausgabe, Band III).

Die »Aufbau«-Suchliste, von der Dodd sprach, enthielt Einträge wie diese:
Loewenstein, Hans (geb. 20. 8. 1902 in Düren, Rhld., seit 1938 Belgien, am 1. 7. 1944 mit 26. Transp. aus Malines nach Auschwitz deport., dann Buchenwald); und *Jaulus, Alfred* (geb. 16. 8. 1892 in Aachen, seit 1939 Belgien, 14. 5. 1940 deport. n. St. Cyprien, France, 1942 n. Blechhammer, O. S.,

Febr. 1945 Buchenwald) von Gertrude Hardt, 1 Mirrieless Circle, Great Neck, N. Y.

Friediger, Max (Markus), geb. Aug. 1875, und *Hedwig* (geb. 18. Nov. 1878, November 1941 aus Köln nach Riga deport., von dort 1942 Nachr. nach Köln gegeben, dann Provinz Lettgalen) von Sohn C. Friediger, 399 Park Ave., New York City, N. Y.

So wurden »Aufbau«-Daten zu Argumenten gegen die angeklagten Nazis. Noch mehr Material fand sich nicht in den Spalten der Zeitung selbst, sondern in den Zeugenaussagen, die durch die Vermittlung des Blattes bereits Jahre zuvor gesammelt worden waren.

Am 26. September 1941 – also noch vor dem Eintritt Amerikas in den Zweiten Weltkrieg – hatte der »Aufbau« den folgenden Aufruf veröffentlicht:

UNIVERSITÄT UNTERSUCHT NAZI-POLIZEIMETHODEN
»AUFBAU«–LESER KÖNNEN HELFEN

An einer der angesehensten amerikanischen Universitäten wird gegenwärtig eine wissenschaftliche Untersuchung über nationalsozialistische Polizeimethoden gemacht, deren Resultat der wissenschaftlichen und allgemeinen Oeffentlichkeit zu gegebener Zeit bekanntgemacht werden wird. Da zahlreiche Leser des »Aufbau« leider solche Polizeimethoden praktisch kennengelernt haben, sind sie die zur Beisteuerung von wichtigem Material berufenen Persönlichkeiten.

Material, das in deutsch geschrieben sein kann, wird über folgende Komplexe erbeten:

1. Konzentrationslager: Lage und Grösse, Zahl der politischen, jüdischen, kriminellen Häftlinge; Art der Verwaltung. Zahl, Verhalten der Leitung und der Bewachungsmannschaften, deren Bestechlichkeit, Lagerordnung, Misshandlungen, Beseitigungen, Selbstmorde, Gesundheitsverhältnisse, dauernde Schäden, Verpflegung, Art der Arbeit, Kontakte mit der Aussenwelt, angebliche Einlieferungs- und Entlassungsgründe, Haftdauer, zuständige Behörden, betrifft welche Zeit?

2. Einzelheiten über Beseitigung von Geisteskranken in Anstalten, Krankheitsart, Verfahren, Alter, Zeit der Unterbringung und Ort, Art der Benachrichtigung.

3. Zwangsarbeit, praktische Durchführung, Verschickung insbesondere von Frauen und Kindern.

4. Dienstliches und ausserdienstliches Verhalten von Staats- und Parteibeamten, z. B. Korruptionsfälle; Gefährdung von weiblichen und männlichen Jugendlichen durch staatliche Massnahmen.

Die Verwendung des Materials erfolgt selbstverständlich unter Weglassung aller Einzelheiten, die zu einer Identifizierung der betreffenden Persönlichkeiten führen könnten. Wer trotzdem sein statement anonym machen will, mag dies tun. Es wird gebeten, nur Selbsterlebtes mitzuteilen, nicht Kenntnisse vom Hörensagen.

Und nach dem Ende des Zweiten Weltkrieges in Europa folgte eine weitere Aufforderung:

ZEUGEN GESUCHT FÜR DIE HEIMLICHE AUFRÜSTUNG
DES REICHES VON 1918 BIS 1933

Wer kann aus eigener Kenntnis bekunden, dass das Reich nach dem Ersten Weltkriege verbotenerweise aufrüstete?

Wer hat Beweismaterial dafür?

Gemeint sind alle Arten der Kriegsvorbereitung, z. B. Schwarze Reichswehr, Fabrikation von Kriegsmaterial, Ausbildung von Spezialisten, etc., vor allem auch die Kriegsvorbereitungen auf russischem Boden von 1922 bis 1933 auf Grund des geheimen militärischen Abkommens mit Russland.

Das Beweismaterial wird dringend gebraucht.

Antworten und Material erbeten an den »Aufbau«, unter »Department of Documents«.

(27. Juli 1945)

In beiden Fällen stand hinter der Initiative der »Aufbau«-Mitarbeiter Dr. Robert M. W. Kempner, der spätere stellvertretende amerikanische Ankläger in den Nürnberger Prozessen. Tatsachenberichte strömten aus allen Teilen der Welt in den »Aufbau« und wurden an Kempner weitergeleitet. Seine Dossiers enthielten einen Schutzhaftbefehl mit der Begründung »Jude, daher gemeingefährlich«; Zahlungsaufforderungen an die Witwe eines in Dachau umgebrachten Juden: sie solle für die Kosten der Urne mit den Überresten des Ermordeten aufkommen; Einzelheiten über den Abtransport der Juden nach dem Osten im Oktober 1941; Briefe früherer Lagerinsassen, die sich erboten, über das mordende Aufsichtspersonal Zeugnis abzulegen. Das Anklagematerial türmte sich berghoch, während Hitler und seine Helfershelfer noch die Illusion einer Nazi-Weltherrschaft hegten.

Auch in dem spektakulären Einzelfall des Pazifisten Berthold Jacob diente

73

der »Aufbau« als Ankerpunkt zur Sammlung der inkriminierenden Fakten. In einem Artikel vom 27. Juni 1947 (»Der Tod von Berthold Jacob – Erste authentische Nachricht«) benannte Kempner verschiedene Gestapoleute, die für die grausame Behandlung Jacobs verantwortlich waren, und fügte hinzu: Wir bitten unsere Leser, besonders die in Europa, ergänzende Angaben über die obengenannten Polizeibeamten zu machen, um die Verantwortlichen zur Rechenschaft ziehen zu können.

Sofort kamen wertvolle Informationen aus der Schweiz und aus England. Sie wurden von Kempner im Nürnberger Wilhelmstraßenprozeß eingesetzt.

Besonders wichtig war eine von einem »Aufbau«-Leser zusammengestellte Folge von Ausschnitten aus schweizerischen Zeitungen. Sie enthielten Berichte über die Judenvernichtung. Die »Umsiedlung nach dem Osten« wurde darin als Euphemismus für den systematischen Massenmord erwiesen. Die deutschen Diplomaten, die im Nürnberger Wilhelmstraßenprozeß angeklagt waren, verloren damit ihre Verteidigungslüge, sie hätten von nichts gewußt. Sie konnten es nicht ableugnen, die schweizerischen Berichte gelesen zu haben.

»KEINE AMNESTIE FÜR HAUPTVERBRECHER«

Nach dem Schluß der Nürnberger Prozesse verlangte der »Aufbau« die systematische Aufspürung der übrigen Kriegsverbrecher und ihre Aburteilung. Er wandte sich auch scharf gegen die Begnadigung der Hauptschuldigen. So veröffentlichte das Blatt am 23. Juni 1950 einen Artikel seines Münchener Korrespondenten, in dem mitgeteilt wurde, daß die in Landsberg inhaftierten Kriegsverbrecher größtenteils keinerlei Anzeichen einer Gesinnungsänderung zeigten, dafür aber mit um so größerer Energie versuchten, einen Erlaß ihrer Strafe durch einen Gnadenakt zu erreichen. Ihre Bemühungen, so führte der Bericht aus, hätten sich verstärkt, nachdem das Oberste Bundesgericht in Washington eine nochmalige Nachprüfung der Urteile gegen Kriegsverbrecher endgültig abgelehnt hatte.

Im Zusammenhang mit diesem Artikel richteten mehrere Hunderte von Lesern des »Aufbau« an den Amerikanischen Hohen Kommissar in Deutschland John J. McCloy, Schreiben, in denen gegen diese Versuche nazistischer Verbrecher protestiert wurde. Um die Situation zu klären, hatte gleichzeitig der Chefredakteur des »Aufbau« den Hohen Kommissar gebeten, die Richtlinien seiner Politik zu erläutern.

McCloy erklärte in seinem Antwortschreiben an den »Aufbau«, daß er zu keiner Zeit eine generelle Amnestie für deutsche Kriegsverbrecher in Erwägung gezogen habe. Allerdings, schrieb er, mögen zwei Entscheidungen, die er in bezug auf die in Nürnberg verurteilten Kriegsverbrecher getroffen habe, mißverstanden worden sein.

Die eine dieser Entscheidungen beziehe sich auf die im Gefängnis von Landsberg befindlichen Kriegsverbrecher, von denen nur 101, die in Nürnberg verurteilt worden seien, seiner Zuständigkeit unterstünden, während 500 andere von der amerikanischen Armee abgeurteilt worden seien und dem Oberbefehlshaber des Europäischen Befehlsbereichs (EUCOM) unterstünden. McCloy sagte, er habe sich entschlossen, nach amerikanischem Muster in Landsberg ein System einzuführen, nach dem Gefangenen für gute Führung ein gewisser Strafabzug gewährt würde, und zwar zuerst fünf und dann 10 Tage im Monat. Dieses System gelte jedoch nicht für zum Tode oder zu lebenslangem Gefängnis verurteilte Gefangene. McCloy betonte, daß die Einführung dieses Strafabzugs »auf keinen Fall bedeutet, daß ich etwa Kriegsverbrechern gegenüber eine Haltung ungerechtfertigter Nachsicht eingenommen hätte«.

Die zweite Entscheidung beziehe sich auf die Ernennung eines »Beratenden Ausschusses für die Begnadigung von Kriegsverbrechern«, der den Verurteilten die Möglichkeit geben solle, Gnadengesuche einzureichen. In diesen Ausschuß würden angesehene und qualifizierte Personen mit Erfahrung in Rechtssprechung, Rechtspflege und Strafvollzug aufgenommen. McCloy betonte ausdrücklich, daß keine der ausgewählten Persönlichkeiten vorher etwas mit den Kriegsverbrecherprozessen zu tun gehabt, noch sich irgendwie in der Öffentlichkeit über diese Prozesse ausgesprochen hatte, so daß ihre Empfehlungen von jeglichem Vorwurf der Parteinahme oder Voreingenommenheit frei seien.

»Alle für Kriegsverbrecher eingereichten Gesuche werden zur Zeit von diesem Ausschuß erwogen, der nach der Lage jedes einzelnen Falles seine Empfehlung vorlegen wird. Auf keinen Fall werde ich einen Gnadenerlaß unter dem Druck einer organisierten Aktion, sei sie nazistischen oder anderen Ursprungs, unterzeichnen. Jeder solche Erlaß wird vielmehr das Ergebnis einer sorgfältigen und sachlichen Untersuchung der Umstände jedes einzelnen Falles sein und auf den Empfehlungen von Persönlichkeiten beruhen, die mein Vertrauen besitzen und verdienen. Es ist meine Absicht, darauf zu achten, daß gerechte und gleiche Rechtsgrundsätze Anwendung finden.«

(15. September 1950)

75

Die Veröffentlichung des Briefwechsels führte zu lebhaften Erörterungen in der deutschen Presse.

BOTSCHAFTER KNAPPSTEIN AN DEN »AUFBAU«

Verschiedene Male tauchte die Gefahr einer Verjährung der Naziverbrechen auf. An jedem dieser Punkte warnte der »Aufbau«. Einer der meistbeachteten Artikel stammte von einem hochangesehenen deutschen Diplomaten. Heinrich Knappstein unternahm als deutscher Botschafter in Washington den ungewöhnlichen Schritt, direkt im »Aufbau« seine Auffassung zu vertreten. Der Artikel, der den Titel »Der Massenmord darf nicht verjähren« trug, folgt hier im Wortlaut:

In den letzten Wochen und Monaten hat ein Problem uns allen, besonders auch der deutschen Botschaft in Washington, grosse Sorge gemacht, weil es zu heftigen Diskussionen, schweren Anklagen und betrüblichen Missverständnissen geführt hat, nämlich das Problem der sogenannten Verjährung der Naziverbrechen in Deutschland. Ich bin daher der Redaktion des »Aufbau« besonders dankbar, dass sie mir die Spalten ihres ebenso unerschrockenen wie um Objektivität bemühten Blattes zur Verfügung gestellt hat, um einiges zu diesem Problem zu sagen. Dabei geht es mir nicht darum, den Standpunkt der deutschen Regierung zu rechtfertigen, sondern darum, die Tatsachen auseinanderzulegen, ohne deren Kenntnis das komplizierte Problem überhaupt nicht beurteilt werden kann.

Ausgangspunkt der Diskussion war die Vorschrift des deutschen Strafgesetzbuches, wonach ein Mord 20 Jahre nach seiner Begehung verjährt, das heisst, dass eine Strafverfolgung dann nicht mehr eröffnet werden kann. Das würde bedeuten, dass ein Mord, der vor der Beendigung des Hitler-Regimes, dem 8. Mai 1945, begangen wurde, nach dem 8. Mai 1965 der Verjährung unterläge. Was das wiederum praktisch bedeutet, ist leider, vor allem in den Vereinigten Staaten, aber auch anderwärts, so gründlich missverstanden worden, dass es notwendig ist, einiges zur Aufklärung dazu zu sagen.

Über einen Punkt dürfte von vornherein völlige Übereinstimmung bestehen zwischen der deutschen Bundesregierung, dem deutschen Parlament, allen führenden Persönlichkeiten in Deutschland einerseits und den zahlreichen Organisationen und Einzelpersönlichkeiten hier in Amerika, die mir besorgte und zum Teil dramatische Petitionen geschickt haben: nämlich darüber, dass die grässlichen Massenmorde aus der Zeit des Hitler-Regimes nicht verjähren dürfen, dass die Naziverbrecher, die diese Taten begangen haben, ihren gerechten Strafen zugeführt werden müssen, einfach um der Gerechtigkeit willen. Das gilt sowohl für die kleinen Schläger, die in den KZs mit Knüppel und Pistole herumliefen und ihre Opfer totschlugen oder mit dem Genickschuss »erledigten«, wie auch für die grossen Bürokraten des Mordes, die das ganze Pandämonium organisierten. Das deutsche Volk weiss ganz genau, und seine Führer wissen es noch besser, dass Schuld nur durch Sühne überwunden werden kann und dass die Gerechtigkeit gegenüber Missetätern ihren Lauf nehmen muss, ungehemmt durch formalistische Vorschriften. Schliesslich sind auch ungezählte Tausende von Deutschen – und gewiss nicht die schlechtesten – im Widerstand gegen den Tyrannen dessen Opfer geworden.

Es hat uns in den letzten Wochen schmerzlich berührt, dass die meisten Petitionen, Briefe und Telegramme, die wir von gewiss wohlmeinenden und besorgten Kreisen und Organisationen der Vereinigten Staaten, vor allem von jüdischen, erhalten haben, aber auch zahlreiche Zeitungsartikel, von einer Vorstellung über die Wirkung der Verjährungsfrist in Deutschland ausgingen, die mit der Wirklichkeit nicht übereinstimmte, sondern falsch war – grundfalsch.

Man hat offenbar weithin die Vorstellung, als ob am Tage nach dem 8. Mai 1965 in Deutschland alle Naziverbrecher, die bis dahin noch nicht rechtskräftig verurteilt seien, frei herumlaufen könnten, dass dann Hunderte, ja sogar Tausende (eine Veröffentlichung sprach von Zehntausend) Naziverbrecher, die Menschen gequält, gepeinigt und ermordet haben, auf Deutschlands Strassen frei spazierengehen und allen Strafverfolgungsorganen eine lange Nase machen könnten: »Ihr könnt uns nichts mehr wollen, unsere Taten sind verjährt.«

Man kann, wie gesagt, zu dieser Vorstellung nur sagen: sie ist falsch.

Eine zweite, nicht minder falsche Vorstellung ist uns leider auch häufig begegnet: als ob die deutsche Justiz selbst so gut wie nichts getan hätte, um in Deutschland reines Haus zu machen, »ausser ein paar Schauprozessen, die dazu dienten, der Welt Sand in die Augen zu streuen«, wie mir jemand im Gespräch sagte. Auch diese Vorstellung ist, wie ich noch zeigen werde, unzutreffend.

Um zunächst bei dem letztgenannten Problem zu beginnen, möchte ich die Frage aufwerfen: Was ist eigentlich aus den Verbrechern jener schlimmen Jahre geworden? Was hat die Justiz, insbesondere die deutsche Justiz, bisher getan, um sie der Gerechtigkeit zuzuführen?

Ich möchte hier einmal die fünf wichtigsten Gruppen unterscheiden:

1. Es ist bekannt, dass eine ungewöhnlich grosse Zahl von Naziverbrechern sich den Konsequenzen ihrer Schandtaten durch den Biss auf die Blausäureampulle oder mit Hilfe ihrer Dienstpistole entzogen und Selbstmord begangen hat. Dazu gehören nicht nur die Hitler, Himmler, Goebbels, Göring, Ley und andere, sondern auch eine lange Liste von Gauleitern, Leitern von Einsatz- und Sonderkommandos und andere. Sie haben sich sozusagen selber von der Liste der Naziverbrecher gestrichen und sich der irdischen Gerechtigkeit entzogen. Ihre Zahl ist schwer zu ermitteln, aber, wie die bisherige Forschung ergeben hat, sehr hoch.

2. Eine grosse Anzahl von Tätern ist in den osteuropäischen Ländern abgeurteilt oder auf andere Weise zur Verantwortung gezogen worden, zum Beispiel in Polen, wo sich zahlreiche KZs befanden, in der Tschechoslowakei, in Jugoslawien und in der Sowjetunion. Man kann sicher sein, dass keiner der dort aufgegriffenen Naziverbrecher der Gerechtigkeit entgangen ist, zumal auch die westlichen Alliierten die in ihre Hand gefallenen Verdächtigen an diejenigen Länder auslieferten, in denen sie ihr blutiges Handwerk betrieben hatten.

3. Auch in mehreren Ländern Westeuropas hat es nach dem Kriege zahlreiche Prozesse gegen diejenigen gegeben, die die von den Nazis eroberten Länder »verwaltet« und drangsaliert hatten oder die die Kommandanten der dort gelegenen KZs waren. Hier sind die Urteile zu nennen, die in Frankreich, Belgien, Holland, Norwegen, Dänemark, Italien und Griechenland gefällt worden sind. Zahlen darüber sind bisher nicht zusammengetragen worden, doch kann man sicher sein, dass die Gerechtigkeit auch da ihren Lauf genommen hat.

4. Die von den drei westlichen Alliierten nach dem Kriege in Deutschland errichteten Militärtribunale zur Aburteilung von Naziverbrechern haben in der Zeit ihrer Tätigkeit, wie wir jetzt genau wissen, 5025 Personen rechtskräftig verurteilt, davon 806 zum Tode. Von diesen wiederum wurden 436, also mehr als die Hälfte, hingerichtet, darunter die Nürnberger Kriegsverbrecher.

5. Wie ich aus meiner eigenen Tätigkeit in der Entnazifizierung weiss, war es deutschen Gerichten in den ersten Nachkriegsjahren überhaupt nicht oder nur in sehr beschränktem Umfange möglich, gegen Naziverbrecher Strafprozesse zu führen, weil sich die Alliierten diese Fälle fast ausschliesslich selber vorbehielten. Erst mit der Gründung der Bundesrepublik 1949 und

dem Abschluss des Deutschlandvertrages 1954 konnte sich die deutsche Justiz in vollem Umfange der Strafverfolgung von Naziverbrechen annehmen. Das war im Anfang auch deshalb besonders schwierig, weil die wichtigsten Dokumente sich noch in alliierter Hand befanden und weil es in den ersten turbulenten Jahren besonders schwer war, an überlebende Zeugen heranzukommen, die für die Prozesse unentbehrlich waren.

Dennoch hat die deutsche Justiz in der Zeit vom 8. Mai 1945 bis zum 1. Januar 1964 die hohe Zahl von 5445 rechtskräftigen Urteilen gegen Naziverbrecher ausgesprochen, darunter 12 Todesurteile, die aber nicht vollstreckt werden konnten, weil die Verfassung von 1949 die Todesstrafe abgeschafft hat. Ich glaube daher, dass man den Vorwurf, die deutsche Justiz habe nichts Ernsthaftes zur Reinigung des deutschen Hauses getan, wirklich nicht aufrechterhalten kann.

Sind nun mit diesen Verurteilungen in Ost und West, durch die alliierten Militärtribunale und durch die deutsche Justiz alle oder annähernd alle Naziverbrecher erfasst worden? Diese Frage muss man wohl verneinen, wenn auch jeder zugeben muss, dass ein grosses Stück Gerechtigkeit damit bereits verwirklicht worden ist. Bei einem Prozess, der 1958 in Ulm geführt wurde, stellte sich heraus, dass ein grosser Teil der in den KZs und in den »Einsatzgruppen« verübten Verbrechen noch nicht verfolgt und noch nicht geahndet worden war. Die deutsche Justiz gründete deshalb in der württembergischen Stadt Ludwigsburg eine Zentrale, die sich ausschliesslich damit zu befassen hatte, die in den KZs ausserhalb des Bundesgebiets und in den sogenannten Einsatzkommandos begangenen Verbrechen zu untersuchen und zu ermitteln.

Diese Stelle hat in den letzten sechs Jahren mit »deutscher Gründlichkeit« alle die Orte des Schreckens, in denen Menschen gequält und getötet worden waren, und die Organisationen, die zum Zwecke des Massenmordes gegründet worden waren, gewissermassen auf dem Papier rekonstruiert und alle diejenigen, die an den Verbrechen beteiligt waren, mit Namen festzustellen versucht, damit danach die ordentlichen Gerichte die Strafverfolgung aufnehmen konnten. Die Ludwigsburger Zentrale hat bis heute nicht weniger als 540 derartige »Komplexe« zusammengestellt, (von denen übrigens der seit längerer Zeit in Frankfurt laufende Auschwitz-Prozess einer unter vielen war). Alle diese »Komplexe« umfassen einige oder mehrere Täter, die mit Namen bekannt sind und für die bei jedem Einzelnen eine Strafakte angelegt wurde. Es handelt sich bei den 540 »Komplexen« sicherlich um einige tausend Verdächtige, mit denen sich die deutschen Gerichte in den nächsten Jahren noch werden beschäftigen müssen.

Damit komme ich zurück zu der oft so gründlich missverstandenen »Verjährung«. Das deutsche Strafgesetzbuch sieht nämlich vor, und das ist meistens unbekannt – dass jede Verjährung durch eine einfache richterliche Handlung unterbrochen wird und dann von vorn an zu laufen beginnt. Was bedeutet das praktisch?

Wenn die Ludwigsburger Zentralstelle die Strafakten der von ihr ermittelten Verdächtigen einem ordentlichen Gericht zustellt, und der Richter in den Strafakt hinein nur die kurze Bemerkung schreibt: »Die Ermittlungen sind fortzusetzen, Müller, Landgerichtsrat«, so ist damit die Verjährung unterbrochen und läuft von da an weitere 20 Jahre.

Auf diese Weise ist also für die bisher von der Ludwigsburger Zentralstelle ermittelten Verdächtigen, gleichgültig ob man weiss, ob sie noch leben, wo sie leben und ob sie vielleicht unter falschem Namen leben, die Verjährung unterbrochen und findet im Mai nächsten Jahres nicht statt, sondern erst 20 Jahre nach der Unterbrechung. Dieser grosse Personenkreis wird also von der Verjährung ausgeschlossen sein, so dass die Gerechtigkeit auch da ungehindert ihren Lauf nehmen kann.

Die deutsche Bundesregierung hat am 20. November d. J. ein übriges getan und an die ganze Welt einen Aufruf erlassen, in dem jedermann, Einzelpersonen, Organisationen oder Regierungen aufgefordert werden, der »Zentralstelle der Landesjustizverwaltung zur Aufklärung nationalsozialistischer Gewalttaten« in Ludwigsburg, Schorndorfer Str. 23, irgendwelche Dokumente, Fotokopien, Mikrofilme oder anderes Material zur Verfügung zu stellen, aus dem die Namen von Naziverbrechern hervorgehen, die der Justiz der Bundesrepublik bisher nicht bekannt waren.

Noch sind über vier Monate Zeit, bis die Verjährung eintritt, wenn sie nicht vorher durch richterliche Handlung unterbrochen wird. Das gibt eine weitere Garantie dafür, dass niemand der Gerechtigkeit entschlüpft.

Wenn man einmal objektiv die bisher gegen Naziverbrecher getroffenen Massnahmen zusammenaddiert, die Prozesse in den osteuropäischen Ländern, die Prozesse in Westeuropa, die Verurteilungen durch die alliierten Militärtribunale, die Verurteilungen durch die deutsche Justiz, die Fahndungstätigkeit der Ludwigsburger Zentrale, die zur Unterbrechung der Verjährung in Tausenden von Fällen geführt hat, und schliesslich den Aufruf der Bundesregierung an die Welt, ihr irgendwelche bisher unbekannt gebliebenen Naziverbrecher namhaft zu machen, so darf man wirklich getrost zu der Überzeugung kommen, dass sich nach dem 8. Mai 1965 keineswegs Hunderte oder Tausende von Naziverbrechern auf den deutschen Strassen tummeln werden, die höhnisch auf die Verjährung ihrer Taten hinweisen können.

Theoretisch bleibt allerdings selbst dann noch die Möglichkeit, dass der eine oder andere, der als Täter bisher in keinem Zusammenhang genannt worden ist oder der keinen anklagenden Zeugen gefunden hat, sich unter dem Schutz der eingetretenen Verjährung wieder hervorwagen könnte. Theoretisch, denn praktisch ist dieser Fall höchst unwahrscheinlich, nachdem man alle Namenslisten der Wachmannschaften in den KZs und der Angehörigen der Einsatztruppen durchgekämmt hat und nachdem bereits so zahlreiche Verurteilungen erfolgt sind.

Aber es muss zugegeben werden, dass theoretisch diese Möglichkeit offen bleibt, und deshalb sollte auch sie – nach meiner persönlichen Ansicht – versperrt werden. Es ist zum Beispiel nicht ausgeschlossen, dass die Behörden in der sowjetischen Besatzungszone Deutschlands einige solcher Fälle in ihren Schubladen aufbewahren, um erst nach dem 8. Mai 1965 damit herauszukommen. Sie täten es ganz gewiss nicht, um der Gerechtigkeit zum Siege zu verhelfen, sondern um solches Material gegen die Bundesrepublik politisch auszuschlachten. Wenn die Zonenbehörden jetzt, nach dem Aufruf der Bundesregierung, mit solchen Unterlagen nicht herauskämen, wären sie diejenigen, die die Naziverbrecher beschützten.

Was könnte nun getan werden, um in den theoretisch denkbaren wenigen Fällen – wenn überhaupt solche Fälle aufkommen – auch hier den Missbrauch der Verjährungsfrist auszuschliessen? Es ist sicherlich verständlich, wenn man sich in Deutschland dagegen wehrt, wegen dieser wenigen vielleicht aufkommenden Fälle die Verfassung zu ändern, was nach Ansicht mancher Juristen notwendig wäre, um die Verjährungsfrist zu verlängern. Andere Juristen sind dagegen der Meinung, es sei keine Änderung der Verfassung erforderlich, sondern lediglich ein einfacher Gesetzgebungsakt. Auf jeden Fall ist die Diskussion über die Schliessung dieser letzten kleinen Lücke noch nicht zu Ende.

Der Deutsche Bundestag hat vor wenigen Tagen die Bundesregierung beauftragt, bis zum 1. März 1965 einen umfassenden Bericht darüber vorzulegen, wieweit bis dahin nationalsozialistische Gewaltverbrechen aufgeklärt, verfolgt und bestraft worden sind. Aus diesem Bericht wird dann der Bundestag seine Konsequenzen ziehen und diejenigen Massnahmen treffen, durch die auch die letzte Lücke geschlossen werden würde, durch die ein Naziverbrecher entschlüpfen könnte. Denn es ist, wie ich schon eingangs sagte, der feste Wille der politischen Führung in Deutschland, dass das verhindert werde und dass gerade in den Fällen nationalsozialistischer Gewalttaten die Gerechtigkeit uneingeschränkt ihren Lauf nehme.

(25. Dezember 1964)

Ein weiterer Krisenpunkt kam 1969. Robert M. W. Kempner enthüllte die Existenz einer Hilfsorganisation für die Naziverbrecher:

Eine mächtige innerdeutsche Lobby, der erhebliche finanzielle Mittel zur Verfügung stehen, tritt für eine Verjährung der NS-Morde und sogar für eine Amnestie der NS-Mörder ein.

Ihre Tätigkeit ist bisher völlig übersehen worden. Dabei interessiert sich diese Lobby, die in Deutschland landauf und landab, aber auch ausserhalb Deutschlands arbeitet, weniger für den letzten »kleinen« Henker im Konzentrationslager, sondern für die mittleren und höheren Chargen, die nach einem unglücklichen und höchst anfechtbaren Urteil des Bundesgerichtshofes in rechtsirriger Weise von vielen Schwurgerichten nur als Mordgehilfen und nicht als Täter verurteilt werden.

Diese Verjährungs- und Amnestie-Lobby arbeitet vor allem durch untere politische Gremien und ist mit der rechtsradikalen Presse eng verbunden. Ihre Wünsche sind im NPD-Programm aufgenommen und werden unter dem Schlachtruf »Schluss mit den Kriegsverbrecherprozessen!« verbreitet.

Diese Lobby begann nach den Nürnberger Prozessen und setzte sich damals für die Begnadigung von Massenmördern ein. Sie inszenierte nicht nur die massenhafte Sendung von Briefen an den damaligen Hochkommissar John J. McCloy, sondern trat auch mit amerikanischen rechtsradikalen Kreisen in Verbindung und versuchte dem Senator Joseph McCarthy einzureden, jeder, der die Bestrafung eines NS-Mörders wünsche, sei eine Art Kommunist. Diese Amnestie-Lobby ist während der letzten Wochen und Monate wiederum sehr aktiv geworden. Sie setzt sich aus den verschiedensten Kreisen zusammen.

Ihre Entstehung ist gar nicht so überraschend wie Aussenstehende annehmen. Berücksichtigt man die Tatsache, dass mehrere Millionen NS-Mordtaten verübt wurden, so ergibt sich zwangsläufig, dass weit über hunderttausend Personen in oberen, mittleren und unteren Stellungen an diesen Morden als Täter oder Gehilfen beteiligt waren. Die bereits erledigten und die laufenden strafrechtlichen Untersuchungen beweisen die Richtigkeit dieser Mindestzahl von über hunderttausend. Alle diese in Strafverfahren verwickelten oder noch zu verfolgenden Personen haben Verwandte und zahlreiche persönliche und politische Freunde. Ihre Zahl geht in die Millionen. Diese sind das natürliche Sammelbecken für die Anti-Verjährungs- und Amnestie-Lobby. Es sind sehr handfeste persönliche, finanzielle und politische Gründe, die hinter diesem Kampf gegen eine Verlängerung der Verjährungsfrist stehen. Viele Hunderte von Personen, die bisher den Strafverfolgungsbehörden nicht bekannt sind, halten sich unter Tarnnamen im In- und Ausland auf. Solange sie aus Furcht vor Strafverfolgung mit ihrem richtigen Namen nicht hervortreten können, ist es ihnen zum Beispiel unmöglich, Anträge in Erbsachen zu stellen. Sie können aber auch nicht Renten von der Invaliden-Altersversicherung, oder als Kriegsopfer geltend machen. Kürzlich wurde ein früherer SS-Standartenführer, der an der Ermordung des Schriftstellers Felix Fechenbach beteiligt gewesen war, bei Stellung eines Lastenausgleichantrages entdeckt. Seine wahre Identität konnte festgestellt werden, und es war nur der Tüchtigkeit der Staatsanwaltschaft in Paderborn zu verdanken, dass durch rechtzeitige Massnahmen zur Unterbrechung der Verjährung die Strafverfolgung noch durchgeführt werden konnte.

Ein weiterer Druck wird durch bisher unbekannte im Ausland lebende Täter ausgeübt: ohne Verlängerung der Verjährungsfrist bzw. Amnestie können sie weder aus Südamerika noch aus den Ländern des Nahen Ostens, wo es manchen von ihnen nicht mehr gut geht, nur schwerlich in die Bundesrepublik zurückkehren.

Eine starke Lobby wird von Personen gebildet, die sich ohne klare Darlegung ihrer Vergangenheit in Amtsstellungen hineingeschlichen und jetzt Angst davor haben, im Laufe neuer Prozesse entlarvt zu werden.

Die interessierten Kreise, denen auch frühere N. S.-Juristen angehören, haben intern ihre Rechtsberater, die ihrerseits – was prozessual durchaus ihr Recht ist – Anwälte empfehlen, die mit der Materie besonders vertraut sind. Wenn Anwälte NS-Prozesse durch sachgemässe Anträge lange hinziehen und auf Erledigung der Verfahren durch Verjährung oder Amnestie hinsteuern, so tun sie im Interesse ihrer oft schon belasteten Mandanten durchaus ihre Pflicht. Das darf aber auf der andern Seite die Opfer der NS-Verbrecher nicht davon abhalten, ihrerseits Recht zu verlangen. Es ist keine Einmischung des Auslandes, wenn die im Ausland lebenden Ueberlebenden der Opfer sich in Deutschland und bei ihren eigenen Regierungen für eine

Verlängerung der Verjährungsfrist einsetzen. Sie sollten es sogar viel stärker als bisher tun: denn die Stimme der Opfer kommt in den Gerichtssälen nur dann energisch zur Geltung, wenn sie als Nebenkläger vertreten werden. Aber diese Möglichkeit würde ihnen dann völlig genommen werden, wenn durch ein verwässertes Verjährungsgesetz nur dann Anklage erhoben werden soll, wenn – wie ein unmöglicher Vorschlag lautet – nur noch Verfahren durchgeführt werden, in denen lebenslängliche Strafe zu erwarten ist. Bisher ist vor deutschen Gerichten noch nicht ein einziger Organisator von Mordprogrammen zu »lebenslänglich« verurteilt worden, selbst wenn er den Tod von Hunderttausenden von Juden und anderen auf dem Gewissen hatte.

(23. Mai 1969)

Aber auch diese Verjährungskrise wurde noch im letzten Augenblick durch den deutschen Bundestag abgewendet. Das publizistische Trommelfeuer wirkte.

»Deutsche Außenpolitik in Nazihänden«

RÜDIGER VON WECHMAR

Obwohl der »Aufbau« sich selbst in seinem Kopf als »amerikanisches Wochenblatt« bezeichnet, hat er gegenüber Deutschland auch nach dem Fall des Hitler-Regimes die Funktion eines politischen Wachhundes auf der ganzen Linie beibehalten. Von den Anfängen der Bundesrepublik Deutschland an wurde in seinen Spalten Zusammensetzung und Tätigkeit der politischen Organe des neuen Deutschland mit dem Auge einer Skepsis verfolgt, hinter der sich Freundschaft, Gutwilligkeit und Sympathie verstecken.

Die folgenden Enthüllungen Rüdiger von Wechmars über die Zusammensetzung des Auswärtigen Amtes in der Frühphase der Adenauer-Regierung sind ein charakteristisches Beispiel der Offenheit, mit der das Blatt den Kampf gegen den Neonazismus führt. Sie werden noch interessanter durch die Tatsache, daß ihr Autor heute der Bundesregierung angehört.

Rüdiger von Wechmar, der damalige Bonner Korrespondent des »Aufbau«, ist seit Februar 1970 stellvertretender Chef der Bonner Bundespressestelle. »Das Schicksal Wechmars« – schrieb der »Aufbau« bei seiner Berufung in seine jetzige Position – »ist ein Reflex ... des tiefen Wandels Deutschlands ... Daß er heute zur Spitzenschicht Bonns gehört, bedeutet ein politisches Aktivum für die Bundesrepublik.«

Die CDU-Fraktion des Bundestages hat Bundeskanzler *Dr. Adenauer* eine Liste leitender Beamter des Ersatz-Auswärtigen Amtes der Bundeskanzlei zugeleitet, die Mitglieder der NSDAP und Angehörige sogenannter studentischer »Altherren-Verbände« waren. Aus der auch dem »Aufbau« zugänglichen Liste geht hervor, dass die massgeblichen Positionen der verschiedenen Bundesstellen, die sich aussenpolitischen Aufgaben widmen, schon jetzt wieder fast zur Hälfte mit ehemaligen Nazis besetzt sind.

Der Leiter des Organisationsbüros für den konsularisch-wirtschaftlichen Dienst, Staatsrat Wilhelm Haas – der mit dem personellen Aufbau der neuen deutschen Auslandsvertretungen und ihrer Bonner Zentrale beauftragt wurde –, mußte auf einer Pressekonferenz zugeben, dass 48 Prozent aller leitenden Beamten der Bonner »Wilhelmstrasse« nicht nur aus dem ehemaligen Reichsaussenministerium stammen, sondern Mitglieder der Nazi-Partei waren.

Die dem Kanzler zur Stellungnahme zugeleitete Liste hat in eingeweihten Kreisen grösste Ueberraschung ausgelöst, da allgemein nicht angenommen wurde, dass sich nun sogar die eigene Partei Dr. Adenauers kritisch mit seiner Personalpolitik auseinandersetzt.

Dem Korrespondenten des »Aufbau« wurde bei dem Versuch, die ihm bekannte Liste durch die darin fehlenden Vornamen zu ergänzen, von den beteiligten Stellen jede Auskunft verweigert. Staatsrat Haas musste allerdings zugeben, dass die darin enthaltenen Angaben zutreffen.

Nach den bislang vorliegenden Informationen enthält die Liste folgende Namen:

Verbindungsstelle zur Alliierten Hochkommission (das eigentliche neue Auswärtige Amt):

Leiter Herbert Blankenhorn, Legationsrat	PG und SC

(SC gilt als Abkürzung für »Senioren-Convent« – Altherrenverbände wie Kösener S.C., Weinheimer S.C., Rudolstädter S.C.)

Dittmann, Generalkonsul	PG und SC
Dr. Mohr, Legationsrat	PG
von Marchthaler, Legationsrat	PG und SC
von Trützschler	PG und SC

Organisationsbüro für den wirtschaftlich-konsularischen Dienst:

Leiter Wilhelm Haas, Staatsrat, ehemaliges Mitglied des AA	SC

Dr. Melchers, Geheimrat, Legationsrat	PG
von Keller, Gesandtschaftsrat	PG und SC
von Grundherr, Gesandter	PG und SC
Busch	SC
von Kamphövener	SC
Hempel, Gesandter	SC

Büro für Friedensfragen (Bundesbüro für staatsrechtliche und aussenpoliti-sche Angelegenheiten)

Leiter Peter Pfeiffer, Generalkonsul und jetzt Leiter der Kurse für junge deutsche Diplomaten	PG
Strohm, Gesandter	PG
von Etzdorf, Generalkonsul	PG
Zimmermann, Legationsrat	PG und SC
Velhagen, Gesandtschaftsrat	PG

Abteilung für Aussenhandel im Wirtschaftsministerium

Leiter Dr. Vollradt von Maltzahn, Gesandtschaftsrat	SC
Schueller, Konsul	PG (?) und SC
von Scherpenberg, Gesandtschaftsrat	SC (und Schwieger-sohn von Schacht)
May, Generalkonsul	PG und SC
Strack, Generalkonsul	PG

Staatsrat Haas erklärte, dass von den 31 leitenden Beamten des Ersatz-Auswärtigen-Amtes somit 14 *ehemalige PGs seien.* Unter den mittleren Beamten gibt es nach Angaben zuverlässiger Kreise ebenfalls eine größere Zahl von Ex-Nazis. Haas behauptet, dass alle diese Nazis entlastet seien und nur ein einziger in die Mitläufergruppe eingestuft wurde. Er verwies auf die »Widerstandtätigkeit« einer ganzen Reihe der aufgeführten Ex-PGs unter den neuen Bonner Diplomaten.

Bundeskanzler Dr. Adenauer sagte, dass man die *»Routiniers«* für den Aufbau des Auswärtigen Dienstes benötige. »Es gibt PGs so und es gibt PGs so«, erklärte er der »Neuen Zeitung«, dem Blatt der amerikanischen Militärregierung, in diesem Zusammenhang.

Von sozialistischer Seite war bereits vor einigen Tagen mit Nachdruck auf die einseitige Personalpolitik in den Aemtern der Bundeskanzlei hingewiesen worden. Ein SPD-Sprecher hatte gerügt, dass die ehemaligen Nazis sich in den mit der Führung der Geschäfte eines Auswärtigen Amtes beauftragten

Behörden breit machten und durch eine geschickte Cliquenwirtschaft nur Gleichgesinnte in ihren Reihen aufgenommen würden.

Bei der personellen Zusammenstellung der ersten deutschen Generalkonsulate hat es bereits starke Reibereien zwischen den beteiligten Gruppen gegeben. Männer mit Widerstandsvergangenheit hätten die geringste Aussicht, ins Ausland geschickt zu werden, erklärte ein eingeweihter Beamter dem »Aufbau«.

(28. Mai 1950)

»Aufbau« als Forum

HENRY KISSINGER, AVERELL HARRIMAN, ROLF PAULS SPRECHEN
Bei den verschiedensten Gelegenheiten hat der »Aufbau« – und der mit ihm verbundene New World Club – als Tribüne für wichtige politische Erklärungen gedient.

So sprach im Oktober 1963 ein Vertreter der »Zweiten Generation« der Deutschen Emigration, Harvard-Professor Henry A. Kissinger, vor einem großen Kreis von »Aufbau«-Lesern im New Yorker Community Center über »Die zukünftige Außenpolitik Amerikas«.

Kissinger, seinerzeitiger Berater des Präsidenten Kennedy und jetziger Spitzenberater des Präsidenten Nixon, gab eine Analyse, die im Licht seiner heutigen führenden Rolle noch größere Bedeutung gewinnt. Er sagte nach dem Bericht des »Aufbau« vom 25. Oktober 1963:

Das kommunistische Denken glaubt die objektiven Faktoren der Geschichte (soziale Struktur, industrielle Entwicklung etc.) besser zu verstehen als wir. Daraus ergibt sich eine ernste Konsequenz: sie glauben, dass sie uns besser verstehen, als wir uns selber verstehen. Verhandlungen haben daher oft etwas Aehnliches, als wenn man mit amerikanischen Psychiatern spricht. Die Kommunisten glauben, dass sie die Motivierung derjenigen, die sie vorbringen, besser begreifen als diese selbst.

Wenn man an die Verhandlungen über den Atomtestbann denkt, so hatte der amerikanische Verhandler immer die Tendenz zu sagen: »Wir haben doch beide so gute Beziehungen. Wie könnt ihr so scheussliche Dinge tun?« Die Russen sagen: »Persönliche Beziehungen bedeuten gar nichts. Aber wenn ihr eine Konzession machen würdet, würdet ihr eure Situation verbessern.« Als Chruschtschow 1959 hier war, flog man ihn in einem Helicopter über Washington und zeigte ihm die langen Reihen von Automobilen, den starken

Verkehr etc. Es ist unwahrscheinlich, dass Chruschtschows Politik von der Tatsache beeinflusst werden konnte, dass er unsere Verkehrsstockungen besichtigte. In Pittsburgh zeigten sie ihm, dass ein Stahlstreik im Gange war, um zu beweisen, dass er unrecht habe zu glauben, die Arbeiterschaft in unserem Lande sei nicht frei. In Wirklichkeit bewies dies alles Chruschtschow nur, dass er, wenn unsere ganze Stahlindustrie daniederlag, recht hatte mit der Meinung, dass im Westen etwas faul sei.

Es ist sehr gefährlich zu glauben, dass die Russen, wenn sie ihren Ton ändern, dies mit einem grundsätzlichen Wechsel in ihrer Politik verbinden. Das kann sich nur in sehr spezifischen und detaillierten Verhandlungen herausstellen. Es ist nicht günstig für uns, den Russen Erleichterungen zu verschaffen, nur weil ihr Ton freundlicher geworden ist. Es liegt vielmehr in unserem Interesse sie ernsthaft und im Detail zu Verhandlungen zu bringen. Wenn wir uns zuviel auf psychologische Entspannung einlassen, kann es passieren, dass sie plötzlich die Krise wieder verschärfen. Was bei solchen Dingen herauskommt, ist eine »Entspannung einer Krise«, bei der sie keinen Preis zahlen und keine wirkliche Lösung für eine Minderung der Entspannung bieten.

Probleme in Berlin, im Vorderosten oder sonstwo werden nicht dadurch verschwinden, dass Gromyko lächelt. Die einzige Hoffnung sie zu lösen, besteht darin, dass man sehr konkret verhandelt in der Zeit, in der die Sowjets sich in einer schwierigen Situation befinden. Das gilt auch für den gegenwärtigen chinesisch-sowjetischen Konflikt. Viel kommunistische Energie der Welt wird aufgebraucht durch den Disput, wie man die Kontroverse lösen könnte – und das ist unser Vorteil.

In der Frage der Abrüstung stehen wir der einzigartigen Situation gegenüber, dass seit Ende des Zweiten Weltkrieges die Waffen jedes dritte oder vierte Jahr gewechselt haben. Das Resultat ist, dass die stärksten Waffen ein unbekannter Faktor sind, etwas, was sich noch nie in der Geschichte ereignet hat.

Jeder, der Strategie studiert hat, weiss, dass die aktuellen Waffen-Bedürfnisse in der Kriegszeit verschieden sind von dem, was man vorher geglaubt hat. Das schafft in allen Ländern Unsicherheit. Die Waffen sind nicht voraus berechenbar und ihre Zerstörungskraft hat nicht ihresgleichen in der Geschichte. Es ist daher technisch für unsere Regierung – und auch für die Regierung der Sowjetunion – sehr schwer, über die Bedeutung der modernen Waffen zu einer Uebereinstimmung zu kommen.

Es ist auch schwer für die Männer im Pentagon, über die relative Bedeutung der verschiedenen Waffen oder die Strategie zu einer Uebereinstimmung zu kommen. Aber selbst wenn sie eine solche einigermassen erreichen, müssen sie dann die politischen Leiter des Landes überzeugen, dass sie recht haben. Die politische Führung kann jedoch im besten Falle eine Stunde am Tag den Problemen widmen, die die militärische Führerschaft monatelang studiert hat. Es ist daher für die politische Führerschaft im Lande sehr schwer zu wissen, wie die wahre Situation ist. Sie hat daher kein allzu grosses Zutrauen zu ihrer Fähigkeit zu handeln, wie es etwa der Techniker besitzt. Und es entsteht natürlich Unsicherheit, wenn man sich nicht länger auf Experten, deren Meinungen sich oft widersprechen, verlassen kann.

In Sowjetrussland sieht es vermutlich genauso aus. Trotzdem müssen wir mit ihnen sprechen und ihnen klarmachen, dass wir entschlossen sind, gewisse Dinge zu tun oder nicht zu tun. So wird das psychologische Problem das Hauptproblem. Eine Drohung, die als Bluff gemeint ist, aber von der anderen Seite ernst genommen wird, hat mehr Bedeutung als eine Drohung, die als Bluff aufgefasst wird. Von diesem Gesichtspunkt aus ist es sogar wichtiger zu wissen, wie die andere Seite unsere Aeusserungen interpretieren wird, als wie wir sie interpretieren. Hier liegt der Grund vieler Missverständnisse zwischen uns und unseren westlichen Verbündeten.

Was unsere Beziehungen zu Europa anlangt, so war es klar, dass die europäischen Länder, je stärker sie nach dem Kriege werden würden, Wege eigener Politik gehen mussten. Das einzige Interessante, was den USA zu diskutieren übrigbleibt, ist die Frage, welcher Art von »Dritter Kraft« Europa werden und ob es eng mit uns zusammenarbeiten oder immer unabhängiger werden wird.

De Gaulle ist zweifellos eine höchst irritierende Persönlichkeit, aber das bedeutet nicht, dass er immer Unrecht hat. Er möchte eine Art europäischer Identität schaffen. Wir glauben, dass eine solche am besten durch den Prozess der Föderation zustande kommt, aber bisweilen kann sie auch durch Konföderation entstehen.

Es beunruhigt mich, dass seit unsere Beziehung zu de Gaulle sich verschlechtert hat, die Bundesrepublik in einer Art Schlüsselposition ist. Es hilft niemandem, die Bundesrepublik zu zwingen, zwischen uns und Frankreich zu wählen. So irritierend auch de Gaulle sein mag, es gilt für die Lösung des europäischen Problems nicht, ihn mit seinen eigenen Methoden zu schlagen, sondern sich immerhin daran zu erinnern, dass er in den Siebzigern ist. Frankreich ist kein expansionistisches Land, und der Versuch es zu isolieren kann uns mehr kosten, als er wert ist. Ich glaube, das Verhältnis mit Frankreich sollte gefördert und nicht verschlechtert werden, und dass nichts damit erreicht ist, wenn man einen Druck auf die europäischen Länder ausübt, zwischen uns und Frankreich zu wählen. Das ist eine ungesunde Situation, insbesondere in einer Periode, in der es so aussieht, als ob gewisse Entspannungen eintreten können. Wenn es zu viele Rivalitäten im Westen gibt, könnten die Länder Europas eines Tages nicht nur zwischen uns und Frankreich, sondern auch zwischen uns und der Sowjetunion wählen.

Gouverneur Averell Harriman, Berater vieler amerikanischer Präsidenten, wurde bei einem »Aufbau«-Dinner im Hotel Pierre am 14. September 1967 mit der vom »Aufbau« gestifteten Franklin D. Roosevelt Award ausgezeichnet. Er benutzte die Gelegenheit, um in einer Rede zum erstenmal mitzuteilen, daß er von Präsident Johnson mit einer Sondermission in der Vietnamfrage beauftragt worden sei. »Unser Ziel ist die Selbstbestimmung des Volkes von Vietnam«, sagte er nach dem »Aufbau«-Bericht vom 22. September. »Präsident Johnson weigert sich, den Krieg zu eskalieren, ebenso wie Präsident Truman es ablehnte, den Krieg in Korea zu eskalieren.« (Die folgenden Ereignisse erwiesen freilich, wie sehr sich auch ein großer Diplomat irren kann.)

Ein anderer Abend des »Aufbau« – am 27. März 1969 – war den deutsch-jüdischen Beziehungen gewidmet. Er erhielt durch die Anwesenheit des deutschen Botschafters in Washington, Dr. Rolf Pauls, und des New Yorker Bürgermeisters John V. Lindsay besonderes Profil.

Botschafter Pauls, der erste deutsche Diplomat, der die Bundesrepublik in Israel vertrat, sprach über seine Erfahrungen:

Meine Arbeit in Israel war von dem Prinzip geleitet: wir müssen verstehen, dass die Juden nicht vergessen können. Aber gleichzeitig müssen beide Seiten in die Zukunft blicken. Die Zukunft muss Zusammenarbeit heissen. Wir brauchen Ihre Hilfe. Bauen Sie auf unsere Ehrlichkeit. Wir kennen das Problem des Neonazismus in Deutschland. Die Gefahr ist nicht gross. Aber wir werden wachsam sein und sie überwinden.

(4. April 1969)

Sprung in die Bresche

Bei verschiedenen New Yorker Zeitungsstreiks hat der »Aufbau« sich bemüht, die für das New Yorker Publikum entstehende Informationslücke zu füllen.

Das Blatt erschien während solcher Perioden in vergrößertem Umfang und mit zusätzlichen englischsprachigen Nachrichten- und Kommentarseiten.

Bei dem Streik des Jahres 1965 wurde diese Bemühung von einem amerikanischen Fernsehsprecher, Robert Potts, besonders anerkannt. Er zeigte den »Aufbau« auf dem Bildschirm des Kanals 13 Seite an Seite mit der Londoner »Times« und der Pariser »Le Monde«.

»Aufbau«, sagte Potts, ist ein einheimisches Produkt, ein Wochenblatt in elegantem deutschen Stil, mit einer guten Nachrichten-Rundschau und einigen der besten Theater- und Kunstkritiken – ob Streik oder nicht.

(24. September 1965)

»Fragen an das Metropolitan Museum«

Im Januar 1969 veranstaltete das Metropolitan Museum of Art eine große Ausstellung »Harlem on My Mind«, einen Einblick in die Geschichte des führenden Negerghettos Amerikas. »Aufbau« berichtete über die Ausstellung in der Nummer vom 17. Januar.

In der gleichen Ausgabe erschien auf der ersten Seite ein Artikel unter der Überschrift »Fragen an das Metropolitan Museum«; darin hieß es:

Ein Katalog der Ausstellung wurde in Buchform durch den Random House-Verlag herausgebracht. In einem Vorwort schildert der Museumsdirektor Thomas F. Hoving die Ziele des Unternehmens. Er betont die Kluft zwischen dem weissen und schwarzen Teil der Bevölkerung und schreibt, die Ausstellung bedeute »...Diskussion ... Konfrontierung ... Ein Stück Erziehung ... einen Dialog«.

Schön und gut. Unmittelbar darauf folgt jedoch ein weiterer einführender Artikel von Candice Van Ellison, der in diametralem Gegensatz zu der Hoving-These steht. Denn hier ist von Diskussion keine Rede; vielmehr werden **Mythen** als Tatbestände deklariert. Vor allem der Mythus, dass »die« jüdischen Geschäftsleute in Harlem die Neger ausbeuten. Alle teuren Delikatessenläden und andere kleinen Lebensmittelgeschäfte in Harlem, so heisst es, seien in den Händen von Juden – und

»The lack of competition in this area allows the already badly exploited Black to be further exploited by Jews.«

Weiter »erklärt« die Autorin, dass antisemitische Gefühle unter Negerinnen noch stärker seien als unter schwarzen Männern, und zwar »vielleicht« deshalb, weil »eine grosse Zahl schwarzer Frauen Harlems als Hausgehilfinnen in den Heimen der jüdischen Mittelklasse arbeiten.«

Schliesslich sagt sie:

»Psychologically, Blacks may find that anti-Jewish sentiments place them, for once, within a majority. Thus, our contempt for the Jew makes us feel more completely American in sharing a national prejudice.«

Die Frage ist: Hat die Leitung des grossen Metropolitan Museums diese Bemerkungen, die Einzelfälle zur meinungsvergiftenden Generalisierung aufblasen, vor der Drucklegung des Katalogs gelesen?

Falls das, wie man annehmen muss, nicht der Fall war: hält sie es nicht für angebracht, in aller Öffentlichkeit von dieser antisemitischen Stimmungsbeeinflussung abzurücken, die in offensichtlichem Gegensatz zu den Zielen der Ausstellung steht?

Dieser »Aufbau«-Artikel hatte eine explosive Wirkung. In der folgenden Ausgabe (24. Januar) wurde berichtet:

Nicht nur schloss sich eine Reihe jüdischer Organisationen unserem Urteil über die antisemitisch getönten Bemerkungen an; Bürgermeister John V. Lindsay protestierte unverzüglich und in scharfen Worten. Schliesslich sah auch Museumsdirektor Hoving seinen Irrtum ein . . .

Aber das Blatt erklärte die Aktion Hovings als unzureichend:

Nach umfangreichen Beratungen mit seinem (Hovings) Stab und Gesprächen mit der Verfasserin Candice Van Ellison gab diese eine Erklärung ab, die in die durch das Museum verkaufte broschierte Edition des Katalogs eingeschoben wurde. Dieses sogenannte »Dementi« besagt:

»Im Hinblick auf die Kontroverse über gewisse Abschnitte, die sich mit den Gruppenbeziehungen beschäftigen, möchte ich konstatieren, dass die Fakten entsprechend den sozial-wirtschaftlichen Realitäten Harlems in der damaligen Zeit dargestellt wurden. Wenn man in einzelnen aus dem Zusammenhang herausgerissenen Passagen antisemitische Obertöne hört, ist das bedauerlich.«

Ein Vertreter der Anti-Defamation League sagte über dieses Dementi: »Völlig unakzeptabel und bedeutungslos!« Und er traf damit den Kern der Sache: denn das sogenannte »Dementi« besagte nicht, dass die Autorin sich mit ihrer verleumderischen Generalisierung geirrt habe, sondern dass der Leser ihren Standpunkt falsch interpretiere.

Bei Redaktionsschluss kam eine neue überraschende Wendung: Direktor Hoving und Random House hatten das Ausmass ihres Irrtums erkannt und bekannten sich öffentlich als schuldig. »Ich sehe jetzt vollkommen ein«, erklärte Hoving, »dass der (Ellison-)Essay als Einleitung des Katalogs ungeeignet ist und nicht hätte verwendet werden sollen. Der Fehler liegt offensichtlich bei mir. Alle, die dadurch verletzt wurden, bitte ich aufs tiefste um Entschuldigung.«

Und der Random House-Präsident, Robert L. Bernstein, sprach sein Bedauern darüber aus, »dass wir als Verleger nicht wachsamer waren«.

Ein zweites »Dementi« soll nun dem Katalog eingefügt werden: »Die dargestellten Vorurteile sind beklagenswert und durch nichts zu entschuldigen.«

Am 7. Februar 1969 konnte der »Aufbau« den Schlußpunkt setzen:

Das Metropolitan Museum of Art hat endlich eingesehen, dass Entschuldigungen nicht genügen. Es hatte hintereinander zwei »berichtigende« Dementis in seinen Katalog zu der Ausstellung »Harlem on My Mind« einschieben lassen. Jetzt hat es den Katalog, dessen einführender Artikel, von einer sechszehnjährigen Schülerin geschrieben, üble antisemitische Bemerkungen enthielt, zurückgezogen. Der »Aufbau«, der die Diskussion der Sache angekurbelt hatte, registriert das Ende mit Befriedigung.

Holzbude als Zentrum von Haßpropaganda

JOACHIM TRENKNER

Der folgende Bericht aus Berlin war mit einem Bild der darin geschilderten Holzbude illustriert. Der Autor, Joachim Trenkner, ist einer der jüngsten »Aufbau«-Mitarbeiter – geboren im September 1935, als der »Aufbau« gerade ein Jahr alt war. Er wuchs im thüringischen Mühlhausen auf, in das nach Kriegsende die Amerikaner kamen, die wieder gingen, und dann die Russen, die blieben. Schule in der Provinz, Studium in Leipzig bis 1958: Maschinenbau und Elektrotechnik. Danach »Emigration« von Deutschland nach Deutschland, von Ost nach West. In Berlin – vor der Mauer – die ersten journalistischen Arbeiten. Als Austauschstudent ging er 1962 in die USA: Soziologiestudium an der De Pauw University, Indiana, und New York University. 1963 wurde er Mitglied der Auslandsredaktion von »Newsweek« in New York. 1967 kehrte er nach Deutschland zurück, wechselte zum elektronischen Medium über und ist jetzt politischer Redakteur beim Deutschen Fernsehen (SFB) in Westberlin.

Berlin. – Im alten Berliner Zeitungsviertel, da wo früher Ullstein, Mosse und Scherl ihre Blätter von Weltgeltung herausgaben, ist heute nicht mehr viel los. Zwar hat Axel Springer seinen Verlagswolkenkratzer dort errichtet, in dem rund 70 Prozent aller Berliner Zeitungen gedruckt werden. Aber die Sperrmauer, die parallel zur Kochstrasse verläuft, hat die einstmals so belebte Gegend in eine Einöde verwandelt. Nur Touristen kommen noch. Sie werden massenweise hierher geschleppt, um die Mauer zu betrachten am Checkpoint Charlie, dem amerikanischen Grenzübergangspunkt.

Doch in eben dieser öden Gegend Westberlins wird antisemitische Hetze betrieben. An der Koch-, Ecke Charlottenstrasse. In aller Öffentlichkeit. Keine 50 Meter weit vom Springer-Haus entfernt. Kaum 70 Meter vom Checkpoint Charlie, wo deutsche Polizisten und amerikanische Soldaten ständig patrouillieren. In einer kleinen Holzbaracke an der Kochstrassenecke wird ein Mini-Propagandazentrum betrieben, das sich in antisemitischen Parolen ergeht. Offensichtlich oder angeblich unbemerkt von der Polizei, hängen dort Tag und Nacht Belehrungen in einem Schaukasten, die offenbar für Mauertouristen gemeint sind.

Bekannte Töne? Gewiss. Auch die chauvinistischen Bemerkungen über andere Völker. Über Italiener, Amerikaner, Engländer, Franzosen, Russen und andere wird bei »Wissen ist Macht« – so nennt sich die Holzbude in der Kochstrasse – streng zu Gericht gesessen.

Wer steckt dahinter? Ein alter Mann namens Richard Menzel, etwas wirr im Kopf, vielleicht auch irre. Er hält Audienzen in seiner Baracke, gewährt Interviews für Geld, in denen er auf Anfrage Sentenzen verkündet wie diese: »Die Juden sind neben den Chinesen die grösste Weltgefahr. Auch West-Berlin ist inzwischen wieder halb verjudet. Wir müssen sie wieder in ihre Schranken verweisen.«

Besorgniserregend ist, dass eine Bude mit solchen Schmierereien in der Nähe einer Westberliner Touristenattraktion seit zwei Jahren unbehelligt gelassen wurde. Und beinahe skandalös die Tatsache, dass die »Wissen ist Macht«-Baracke nicht etwa auf Privatbesitz steht, sondern auf Grund und Boden, der dem Berliner Senat gehört.

(29. August 1969)

Die Berliner Stadtverwaltung stellte den Skandal sofort nach Erscheinen des Artikels ab. Das wurde durch einen Brief bestätigt, den der Berliner Regierende Bürgermeister Klaus Schütz an einen Leser des »Aufbau«, Heinrich Nathan in Haifa, richtete. Der Bürgermeister schrieb:

Der im »Aufbau« geschilderte Vorgang hat, als er bekannt wurde, die Berliner sehr erregt und selbstverständlich den Senat veranlasst, schnell zu handeln. Die beanstandeten Texte sind entfernt worden. Dem Kioskbesitzer wurde gekündigt, und es ist nur noch eine Frage von Tagen, wann der Kiosk abgeräumt wird. Ich kann Ihre Reaktion voll verstehen. Seien Sie versichert, dass derartige Dinge bei uns nicht erlaubt sind, dass wir ihnen, wo immer wir auf sie stossen, nachgehen.

Klaus Schütz
(24. Oktober 1969)

Kampf um die Wiedergutmachung

Eine besonders wichtige Rolle spielte der »Aufbau« in der Wiedergutmachungsfrage. Er sprach in unzähligen Artikeln zu den generellen und spezifischen Aspekten des Problems. Und er wurde da gehört, wo das Echo von größter Wichtigkeit war: von der Regierung, den parlamentarischen Organen und Gerichten der Bundesrepublik Deutschland. Die Bedeutung dieser publizistischen Funktion kam auch in der Schaffung einer – von Kurt R. Grossmann angeregten – Sonderbeilage zum Ausdruck, die seit 1. September 1957 regelmäßig erscheint.

Bereits im Jahre 1950 hatte die Chefredaktion des »Aufbau« in einem Kabel an den damaligen amerikanischen Hohen Kommissar in Deutschland, John J. McCloy, eine Änderung der sogenannten Ländergesetze vom August 1949 befürwortet. Diese Gesetze sahen eine Haftentschädigung nur für diejenigen politischen und staatenlosen Flüchtlinge vor, die am 1. Januar 1947 sich noch im DP-Lager befanden, nicht aber solchen, die vor diesem Stichtag ausgewandert waren.

Das Büro des Hohen Kommissars antwortete, der Gesetzentwurf stamme nicht von amerikanischer Seite, sondern von dem deutschen Länderrat. Außerdem teilte es mit, daß die »Möglichkeiten einer Ausdehnung des General Claims Law auf das Gesamtgebiet der Bundesrepublik« erwogen würden. Dazu schrieb der »Aufbau« am 10. Februar 1950:

Wir freuen uns, dass der Hohe Kommissar John McCloy nunmehr den Vorfall untersucht. Ganz besonders aber ist es für den »Aufbau« eine Genugtuung, dass bei der Ausdehnung des Gesetzes auf die anderen Zonen die in unserem Kabel enthaltenen Anregungen in Erwägung gezogen werden sollen.

Diese Auseinandersetzung war ein Vorspiel zu dem Kampf um das sogenannte Haager Protokoll vom 10. September 1952, das zur Grundlage für die (im März 1953 vom Bonner Bundestag angenommene) Wiedergutmachungsgesetzgebung wurde.

95

Aber zwischen dem Gesetz und seiner Ausführung zeigte sich bald eine
tiefe Kluft. Kurt R. Grossmann schrieb in einem Aufsatz »Zerstörte Hoff-
nungen – Tragödien der Wiedergutmachung« (16. Juli 1954):
Die 77jährige H. L. hat Anfang 1952 beim Berliner Entschädigungsamt ihre
Ansprüche angemeldet. Sie verstarb am 1. Dezember 1952, ohne dass einer
ihrer Anträge bewilligt worden war.
Ein bekannter Berliner Regisseur verschied 1952. Seine Witwe wartet seit
drei Jahren vergebens auf die Bewilligung des Entschädigungsantrages, der
seit dem Jahre 1951 läuft.
Oder man liest in den Akten des früheren jüdischen Kultusbeamten Josef G.,
die am 22. Juni 1950 beginnen, als der Vierundachtzigjährige nach der
Statistik noch 3.66 Jahre zu leben hatte. Es geht um die Wiederaufnahme
seiner Pensionszahlung. Die neue jüdische Gemeinde besteht aus 20 Mitglie-
dern, die naturgemäss nicht finanzkräftig genug sind, um solche Verpflichtungen zu übernehmen. Briefe gehen hin und her. Anwälte machen Analysen, der Kultusminister von Rheinland-Pfalz greift ein. Aber Josef G. stirbt
am 30. November 1950, und seine Witwe, 75 Jahre alt, bemüht sich weiter
um die Pension. Jedoch statt eines Bescheides erhält sie Briefe, sich mit einem
anderen Amt in Verbindung zu setzen. Das andere Amt sendet ihr Antrags-
formulare, dann bekommt sie ihre Registrierungsnummern; dann muss sie
Todeserklärungen beibringen, Vollmachten besorgen, bis am 2. Oktober
1952 der Tod auch an ihre Tür klopft.
Da ist ein alter Heidelberger, der mit zehntausend anderen Leidensgefährten
1941 in das Konzentrationslager Gurs in Südfrankreich gebracht wurde.
Seine Frau kommt von dort in das Vernichtungslager und er nach vielen Jahren des Umherirrens nach den Vereinigten Staaten. Da Herr S. 81 Jahre alt
ist, will man den Fall vordringlich behandeln, was um so notwendiger ist,
als der arme Mann in ärztlicher Behandlung ist. Er wird 82 Jahre alt, aber
ausser dem Anwachsen seiner Akten mit vielen Bescheinigungen, Korrespon-
denzen zwischen Frankfurt, Paris, New York rührt sich nichts bis zum 19.
Januar 1953, wo es in einem Brief heisst: »Wir hoffen jetzt bald, wenigstens
die Zahlung der Versorgungsrente für den Antragsteller zu erreichen ...«
Neue Komplikationen, da diese Rente nicht formgerecht beantragt wurde.
Wieder vergehen Monate, und nichts rührt sich, und noch immer schreibt die
Stelle an S. Briefe und bittet um Unterlagen. S. aber ist inzwischen längst
verstorben ...
»Muß das so sein?« fragte Grossmann, und er beantwortete die Frage selbst

durch einen Hinweis auf das vorbildlich rasche Arbeiten des Landesamts für Wiedergutmachung in Stuttgart, an dessen Spitze Dr. Otto Küster stand.

Im Jahre 1956 wurde vom Bonner Bundestag eine Novelle angenommen, die eine wesentliche Verbesserung des ursprünglichen Entschädigungsgesetzes bedeutete und viele Personen einbezog, die nach dem alten Gesetz nicht anspruchsberechtigt waren. Bundeskanzler Adenauer sprach seine Freude darüber bei einem USA-Besuch aus; in einer Erklärung an den »Aufbau« sagte er:

Ich nehme diese Gelegenheit zum Anlass, Ihnen zu versichern, wie sehr die überwiegende Mehrheit des deutschen Volkes von dem Wunsch erfüllt ist, dass allen denjenigen Personen, denen aus Gründen politischer Gegnerschaft gegen den Nationalsozialismus oder aus Gründen der Rasse, des Glaubens und der Weltanschauung Unrecht geschehen ist, Wiedergutmachung zuteil werden soll. Natürlich bin ich mir bewusst, dass finanzielle Entschädigung das furchtbare Geschehen der Jahre 1933–1945 nicht auslöschen kann. Ich hoffe jedoch, dass der gute Wille des deutschen Volkes, der Bundesregierung und aller deutschen Parteien bezüglich der Wiedergutmachung auch in den USA anerkannt werden wird.

Es ist mir ein besonderes Bedürfnis, im gleichen Zusammenhang der »Conference on Jewish Material Claims Against Germany«, die zu diesem Zweck die grossen führenden jüdischen Organisationen in der ganzen Welt vereinigt hat, und ihrem Präsidenten, Dr. Nahum Goldmann, für ihre verständnisvolle Mitarbeit zu danken.

Die Bundesregierung und das ganze deutsche Volk werden auch in Zukunft die Wiedergutmachung für die Opfer der nazistischen Verfolgung, vor allem durch eine liberale, gerechte und schnelle Verwirklichung des Wiedergutmachungsgesetzes in seiner jetzigen Form, als ein besonders vordringliches Anliegen betrachten.

(22. Juni 1956)

Schon im folgenden Jahre wurde Adenauers Bekenntnis einer Belastungsprobe ausgesetzt. »Bonner Finanzminister will Wiedergutmachung torpedieren!« hieß es im »Aufbau« vom 28. Juni 1957. Der Minister Fritz Schäffer hatte in einer Rede in Frankfurt gesagt, die Wiedergutmachungsgesetze »seien in ihren Auswirkungen sicherlich von den Abgeordneten nicht voll und ganz überlegt worden«. Der »Aufbau« forderte eine »unzweideutige Klarstellung« der »alarmierenden Bemerkungen«.

Am 19. Juli folgte die Wiedergabe eines Gesprächs zwischen Schäffer und Chefredakteur Manfred George. Der Minister erklärte:

Mir liegt die Absicht fern, den Opfern des Naziregimes und anderen Geschädigten ihre Ansprüche zu bestreiten oder sie zu kürzen. Das Gesetz steht und ich erkenne es dementsprechend an. Ich könnte mir aber vorstellen, dass in gewissen Fällen, die keine Härtefälle sind, zum Beispiel bei überaus grossen Summen der Auszahlungsmodus eine Veränderung erfahren könnte. Hier könnten die Fristen gestreckt werden ...

Am 27. Dezember 1957 erschien der »Aufbau« mit der Schlagzeile »Attentat auf die Wiedergutmachung«. Manfred George schrieb:

Es war die Publikation seiner (Schäffers) Ansichten im »Aufbau«, die als ein Alarmsignal für alle an der Wiedergutmachung beteiligten Kreise diente.

Schäffer sei im neuen Adenauer-Kabinett zwar nicht als Finanz-, sondern als Justizminister tätig, aber er behaupte weiter, »daß die Wiedergutmachung die Stellung der D-Mark gefährde«. George fragte:

Glauben Sie, Herr Minister, der Sie so schnell mit dem Bleistift auf dem Papier an der Hand sind und für sich in Anspruch nehmen, so gut rechnen zu können – glauben Sie denn eigentlich wirklich, dass die paar Milliarden D-Mark de facto ein wirklicher Ersatz sind für die Millionen Toten und die unendlichen Leiden, die eine frühere Regierung den Bürgern Ihres Landes zugefügt hat, und die jetzt, meistens in hohem Alter, einen Bruchteil dessen zurückerhalten, was sie verloren haben? Und vergessen Sie auch nicht, Herr Minister, dass Sie das meiste, was diese Menschen verloren haben, ihnen gar nicht zurückgeben können, selbst wenn Sie bereit wären, Hunderte von Milliarden zu zahlen.

Die Adenauer-Regierung reagierte rasch. Sie ließ durch einen Sprecher erklären, daß »die Bundesregierung niemals einen Zweifel daran gelassen hat, daß sie alle in den Wiedergutmachungsgesetzen enthaltenen Verpflichtungen nach dem Buchstaben erfüllen würde« (»Aufbau«, 3. Januar 1958).

Als im Jahre 1965 die Wiedergutmachung wieder durch Kürzungen der Beträge und in gewissen Fällen Zahlungsaufschub bedroht war, wandte sich der »Aufbau« an die beiden Bundessenatoren des Staates New York. Beide kamen der Bitte um Intervention nach.

Senator Jacob K. Javits erklärte:

Die vorgeschlagene Gesetzgebung würde aufs tiefste gewisse Rechte beschneiden, die seit zwölf Jahren bestehen, ebenso wie andere, die sich aus dem abschliessenden Wiedergutmachungsgesetz ergeben ... Ich habe den Aussenminister (der USA) ersucht, dagegen zu protestieren und die Bundesrepublik Deutschland daran zu erinnern, dass amerikanische Bürger ein tiefes Interesse an der prompten Erfüllung der Verpflichtungen der Bundesrepublik unter dem Wiedergutmachungsgesetz haben. Ich habe auch meine Freunde in der Bundesrepublik ersucht, ein wachsames Auge auf die Sache zu richten. Ich hoffe, dass die Bundesrepublik ihre Budgetvorschläge so abändern wird, dass sie ihre feierlichen Versprechungen gegenüber den Verfolgten erfüllen kann, die so lange darauf warten mussten.

Senator Robert F. Kennedy sagte:
Keine finanzielle Entschädigung kann die fürchterlichen Tragödien wiedergutmachen, die das jüdische Volk während des Hitlerregimes erlitten hat. Zwei Gründe lassen die beabsichtigte Reduktion der Wiedergutmachungsbeiträge als besonders unglücklich erscheinen. Erstens würde die vorgeschlagene Kürzung eine finanzielle Härte für die Empfänger darstellen. Zweitens würde sie – und das ist in gewissem Sinne noch wichtiger – einen Verstoss gegen den Geist der Wiedergutmachungsgesetzgebung bedeuten. Ich betrachte die Sache darum mit grosser Sorge.

(10. Dezember 1965)

Die Rolle Österreichs in der Wiedergutmachungsfrage wurde im »Aufbau« oft und offen diskutiert. Die große Reihe der Artikel zu diesem Thema, die sich über viele Jahre erstreckt, eröffnete Kurt Wehle mit der Feststellung:
Oesterreich hat bisher keine Entschädigungsgesetze erlassen, durch die vermögensrechtliche Schäden und Verluste kompensiert werden. Auch die Bestimmungen des Opferfürsorgegesetzes sind – zumindest für die im Ausland lebenden Opfer – völlig ungenügend.

(20. Mai 1955)

Etwa sechs Jahre später, am 3. Februar 1961, schrieb Kurt R. Grossmann (»Vom gar nicht gold'nen Wiener Herzen«):
Oesterreich ist das Land, das es fertigbrachte, die Verfolger vor den Verfolgten zu rehabilitieren. Die Besatzungsmächte hatten die wiederholten Versuche, den österreichischen Nazis einen Blankoscheck des Vergebens und Vergessens auszustellen, durch ihren Einspruch blockiert; aber kaum waren die »fremden Herren« fort, da verabschiedete das österreichische Parlament ohne grosse Schwierigkeiten das Rehabilitierungsgesetz für seine lieben Nazis – und offenbar schämte sich niemand.

Wiedergutmachung oder Rückstellung beschlagnahmter bzw. gestohlener Werte: das ist nicht nur eine Frage des Geldes. Wenn nicht hinter der materiellen Leistung die klare Erkenntnis steht, dass das gesamte Oesterreich die

Verpflichtung hat, die es im Staatsvertrag in den Artikeln 25 und 26 zum mindesten auf dem Papier anerkannt hat, kann es keine gerechte oder liberale Wiedergutmachung geben.

Nach weiteren fünf Jahren erinnerte Grossmann wieder an die »Stiefkinder der Wiedergutmachung«:

Wir bekennen uns theoretisch alle zu dem Grundsatz, dass Gerechtigkeit unteilbar ist – aber wir tun nur zu oft nichts, oder zu wenig, diesem selbstverständlichen Prinzip zum Siege zu verhelfen. Die Lage der Naziopfer aus Oesterreich ist hierfür das eklatanteste Beispiel. Ihnen ist ein offenkundiges Unrecht zugefügt worden; wahrlich, sie sind die Stiefkinder der Wiedergutmachung. Ich gebe zu, dass die Gründe für diesen bedauerlichen Tatbestand vielfältige und komplexe sind, aber nichtsdestoweniger sind die Forderungen der Naziopfer: für gleiche Leiden gleiche Entschädigung, berechtigt ...

(28. Januar 1966)

Und in einem Leitartikel am 27. Juni 1969 (»Oesterreichs Wiedergutmachungstragödie – Ein Appell an den menschlichen Anstand«) stellte Hans Steinitz fest, daß sich in Wien immer noch wenig geändert hatte:

Die österreichischen Hitleropfer fordern gleiches Recht wie die Opfer aus Deutschland, aber ganz unabhängig davon gibt es unter ihnen echte schreiende Fälle von Mangel, Not und Elend: das ist es, was wir der österreichischen Oeffentlichkeit klarzumachen suchen, und das ist der Grund, warum wir hier an dieser Stelle an das Gewissen aller Massgeblichen und Verantwortlichen appellieren. In Tausenden von Fällen ist grosszügige karitative Intervention vonnöten – und zwar bald, wenn die Hilfe nicht zu spät kommen soll. Können Parteiführer, die sich christlich-sozial und sozialistisch nennen und an deren Aufrichtigkeit wir zu zweifeln keinen Anlass haben, sich diesem Notruf entziehen? ...

Der Zeitpunkt zum Handeln ist günstig: die Stimmung in beiden Parteien ist offen, die internationale Diskussion über dieses Thema hat sich neu belebt, die österreichische Wirtschaftslage ist zum mindesten nicht schlecht, und die (tatsächlich bestehende unbestrittene) prekäre Kassenlage im Bundeshaushalt wird durch eine soziale Soforthilfe für Hitleropfer nicht in nennenswerter Weise beeinflusst ...

Wir appellieren an Regierung und öffentliche Meinung, an Parlament und Wirtschaft, an Regierungspartei und Opposition, an Arbeitgeber und Arbeitnehmer, an Männer und Frauen Oesterreichs, unbefangen auf die soziale

Stimme ihres Gewissens zu lauschen und nicht länger die Geste der Menschlichkeit zurückzuhalten, die sich aufdrängt.

Oesterreich ist ein demokratisches Land mit freier Presse und freien Wahlen; es ist ein Land, das wir zu unseren Freunden zählen wollen, das uns als Reiseziel anzieht und mit dem wir freundschaftliche normale geschäftliche Beziehungen pflegen wollen: helft uns, dieses Ziel zu erreichen, indem Ihr den Schatten beseitigt, der auf unseren Beziehungen liegt.

Auch zu einem anderen Sonderproblem der Wiedergutmachung – der Frage der psychischen Schäden – hat sich der »Aufbau« häufig geäußert. Ganz besonders bemühte sich das Blatt, auf die neurotischen Schäden hinzuweisen, die sich aus einem Konzentrationslager-Aufenthalt noch in späteren Jahren eingestellt haben mochten.

Kurt R. Grossmann behandelte in einem Artikel vom 22. Februar 1957 (»Ist Neurose ein entschädigungsfähiger Schaden?«) das wichtige Gutachten, das der Direktor der Nervenklinik der Universität München, Dr. Kurt Kolle, und seine Kollegen abgegeben hatten:

Die Gutachter kommen . . . zu dem Schluss, dass in dem vorliegenden Falle, »wie bei den verfolgten Juden im allgemeinen«, langjährige Inhaftierung mit der täglichen Bedrohung von Leib und Leben, sowie der Verlust aller Angehöriger zur Auslösung psychoreaktiver Störungen geführt hat, für die in erster Linie die Verfolgungserlebnisse verantwortlich zu machen sind.

Am 29. November 1957 wurde im »Aufbau« ein Urteil des Oberlandesgerichts Karlsruhe ausführlich wiedergegeben, das sich im gleichen Sinne äußerte:

Dass kein organisches Leiden vorliegt, steht dem Anspruch auf Entschädigung nicht im Wege. Der Schädiger hat grundsätzlich auch Beeinträchtigungen zu entschädigen, die aus seelischer Reaktion des Betroffenen herrühren.

Kurz darauf verstärkte eine medizinische Autorität diese Argumente. Oberregierungs-Medizinalrat Dr. Rudolf Omansen, der damalige Chef des ärztlichen Dienstes des Berliner Entschädigungsamtes, schrieb im »Aufbau«:

Es muss an dieser Stelle betont werden, dass keiner – weder der Laie noch der Arzt – sagen darf, dass jene Menschen, die jahrelang die Qualen des Verfolgten durchlitten haben und sie tatsächlich überlebten, dass diese Menschen gesund und ohne organische oder seelische Schäden wieder in das normale Leben zurückgekehrt sind. Der Arzt steht nun kraft des Gesetzes vor diesen Menschen und soll eine Verbindung, eine Brücke schlagen von der damaligen Zeit und dem damals erlittenen Gesundheitsschaden zu dem heuti-

gen körperlichen Befund. Dieser Arzt setzt sich also vor allem mit Spätschäden auseinander, und diese Spätschäden liegen oft mehr auf psychischem
Gebiet als auf organischem. Dies lässt sich auch nicht mit dem Begriff Neurose abtun. Das sind grösstenteils Erinnerungstraumen – wie ich sie nennen
möchte –, und ich meine damit eine Kettenreaktion von immer wiederkehrenden Erinnerungen, die schon fast verheilte Wunden wieder aufreissen, und
diese aufgerissenen Wunden führen dann zu neuen Schäden. Die Kette dieser
immer wiederkehrenden Erinnerungen bleibt bis zum Lebensende bestehen.
Hier gibt es keine Heilung, hier gibt es nur Linderung und Fürsorge.

(10. Januar 1958)

In einer dreiteiligen Artikelserie »Die Neurosen in der Wiedergutmachung«
(vom 7. März, 21. März und 4. April 1958) begrüßte es Richard Dyck, »daß
sich unter dem Einfluß neuerer Gutachten erster Psychiater ein langsamer
Wandel in der bisherigen Rechtsprechung deutscher Gerichte hinsichtlich der
Rentengewährung bei Neurosefällen anzubahnen beginnt«.
Die Forschungen des norwegischen Psychiaters Dr. Leo Eitlinger über das
»Konzentrationslager-Syndrom« wurden von dem Juristen Otto Schuetz
eingehend dargestellt (»Aufbau«, 6. Juni 1961). Sein Kollege Samuel Grin-
gauz berichtete das Fazit eines Vortragsabends der Association of Former
European Jurists in New York, der der Frage der psychischen Verfolgungs-
schäden gewidmet war:

Psychiatrische Auffassungen sind politisch und geographisch bedingt. Die
deutsche Psychiatrie ist besonders rückständig. In den zwölf Jahren des
Hitlerregimes war Psychiatrie als Wissenschaft verpönt und durch den intellektuellen Wirrwarr der Rassenlehre ersetzt worden, deren Schatten noch
heute in der Gestalt der »Anlagebedingtheit« fortschweben.

... Die deutsche Psychiatrie fusst noch heute auf den Theorien der organi-
schen Erkrankungen, sie ist naturwissenschaftlich und nicht geisteswissen-
schaftlich orientiert, und daher ist noch heute in Deutschland die Ansicht
verbreitet, dass äussere Traumata (äussere Umwelteinwirkungen) keinen
psychischen Dauerschaden hervorrufen.

(19. Juni 1964)

Die Veröffentlichungen des »Aufbau« in dieser Frage, die sich über viele
Jahre erstrecken, wurden von den Gesetzgebern der Bundesrepublik stark
beachtet. Die darin vertretenen Ideen halfen mit, den Paragraphen 31, Ab-
satz 2, des deutschen BEG vom 14. September 1965 zu gestalten: Personen,
die mindestens ein Jahr in einem anerkannten KZ waren und mindestens

25 %/o erwerbsbeschränkt sind, können sich auf die Vermutung stützen, daß die Minderung der Erwerbsfähigkeit durch die Haft verursacht wurde.
Später verwies der »Aufbau« auf die Entdeckung des »Überlebenden-Schuldkomplexes« (»survivor syndrome«) durch den New Yorker Psychiater Professor William Niederland. Der Gelehrte erklärte einem Vertreter des Blattes:

Die Symptome mögen vielleicht in mancher Hinsicht denjenigen ähneln, die man bei Ueberlebenden von Automobilunfällen und Naturkatastrophen antrifft. Aber ihre Stärke und Dauer sind verschieden. Ein Jahr, ja selbst eine Woche in Auschwitz hat in den Ueberlebenden unvergleichlich tiefe Spuren hinterlassen.

(12. Januar 1968)

Auch nach dem Abschluß der Wiedergutmachungs-Gesetzgebung wurde im »Aufbau« die Auslegung der Gesetze laufend weiter kommentiert, in Artikeln führender Juristen wie R. M. W. Kempner, Martin Hirsch, Gunter Kamm, Samuel Gringauz, Heinz Kurt Fabian, Werner Feilchenfeld, Eduard Hesse, Alfred Prager, Harry Knopf und vieler anderer.
Und wie in den großen prinzipiellen Fragen der Wiedergutmachung wurde die Stimme des »Aufbau« auch in Einzelfällen gehört. Zum Beispiel in dem Fall »$ 1.76 Monatsrente für zwei Naziopfer«, der am 9. April 1965 berichtet wurde. Das Entschädigungsamt Trier hatte verfügt, daß einem kranken alten Ehepaar die Elternrente entzogen werden sollte, da die Eheleute Sozialversicherungs-Renten erhielten. Die Zahlungen sollten auf DM 58,— reduziert werden (»zu Verrechnungszwecken«). Der »Aufbau«-Protest gegen diesen Beschluß führte zum Einschreiten des Ministeriums für Finanz und Wiederaufbau von Rheinland-Pfalz in Mainz. Das Ministerium schrieb:

Wir haben dem Bezirksamt Trier aufgegeben, die ungekürzte Zahlung der Renten wegen Körperschadens sofort wiederaufzunehmen und über die Einstellung der Rente wegen Lebensschadens unverzüglich einen rechtsmittelfähigen Bescheid zu erklären.

In einer »Zwischenbilanz« in der Wiedergutmachungs-Beilage des »Aufbau« vom 11. Juni 1965 konnte Alfred Prager sagen:

Die Wiedergutmachungsbeilage hat nicht nur die notwendige Kritik geübt, sie hat neue Wege auf einem höchst komplizierten Gebiet gewiesen. Vor allem aber war sie immer das Sprachrohr der Verfolgten. Wir haben für sie, wie wir es versprachen, gesprochen und gekämpft.

Augenzeugen berichten

Ein Bericht aus der Hölle

Hans Habe hat einmal gesagt, der »Aufbau« sei keine gewöhnliche Zeitung,
sondern »unser aller Tagebuch«. Nirgends zeigt sich das deutlicher als in
den Augenzeugenberichten, die das Blatt veröffentlicht hat. Hier ist das
Rohmaterial der Geschichte – vor allem aus den Jahren des Hitler-Regimes.
Der folgenden grauenhaft realistischen Schilderung der Nazi-Barbarei, die
kurz vor Ausbruch des Zweiten Weltkriegs erschien, schickte die Redaktion
des »Aufbau« diese Bemerkung voraus: »Der Leser möge die Zähne zusam-
menbeißen und diesen Bericht lesen, den ein ehemaliger deutscher Front-
offizier jüdischer Nation und Glaubens, Ritter des Eisernen Kreuzes I. und
II. Klasse und dreier weiterer Kriegsorden, zu Protokoll gab.«

Auf einer grösseren deutschen Station sassen in einem Eisenbahnwaggon 60
Menschen im Alter von 16 bis 82 Jahren; diese setzten sich aus allen Berufs-
klassen zusammen wie Arbeiter, Angestellte, Kaufleute und Akademiker.
Es erschien ein S.S.-Mann von ca. 27 Jahren mit geladenem Revolver und
erklärte folgendes:

Damit Ihr wisst, wer Euch begleitet: ich habe heute früh um 5 Uhr die Synagoge angezündet, um 7 Uhr habe ich mit diesen meinen Füssen Hunderte
Uhren, Ringe, Silber etc. zertreten und eine Stunde später mit meinen Händen Hunderte von Schreibmaschinen und Möbel zertrümmert, die den verfluchten Juden gehörten. Jetzt wisst Ihr, wer ich bin; wer sich rührt wird
erschossen! – Hände auf die Knie, Kopf zwischen die Knie. Die Fahrt dauerte
23 Stunden, es durfte sich kein Mensch rühren. Ein grosser Teil fiel um und
wurde durch Fusstritte in die vorgeschriebene Lage versetzt.

Nach einigen Stunden sagte der S.S.-Mann, ich kann auch angenehm sein,
Kopf hoch, jeder eine Zigarrette in den Mund, wer Asche auf die Erde
fallen lässt, leckt den Fussboden ab. Eine Stunde vor B. erklärte der S.S.-
Mann, ich bekam soeben die Mitteilung, es ist verboten, Geld, Messer, Ho-
senträger, Schlipse, überhaupt alles, was Ihr an Wertsachen mithabt, nach B.
mitzunehmen. Er gab uns den Befehl, alles abzulegen und es auf einen Haufen zu werfen. Es waren viele tausend Mark, Wertgegenstände, Uhren,
Ringe etc. – Kurz vor Weimar gab er den Befehl, jeder hole sich einen Gegenstand aus der Ecke. Jeder griff nach dem Portemonnaie, aber der grösste
Teil des Geldes war bereits herausgenommen.

In W. angekommen, kam der Befehl: alles heraus! Am Bahnhof standen
dicht nebeneinander zwei Reihen S.S.-Leute in neuen grünen Uniformen,

mit Gewehren und Stahlruten in der Hand, und sofort kam der Befehl, marsch, marsch! Nun wurde von beiden Seiten mit Stahlruten auf uns eingeschlagen und wir wurden in einen Tunnel gejagt. Die S.S.-Leute stellten uns die Beine, damit wir darüber fielen, um die Liegenden noch mehr zu schlagen. Im Tunnel mussten wir den Hut über die Ohren ziehen und uns mit dem Gesicht an die Wand stellen, niemand durfte sich rühren und wir wurden von hinten mit Gewehrkolben, Stahlruten und Fusstritten bearbeitet. Dies alles dauerte 10 Minuten und ein grosser Teil der Leute blutete schon. Darauf kam der Befehl: immer fünf Mann rechts um, marsch, marsch! Dieselbe Prozedur mit Schlägen und Beinvorstellen ging weiter. Am Ende des Tunnels stand die sogenannte grüne Minna, wir wurden unter Schlägen hineingejagt. In einem solchen Wagen haben normalerweise 10 bis 15 Mann Platz. Da aber immer weitere Mengen in den Wagen unter Schlägen hineingepresst wurden, mussten wir uns auf die Erde legen und die Hineingedrängten auf uns herauf, so dass in einen solchen Wagen 50 bis 60 Mann hineingepresst wurden.

Jetzt ging es nach B., wo wir nach 30 Minuten anlangten. Die Türen des Wagens wurden aufgerissen, wir wurden mit Stahlruten und Gewehrkolben in das Lager gejagt; die meisten Menschen bluteten. Ueber dem Eingang des eisernen Tores stand die Ueberschrift (wovon wir uns bis dahin schon überzeugt hatten): »Recht oder Unrecht – mein Vaterland.«

Der Weg bis zu der Stelle, wo wir antreten mussten, war 1000 Meter. Auch auf dem Wege dorthin wurde dauernd geschlagen und gestossen, und ein grosser Teil der Menschen, hauptsächlich alte und schwache Leute, blieben liegen. Auf dem riesengrossen Platz standen 10 000 Menschen aus verschiedenen Teilen Deutschlands, hauptsächlich Frankfurter, Breslauer und Oberschlesier.

Dauernd gingen S.S.-Leute durch die Reihen und fragten, was der eine oder andere von Beruf sei. – Wenn der Gefragte antwortete, Arzt, dann bekam er einen Schlag ins Gesicht und musste antworten, Frauenschänder. Ein Generaloberarzt, der dauernd antwortete Generaloberarzt, wurde so lange geschlagen, bis er auf Befehl des S.S.-Mannes auch mit Frauenschänder antwortete. Die Kaufleute mussten sich Betrüger, die Bankiers Wechselfälscher nennen.

In eine solche Baracke, die 14 Meter breit und 80 Meter lang war und nur eine Eingangstür hatte, wurden 2600 Menschen hineingezwängt. Dies war beim ersten Mal nicht möglich, und es wurde alles wieder herausgejagt. Es erschien dann eine größere Kolonne S.S., die uns mit Stahlruten so lange bearbeitete, bis die 2600 Mann drin waren. Dies war nur möglich wenn 3 bis 4 Mann übereinander auf dem Fussboden lagen, der nicht gedielt war, sondern aus nassem Lehm bestand. Es zeigten sich bald die Folgen dieser Qualen; ein Teil der Menschen verlor den Verstand, schrie und weinte und, da völlige Ruhe herrschen musste (die Scheinwerfer von aussen leuchteten von einem Turm aus in die Baracke), waren wir gezwungen, diese kranken Menschen aus der Baracke herauszuschaffen. Dies konnte nur dadurch bewerkstelligt werden, dass man diese Kranken über die anderen hinweg zum Ausgang hinausrollte. Sie wurden von der S.S. in Empfang genommen, mit Stahlruten behandelt und in die sogenannte Waschküche gebracht.

Diese Waschküche, im gleichen Zustand wie die Baracke, war der Raum, in dem die Menschen ins Jenseits befördert wurden. Es erschienen dann die Kapoleute (Totenträger) mit der Tragbahre und schafften die Toten in die Totenkammer. Jeder Tote wurde durch Lautsprecher bekanntgegeben. Am zweiten Tage mussten sämtliche ca. 12 000 Mann antreten, die am 10. November eingeliefert wurden. Sie mussten sich in Reih und Glied hinsetzen, dicht aneinander gedrängt, Beine breit, sodass immer zwischen den Beinen ein Mann sass. Die S.S. sorgte dafür, dass alles in Reih und Glied ausgerichtet da sass, und um elf Uhr gab es das erste warme Essen; es bestand aus Walfischfleisch mit einer flüssigen Suppe.

Schon nach einer Viertelstunde, nachdem das Essen eingenommen war, zeigten sich die Folgen. Ein Durchfall, wie man ihn nicht beschreiben kann; niemand durfte sich rühren oder aufstehen. Es ist nicht zu hoch gegriffen, wenn ich behaupte, dass 80 Prozent der Leute unter sich machten. Wie schon erwähnt, durfte niemand austreten und so musste man mit vollen Hosen dasitzen. An diesem Tage verlor noch ein weiterer Teil den Verstand. Diese Menschen wurden herausgenommen, auf den Bock geschnallt und immer von zwei Mann mit Stahlruten (25 Schläge) durchgepeitscht und in den Kerker geworfen. So blieben wir bis um 6 Uhr sitzen und wurden dann in die Baracken gejagt.

Einen Fall möchte ich hier besonders erwähnen, den ich nie in meinem Leben vergessen werde. Ein Dr. . . ., ca. 60 Jahre alt, der auch den Verstand verloren hatte und auf die Fragen, die an ihn gerichtet wurden, infolge seiner geistigen Verfassung nicht antworten konnte, wurde gefesselt, und zwar wurden ihm die Hände rücklings zusammengebunden, dann wurde er an den Händen auf einen Baum gezogen; er hing also an den Gelenken. Ein

S.S.-Mann von höchstens 22 Jahren öffnete ihm die Weste und Hosen und photographierte ihn so. Als der Aufgehängte nach ca. 25 Minuten zusammenzuckte, so dass es den Anschein hatte, als ob dies die letzten Zuckungen wären, wurde der Strick durchgeschnitten, er fiel herunter und sackte zusammen. Dies mussten ca. 10 000 Menschen mitansehen.

Er war noch nicht ganz tot, wurde von vier S.S.-Männern hochgehoben und förmlich aufrecht getragen, zu dem Platzkommandanten Redel gebracht. Redel, ein ehemaliger Schlächter, stellte an den halbtoten Menschen Fragen, die er nicht mehr beantworten konnte. Er wurde daraufhin von einem Mann an die Gurgel gefasst, bekam einen Fusstritt vor den Bauch, so dass er einige Meter von dem S.S.-Mann entfernt zu Boden stürzte. Jetzt erschienen zwei Mann mit einer Tragbahre, die den Mann in die Totenkammer schafften. Nach 5 Minuten meldete der Lautsprecher, mit der üblichen Ansprache: »Judenvögel herhören!« Es habe sich derjenige zu melden, der den Dr. . . . rekognoszieren könne. Es meldete sich der Schwager des auf diese Weise ums Leben Gekommenen; dieser musste durch seine Unterschrift bescheinigen, wer der Tote sei und dass er eines natürlichen Todes infolge Schwäche gestorben sei.

Der ganze Platz war von einem mit Elektrizität geladenen Drahtzaun umgeben, hinter dem die S.S. mit geladenem Gewehr Wache hielt. Einige Menschen, nicht mehr ihrer Sinne mächtig, die gegen diesen Drahtzaun liefen, bekamen starke Verbrennungen, blieben drin hängen und wurden dann von dressierten Hunden herausgezogen. Als Strafe hierfür wurden sie auf den Bock geschnallt und durchgepeitscht. Es starben durchschnittlich täglich 25 Menschen.

Die S.S.-Aufsichtsbeamten haben durch alle möglichen Betrügereien den Menschen, die noch etwas Geld hatten, ihnen dieses abgepresst. Das Eßgeschirr, alte Konservenbüchsen, musste mit 3 Mk. bezahlt werden. Autobesitzer wurden vorgerufen und mussten unterschreiben, dass sie ihren Wagen freiwillig verkaufen; Kaufpreis zwischen 400–600 Mk., der nicht bezahlt wurde. Geld, welches von Angehörigen nach dem Lager geschickt wurde, musste für irgendwelche Zwecke hergegeben werden.

(15. Juli 1939)

Letzter Tag in Europa

HANS NATONEK

Hans Natonek (1892–1963) verkörperte wie wenige die Tragik der Emigration. Als die Nazis auch seine Bücher 1933 verbrannten, signalisierten sie das Ende einer Karriere. Andere erholten sich von dem Schlag und bewahrten und entwickelten die Macht ihrer Sprache. Natonek aber gewann nie seine alte geistige Vitalität zurück.

Der gebürtige Prager gehörte während der Jahre der Weimarer Republik zu den brillantesten Feuilletonisten, Lyrikern und Erzählern Deutschlands. Sein Buch über Therese von Konnersreuth (»Kranke, Schwindlerin, Heilige?«, 1928) und ein Roman über das I.G. Farben-Kartell (»Geld regiert die Welt oder Die Abenteuer des Gewissens«, 1930) wurden weit bekannt; seine Erzählung »Kinder einer Stadt« brachte ihm 1932 den Goethepreis.

Nach der Nazi-Machtergreifung floh er zuerst nach Prag, dann nach Paris, schließlich 1940 in die USA. In Frankreich wäre er beinahe den Nazis in die Hände gefallen; er versteckte sich in Docks und unter Omnibussen und verbrachte viele Nächte im Frost und Nebel der Pyrenäen.

In den USA veröffentlichte er eine Autobiographie (»In Search of Myself«, 1944), vor allem aber zwei Essays, die seinen harten, wenig erfolgreichen Kampf mit der englischen Sprache spiegeln (»Between Two Languages«, »Farewell to the German Language? – the problems of being a bilingual writer«, 1944).

Dem »Aufbau« war er immer verbunden. Noch kurz vor seinem Tode in Arizona 1963 erinnerte er sich in einem Brief an Chefredakteur Manfred George dankbar daran, wie der »Aufbau« ihm unter die Arme gegriffen hatte, nachdem er als mittelloser Flüchtling in New York gelandet war. Das Blatt, damals selbst nicht sehr »affluent«, arrangierte für Natonek und andere Exilschriftsteller einen Vortragsabend, dessen Ertrag unter den Autoren verteilt wurde.

Wir sprachen auf alte Erzählerart reihum im Kreise über den ersten Tag hier und den letzten drüben. Jeder hat einen ersten und einen letzten Tag. Die Erlebnisse brauchen gar nicht aussergewöhnlich zu sein und sind es meist auch nicht. Es gibt Leute, die hier ankommen, als wären sie von Berlin nach Stettin gefahren oder von Wien nach Budapest. Und es gibt Leute, die aus Europa hinausgehen wie aus einem schlechten Film – er ist ausgelöscht, nicht der Rede wert. Sie haben einen Kontinent gewechselt wie einen Anzug, und damit ist für sie das Thema erledigt. Das neue Leben absorbiert sie völlig. Jedoch, Europa zu verlassen ist ein ungeheures und vielleicht endgültiges Erlebnis, wenn man es in aller Bewusstheit noch einmal durchlebt –.

»Man sollte gar nicht zurückschauen«, meinte einer. »Schluss mit Europa; fertig und erledigt. Menschen, die davon nicht loskommen und sich immer wieder umdrehen, erinnern mich an Loths Weib, die auf das untergehende Sodom zurückblickt. Sie erstarrt zur Salzsäule. Durchstreichen, abschreiben, vergessen. Das war mein letzter Tag in Europa.« –

Ein anderer sagte: »Für mich war der letzte Tag in Europa die Summe der letzten Tage in Europa. Ein seltsames Doppelgefühl, eine unsägliche Zerrissenheit: von einem geliebten Wesen gar nicht rasch genug fortkommen zu können. Als ob man den Staub küsse, den man von seinen Schuhen schüttelt... *Panik plus Abschiedsweh,* das war die seelische Situation vieler Amerikafahrer. Man war seit Wochen hineingerissen in den furchtbaren Malstrom einer kontinentalen Evakuierung, die sich in die südfranzösischen Hafenstädte ergoss. Man war gleichsam in einem überfüllten Rettungsboot, das überdies vom sinkenden Schiff, vielmehr: vom sinkenden Ufer nicht abstiess. Der panische Geist fördert eher das Wachstum der Ellbogen als das des Altruismus. Wir waren alle nur einer von vielen, aber wir waren zuviel im gleichen Rettungsboot, und fast jedes war »schon komplett«. Wir letzten Europäer waren Soldaten der Flucht – aber waren wir immer gute Soldaten?«

»In jeder Armee gibt es gute und schlechte Soldaten«, bemerkte einer der Zuhörer.

»Am Tage meiner Abreise nach Amerika«, setzte der andere fort, »– ein unvergesslicher Tag von schmerzlicher Glückseligkeit – fiel mir eine grausige Begebenheit ein, die sich mir mit dem letzten Blick auf Europa verband. Im Spätsommer war ein junger Mensch in Lissabon angekommen, einer der ersten, wenn nicht der erste, dem es geglückt war, aus der Mausefalle Südfrankreich ›schwarz‹ über die Pyrenäen zu entkommen. Ein Einzelgänger, verschlossen und scheu, hatte er in einem Hotelzimmer in Perpignan verbissen und systematisch seinen Plan ausgearbeitet. Er studierte die Spezialkarten der Grenzübergänge, hatte sich Empfehlungen an ehemals sozialdemokratische Maires der Grenzgemeinden verschafft und für alle Fälle in seinem Pass sein Alter von einundzwanzig Jahren von einem geübten Graphiker auf siebzehn ›korrigieren‹ lassen, damit ihn die Spanier wegen seines militärpflichtigen Alters nicht zurückschicken. Man konnte sich nicht gründlicher vorbereiten, als dieser junge Oesterreicher es tat. (Wie hatten wir später gestümpert und improvisiert!) Mit der Spannkraft seiner einundzwanzig Jahre warf er sich ganz allein über die glühende Pyrenäenmauer, ein Vorläufer ins Ungewisse. Dreimal versuchte er den nächtlichen Uebergang, verirrte sich dreimal, dürstete, hungerte, übernachtete im Felsgeröll, entschlossen, lieber zu sterben, als sich einsperren zu lassen. Ein einsamer Spaziergänger, ein Junge in Kniehosen, scheinbar gelassen die Gegend betrachtend, den fliegenden Atem des Läufers bändigend, so schlenderte er in die spanische Grenzortschaft. Man liess ihn laufen und er lief weiter, zum Ziel, nach Lissabon, und erreichte es glücklich, atemlos, verwildert, sonnenverbrannt. Und hier geschah das Unfassbare: aus irgendeinem nichtigen Anlass – vielleicht die Alterskorrektur in seinem Pass – hatte er eine Auseinandersetzung mit der Behörde, bekam einen Tobsuchtsanfall; man musste die Polizei holen und als man ihn ins Gefängnis brachte, schleuderte er sich im Treppenhaus von der dritten Etage in die Tiefe, mit dem ihm eigenen verbissenen Elend, als wäre das Treppengeländer die spanische Grenze.

Ich kann es nicht erklären, warum ich in dem Augenblick, als ich das amerikanische Schiff bestige, an diesen europäischen Marathonläufer denken musste, der am Ziel zusammenbrach. Ich fühlte nur, es gibt eine gefährliche Grenze der Erlebnisfähigkeit und zerstörender Erlebnisfülle. An ihn musste ich denken und an alle, denen dieser entsetzliche Langstreckenlauf aus Europa heraus nicht oder noch nicht gelungen war, die unterwegs stürzten, an alle Kameraden der Flucht, die in ihren Gräbern oder in ihrer Not zurückgeblieben waren. Vor mir lag, fast schon verschwindend, als ob das Schiff bereits den Tejo hinabführte, eine der schönsten steinernen Vergangenheits-Kulissen Europas, Barock und Gotik, ruinenhaft und unwirklich im vergoldenden Licht der untergehenden Sonne. In diesem Licht sah ich die Türme Prags, die heiter süsse Wiener Landschaft verschollener Zeit, das Luxembourg des entseelten Paris – ein ganzes gelebtes Leben in Europa. Alles war zauberhaft gegenwärtig und alles schwand gespenstisch dahin in diesem letzten europäischen Augenblick. Es war zu viel; ich schwankte, als zöge mich Europa in die Tiefe – ein Marathonläufer auch ich. Da berührte mich die Hand der Frau neben mir. »Du musst dich zusammennehmen«, sagte sie lächelnd, »wenn du jetzt an Bord gehst, bist du schon auf amerikanischem Boden«. Es klang beinah feierlich. Ich stieg das steile Fallreep langsam hoch – es war mehr als eine Landesgrenze – und obwohl es festgemacht war, schwebte und schwang es unter meinen Füssen auf und nieder.

Oben am Eingang des Schiffes drehte ich mich noch einmal um. Da war eine grosse Dunkelheit vor meinen Augen und ich sah nichts mehr – nicht die Frau, die hilflos und winzig unten am Pier zurückblieb, nicht die Freunde, die am Weg liegengeblieben waren, nicht die geliebten Städte, und all das zusammen war Europa und geliebt. Zuviel liess man zurück. Und das Nahe war, noch ehe das Schiff sich von der Küste löste, schon so fern. Es war, als ob der letzte Augenblick Europa auslösche. Wirklich, es gibt ein Erstarren im Zurückblicken.

Mit breitem Lächeln fragte ein grauhaariger, bebrillter Stewart den Versunkenen: »How do you do?« Das war schon Amerika.

Man muss drüben sein und schon einige Zeit die Luft Amerikas geatmet haben, dann erst kommt das Unvergessliche des letzten Tages in Europa langsam wieder auf einen zu.

(4. April 1941)

Seder* auf einem Flüchtlingsschiff, 1941

JOSEF THON

Lieber Freund! Nein, Du hast nicht recht, dass wir auch nächstes Jahr den Sederabend wieder am Deck eines Flüchtlingsschiffes feiern könnten. Es besteht wenig Wahrscheinlichkeit, dass da noch immer Refugeeschiffe werden fahren können, und schon gar ausgeschlossen ist es, dass diese Emigranten, die den diesjährigen Sederabend auf dem Flüchtlingsschiff verbracht haben, jemals wieder in dieser Eigenschaft sich einschiffen könnten.

Ja, es war ein tiefes und ergreifendes Erlebnis, das uns an Deck des, ach, so kleinen Dampfers »Guiné« zuteil wurde. Da waren wir, zweihundert an Zahl, von aller Herren Länder zusammengedrückt: mein Nachbar zur Linken hat vor zehn Tagen das »Arbeits«-lager in Deutschland verlassen; meine Nachbarin zur Linken war noch vor einer Woche Zeugin, wie in Paris die neuen Herren wüteten. Und uns gegenüber sass der alte 85jährige Wanderer aus Polen, der für uns alle das Sinnbild von Ahasver während unserer 14-tägigen Ueberfahrt von Lissabon nach hier wurde; er sah mit seinen tiefen und weisen Augen das Morden seiner Brüder in Warschau.

An diesem heiligen Abend gab's keine Ost- und Westjuden, gab's keine

---

* Häusliche religiöse Feier der Juden an den beiden ersten Passahabenden.

deutsch- und jüdischsprechenden Flüchtlinge. Ueber die Hagadah gebeugt, die ein Freund von uns aus Antwerpen rettete und deren 300jährige vergilbte Blätter von unseren wandernden Vorfahren erzählten, lauschten wir den Worten der Schrift. Inmitten des Ozeans, Tausende Meilen weg von Europa, den rettenden Gestaden der Neuen Welt zueilend, verdolmetschten wir die jahrtausendalte Erzählung. Auch aus uns hat der neuzeitliche Pharao Knechte gemacht . . . auch wir sollten für ihn Fronwerk leisten . . . auch wir haben alles, alles zurücklassen müssen . . . auch an uns wird der Allmächtige Wunder erleben lassen . . . auch dieser Pharao wird besiegt werden . . . auch für uns kommt wieder die »Zeit unserer Freiheit«. Und mitten im Geschluchze von Hunderten gequälten Brüsten, mitten im inbrünstigen Insichkehren und Gelöbnis, dass wir auch die jenseits Schmachtenden nicht vergessen wollen, erschien uns das Wahrbild der Neuen Welt: die Freiheitsstatue, das Symbol dessen, dass die »Zeit unserer Freiheit« naht.

Und darum, ob dieses Wahrbildes, werden wir keinen Seder mehr als Flüchtlinge feiern. . . .

Dein
Josef Thon.

(16. Mai 1941)

Casablanca – New York

WILLY O. SOMIN

Willy O. Somin (Simon), der seine journalistische Karriere beim »8-Uhr-Abendblatt« begann, hat in der Geschichte der Emigration eine besondere Rolle gespielt: er brachte zusammen mit zwei Berliner Kollegen, Henry Michaelis und seiner Frau, die ersten Anti-Hitler-Bücher heraus. Sie erschienen anonym bei Oprecht in Zürich.

Während der Kriegsjahre arbeitete Somin in den USA für das Office of War Information, nach dem Krieg an der amerikanischen »Neuen Zeitung« in München. Sein bedeutendster Erfolg war das Theaterstück »Das Attentat«, das während der dreißiger Jahre über viele europäischen Bühnen lief. Somin starb um die Jahreswende 1962/63 in San José, Costa Rica.

Am 10. Mai 1941 fahren wir auf dem französischen Cargo »Mont-Viso« von Marseille ab. Ueber Martinique soll die Fahrt gehen.

Wir fahren! Und die Stimmung ist dementsprechend gut. Nach Algier geht es zuerst. Selbstverständlich darf niemand von Bord, obwohl Algier französisches Department ist und wir alle in Frankreich aufenthaltsberechtigt waren. Zwei Tage wird geladen. Dann kommt man nach Oran. Ein Convoy wird gebildet. Gibraltar wird passiert, Casablanca erreicht.

Es ist 9 Uhr abends, als das winzige Begleitschiff einen Lichtfunkspruch an uns weiterleitet. Gewöhnt, die Blinkzeichen der Begleitschiffe gegen Abend zu sehen, kümmert man sich zuerst nicht darum, bis man plötzlich feststellt, dass die übrigen Schiffe des Convoys verschwinden, die Sterne in anderer Richtung zu sehen sind, der Wind von einer anderen Seite weht. Es können keine Zweifel mehr darüber bestehen: wir drehen ab!

Wir drehen nicht nur ab, wir wenden. Zurück nach Casablanca. Unter den Pasagieren bricht eine – man muss es anerkennen – stille Panik der Verzweiflung aus. Sie sind am Ende ihrer Kraft, am Ende ihrer Vitalität, zu viele Enttäuschungen persönlicher und politischer Art, zu grosse Strapazen dieser unglückseligen Fahrt haben sie zermürbt. Man steht umher, diskutiert leise, traurig, hoffnungslos.

Am folgenden Morgen fährt man in den Hafen von Casablanca zurück, in dem auch die »Wyoming« liegt, die nach uns von Marseille abfuhr. Beide Schiffe werden – weit vom Quai – nebeneinander verankert. Besuche von Bord zu Bord sind zwar nicht offiziell gestattet, werden aber geduldet und gründlich ausgeführt. Man tauscht die Trostlosigkeit aus, weiter nichts.

Bald werden Befürchtungen wach, man könne wieder in ein Lager kommen. Die Behörden, darüber befragt, leugnen energisch. Wenige Tage später werden die Passagiere der »Wyoming« ausgeladen. Ein Anschlag versichert, die marokkanischen Behörden würden für gute Quartiere sorgen. Es gibt diese Quartiere – kaum 150 km von Casa im Bled in glühender Sonne ohne genügend Wasser in Oued-Zem. Man liegt in Holzbaracken, die keine Fenster haben, statt dessen Klappen. Wenn der Sirocco durch die Lande braust, muss man im Dunkeln sitzen. Ausgang in den kleinen Ort gibt es nicht. Man ist Vollgefangener, wenn auch die Milderung eingetreten ist, dass Frauen und Männer nicht getrennt werden. Das ist schon viel, und man ist dankbar dafür. So sehr hat man bereits vergessen, dass man ein freier, zahlender Passagier auf französischem Boot gewesen ist.

Auf dem »Mont Viso« bleibt man länger. Gerüchte werden laut, erobern die Gemüter im Sturm und gehen ebenso plötzlich, wie sie gekommen sind, wieder unter. Man wird abgeholt werden, versichern die Offiziere, und alle wissen sofort, wenn es diese Offiziere versichern, wird es niemals zutreffen.

116

Ein Gerücht bewahrheitet sich indessen: die »Alsina« kommt wirklich aus Dakar zurück. Es ist das ein Schiff, das im Februar des Jahres Marseille verlassen hat, um sich nach Süd-Amerika zu begeben. In Dakar ist es angehalten worden. Man hat kein Navycert von den Engländern eingeholt, man kann nicht weiter.

5 ¹/₂ Monate liegt man umher, 5 ¹/₂ Monate ist man auf dem Boot interniert. Einigen Wenigen gelingt es, die nahegelegene portugiesische Kolonie zu erreichen, von der aus man Schiffe nach den Südamerika-Staaten bekommen kann. Der Rest wird zurück nach Casablanca transportiert und sofort ausgeladen, um – nach 5 ¹/₂ Monaten »Internierung auf See« nunmehr umgehend in Marokko interniert zu werden. Ein Teil kommt nach Oued-Zem, ein anderer Teil in ein näheres an der See gelegenes Lager – Sidi-el Ayachi –, das für Familien mit kleinen Kindern (unter 11 Jahren) und für Schwerkranke eingerichtet ist. Man wohnt dort etwas besser, hat Ausgang (mit besonderer Erlaubnis) und vor allem ein etwas besseres Klima, der Rest gelangt nach Kasbah-Tadla, 200 km von Casa, 45 km von Oued-Zem am Fusse des Atlasgebirges gelegen, wo die Verhältnisse – verhältnismäßig – gut sind, die Hitze allerdings noch grösser als in Oued-Zem ist, so dass Temperaturen von über 70 Grad Celsius erreicht werden.

Die »Mont-Viso« bleibt nach wie vor besetzt, bis Ende Juni – am 23. Juni – der Kapitän offiziell versichert, man werde zweifellos weiterfahren und keinesfalls käme eine Ausladung in Betracht. Am Nachmittag dieses Tages erscheint eine Militärkommission, die das Schiff per sofort beschlagnahmt und die Ausbootung der Passagiere anordnet. Selbst die Skeptiker sind betroffen.

Es wird mit fieberhafter Eile gearbeitet, Cartes d'Identité werden ausgestellt, Listen werden angefertigt, eine Unzahl von Beamten ist an Bord und arbeitet die halbe Nacht. In zwei Tagen ist alles abmarschbereit, am dritten Tag, am 26. Juni 1941, wird tatsächlich ausgeladen. Im Gegensatz zu den Passagieren der »Wyoming« sind die der »Alsina« und der »Mont Viso« nicht unter Bedeckung durch marokkanische Eingeborenentruppen ausgeladen worden. Das ist immerhin schon etwas.

Man wird in Autobussen zur Bahn gefahren (die Franzosen werden in ein Centre d'accueil in der Stadt überführt, in dem sie vollkommen frei sind), verladen, sofern man nicht in das Kinderlager kommt, und ab geht es mit unbekanntem Ziel, bis man in Oued-Zem landet, Aufmarsch am Bahnhof von 200 Personen. Und man erfährt – nach stundenlangem Warten –, dass in

Oued-Zem weder Platz ist, noch sei Verpflegung vorgesehen, kurzum: man weiss von nichts. Es handelt sich halt um französische Organisation.

Es ist stockdunkel, als Autos ankommen, in die verladen werden soll. Einige Damen werden im ersten Wagen untergebracht. Da sie aber ihre Männer nicht bei sich sehen, erheben sie geharnischten Protest, steigen aus und weigern sich mitzufahren. Man gibt französischerseits nach. Es wird in Oued-Zem übernachtet. Zehn Minuten später hat man eine Scheune mit gefüllten Getreidesäcken gefunden, weitere zehn Minuten wandern die zweihundert dort hin, eine halbe Stunde nachher sind die Getreidesäcke als Schlafstellen verteilt und kurze Zeit nachher, es ist schon Mitternacht, ist plötzlich Verpflegung – Nahrung und Getränke – da. Man hat zwölf Stunden nichts zu essen und nichts zu trinken bekommen. Es handelt sich um französische Improvisation.

Am folgenden Morgen geht es in Autocars weiter nach Kasbah-Tadla. Mitten im Bled, in jener trostlosen afrikanischen Steppe, gelegen, ist es eine kleine Stadt von 4000 Einwohnern, davon 1000 Weissen, letzter Ort der sogenannten europäischen Kultur. Nachher beginnt das Niemandsland, in dem noch die Kopfjäger ihr Unwesen treiben sollen. Schakale bellen in der Nacht, Skorpione gibt es da und eine stechende, reichlich erbarmungslose Sonne. Aber die Unterbringung ist wirklich gut, die sanitären Verhältnisse sind einwandfrei und die Verpflegung lässt nichts zu wünschen übrig.

Die Damen sind in einem besonderen Frauenhaus in kleinen Räumen untergebracht, die sich im Rechteck um einen sehr hübsch angelegten kleinen Palmengarten gruppieren, ein Harem im Inneren Afrikas.

Zuerst gibt es eine Art von Aufatmen. Die Enge auf dem Schiff ist am Schluss unerträglich geworden. In den 47 Tagen, fast 7 Wochen, die man auf der »Mont-Viso« war, ist man ganze sieben Tage gefahren, sonst lag man in irgendwelchen Häfen, am längsten in dem von Casa, mehr als 5 Wochen. Die Nerven sind zum Platzen angespannt gewesen, nicht mehr fähig, den einzelnen Gerüchten, gleich welcher Art, irgendwie Widerstand zu leisten. Es hat grosse und kleinere Schlägereien gegeben um die nichtigsten Angelegenheiten.

In Kasbah ist Platz, das nie Geglaubte gelingt. Am 21. Juli erscheint im Hafen von Casablanca das portugiesische Schiff »Guinee«, ein kleiner Dampfer von 3000 to, tadellos eingerichtet für Passagiere. 199 Glückliche dampfen ab.

200, deren Visen erst später ablaufen, trauern. Aber sie trauern glücklicherweise grundlos, denn kaum vier Tage später kommt von Lissabon der portu-

giesische 7000-to-Personendampfer »Nyassa«, der am 26. Juli Casablanca
mit dem Rest der Amerikafahrer verlässt.

Wir aber, die wir auf dem portugiesischen Schiff sind, merkten jetzt erst, wie
wir heruntergekommen waren. Ob Klassepassagier, ob Zwischendeckler:
man sitzt an anständigen, gedeckten Tischen, wird tadellos bedient, wird –
man kann es zuerst kaum fassen, gewöhnt sich aber schnell daran als richtiger, erwachsener Mensch und zahlender Passagier behandelt, nicht als
Halbgefangener, als »lästiger Ausländer«.

Und das Schiff fährt, fährt wirklich Tag und Nacht, fährt durch bis zu den
Bermudas und von dort – direkt nach New York. Am Ende der ersten Au-
gustwoche betreten wir – glücklich und doch immer ein wenig ungläubig –
freien amerikanischen Boden. Es ist nicht die Freiheitsstatue, die wir begrüssen. Von Symbolen haben wir genug: Wir grüssen die Freiheit selbst, die
United States of America.

(15. August 1941)

Der gute Engel von Marseille

CARL MISCH

*Der Artikel Mischs erinnert an ein großartiges Kapitel amerikanischer Hu-
manität – die Tätigkeit des »Emergency Rescue Comittee« und seines führenden »Menschenfischers«, Varian Fry, durch die viele Künstler und Intellektuelle vor dem Nationalsozialismus gerettet wurden.*
*Carl Misch (1896–1966), ein Schüler Friedrich Meineckes und Max Webers,
gehörte dreizehn Jahre lang als Redakteur der »Vossischen Zeitung« an.
Von 1936 bis 1940 war er Redakteur der »Pariser Tageszeitung«, ab 1947
Professor für europäische Geschichte am Centre College in Kentucky. Misch
schrieb eine »Deutsche Geschichte im Zeitalter der Massen« (1952).*

Als letzten Sonntag das Radio meldete, die Franzosen hätten *Varian M. Fry*
in Marseille verhaftet und seine Ausweisung verfügt, wollte ich meinen
Ohren nicht trauen. Seit wann ist es ein Verbrechen, Unglücklichen, die
keinerlei Verschulden trifft, zu helfen? Nichts anderes hat Varian M. Fry,
unser guter Engel in Marseille, getan.

Als der Zusammenbruch Hunderte von Intellektuellen, die sich vor Hitler
nach Frankreich geflüchtet hatten, dem Verderben preis gab, reiste Varian
M. Fry von Amerika nach Europa. Sein wichtigstes Gepäckstück war ein

Verzeichnis derer, denen er Hilfe bringen sollte. Man wusste nicht, wo sie steckten, man ahnte nicht, wie man sie finden sollte. Gab es in diesem Frankreich, unmittelbar nach der Niederlage, irgendwelche Möglichkeiten? Fry ging mit der Unbekümmertheit der Jugend an sein Werk. Mitte August 1940 traf er in Marseille ein. Wie ein Lauffeuer verbreitete sich unter den Refugees, die die Konsulate in Marseille umlagerten, die Kunde, dass ein junger Amerikaner da sei, der Rat und Hilfe bringe.

Mir hatte das Schicksal in Gestalt der German Labor Delegation das amerikanische Visum beschert, und als ihr Abgesandter war Frank Bohn da, dessen olympische Ruhe auf jeden ausstrahlte, der in seine Nähe kam. Frank Bohn verhandelte mit Vichy, er ebnete den Weg beim Konsul – Frys Aufgaben waren anderer Art: er hatte auch die zu betreuen, die nicht von der notwendig kleinen Liste der German Labor Delegation erfasst waren. Seine Klienten waren viele Hunderte von Gelehrten und Schriftstellern, Künstlern und Politikern, die, oft sehr verschüchtert und hilflos, in Frankreich auf Rettung warteten.

Mit dem amerikanischen Visum in der Tasche suchte ich Fry auf, wenige Tage nach seiner Ankunft. Er hatte sich in einem Hotelzimmer installiert, auf der Bettkante sitzend balancierte er sein Frühstück. Noch war nicht einmal die Kartothek angelegt, deren erste Anfänge zu beobachten ich noch Gelegenheit hatte, so kurz meines Bleibens in Marseille auch war. Varian Fry erschien mir damals als die Verkörperung all dessen, was jung, lebensvoll und hilfsbereit an Amerika ist. Ich trug ihm meine Situation vor, er begriff sie sofort. Was er an Rat und Auskunft wusste, stellte er zur Verfügung. Aber nichts war so ermutigend als die Selbstverständlichkeit, mit der er beim Abschied mir die Hand drückte: »Sie werden sehr bald New York sehen.«

Durch Frys Marseiller Bureau sind Hunderte hindurchgegangen, die besten Namen fanden Aufnahme in seiner Kartothek. Neben mir wartete Werfel, Feuchtwangers hat er sich angenommen, und wenn Breitscheid und Hilferding den rettenden Weg nicht fanden, so hat es nicht an ihm gelegen.

Es ist ganz klar, dass die Franzosen Fry, wenn er auch nur im geringsten gegen die Gesetze verstossen hätte, längst zur Rechenschaft gezogen hätten. Sein Hilfswerk hielt sich streng im Rahmen des Erlaubten. Dass es ihm jetzt untersagt wird, geht ganz gewiss auf Anordnung der Gestapo zurück. Fry ist vor keiner Drohung gewichen, er ist auf dem Posten geblieben bis zuletzt. Hoffen wir, dass dem unerschrockenen Helfer jetzt nicht Hilfe fehlen wird und dass auch für ihn der Tag bald kommt, da er New York wiedersieht.

Die Ausweisung Frys und seiner Mitarbeiter bedeutet eine Katastrophe für alle die antifaschistischen Schriftsteller und Politiker, die bis heute noch nicht aus Frankreich herauskommen. Jawohl, er war »judenfreundlich« – er half den Antifaschisten, ob sie Juden oder Christen waren. Er fuhr durch die Konzentrationslager Vichys, sein Komitee arbeitet mit dem Unitarian Service Committee, mit den Quäkern, mit dem Emergency Refugee Committee, mit der New School for Social Research zusammen, er besorgte Visen, besorgte Geld, sorgte für Hilfe.

Schon einmal war Fry verhaftet. Es war damals, als Pétain zum ersten Male nach Marseille kam und die Sureté Nationale um sein Leben zitterte. Damals war der Grund der Verhaftung noch nicht »Judenfreundlichkeit« – Vichy hatte sich noch nicht völlig gleichgeschaltet – damals war Fry kommunistenverdächtig. Vier Tage blieb er auf einem Schiff vor dem Marseiller Hafen – man konnte ihm beim besten Willen keine kommunistische Tätigkeit nachweisen, er wurde freigelassen.

Als dann Vichy um amerikanische Lebensmittelhilfe bettelte, hatte das Komitee gute Tage, es war ja ein amerikanisches Hilfskomitee, Fry wurde beinahe eine offiziöse Persönlichkeit. Mitglieder der amerikanischen Hilfskomitees wurden durch die Konzentrationslager geführt, die sich für einen Tag in Potemkinsche Dörfer verwandelten. Denn damals hatte die amerikanische Bedingung gelautet: Hilfe für alle Bedürftigen ohne Unterschied der Nationalität.

Nun ist Varian M. Fry ein unerwünschter Ausländer geworden, er, der bisher der Legion der unerwünschten Ausländer so unendlich geholfen hat. Das Emergency Rescue Committee, das bisher 250 000 Dollar aufgebracht hat, um gefährdete Intellektuelle aus Europa zu retten, verliert seinen besten Mann in Frankreich.

(5. September 1941)

Die schwimmende Hölle »Navemar«

ANONYM

»Obwohl ich schon viele Reisen in meinem Leben gemacht habe, die Fahrt mit der »Navemar« war wohl die schlimmste und dürfte im 20. Jahrhundert noch von keinem anderen Passagierschiff übertroffen worden sein.«

Mit diesen Worten beendete ein lateinamerikanischer Staatsbürger, der durch Zufall auf dieses Schiff geraten war, ein Interview mit einem unserer Mitarbeiter.

»Navemar« – das wird ein Begriff werden. Ein Begriff für die Skrupellosigkeit, mit der arme, gehetzte, hilflose Menschen in diesen Zeiten des Chaos ausgeraubt worden sind.

Das Schiff soll Mittwoch oder Donnerstag in New York docken. Wie wir aus zuverlässiger Quelle erfahren, gab ein leitender Beamter der hiesigen Schiffsagentur Garcia & Dias in einem New Yorker Restaurant am Montag, den 8. September, den Schiffsreportern der wichtigsten New Yorker Blätter eine reiche Bewirtung, bei der es an Getränken nicht fehlte. Das ist heute ungewöhnlich. Denn, wenngleich früher solche Dinners die Regel waren, hatten sie seit zwei Jahren, d. h. seit Kriegsbeginn, fast völlig aufgehört. Bei diesem Dinner machte auch ein Exekutiv-Beamter der Linie verschiedene Bemerkungen, mit denen er die anwesenden Reporter in eine milde Stimmung für ihren bevorstehenden Schiffsbesuch auf der »Navemar« zu versetzen sich bemühte.

Wir sind gewiss, dass die New Yorker Reporter Tatsachen und Reden auseinanderzuhalten wissen. Wir jedenfalls sind für die Tatsachen. Sie lauten:

Dieses Schiff »Navemar« ist ein Höllenschiff gewesen. Fünf Tote und zahlreiche Kranke beweisen das, und die Berichte der Passagiere bestätigen, dass während der ganzen Reise an Bord die skandalösesten Zustände geherrscht haben.

Möglicherweise wird das Schiff, wenn es in New York ankommt, gesäubert sein. Möglicherweise werden die Passagiere in den letzten Tagen gutes Essen erhalten haben. Aber das sind Potemkinsche Dörfer. Schon einmal hat man plötzlich den Schweinestall »Navemar« zu Schauzwecken sauber gemacht. Schon in Bermuda hat die Schiffsleitung versucht, den englischen Offizieren ein X für ein U vorzumachen. Die zur Besichtigung freigegebenen Teile des Schiffes waren das erste Mal auf der langen Fahrt gesäubert worden, ja, es waren plötzlich sogar gedeckte Tische da, die die Passagiere vorher nie gesehen hatten. Wunder auf Wunder passierten. Aber als die Passagiere den englischen Offizieren die Wahrheit über die »Navemar« erzählen wollten, wurden sie bedroht.

Hier folgen Augenzeugen-Berichte über den »Navemar«-Skandal, die dem »Aufbau« zur Verfügung gestellt worden sind.

Da haben wir zuerst einen Bericht des Lissaboner Korrespondenten der

Jewish Telegraphic Agency, *Viktor Bienstock,* der die »Navemar« ein »schwimmendes Konzentrationslager« nennt. Er hat sie im Lissaboner Hafen aufgesucht und schreibt:

»Als ich mich die überfüllte Schiffstreppe hinunter drängte, musste ich an jene schrecklichen Luftschutzkeller im Londoner East End denken, in denen sich in den ersten Tagen der Luftangriffe Tausende zusammendrückten. Aber bald wurde es mir klar, dass die »Navemar« schlimmer war. Es war der Anblick eines Höllenschauspiels, das sich mir bot. Hollywood hätte es als Kulisse für eine Szene aus Dantes Inferno aufgebaut haben können. Dunkel und stinkig umgaben mich von allen Seiten Verschläge. Alte Männer und Frauen lagen nach Luft ringend in der unerträglichen Hitze oder starrten bewegungslos vor sich hin, während die Kinder weinten. Jeder war hungrig, jeder war schmutzig, jeder war durstig. Die Kapitäne der alten Sklavenschiffe haben ihrer Menschenfracht bessere Behandlung angedeihen lassen, als es hier der Fall war.«

Nach dieser Schilderung lassen wir ein Resumee folgen, das aus den Berichten von Frauen und Männern auf der »Navemar« zusammengestellt ist.

Die »Navemar« sollte ursprünglich am 10. Juli von Cadiz abfahren. In Marseille wurden durch die Hicem dreihundert Plätze verkauft. Der Durchschnittspreis betrug $ 750. Eine besondere Klasse oder gar Kabine wurde den Passagieren nicht angeboten. »Einheitsklasse!«

Als ein Teil der Passagiere in Cadiz ankam, lag die Nachricht vor, dass die »Navemar«, ein Schiff der »Compania Espagnola de Navigaciono Maritima« mit Sitz in Barcelona, von Sevilla abfahren würde. Gründe? Der amerikanische Konsul hätte es bequemer, dort eventuell abgelaufene Visen zu erneuern. Sevilla ist sechzig Kilometer vom Meer entfernt gelegen; man fährt den Guadalquivir herunter, ehe man in den Atlantischen Ozean gelangt. Diese Tatsache spricht für die Version, dass die für die Abfahrt in Cadiz verantwortlichen Behörden das Schiff wegen seiner vollkommen unzureichenden Ausstattung nicht ausfahren lassen wollten. Die Behörden in Sevilla hatten aber nur die Frage zu prüfen, ob das Schiff flusstüchtig, nicht seetüchtig, sei; diese Frage glaubten sie positiv entscheiden zu können.

Die Abfahrt der »Navemar« wurde mehrfach verschoben. Endlich am 6. August sahen unsere Freunde das Schiff. Welche Empfindung hatten sie? *»Es graute uns, hinauf zu gehen.«*

Ein hohes Schiff ohne Luken, düster lag es da. Die »Navemar« konnte naturgemäß die Masse der Passagiere nicht auf einmal aufnehmen. So wurden am ersten Tage etwa dreihundert Passagiere über steile Leitern durch Luftschächte in das Schiffsinnere geschickt, wo sie übereinander und nebeneinander arrangierte Betten mit einem Strohsack und einer Wolldecke versehen vorfanden. Hier sollten zweihundert Menschen in einem Raum für lange Zeit zusammen leben. Tiefe Finsternis herrschte. Manchen brach der Angstschweiss aus.

Finsternis und Enge begleiteten die mehr als elfhundert Passagiere auf ihrer langen Fahrt, zunächst nach Lissabon, wo das Schiff sieben Tage liegen blieb, damit abgelaufene amerikanische Visen verlängert werden konnten. Fünf lebende Ochsen wurden u. a. an Bord gebracht, und nach einwöchigem Aufenthalt fuhr das Schiff endlich weiter.

Jeder Passagier hatte zwar einen Rettungsring, aber die etwa zwanzig Rettungsboote hätten nur vierhundert Passagiere aufnehmen können.

Die Verpflegung war ein eigenes Kapitel und wurde von Tag zu Tag schlechter. Das Oel, mit dem die Speisen zubereitet waren, war schlecht, Brot schimmelig, Eier faul. Oft verzichteten die Passagiere auf das Fleisch. Das Wasser war unzureichend, und es gab bei der Hitze keine kalten Erfrischungen. Um das notdürftige Essen zu erhalten, musste man Schlange stehen. Die Raummenge, die Knappheit der Lebensmittel, die täglich sich steigernden Krankenziffern (die Anzahl der Schwerkranken wurde auf zwanzig Prozent, die der Leichtkranken auf sechzig Prozent der Passagiere geschätzt) führten zu einer ständig gereizten Stimmung unter den Passagieren. Es kam zu unbeschreiblichen Szenen.

Das Hospital bestand aus einem Raum, nicht grösser als zweimal drei Meter. Ein Arzt und eine Krankenschwester standen zur Verfügung, aber die Schiffsleitung wollte keinen der vielen Emigrantenärzte, die an Bord waren, zulassen. Erst sehr spät wurde dieser Standpunkt revidiert und ein deutscher Arzt war mittätig.

Viele Schwerkranke, auch solche, welche im Sterben waren, lagen in Lehnstühlen auf einem Gang vor dem Krankenzimmer, und dieser Gang führte zur Toilette. Kann man ermessen, welche Qualen diese Schwerkranken ausgestanden haben?

Die Toiletten- und Waschraumfrage war nicht weniger schlimm als alles andere. Zehn Duschen und zwanzig Lavoirs standen für sechshundert Personen zur Verfügung. Eine unbeschreibliche Unsauberkeit musste notgedrungen vorherrschen.

Jedes Aufbegehren gegen diese menschenunwürdigen Zustände wurde von der Schiffsmannschaft, die aus den gepeinigten Passagieren jeden materiellen Vorteil zu ziehen wusste, unterdrückt. In Bermuda bedrohte man eine Frau, die sich an einen englischen Offizier wenden wollte, um ihm die Wahrheit über die »Navemar« zu sagen.

Als Todesursache geben die Befragten an, dass die häufigsten Erkrankungen Darminfektionen waren, die oft Schlimmeres nach sich zogen. Nicht nur dass das Essen miserabel war, es wurden sogar die Kartoffeln kalt serviert, da bei den unzureichenden Küchenvorrichtungen für den ersten Teil der Passagiere bereits am frühen Morgen die Kartoffeln gekocht, aber erst um zwölf Uhr gegessen wurde.

Da es keine Sonnendecks auf dem Schiff gab, war es unerträglich heiß. Wenn die Nacht vorüber war, begann ein Tag, an dem das Schlimmste war, dass die Passagiere nicht wussten, wo sie sich aufhalten sollten.

Eine Kantine gab es an Bord, aber »wir wurden übervorteilt.«

Die Matrosen nutzten die furchtbare Lage und Enge des Schiffes aus. Für teures Geld, man spricht von 400 bis 500 Dollar, gaben sie den Passagieren ihre Kabinen. Die Fahrt der »Navemar« war ein Raubzug sondergleichen.

Das Durchschnittsalter der Passagiere war über sechzig Jahre. Hundertundzehn Kinder befanden sich an Bord.

Die Toten sind alte Leute, Mütter und Väter, die noch einmal in das Gesicht ihrer Kinder schauen wollten. Der jüngste von ihnen war 75 Jahre alt. Man wird das als mildernden Umstand benutzen, er ist es nicht. Denn sowohl die »Munzinho« wie auch die »Cavalho Araucho« brachten alte Leute, welche gesund und ohne Klage hier ankamen. An Bord der »Navemarr« starben u. a. die 81jährige Frau Rawack, Prof. Heinrich Schnitzler aus der Familie des berühmten Arthur Schnitzler und eine Frau Rosenstrauch.

(12. September 1941)

Ich suche einen Job

KURT R. GROSSMANN

Die Probleme der Immigration in den USA sind zwar nicht mit dem Martyrium der Konzentrationslager-Bewohner und den nervenzerrüttenden Odysseen der Menschen zu vergleichen, die von Land zu Land getrieben wurden, aber auf ihrer besonderen Ebene waren sie doch auch von vitalem

Ernst. Die Art, in der ein Lebenslauf geschrieben war, oder die vorhandene oder mangelnde Bereitschaft eines Flüchtlings zum Umsatteln konnten das Schicksal von Individuen und ganzen Familien bestimmen.

Kurt R. Grossmann, vielseitiger »Aufbau«-Mitarbeiter seit den Pioniertagen der Zeitung, spielte als Reporter die Rolle eines Stellungssuchenden. Grossmann (Berliner, Jahrgang 1897) mag zwar, wie er in einer Autobiographie schrieb, ein schlechter Schüler gewesen sein (»Der Pythagoras ging mir nicht in den Kopf«), aber er absolvierte die Hochschule des Lebens. Als Generalsekretär der Deutschen Liga für Menschenrechte wirkte er für die Entmilitarisierung und Humanisierung der Weimarer Republik bis zum Beginn des Hitlerregimes, als Leiter eines Flüchtlingskomitees in Prag seit 1933 für die Besserung des Loses seiner Kameraden. Er ist Autor von Tausenden von Zeitungs- und Zeitschriftenartikeln sowie von einer Reihe von Büchern, darunter der vielbeachtete Band »Die unbesungenen Helden – Menschentum in Deutschlands dunkelsten Tagen« (1957) und »Ossietzky, ein deutscher Patriot« (1963).

Als der »Aufbau« mich vor die Aufgabe stellte, als Mann in mittleren Jahren einen job zu finden, glaubte ich, dass das ein Kinderspiel sein müsse. Jeden Tag hörte ich im Radio, dass Arbeitskräfte gesucht würden, musste also annehmen, dass auch der newcomer, Nicht-Citizen, schnellstens einen job finden könne.

Entsprechend meiner Vorbildung versuchte ich zunächst als Buchhalter unterzukommen. Aus der Fülle der Angebote, die sonntäglich in der New York Times veröffentlicht werden, wählte ich als ersten Schritt jene mit Chiffre. Natürlich erwähnte ich in allen Bewerbungsschreiben, wie lange ich im Lande bin und welche frühere Staatsangehörigkeit ich hatte. Auf 20 solcher Bewerbungsschreiben, die ich in freiem Wettbewerb mit anderen mir unbekannten Anwärtern gemacht hatte, erhielt ich keine Antwort.

Nun gibt es in der New York Times auch eine Anzahl Annoncen, die eine persönliche Vorstellung erfordern. Für einen grösseren Restaurationsbetrieb wurde eines Tages ein Buchhalter gesucht. Ich ging zu der angegebenen Adresse. Als ich in den Warteraum trat, fand ich 17 Bewerber für diesen einen Posten. Kein Newcomer darunter, lauter Alteingesessene. Herren im Alter von 40–60 Jahren. Bei einer anderen Stelle waren es gar 20, die sich vorstellten. Hier schien das Durchschnittsalter niedriger.

ZAUBERWORT »EXPERIENCE«

Wo immer man sich vorstellt, wo immer man sein Stellungsgesuch vorlegt, man muß auf eine Frage antworten – und zwar ausführlich: »Welche Erfahrungen haben Sie?« Was man in Europa geleistet hat, gilt nichts, im besten Falle fast nichts. Die »experience« in diesem Lande ist entscheidend. Selbst wenn der Arbeitgeber zugibt, dass der die Arbeit Begehrende in wenigen Tagen eingearbeitet sein kann, er wird demjenigen den Vorzug geben, der Erfahrungen nachweisen kann. Auf meiner Investigationstour traf ich den Chefbuchhalter eines grossen Hotels, der »experience« für die National Cash Register Maschine verlangte, eine mechanische Handhabung, die in wenigen Stunden erlernbar ist. Vielleicht wird der eine oder andere Arbeitgeber »nicht genügende experience« zum Vorwand nehmen, um den am Akzent kenntlichen Flüchtling abzulehnen, aber generell gesprochen kann man sagen, dass der Nachweis von Erfahrungen in U.S.A. ein ungeschriebenes Gesetz ist, an dem man schwer, vielleicht gar nicht vorbeikommen kann.

Ein anderer Gefahrenpunkt ist der Lebenslauf. In einem in Brooklyn gelegenen Betrieb war die Stellung für einen Paycheck-Clerk (Lohnbuchhalter) ausgeschrieben. Ich fand durchaus Verständnis bei den Herren und beinahe hätte ich den job gehabt. Da begann eine freundschaftliche Unterhaltung über die Vergangenheit. »How can I offer you such a job?« Die Tatsache, dass ich dem Arbeitgeber zu freimütig von früher erzählt hatte, hielt ihn davon ab, den kleinen job, den er zu vergeben hatte, mir anzubieten. Darum muss man total vergessen, was früher war (ich weiss, es fällt schwer). Wir alle müssen hier von vorne anfangen.

WERT DER PRIVATEN AGENTUREN

Wir wissen, dass es in New York Tausende von privaten Arbeitsvermittlungen gibt, welche gegen eine in drei Raten zu zahlende Gebühr in Höhe eines Wochengehaltes versuchen, Stellungen zu vermitteln. Die Vermittlung dieser Agenturen ist schon aussichtsvoller als Bewerbungen auf Annoncen. Es ist erstaunlich, wie stark einige solcher Agenturen noch frequentiert sind. Das ist besonders im Hotelgewerbe der Fall mit seiner stark fluktuierenden Angestelltenschaft. Hier bestehen verhältnismässig die grössten Chancen als Hotel-Clerk, Nightauditor, Billclerk usw. unterzukommen. Man beginnt mit $ 30 bis $ 35 per Woche. Foodchecker, Cashiers im verwandten Restaurationsgewerbe werden ebenfalls gesucht, aber »experience« ist notwendig. In Cafeteriabetrieben ist das wöchentliche Gehalt $ 23 plus Essen.

In New York gibt es eine Anzahl jüdischer Agenturen, denen man den Vorzug geben soll. Im Wall Street-Viertel, das keineswegs »verjudet« ist, wird der Bewerber in einer Agentur auf der auszufüllenden Karte nach der Religion gefragt. Im Bankenviertel arbeiten etwa 60 bis 70 Flüchtlinge, aber sie sind meist durch private Beziehungen in ihre Positionen gekommen. Die Agentur, die ich besuchte, war ablehnend. »Kommen Sie in sechs Wochen wieder!«

UNITED STATES EMPLOYMENT SERVICE

Was jeder tun sollte, der eine Stellung sucht, ist, sich beim United States Employment Service zu melden. Man kann dort erfahren, dass es in New York noch etwa 250 000 Arbeitslose gibt, dass für »white collar jobs« noch Tausende Anwärter eingetragen sind, aber vom 10. Stock (10 East 40th Street), wo diese wenig erfreulichen, aber wahren Auskünfte gegeben werden, wird man in das 12. Stockwerk gewiesen. Dort findet man zahlreiche Stellenangebote in Fabriken, die in vielen Fällen für den Nichtbürger nicht in Frage kommen, da der Nachweis der amerikanischen Staatsangehörigkeit als unerlässlich verlangt wird. In anderen Fällen genügen die »first papers« oder das Einverständnis der zuständigen Behörden, welches die anstellende Firma einzuholen bereit ist.

Was mir aber wichtiger erscheint, sind die Kurse, die dem Lernbegierigen in dem War Department des U. S. E. S. angeboten werden, wie: Welding, Riveting, Mechanical Drawing, Assembling und Inspection. Hat man sich für einen Kursus entschieden, erhält man auch als Nichtbürger ohne weiteres eine Ueberweisungskarte an die jeweilige Schule, in der man gern und schneller aufgenommen wird, als manchem Unentschlossenen lieb sein mag. Der Unterricht ist umsonst, und nach Beendigung des Kursus in der Zeitdauer von 2–3 Monaten kann man auf eine Anstellung rechnen. Der U. S. Employment Service garantiert wohlweislich solche Anstellungen nicht, aber die Erfahrungen lehren, dass 80–90 % der Kursusteilnehmer sofort eine Stellung erhalten haben. Da für jeden Anwärter erhebliche Kosten aufgewendet werden, ist der Staat daran interessiert, jedem Kursusteilnehmer eine Anstellung zu verschaffen. Es gibt Tages-, Abend- und Nachtkurse. Der Unterricht ist nicht überanstrengend. Im Aviation Trade Center in Brooklyn, welches ich besuchte, habe ich nur ein bis zwei newcomers gefunden. Der Weg der Umschulung ist für alle die, die einen Posten suchen, welcher einen ausreichenden Verdienst bringen soll, der gescheitere und dem war effort nützlichste. Er wird indessen von den Flüchtlingen noch nicht genügend ausgenützt. Mit ein wenig common sense ist ein technischer Beruf erlernbar!

Der newcomer ist im freien Arbeitsmarkt gegenüber allen anderen im Nachteil, es sei denn, dass seine Qualifikationen ausserordentliche sind.

Eine Diskriminierung gegen jüdische Flüchtlinge mag in einigen Berufssektoren existieren. Sie ist aber schwer festzustellen. Für die kaufmännischen Berufe (Buchhalter, Sekretäre, Clerks, nicht Shipping Clerks) besteht in New York noch ein grosses Angebot an amerikanischen Arbeitskräften, denen gegenüber der Ankömmling im Nachteil sein muss. Soweit Immigranten Stellungen haben, haben sie diese meist unter Ausschaltung der hier geschilderten Methoden erhalten. Viele Flüchtlinge, die ich im Laufe der letzten Wochen befragte, haben mir bestätigt, dass sie ihre Stellung durch private Beziehungen erhalten haben. Der U. S. Employment Service, der ohne Rücksicht auf Rasse, Farbe oder Glauben seine guten Dienste jedem Arbeitsuchenden zur Verfügung stellt, sollte weitgehend benutzt werden, trotz der Einhaltung gewisser Formalitäten. Insbesondere eröffnen die in allen Teilen der Stadt stattfindenden Umschulungskurse jedem ehemaligen Rechtsanwalt, Bankfachmann, Ministerialrat usw. die Möglichkeit, einen wichtigen Posten im Kampfe gegen Hitler einzunehmen – und das erlösende Gefühl bestätigt zu finden, dass Arbeit die Würde des Lebens ist.

(28. Mai 1943)

Glück im Zeitungsstand

Der folgende Bericht, der unsigniert am 15. August 1941 erschien, ergänzt die Reportage Grossmanns.

Am Sonntag gab es ein kleines Freudenfest, Napfkuchen und Kaffee bei W. W. Eigentlich war nur die Familie geladen, für fremde Gäste reichte es noch nicht.

W. W., ehemals Reisender in Seidenstoffen und Textilien, Vertreter führender Firmen des Rheinlandes, ist jetzt Inhaber eines kleinen Zeitungskiosks in der Bronx, auf Kommissionsbasis.

Er weiss sein Glück kaum zu fassen und sprudelt förmlich über vor Stolz.

»Vor zwei Tagen habe ich endlich diesen Job gelandet. Jetzt bin ich wirklich frei und imstande, einen dicken Strich unter die Vergangenheit zu ziehen. Wie ich noch keine Arbeit hatte, keine richtige Arbeit meine ich, da kam es manchmal vor, dass ich mich nach den Fleischtöpfen Aegyptens sehnte. Da habe ich viel über den Begriff der Freiheit nachgedacht. Ich habe ein Jahr lang jeden Tag einen anderen Bekannten aufgesucht und ihn um Anstellung in seinem Geschäft gebeten. Der versicherte mir immer, das Geschäft gehe schlecht, eine Anstellung stehe nicht in seiner Macht, seine Freiheit reiche nicht so weit. Das hat aber gar nichts mit Philosophie zu tun. Das weiss ich nun.

»Wissen Sie, was für ein bedrückendes Gefühl es für mich war, immer wieder gesagt zu bekommen: du bist zu alt (dabei bin ich erst 50), bist kein gelernter Arbeiter, lass deine Frau bei andern Leuten im Haushalt arbeiten und hausiere mit Eiern?

Meine Frau arbeitet auch heute noch. So gut geht es uns noch nicht, dass wir auf ihr Einkommen verzichten könnten. Aber der Eierhandel bekam mir nicht und ausserdem ist er deprimierend. Glauben Sie, man kann, wenn man ein paar Eier verkauft, seine Familie ernähren? Ich habe zwei Kinder im schulpflichtigen Alter und meine alten Schwiegereltern leben auch bei mir. Und Unterstützung habe ich noch nie in meinem Leben angenommen.

»Aber seit vorgestern bin ich, ganz durch Zufall, wieder mein eigener Herr geworden. Ich bin frei. Sagen Sie, hat das was mit Philosophie zu tun? Ich habe meinen eigenen Zeitungsstand! Es ist ein Penny-Geschäft, aber ein schönes und sauberes. Ich schlafe wieder gut und fühle mich so glücklich wie seit langem nicht. . . .«

Leben am Pacific

ALFRED POLGAR

Aus Hollywood schrieb Alfred Polgar – der »große Meister der kleinen Form« – über das Leben der Emigranten an der amerikanischen Westküste. Auch mit diesen Miszellen zeigte der Österreicher, daß das von ihm auf einen Franzosen gemünzte Wort ihn selbst am besten charakterisiert: »Skizzen von Geist und Laune, mehr gestochen als geschrieben . . . schwerelos und gewichtig, voll Anmut, Gift und Philosophie.«

Der »Aufbau« wünscht einiges über »das Leben am Pacific« zu hören; vermutlich im besonderen über das des Emigranten hier. Ich kann versichern, dass dieses Leben – wenn man sich guter Gesundheit erfreut, Sorge um das Schicksal der Nächsten, der Näheren und auch Fernen nicht das Herz bedrückt, die allgemeinen und privaten Anlässe zu Kummer, Enttäuschung, Verdruss sich in bescheidenen Grenzen halten, es an Arbeit nicht fehlt, die Verzweiflung über das, was geschieht, und das, was nicht geschieht, durch

Hoffnung halb paralysiert erscheint, genügend Geld im Hause ist und mit aller Wahrscheinlichkeit auch morgen sein wird – dass unter diesen Voraussetzungen das Leben am Pacific durchaus erträglich ist, sogar angenehm.

Dies verdanken wir Pacificisten vor allem unserem Klima, welches, wie weithin bekannt, ausgezeichnet ist durch seine Hartnäckigkeit. Wenn einmal hier ein Wetter herrscht, herrscht es lange. Augenblicklich, d. h. seit mehreren Monaten, herrscht sehr heisses Wetter. Aber die Menschen in Hollywood haben einen Trick, sich die Hitze erträglicher zu machen: sie stellen sich vor, was die Menschen in New York unter ihr zu leiden haben, und da wird ihnen gleich ein paar Grade kühler um die Haut. Flora und Fauna tun das ihrige, dem Leben am Pacific freundliche Farben zu geben. In Californien blühen die Rosen viele Male. Sie fangen immer wieder von vorne an und führen es immer wieder bis zu Ende durch; als wollten sie die Müden und Mutlosen lehren: Man muss nur wollen, dann geht es schon noch einmal . . .

Zusammenfassend lässt sich sagen, dass es dem, dem es hier schlecht geht, besser schlecht geht, als es ihm unter gleichen persönlichen Umständen etwa in einer der grossen Städte des Ostens ginge. Er lebt hier in entschieden bequemeren traurigen Verhältnissen als anderswo. Um die Misere blühen Rosen, und ein Kolibri, zuweilen, schwebt lieblich über ihr.

Die Emigranten-Gespräche am Pacific, zumal in Hollywood, wenden sich, nachdem das über globalen Krieg und globales Elend sachlich zu Sagende gesagt und die angehäuften persönlichen Bitterkeiten ausgeschüttet sind, gern dem Film zu. Sie verweilen dort längere Zeit und werden mit sonderbarer Erbitterung geführt. Die Urteile über pictures gehen weit auseinander und sind (besonders die Urteile jener, die zu der Materie nur als Kino-Besucher Beziehung haben) von unbedingter Entschiedenheit und abschliessender Radikalität. Zwischen »begeistert« und »angewidert« gibt es da kaum eine mittlere Meinung. Was »begeistert« anlangt, ist nun allerdings zu erwähnen, dass in picture-Sachen »begeistert« ein Hollywooder Mindestausdruck der Bejahung ist. Hat z. B. jemand das getan, was am Pacific verbreiteter Brauch ist, nämlich eine Film-Story verfasst, so sind von ihr zuversichtlich alle – Familie, Freunde, Agenten und sämtliche Instanzen der Studios – begeistert; und nicht begeistert ist am Ende nur der Verfasser, mit dessen jedermann begeisternden Geschichten niemand etwas anzufangen wusste.

Die von den Nazis vertriebenen europäischen Schauspieler haben jetzt am Pacific mehr zu tun. Sie finden in den vielen Kriegsfilmen, die derzeit hergestellt werden, Verwendung. Zumeist als Nazis. Wunderliche Schicksalsfügung: als Darsteller der Bestialität, deren Opfer man geworden ist, zur Geltung zu kommen, vielleicht zu Star-Ehren.

Im materiellen Leben der Emigranten am Pacific wie an allen anderen Küsten wohl leider auch, spielt die Suche nach dem Job ihre schwerstermüdende, aufreibende Rolle. Es ist ein erstaunlicher englischer Sprachzufall, dass das biblische Standardwerk über das Leid der menschlichen Kreatur, das Buch Hiob, den Titel führt: »The Book of Job«.

Von dem geistigen Leben der Emigration hier wäre zu melden, dass es derzeit sich besonders rege zeigt in seiner schlichtesten, gewiss nicht schlechtesten Form, nämlich in der Beschäftigung mit Lesen. Not, Seelennot und curfew führen, verführen zur Flucht ins Buch. Aber was von profanen Schriften soll der Bedrängte lesen? Die Bücher von ehemals spielen mit und in einer Welt, die es nicht mehr gibt, bauen auf Moral-Grund, der weggeschwemmt ist. Und die Bücher von heute, im Wettlauf mit dem Zeitgeschehen stets hinter diesem, sind morgen schon hoffnungslos die von gestern. Siegreich allein behauptet sich: das Märchen. Gebettet in seine dichte Unwirklichkeit, ist es immun gegen allen Wechsel der Realität. Bei ihm steht der Leser auf sicherem Boden. Wahrheit, wenn sie zu Jahren kommt, wird Lüge, Erkenntnis Irrtum. Aber Peter Pans zarter Zauberwelt können Zeit und Forschung nichts anhaben, und der Zweifel mit seiner Qual verstummt vor Alicens Erlebnissen im Wunderland.

(4. September 1942)

Mein Sohn ist in der US-Armee

LEO LANIA

Der Pazifist und Sozialist Leo Lania, aus Charkow in der Ukraine stammend, gehörte im Berlin der zwanziger Jahre zum Kreis von Paul Levi, Willi Münzenberg, Leopold Schwarzschild und Stefan Grossmann. Der Titel seines Buchs »Gewehre auf Reisen«, das die Treibereien der Waffenhändler enthüllte, wurde zum Schlagwort.

»Lania« – schrieb Kurt Kersten im »Aufbau« zum Tode Lanias 1961 – »wagte sich auch dreist und furchtlos nach München in Hitlers Höhle und brachte es fertig, ihn zu sprechen. Es war ein Husarenstreich, den Hitler nie überwunden hat.«

Lania war im Sommer 1941 nach New York gekommen. Er schrieb Biographi-

en über Rudolf Schildkraut und Willy Brandt, ein Buch über das tragische Ende Jan Masaryks (»Der Minister«), seine eigene Lebensgeschichte sowie viele Filmdrehbücher (darunter das Buch für den Dreigroschenoper-Film).

I.

Mein Sohn rückte an seinem 19. Geburtstag zum Militär ein. Um 8 Uhr früh sollte er sich bei seinem Draftboard melden, um von dort nach Fort Dix transportiert zu werden.

»Ich möchte den Jungen bis zur Bahn begleiten«, sagte meine Frau.

Ich hatte Bedenken: »Ob das Fred recht sein wird?« Ich dachte unwillkürlich an Europa, wo der neugebackene Soldat nichts so sehr fürchtet, als von seinen Kameraden als Muttersöhnchen angesehen zu werden. Ich dachte an meine eigene Militärzeit. Das war nicht in Deutschland, das war in Wien. Aber wie schämten wir uns als junge Burschen, unsere Gefühle zu zeigen. Militärische Haltung – Selbstdisziplin – Soldat sein, das hiess: »Männlichkeit beweisen.« Und unter Männlichkeit verstanden wir ein Benehmen und eine Haltung, wie sie uns die patriotischen Oeldrucke und Ansichtskarten auf Schritt und Tritt so packend illustrierten.

Aber war es denn in dieser Beziehung im demokratischen England anders als im kaiserlichen Oesterreich? Ich dachte an meinen jungen Freund Frank, der ganz entsetzt darüber war, dass ihn seine Mutter am ersten Tag des Schulbeginns nach Eaton begleiten wollte. »Was werden nur die Jungen von mir denken?« klagte er.

Fred ist erst zwei Jahre in Amerika. Aber er hat gar keine Beziehung mehr zu dem Europa, in dem er in die Schule gegangen ist. »Sicher begleitet Ihr mich!« sagte er.

New York ist keine Morgenschönheit. Bestimmt nicht in den East Seventies. Während wir die paar Blocks bis zum Draftboard wanderten, schweigend, flogen meine Gedanken 28 Jahre zurück. Es war ein merkwürdiges Gefühl, das mich erfüllte: noch nie war mir die Vergangenheit so nah, so lebendig erschienen – »als ob es gestern gewesen wäre« – und gleichzeitig so fremd, so ohne Beziehung zu mir – war es wirklich ich gewesen, der damals, an einem Februarmorgen des Jahres 1915 zur Kaserne marschiert war, um des »Kaisers Rock« anzuziehen? Ich fühlte mich auf einmal sehr alt.

Gewiss, es sind Millionen Väter hier in Amerika, die noch im letzten Krieg gekämpft haben und jetzt ihre Söhne einrücken sehen. Aber ich glaube, ihr Fall liegt anders bei den ehemaligen Europäern. Gewiss, auch sie hatten gehofft, dass ihren Jungen diese Prüfung erspart werden würde, aber da es nun so gekommen ist, sehen sie ihre Söhne einen Weg einschlagen, den sie selbst gegangen sind. Dieses gemeinsame Erlebnis schafft ein neues Band zwischen den zwei Generationen.

Es gibt ein Märchen von Andersen, das erzählt, wie eine Henne ein Entlein ausgebrütet hat, und wie entsetzt die Hühnerfamilie ist, als das junge Entlein plötzlich ins Wasser steigt und davonschwimmt. So geht es uns europäischen Vätern mit unseren amerikanischen Söhnen. Im täglichen Leben kommt es uns nicht zum Bewusstsein, wie schnell und völlig sie sich von uns fortentwickeln. Aber an diesem Morgen fühlte ich es so stark wie noch nie vorher. Ich – ein ehemaliger österreichischer Offizier – und mein Sohn ein amerikanischer Private. Was sollte ich ihm als Rat mit auf den Weg geben?

II.

Es waren über hundert Jungens, die sich da in dem grossen Saal des Draftboards versammelten. Und Väter und Mütter, Schwestern und Brüder. Nichts Künstliches. Nichts Theatralisches. Ein Familienereignis.

Und ebenso zivil war die kurze Ansprache, die einer der Herren vom Draftboard an die Jungen hielt. Er sprach nicht tönende Worte, er las aus Briefen seines Sohnes vor, der irgendwo im Stillen Ozean auf einem Kreuzer dient. Private Briefe eines Sohnes an seinen Vater. Und die Jungen hörten zu, still und andächtig.

Ich dachte, wie es war als wir eingerückt waren. Trompetengeschmetter und Trommelwirbel. Rausch. Hysterie. Keiner, der es gewagt hätte, er selbst zu sein. Jeder bestrebt, eine Rolle zu spielen, die ihm »von oben« zugeteilt worden war. Wir spielten diese Rolle bis in den Schützengraben. Dort klappte es auf einmal nicht mehr. Dort fielen die Masken ab. Und da war nichts mehr übriggeblieben, an das wir uns klammern konnten. Nur ein Aufschrei: »Nie wieder Krieg!« und die Heldensöhne, die aus Furcht vor Sentimentalität es nicht gewagt hatten, ihre Mütter vor der Abreise ins Feld zu umarmen, fanden erst im Angesicht des Todes den Mut zur Wahrheit: »Mutter!« war das letzte Wort, das sie vor dem Sterben flüsterten. Da verstanden sie erst den ganzen Sinn ihres Lebens und den Wahnsinn ihres Todes »für Kaiser und Vaterland«. Da war es aber schon zu spät.

Es ist drüben in Europa während der ganzen letzten zwanzig Jahre viel darüber diskutiert worden, dass der starke Einfluss der amerikanischen Mütter auf ihre Söhne zu deren Verweichlichung führen müsse. Söhne müssen sich von der Mutter emanzipieren! Viele gelehrte Aufsätze sind über dieses Thema geschrieben worden – in Berlin und Paris, in Wien und London. Dutzende von geistigen und psychologischen Begründungen wurden für diese These geliefert.

Ich gestehe: die Theorien schienen mir überzeugend. Früher, bevor ich nach Amerika kam. Ich bin heute anderer Ansicht. Dieser starke Einfluss der Mütter auf ihre Söhne – im Grunde findet er sich bei allen Völkern, die fest im Boden wurzeln. In Europa hat er sich am längsten im Bauernstand erhalten und verschwand mit der Zersetzung des Bauerntums. In Russland ist er heute noch sehr stark, fast ebenso stark wie in Amerika.

Ich glaube, der amerikanische Junge ist kein Muttersöhnchen geworden, wohl aber bleibt er auch in Uniform der Sohn einer Mutter. Darin liegt die sicherste Gewähr gegen das Aufkommen eines amerikanischen Militarismus.

III.

Es ist immer wieder ein ergreifendes Erlebnis zu sehen, wie schnell und radikal die jungen Europäer sich amerikanisieren. Und ich meine unter »amerikanisieren« nicht die Annahme von Aeusserlichkeiten, von Slang, eines gewissen Benehmens. Die jungen Europäer werden in wenigen Monaten Amerikaner im Geiste und in der Seele.

In einem seiner Briefe aus dem Camp schrieb mir der Junge, weil ich ihm Vorwürfe gemacht hatte, dass er ein falsches Urteil eines seiner Kameraden nachplapperte: »Ich habe dieses Urteil nicht nachgeplappert, ich habe es nur objektiv berichtet. Dass ich eine durchaus andere Meinung über diese Dinge habe, hat nichts damit zu tun. Aber man muss auch den andern ausreden lassen und seine Ansicht hören. Das ist ein Grundsatz der Demokratie. Ich bin traurig, dass Du das nicht zu verstehen scheinst.«

Aus dem Munde eines 19jährigen Jungen, der bis vor zwei Jahren nur die Atmosphäre von Hass, Bürgerkrieg, Klassenkampf und Terror gekannt hat, scheinen mir diese selbstverständlichen Worte eine besondere und typische Bedeutung zu gewinnen.

Vielleicht sind es doch keine Utopisten, die da glauben, dass die jüngsten Amerikaner, die noch vor kurzem aus Europa Eingewanderten, eine besondere Mission in diesem Krieg und im folgenden Frieden erfüllen werden: Nicht nur die Verteidigung ihrer neuen Heimat, der U.S.A., nicht nur die

Zerstörung des Hitlerregimes, sondern auch die Befreiung ihrer alten Heimat aus den Fesseln jahrhundertealter Vorurteile. Ich glaube, sie sind ideal für diese Aufgabe gerüstet, Mittler zwischen Amerika und Europa zu sein.

(11. Juni 1943)

Mit einem Fuß in Deutschland

WILFRED C. HULSE

Wilfred C. Hulse nahm am Zweiten Weltkrieg als Militärarzt im Rang eines Hauptmanns teil. Kurz nach dem D-Day landete er mit den amerikanischen Truppen in Frankreich und machte den Einmarsch durch Belgien nach Deutschland mit. Sein Bericht an den »Aufbau« schildert die ersten Augenblicke seiner Wiederbegegnung mit Deutschland unter unerwarteten Umständen.

Hulse (1900 in Namslau, Schlesien, geboren) studierte in Würzburg und Breslau Medizin, ließ sich 1924 in Berlin nieder, ging 1933 nach Tunis und kam 1934 nach New York. Noch im gleichen Jahr trat er dem Germany Jewish Club bei und kümmerte sich in erster Linie um den »Aufbau«. Er war Autor einer vielgelesenen Kolumne »An den Rand geschrieben«. Im Frühjahr 1943 – kurz vor seinem Heeresdienst – wurde er Präsident des New World Club. Nach dem Krieg nahm er seine Tätigkeit als Psychiater wieder auf (seine Spezialfähigkeit war, aus Zeichnungen die Schwierigkeiten emotionell unsicherer Menschen zu erkennen). Bis zu seinem Tode 1961 war er Präsident der »Blue Card«-Organisation. Ein Teil seiner privaten Bildersammlung, die von Rembrandt bis zur zeitgenössischen Kunst reichte, gehört heute zum Bestand des Museums in Jerusalem.

Wer von uns, die Nazi-Deutschland verlassen haben, hat nicht schon einmal davon geträumt, wie es sein würde, wenn er einmal zurückkommen würde? Voll Bitterkeit und Rache waren solche Gedanken; ausserdem hatte man sich in das neue Leben so völlig eingeordnet, dass für Sentiments kaum Raum blieb. Deutschland war ein fremdes Land geworden, und die Nachrichten über Lublin und andere »Todesfabriken« rissen einen Abgrund auf, den die Wasser des Atlantischen Ozeans nicht ausfüllen konnten.

Als wir vor einem Jahr nach Europa kamen, lag Nazi-Deutschland wieder dicht vor uns. Da waren die Flugzeuge, die fliegenden Bomben, die Radiopropaganda – es war ein böses Erwachen. Und seit Juni 1944 leben auch

Nazis mit uns zusammen: als Gefangene, die als Gruppe ihren typischen Zug nicht verloren haben, das Hackenzusammenschlagen, das Strammstehen, den verlogenen Gehorsam – eine Einstellung, die dem amerikanischen Soldaten so ganz fremd ist.

»Captain«, fragte mich ein wenig zögernd die junge Krankenpflegerin mit Leutnantsrang, »würden Sie uns morgen abend zu einem Tanzvergnügen auf das nächste Flugfeld begleiten?« – »Natürlich, ich freue mich, wenn Ihr mal Abwechslung habt.« Die Tagesroutine und die langen Arbeitsstunden eines Hospitals an der Front sind schwer für diese jungen Mädchen. Mit zwei jungen Fliegern klettere ich in den Wagen. »Das Flugfeld liegt nämlich jenseits der deutschen Grenze!« Der Tag war da.

Es ist gar nichts Pathetisches in dieser Rückkehr nach Deutschland. Die Landschaft sieht nicht anders aus als in Belgien, und es sind nicht viele Zivilisten übriggeblieben. Wenn nicht der schwere Kachelofen da wäre, so würde sich dieser Offiziersklub von anderen in nichts unterscheiden. Was hätte ich wohl gedacht, wenn mir im Sommer 1933 im Zug Berlin – Paris jemand zugeflüstert hätte, dass ich an eben dieser Stelle über zehn Jahre später wieder nach Deutschland kommen würde, mit einer Gruppe junger Mädchen vom Mississippi und aus Atlanta und mit jungen Fliegern und Artilleristen aus Boston und New York um mich.

Ein paar Stunden lang vergassen wir den Krieg; tanzten, neckten einander, und unsere Alliierten versorgten uns mit ihrem Besten: die Engländer mit Old Scotch, die Franzosen mit ein paar Flaschen Mumm Sec, gerade aus Rheims hereingebracht, und die Belgier mit ihrem Bier; wir machen einen starken Kaffee, wie ihn Europa seit Jahren nicht mehr gekostet hat. Ein paar Stunden guten sauberen Spasses auf deutschem Boden, dann gehen die Kampfpiloten zurück zu ihren Flugzeugen, die Artilleristen zu ihren Kanonen, und die Pflegerinnen und ich zu den Verwundeten und Verstümmelten, jeder an seinen Platz, um den Krieg gegen die Nazis zu gewinnen.

All dies hat mir aber niemand im Express Berlin – Paris 1933 ins Ohr geflüstert. Das Leben ist seltsam.

(12. Januar 1945)

Als amerikanischer Soldat in der deutschen Vaterstadt

WALTER HELLENDALL

Der nachfolgende Augenzeugenbericht eines mit der amerikanischen Armee nach Deutschland zurückgekehrten Refugeesoldaten wurde dem »Aufbau« von den Eltern des Corporals Walter Hellendall, die einst in Mönchen-Gladbach die Besitzer der gleichnamigen Baumwoll-Buntweberei waren, überlassen.

Es war eine grosse Stunde für mich, als ich am 15. März 1945, nach fünf Jahren, sieben Monaten und 15 Tagen, nach Mönchen-Gladbach, der Stadt, in der ich geboren wurde, zurückkehrte. Wir kamen aus der Richtung des Schlosses Liedberg, das mich als erstes an meine Jugendzeit erinnerte, denn hier pflegten wir mit der Schule unsere Ausflüge und Spaziergänge zu machen. Giesenkirchen mit seinen vielen Fabriken sah fast so aus wie 1938; die Leute gingen ihrer Arbeit nach, beschädigte Häuser waren kaum zu sehen. Dieses Bild änderte sich allerdings, als wir in Rheydt selbst einzogen. Das Zentrum der Stadt war völlig zerstört.

Und dann Mönchen-Gladbach. Das Bismarckdenkmal am Königsplatz ist unversehrt. Bismarck blickt noch immer gen Osten und kann daher die Ruinen des Postamts und der Deutschen und Dresdner Bank nicht sehen. Auf der einen Seite des Denkmals haben die Amerikaner ein Schild angebracht, auf dem es heisst: »*Welcome to Mönchen-Gladbach, by Courtesy of the 29th Division*«, darunter steht ein Zitat von Hitler: »*Deutsche Volksgenossen und Volksgenossinnen! Ich verspreche Euch heute, dass Ihr in fünf Jahren Deutschland nicht mehr wiedererkennen werdet. Adolf Hitler, 1940.*«

Auf der Bismarckstrasse kam mir ein bekanntes Gesicht entgegen. Es war Herr Hasencox, der mich unverzüglich erkannte. »Guten Tag, Herr Hellendall«, begrüsste er mich. Tränen kamen in seine Augen. Er bat mich, ihn und seine kranke Frau zu besuchen. Sein kleines Haus und sein Laden waren von einer Bombe getroffen und völlig zerstört worden. Ich hatte keine Zeit, mehr mit ihm zu sprechen und ging weiter. Ich sah viele bekannte Gesichter, konnte mich aber ausser an Herrn Royen (mit dem Holzbein) und an eine der Schwestern Bohnen an niemanden mit Namen erinnern.

Man kann sich nicht vorstellen wie erregt ich war, als ich mich der Regentenstrasse 99, dem Hause, in dem ich vor 33$^1/_2$ Jahren geboren wurde, näherte. Das Haus war von keiner Bombe getroffen worden und könnte sofort wieder gebraucht werden.

Ich betrat das Haus. Die Tür war offen, und keine Seele war im Haus. Das Parterre war unverändert. Einige schöne Möbel wurden von den Leuten zurückgelassen, die in der Eile geflohen waren oder von den Amerikanern herausgeworfen worden sind. Im Salon liegt noch immer unser Teppich; ich habe ein Stückchen davon abgeschnitten und es als Erinnerung nach Hause geschickt.

Dann stattete ich der I. Hellendall A. G., die jetzt Anton Wallraf Söhne heisst, einen Besuch ab. Schon aus der Entfernung sah ich Rauch aus den Schornsteinen unserer früheren Fabrik aufsteigen. Der Zensor erlaubt keine genaue Beschreibung von dem, was ich sehen konnte, aber ich darf doch sagen, dass die Fabrik nicht einmal von Bomben getroffen wurde und dass sie in einer besseren Verfassung ist als 1938, als ich sie zum letzten Male betreten hatte. Der neue »Besitzer« muss ein schönes Vermögen investiert haben. Ich sprach mit dem Geschäftsführer, dem ich Anfang 1938 die Fabrik übergeben hatte.

Er sagte, er würde alles tun, was in seiner Macht stünde, um mich in meinen Bemühungen zu unterstützen, unser verlorenes Eigentum zurückzubekommen (1938 sprach er anders!).

Als ich später wieder durch die Regentenstrasse ging, sah ich Dr. Zwirners Schild an seinem Haus. Ich läutete an der Türklingel, und zu meinem grössten Erstaunen öffnete Dr. Zwirner – der christliche Zahnarzt für die Gladbacher Juden – selbst. Er war sehr gerührt, nachdem er mich erkannt hatte.

Er erzählte mir einige sehr interessante Dinge: Frau Zwirner, die ebenfalls anwesend war, versuchte den Juden, die nach Holland flohen, zu helfen, wo immer sie nur konnte. Sie reiste sehr häufig nach Venlo, um den Juden Nahrungsmittel zu bringen. Seiner jüdischen Haushälterin Else Frank wegen konnte er keine Professur an einer Universität bekommen. Später änderten die Nazis ihre Einstellung und boten ihm eine Stellung an der Münchener Universität an, falls er der Partei beitreten würde. Dr. Zwirner lehnte das ab und wurde infolgedessen niemals Professor. 1939 heiratete Bernhard Vogel Else Frank. Beide wurden später nach Lublin deportiert, wo sie getötet wurden.

Mit Tränen in den Augen erzählte Dr. Zwirner mir und meinem vorgesetzten Offizier, der mit mir gekommen war, das schreckliche Schicksal des Herrn Jonas aus der Nordstrasse. Nachdem man ihm sein Geld konfisziert hatte, hatte man ihn in seinem Haus gelassen und versprochen, dass er dort bleiben könne. Eines Nachts musste er dann unverzüglich sein Haus und sein Eigentum verlassen. Er musste in das einzige jüdische Haus ziehen, das in der Stadt geblieben war, das von Justizrat David, in dem bereits 24 Leute lebten. Einen Monat später sagten ihm die Nazis, dass er auch aus diesem Hause heraus müsse. Mitten im Winter evakuierten sie ihn nur gerade mit dem, was er anhatte, in ein schmutziges Zimmer in der Weyerstrasse im ärmlichsten Teil der Stadt. Licht und Heizung gab es nicht, und so versuchte der alte Mann, sich seine Hände mit einem Licht zu wärmen, das ihm Frau Zwirner heimlich gegeben hatte. Sie steckte ihm auch Lebensmittel zu. Der Gestapo erschien irgend etwas nicht ganz geheuer. Sie machte eine Razzia auf das Haus und suchte – Orangen. Dann wurde der arme, alte Jonas mit den übrigen Gladbacher Juden in einen Frachtwagen verladen und nach Theresienstadt deportiert. . . .

Den jüdischen Friedhof habe ich nicht besucht. Dr. Zwirner hatte mich davor gewarnt. Der Anblick, sagte er, sei zu abscheulich. Aber ich konnte Dr. Zwirner das Versprechen abnehmen, dass er sich mit einem Gärtner in Verbindung setzen wird, um die Gräber meiner Grosseltern Jakob und Amanda Hellendall in Ordnung zu bringen.

(6. April 1945)

Lachen auf Befehl

FRITZ BAUER

Der hier wiedergegebene Bericht stammt von dem Wiener Schauspieler Fritz Bauer, der kurz vor der Kapitulation Deutschlands mit wenigen anderen deportierten Juden von Auschwitz in ein Flüchtlingslager nach Schweden gebracht worden ist. Zusammen mit ihm waren, wie er schrieb, acht Wiener »mit Theaterblut«, darunter der Dirigent Harry Heard.

Birkenau-Auschwitz, 19. Januar 1944, 10 Uhr vormittags. Es ist Blocksperre. »Selektion«, d. h. die Schwachen werden ausgesucht. Zehn Minuten später stehen wir nackt vor dem SS-Arzt Dr. Mengele. Finger nach rechts bedeutet Gas. Er spricht nichts. Zunge raus, umdrehen, die Hüften zeigen, nach rechts, rechts, weiter . . . 600 gehen ins Gas.

Ich umarme meine Freunde. Kinder, Mut, wir kommen nächste Woche dran. Väter sagen Kindern Adieu und umgekehrt. Sie bleiben noch 24 Stunden nackt in einem eiskalten Block ohne Kost eingesperrt. Einige werden, den Tod vor Augen, wahnsinnig. Andere beten; viele bitten um ein Stückchen Brot, wenigstens einmal noch was im Magen.

Von uns Schauspielern, die wir oft die »hohe« SS in befohlenen Theatervorstellungen zum Lachen bringen mussten, um unser Leben zu retten, sind drei dabei. *Karl Loewenfeld* (sein Vater war Direktor der Hamburger Oper), dann *Fred Krieger* aus Wien und *Herschkowitz* aus Polen vom Jüdischen Theater (Wilnaer Truppe). Knapp vor dem Besteigen des Autos, das ins Krematorium führt, geht Herschkowitz auf den diensthabenden SS-Blockführer Kubanic zu. »Herr Blockführer, ich bin Vater von vier Kindern. Sie haben so oft über mich gelacht, muss ich wirklich ins Gas?« – »Geh zur Tür!« sagte der »gute« SS-Mann. Dann zieht er den Revolver und jagt ihm eine Kugel durch den Kopf. Das konnten sie gut, die Herren. Es war eine »Ehre« für einen Juden, von einer »deutschen Kugel« zu sterben. Adieu Herschkowitz!

Das Auto mit den ersten Hundert fährt ab. Welche Ironie, hinter ihm ein kleines Rotes-Kreuz-Auto und da drin sind die Gasbomben. Hauptscharführer Moll, 28 Jahre alt, hat heute viel zu tun. Er ist Befehlshaber vom Sonderkommando (Verbrennung). Gestern hat er sich bei einem Transport noch amüsiert. Die kleinen Kinder hat er mit Schlägen betäubt. Den älteren Kindern gab man ein Stück Keks auf den Todesweg mit. . . .

Ich könnte (und werde) noch viel erzählen. Ich war zweieinhalb Jahre dort.

Auch in Theresienstadt wurden Insassen, die von Beruf Schauspieler gewesen waren, zur Belustigung der SS benutzt. Aus einem Bericht, den Klaus Mann, Sohn des Dichters Thomas Mann und zur Zeit Sergeant in der U.S. Army, in den »Stars and Stripes« veröffentlicht, geht hervor, dass zum Beispiel der bekannte Berliner Schauspieler Kurt Gerron, der aus Holland nach Theresienstadt geschafft worden war, vor Inspektionskommissionen spielen musste. Auch ein Tenor der Wiener Oper musste auftreten, wenn Delegationen der Nazipresse durch das Lager geführt wurden.

Klaus Mann traf dort übrigens auch die frühere Frau seines Onkels Heinrich Mann, eine Prager Jüdin. Die einst schöne und geistvolle Frau war in einem kläglichen Zustand, weisshaarig, abgemagert und halb paralysiert.

»Wann hast Du denn diese Lähmung bekommen?« fragte Klaus Mann seine Tante.

»Oh, das geschah schon vor Jahren. Bei meiner Verhaftung wurde ich von meiner Tochter getrennt. Ich wusste nicht, was aus ihr geworden war, und fragte meinen Wächter, ob er etwas darüber wisse. »Hörst Du sie nicht schreien?« erwiderte er. »Sie wird heute nacht abtransportiert. Deshalb

Oelsner, Martin (5. 24. 1900, Posen), mit Frau und Kind.
Pick, Sylvius (5. 1. 1869, Beuthen), mit Frau.
Ruben, Alfred (11. 22. 1909, Neustadt).
Turczinski, Samuel (8. 26. 1917, Zgierz, Polen).
Lieban, Robert (6. 7. 1909, Düsseldorf), mit Frau.

In Bergen-Belsen befreit

Nachfolgend bringen wir eine unvollständige Liste von aus dem Konzentrationslager Bergen-Belsen befreiten Personen, die Verwandte in den Vereinigten Staaten haben. In Klammern hinter dem Namen der Befreiten stehen die Namen der Verwandten in U. S. A.:

Der "Aufbau" kann keine Gewähr für die richtige Wiedergabe der obigen Namen übernehmen. Ebenso bitten wir, von Rückfragen abzusehen, da derzeit niemand in der Lage ist, zusätzliche Informationen zu geben. Wir werden neue Listen und Einzelheiten veröffentlichen, sobald sie bei uns einlaufen.

Sundheimer, Selma, fr. Frankfurt a. M. (Henry H. Sundheimer, 228 Audubon Ave., N.Y.C.)

Pressburg, Lotte (Ida Abeles, South Orange, N. J.)

Israel Margot (Edward Henschel, Astoria, L. I., N. Y.)

Rosenbach, Anna fr. Reichenberg (Dr. Karel Mautner, New York City).

Glasser, Irma, fr. Prag (Ferdinand Rieger, c/o Universal Pictures, N. Y. C.)

Grunfeld, Hermine, fr. Kleindobrony, CSR. (Sandor Lebowitz, N. Y. C.)

Fuschmann, Erna, fr. Cilln, CSR. (Amalie Preiss, N. Y.)

Wetterhahn, Ilse, fr. Frankfurt a. M. (Alice Weichsel, N. Y.)

Gluckmann, Edith, fr. Tschechoslowakei (Julius Redlick, New York City).

Schuster, Bertha, fr. Frankfurt a. M. (Heinz Schuster, 507 Commerce St., Shreveport, L. und Moritz Schuster, 712 E. Grove St., Bloomington, Ill.)

Gunther, Trude, fr. Nürnberg (Leo Gunther, N. Y. C.)

Horner, Rose, fr. Servevc, CSR. (Robert Celltitz, New York City).

Tadnick, Adele, fr Warschau (Dr. Josef Michalski, N. Y. C.)

Aus dem Anzeigenteil der Ausgabe vom 4. Mai 1945 (oben)
und 13. September 1946 (unten)

brüllt sie so«. Die ganze Nacht versuchte ich die Stimme meines Kindes zu hören. Und hörte sie nicht. Konnte sie auch nicht hören. Das Mädchen schlief ruhig in einer anderen Zelle. Der Mann hatte »nur Spass« gemacht. Aber konnte ich das wissen? Ich hörte vieler Menschen Schreien und Weinen. Am nächsten Morgen war ich auf der ganzen linken Seite gelähmt und mein Gesicht war auf immer verzerrt. . . .«

(22. Juni 1945)

Wie ich die Särge Goethes und Schillers wiederentdeckte

EMIL LUDWIG

Emil Ludwig (1881–1948) gehörte während seiner amerikanischen Emigrationsjahre zum beratenden Komitee des »Aufbau«. Nach Ludwigs Tod schrieb Manfred George: »Unsere Meinungen gingen vielfach auseinander. Wir sind im großen und ganzen die Vertreter der ›common people‹ gewesen, und er hat meistens im Schatten der ›Mächtigen dieser Erde‹ gearbeitet. Da gab es schon manches Feld der Diskussion, manche heftige Briefe, Anklagen und Gegenanklagen. Aber dafür war es eben Emil Ludwig, ein Mann gewiß mit vielen Widersprüchen, aber immer ein Mann, der um viele Haupteslängen die meisten seiner Feinde überragte ... Ludwig hatte sich ganz von Deutschland gelöst. Aber der spätere Schweizer Bürger und internationale Autor hat dabei nie die Bande zu seiner eigenen Vergangenheit, die ins Haus seines Vaters, des hochgeachteten Breslauer Augenarztes Professor Cohn, führten, zerrissen. Er war sich viel zu sehr des ›Glied-in-der-Kette-Seins‹ bewußt, als daß er nicht stolz auf sich selbst und stolz auf seine Ahnen gewesen wäre.«

Von Bamberg kommend erreichte ich Weimar am 26. April (1945). Als ich in dem fast ganz erhaltenen Goethehause den Kastellan nach einer Blumenhandlung fragte, um einen Kranz zu suchen, erwiderte er mir, indem er sich furchtsam umsah, leise: »Die Särge sind fort.« Er meinte die beiden Särge Goethes und Schillers, die seit Goethes Tode in der Fürstengruft neben denen einiger Weimarer Herzöge standen und seitdem ein Wallfahrtsort der Deutschen gewesen waren.

Eine Stunde später berichtete mir der Leiter des Goethe-Schiller-Archivs, Dr. Julius Wahle, nur wenige Menschen wüssten von dem Verlust, und niemand, auch er selber wüsste nicht, wo die Särge seien. Im Januar 1945 hätte der Gauleiter Sauckel beschlossen, die Särge vor Bomben zu schützen. Der Direktor, der nicht befragt wurde, suchte, als er die Absicht hörte, die Fortführung zu verhindern, da man nach seiner Meinung, wenn eine Bombe die Fürstengruft träfe, später darüber eine Kuppel bauen und vermerken sollte, hier lägen unter Trümmern die Gebeine der beiden Dichter.

Der Gauleiter bestand aber auf seinem Willen, liess sich von dem Erbgross-herzog, der Eigentümer der Fürstengruft ist, eine formelle Erlaubnis geben und die Särge heimlich heraufschaffen. Bald darauf erhielt der Direktor ein Schreiben der Gauleitung, die beiden Särge seien »an sicheren Ort in einer Stadt in der Nähe von Weimar« gebracht worden.

Ich beschloss, sie zu finden, was sehr leicht war, da es sich »in der Nähe von Weimar« nur um Erfurt und Jena handeln konnte, und ich feststellte, dass die besten Bunker in Jena gebaut worden waren. Ich fuhr also mit unserem Militärauto, begleitet von Major Ralph, nach Jena, wohin ich den Direktor einlud, mitzufahren.

Eine Stunde später fragte ich im provisorischen Polizeibüro in Jena, ob viel-leicht Goethe und Schiller in dieser Stadt wären. Sie hielten mich für ver-rückt, und ich erkannte, dass niemand von der Sache wusste. Ich packte darauf eine Sekretärin in das Auto, die an Hand einer Liste die sechs Bunker unserem Chauffeur zeigen sollte. Nach zwei Misserfolgen hielten wir an einem dritten Bunker, der zu einem an der Ilm gelegenen Hospital gehörte.

Hier erschien auf meine Frage ein junger Mann, Dr. Bach, der, da ich im Auftrage der Amerikaner handelte, sogleich Bescheid geben wollte. Im Haus-flur erzählte er das Folgende:

Der Arzt des Spitals, Dr. Kniep, Mitglied der SS, fand im Februar eines Morgens in seinem Bunker zwei riesige, mit Segeltuch überzogene Kisten vor, die ihm verdächtig vorkamen. Er schnitt eine Decke auf und erkannte zu seinem Schrecken einen wohlbekannten Mahagonisarg mit der goldenen Inschrift Goethe. Der zweite war dem ersten gleich und trug die Inschrift: Schiller. Sie waren im geheimen eines Nachts dort aufgestellt worden. Einige Wochen später, im März, als die Amerikaner sich Weimar näherten, kam der Nazi-Landrat Schulze, sein Parteigenosse, zu ihm und erklärte ihm, er werde Jena verteidigen; der Arzt solle 150 000 Gewehre und anderes Kriegs-material in den Bunker aufnehmen. Der Arzt weigerte sich, dies ginge gegen die Genfer Konvention. Der Nazi-Landrat wurde wütend und bedrohte ihn. Als er andern Tages seine Forderung vergebens wiederholte, schrie ihm der Nazi-Landrat zu: »Wenn Sie nicht nachgeben, sprenge ich das ganze

Hospital in die Luft. Dort unten stehen auch die Särge Goethes und Schillers. Wir hassen Goethe und werden das Ganze in einem abmachen!«

Jetzt zog der Arzt seinen Freund Dr. Bach – der, wie er angibt, als Hitlerjunge erzogen war, aber die Nazis verlassen hatte – ins Vertrauen. Beide sahen die Gefahr, erkannten ihre Pflicht, und beschlossen, zu handeln. Sie ließen 12 Polizisten kommen, von denen ein ihnen ergebener eingeweiht wurde, und in der Nacht die beiden verdeckten Särge in einen Depotraum im ersten Stock des Hospitals tragen. Bei der Grösse und Schwere der Staats-Särge und bei der Schmalheit der Treppe war dies äusserst schwierig. Als der Landrat am andern Tage mit seinem Ultimatum wiederkam und die Särge vermisste, bedrohte er den Arzt mit dem Tode. Dieser bestritt irgend etwas zu wissen. Der Landrat war aber zugleich mit der Verteidigung der Stadt beschäftigt, denn inzwischen hatten die Amerikaner Weimar genommen und rückten auf Jena. Jetzt verschanzte sich der Arzt mit seinem Freunde in dessen kleiner Wohnung, nahm Waffen, Munition und Proviant mit, denn er rechnete mit einem Feuergefecht. Nach drei Tagen erfuhren sie, der Landrat sei im Kampfe gefallen. Kurz darauf trafen die Amerikaner ein, aber die beiden Männer behielten ihr Geheimnis. Niemand in Jena hatte es bis zur Stunde erfahren.

Nach dieser Erzählung fragte ich nach dem Dr. Kniep: er sei der Mitarbeit in Buchenwald verdächtig verhaftet. Ich forderte die Schlüssel zum Depot. Sie seien beim Doktor. Darauf fuhren wir mit Dr. Bach zu jenem Polizisten, der davon wusste. Dieser wurde in die Wohnung des Doktors geschickt, kam aber ohne Schlüssel. Jetzt orderte ich einen Dietrich. Er wurde gebracht, und wir erstiegen die schmale Treppe im Hospital, gefolgt von etwa 30 oder 40 Leuten, die sich auf der Strasse um den amerikanischen Wagen gesammelt hatten. Der Polizist schloss auf.

Eine einzige trübe Birne beleuchtete einen engen, fensterlosen, staubigen Raum, der mit Schränken und Kästen vollgestellt war. Der Polizist führte mich in eine Ecke, in der hinter einem vorgeschobenen Schrank und bedeckt mit ein paar Säcken die beiden Särge übereinandergestellt waren, ohne Einpackung.

»Sie können die Schrift mit den Fingern sehen«, sagte der Polizist in sächsischem Dialekt. Ich beleuchtete mit einem Streichholz die Aufschrift auf dem unteren Sarg und las die Buchstaben »Schiller«. Der obere Sarg Goethes war mit der Inschrift gegen die Mauer gerückt worden. Die Menge, die nachgedrängt war, stand lautlos, denn alle verstanden, was der Vorgang bedeutete.

Ich rezitierte leise die ersten von jenen Versen, die Goethe »bei Betrachtung von Schillers Schädel« schrieb.

Darauf fuhr ich mit meinen Begleitern zum amerikanischen Oberst, der die Militärregierung von Jena leitete, meldete ihm den Fall und stellte ihm den nicht englisch sprechenden Dr. Bach vor, der das Verdienst an der Rettung der Särge hatte. Auch der Oberst begriff sogleich die Bedeutung: er erhob sich und richtete einige Sätze des Dankes »in meinem Namen und im Namen meines Obersten Kommandierenden« an den bleichen jungen Mann, dem er die Hand reichte.

So hatte ein Nazi die Särge Goethes und Schillers verschleppt, ein zweiter wollte sie vernichten, ein dritter hatte sie gerettet, ein aus Deutschland Verbannter hatte geholfen, sie wiederzufinden, und eine alliierte Behörde wird mit einer Zeremonie die Heiligtümer dem deutschen Volke wiedergeben.

(27. Juli 1945)

Theresienstadt 1946

MANFRED GEORGE

Theresienstadt, Mitte Oktober. Zehn Mann genügen, um diese Stadt zu bewachen. Die alten Festungsbaumeister der österreichischen Kaiserin waren stolz auf ihr Werk. In damaliger Zeit war Theresienstadt ein Muster strategischer Architektur. Viele meinen, dass Herr Goebbels es deshalb ausgesucht hatte, um ein Ghetto hier anzulegen. Die anmutige Landschaft ringsum gab obendrein die notwendige Schaukulisse, ein weiter Theaterspielplatz, um vor den internationalen Kommissionen eine der frechsten Komödien zu spielen.

Heute ist die Stadt geisterhaft leer. Oede sind die Strassen. Mit blinden Fensterscheiben starren die Häuser auf den Fremdling, der durch die Gassen streift. Etwa 30 Familien sind von den ursprünglichen 3500 Bewohnern zurückgekehrt. Und ein Infanterie-Regiment haust an der Peripherie in Garnison. Hin und wieder ein Laden. Bauleute überall, die Mauern durchbrechen, mit denen die Nazis die Juden in einzelne Häuserblocks eingeschlossen hatten. Am Marktplatz stehen in wildwucherndem Gras die paar Bänke, zwischen deren Reihen von den Ghetto-Insassen vor den Roten Kreuz-Delegierten »Kurpromenade« zwangsweise gespielt wurde, und ein elender kleiner »Konzertpavillon« verwittert im Herbstwind.

Wie viele Seufzer, wieviel Grauen, wieviel Krankheit und Tod haben diese fahlen Kleinstadthäuser gesehen! Auf wackligen Stiegen kriecht man auf die Dachböden, kalte zugige Höhlen, in denen Hunderte Menschen zusammengepfercht in den eklen Dünsten eines mehr als tierischen Aneinandergepresstseins Jahre verbracht haben. Der Bäcker Josef Hochmann, ein alter Theresienstädter, setzt sein Haus wieder instand. In seiner Backstube, in der grossen Ofenhöhle – der Ofen war herausgerissen worden – hatten 40 Menschen ihr Leben gefristet; verrottet, verlaust, halb verhungert. »Mit Schaufeln haben wir die Wanzen in Eimer gscheffelt«, berichtet er.

An einer Ecke ist wieder eine Apotheke in Betrieb. Der Inhaber führt uns durch sein Haus. Ueber Hühnerstiegen in angebaute Gemächer im zweiten Stock. Hier waren die Wohnungen der Prominenten. Wenn die Kommissionen von draussen kamen, wurden diese Einzelräume gezeigt. Winzige Würfel von Kabinen – aber wenigstens waren die Menschen hier mit ihrer Familie allein, auch wenn nicht viel mehr Platz da war als in ein paar Telephonzellen. In einer muss ein Zeichner gehaust haben: da ist in kräftigen Strichen eine Frau auf die splittrige Holzwand gemalt, die ihre Hände der Sonne entgegenstreckt. Dazu das Datum: 21. März 1945. Hatte der Gefangene schon die Gewitter der Freiheitskanonen in der Ferne gehört, hat er die Rettung erlebt? Niemand weiss es. Niemand weiss auch, was aus dem holländischen Maler Spiro geworden ist, der den Schulsaal mit vielen reizenden Friederizianischen Theresienstädter Motiven bemalt hat. Man hört hier im Geist den die fremden Delegierten führenden Nazi stolz die Peitsche gegen die schwarzen Reitstiefel klatschen und dozieren: »Und hier, meine Herren, sehen Sie, wie die Juden ihre Schule mit fröhlichen Skizzen geschmückt haben. Ja, wir sind human, und Sie werden jetzt verstehen, wie verlogen die Greuelpropaganda gegen uns ist.«

Nein, in das Gefängnis im Keller des SS-Hauses werden die Herren aus der Schweiz und Schweden nicht geführt. Unser freundlicher Apotheker leuchtet mit einer Kerze in die finsteren Gelasse. Es sind schwarze Bunker ohne Licht und Luft. Da gibt es keine Postkutschen mit lustig befrackten Postillonen an den Wänden, da gibt es andere Zeichnungen. Lange Zahlenreihen, zu je sieben Strichen, die durchgestrichen sind. Der Kalender der Gefangenen. Vielfach ist die letzte Kolumne nicht mehr abgezeichnet – Tod, Abtransport, ein Schlag über den Schädel, es war keine Zeit mehr, mit der Zeit abzurechnen. Unter einer endlosen Strichreihe steht ein Vermerk: »Hannah, 18 Jahre, aus Prag«.

Vielfach habe ich Menschen aus Theresienstadt in den Strassen Europas getroffen. Drei blieben besonders in meinem Gedächtnis. Da ist die schöne Sängerin, Marion P., die für »Chorproben« in einem Raum üben musste, in dem hochgeschichtet die Särge mit Verstorbenen standen, und während Arien aus dem »Figaro« geübt wurden, füllte sich das Gewölbe noch weiter mit stummen Zuhörern. Oder auf einer Züricher Altstadtgasse rennt der Graphiker Fritz Lederer, dessen Werke in vielen Museen hängen, in mich hinein. Er kann nicht mehr sehr gut sehen, denn die Schläge der Nazis haben die Nervenzentren getroffen. Sein Besitz, seine Arbeiten, sind zerstört. Aber er hat eine Mappe »Theresienstadt« geschaffen, die ein erhabenes und fürchterliches Dokument zugleich ist. Auch der grosse Bühnenzauberer, Carl Meinhard, der sich plötzlich neben mich in einem Café auf den Champs-Elysées in Paris setzt, war in Theresienstadt und hat dort unter Nazi-Knuten die verpesteten Latrinen reinigen müssen.

Aber es gilt hier nicht, Namen aufzuzählen. Zufällig sprach ich am gleichen Tag noch Dr. Karel Zimmer, einst Arzt in diesem »Musterghetto« und heute Vorsteher der Jüdischen Gemeinde von Karlsbad. Er bestätigte alles, was wir schon gehört haben, und was viele von den Ghetto-Bewohnern entweder nicht sahen oder nicht begriffen. Viele konnten in die vermorschten Häuser und Keller hineingepresst werden, aber nicht alle. Immer neue kamen. Sie starben wie die Fliegen. Und da befahlen die Nazis die »Alterstransporte«. Zimmer erklärt: »Zwanzigtausend mussten in den ersten Monaten dieser Neuregelung fort. Wohin sie auch immer gingen, ein Drittel ist sicher bereits tot an Ort und Stelle angekommen, so unmenschlich waren die Waggons gefüllt.«

Und in dem alten Rathaussaal sass der Aeltestenrat und musste in »Selbstverwaltung« die Transportlisten ausfüllen. Kann man sich das Grauen dieser Wahl vorstellen? Heydrich befahl und die Henkerslisten wurden von jüdischen Händen ausgefüllt. »Mein Freund – Dein Freund – eine hübsche Frau – ein Verwandter – wer geht –?!« Die Hölle konnte sich kein solches grausames Spiel ausdenken.

Einigermassen geschützt waren die wahren Prominenten dieses teuflischen Ghettos, die Köche, die Metzger, und andere, die ihre Gunst und die Kämmerchen, die sie sich ergattert hatten, verschenkten und verkauften. Von der sexuellen Moral auf dieser Station zwischen Leben und Tod kann man sich leicht ein Bild machen. Es gibt Männer, die niemals soviel Erfolg hatten wie hier . . .

»Die idiotischen Berichte mancher früheren Insassen, die bisweilen in der Presse erschienen sind«, meint Dr. Zimmer, »sind leicht erklärlich. Nicht alle waren in das wahre Geschehen eingeweiht. Sie sahen nicht die Transporte von Sterbenden und Halbohnmächtigen, die in der Nacht ankamen; sie kannten nicht die Verbrennungshäuser und die Zellen mit den gegen alle Schreie gepolsterten Türen im SS-Haus.«

»Wie viele Menschen sind in Theresienstadt selbst gestorben?«

»Wir hatten im Ort von November 1941 bis März 1945 rund fünfunddreissigtausend Sterbefälle. – Erst begruben wir die Leichen, dann mussten wir ein Krematorium bauen, aber als das Rote Kreuz kam, warfen die Nazis die Urnen vorher in den Fluss.«

Eine gewisse Rettung bedeuteten später die Pakete. Mit ihnen zog zugleich Schmuggel und abscheulicher Handel in Theresienstadt ein. Auch die SS-Leute schmuggelten, und wehe, wenn sie einen Juden trafen, der (Rauchen war prinzipiell verboten) in einem verschwiegenen Winkel eine von einem SS-Kollegen geschmuggelte Zigarette rauchte. Einige Hilfe bisweilen waren die in Theresienstadt stationierten tschechischen Gendarmen, die Briefe und allerhand andere Dinge besorgten. Ihren Leiter traf ich zwei Tage später. Er hat heute – oh, Ironie des Schicksals – ein grosses Abschublager für Sudetendeutsche unter sich.

Es ist unheimlich, in Theresienstadt zu spazieren. Zu viele Schatten gehen dem Wanderer zur Seite. Die Spitzhacken der Maurer legen eine Vergangenheit nieder. Aber wenn auch die Steine fallen, und wieder bereits ein paar Kinder in den Strassen spielen, diese Stadt wird ein verhexter Ort bleiben. So viele Tote lassen sich den Platz nicht streitig machen. Einst wird hier im Rathaus ein Museum sein. Die Dokumente sind gesammelt. Museen pflegen Schicksale zu besiegeln, zu versteinern. Aber der Hall der soeben unter Gesang in die Kaserne einmarschierenden Soldaten übertönt nicht den Gesang aus den Wolken, den brausenden Chor der Unsichtbaren: »Wir starben und niemand bettete uns – wir flehten, aber niemand hat uns erhört – o Welt, wie taub waren deine Ohren.«

(25. Oktober 1946)

Ich war an Bord der »Exodus 1947«

GEROLD FRANK

Hier ist die Geschichte, die wieder und wieder erzählt werden muss, wo immer Menschen von Freiheit sprechen. Es ist die Geschichte eines Gottesmannes, der da glaubt, dass der Kampf für die Menschenwürde auf den Barrikaden so gut wie auf der Kanzel ausgefochten werden muss. Es ist die Erzählung des »christlichen Rabbi«, des 29jährigen amerikanischen Geistlichen Rev. John S. Grauel aus Worcester, Mass., der die 4500 visenlosen Juden an Bord der »Exodus 1947« begleitete und Augenzeuge der ungeheuerlichen Vorgänge an Bord des jüdischen Immigrantenschiffes war.

»Nach der Abfahrt von Italien«, so erzählt Rev. Grauel, »verlief unsere Reise für ein paar Tage ereignislos, mit Ausnahme der Geburt von Zwillingen. Es schien mir, dass fast ein Viertel der weiblichen Passagiere an Bord schwanger waren.

»Wir verliessen unseren italienischen Abfahrtshafen am 11. Juli. Eine Woche später, etwa um 3 Uhr morgens – ich schlief noch – legte sich ein britischer Zerstörer an unsere Seite, und ein Offizier schrie mit dem Megaphon herüber: ›Sie sind jetzt in den Territorial-Gewässern Palästinas.‹ Dem war aber nicht so, denn wir befanden uns zu jener Zeit noch 17 Meilen von der Küste Palästinas entfernt. Als wir das hörten, ordnete Kapitän Bernard Marks aus Cincinnati (jetzt in britischer Haft in Haifa) an, Kurs nach Westen zu nehmen, fort von Palästina.

»Die ›Exodus‹ war noch in beträchtlicher Entfernung, als die britische Flotilla strahlenförmig auf das Immigrantenschiff zudampfte und es zu rammen begann. In diesem Augenblick kam der Höhepunkt eines Erlebnisses, das nie mehr aus meinem Geiste schwinden wird.

»Drei Dutzend grosse Flaggen mit dem Davidsstern flatterten in der scharfen Brise. Mächtige Scheinwerfer der britischen Kriegsschiffe gossen ihre Lichtkegel über sie, so dass sie glänzend aus dem Dunkel hervorleuchteten. Alle unsere jungen Leute standen auf Deck aktionsbereit, mit – Kartoffeln und Konservenbüchsen bewaffnet. Sie warfen die Köpfe stolz zurück. In diesem Augenblick begannen die Schiffssirenen ihr schrilles, fast unheimliches Geheul. So, mit den jüdischen Fahnen im Winde knatternd und hell beleuchtet, standen wir geblendet von den Scheinwerfern und unter dem betäubenden Geheul der Schiffspfeifen da und warteten auf das Rammen zweier britischer Kreuzer.

»Es kam plötzlich – und ungeheuer erregend. Unter Benutzung ihrer Doppelschrauben drückten die Kriegsschiffe mit ungeheurer Wucht gegen beide Seiten unseres Schiffsrumpfes. Jedermann an Deck wurde durch die Gewalt des Zusammenstosses umgeworfen. Während die Pfeifen noch schrillten, hörten wir von den unteren Decks die panischen Schreie der Frauen, Kinder und Greise. Viele von ihnen hatten auf roh zusammengeschlagenen mehrstöckigen Betten gelegen, die beim ersten Stoss zusammenkrachten und alle auf den Boden sandten.

»EIN INFERNO«

»Während wir noch alle vom Zusammenstoss betäubt waren, begannen die Briten Zugbrücken über unsere Seiten zu werfen. Um sich den Weg zu bahnen, schleuderten sie Tränengas-Bomben und stürmten dann an Bord unseres Schiffes. Die Szene glich einem Inferno. Die Briten trugen Gasmasken und waren bewaffnet mit Gasgewehren, Gasgranaten, Pistolen und Holzknüppeln.

»Sie stürzten auf die Kommandobrücke und feuerten ohne Warnung zwei Schüsse auf die Steuermänner. Den einen erschossen sie, den anderen schlugen sie nieder: Walter Bernstein aus Los Angeles, einen früheren Offizier der amerikanischen Marine, der an Bord mein bester Freund geworden war. Er ist an seinen Verwundungen gestorben. Einige der britischen Matrosen zertrümmerten eine Tür, durch deren Oeffnung einer von ihnen sprang, der ohne Warnung mitten in eine Gruppe von betenden Juden der Mizrachi-Richtung Revolverschüsse abgab. Seine Schüsse trafen zwei Kinder.

»Rings um mich herum waren überall Leute mit zerschlagenen Köpfen und Händen. Wenn das Tränengas einen trifft, hat man das Gefühl einer versengenden Flamme, die die Haut durchbohrt. Nach dem ersten Angriff war unsere Wasserversorgung zerstört. In einem Laufgang fand ich einen Kessel mit noch warmem Kaffee. Wir fügten Milch dazu und badeten damit unsere tränenvergasten Augen. In ein paar Sekunden war unser Hospital mit blutüberströmten Leuten überfüllt.

SIEBENMAL GERAMMT!

»Es war wie ein fürchterlicher Alpdruck, denn während all dieser Vorgänge hörten die britischen Kreuzer nicht auf, uns zu rammen. Sie taten dies siebenmal ... hätten sie uns ein achtes Mal gerammt, die »Exodus 1947« und ihre 4500 Passagiere lägen jetzt auf dem Boden des Mittelmeeres!

»In diesem höllischen Durcheinander stürzte plötzlich einer unserer Jungens auf mich zu schrie: ›Ich habe vier Briten gefangen ... was soll ich mit ihnen tun?‹ Ich fand die vier zerschunden und beorderte sie nach dem Bug, wo ich ihnen Cognac und Zigaretten gab. Ich befahl ihnen, sich still zu verhalten. Einer war ein Offizier, der seine Epauletten entfernte.

»Die Schlacht ging weiter. Unsere Jungens schleuderten Kartoffeln, Konservenbüchsen, überhaupt alles, was ihnen in die Hand kam, auf die Briten. In dieser ganzen Zeit sangen wir so laut wir nur konnten. Doch als wir dann erfuhren, dass einer von unseren Leuten im Sterben lag, willigten wir, um Menschenleben zu retten, ein, das Schiff den Briten zu übergeben, unter der Bedingung, dass die Navigation in unseren Händen bliebe. Der Offizier in meiner Kabine erklärte sich damit einverstanden, und so fuhren wir nach Haifa.

»Für mich war das eine Erfahrung, für die ich demütig bleibe. Aber ich will, dass die ganze Welt genau weiss, was vorgegangen ist. Ich habe ein Volk — Männer, Frauen und Kinder — von einem solchen Geiste beseelt gesehen, dass ich keine Worte finde.«

(1. August 1947)

Die historische Sitzung

GEORGE WRONKOW

George Wronkow, gebürtiger Berliner (Jahrgang 1905), war vor 1933 Redakteur am »Berliner Tageblatt«. Er emigrierte 1933 via Dänemark nach Paris, war bis 1940 Redakteur bei Radiodiffusion Nationale, diente in der französischen Armee, kam 1941 nach New York, wo er als Korrespondent der Zürcher »Tat« und deutscher Zeitungen und Rundfunksender wirkt.

Wronkow war Zeuge der dramatischen Sitzung der Vereinten Nationen, die mit der Geburt des Staates Israel endete.

Flushing, 29. November 1947.

Tausende von Menschen umlagern seit den Vormittagsstunden das Tor des Gitters, das das Gelände der Vereinten Nationen in Flushing umschliesst. Vor der Versammlungshalle wehen die Flaggen der 57 Nationen im kalten Novemberwind, über ihnen die Flagge der Vereinten Nationen, die Weltkugel von Olivenzweigen umgeben und auf blauem Grund.

Die Wachen der Vereinten Nationen selber können der andrängenden Menge nicht Herr werden, und New Yorker Polizei schafft einen Durchgang für die Glücklichen, die eine Einlasskarte haben. Die andern warten und hoffen, dass doch noch einige Plätze auf der Publikumstribüne frei sein werden.

Es ist 4 Uhr 15 nachmittags. Noch hat die Tagung nicht begonnen. Der Sitzungssaal selbst spiegelt Spannung wieder. Obgleich bereits zahlreiche Delegierte der Generalversammlung abgefahren sind, hat der in New York verbliebene Stab der Delegationen jeden Sitz belegt. Aus den Radiokabinen, mit denen der Sitzungssaal eingerahmt ist, schimmert grünes Licht, ein Zeichen dafür, dass alle Mikrophone zum Senden bereit sind. Der Scheinwerfer der Fernseh-Kamera wirft sein Licht auf das Podium, als Präsident Aranha seinen Sitz einnimmt und mit drei Hammerschlägen die Sitzung eröffnet. Es ist 4 Uhr 28 Minuten.

Am Freitag nachmittag hatte der französische Delegierte Parodi der Versammlung vorgeschlagen, die Abstimmung über den Teilungsplan für Palästina um 24 Stunden aufzuschieben, da er hoffe, dass eine Versöhnungsaktion zwischen Arabern und Juden noch im letzten Augenblick möglich sei. Andere Delegierte hatten ebenfalls geglaubt, einen Hoffnungsschimmer für eine solche Aktion zu sehen. Sie gaben sich zwar keiner Täuschung darüber hin, dass die Wahrscheinlichkeit nur gering sei, aber sie vertraten die Ansicht, dass die Vereinten Nationen auch nicht einen noch so leisen Hoffnungsstrahl ausser acht lassen dürften. Die 24 Stunden sind nun vergangen. Wir wissen, es ist zu keiner Einigung gekommen.

Die arabischen Staaten hatten in dieser Zeit einen neuen Vorschlag zur Schaffung eines föderalistischen Palästinas ausgearbeitet. Der Delegierte des Libanon bringt diesen Vorschlag vor der Generalversammlung zum Vortrag. Aber er gibt nichts Neues. Es ist im Prinzip der gleiche Vorschlag, der im Minderheitsbericht der Palästinakommission zum Ausdruck kam und damals von den Arabern strikt abgelehnt worden ist. Die Mehrheit empfindet, dass es heute zu spät ist, auf diesen Bericht zurückzugreifen, sie glaubt, dass die Araber nichts weiter wollen, als wiederum Zeit gewinnen.

Der syrische Delegierte beklagt sich über den Mangel an Bereitwilligkeit zur Zusammenarbeit, den die arabischen Delegierten im Palästina-Ausschuss gefunden hätten. Seine Worte sind ein Appell, es noch einmal zu versuchen. Als Antwort kann die Erklärung des Berichterstatters dieses Ausschusses, Thor Thors, gelten. Thor Thors, Delegierter von Island, gibt die nüchternen

Fakten bekannt, wie die Araber immer wieder und wieder eine Zusammenarbeit im Ausschuss verweigert haben. Wie es immer wieder versucht wurde, die Parteien zusammen zu bringen, und wie es immer wieder misslang. Ein eigenartiger Zufall will, dass der Mann, der in so hervorragender Weise an dem Plan zur Errichtung eines jüdischen Staates in Palästina mitgewirkt hat, den Namen des germanischen Donnergottes trägt.

Der amerikanische Delegierte Herschel V. Johnson spricht. Er fordert, dass die Versammlung zur Abstimmung über den Teilungsplan schreite, da die Lage sich in den 24 Stunden um nichts geändert habe. Noch einmal versucht der Delegierte des Libanon einen Vertagungsantrag einzubringen. Er kommt aus Gründen der Geschäftsordnung gar nicht erst zur Abstimmung. Der Delegierte der Sowjetunion, Gromyko, steht auf und fordert ebenfalls sofortige Abstimmung über den amerikanisch-russischen Antrag.

Die Liste der Redner ist geschlossen. Präsident Aranha erhebt die Stimme: *»Wir schreiten nunmehr zur Abstimmung«.*

Die Spannung im Saal ist auf das äusserste gestiegen. Noch einmal ermahnt der Präsident das Publikum, sich jeder Meinungsäusserung zu enthalten. Der Namensaufruf beginnt, nach dem Alphabet:

Afghanistan: Nein – Argentinien: Enthaltung – Australien: Ja ... und dieses erste Ja scheint von der Menge mit einem Seufzer der Erleichterung aufgenommen zu werden. In rascher Folge folgt ein Ja dem anderen, die Enthaltungen sind weniger geworden, Nein-Stimmen sind nur vereinzelt zu hören.

Bis zum letzten Augenblick ist die Stimme Frankreichs fraglich – wird es sich enthalten, wird es dafür stimmen? Wir kennen die schwierige Haltung Frankreichs, Freund der Juden mit Millionen von Arabern in seinen Grenzen. Frankreich! ruft der Sekretär, der die Abstimmung leitet, und die kräftige Stimme des Delegierten Parodi antwortet: Oui.

Ein Sturm des Beifalls bricht auf der Publikumstribüne aus. Der Präsident lässt den Hammer niedersausen. Schon bereitet sich die Polizei zum Eingriff vor. Da erschallt die warme Stimme des Präsidenten Aranha in einem Appell an das Publikum. Aranha macht auf die schicksalsschwere Bedeutung der zur Abstimmung stehenden Frage aufmerksam, er bittet das Publikum sich zurückzuhalten, die Versammlung nicht in ihrer Arbeit zu unterbrechen – es ist die Wärme seiner Stimme, die die Ruhe herstellt.

Die Abstimmung geht weiter, sie bringt noch andere Ueberraschungen. Haiti, das im Ausschuss gegen den Plan gestimmt hat, stimmt heute für ihn. Die

Philippinen, die hier in der Generalversammlung noch am Mittwoch ihre schweren Bedenken gegen den Teilungsplan zum Ausdruck gebracht hatten, stimmten heute mit Ja. Siam ist abwesend – damit fällt eine weitere Stimme für den arabischen Block aus. (Bekanntlich hat während der Tagung der Generalversammlung ein Putsch in Siam stattgefunden, die legale Regierung wurde gestürzt, und der neue Beherrscher dieses Staates im Fernen Osten berief den Delegierten, den die frühere Regierung entsandt hatte, am Vorabend der Entscheidung ab. So blieb der Stuhl Siams leer.)

Bewegung geht durch die Menge, als die letzte Stimme verhallt ist – Jugoslawien: Enthaltung. Es ist, als ob ein Summen über dem Saal liegt, bis Präsident Aranha den Hammer schwingt: *»Ich verkünde jetzt das Ergebnis der Wahl: Abgegebene Stimmen 56 – 33 Ja-Stimmen, 13 Nein-Stimmen, 10 Enthaltungen. Der Antrag ist angenommen!«*

Es ist schwer, die Stimmung des Augenblicks wiederzugeben. Das Publikum hält sich zurück. Es ist der mahnenden Worte Aranhas eingedenk. Es klatscht nicht, aber Frauen und auch Männer weinen ohne Scham, viele laufen hinaus, nicht mehr fähig, ihre Erregung zu unterdrücken, draussen auf den Korridoren umarmen sich Menschen, die sich kaum kennen. Alle – Juden und Nichtjuden, Delegierte und kühle Berichterstatter – sind von der Grösse des Augenblicks ergriffen. Es ist kurz nach 5 Uhr 30 – ein Staat wurde geboren, der jüdische Staat.

Auf der Pressetribüne herrscht stürmische Bewegung, Korrespondenten stürzen zu Telephonen und Telegraphen, alle Funkkabinen arbeiten, die Sender in vielen Teilen der Welt haben ihre regulären Programme unterbrochen und geben die Meldung: Die Geburt eines jüdischen Staates. Das Gesamtergebnis wird einer ersten Analyse unterzogen: 33 Ja-Stimmen, darunter die drei Grossmächte: Amerika, Russland und Frankreich. Weiter die Dominien des britischen Commonwealth: Australien, Kanada, Neuseeland und die Südafrikanische Union. Die skandinavischen Staaten Schweden, Norwegen, Dänemark und Island; Belgien, Holland, Luxemburg in Westeuropa. Polen, Tschechoslowakei und die Ukraine im slawischen Block, 13 der mittel- und südamerikanischen Republiken, die Philippinen und Liberia – sie alle stimmten mit Ja.

Die arabischen Staaten, unter denen sich auch die Türkei befindet, konnten ihre eigenen Reihen nur durch die Stimmen Indiens, Cubas und Griechenlands verstärken. Zehn Länder enthielten sich der Stimme. In erster Linie England, das als Macht, die das Mandat niederlegen will, keine Stellung nehmen wollte. Weiterhin China, Argentinien, Mexico und vier weitere südamerikanische Staaten, sowie Jugoslawien und Abessinien.

Die historische Sitzung nimmt ihren Fortgang. Wieder wendet sich Präsident Aranha an die Tribüne: *»Ich danke dem Publikum für seine Haltung, ich wusste, dass es sich so gut benehmen würde«*.

In die Kommission, die von den Vereinten Nationen nach Palästina zur Durchführung des Planes entsandt werden soll, werden fünf kleine Staaten gewählt: Bolivien, Tschechoslowakei, Dänemark, die Philippinen und Panama. Aber die Vorgänge, die der Abstimmung folgen, zeigen bereits, dass es der jüdische Staat nicht leicht haben wird, sich durchzusetzen. Ein arabischer Abgeordneter nach dem anderen tritt vor das Rednerpult und erklärt, dass seine Regierung sich nicht an der Durchführung des Beschlusses beteiligen wird. Und geschlossen verlassen die Delegationen der arabischen Staaten ausser Pakistan, Iran und der Türkei den Sitzungssaal.

Schweigen herrscht, als die Araber aus dem Saal gehen. Die Stimmung ist ernst. Die Delegierten der Mehrheit wollen ja keinen Sieg erringen über eine Minderheit, sondern sie wollten dem jüdischen Volk in Palästina, den heimatlosen Juden in den Konzentrationslagern Europas Gerechtigkeit zuteil werden lassen. Juden und Araber müssen als Nachbarn leben und nicht als Feinde. Es ist das schwere Werk der Vereinten Nationen, vor allem der kommenden Palästinakommission und des hinter ihr stehenden Sicherheitsrats, Feindschaft in Freundschaft zu verwandeln, und dem jungen jüdischen Staat wie auch dem arabischen Staat in Palästina den Frieden und die Sicherheit zu geben, die zur Entwicklung des ganzen Nahen Ostens gebieterisch sind.

Der Hammer Aranhas fällt zum letzten Male: *»Die Generalversammlung der Vereinten Nationen ist geschlossen«*. Beifallsklatschen ertönt, langsam leert sich der Saal, das Scheinwerferlicht der Fernsehkamera erlischt, die Mikrophone verstummen. Wir gehen hinaus in die Nacht. Hell und angestrahlt liegt die Halle der Vereinten Nationen. Die Fahnen leuchten gegen den Himmel. In einem Jahr wird eine neue Flagge in ihrem Kreise wehen: das Blau-Weiss Erez Israels – des »Land of Israel«.

(5. Dezember 1947)

Ein Leben in Rattenlöchern

Z. Z.

Unter zahlreichen brieflichen und telegraphischen Hilferufen, die der »Aufbau« 1948 aus China erhielt, befand sich auch das Schreiben einer – nur als »Z. Z.« identifizierten – Frau.

»Der Brief beweist«, hieß es in einer redaktionellen Vorbemerkung, »dass auch ohne die Kriegs-, Plünderungs- und Hungersgefahr, der die Flüchtlinge in Shanghai ausgesetzt sind, ihr Abtransport und ihre Ansiedlung in anderen Ländern eine der dringendsten menschlichen Aufgaben für alle ist, die irgendein Verantwortungsgefühl für ihre Mitmenschen haben.«

Als wir hierherkamen, war der Stadtteil (Fabriks- und Hafenviertel), in dem die meisten gezwungen waren (aus Geldmangel) sich niederzulassen, fast ganz zerschossen, und es war nur schwer möglich Unterkunft zu finden. Diese Unterkünfte waren kleine schmutzige Zimmer, in welchen 3–4 Personen, manchmal auch 1–2 Familien wohnen mussten. Die Menschen hatten es sehr schwer, weil sich in diesem Zimmer ihr ganzes Leben abspielte, Kochen, Waschen, Essen, Schlafen. Langsam, ganz langsam, lebten sich die Emigranten hier ein und konnten auf Grund einer kleinen Unterstützung in Form einer Mahlzeit täglich und dem Verkauf mitgebrachter Sachen, kärglich ihr Leben fristen. Die hier ansässigen Ausländer, Franzosen, Engländer und Amerikaner, gewährten kleine Hilfe nur in Einzelfällen, und die Emigranten waren darauf angewiesen sich zu einer Gemeinschaft zusammenzuschliessen, um in dieser ihren Lebensunterhalt zu finden.

Geschäfte wurden gegründet, Werkstätten eröffnet, aber die meisten befassten sich mit dem Handel. Wir kannten weder Sitten noch Geschäftsbräuche der Chinesen und hatten schwer gegen ihre Konkurrenz zu kämpfen. So fristeten wir schlecht und recht unser Leben, bis der Krieg kam. Nun wurde unser Leben noch ärmer und schrecklicher. Wir litten nicht nur Mangel an Essen und Kleidung, wir litten auch unter der Feindschaft der Japaner und Chinesen. Mit einem Schlage war die chinesische Bevölkerung, mit der man vorher in halbwegs guter Nachbarschaft lebte, gegen uns. Es begann eine Leidenszeit, deren Verschlechterung Schritt hielt mit der Verschlechterung auf den Kriegsschauplätzen. Man wurde auf den Strassen von den Chinesen angepöbelt, mit Steinen beworfen, angespuckt, Schmutz und verfaulte Früchte wurden uns ins Gesicht geworfen, Farbe auf unsere unersetzlichen Kleider gespritzt und der Ruf »Jutani« (Jude) verfolgte uns auf unseren Wegen.

Dann wurde der Distrikt errichtet, den wir ohne Erlaubnis nicht verlassen durften. Die Japaner, unter deren Oberhoheit der Distrikt stand, behandelten uns schlecht. Alle Emigranten in Shanghai, auch die, die bisher in den ehemaligen Konzessionen wohnten, mussten in diesen Distrikt. Wir mussten noch enger zusammenrücken als bisher. Die Häuser und Wohnungen sowie die Geschäfte in den Konzessionen wurden den Emigranten um einen Schundpreis abgenommen, und sie mussten für hohe Summen im Distrikt die chinesischen Hütten oder Zimmer kaufen. In den schmutzigsten Gassen wurden Häuser und Zimmer erstanden. Es gab und gibt auch heute noch keine Badezimmer und keine Klosetts in diesen Häusern, nur Kübel, die jeden Morgen entleert werden. Der Chinese verrichtet seine kleine Notdurft im Freien an jeder Hausmauer, vor jedem Fenster.

Um einen Begriff von solch einer Gasse zu geben, muss ich sie beschreiben, denn sie ist für Menschen in einem Kulturlande unvorstellbar. Eine Gasse hier ist nicht *eine* enge Gasse, sondern ein Häuserkomplex mit vielen engen Gassen. Sie hat ein grosses Tor als Zugang von der Strasse und bildet innen eine kleine Stadt für sich. Es gibt Gassenviertel mit 10–15–20–30 Häusern, es gibt aber auch welche mit 50–100–120 Häusern. Die Gasse hat vom Tor ausgehend einen ca. 2 Meter breiten Haupteingang, von welchem rechts und links kleine Gässchen, die ca. 1 Meter – 1,20 breit sind, abzweigen. In diesen Gässchen sind kleine 1 Stock hohe Häuschen mit 3–5 Räumen.

Die Häuschen sind schlecht gebaut und schlecht verschliessbar, wie hier alles von minderwertiger Qualität ist. Ob oben oder unten, man ist vor Dieben nicht sicher. Mit Stangen, an denen Haken sind, holen sie alles Erreichbare aus den Zimmern, so dass Emigranten, die unten wohnen, selbst im heissesten Sommer bei geschlossenem Fenster schlafen müssen. Das einzige, was uns ein wenig schützt, ist ein Hund. Wasserhahn ist nur einer im Parterre, so dass die oben Wohnenden jeden Tropfen Wasser über schmale Holztreppen hinauftragen müssen. Schmutziges Wasser wird gewöhnlich durch das Fenster auf die Gasse gegossen und so mancher ist auf diese Weise zu einer unfreiwilligen Dusche gekommen. Die Wohnräume sind dunkel und feucht, und im Sommer irrsinnig heiss. Alle unsere Sachen verschimmeln. Als Folge davon sind die Chinesen den ganzen Tag in diesen Gässchen, und die Kinder benützen sie als Spielplätze.

Aber nicht nur dort, sondern auch in den Verkehrsstrassen ist es nicht anders. Das ganze Leben der Chinesen spielt sich auf der Strasse ab. Sie kochen und waschen, sie stillen ihre Kinder, sie klopfen aus ihren Betteinsätzen die

Wanzen, die sie dann mit den Fingern zerdrücken, und was übersehen wird, kriecht natürlich in die Häuser zurück, aber nicht immer in die eigenen. In dem Haupteingang stehen die Mülleimer, und da sie nicht gross und auch nur spärlich vorhanden sind (in den grossen Gassen wohnen oft 3–4000 Menschen), so liegt der ganze Unrat daneben und verpestet die Luft.

Als Folge dieses Unrates wieder gibt es Mäuse und Ratten in grosser Zahl. In der ersten Zeit unseres Hierseins haben sie uns nicht nur unsere Lebensmittel angenagt und aufgefressen, sondern auch unsere Koffer, Kleider und Wäsche. Wenn man bedenkt, dass die Neuanschaffung eines Stoffkleides oder Mantels für die meisten Emigranten unmöglich war (viele tragen noch ihre mitgebrachte Garderobe), so wird man verstehen, dass man oft zu dem notwendigen Hund noch eine Katze anschaffen musste. Das bedeutet, dass man nun nicht nur seine spärlichen Mahlzeiten, sondern auch seinen kleinen Wohnraum mit zwei Tieren teilen musste.

Durch die Errichtung des Distriktes wurde die Existenz der meisten Emigranten vernichtet. Sie konnten sich von diesem Schlag nicht wieder erholen. Als der Krieg endlich zu Ende war, begann eine Abwanderung, die in erster Linie den Reichsdeutschen die Möglichkeit gab, von hier fortzukommen. Zirka 5000 Personen, hauptsächlich Oesterreicher, Tschechen und Polen sowie einige andere Nationen, blieben hier zurück. Etwa 2000 davon haben sich für Palästina gemeldet. Der Rest wartet auf eine Einreise nach den Staaten. Da sich seit Kriegsende eigentlich nichts geändert hat, so leben diese 5000 Menschen noch immer in demselben Schmutz. Ich z. B. wohne neben einem Markt, vielleicht 3 Meter davon entfernt. Seit zwei Jahren haben sich auf diesem Markt, obwohl er in Betrieb ist, Bettler mit Affen, Hunden, Ziegen etc. niedergelassen. Ueber den Winter wanderte ein Teil weiter. Im vergangenen Sommer siedelten sich dort chinesische Kriegsflüchtlinge an, vielleicht 300 oder auch mehr. Sie lagen nicht nur auf dem Markt, sondern auch vor den Häusern, so dass man das Haus nicht verlassen konnte, ohne über einen Chinesen zu steigen. Vor dem Hause, in dem ich wohne, ist ein Misthaufen, auf welchem die Kinder alle ihre Notdurft verrichten, und die ganze Nacht hören wir es plätschern von den Männern. Das ganze rinnt zu meinem Haus, weil die Strasse nach dieser Seite zu den Kanälen etwas abschüssig ist. Da aber die Kanäle meistens verstopft sind, so bleibt es im Rinnstein liegen. Der Misthaufen wird täglich entfernt. Man kann sich den Gestank nicht vorstellen, wenn der Unrat in der prallen Sonne zu dampfen beginnt.

Diese armen Flüchtlinge hausten hier, je eine Familie auf einer kleinen Matte. Sie kochten, sie wuschen ihre Lumpen. Sie hatten alle Läuse, und in ihrem dürftigen Eigentum gab es Tausende von Cockroaches, die sich natürlich auch bald bei uns einnisteten.

Die Flüchtlinge lausten sich den ganzen Tag und assen ihre eigenen Läuse. Eine Menge von ihnen starben auf dem Markt. Kein Mensch weiss woran. Fünf von ihnen vor meinem Hause, einer davon auf der Schwelle meiner Haustür. Dieser eine, ein noch junger Mensch, lag fünf Tage im Sterben. Er war bedeckt mit einer Dreckkruste und roch fürchterlich. Als er von seinen Leiden erlöst war, lag er noch zwei Tage und Nächte vor meinem Hause, bevor er, bereits in der Sonne fast völlig verwest, weggeholt wurde. Ich lebte nur durch eine Holzwand getrennt von diesem fürchterlichen Geschehen, konnte nicht essen, nicht schlafen und war der Verzweiflung nahe.

Solchen Dingen begegnet man hier fast täglich. Ein kranker Chinese kann nur Aufnahme in einem Krankenhaus finden, wenn er im voraus bezahlen kann.

Wie lange werden wir das noch ertragen müssen? Diese 5000 Menschen, die 10 Jahre der schwersten Leiden hinter sich haben, sind in die DP-Bill nicht eingegliedert worden.

Wir sind seit zehn Jahren hier, seit zehn Jahren sahen wir keinen Garten, keine Wiese, nur Schmutz, Schmutz und wieder Schmutz...

Ich möchte zum Schluss noch betonen, dass dieser Bericht vollkommen der Wahrheit entspricht. Ich bitte Sie, sprechen Sie durch Ihre Zeitung zu der Oeffentlichkeit und zu den Senatoren. Vielleicht wird dieser Hilferuf nicht ungehört verhallen in den Herzen jener Menschen, in deren Händen unser Schicksal liegt und die die Macht haben, uns aus dieser Hölle zu befreien. Sorgen Sie sich nicht, dass wir Ihnen im Lande zur Last fallen werden. Alle wollen arbeiten und sich ihren Lebensunterhalt selbst verdienen...

(19. November 1948)

Gerettet aus Shanghai

PETER FABRIZIUS

Bereits wenige Monate später konnte der »Aufbau« melden, daß für viele der Flüchtlinge das Shanghaier Leben glücklicherweise beendet war. Peter Fabrizius berichtete über die Ankunft der »SS Gordon« in San Francisco.

Peter Fabrizius ist das gemeinsame Pseudonym der literarischen Zwillinge Dr. Joseph Fabry und Dr. Max Knight. Sie begannen mit Kurzgeschichten, Feuilletons und Reportagen in ihrem Heimatland Österreich. Joseph Fabry war Redakteur des Wiener Rob-Verlags, Max Knight wurde unmittelbar vor der Hitlerinvasion – am 10. März 1938 – Redakteur des »Neuen Wiener Tagblatt«. Die beiden setzten ihre Zusammenarbeit in England, besonders im »Daily Herald« und mit drei Kurzgeschichtensammlungen, fort. Zwei weitere Sammlungen dieser Art erschienen später in USA (unter den Titeln »Wer zuletzt lacht . . .« und ». . . lacht am besten«.) Das Duo trat auch mit Übersetzungen – vor allem von Johann Nestroy und Bert Brecht – hervor. Und einer der Zwillinge, Knight, vollbrachte auf diesem Gebiet eine »tour de force«: er knetete Christian Morgensterns Verse in ein brillant-idiomatisches Englisch. Der andere, Fabry, schrieb über die Logotherapie-Lehre von Victor Frankl.

Beide sind »Editors« an der University of California und seit 1941 Mitarbeiter des »Aufbau«.

San Francisco, 23. Februar.

Für 648 Menschen – Männer, Frauen und Kinder – wird die Einfahrt durch das Goldene Tor ein unvergesslicher Markstein ihres Lebens sein. Für 137 war die 17 Tage lang dauernde Fahrt aus Shanghai eine Fahrt in die Freiheit – es sind die, die mit Einwanderungsvisen ankamen; für 44, die nach Europa fahren (Ziel: Oesterreich, Deutschland, Italien, Jugoslawien und – in vier Fällen – Türkei) und für einen grossen Teil der 467, die nach Israel weiterfahren, ist die Ankunft eine interessante Wegstation. Für den zweiten Teil dieser 467 – den Teil, der keine persönlichen oder geistigen Bindungen mit Israel, wohl aber Kinder und Eltern, Brüder und Schwestern in diesem Lande hat, ist die Ankunft eine tragische, in manchen Fällen eine herzzerreissende Erfahrung.

Pünktlich um 8 Uhr früh kam die S.S. Gordon an. Obwohl Verwandte erst um 12 Uhr aufs Schiff gelassen wurden, standen sie bereits um 7 Uhr am Pier. Mit einem halben Dutzend Pässen bewaffnet, bahne ich mir einen Weg zum Schiff.

Ich sage »Aufbau«, und ich bin im Nu umringt. Ich habe das Gefühl, dass ich alle diese Menschen kenne, ich möchte für sie alle etwas tun. Eine weisshaarige Dame fällt mir auf. »Ich möchte meinen Sohn Klaus sehen«, sagt sie mit Tränen in den Augen und erstickter Stimme. »Ich weiss nicht, ob er unseren

Brief bekommen hat, vielleicht versäumen wir ihn.« Sie stellt sich und ihren Mann vor, Arnold und Elisabeth Benningsohn, und ich verspreche, den 15jährigen Jungen, der in Burlingame wohnt, anzurufen.

Friedrich und Charlotte Wiener aus Berlin sprechen. »Seit 12 Jahren sind wir registriert, warten auf unser Visum nach USA. Am 3. Februar schifften wir uns endlich in der S.S. Gordon ein, nach Israel, gaben es auf, nach USA zu kommen. Und am 7. Februar, als wir in Honolulu ankamen, erreichte uns ein Brief, dass wir die persönliche Vorladung zum Konsul bekommen haben – die letzte Formalität vor der endgültigen Einreise. Unsere einzig überlebenden Verwandten, unsere Geschwister, leben in New York – wir wollen zu ihnen, was können wir tun?«

Fragen, Bitten, von allen Seiten. Ich bin verzweifelt über meine eigene Unwichtigkeit. »Ich bin ja nur ein Reporter«, sage ich immer wieder und deute auf die Pressekarte im Hutband.

»Ich bin ein Cousin von Kurt Steinhart«, sagt Arno Jacobowitz aus Berlin. »Können Sie schreiben, dass er mich in New York besuchen kommt – in Ellis Island?« Ja, ja, *das* kann ich.

»Wir haben Verwandte in Los Angeles und New York, aber wir kennen ihre Adresse nicht. Können Sie unseren Namen veröffentlichen?« Hier ist er: Frau Cecily Hasick aus Odessa, mit Sohn, Tochter und drei Enkelchen.

Ich sehe viele Kinder. Alle Altersstufen sind vertreten. Der älteste Passagier ist der 79jährige Aziza Gazal auf dem Wege nach Israel; der jüngste wurde an Bord geboren, ein Knäblein Julian für Herrn und Frau Michael Shteinman. Zwischen Yokohama und Honolulu wurde der kleine Julian geboren; er hat einen sechsjährigen Bruder – sein Name: Israel. Noch zwei andere Babies wurden auf der Reise geboren, aber sie fahren nicht nach Israel. Eines, Walter, für das schwedische Ehepaar Nils Rabe, und eines, das »Gordon« genannt wurde, für ein chinesisches Paar. Name der Eltern: Jew, Mr. and Mrs. Cherk Wing Jew.

Die Kinder spielen mit schönen Spielsachen. »Wir haben das in Honolulu bekommen«, sagt ein kleiner Bub und zeigt mir sein Automobil. »Honolulu« – alle sprechen davon. Manche mit Bitterkeit. »Man hat uns nicht an Land gelassen«, sagt Dr. Ernst Elias aus Wien, der als Arzt der IRO-Gruppe zugeteilt ist. »Wie in einem Gefängnis. Man hätte uns doch in Gruppen herumführen können. Nur die mit Affidavits konnten an Land.«

Der Empfang in Honolulu, vorbereitet von den dortigen jüdischen Organisationen, wird mit Dankbarkeit und Rührung berichtet. »Eine Musikkapelle begrüsste uns, ein Mädchen tanzte am Pier, wir wurden mit Geschenken überschüttet – Obst (Orangen!), hausgebackene Schokoladetorte, Zigaretten, Tabak, Pfeifen, und Spielsachen für die Kinder.« Ein »March of Time«-Film wurde an Bord gebracht und gezeigt.

Ein Zeitungsverkäufer kommt vorbei und hört die letzten Worte. »Ja,« sagt er, »this is the country. Do you know how much I make just sellin' newspapers? Seventeen fifty a day. This is the country for you.« Wem sagt er das? Hier stehen sie: Aerzte, Beamte, Kaufleute – und sie blicken diesen Zeitungsverkäufer an, der so viel verdient und in zwei Minuten vom Schiff herunter sein wird, und er ist für sie ein König.

Rundherum Rufe: »Ist eine Familie Bach oder Back hier? Ein Onkel Krämer aus Ohio ist angekommen und möchte sie sprechen.« Vor dem HIAS-Beamten liegt ein Stoss von Zuschriften. Abraham Morochnik aus Boston will seinen Sohn sehen, Erika Studinsky aus Philadelphia will ihre Mutter begrüssen, Namen, Namen und Schicksale.

Rund um mich herum umarmen sich Menschen, die sich zehn und fünfzehn Jahre nicht gesehen haben, und die sich vielleicht niemals wiedersehen werden. Und hier in diesen kostbaren acht Stunden, von Mittag bis 8 Uhr abends, drängt sich die ganze Tragik der Verfolgung des jüdischen Volkes zusammen.

Ich spreche mit einem Dr. Leon Stolz aus Wien. Er ist nach Oesterreich unterwegs, aber nur, um nach kurzem wieder umzukehren und zurückzukommen: seine Tochter in New York wird am 21. April naturalisiert und kann ihn dann anfordern.

Ich gestehe meine Naivität und frage ihn und den früher erwähnten Dr. Elias, was eigentlich von den chinesischen Kommunisten zu befürchten sei – persönlich, und ganz abgesehen von jeder politischen Erwägung. »Wir fürchteten uns nicht vor den Kommunisten«, sagen die beiden, »aber wir wollten nicht neuerlich in einen Krieg geraten.«

Wie alle, hat auch Elias ein persönlich bewegendes Schicksal. Seine Frau Gertrud hat ihre Eltern in San Francisco (Karl und Ella Löbl), er selbst hat einen Bruder, Robert Ellis in New York, der den Krieg in der Normandie, Nordafrika und Italien als Fallschirmspringer mitgemacht hat. Trotz allem – die Familie bleibt getrennt, bis die Eltern von hier nach Israel weiterwandern.

Unter einem von einer Seite des Schiffes zum anderen gespannten Band »Our Dollars – Their Future« vom Jewish Welfare Fund wurden die Ankömmlinge von einer Reihe leitender Beamten begrüsst. Die wärmsten Worte fand Israeli-Konsul Reuben Dafni, der aus Los Angeles herbeigeeilte Vertreter Israels an der Westküste: »We are trying to erase the letters DP from the annals of history«, sagte er. »You are now going where you are wanted and where we wait for you.«

Rabbi Alvin Fine vom Tempel Emanu-El in SF, der nach dem Krieg mit der US-Army in Shanghai war, begrüsste seine alten Freunde. Weitere Worte des Willkommens und gute Glückwünsche für die Weiterfahrt kamen vom Präsidenten des Jewish Welfare Fund in San Francisco, Lloyd W. Dinkelspiel, von Robert Sinton vom United Jewish Appeal, Paul Bissinger von der USNA. Die HIAS war durch Philip N. Lilienthal Jr. und den unermüdlichen Herbert M. Picard vertreten.

Den Ansprachen folgten Filmaufnahmen der grossen Gesellschaften und Lunch.

Ich machte noch einmal die Runde durch die verschiedenen Decks. Ich schüttelte die Hand der jungen Inge Pechner, aus Breslau, die drei Jahre lang für die Army und Navy als Teletype-Operator in Shanghai arbeitete und nun mit ihren Eltern nach Israel fährt. Ich traf die beiden Wiener Oskar Wotzasek und Ernestine Adler, die beide gutgelaunt mit ihren Familien nach Israel fahren. Eine Frau aus Baden, die ihren Namen nicht nennen wollte, kam aus Tsingtao, von wo sie die amerikanische Armee auf einem LST nach Shanghai evakuierte, zusammen mit einer grösseren Gruppe. »Ich fange nochmals an«, sagte sie. »Diesmal werde ich meine Kraft nicht in China verschwenden, wie während der letzten 15 Jahre. Diesmal – in Israel – weiss ich, wofür ich arbeiten werde.«

Ich sprach mit dem in San Francisco lebenden Arthur Wagowski.

»Ich bin polnischer Staatsbürger«, sagte er, »wanderte vor einigen Monaten mit einem polnischen Pass aus Shanghai hier ein. Denn ich bin in Ulm an der Donau geboren – also deutsche Quote. Ich besuche die Mutter meiner Frau auf diesem Schiff: Sie ist 76 Jahre alt, Deutsche, hat immer in Deutschland gelebt, in Grätz in Posen; aber da dies nun zum Gebiet der polnischen Quote gehört, kann sie nicht zu ihrer Tochter, meiner Frau, kommen, sondern muss weiterfahren.«

Ich bewunderte den meterlangen Kuchen mit der Aufschrift »Welcome in Israel«, den Frau Tema Gordon aus SF ihrer 14-jährigen Enkeltochter Rebecca Bibelfeld gespendet hat. Das Mädchen, das nun nach Israel fährt, wurde in Shanghai geboren und lebte dort ihr ganzes Leben. Harry Mendelsohn,

60-jährig, und vor kurzem aus Shanghai hier eingewandert, kam an Bord, seine früheren Freunde zu besuchen. »Ich bin untergebracht,« sagte er glücklich, »ich hatte eine Stelle als Laufjunge bei Mackay Radio. Nun bin ich ›avanciert‹ zum »Liftboy«. Er sagte es mit einem Zwinkern im Auge.

Die Passagiere wurden in einem Autobus zur Southern Pacific Station gebracht. Man sagte mir, die Bewachung des Zuges würde weder von Militär, noch von Polizei, sondern, so taktvoll als möglich, von Beamten der Southern Pacific durchgeführt werden. Alle Passagiere über 60 und unter 14 Jahren fahren in Pullman-Wagen, die anderen in Coaches.

SONNTAG IN NEW YORK

Der Zug mit den Shanghaier DP's soll am kommenden Sonntag, 27. Februar, 5 Uhr 30 morgens, in Jersey City eintreffen. Von dort werden die Reisenden unmittelbar per Fähre nach Ellis Island gebracht.

Aber es steht nicht mehr mit voller Sicherheit fest, ob die Shanghai-Reisenden vier Tage in Ellis Island zubringen werden. Das Wahrscheinlichere ist jetzt, dass sie *nur einen Tag* auf der Insel verbringen werden und dann sofort danach das Schiff »General Stewart« nach Italien besteigen.

Doch wie lange der Aufenthalt in Ellis Island auch ausgedehnt sein mag, ob einen Tag oder vier Tage, am Sonntag, 27. Februar, werden unter allen Umständen nahe Angehörige, Verwandte und Freunde der Gordon-Passagiere Gelegenheit haben, diese in Ellis Island zu besuchen. Entsprechende Anträge auf Passierscheine sind sofort an Mr. Paul Werner, c/o Immigration and Naturalization Service, 70 Columbus Avenue, New York City, zu richten. Es ist den Besuchern auch gestattet, Geschenkpakete mit Lebensmitteln, Kleidung usw. mitzunehmen.

Alle diese Auskünfte sind dem Emergency Committee bei einer Aussprache in Washington von dem stellvertretenden Einwanderungskommissar der Vereinigten Staaten, James Boyd, persönlich erteilt worden. In diesem Zusammenhange ist jedoch ausdrücklich darauf zu verweisen, dass die Besuche sich wirklich nur auf nahe Anverwandte und Freunde beschränken, der Kreis der Besucher also keinesfalls zu weit gezogen werden darf.

Von dem »United Service for New Americans« wurden 300 Exemplare des »Aufbau« an die Passagiere des »General Gordon« als Lektüre für die lange Eisenbahnfahrt durch Amerika verteilt.

(25. Februar 1949)

Ein Verbrecher an der Menschlichkeit kehrt heim

KURT R. GROSSMANN

In Deutschland hat der Zentralrat der Juden in Deutschland und in New York der Jüdische Weltkongress gefordert, dass der soeben aus der russischen Kriegsgefangenschaft heimgekehrte Professor der Medizin Dr. Karl Clauberg vor seine Richter gestellt werden solle. Was dieser Mann getan hat, hat er selbst zunächst seinem Vorgesetzten Heinrich Himmler am 7. Juli 1942 mitgeteilt, als er ihm sagte, dass er eine Methode gefunden habe, »ohne Operation eine Sterilisierung des weiblichen Organismus zu erzielen«. Schrieb der auf seine »wissenschaftliche« Errungenschaft noch heute stolze Clauberg damals: »Sie erfolgt durch eine einzige Einspritzung vom Eingang der Gebärmutter her und kann bei der üblichen jedem Arzt bekannten gynäkologischen Untersuchung vorgenommen werden.« In dem Dokument Nr. 212 der Nürnberger Prozessakten legte er dann Himmler dar, in welcher Zeit er tausend Frauen auf diese Weise sterilisieren könne, und wenn er gar zehn Mann Hilfspersonal bekäme, dann könnten mehrere hundert, ja tausend an einem Tage um das Gottesgeschenk, Kinder gebären zu dürfen, gebracht werden.

Am 10. Juli 1942 erhielt der Professor aus Königshütte vom Obersturmbannführer der SS Brandt eine Antwort im Auftrage Himmlers, in der die Sätze stehen: »Die Jüdinnen selbst sollen nichts wissen. Im Rahmen einer allgemeinen Untersuchung könnten Sie nach Ansicht des Reichsführers SS die entsprechende Spritze verabreichen.« Clauberg verabreichte Hunderten von Frauen eine solche Injektion mit katastrophalen Folgen. Wenige überlebten die Behandlung, nachdem sie das Schreckenslager und die Baracke 10 erreichten; aber einige, wenn auch mit zerrütteten Nerven und krankem Körper, können über die Claubergsche Behandlungsmethode heute aussagen.

Einem solchen Opfer begegne ich am Tage nach der Nachricht von Claubergs Heimkehr. »Ja, ich habe die Nachricht über den »kleinen Dicken« gelesen,« sagt mir Ilse, eine ehemalige Berlinerin, die in glücklicheren Tagen gerne Claire Waldoff imitierte. Sie war über Amsterdam, dann Westerbork-Lager im September 1943 mit elfhundert Leidensgefährtinnen in Auschwitz angekommen. Der SS-Lagerführer Schwarz empfing den »Viehwagen«-Transport, und jene, die das Lastauto bestiegen, fuhren gleich in den Tod. Diejenigen, die sich wie Ilse für das Laufen entschieden, wurden Clauberg und Konsorten ausgeliefert.

»Wann begegneten Sie Karl Clauberg?« fragte ich Ilse. Sie zählt an ihren Fingern die Tage, die Wochen. . . . »Es war im Dezember 1943, als die Sekretärin Claubergs, ein bildhübsches Mädchen, in unsern Saal kam. Sie rief mehrere Nummern aus, dann polterte sie: »Runterkommen! Antreten! Der Professor ist da!« Wir gingen in das Laboratorium, in dem mich schon viele andere Aerzte gesehen und behandelt hatten (Ilse erhielt im ganzen sechsundachtzig Einspritzungen). Dann wurde meine Nummer aufgerufen und splitternackt trat ich dem Gewaltigen gegenüber.« Karl Clauberg ist untersetzt, damals wohlgenährt, bebrillt. Sein militärisches Auftreten verfeinerte er durch Tragen von hohen Schaftstiefeln. Oft hatten die Frauen ihn von weitem gesehen mit seinem grünen Jägerhütchen, das ihn überall erkennbar machte. Nun hing es, als Ilse in das Zimmer trat, ein bisschen verloren an dem Kleiderständer. »Bevor er mich anredete, fragte er seine Sekretärin: ›Sind die Säue sauber?‹ Dann wendete er sich an mich. Name? Kinder? Abort? Dann befahl er mir, mich auf den Operationstisch zu legen. Ich wurde von zwei Häftlingen festgehalten, und Clauberg pumpte mir mit einer etwa zwanzig Kubikzentimeter grossen Spritze eine ätzende Flüssigkeit ein, die meinen Leib aufblähte und mir furchtbare Schmerzen verursachte. Als er mit mir fertig war, schrie er: ›Die Nächste!‹«

Die Frauen, die so die beissende Flüssigkeit in den Uterus gespritzt erhielten, wurden dann nach oben geschickt und blieben drei Tage im Bett. Röntgenaufnahmen am nächsten Tage folgten der Claubergschen Prozedur, und er erschien höchstpersönlich und liess sich seine Opfer zeigen.

»Nach sechs Monaten musste ich wieder vor ihm erscheinen,« erzählt Ilse weiter, »und die Prozedur wiederholte sich. Das dritte Mal machte ein anderer Arzt die Einspritzung, und »der kleine Dicke« – das war sein Spitzname – war im Nebenzimmer.«

Wenn wir lesen, was Karl Clauberg jetzt bei seiner Ankunft im Heimkehrer-Lager Friedland erklärt hat, dann möchten wir gern wissen, wie hoch die Heimkehrer-Entschädigung ist, die diesem Individuum zugebilligt worden ist. Auch warten wir gespannt auf die Reaktion des neuen Deutschland auf Claubergs beispiellose Unverschämtheit, sich als wissenschaftlicher Heros in Szene zu setzen.

(28. Oktober 1955)

Die Eroberung des siebten Erdteils

HANS STEINITZ

Hans Steinitz' Hobby – Alpinismus und Tourismus – ist in seinen Büchern
(»Der siebte Kontinent« und »Mississippi, Geschichte eines Stromes«) re-
flektiert.
Das »Internationale Geophysikalische Jahr« 1957 brachte Steinitz eine Ein-
ladung der US Navy, an einer Expedition zur Erforschung der Antarktis
teilzunehmen. Seine Berichte über die Fahrt des Expeditionsschiffes »Curtiss«
erschienen, vor der Ausgabe in Buchform, als Artikelserie im »Aufbau« vom
März und April 1957. Auszüge folgen hier.
Die grossen Antarktis-Expeditionen dieses Jahres sind ein Triumph der
Wissenschaft. Nicht die Suche nach Militärstützpunkten, Häfen und Flug-
zeugbasen treibt die Regierungen an, die Antarktis zu durchstöbern; keine
territorialen Eroberungsgelüste führen Beauftragte von zwölf Regierungen
in die Eiswelt, kein Wettrennen nach Petroleumquellen und Kohlengruben.
Private wissenschaftliche Kreise, zumeist Akademien, wissenschaftliche Vereine, Universitäten und Stiftungen haben beschlossen, im »Geophysikalischen Jahr« in friedlicher internationaler Zusammenarbeit anspruchsvolle
erdkundliche Forschungsarbeiten vorzunehmen.
Eine einzigartige Situation hat sich so ergeben: die Gelehrten stehen gewissermassen auf den Kommandobrücken, und die Regierungen und Armeen,
ohne deren technische Hilfe solche kostspieligen Forschungen unmöglich wären, sind zu ausführenden Organen, zu Hilfstruppen und Materiallieferan-
ten geworden. Bei dem Angriff auf den unbekannten Kontinent der Antarktis sind Flugzeuge und Kriegsschiffe aus den Streitkräften von zwölf
Ländern beteiligt, Matrosen, Soldaten, Piloten und Pioniertruppen errichten
die Stützpunkte auf dem Eis, versorgen sie mit Brennstoff und Lebensmitteln, bedienen die Funkanlagen und Motorschlitten – aber die »Befehlsge-
walt« haben die Professoren.
Wird die Antarktis-Forschung einmal Resultate bringen, die alle Mühen und
Opfer wettmachen? In der Praxis mag es unendlich schwierig sein, diese
feindliche Festung aus Eis und Schnee zu erobern und der Menschheit zu
erschliessen – aber man muss es probieren. Man muss zunächst einmal die pri-
mitivsten Dinge tun. Man muss genaue Landkarten von der Antarktis an-
fertigen, des riesigen weissen Flecks, der heute noch auf unseren Globen

prangt. Bisher ist gerade die Küstenlinie dieses Kontinents kartographisch erfasst, und auch diese nur höchst ungenau. Auf diesem Kontinent gibt es mächtige Gebirgszüge mit Tälern und Gletschern, es gibt dort wahrscheinlich rund hundert Bergspitzen, die höher als der Montblanc sind, es gibt Seen, die im antarktischen Sommer nicht zugefroren sind, und es gibt einige »Wärmetaschen«, begrenzte Gebiete, in denen sich Spuren von Tier- und Pflanzenleben finden. Alles das muss zunächst einmal untersucht und aufgezeichnet werden.

Dann kann der nächste Schritt folgen. Gesteinsproben müssen untersucht und geologische Messungen vorgenommen werden. Wir wissen heute, dass gelegentlich auf Felshängen, die vom Wind schneefrei gefegt werden, bunte Färbungen zu sehen sind, die auf Erzvorkommen schliessen lassen. Die Geologen glauben, dass der antarktische Untergrund reich an Kohle und Erzen ist, bestimmt aber an Eisen und Kupfer, vielleicht aber auch an Edelmetallen und Uranium, möglicherweise auch an Erdöl. Es wird angenommen, dass in einer früheren Periode der Erdgeschichte die Antarktis einmal ein mildes und gemässigtes Klima hatte und mit Wald bewachsen war. Wenn diese Annahme stimmt, dann dürfte man mit Gewissheit dort auf Kohle – versteinerten Wald – stossen. Und wenn es heute möglich ist, Monate auf dem antarktischen Kontinent zu verbringen, wie es die Forscher und ihre Hilfstruppen beweisen, ohne grossen Schaden zu nehmen, kann man sich dann nicht vorstellen, dass es eines Tages auch möglich sein wird, dort dem Boden seine Kohle, seine Erze und sein Oel abzugewinnen, wenigstens während des kurzen antarktischen Sommers von Dezember bis Februar?

Die an dem Antarktis-Programm beteiligten Nationen haben die verschiedenen Aufgabenfelder untereinander aufgeteilt. Später wollen sie ihre Beobachtungen und Erfahrungen auch untereinander austauschen. Die beiden Zentren der amerikanischen Expedition sind »Klein-Amerika« und »Mc-Murdo-Sund«, wobei Mc-Murdo-Sund wissenschaftliche Beobachtungen nur in kleinerem Umfange ausführen soll und primär als »Einfallpforte« in die Antarktis, als Flughafen, Verkehrsknotenpunkt und Nachschubstation dient. Ausserdem haben die Amerikaner noch eine Station, rund 500 Kilometer von Klein-Amerika entfernt, im sogenannten Marie-Byrd-Land, errichtet, und eine am Südpol selber.

Amphibische Landungsoperationen an Steilküsten, Dynamitsprengungen überhängender Schneewächten und unsicherer Eisbrücken, eine Luftbrücke von Transportflugzeugen, die den Nachschub von Neuseeland aus besorgt, ein planender Generalstab im Hinterland – eine moderne grosse Armee ist angetreten. Das ist nicht mehr der heroische Zweikampf mit der Antarktis, wie Amundsen, Scott und Shackleton ihn führten, deren Waffen das im Wind flatternde Zelt, der schmale Hundeschlitten und der Sonnenkompass waren. Heute wird hier eine entscheidende Kraftprobe ausgetragen, verbissen und beharrlich, zwischen den besten Hilfsmitteln, die der Mensch kennt – und der bisher noch unbesiegten Festung aus Eis und Schnee.

Die Antarktis hat sich bis heute aber noch nicht geschlagen gegeben. Im Gegenteil, sie schlägt zurück. Sie hat Menschenleben gefordert: zweimal sind in den letzten Wochen Traktorschlitten mitsamt ihren Fahrern spurlos in Gletscherspalten verschwunden, hundert, fünfhundert, tausend Meter tief, wer weiss es.

Als ich mich Anfang Januar 1957 an Bord des amerikanischen Transportschiffes »Curtiss« den Küsten des antarktischen Kontinentes näherte, zeigte sich dieser von seiner freundlichen Seite.

KURZES IDYLL

Es war mitten im antarktischen Hochsommer; der den Kontinent umgebende antarktische Ozean, der im Ruf steht, der stürmischste und gefährlichste aller Ozeane der Welt zu sein, war während unserer Fahrt fast durchweg spiegelglatt, die Sonne schien vom blauen Himmel – und zwar Tag und Nacht, da wir uns im Lande der Mitternachtssonne befanden –, und die Zahl der Schneestürme, die ich während der ganzen Dauer meines Aufenthaltes in der Antarktis miterlebt habe, lässt sich an den Fingern der beiden Hände aufzählen. Mein erster Eindruck von dieser Welt aus Schnee und Eis war geradezu idyllisch; die Eisberge, die an unserem Schiff vorbeischwammen, auf ihrem langsamen Wege hinaus in das Weltmeer, glitzerten im Sonnenlicht wie schwimmende Märchenpaläste aus Glas und Diamant; auf den vorbeitreibenden Eisschollen sonnten sich Seehunde, zumeist paarweise, dem grossen Schiff majestätische Interesselosigkeit zeigend, und am Horizont tauchte die überwältigende Gebirgskette des Victoria-Landes auf, die die Einfahrt in den McMurdo Sund beherrscht. Und bei einer Temperatur nur wenig unter dem Gefrierpunkt war ich geneigt, die bekannten Schilderungen entsetzlicher Kälte und Entbehrungen, die wir aus der Literatur der klassischen Antarktisforscher kennen, für dichterische Uebertreibungen zu halten.

SCHNEESTÜRME SCHLEUDERN HUNDESCHLITTEN
DURCH DIE LUFT

Ich wurde später eines Besseren belehrt. Auch im antarktischen Sommer habe ich Temperaturen von 25 und 30 Grad Celsius unter Null erlebt. (allerdings nicht entlang der Küste, sondern mehr auf den Hochebenen landeinwärts) – und wenn gleichzeitig der Wind mit 50 km Stundengeschwindigkeit weht, gibt es einfach keine warme oder isolierende Kleidung, die ausreichenden Schutz bietet. Ich denke daran, dass an der Küste des französischen Antarktisgebietes, der »Terre d'Adélie«, französische und australische Expeditionen im Winter Schneestürme von 200 Stundenkilometern miterlebt haben, die Menschen und Hundeschlitten einfach durch die Luft schleuderten wie welkes Laub, und dass einer der Mitarbeiter des australischen Antarktisforschers Mawson mir erzählte, dass Mawson auf seiner berühmten und tragisch verlaufenen Expedition von 1912, die u. a. den Schweizerischen Skichampion Dr. Merz das Leben kostete, stählerne Crampons von 8 cm Länge unter den Schuhen trug, um damit im Eis Halt zu gewinnen ...

EINE VULKANISCHE RAUCHFAHNE IM EIS

Aber meine Ankunft im McMurdo Sund liess von dieser Grausamkeit einer feindlichen Natur noch nichts vermerken. Dieser Sund besteht aus der Meerenge zwischen dem eigentlichen antarktischen Festland und der grossen vorgelagerten Ross-Insel in der Ross-See; praktisch ist es jedoch nicht ein Sund, d. h. eine offene Meeresstrasse, sondern eine Bucht, weil das hintere Ende der Meeresstrasse durch ewiges Eis kompakt und solide verschlossen ist. Es ergibt sich so eine natürliche Hafenanlage, die weit hinein in den Kontinent stösst, mit ruhigem Wasser und, dank der gebirgigen Umgebung an Land, relativ gut gegen Wind geschützt; das natürliche und von Antarktisforschern oft benutzte Eingangstor zum Südpol. Von der Ross-Insel herunter aufs Meer leuchtet die klassische Kegel-Silhouette der Erebus-Spitze: ein etwas über 4000 m hoher aktiver Vulkan, aus dessen Krater ständig eine kleine Rauchfahne herausweht, und dessen Lavaausbrüche direkt bis ins Meer rollen. Die Hügel hinter dem Erebus sind vielfach schneefrei, weil sich der Schnee an den Steilhängen nicht hält, und man wandert auf schwarzem erkaltetem Lavaschotter herum, mit Spuren von Moos und Flechten – ziemlich der einzigen Vegetation auf dem ganzen weiten antarktischen Kontinent, der so gross ist wie Europa und die Vereinigten Staaten zusammen ...

ERINNERUNG AN SCOTT UND SHACKLETON

Auf diesen Lavahängen, dicht am Ufer, hatten Scott und Shackleton, Englands grosse Antarktisforscher, anfangs dieses Jahrhunderts ihre Hütten gebaut, die ihnen als Depot und Ausgangsstation ihrer Südpolexpeditionen dienten; die Hütten stehen noch, die in ihnen zurückgelassenen Lebensmittel sind jetzt von Biologen des »Internationalen Erdkundlichen Jahres« untersucht und ausprobiert worden und wurden für gut und unversehrt befunden. Ich habe selber zwanzigjährigen Zwieback mit gleichaltrigem Käse gegessen und gut überstanden: Die Temperatur wirkt als natürliche Tiefkühlung, Bakterien können sich nicht entwickeln, und der Feuchtigkeitsgehalt der Luft entspricht genau den idealen Konservierungsbedingungen.

»VERKEHRSKNOTENPUNKTE« UND SIEDLUNGEN IM EIS

Nach Scotts Hütte heisst dieser Zipfel der Ross-Insel am McMurdo Sund »Hut Point«, Hüttenplatz – und hier hat die amerikanische Antarktisexpedition 1956/57 ihren Verkehrsknotenpunkt errichtet, den natürlichen Hafen für ihre Lastschiffe und Tanker ausnutzend, und mit einem Flugplatz auf dem flachen ebenen »Bucht-Eis«: dieser Flughafen war allerdings eine kritische Zeitspanne hindurch nicht benutzbar, weil die Sonne Löcher, Spalten und Wellen in ihn hineingeschmolzen hatte.

Die Gelehrten haben gerade angefangen, an den Oberflächen der Probleme und Rätsel der Antarktis herumzukratzen. Man soll nicht mit Steinen nach ihnen werfen: sie haben es nicht leicht. Ich bin zwar keineswegs ein Fachmann der Antarktisforschung – aber ich war während meines ganzen Aufenthaltes in der Antarktis konfus. Gut, man gewöhnt sich daran, dass man mitten in der Nacht, wenn man ins Freie kommt, die grüne Schutzbrille tragen muss, weil die Sonne blendet, und man gewöhnt sich daran, dass mittags die Sonne im Norden steht statt im Süden, wo sie doch laut allen unseren klugen Büchern hingehört, – aber es gibt andere Dinge. Am schlimmsten war mein lieber kleiner Taschenkompass dran: hier, in unmittelbarer Nähe des magnetischen Südpols, wusste das arme Ding überhaupt nicht mehr, was es tun sollte. Am liebsten hätte seine nach Norden weisende schwarze Nadel sich tief in den Erdboden zu meinen Füssen gebohrt, wo sich ja der magnetische Nordpol befand. Da sie das nicht konnte, geriet sie ganz aus dem Häuschen, raste verzweifelt um sich selbst auf dem Zifferblatt herum – gab schliesslich das aussichtslose Unternehmen ganz auf, und blieb still und starr stehen, bis wir wieder in gemässigtere Breiten zurückkehrten.

Kaum kleiner war die Verwirrung mit der Uhr. Theoretisch hat man ja den Südpol selber alle 24 Stunden des Tages gleichzeitig, und man kann sich aussuchen, ob man seine Uhr nach Londoner oder New Yorker oder Hongkonger Zeit oder irgend einer anderen laufen lassen will. Die russische Expedition hielt in gutem Patriotismus an der Moskauer Zeit fest, wie Jules Vernes' unsterblicher Jean Passepartout, der auf seiner Weltreise nie an der Uhr seines Vaters herumdrehte und schliesslich fand, dass die Umwelt nachgab und sich zum Schluss doch wieder nach ihr richtete.

Die Expedition der Amerikaner war in der Uhrenfrage noch ganz besonders dadurch benachteiligt, dass halbwegs zwischen den Stationen McMurdo Sund und Klein-Amerika die internationale Datumslinie hindurchgeht, also in der einen Station schon Dienstag war, während die andere noch Montag hatte. Um diese unendlichen Komplikationen zu vermeiden, richtete sich die gesamte amerikanische Expedition mit allen ihren Schiffen und Stationen an Land einheitlich nach der Zeit des 180. Längengrades, welches auch Neuseeländer Ortszeit ist, also westeuropäische (Greenwich) Zeit plus zwölf Stunden, womit etwas Ordnung in das Durcheinander kam. Für Kabel und Funkmeldungen wurde ganz einheitlich, auch im Verkehr der verschiedenen nationalen Expeditionen untereinander, die Greenwicher Ortszeit, Längengrad Null, eingeführt – und das akzeptierten auch die Russen.

RESPEKT VOR DEN KÜHNEN MÄNNERN

Liess sich die Ratlosigkeit der Uhr lösen, so war es mit dem rasend gewordenen Kompass sehr viel schwieriger. Man hilft sich mit dem Sextanten, dem erprobten, uralten Messgerät mittelalterlicher Seefahrer, und kommt damit gut zurecht. Dennoch hatte ich oftmals ein unheimliches Gefühl, wenn ich im kleinen Otter-Flugzeug sass, einem einmotorigen Skiflugzeug der amerikanischen Flotte (ein De Havilland-Gerät kanadischer Produktion), mitten über der weissen Fläche der Ross-Tafel, mit unbestimmtem grauem Nebel am Horizont – und vor mir der Pilot, ohne Kompass, ohne Karte – denn was nützt eine Landkarte, die nur weisse Flecken aufweist! – und ohne Möglichkeit, sich an Hand von Kennzeichen auf der Erde, Kirchtürmen, Bahnhöfen, Strassenkreuzungen usw. zu orientieren ... Bemerkenswerterweise hat sich in dem ganzen Riesenverkehr an Flugzeugen und Schlitten – Hundeschlitten wie Motorschlitten –, der sich in diesem Jahr in der Antarktis abspielt, noch niemand verirrt: ein Grund mehr, in tiefem Respekt vor den kühnen, unerschrockenen, die Herausforderung der Antarktis willig aufnehmenden

Männern der Antarktisexpeditionen dieses Jahres den Hut zu ziehen, und die unbeugsame Willenskraft im Menschen zu bewundern, ohne die die Antarktis nie und nimmer ihre Geheimnisse preisgeben würde.

LANDEINWÄRTS

... und jetzt ist die Zeit gekommen, das Hohelied der antarktischen Pioniere zu singen; der Pioniere, die von den Küstenstationen des antarktischen Kontinents aus, vor allem von »Hüttenpunkt« und »Klein-Amerika« in das Innere des Festlandes vorstiessen, dort Stationen, Depots und Stützpunkte für wissenschaftliche Beobachtungen errichteten, oder die selber auf diesen Stationen überwintern und dort arbeiten und ihre Messungen vornehmen, oder aber – die heldenhafteste Leistung von allen – den laufenden Nachschub an Proviant und Brennstoff für diese weit landeinwärts gelegenen Posten besorgen. Die Chronik dieser Pioniertaten verdient eine eigene Seite im Goldenen Buch des menschlichen Genies.

Da die amerikanische Antarktisexpedition 1957 eine Kollektivaktion von Wissenschaftlern, Technikern, Forschern, Offizieren und Militärpersonen aller Art ist, neigt man leicht dazu, individuelle Leistungen zu übersehen: wer aber einmal den Fahrer eines Motorschlittens mitten in der weissen Wüste am Werk gesehen hat, oder wer die stille Zähigkeit eines Wetterbeobachters in einer kleinen Holzhütte, tausend Kilometer vom nächsten Nachbarn entfernt, umgeben ausschliesslich von drohenden gigantischen Naturformationen aus Eis und Schnee, miterlebt hat – der wird bereit sein, auch immer noch und immer wieder dem Individuum in dieser Aktion konzentrierter Technik und mechanisierten Massenaufwandes sein Lob nicht zu verwehren.

Die meisten wissenschaftlichen Stationen des Internationalen Geophysikalischen Jahres sind entlang der Küste des antarktischen Festlandes errichtet worden, oder gar auf vorgelagerten Inseln. Das ist für die wissenschaftliche Gesamtarbeit bestimmt nicht gerade besonders gut, ist aber unendlich viel leichter, als in das Landesinnere vorzustossen. Namentlich die kleineren Expeditionen, wie die der Australier, Japaner, Südafrikas, Argentiniens, Chiles und Belgiens (das seine Station erst im Herbst 1957 aufbauen wird) beschränkten sich auf diese leichtere und billigere Aufgabe: vielfach ist es schon schwer genug, an der Steilküste und dem Eisschelf am Küstenrande des Kontinents zu landen, die Schiffsladung an Land zu bringen und auf einem geeigneten Platz die notwendigen Baracken für die Station zu errichten. Darüber hinaus zu gehen und Baumaterial, wissenschaftliche Instrumente, Lebensmittel und Brennstoff weit in das Landesinnere hineinzuschicken ist für kleinere Expeditionen mit beschränkten Mitteln einfach zu viel: diese Stationen sollen ja die ganze Dauer des Internationalen Erdkundlichen Jahres hindurch funktionieren, und die Warenlieferungen für sie müssen also alles enthalten, was die überwinternden Männer auf diesen Stationen brauchen werden. Nie zuvor in der Geschichte der Eroberung des Südpols hat man Camps, Stationen oder Posten für mehr als zwei oder drei Personen von der Küste entfernt anlegen können.

DIE RUSSEN AM »POL DER UNZUGÄNGLICHKEIT«

Dieses Mal hat man es geschafft. Die Amerikaner haben zwei grosse Stationen landeinwärts: eine am Südpol selber und eine auf dem 80. Breitengrad, und 120. westlichen Längengrad, mitten in dem einsamen Hochland, das Admiral Byrd, sein Entdecker, nach seiner Mutter »Marie Byrd Land« getauft hat; diese amerikanische Station heisst »Byrd Station«. Ausserdem haben die Amerikaner noch eine kleine, mit nur drei Mann versehene Zwischenstation am Fusse des Beardmore-Gletschers, die aber nur während des antarktischen Sommers aufrechterhalten wird. Ferner haben die Franzosen eine kleine Station landeinwärts, 300 km von der Küste entfernt, errichtet, dicht beim magnetischen Südpol – eine unerhörte Leistung, da die klimatischen Voraussetzungen dort besonders ungünstig sind und die Franzosen mit verhältnismässig bescheidenen Mitteln ohne Flugzeugunterstützung operieren. Die Engländer haben im Inland zwei Depots für ihre geplante Antarktis-Durchquerung angelegt, und endlich übernahmen die Russen die Errichtung von zwei grossen Stationen landeinwärts, zusätzlich zu ihrer Station »Mirny« an der Küste: eine am geomagnetischen Südpol und eine am »Pol der Unzugänglichkeit«, das heisst an der Stelle des antarktischen Festlandes, die am weitesten von allen Küsten entfernt ist. Zur Zeit, da diese Zeilen geschrieben werden, fehlt allerdings noch die Bestätigung, dass diese beiden Stationen wirklich errichtet werden konnten.

FLUGZEUGLANDUNGEN AM POL

Aber die beiden amerikanischen Inlandstationen, Südpol und Byrd, stehen – und das ist eine historische Leistung. Im Winter 1911/12 erreichten bekanntlich Amundsen und Scott, dicht hintereinander, den Südpol mit Hundeschlitten, nach unendlichen Kämpfen und Leiden, – und seither hatte kein

Mensch je den Fuss auf diese Stelle gesetzt. Mehrfach war es Byrd und Wilkins und einigen anderen gelungen, den Südpol zu überfliegen: aber regulär betreten, weder per Flugzeug noch mit dem Schlitten, hatte ihn niemand mehr, – bis zu jenem historischen 31. Oktober 1956, an dem zum ersten Male ein Flugzeug, ein mit Skiern ausgestatteter alter DC-4 der amerikanischen Flotte, auf dem Südpolplateau landete. An Bord befand sich der Pilot, Kapitänleutnant Konrad Shinn, der mit dieser Tat in die Annalen der Luftschiffahrt eingehen wird, sein Ko-Pilot und, als einziger Passagier, Konteradmiral George Dufek, der Oberbefehlshaber der Antarktisexpedition, der das Risiko dieses waghalsigen Fluges seinen Untergebenen nicht alleine überlassen und in schönem Pflichtbewußtsein selber dabeisein wollte.

Am Tage der Landung war die Temperatur am Pol genau 50 Grad Celsius unter Null; das Wetter, das beim Abflug von McMurdo Sund noch gut gewesen war, hatte sich unterwegs rapid verschlechtert, und Shinn sah sich grauen Wolkenbänken und undefinierbaren Schneefeldern gegenüber – und unter sich eine in ihren Konturen wenig bekannte Gebirgskette und den steilen Fluss des 250 km langen und 40 km breiten Beardmore-Gletschers, der gewöhnlich als Eingangstor zum Polarplateau gilt. Ohne exakte Karten und mit naturgemäss ungenügender Funkverbindung landete er nach 1300 km langem Flug sicher und ruhig am Pol, – und der grosse »Globemaster«, der sicherheitshalber hinter ihm herflog (Globemaster können am Pol nicht landen, das Terrain ist für diese Riesenmaschinen, die sehr solide Landepisten benötigen, ungeeignet), konnte beruhigt umkehren . . . Schwer aber war dann für Shinn der Wiederaufstieg zum Rückflug: er musste Raketendüsen in den Rumpf seiner Maschine hineinrammen, um den Auftrieb zum Start zu bekommen.

Als mein Schiff, der Flugzeugtender »Curtiss« der amerikanischen Flotte, auf dem Rückweg von McMurdo Sund die Bergketten des Victorialandes entlang fuhr und eine letzte Station in der Antarktis machte, zum Besuch der gemischt amerikanisch-neuseeländischen Forschungsstation am Kap Hallett – die letzte Forschungsstation, die ich in der Antarktis besichtigen konnte –, kam mir der Gedanke an eine Vergnügungsreise ins Bewusstsein: das unvergessliche Bild der schroffen Eishänge, die 3000 m tief ohne Uebergang und ohne Milderung ihres steilen Sturzwinkels ins Meer hinabgreifen, liess in mir die Hoffnung wach werden, dass diese gewaltigen Konturen einer unbändig starken Natur bald von Vielen und nicht mehr nur von auserlesenen Wenigen bewundert werden könnten. Und mit diesem Gedanken drehte ich mich nordwärts, als die »Curtiss« durch den Ozean hindurch pflügte, Neuseeland und damit wieder der Zivilisation entgegen.

Christchurch, Neuseeland. Wieder eine Stadt, mit Hotels und Bars und Warenhäusern, wieder grüne Bäume und Blumen, wieder Frauen statt nur ausschließlich Männer um mich herum, abwechselnd Strassenpflaster und Teppiche unter den Füssen: Kontraste, wie nahe lebt ihr beieinander! Höflichkeitsbesuch in Wellington, Neuseelands hübscher hügeliger Landeshauptstadt, Händeschütteln und freundliche Worte mit Regierungsvertretern und Generalkonsuln und Gesandten aus der fernen Heimat. Dann endlich Harewood, Christchurchs lebhafter kleiner Flughafen; Propellersurren, Motorenbrummen, Aufstieg in die Luft, Heimreise.

Neuseeland, Fidji-Inseln, Kanton-Island, Hawaii, San Francisco: in schnellen Sprüngen trägt mich das Flugzeug über den Grossen Ozean. In Neuseeland beginnen die Blätter an den Bäumen sich gerade herbstlich gelb zu färben; auf den Fidji-Inseln und dem Korallenriff Kanton umgibt mich die stickig-feuchte Treibhausluft des Aequators, in Honolulu peitscht warmer trockener Regen mein Gesicht, in San Francisco riecht die Luft nach frischer Erde und kündigt das baldige Kommen des Frühlings an. Endlich letzter Sprung, Flug über die ganzen Vereinigten Staaten, Felsengebirge, Mississippi, flache Prärie des Mittelwestens. . . . Meine Antarktisfahrt ist beendet. Ziehen wir die Bilanz . . . Von meiner Wohnung in New York über Neuseeland in die Antarktis, dann dort von einer Station zur anderen, und dann wieder auf dem gleichen Wege zurück, habe ich insgesamt eine Strecke von rund 40,000 km zurückgelegt – was genau einer Reise rund um den Erdball auf dem Aequator entspricht.

Ich habe auf dieser Reise die folgenden Verkehrsmittel benutzt, auf dem Wege zur und von der Antarktis wie innerhalb der Antarktis: Flugzeug, Wasserflugzeug, Skiflugzeug, Hubschrauber, Dampfschiff, Eisbrecher, Motorboot, Ruderboot, Eisenbahn, Automobil, Lastwagen, Motorschlitten, Traktorschlitten, »Schnee-Katze« (Raupenschlepper-Schlitten), Hunde-Schlitten, Skier, Schneeschuhe und meine eigenen Schusters Rappen. Ich schlief in einer komfortablen Offizierskabine an Bord der »Curtiss«, in einer Mannschaftskoje an Bord des Eisbrechers, auf Pritschen in Quonset-Hütten, im Zelt, im Blockhaus, in einer Baracke aus wärmedichter Holzfiber, in Schlafsäcken, auf Holzbänken, in einem windgeschützten Schneeloch, in Hängematten und – während der Passage durch die Tropen – unter Moskitonetzen.

Ich wurde am Meeresufer von Sturzwellen bespült, im Motorboot von hoher Brandung bespritzt, ich kletterte vereiste Strickleitern herauf und herab, ich band mich auf Deck an der Reling fest, um nicht vom Sturm weggefegt zu werden. Ich fiel in Schneelöcher und Gletscherspalten, glücklicherweise keine tiefen; ich sank hüftentief in weichen Schnee ein und rutschte meterweit auf kristallhartem Eis; ich fuhr vereiste Berghänge und verharschte Schneefelder auf meinen Schuhsohlen oder dem sonst zu friedlichem Sitzen bestimmten Körperteil ab; ich wandte alle meine lange nicht mehr geübten Bergsteigertechniken an, und mein Fuss betrat Schneefelder und Eisflächen, auf denen nie zuvor ein Mensch geweilt hatte – und vermutlich auch auf lange Zeit niemand mehr stehen wird.

Ich streichelte Seehunde, Schlittenhunde und Pinguine, und ich verlor auf einem Steilhang oberhalb des McMurdo Sund, zwischen dem »Oberservation Hill« getauften Lavahügel und der neuseeländischen Forschungsstation »Scott Point«, irgendwo meine Tabakpfeife; sollte der freundliche Leser irgendwann einmal dort spazierengehen und sie finden, wird er herzlich gebeten, sie mitzunehmen und mir einzuschicken. Ich habe Offiziere der amerikanischen Flotte beim Navigieren in unbekannten Gewässern beobachtet, ohne Karten und inmitten ungezählter Eisberge; ich habe Matrosen beim Handhaben steif gefrorener Taue beobachtet, Bauarbeiter beim Errichten von Hütten und Baracken auf steinhart gefrorenem Boden, Piloten beim blinden Flug über einförmige unendlich weite Schneefelder, und Wissenschaftler beim Ablesen ihrer delikaten Instrumente und beim Rechnen über ihren Tabellen und Tafeln.

Ich habe gewiss nicht den ganzen grossen antarktischen Kontinent kennengelernt, so gross wie Europa und die Vereinigten Staaten zusammen – aber ich habe doch viel von ihm gesehen, einen Grossteil seiner Küstenlinie, einen grossen Teil seiner hochalpinen Gebirgsketten und Gletscher, einen Teil seiner Eis-Simse und seiner Hochplateaus im Innern. Ich habe einen grossen Teil seiner gegenwärtigen Bewohner kennengelernt und gesprochen, und ich habe mich in mehreren der dort jetzt errichteten Forschungsstationen längere Zeit aufgehalten und einigen anderen wenigstens einen kurzen Besuch abgestattet. Ich habe die packenden Schönheiten des antarktischen Landschaftsbildes und die grausame Stärke antarktischer Stürme und Temperaturen erlebt, und ich war, vor allem, Augenzeuge des gewaltigen und imposanten Feldzuges einer internationalen Koalition von Gelehrten und Forschern, diesem Kontinent, dieser noch nicht eroberten Festung, die letzten grossen Geheimnisse zu entreissen.

Es war ein grosses, ein einmaliges Erlebnis, ein Höhepunkt menschlichen Daseins, eine Periode ununterbrochener reicher Genugtuung. Ich habe ausführlich dargestellt, dass man in diesem Internationalen Geophysikalischen Jahr zum ersten Male den Versuch unternimmt, der Antarktis in grossangelegtem Feldzug, in gemeinsamer Kampagne von zwölf Nationen, zu Leibe zu rücken, mit allen Mitteln der modernen Technik, mit kriegerischen Werkzeugen, die sonst zu blutigerem Handwerk bestimmt sind, mit Flugzeugen der Luftwaffe, mit Kriegsschiffen, mit Motorfahrzeugen, Kurzwellen-Sendern, Radarschirmen, Traktoren, mit allen Raffinessen modernster Motoren und Elektronentechnik; und ich habe unterstrichen, dass nach meiner festen Ueberzeugung und wohlüberlegtem Urteil diese Technik doch fragwürdig ist und oft genug versagt, und dass menschliche Initiative, geniale Improvisationen und schnell entschlossenes Handeln in unvorhergesehenen Notsituationen immer noch die wichtigsten Instrumente in diesem antarktischen Feldzug sind.

Es bleibt demnach diese eine grosse entscheidende Wahrheit festzustellen und auszusprechen: bewunderungswürdig ist nicht die Technik; bewundernswert ist der Mensch. Der Mensch in seinem Wissensdurst und seiner Sehnsucht nach neuen Erkenntnissen, der Mensch mit seiner Willenskraft und seiner unbändigen Energie; der Mensch, der sich hartnäckig weigert, Niederlagen hinzunehmen und der unermüdlich zu neuen Anstrengungen und neuen Schritten vorwärts ausholt. Der Mensch bedient sich der modernen Technik, die ja ebenfalls sein Werk ist – aber er hat gelernt, dass er sich nicht ausschliesslich auf sie verlassen kann.

Wenn der Motorschlitten im Schnee versagt, spannt er wieder die Hunde vor den Schlitten, wie Amundsen es getan hat. Wenn sein Schiff zwischen massiven Eisschollen und mächtigen Eisbergen eingekreist ist und schier erdrückt wird, liegt die Rettung allein in der kaltblütigen Wachsamkeit des Kapitäns und der geschickten Hand des Steuermanns, denen es gelingt, ihr Schiff durch alle Gefahrenklippen hindurchzuwinden. Wenn wütende Stürme die Funkverbindungen unterbrechen, signalisiert der Mensch mit Flaggen und Rauchsäulen und Blinkspiegeln; wenn sich Gletscherspalten vor ihm auftun, klopft er vorsichtig ihre Ränder mit den Händen ab; wenn in eisiger Kälte die optischen Instrumente versagen, weil das Oel in ihnen gerinnt, dann orientiert er sich nach Sonne und Sternen, und wenn das »Weasel« nicht mehr weiter läuft, schnallt er sich Skier oder Schneeschuhe unter die Füsse und setzt seinen Weg fort: Letzten Endes, nehmt alles nur in allem, kann er sich nur und ausschliesslich auf sich selber verlassen, auf seinen Geist, auf seinen Lebenswillen und seine granitene Entschlossenheit, unbedingt sein Ziel zu erreichen. Der Polarforscher von heute steht genauso in eherner Grösse vor uns wie seine klassischen Vorbilder – und seine Taten singen genauso wie die ihren das unsterbliche Hohelied des göttlichen Odems, der in jeder Menschenseele lebt.

John Kennedys letzte Besucher

HANS STEINITZ

Ich war wohl der letzte Besucher, dem Präsident Kennedy in seinem Arbeitskabinett im Weissen Haus »Good Bye« gesagt und zum Abschied die Hand geschüttelt hat: 48 Stunden vor dem Gewehrschuss in Dallas, der seinem Leben ein Ende machte. Das Ganze war und ist das erschreckendste und aufwühlendste Erlebnis, das der Schreiber dieser Zeilen in seiner nicht gerade ereignisarmen Laufbahn als Zeitungskorrespondent gehabt hat, tragisch, dramatisch und erschütternd in ungeahntem Umfang.

Mittwoch, den 20. November, früh um acht Uhr, erschien ich mit drei Berliner Schulkindern, zwei Jungens und einem Mädchen, 18, 15 und 15 Jahre alt, sowie der Berliner Dame, die den Kindern als Reisebegleiterin zugeteilt war, vor dem Tor des Weissen Hauses in Washington. Ich hatte mehrere Wochen vorher für die Berliner Gäste eine Führung durch das Weisse Haus angemeldet, und zwar eine »special tour,« die bevorzugten Besuchern früh morgens gewährt wird, etwa Gästen aus dem Ausland, Freunden von Senatoren usw. Als die Tour vorbei war, führte uns ein Beamter hinüber zu dem Westflügel des Weissen Hauses, d. h. dem eigentlichen Büro- und Regierungsflügel, wo die drei Kinder Präsident Kennedy vorgestellt werden sollten. Wir mussten warten, und zwar liess man uns im Kabinettsaal sitzen, an dem ovalen Tisch, an dem der Präsident sein Kabinett um sich zu versammeln pflegt.

Alles hatte damit begonnen, dass im unmittelbaren Anschluss an Präsident Kennedys sensationellen und triumphalen Besuch in Berlin, die »Berliner Morgenpost« ein Preisausschreiben unter Berliner Oberschülern veranstaltete, für die besten Schulaufsätze über das Thema »Was bedeutet Präsident Kennedys Besuch in Berlin für uns?« Hauptpreis für die drei Gewinner: eine achttägige Amerikareise, New York und Washington, mit Besichtigung des Weissen Hauses und möglichem, wenn auch nicht garantiertem, Empfang durch Präsident Kennedy. In meiner Eigenschaft als Amerika-Korrespondent der »Berliner Morgenpost« wurde ich beauftragt, das Reiseprogramm auszuarbeiten, zu organisieren und für die Abwicklung zu sorgen.

Nun sassen wir also wirklich im Kabinettszimmer des Weissen Hauses und warteten auf den Präsidenten. Völlig zwanglos stand auf einmal Präsident Kennedy vor uns und bat die jungen Leute zu sich.

Kennedy hätte nicht freundlicher, entspannter und geradezu vergnügter sein können. Er drückte jedem der drei Schüler ein Geschenk in die Hand: ein Armband für das Mädel, eine Schlipsklammer für jeden der beiden Jungen (»Das ist die Schlipsklammer, die wir vor drei Jahren im Wahlkampf verteilt haben. Ich trage sie sehr oft selber«). Dann sprach er zu ihnen über Berlin:

»Grüsst die Leute in Berlin von mir (Say ›hello‹ from me to the Berliners); ihr Schicksal liegt mir sehr am Herzen. Der Tag in Berlin war für uns alle der Höhepunkt unserer Europareise diesen Sommer.«

Dann fragte er die drei nach Alter, Schulklasse und künftigen Berufsplänen. Einer von den dreien, der älteste, der als einziger von ihnen gut englisch sprach, sagte, er wolle Journalist werden. Darauf Kennedy (der seine Laufbahn selber als Reporter bei Hearst begonnen hatte) grinsend, und mit einem Seitenblick auf mich: »Das ist eine unglückliche Wahl.« Einer, der kleinste der drei, holte ein Bild hervor: eine Berliner Schulklasse mit dem Lehrer in der Mitte. Er überreichte das Bild dem Präsidenten: »Meine Mitschüler haben beschlossen, Herr Präsident, Ihnen unser Bild zu schenken.« Freundlich dankend legte Kennedy das Bild auf seinen Schreibtisch.

Die jungen Leute legen ihm Karten, Photos und Tagebuchblätter vor und bitten um sein Autogramm. Er fragt nach ihren Vornamen und ich buchstabiere sie ihm auf englisch. Als ich zu dem Vornamen des Mädchens komme, Heidi, winkt er ab: »Wie man Heidi schreibt, weiss ich« und zeichnet sein »For Heidi, from John F. Kennedy«, aufs Blatt. Dann begleitet er uns zur Tür und verabschiedet sich mit neuem Händeschütteln. Mir sagt er zum Schluss noch: »Nächste Woche erwarten wir Bundeskanzler Erhard hier. Da werde ich Sie wohl wiedersehen?«

Und wir stehen wieder im Vorzimmer, die drei Kinder zu benommen und aufgeregt, um irgend etwas sagen zu können . . .

An diesem Tag empfing der Präsident, laut offizieller Tagesliste, keine privaten Besucher mehr.

Die drei Kinder, die die Hiobsbotschaft von seinem Tode im Gewühl der Strassen New Yorks erfuhren, beim Verlassen von »Radio City Music Hall«, waren erschüttert wie jeder andere um sie herum; und es drängte sie beinahe, allen Passanten zuzurufen »Wir waren die letzten, die ihn noch gesprochen haben«. Sie erinnern mich daran, dass ihre Reise eigentlich eine Woche später hätte stattfinden sollen, und ich nach Berlin telegraphiert hatte, das sei wegen des Thanksgivings-Tages ungünstig – worauf der Termin vorverlegt wurde.

Noch eine letzte und keineswegs gleichgültige Bemerkung. Einer der drei Gewinner des Berliner Schüler-Preisausschreibens, der älteste, der 18-jährige Johann Hessing, der vor seinem Abitur steht, ist Jude; der Wettbewerb unter Tausenden von Berliner Mittelschülern, der nach strengem Jury-System die drei besten Aufsätze auswählte, spülte einen der wenigen Schüler Berlins jüdischen Glaubens nach oben. Johanns Eltern stammen aus Oberschlesien; er selber wurde gerade kurz vor Kriegsende in einem oberschlesischen Konzentrationslager geboren; seine jüngere Schwester nach dem Krieg in Deutschland.

Barmitzwah habe er nicht werden können, erzählt mir Johann Hessing; aber er sei gewöhnlich zu Pessach bei den amerikanischen jüdischen Soldaten der Berliner Garnison zu Gast.

(29. November 1963)

Die Wunde im jüdischen Herzen

ARNO REINFRANK

Arno Reinfrank (geboren in Mannheim 1934, jetzt in London lebend) gehört zu den jüngsten Mitarbeitern des »Aufbau«. Er ist Autor von Gedichten, Fabeln, Bänkelliedern, Filmdrehbüchern, einem Kinder-Musical und vielen Hörspielen. Zusammen mit Clive Barker hat er Bertolt Brecht ins Englische übersetzt.

Am Türpfosten zur Ausstellung im Prager Gemeindehaus der tschechoslowakischen Judenheit, gegenüber dem ältesten jüdischen Bethaus, das in Europa erhalten blieb, steht reglos ein Greis mit einer Baskenmütze auf dem Kopf. Die Sonne beleuchtet warm den niedrigen Eingang und die Wand der Altneuen Synagoge. In der kurzen engen Gasse zwischen Tempel und Gemeindehaus herrscht vorübergehend Stille. Jeden Moment kann eine

Schar Touristen kommen und sorglos, in hellen Sommerkleidern und Anzü-
gen, voll Neugier und Verständnislosigkeit hier hereinbrechen.

Die einen sagen, man muss nicht viel gelesen haben, aber viel sehen. Die
anderen wieder behaupten, Belesenheit ersetze das Erleben. Doch einer alten
talmudischen Weisheit zufolge soll beides zusammengehen, soll das Gelernte
zum Handeln anleiten. Was haben die Touristen, besonders die jungen Deutschen unter ihnen, nach dem Besuch der Prager Synagogen und Museen und
des weithin berühmten Ghetto-Friedhofes gelernt?

In der Vorhalle der Synagoge steht angeschrieben, man möge sein Haupt
bedecken, ehe man in Sichtnähe des Thora-Schreines tritt. Viele Gruppen von
Touristen sah ich durch die kleine Pforte ein- und ausschlüpfen, aber nur
wenige – wohl selber gläubige Juden – befolgten die Vorschrift. Doch oben
im St. Veits-Dom auf der Prager Burg, entblösst jeder sein Haupt – selbst
der Atheist, selbst der Kommunist.

Der alte Herr, der die Eintrittskarten für die Gemeindehaus-Ausstellung
abreisst, weiss, dass es für ihn kein Leben ohne Trauer gibt. In dem aufge-
legten Gästebuch hier und in anderen Gedächtnis-Gebäuden stehen seltsame
Eintragungen. »Brigitte Bardot aus Paris war hier« steht da in ungelenker
deutscher Handschrift, und darunter: »Bildung besitzt du nicht, BB.« Ein
anderer schrieb quer übers ganze Blatt »Dr. Adenauer«. Ausflüglerscherze?
Sie verwunden aufs neue das jüdische Herz . . .

Mag der alte Gemeindeangestellte Tröstung in den Gottesdiensten finden,
die am Sabbath und an den hohen Feiertagen abgehalten werden, wenn die
Synagogen für Touristen geschlossen sind. Dann entnimmt der Rabbiner dem
Schrein die Thora-Rollen und psalmodiert daraus. Mancher kostbare religiöse Gegenstand blieb erhalten – auf Anweisung der SS. Einer ihrer Führer
schrieb in sein Tagebuch: »Wir wollen für die Zeit nach der Vernichtung des
letzten jüdischen Untermenschen ein Denkmal behalten, denn die Über-
bleibsel der ausgestorbenen Inka- und Maja-Kulturen blieben bis heute auch
von Interesse.«

Die geretteten Gegenstände übernahm der tschechoslowakische Staat als
Ausstellungsgut, und er sicherte sich dadurch die Möglichkeit, an den Vitri-
nen und Wand-Tableaux nach eigenem Ermessen kommentierende Texte
anzubringen. Auch sakrale Textilien blieben von der Zerstörung verschont.
Sie sind in der ausser Benutzung stehenden sephardischen Synagoge zu sehen.
Der kleine Tempel im pseudo-maurischen Stil birgt auch die Zeichnungen
von jenen Kindern, die als Zehn- und Elfjährige in der »Dienststelle SS

Theresienstadt« den Erstickungstod der Gaskammern erlitten. Meine kleinen Brüder und Schwestern – als Gleichaltrige könnten wir heute zusammensein . . .

Vor dem einfachen Gedenkstein liegen Kränze, einer von einer Besuchergruppe aus Bremen, der andere von einem Kulturverein aus Klingenthal an der Saale. Jemand besass den traurigen »Mut«, an diesem Ort niederzuknien und mit dem Kugelschreiber auf der Kranzschleife die Buchstaben DDR in Anführungsstriche zu setzen . . .

Die Wunde im jüdischen Herz ist zu gross, um sich zu schliessen. Friede ist das Höchste, was man erbitten kann. Längst ist er im Ghetto-Friedhof eingekehrt mit dem aufschreienden Gewirr der übereinander gestellten Grabsteine. Auf dem Denkmal des berühmten Rabbi Löb füttert eine Spatzenmutter ihr mit den kleinen Schwingen bettelndes Junges. Friede – und Hoffnung in die Wunder der unermesslichen Schöpfung.

Der alte Herr in der Gasse entlang der Altneu-Synagoge ist wieder mit Billett-Abreissen beschäftigt. Wieder nehmen Touristen an der Attraktion einer Blitzführung durch den ehrwürdigen Bau teil, dessen Mauersteine wirken, als sei ein jeder von Gebeten durchtränkt.

(5. August 1966)

Meine Flucht nach Schweden

NELLY SACHS

Die Dichterin Nelly Sachs (1891–1970), 1966 Nobelpreisträgerin für Literatur, schrieb den folgenden Brief an Chefredakteur Manfred George und Mary Graf, Georges enge Mitarbeitern und Verwandte. Der Brief wurde dem »Aufbau« nach dem Tode der beiden Adressaten von Frau Jeanette George zur Verfügung gestellt.

Stockholm d. 27. 1. 46.
Bergsundsstrand 23

Mein lieber Manfred,
meine liebe Mary!

Während ich Eure Namen niederschreibe, fasse ich es noch immer nicht, dass wir uns gefunden haben auf solche märchenhafte Weise. Als Dr. Tau mir sagte, er hätte einen Cyklus meiner Gedichte an den Redakteur des »Aufbau«, Manfred George, gesandt, da war mir wirklich, als wenn die geheimen Fügungen, die meine Mutter und mich gerettet haben, weiter am Werke wären.

Ihr lieben, lieben Guten, das Muttchen und ich haben wirklich geweint, als wir Euren Brief erhielten. Wie beruhigend, wie schön, den innerlich nahen Teil der Familie so zusammmen zu wissen. Onkel Alfred, er war der Einzige, der zuweilen von Euch wusste und berichtete. Aber schon im Herbst 42 wurde er deportiert, wahrscheinlich gleich nach Polen, denn von Theresienstadt kam nie Nachricht. Seine Tochter Vera schrieb mir noch aus Berlin einige Monate später, sie wechselte die Wohnung und es hatte den Anschein, als ob sie versteckt gelebt hätte. Aber auch von ihr erfuhr ich nichts mehr. Vielleicht ist es durch den »Aufbau« möglich, Näheres zu erfahren.

Und nun soll ich Euch von uns erzählen. Da seit der Kinderzeit unsere Wege auseinandergingen, so wäre viel zu berichten, aber das wird später nach und nach geschehen, denn ich weiss, wir werden uns nun nicht mehr verlieren. . . .

Du, lieber Manfred, erinnerst Du Dich der Kindergesellschaften? Den Ball der Tiere hast Du rezitiert, Deine liebevolle Mutter taucht auf, Deine Einsegnung, und dann sahen wir uns wohl kaum noch. . . . .

Durch die schwere Krankheit meines Vaters, er starb 1930, war ich jahrelang ans Haus gefesselt . . . und erst nach dem Tode meines Vaters, durch den Literaturhistoriker Max Herrmann und den Redakteur am Berliner Tageblatt Leo Hirsch, wurden Gedichte, die ich für mich geschrieben hatte, in den Tageszeitungen und literarischen Blättern veröffentlicht. Eine Sammlung von Leo Hirsch, für die Insel zusammengestellt, konnte nicht mehr erscheinen. Es kamen dann die jüdischen Blätter, vor allem der Morgen, der dann vieles veröffentlichte. Es kamen die Jahre in Berlin, wo wir, ein kleiner Kreis Schriftsteller, von Erna Feld-Leonard rezitiert, uns zusammenfanden, jedesmal in einem neuen Schauer der Angst, wen würde nun das Los treffen. Kurt Pinthus, Jakob Picard gehörten dazu, ich hörte, sie waren nach Amerika gerettet. Sonst war es wohl keinem vergönnt, ein Land zu erreichen, um weiter zu leben, und bei uns sah es besonders düster aus. Zwei Frauen, gehetzt von Erpressern (wir haben damals eine Wohnung in unserem Haus Lessingstr. dem nachmaligen Henker und Lagerkommandanten von Maidanek vermieten müssen), und diesen Schrecknissen entronnen zu sein, war ein wirkliches Wunder.

Nun schnell noch etwas über diese Errettung. Von Kindheit auf hatte ich das Glück, mit Selma Lagerlöf im Briefwechsel zu stehen und im Jahre '39 erbot sich meine Freundin Gudrun Harlan – sie war die Enkelin meiner ehemaligen Schulvorsteherin aus der Brückenallee, Frau Aubert – nach Schweden zu reisen und Selma Lagerlöf von unserem Schicksal zu berichten. Diesem Engel

Gudrun, die selbst noch einige Monate vor ihrer Abreise überfahren wurde, aber am Leben blieb, haben wir unsere Rettung zu danken. Selma Lagerlöf, schon damals schwer krank, empfing sie in Marbacka, und dort wurde der Plan zu unserer Rettung entworfen. Es war dann noch der schwedische Malerprinz Eugen, der eingriff, und verschiedene literarisch interessierte Schweden, welche die nötigsten Garantien zusammensammelten. Aber dennoch wäre fast alle Mühe umsonst gewesen. Der Krieg brach aus, jeden Tag wurden die Unsrigen deportiert, im Frühjahr '40 Norwegen und Dänemark besetzt, ich bekam eine Einberufung zum Arbeitsdienst, unser Visum war noch immer nicht gekommen, Selma Lagerlöf gestorben inzwischen. In der letzten Minute – der Prinz hatte nochmals eingegriffen – und das schwedische Visum flog zu uns und wir, mein Muttchen schwer krank, nach Schweden.

In diesem Lande, zu dessen Lob kein Wort zuviel gesagt werden kann, durften wir nun ausruhen, zwar immer mit der Angst, auch hier könnte das Unheil einbrechen. Aber nun ist es zu Ende. Viele, viele aus den Lagern Gerettete haben nun hier eine Freistadt gefunden.

Soweit nun dieses! Über meine Arbeit kann ich heute nicht viel schreiben, zuweit würde es führen. Ich habe nur das tiefe Gefühl, es müßte so sein, dass jüdische Künstler auf die Stimme ihres Blutes wieder zu hören beginnen müssen, damit die uralte Quelle zu neuem Leben erwache. In diesem Sinn versuchte ich auch, ein Mysterienspiel zu schreiben über das Leiden Israels. Wie weit es die schwachen Kräfte gelingen liessen, weiss ich nicht. – Unseren Unterhalt verdiene ich durch die Übertragungen schwedischer moderner Dichtung in die deutsche Sprache. Die schwedische Lyrik ist wunderbar schön und doch fast unbekannt, und mein Bestreben ist es, eine Anthologie, als Dank der Flüchtlinge in Schweden, herauszugeben. Für meine eigenen Dinge, die sich ganz dem Geheimnis Israels hingeben wollen, ist man hier sehr interessiert. Johannes Edfelt, einer der bedeutendsten schwedischen Lyriker, hat davon übertragen und in seine internationale Anthologie moderner Lyrik aufgenommen. . . . Der alte Freund der Lagerlöf hat sich vom ersten Tage unserer angenommen, und mit meiner geliebten Mutter zusammen ist es uns gegeben, dieses Leben, wenn auch mit tiefen Wunden, weiter zu überstehn.

Innige Grüsse, alles, alles Gute

wünscht Euch

Eure Nelly.
(4. November 1966)

Mondfahrt-Interview mit meinem Sohn

VICTORIA WOLFF

Victoria Wolff wurde in Heilbronn geboren (»im Zeichen des Schützen, der mir Schwung gab«). Theodor Heuss, Chefredakteur der »Neckar-Zeitung« und späterer Bundespräsident, veröffentlichte ihre ersten Arbeiten. Bereits vor dem Einbruch des Nationalsozialismus schrieb sie drei Bücher, darunter eine George-Sand-Biographie (»Eine Frau wie Du und Ich«). Nach ihrer ersten Emigration (in die Schweiz) folgten die Erzählungen »Das weiße Abendkleid«, »Gast in der Heimat« und der Tut-ench-Amun-Roman »König im Tal der Könige«. Erzwungene Weiterwanderung – nach Frankreich. Dort verbrachte sie den Sitzkrieg »wirklich sitzend« – im Gefängnis in Tournon, Ardèche (»wegen meiner Sprachenkenntnisse hielt man mich für eine deutsche Spionin«). Amerikanische Freunde retteten sie. Sie kam nach Los Angeles, arbeitete für den Film und schrieb die Bücher »Brainstorm« und »Fabulous City« (über Los Angeles).
Ihr neuester Roman »Die Mädchen vom Cape Kennedy« wurde durch ihren Sohn Frank inspiriert. Ebenso die folgende Reportage, die sie für den »Aufbau« schrieb.

Wie ist einer Mutter zu Mut, die zum wichtigsten Tag ihres Sohnes nach Cape Kennedy fliegt, zum Mondabschuss des »Surveyor 7«, des dreibeinigen Vehikels, das das gesamte Apollo-Vorprogramm beschliessen soll?

Frank, mein Sohn, war der Spacecraft Manager für Surveyor 7, der zusammen mit den andern sechs Surveyors, in der Space System Division von Hughes Aircraft Co., Kalifornien, im Auftrag von NASA gebaut wurde. Er hatte den Surveyor-Teil des Abschusses zu leiten. (Der Surveyor, so hatte ich gelernt, sitzt auf einer Centaur-Rakete und wird von einem Atlas-Booster gefeuert).

Experten gaben dem 7. Abschuss nur eine 43 %ige Chance, da als Landungsplatz die Felsbrock-Umgebung des Kraters Tycho gewählt wurde. Aber Frank erklärte am Telefon, kurz vor meiner Abreise ans Cape: »Wir werden's schaffen. Ein Weltraumschiff nimmt allmählich die Persönlichkeit seines Managers an. Und ich bin ruhig.«

Beim Abschied in Los Angeles sagten meine Freunde zu mir: Du müsstest stolz auf ihn sein. Nein, Stolz ist ein hohles Gefühl. Wenn Abschuss und Landung klappen werden, bin ich glücklich für ihn und die Tausende, die daran beteiligt sind. Wenn nicht, wünsche ich ihm die Kraft, mit der Enttäuschung fertig zu werden.

Im Flugzeug nach Melbourne, Florida, dem Jet-Flugplatz des Cape, sassen fast nur Ingenieure, die zum »launching« kommandiert waren und das gesamte Surveyor-Programm sachlich diskutierten. Frank, seine Frau und die beiden Kinder, die mich abholten, redeten über alles andere. Erregt waren sie nicht. Erst als ich fragte, wie es denn um Surveyor 7 stünde, erklärte Frank in seiner gelassenen Art: »Fine. It's a good piece of machinery.« Obwohl in Württemberg geboren, hat er kaum je deutsch gesprochen. Auch auf seiner Universität, dem California Institute of Technology, Pasadena, hat er versäumt »scientific German« zu nehmen.

Wir fuhren den schmalen Streifen Land zwischen dem Atlantik und dem Indian River entlang nach Cocoa Beach, einer vom Space Center zum Leben erweckten, rasch gebauten Stadt, die noch vor 10 Jahren 5000 Einwohner gehabt hat und heute 50.000. Alles war weltraum-orientiert, sogar die Namen der Bars, Motels und Apartmenthäuser: Atlas, Moon Apartmenthäuser: ... Polaris ... Redstone. Frank wohnte mit seiner Familie im »Saturn«, ich in einem danebenliegenden Motel: »Caravelle.«

»Wird denn der »Surveyor« wirklich morgen abgeschossen?« fragte ich schliesslich. Es war am Abend des 5. Januar.

»Übermorgen. In der Nacht vom 6. auf 7. Du musst entweder früh aufstehen, oder lang aufbleiben.« Da vor Wochen der Abschuss auf den 4. Januar festgesetzt gewesen war, fragte ich, ob man denn solche Abschüsse ohne weiteres verschieben könne. »Man kann es, solange das Fenster des Mondes, das »launch window«, offen ist.«

»Was ist das«? »Es ist eine Kombination von drei von Menschen gemachten Restriktionen innerhalb des Mondtages, der ebenso wie die Mondnacht 14 Erdentage dauert. Es ist eine gewisse Zahl von Stunden innerhalb einer gewissen Zahl von Tagen. Die erste Bedingung ist: man muss den Mond erreichen, wenn er von Golstone, Kalifornien, aus sichtbar ist. Die zweite: der Landeplatz darf nicht im Schatten der Sonne sein. Die dritte: Man darf nicht landen, wenn die Dämmerung beginnt. Das heisst, es muss mindestens drei Stunden Sichtbarkeit herrschen.«

»Wieviel Menschen sind eigentlich bei einem solchen »launching« beschäftigt?« »Am Cape ungefähr 5,000, die Atlas- und Centaur-Leute mit eingerechnet. Insgesamt arbeiten am Surveyor-Programm 15,000 Menschen, über die ganze Welt verstreut, einschliesslich der beobachtenden Schiffe und Stationen in Neuseeland, Südafrika und Spanien ... So kommt es auch, dass jede Minute eines aktiven Launching 10,000 Dollar kostet.«

»Und was kostet ein Weltraumschiff?« »Vom Bau bis zum Abschuss $ 65 Millionen.«

Frank gab mir einen Stoss Surveyor-Literatur als Nachtlektüre. Hughes Aircraft war nicht kleinlich im Drucken von wissenschaftlichen und allgemein verständlichen Dokumenten. Die Idee war, den nicht direkt Beteiligten, wie z. B. den Frauen der Ingenieure, eine Idee von der Arbeit ihrer Männer zu geben. Surveyor 7 war der Letzte des gesamten Surveyor-Programms. Mit Surveyor I war ich mehr vertraut. (Man schreibt die erfolgreich ausgeführten Missionen mit römischen Ziffern, die nicht erfolgreichen oder noch nicht ausgeführten mit arabischen).

Surveyor I hatte am 30. Mai 1966 eine kaum zu duplizierende Soft-Landung vollbracht und über 10,000 klare, wissenschaftliche epochemachende Photographien ins Düsen-Laboratorium nach Pasadena, Kalifornien, gesandt.

Das interessanteste auf dem Mond aufgenommene Photo, das Surveyors eigenen Schatten photographierte und aussieht wie ein Bootskiel auf hoher See, hängt über meinem Schreibtisch. Er hat mich damals nach Pasadena mitgenommen, um im eleganten Vorführungsraum des JPL (Jet Propulsion Laboratory) zuzusehen, wie die vom Mond gesandten Photos auf der Erde ankamen. Es war unheimlich aufregend und schien aus dem 21. Jahrhundert zu stammen.

Surveyor 2 (mit dem Frank nichts zu tun hatte, denn man gab ihm damals schon den Job für Surveyor 4 und Surveyor 7) hatte beim Mittelkurs-Manöver etwa 24 Stunden nach dem Abschuss versagt.

Surveyor III, abgeschossen am 6. April 1967, mit Metallschippe und Schaufel ausgestattet, grub 19 cm tiefe Furchen in die Mondoberfläche und schickte 6,315 hochqualifizierte Bilder, darunter die ersten einer Sonnenfinsternis, die je vom Mond aus gemacht worden waren.

Surveyor 4 sollte die Intensivierung dieser Manöver an einer felsigen Stelle des Mondes, im Sinus Medii, oder Central Bay, bewerkstelligen.

Ich war damals am Cape und sah dem Abschuss zu. Man gab diesem komplizierten Landen nur eine 50/50 Chance. Trotzdem waren Frank und sein Team optimistisch, als am 14. Juni 1967 Surveyor 4 in Rekordzeit abgeschossen wurde. Der Flug erforderte nur eine schmale Mittelkurs-Korrektur und man bekam gute Signale von oben.

Ich musste am Sonntag vormittag, zwölf Stunden vor der Landung, wieder nach Kalifornien zurück und reiste in dem sicheren Gefühl, es würde gut ausgehen. Aber in der Nacht des 17. Juli gegen zehn Uhr rief Frank mit todtrauriger Stimme von Cape Kennedy an: »He did not land.«

»He«, sagte er, »er«, nicht »It«. Surveyor war eine Person für ihn geworden. Ein ganz naher Verwandter. Ich konnte nicht viel sagen. Was bedeutet Trost in solchen Stunden?

»Wie hast Du diese Enttäuschung hingenommen?« »Ich habe sie soweit überwunden, wie ich sie je im Leben überwinden kann. Bei einer solchen Aufgabe sind Misserfolge mit eingeschlossen.«

Am Tage darauf begann er mit Surveyor 7.

Inzwischen hatten Surveyor V und Surveyor VI erfolgreiche Landungen vollbracht, und 7 sollte das Surveyor-Programm mit der schwierigsten Landung an der fast unmöglichen Stelle des Kraters Tycho mit einer Reihe von neuen Grabungen und Bodenanalysen beenden. Obwohl Astronauten nicht am Tycho landen werden, sondern im sogenannten »Apollo Belt« (wo Surveyor I, V und VI landeten), werden die Ergebnisse bahnbrechend für neue wissenschaftliche Kenntnisse des Mondbodens sein.

Am Tage vor dem Abschuss, morgens 10.00 Uhr, fuhr das Team der Ingenieure hinaus zum letzten »Bereitschaftstest«! Er dauerte nicht ganz vier Stunden und sei, »so, wie es sich für eine gute Maschine gehört«, vor sich gegangen, erklärte Frank, als er heimkam.

Er schlief dann einige Stunden, um sich für den Abschuss zu stärken. Dann zog das Team zum letztenmal hinaus zum Cape. Grosse Worte gab es nicht beim Abschied. Wir, die zurückbleibenden Frauen, hatten unsere Sicherheitsinstruktionen bekommen und fuhren dann nachts zum Cape.

Man spürte die »Launch«-Stimmung gedämpfter Erwartung und zurückgehaltener Erregung überall. Sie liegt über den Menschen. Sie schien sogar über dem nicht endenwollenden Strom von Autos auf dem flachen Causeway hinaus zum Cape zu liegen.

Am Eingang zur »Eastern Test Range«, Cape Kennedy (früher: Cape Canaveral) wurden wir kontrolliert, mit Ausweisen versehen, in bereitstehende Autobusse verteilt und zur Range Control gefahren. Es war noch dunkel und man sah das unbebaute flache, von tropischem Gebüsch bewachsene Land nur in groben Umrissen. Es war altes wasserdurchzogenes Land, auf dem es gestrandete Schiffe der spanischen Armada und Friedhöfe aus der Kolonialzeit, ja sogar 2,000jährige indianische Überreste geben sollte.

Der »Count Down« war schon in vollem Gang, als wir auf das flache Dach des »Range Control«-Gebäudes stiegen. Das Vehikel war hell von Scheinwerfern beleuchtet. Man sah die ganze gewaltige Struktur, Gantry und Rakete mit Surveyor wie eine Filigranarbeit im Nachthimmel. Der Sicherheit halber müssen die Zuschauer vier Meilen vom Launch Pad entfernt sein. Das Gebäude, von wo aus die Befehle für den Surveyor gegeben werden, ist fast ebenso weit entfernt. Nur das Blockhaus, von dem aus Atlas und Centaur bedient werden, liegt nah am Abschussgelände.

Von zwei Seiten dröhnten Lautsprecher, zählend. 37 . . . 36 . . . sich im Laut überschneidend, schwer voneinander unterscheidbar. Das stetige Ankommen neuer Zuschauer störte die Verständigung noch mehr. Meist waren es Männer, die nonchalant die Treppe heraufstiegen und durch ihre Unterhaltung zeigten, dass sie vom Fach waren und schon manch einen Abschuss miterlebt hatten.

Plötzlich bei 20 stoppte das Zählen. Es war, als setzte das eigene Herz aus. Was war passiert? Ein »Hold«? Ein Halt im Zählen bedeutet Aufschub, irgendeine Unregelmässigkeit, die im Atlas-Booster, der Centaur-Rakete oder im Surveyor selber aufgetaucht sein konnte.

Man erfuhr es nicht. Man wartete, Atem anhaltend, kaum flüsternd . . . bis es plötzlich weiterging. Stosseufzer stiegen in den Nachthimmel. Kein »Hold«. Keine letzte Komplikation, Gott sei Dank. Four . . . three . . . two . . . one . . . Ignition!

Wir griffen uns bei der Hand: Lift off . . .

Weissglühende Flammen, mit Getöse und Gedröhn, ein Millionen-Feuerwerk, schlugen am Pad 36 A vom Boden auf. Grandios beleuchtete das Feuer eine schaumig weisse Wolke, aus der der elegante, silbergraue Zylinder, Centaur mit Surveyor, in den Himmel schoss. Deutlich sah man die eiffelturmartige Struktur des Gantry und die Nabelschnur, die das silbrige Geschoss von ihm trennte. Ein prächtiges, unvergessliches Schauspiel. Mir kamen Tränen, und meine Schwiegertochter schluchzte laut. Andere, mehr blasierte Zuschauer klatschten in die Hände wie bei einer Opernvorführung. Ehrfürchtig, dankbar, unbeweglich warteten wir die genau berechneten 4 plus 6 Minuten, bis sich der Centaur von seiner 1046 Kilo schweren Last trennte. Er war schon zu weit oben, als dass man diesen zweiten wichtigen Abschnitt mit blossen Augen hätte sehen können. Aber nun wusste man, dass der Surveyor allein dem Mond entgegen raste. Als fast niemand mehr auf der Plattform stand, gingen auch wir zum wartenden Autobus, der uns in den rosa dämmernden Morgen führte.

Frank kam viel später, gegen sieben Uhr, heim »Wir haben im Hilton gefeiert. Es war ein Textbuch-Abschuss.«

Er schlief aber dann sofort auf dem Sofa ein.

Siebzehn Stunden später wurde das Mittelkurs-Manöver mit einer beabsichtigten Korrektur von 745 Meilen (1,240 Kilometer) vom Düsen-Laboratorium in Pasadena aus unternommen. Und dann ging das Warten los.

Ein Teil des Teams flog nach Kalifornien zurück, Frank blieb natürlich. Ehe er zum letzten Mal zum Cape fuhr, sagte er: »Heute komme ich bald wieder. Heute gibt's keine Verspätung. Nur ein Entweder-Oder. Um 6 Uhr 10.«

Er schien total gefasst. Unsere Nerven waren weniger stabil. Wir versuchten, uns mit den Kindern abzulenken, sahen dauernd auf die Uhr, aufs Telefon wartend.

Und das schrillte pünktlich. Noreen sprang auf, zitternd, bleich, nahm den Hörer, wortlos, Franks Stimme kam jubelnd durchs Zimmer: »He made it. A textbook soft landing.«

Die Kinder hüpften vor Begeisterung: »he made it . . he made it . . .« Der siebenjährige Brian sagte: »der zeigt's aber jetzt dem Surveyor 4.«

Wir blieben regungslos, mit Tränen in den Augen. Wie hätte er es ertragen, wenn es nicht gut ausgegangen wäre? Erst als Frank zurückkam, begannen auch wir unsere Freude zu zeigen. Später gingen wir vors Haus und schauten hinauf in den klaren Florida-Nachthimmel, zum Mond.

»Wie war Dir bei der Landung zumut?«

»Merkwürdig. Genau $2^{1}/_{2}$ Minuten vorher wusste ich, dass es gut gehen würde. Mein Puls raste dabei mit 150 Meilen Geschwindigkeit. Das begann, als das »On Board Radar System« seine automatische Folge startete. 60 Meilen oberhalb der Mondoberfläche. Die drei Beine des Surveyors sind dann entfaltet und landebereit. Drei Sekunden nachdem diese 60 Meilen Höhe erreicht ist, beginnen die retro rockets zu feuern und zwar genau 40 Sekunden lang. Wenn sie ausgebrannt sind, fallen sie auf den Mond, aber in respektvoller Entfernung vom Raumschiff. In der Zwischenzeit laufen die Vernier-Maschinen. Das verlangsamt den Surveyor, bis er etwa 14 Fuss oberhalb der Mondoberfläche ist. Gerade dann, 14 Fuss hoch, beginnt das Raumschiff frei zu fallen, mit einer Geschwindigkeit von 12 Fuss pro Sekunde.«

»Ist das langsam?« — »Es ist ungefähr dieselbe Geschwindigkeit, die ein Mensch hat, wenn er aus dem ersten Stockwerk springt.«

»Und das alles spürtest Du $2^{1}/_{2}$ Minuten vorher?« »Ich wusste es, weil das System klappte.«

»Wie lange wird Surveyor VII arbeiten können?« – »Zuerst bis zur totalen Mondnacht, die 14 Erdentage dauert. In dieser Zeit gibt es keine Sonnenenergie, die die Surveyor-Batterien aufladen könnte. Er wird erfrieren, vielleicht dabei sterben; aber auch vielleicht wieder aufgeweckt werden ...« – »Wie es auch sein wird, er hat seine Pflicht getan.«

»Und Du? Was wirst Du jetzt tun?« »Ich will an einem Raumschiff arbeiten, das in etwa fünf Jahren, vielleicht zwischen 1973 und 1975, auf dem Mars landet.«

»War das nicht schon Dein Jugendtraum?« – »Ja, mein Jugendtraum. Man muss eben dauernd an einem Traum arbeiten, dann wird er schon einmal Wirklichkeit werden.«

(1. November 1968)

Kommentar und Kontroverse

Ein Mini-Kommentar

LUDWIG WRONKOW

Die folgende satirische Glosse – zufällig aufgegriffene Fetzen von Gesprächen deutscher Juden – stellte den ersten Beitrag Ludwig Wronkows für den »Aufbau« dar.

Wronkow, seit 1966 stellvertretender Chefredakteur der Zeitung, gehörte bereits zum ersten Redaktionsstab Manfred Georges. Seither hat er ununterbrochen das Gesicht des Blattes mitbestimmt, vor allem auch durch seine regelmäßig erscheinenden politischen Karikaturen und die Kolumne »Es geschah in New York«.

»Auf einem Fragebogen, den irgendein ›Who is Who‹ mir schickte, wurde ich auch nach meinen Hobbies gefragt. Ich habe nur eins: Zeitungsmachen.« So schrieb Wronkow über sich selbst. Als »Zeitungsmacher« ist der sonst so urbane Journalist und Künstler ein Fanatiker. Er wird dabei von einer lebendigen Phantasie unterstützt, die eine vielfältige Erfahrung temperiert.

Wronkow (Berliner, Jahrgang 1900) ist ein Selfmademan. Er wurde zum Pionier der Foto-Illustration der Berliner Tagespresse, als diese erst einen einzigen Bilderredakteur hatte. Wronkow illustrierte – als »Baby« des Hauses Mosse – alle Blätter des Verlags, einschließlich der Beilagen des »Berliner Tageblatt« wie »Ulk«, »Weltspiegel«, »Haus, Hof, Garten« und »Filmspiegel«; daneben die jüdische satirische Zeitschrift »Schlemiel« und die jüdische Jugendzeitschrift »Bar Kochba«, die »Reichsbanner-Illustrierte«, das »Zwölf-Uhr-Mittagsblatt« und »Montag Morgen«.

Bevor der Journalismus sein Hauptberuf wurde, hatte Wronkow daneben, von 1919 bis 1922, eine Fülle von Nebenberufen (». . . Vortragskünstler, Gehilfe bei einem Zauberer, Schaufensterdekorateur, Silhouettenschneider, Gebrauchsdichter, Spielzeugfabrikant, Hausierer und Kaffeehausbesucher. Zwischendurch besuchte ich Nachtlokale und zeichnete dort die Gäste«.)

In der Emigration war er zunächst Chef des Bilderdienstes von France-Presse in Paris (1933–1934), dann (bis September 1938) in Prag Mitarbeiter nahezu aller deutscher und mehrerer tschechischer Blätter. Nebenher betrieb er eine »Rätselfabrik«. Bei seiner Ankunft in New York 1938 erwartete ihn am Pier Manfred George.

1933: »... wird alles nicht so heiss gegessen werden; ausserdem sitzt ja der Hugenberg auch in der Regierung.«

1934: »... von mir aus. Ich war nie ein politischer Mensch.«

1935: »... Meine Frau und ich können noch überall hingehen; uns sieht man es nicht so an.«

1936: »... werd' ich den Urlaub im Ausland verbringen und mich mal umsehen.«

1937: »... aber ich verdiene doch ...!«

1938: »Das Herbstgeschäft möcht' ich noch gerne mitnehmen.«

1939: »Im Frühjahr 33 hätt' ich emigrieren sollen!«

(1. Juli 1939)

Takt und Geduld

THOMAS MANN

Die Einstellung der USA zu ihren Einwanderern, die Thomas Mann 1939 als unzeitgemäß empfand, ist in den letzten Jahrzehnten in dem von ihm vorgeschlagenen Sinne revidiert worden. Den heutigen Einwanderern sind bereits vor ihrer Ankunft Arbeitsstellen zugesichert.

Nicht immer bringt die Post mir erfreuliche Briefe. Manchmal muss ich lesen: »Schon wieder haben Sie einen Hymnus auf die Vereinigten Staaten und die amerikanische Demokratie gesungen. Ich bin in diesem Lande geboren, und ich liebe es. Aber gerade darum macht mir Vieles schwere Sorge ... Ja, sehen Sie denn nicht die Wirklichkeit? Aber vielleicht sind Sie noch nicht lange genug hier. Sie werden sich noch wundern!« Auf solche Aeusserungen entgegne ich:

»Ja. Ich bin von diesem grossen Land entzückt. Es ist mir ein Bedürfnis, immer wieder meine Erkenntlichkeit für die Gastfreundschaft zum Ausdruck zu bringen, die ich auf amerikanischem Boden geniesse. Ich habe hier eine zweite Heimat gefunden, deren freie Atmosphäre mir erlaubt, in Frieden mein Lebenswerk weiterzuführen, und ich empfinde mit tiefer, immer erneuter Freude, wie herzlich und lebhaft sich das Verhältnis zwischen dem geistig interessierten Publikum Amerikas und mir gestaltet hat.

Dabei bin ich mir freilich bewusst, dass mein Fall ein ganz persönlicher, dass er ein Glücks- und Ausnahmefall ist, den man beileibe nicht verallgemeinern darf, und den ich nicht verallgemeinere. Glauben Sie mir doch: die Nöte und Gefahren dieser Republik sind mir nicht fremd. Kommen sie doch aus der gleichen Quelle wie die gigantische Kraft dieses Landes, das sich in einem anderthalb Jahrhunderte während Vormarsch seit nun genau zehn Jahren rätselhaft gelähmt und angehalten fühlt; aus der gleichen Quelle, sage ich, wie Amerikas höchstes, gefährdetstes und – vielleicht auch gefährlichstes Gut: ich meine seine Freiheit. Die Freiheit hat dieses Land gross gemacht, und nun, da es so aussieht, als ob diese Freiheit allein nicht länger Glück und Wohlstand garantieren will, wehrt Amerika sich dagegen, nach europäischem Muster, das Kind mit dem Bade auszuschütten; im Gegenteil, es versucht, die bürgerlichen Freiheiten zu bewahren und weiter auszubauen. Dabei gilt es aber scharf zu unterscheiden zwischen einer rein formalen, äusserlichen Freiheitsauffassung und einem sozialen Verantwortungsgefühl um der Freiheit willen. Ich weiss nicht, ob ein so junger Amerikaner wie ich überhaupt ein Recht hat, sich an den Debatten dieser Nation zu beteiligen; wenn ich es dennoch tue und mir immer wieder über das Verhältnis zwischen Freiheit und Demokratie laut Gedanken mache, so ermutigt mich dazu nicht nur das vertrauensvolle Entgegenkommen Ihrer Landsleute, sondern auch das Wissen und die Sorge um die gemeinsamen Grundlagen unserer abendländischen Zivilisation, die auf diesem Kontinent vielleicht ihre letzte Zuflucht gefunden haben.«

Es ist die gleiche Sorge um den rechten Freiheitsbegriff, die mir Mut macht, hier einen weiteren Brief wiederzugeben, oder vielmehr: die Summe von Briefen, die mir aus Kreisen der Emigration nicht selten zukommen. Ich übergehe dabei jenen peinlichen deutschen Typus, der überall glaubt, die Welt reformieren zu müssen; er ist eine bedauerliche Erscheinungsform der Exilspsychose, die leider nicht nur ihren Vertretern zum Spott auch noch den Schaden bringt. Nein, aus den Briefen, an die ich denke, spricht etwas – ich möchte es eine unglückliche Liebe zu Amerika nennen ... Der starke und ehrliche Wunsch, das Gewesene zu vergessen und sich einzugliedern, doch eine ebenso grosse Entmutigung, ein dumpfes Gefühl: ich mag sie gern, diese Amerikaner, und sie benehmen sich grossartig zu uns, aber im Grunde – sie wissen's selbst noch nicht – sind wir hier, auch hier unerwünscht ... Man höre:

»Meine New Yorker Verwandten haben viel für mich getan, ich kann und will ihnen nicht länger auf der Tasche liegen ... Die Komitees geben sich die grösste Mühe mit mir, aber sie wissen nichts für mich. Die Hoffnung, in meinem früheren Beruf zu bleiben, habe ich längst begraben ... Ja, wenn ich Arzt wäre. Aber auch die habens schwer. Höchst sonderbare Geschichten erzählen sie sich in New York über die Prüfungsmethoden ... Ein europäi-

Thomas Mann. Zwei Zeichnungen von B. F. Dolbin

scher Spezialist von Weltruf ist unlängst in seinem eigenen Fach durchgefallen ... Und dabei macht die Gesetzgebung der einzelnen Staaten praktisch die Niederlassung nur noch in New York möglich. Da drängt sich nun alles zusammen, und der Antisemitismus wächst. Dabei sind doch in den sechs Hitlerjahren nicht mehr als hunderttausend Deutsche und Oesterreicher permanent eingewandert. Und wo ist Platz für sie in diesem riesigen Lande? Und dabei liegen die ungeheuren Weiten von Oregon, Washington und Alaska brach und menschenleer ... Vielleicht bin ich ein Pechvogel, aber was könnte ich in Oregon anfangen. Ich bin allein zu schwach, um das Problem zu lösen. Wer sagt mir, uns, was wir tun sollen. Wer *zwingt* uns, wenn es sein muss, auf den rechten Weg, dass wir aus Flüchtlingen endlich Bürger, aus Zaungästen Amerikaner werden können?«

Diesen Stimmen erwidere ich: »Sie haben recht, das Problem ist vom Einzelnen aus nicht mehr zu lösen in einem Zeitalter der grossen Zusammenschlüsse auf allen Gebieten, da selbst in diesem Paradies des Individualismus die Gesellschaft, der Staat mächtig ins Getriebe greift und imposante öffentliche Werke erstehen lässt, im Tennessee Valley, in Boulderdam ... Aber das Einwandererproblem wird – wirtschaftlich – weiter so gehandhabt, als schrieben wir achtzehnhundert und nicht neunzehnhundertneununddreissig. In dem Augenblick, da der Emigrant den Pier verlässt, verschwindet er im Gewimmel. Er hat aufgehört, ein Gegenstand öffentlicher Betreuung und Planung zu sein. Noch zu wenig, will mich dünken, ist in das Bewusstsein dieser Nation die Einsicht gedrungen, dass ein Massenproblem wie das Hereinfluten vieler zehntausend Einwanderer nicht mehr individuell, sondern eben nur noch als Massenaufgabe, als Ganzes zu lösen ist. Worauf es ankommt, ist, diese Massen dorthin zu dirigieren, wo sie für sich und die Gesamtheit nützliche Arbeit leisten können – und sei es unter partieller und temporärer Modifikation ihrer Freizügigkeit. Der – nicht genug zu rühmenden – privaten Opferfreudigkeit des Amerikaners und besonders der Amerikanerin kann die Bewältigung einer so eminent sozialen und komplexen Frage einfach nicht mehr aufgebürdet werden. Und was das Unbehagen der Eingesessenen betrifft, von dem Sie sprechen – versuchen wir es doch ein wenig zu begreifen. Da fruchten keine niedrigen Statistiken; in einer Zeit schwerer und anhaltender Wirtschaftsdepression kann man es dem Hiergeborenen nicht verargen, wenn selbst der kleinste Zuzug ihm bedrohlich erscheint. Solch eine Reaktion liegt nun einmal im Charakter des Massendenkens.

Hendrik van Loon hat vor kurzem in einer Tischrede die Stimmung der

Amerikaner mit derjenigen der Passagiere eines Dampfers verglichen, der von Le Havre abgeht, und bemerkt: schon in Southampton werden sie die Neu-Einsteigenden kritisch betrachten und sich als die ›Ureingesessenen‹ empfinden ... Dieses Gleichnis ist ebenso lustig wie treffend, aber vielleicht doch nicht die ganze Wahrheit. Gewiss: Americans all – all immigrants. Aber dieses Völkermosaik hat doch im Lauf der Generationen eine ganz bestimmte und unverwechselbare nationale Eigenform gewonnen, die, wie alles historisch Gewordene, auf Erhaltung ihres physiognomischen Charakters dringt, und der Begriff der ›Ueberfremdung‹, der etwa in der kleinen Schweiz eine so grosse Rolle spielt, hat, bei allen Unterschieden, doch auch in Amerika seine Berechtigung in einer Zeit, da die ›Kulturpropaganda‹ gewisser europäischer Staaten die Wirksamkeit des ›Schmelztiegels‹ zumindest verlangsamt. Verlangsamt hat sich das Entwicklungstempo dieses Landes überhaupt. Die Pionierepoche Amerikas ist lange verklungen, und auch die industrielle Revolution hat mit der Automobilisierung dieses Kontinents ihren vorläufigen Abschluss erreicht. Die dritte Phase, in deren Beginn wir, wenn ich mich nicht täusche, stehen, wird der Sicherung des Errungenen, dem sozialen und kulturellen Ausbau, in die Breite und in die Tiefe, gelten. Kann es da Wunder nehmen, wenn der Amerikaner vom alten Schlag ein wenig das Gefühl hat, der Neuangelangte nehme allzu selbstverständlich die Rechte und Früchte historischer Leistungen für sich in Anspruch, deren Erbe nun einmal der Amerikaner ist und nicht er?

Sie verstehen schon, worauf ich hinaus will: unsere Beziehung zur Neuen Welt ist, zu einem sehr grossen Teil, ein Problem des Taktes. Takt und Geduld, recht viel Geduld, so lauten die ungeschriebenen Gesetze unserer Bill of Duties. Amerika ist, vergleichsweise, immer noch das Land mit den offenen Armen. Sie erschliessen sich nicht am ersten Tag, aber ›bei uns ist noch keiner verhungert‹, sagte mir ein alter Yankee, und ich glaube, er sprach die Wahrheit.«

(29. November 1939)

Die Juden stehen nicht allein!

OSKAR MARIA GRAF

Oskar Maria Graf (1894–1967) machte die folgenden Bemerkungen in einer Rede im New Yorker German Jewish Club (dem Vorgänger des New World Club) im Frühjahr 1940. Der Erzähler und Lyriker, der selbst Nichtjude war, hatte Deutschland 1933 aus freien Stücken verlassen. Aus seiner ersten Exil-Station, Wien, veröffentlichte er das Manifest »Verbrennt mich!« – einen leidenschaftlichen Protest dagegen, daß die Nazis seine Werke bei der Bücherverbrennung übersehen hatten. Blätter von Wien bis Tokio druckten den Aufruf.

In New York, wo er ab 1938 lebte, wurde Graf Vorsitzender der Exil-Schriftstellergruppe »German American Writers Association«. Um dem Mangel an Verlegern deutschsprachiger Literatur während der Hitlerjahre abzuhelfen, gründete er zusammen mit einigen seiner Kollegen in Amerika den »Aurora-Verlag«. Graf, ein Urbayer, Sohn eines Bäckers aus Berg am Starnberger See, lebte und wirkte auch nach dem Zweiten Weltkrieg weiter in New York. »Wir sind die Diaspora, das Salz der Erde«, pflegte er zu sagen.

Wir alle, ohne dass es uns so recht bewusst geworden ist, ja, die ganze scheinbar so hochzivilisierte Menschheit hat Herrn Hitler einen Sieg erringen lassen, der weit schwerwiegender ist, der noch viel gefährlicher ist als der gewaltsame Raubkrieg seiner Armeen. Die ganze Welt hat sich sehr schnell dem Rassendiktat Hitlers gebeugt: Hier Jude, hier Arier!

Solange wir dieses »rassische« Unterscheiden mitmachen, sind wir alle mitschuldig an der Barbarei, ja, wir unterstützen sie mehr, als jeder Einzelne von uns glaubt. Wir bleiben geistig durchaus abhängig vom Nazismus, ganz egal ob man uns nun Jude oder Arier nennt.

Vor einigen Monaten hat hier im »German Jewish Club« ein Schüler Masaryks, Arne Laurin, von der »seelischen Desinfektion« gesprochen. Er hat nichts anderes damit gemeint. Das Problem dieser »Desinfektion« bedrängt uns gerade jetzt, da Hitler seine Macht so brutal, so sichtbar erweitert, es wird zur unabweislichen Forderung für den Einzelnen – er muss sich entscheiden, ob er überhaupt eine Veränderung unserer ganzen inneren Geisteshaltung will oder ob ihm das Kompromisse-Machen des scheinbar stärkeren nazistischen Rassismus lieber ist. Wenn wir sagen »Das Hühnchen schächten, und ihm nicht weh tun« oder gar »Jeder ist sich selbst der Nächste« – damit kommen wir nicht weiter.

Ich habe schon einmal auf Einladung des German Jewish Club in diesem Saal über die »Probleme der Emigration« gesprochen, und man hat mich damals gründlich missverstanden. Ja, einige empfindliche Eiferer nannten mich sogar einen »Antisemiten«, weil ich mich entschieden dagegen verwahrte, das deutsche Volk für Hitler verantwortlich zu machen, und weil ich mir ketzerischerweise zu sagen erlaubt hatte, dass, wenn zum Beispiel Hitler das Judentum in Ruhe gelassen hätte, die sogenannte zivilisierte Welt die zweimalhunderttausend Arbeiter in den deutschen Konzentrationslagern schnell vergessen und diese ganze Tyrannei sogar mit der Zeit akzeptabel gefunden hätte. Wenigstens so lange akzeptabel, als Hitler nicht andere Länder gewaltsam in sein »Grossdeutschland« einverleibt hätte. Ich gestehe, dass ich auch heute noch der Auffassung bin. Ich will das allerdings in dem ernsthaften demokratischen Sinn verstanden wissen, dass wir alle als gerecht fühlende, gesittete Menschen auch dann gegen Unrecht, Gewalttätigkeit und Tyrannei aufstehen müssen, wenn wir zufälligerweise als irgendein Bevölkerungsteil nicht davon betroffen sind.

Niemand steht allein – weder die Juden, noch die Arier – wenn sich in uns durchgesetzt hat, dass es um die Menschen und ihre Grundrechte geht! Man muss allerdings als Einzelner und als Organisation auf der ganzen Welt zu diesen Grundrechten stehen, und das ist freilich oft sehr unbequem. Ich will Ihnen das lieber an etlichen Beispielen zeigen:

Man konnte nicht sagen, das faschistische Italien sei etwas anderes als das faschistische dritte Reich, nur deshalb, weil Herr Mussolini erst später – auf Hitlers Druck – den Antisemitismus einführte.

In Brünn sagte ich den nach Italien reisenden Juden sehr oft, doch die freie Tschechoslowakei durch ihre Sommerreisen zu unterstützen, denn Faschismus sei in jeder Form der Todfeind usw. . . . Und später, jetzt in New York, traf ich Freunde . . . sie mussten mir recht geben. . . .

Oder ein anderes, sehr bezeichnendes Beispiel:

Als mir Freunde rieten, aus der CSR wegzugehen, suchte ich das schwedische Konsulat in Prag auf. Ich schilderte dem Mann meine Lage. Er sah mich an und sagte: »Sie kommen ja wahrscheinlich zu uns herein, denn Sie sind ja Arier!« Worauf ich stutzte und ihn musterte. Er erklärte ganz offen, man müsste doch verstehen, Schweden wolle keine zu starke jüdische Einwanderung und so fort.

»Tja, hm,« sagte ich schließlich: »Ich dachte immer, Schweden sei immerhin ein zivilisiertes Land. Ich bin zwar Emigrant und von *den* Ländern abhängig, die mich hineinlassen, aber ich möchte doch nicht schweigen zu dem, was ich in Deutschland immer bekämpft habe, auch wenn's in dem »freien« Schweden passiert . . .« Sie können sich denken, wie mich der gute Mann angesehen hat.

Glauben Sie mir, es leben Unzählige in Hitlerdeutschland, die genauso

Emigranten sind wie ich, wie die meisten. Man hat das »die innere Emigration« genannt. Sie leben unerkannt, sie leben geduckt, sie versuchen sich mit sehr gescheitem Mut – nicht jenem Mut, der nur Kraftmeierei ist – durch all den Morast der Unterdrückungen hindurchzuwinden, und es hält sie nur eines aufrecht: dass eben Emigration etwas Zeitweiliges bedeutet, dass sie Prüfungen mit sich bringt und Bewährung verlangt. Emigrant sein heisst: sich treu bleiben!

Wer es unternimmt, über das Schicksal des unglücklichen Gustav Landauer nachzudenken, der lange vor Hitler – anno 19 – von viehischen Untermenschen in Stadelheim erschlagen worden ist, und wer die wahrhaft erschütternde Heldengeschichte Erich Mühsams, seinen kompromisslosen Kampf gegen alles Schlechte und Unrechte, sein Martyrium im Konzentrationslager und seinen schauerlichen Tod kennt, der wird begreifen, in welch einen geradezu verbrecherischen Humbug wir alle zu verfallen drohen, wenn wir auf einmal – diktiert vom Nazismus – von etwas Jüdischem und etwas Arischem reden. Neulich hat Ernst Bloch einen ausgezeichneten Satz geprägt: »Die Welt ist die Frage und der Mensch ist die Antwort.«

Wie unsere Antwort ausfällt, das gibt den Ausschlag – für jetzt, und – für spätere Generationen! Wer *sich* verrät, verrät gleichsam uns alle.

(24. Mai 1940)

Offener Brief an einige Berliner Schauspieler

LION FEUCHTWANGER

Das Thema, das Lion Feuchtwanger (1884–1958) hier anschlug – die Korrumpierung deutscher Künstler unter dem Nationalsozialismus – ist nach dem Krieg leidenschaftlich weiter debattiert worden. Der Artikel wird hier wegen seines historischen Interesses wiedergegeben. In der Zwischenzeit hat die Welt Distanz zu den Ereignissen gewonnen. »Wir sehen jetzt, nach so langer Zeit, manche Dinge mit größerer Nachsicht«, schreibt die Witwe des Dichters, Marta Feuchtwanger. »Vor allem glaube ich, daß Lion Feuchtwanger die Zwangslage der Schauspieler nach allem, was wir später erfuhren, viel gefährdeter gesehen hätte. Ich habe auch erfahren, daß der Darsteller des Jud Süß später Selbstmord verübt hat. Lion Feuchtwanger hat nie Schadensersatz wegen des Plagiats beantragt; er wollte nichts haben von dem Blutgeld.«

206

Feuchtwanger hatte schon in den zwanziger Jahren durch seine Romane internationalen Ruhm errungen; er verkehrte mit den Großen der Welt, war bei dem britischen König Georg V. und bei George Bernard Shaw zu Gast. Im Sommer 1940 entwich er aus einem französischen Lager. Bevor die Nazis einrückten, wurde er, als ältere, grauhaarige Dame aufgemacht, von amerikanischen Freunden gerettet.

Feuchtwanger gehörte übrigens zu den wenigen Schriftstellern, die in der Emigration kaum unter der Sprachbarriere litten. Sein Schöpfertum blieb ungebrochen. »Feuchtwanger«, schrieb Kurt Pinthus im »Aufbau« zum Tode des Dichters, »hat sich stets Leben und Schreiben schwergemacht, hat immer experimentiert, diskutiert, probiert, vorgearbeitet, umgearbeitet, neugearbeitet ... So ward Feuchtwanger frühzeitig zum geradezu rabiaten Historiker, Quellenforscher, Materialsammler ... Er sah die Gegenwart mit den Augen der Zukunft, wie er die Vergangenheit mit den Augen der Gegenwart sah.«

Meine Herren:

Ich lese im »Völkischen Beobachter«, dass Sie die Hauptrollen gespielt haben in einem Film »Jud Süss«, der in Venedig preisgekrönt worden ist. Der Film zeigt, berichtet das Blatt, das wahre Gesicht des Judentums, seine unheimliche Methodik und vernichtende Zielsetzung; er zeigt das unter anderem dadurch, dass er vorführt, wie der Jude Süss sich eine junge Frau durch die Folterung ihres Gatten gefügig macht; kurz, wenn ich das geschwollene, am Bombast des Führers geschulte Geschwafel ins Deutsche übersetze, dann bedeutet es: Sie haben, meine Herren, aus meinem Roman »Power« (Jud Süss) mit Hinzufügung von ein bisschen Tosca einen wüst antisemitischen Hetzfilm im Sinne Streichers und seines »Stürmers« gemacht.

Sie alle kennen meinen Roman »Jud Süss«. Fünf von Ihnen, soviel erinnere ich mich bestimmt, Sie können es aber auch alle sieben gewesen sein, haben in Bühnenbearbeitungen dieses meines Romans gespielt. Sie haben, über Einzelheiten mit mir diskutierend, gezeigt, dass Sie das Buch verstanden haben; Sie haben in Worten der Bewunderung darüber gesprochen.

Nun gewiss, man kann seine Ansicht ändern, und ich verstehe es, dass Sie nicht zu jenen Korkseelen gehören wollen, die immer auf der Oberfläche ihrer einmal vorgefassten Meinung schwimmen. Sie haben alle in Stücken jenes August Strindberg gespielt, der dargelegt hat, dass sich im Laufe von sieben Jahren der menschliche Körper in jeder seiner Zellen ändert. Strindberg hat freilich unterstrichen, dass innerhalb all dieser körperlichen Aenderungen der Mensch der gleiche bleibt. Sie, meine Herren, gehen weiter: Sie beweisen durch Ihr Beispiel, dass der *ganze* Mensch sich verändern kann, das Innen nicht weniger als das Aussen.

Diese gründliche Wandlung mag Ihnen nicht ganz leicht gefallen sein. Es mag demjenigen unter Ihnen, der den Juden spielte, »nicht ganz leicht gefallen sein, sich in die schleimig-kriecherische, körperlich und geistig gleich widerliche Gestalt des Juden Süss einzuleben«, wie Ihr Rezensent sich ausdrückt. (Dieser Satz seines Berichtes ist übrigens der einzige, den ich ihm ohne weiteres glaube.).

Wenn wir zusammen probierten, meine Herren, dann haben Sie oft anerkannt, es sei angenehm, mit mir zu arbeiten, ich hätte Verständnis für Sie, ich könnte mich gut in Sie einfühlen. Nun denn, ich versuche auch jetzt, hier von der anderen Seite des Ozeans aus, mich in Sie einzufühlen. In Sie, mein glatter, in allen Farben schillernder *Werner Krauss,* der Sie »verschiedene Talmudjuden nach- und durcheinander spielen, jeden einzelnen in Maske, Haltung, Sprache und Gestik mit einer geradezu unwahrscheinlichen Echtheit« (dass diese Echtheit unwahrscheinlich ist, glaube ich ohne weiteres). In Sie, *Eugen Klöpfer,* »Sinnbild deutscher Biederkeit«, wie Ihr Berichterstatter Sie nennt; dass man Sie einmal so bezeichnen werde, hätte sich auch keiner von uns je träumen lassen, Sie selber am wenigsten. In Sie, plumper, polternder, schlauer *Heinrich George,* der Sie dem Herzog »die behäbig breiten, brutalen Züge eines Genussmenschen geben, nach aussen hin ein Kraftmensch, im Grunde aber ein Schwächling«; sicherlich nach neuem und intensivem Studium meines Buches. In Sie, versoffener und sich nach allen Seiten windender *Albert Florath,* und in Sie, kleiner, höchst wendiger *Veit Harlan,* der Sie »dafür bekannt sind, dass Sie historische Stoffe eindeutig zu gestalten wissen«; bald eindeutig nach dieser, bald eindeutig nach jener Seite offenbar, und diesmal haben Sie, wie Ihr Berichterstatter hervorhebt, »alle Ihre bisherigen Leistungen übertroffen«.

Ich stelle Sie mir also vor, meine Herren, ich stelle mir vor, wie Goebbels gelegentlich zu einem von Ihnen sagt: »Und da wäre dann noch dieser Jud Süss. Feuchtwanger hat ihn so populär gemacht, und er hat, objektiv, wie diese Juden nun einmal sind, auch alles so bequem zur Schau gestellt, was sich gegen den Juden ausdeuten lässt. Da könnte man doch einfach hingehen und sich das klauen. Man braucht nur die anderen zwei Drittel des Buches zu unterschlagen, und man könnte damit die besten Geschäfte machen.« A propos, Ihr Chef hat ja schon einmal mit meinem Roman »Power« ein gutes Geschäft gemacht. Da war damals, gerade als er zur Macht gekommen war, eine große, billige Neuauflage von »Power« gedruckt worden. Man hat einige Exemplare davon verbrannt, den Hauptteil der Auflage aber in die Schweiz und nach Oesterreich verschoben und gute Devisen dafür hereingeholt.

Ich stelle mir also vor, wie man mit diesem Vorschlag zu Ihnen gekommen ist. Sie haben wahrscheinlich zuerst gezögert. Sie haben sich wahrscheinlich gesagt: »Geht das nicht ein bisschen weit? Man kann natürlich auf der Bühne Effekte erzielen, wenn man eine Figur als ihr Gegenteil darstellt, Cäsar als kleinen Dummkopf, Rembrandt als Pfuscher, Napoleon als Trottel und Hitler als grossen Mann. Aber das geht doch nur im Lustspiel, und der Goebbelsche Film will ernstgenommen werden.« Allein, schliesslich hat sich doch wohl der eine oder andere unter Ihnen locken lassen von der Rolle und von der Gage, und der zweite hat es ihm nachgemacht, und der dritte hat sich gesagt: »Wenn ich die Rolle ablehne, bekommt sie ein anderer«, und der vierte hat sich gesagt: »Wenn ich die Rolle ablehne, dann kriege ich Unannehmlichkeiten«, und der fünfte ist wohl wirklich unter Druck gesetzt worden, und zuletzt also waren Sie alle im Atelier, die meisten unter Ihnen mit etwas schlechtem Gewissen, aber da waren Sie doch alle.

Und nun, meine Herren, wollen wir einmal nicht von Fragen der Ueberzeugung reden und von Geschmack und von Anstand und von Moral und dergleichen metaphysischem Zeug, sondern »realistisch«, wie es heute bei Ihnen üblich ist. War das, was Sie gemacht haben, gescheit? War es praktisch? Kann nüchtern rechenhafter Verstand es billigen?

Ich fürchte, meine Herren, nicht einmal von diesem Standpunkt aus haben Sie Recht gehabt. Ich glaube ernstlich, Sie haben sich verrechnet, und am Ende werden Sie das Opfer Ihrer Ueberzeugung nur mit schlechtem Geld bezahlt bekommen haben, mit Inflationsgeld sozusagen.

Einige unter Ihnen haben mir diese sieben Jahre hindurch immer wieder durch Vertrauensleute versichern lassen, im Grunde seien sie natürlich Nazi-Gegner, und wenn sie in Deutschland blieben, dann nur, um den vom Regime Verfolgten zu helfen und schlimmste Dummheiten und Grausamkeiten zu mildern. Manchmal haben Sie sich dergleichen wohl selber vorgemacht, aber der Hauptgrund, aus dem Sie mir solche Erklärungen zukommen liessen, war wohl die Absicht, sich zu sichern für den Fall des Falles. Denn an die tausend Jahre des Führers hat auch nicht der Dümmste unter Ihnen geglaubt, und sechs von Ihnen sind gar nicht dumm.

Und nun überlegen Sie einmal, meine Herren: wenn Sie nicht an diese tausend Jahre glauben, haben Sie dann nicht eine ganz kolossale Dummheit gemacht? Wenn Sie bis jetzt in irgendeinem albernen Nazi-Stück gespielt haben, dann durften Sie sich sagen: »Dieses Stück wird schnell wieder verschwinden, und wenn einmal das Regime vorbei ist, dann wird von dem Stück und unserer Mitwirkung nurmehr ein schwaches Hörensagen sein.« Jetzt aber haben Sie diesen dicken Film gedreht, diesen »Spitzenfilm«, in ganz grosser Aufmachung. In diesem Fall also wird man, wenn es einmal soweit sein wird, nicht auf Berichte angewiesen sein, sondern man wird genau und mit eigenen Augen und Ohren nachkontrollieren können, was eigentlich Sie gemacht haben. Man wird mit Aug und Ohr nachprüfen können, wie Sie alle dazu beigetragen haben, die Geschichte jenes Juden, von dem Sie alle wussten, dass er ein grosser Mann war, ins genaue Gegenteil zu verkehren. Und Sie werden nicht die bescheidenste Ausrede haben; denn Sie sind sich alle klar darüber gewesen, dass von Anfang an hinter diesem Film nicht die Spur eines künstlerischen Willens stand, sondern nur eine Tendenz, deren Dummheit und Gemeinheit Ihnen allen bewusst war.

Wird Ihnen nicht ein bisschen ungemütlich, bei der Vorstellung, dass die anderen, dass wir uns diesen, Ihren Film anschauen, wenn das tausendjährige Reich verduftet ist? Finden Sie nicht, dass es, auf lange Sicht, doch ein bisschen töricht war, dass Sie in diesem »Jud Süss« mitgespielt haben? Sagen Sie nicht, Sie hätten sich ohne schwere Folgen nicht weigern können. Die gleiche Klugheit, die Ihnen seinerzeit geraten hat, mir die Versicherungen abzugeben, von denen ich soeben sprach, hätte Sie, wenn Sie es nur gewollt hätten, sicherlich plausible Vorwände finden lassen, sich von diesem Schandwerk zu drücken. Aber Sie haben es eben nicht gewollt. Sie haben die Rolle gewollt, die Gage.

Sie lieben den Beifall, Ihr Herz und Ihr Ohr dürstet nach Applaus. Gewiss hat der Applaus, der zuerst in Berlin und dann in Venedig Ihnen zuteil wurde, für eine kurze Weile die unbehaglichen Stimmen übertäubt, die sich – ich nehme es zu Ihren Gunsten an – in Ihnen regten. Allein selbst dieser Beifall dürfte bald einen unangenehmen Unterton gehabt haben.

Da berichteten zum Beispiel die Zeitungen von einem Soldaten auf Urlaub, der sich diesen Ihren Film hat ansehen wollen. Doch ehe die Vorführung zuende war, kamen die Flieger und die Bomben und verhinderten ihn, mitanzuschauen, wie der Jude gehängt wurde. Aber er wollte ihn gern gehängt sehen, und so ging er ein zweites Mal in den Film. Allein auch diesmal musste die Vorführung unterbrochen werden, bevor der Jude gehängt war, und der Soldat musste schliesslich aus seinem Urlaub zurück, und der Jude war immer noch nicht gehängt.

Ich kann mich in Sie einfühlen, und ich kann mir vorstellen, dass Sie das nachdenklich gemacht hat. Sie wohnen in vornehmen Stadtvierteln, meine Herren, und die Unterstände, in die Sie sich zurückziehen, wenn die englischen Flieger kommen, sind sicher relativ bequem. Aber so bequem doch nicht, dass Sie nicht manchmal mit Sehnsucht zurückdächten an die friedliche Zeit, da Sie noch mit jüdischen Regisseuren und Direktoren arbeiteten, und da jüdische Kritiker das, was Ihnen gelang und was Ihnen missglückte, aburteilten nicht nach den Regeln politischer Taktik, sondern nach den Regeln der Kunst.

»Lebt man, sieht man die Menschen, dann zerreisst das Herz oder es vereist«, hat einmal ein grosser französischer Autor gesagt in Zeiten, die den unseren ähnlich waren. Zerrissen sind Ihre Herzen offenbar nicht. Aber wenn Sie ihre Spitzenleistung »Jud Süss« vergleichen mit dem guten Theater, das wir vor Hitler in Berlin gemacht haben, dann spüren Sie vielleicht doch ein sonderbares Knacken in Ihren vereisten Herzen.

Wir werden uns vielleicht einmal wiedersehen, meine Herren, in Berlin. Ich sehe Sie schon, wie Sie dann ankommen, ein Lächeln um Ihre Lippen, ein fröhliches, befreites Lächeln, das Ihnen sicher gut glücken wird, denn Sie sind ja gute Schauspieler. Aber in Ihren dann wieder beträchtlich aufgetauten Herzen wird Unsicherheit sein. Sie werden diese peinvolle Ungewissheit zu vertreiben suchen durch mutwillige Zuversicht. Sie werden daran denken, dass wir immer grosszügig waren, liberal. Aber zählen Sie, bitte, nicht zu fest darauf, meine Herren, dass auch diesmal alles gutgehen wird und dass Sie werden tun können, als wäre nichts gewesen.

Nicht als ob wir rachsüchtig wären. Es ist dies: man kann, fürchte ich, nicht sieben Jahre hindurch gesinnungsloses, schlechtes Theater machen, ohne dass man an Talent einbüsst. Sonderbarerweise verlumpt gleichzeitig mit der Seele auch die Kunst. Sonderbarerweise kann ein guter Schauspieler nicht gegen seine Ueberzeugung spielen, ohne ein weniger guter Schauspieler zu werden. So wie, während der leibhaftige Dorian Gray unverändert blieb, sein Bild sich schrecklich veränderte, so werden Sie zwar in Ihrem Aeussern unverändert scheinen, doch Ihre Kunst wird, fürchte ich, die Spuren der Mitwirkung an solchen Filmen wie diesem »Jud Süss« zeigen.

Und nun werden Sie also meinen Brief lesen, und Sie werden die Achseln zucken und sich bemühen, ihn nach einer Stunde vergessen zu haben. Und wenn wir uns wiedersehen, dann werden Sie sagen: »Und erinnern Sie sich, lieber Feuchtwanger, Sie haben uns da ja so einen ulkigen Brief geschrieben.« Dann aber werden Sie mit Erstaunen merken, dass dieser Brief gar nicht so ulkig war.

Bis es soweit ist, meine Herren, nutzen Sie Ihre Zeit. Ich fürchte, ich hoffe, es ist nicht mehr viel Zeit. Und wenn *Sie* sich verändert haben, meine Herren, *ich* werde Ihnen entgegentreten können als

Ihr alter

Lion Feuchtwanger.
(4. Juli 1941)

Was soll mit Deutschland geschehen?

THOMAS MANN

Die intensivste und längste Debatte, die im »Aufbau« je geführt wurde – und sie ist im Grunde auch heute noch nicht zu Ende – betraf das Deutschland nach Hitler. Einer der wichtigsten Artikel zu diesem Thema stammte von Thomas Mann; er erschien am 5. September 1941. Sein Leitmotiv ergibt sich aus folgenden Sätzen:

Wir warten nicht auf Heimkehr – offen gestanden graut uns sogar vor dem Gedanken. Wir warten auf die Zukunft – und die gehört einem neuen Weltzustande der Vereinheitlichung und des Erlöschens nationaler Souveränitäten und Autonomien, zu welchem unsere Emigration, diese Diaspora der Kulturen, das Vorspiel ist.

Deutschland selbst arbeitet wider Willen, in dem Wahn, seine »fanatische« Kraftanstrengung gelte der eigenen Rassen-Herrschaft, diesem neuen Zustande vor. Es löst sich auf – welchen anderen Sinn hätte die uferlose Expansion, die es in blinder Raserei betreibt? Es glaubt damit das »Dismemberment« zu verhüten, das ihm seiner Meinung nach droht, wenn es unterliegt – die Zerstörung des »Reiches«. Aber das Bismarcksche Reich, einst zustande gekommen dank Englands wohlwollender Neutralität, existiert schon heute nicht mehr, es ist durch das Genie eines Ueber-Bismarck und durch motorisierte Ruhmestaten ohne Beispiel heillos aus dem Leim gegangen, und kein Mensch weiss heute, wo Deutschlands Grenzen liegen. In dem Orakelspruch Hitlerscher Halbbildung, Deutschland müsse Europa sein oder es werde gar nicht sein, ist der Zukunftsgedanke der Einheit durch seine Vermengung mit abgestandenstem und nur durch die Schund-Ideologie der Rasse auf neu aufgeschminktem Nationalismus zur Fratze verzerrt und erniedrigt – wie denn der »National-Sozialismus«, diese Spottgeburt aus Altem und Neuem, durchaus alles verdirbt und verschmutzt, was immer er anrührt – und er rührt alles an. Ja, Deutschland wird Europa sein, wie alles höhere Deutschland immer Europa war, aber Europa wird nicht Deutschland sein, wie Adolf, der Seher, es meint. Auch ist »Europa« heute schon ein Provinzialismus. Der Gedanke des Reiches der Erde ist geboren und wird nicht ruhen, bis er verwirklicht ist.

Eine große Diskussion entzündete sich dann an einer Rede, die Emil Ludwig am 4. Juli 1942 in Los Angeles (auf einer Konferenz unter dem Schlagwort »Win the War – Win the Peace«) gehalten hatte. Der »Aufbau« gab die Rede zuerst, auf eine Depesche der »New York Times« gestützt, auszugsweise wieder. Er druckte dann in der Ausgabe vom 24. Juli 1942 den vollen deutschen Originaltext. Auszüge aus diesem Text und der Kontroverse um die Anschauungen Emil Ludwigs folgen hier. Man muß Zeit und Umstände bedenken, um den Mut der »Aufbau«-Redaktion zu würdigen: mitten im Krieg gegen Deutschland erschien hier – ohne Rücksicht auf die Zensur – eine völlig freie Auseinandersetzung über die Zukunft der Feinde.

EMIL LUDWIG:

Nichts wäre törichter und ungerechter als ein so intelligentes und erfindungsreiches Volk von achtzig Millionen zu versklaven. Niemand darf Hitlers Methoden nachahmen, der sie Jahre lang bekämpft hat. Nur die schuldigen Führer und ihren Anhang muss man verurteilen und vernichten. Dieser Prozess darf aber nicht von den Deutschen geführt werden, die 1919 vor ihrem »Untersuchungsausschuss« Hindenburg mit einem Blumenstrauss empfangen und zugejubelt haben, als er als Angeklagter die Lüge vom deutschen Dolchstoss, und mit ihr die Wurzel alles Uebels in die deutschen Herzen pflanzte ...

Das Strafrecht unterscheidet zwei Theorien, die Strafe als Abschreckung und als Schutz der Gesellschaft. Die Welt hat längst die erste Theorie aufgegeben und sperrt keinen Verbrecher mehr aus Rache ein, sondern um sich vor ihm zu schützen. Auch kann sich die natürliche Rachelust der Welt an der Bestrafung der Nazi-Führer befriedigen. Gegen die Leidenschaft des deutschen Volkes könnte man sich ja aber nicht dadurch schützen, dass man ihnen

Provinzen wegnimmt. Dagegen muss man ihnen drei Dinge zeitweise wegnehmen, die man ihnen in Versailles gelassen hat:

Es genügt nicht, wie damals, ihre Kriegsmaschinen zu vernichten und zuzusehen, wie sie sie rasch illegal zu ersetzen verstehen. Es genügt nicht, die Wehrpflicht abzuschaffen, aber Turner-, Sänger- und andere Vereinigungen als Kerne für eine neue Armee zu dulden. Es genügt nicht, ihnen hunderttausend Mann Polizei zu lassen, die sich rasch wie die Kaninchen zu einer Million vermehrten, da jeder den Ehrgeiz hatte, das Symbol seines Volkes, die Waffe, wieder zu tragen. Jede Waffe in den Grenzen Deutschlands, auch der Revolver eines Polizisten, muss in der Hand eines Fremden sein. Eine grosse Okkupationsarmee muss die neuen Gefahren im Keime ersticken. Die Kosten dieser kontrollierenden und nicht kämpfenden Armee würden in einem Jahre soviel betragen, wie heute eine Woche Weltkrieg kostet.

Zweitens muss die deutsche Erziehung, die seit Versailles mit Hass und Rache gespickt war und schneller als alles andere zu Hitler geführt hat, von den Siegern überwacht werden. Hier genügt keine Kommission in Berlin. In jeder einzelnen der deutschen Schulen und Hochschulen müssen einige kontrollierende Männer und Frauen aus den Siegerstaaten sitzen, die Deutsch sprechen, die sich vorher als Experten bewährt haben, und jedes Schulbuch, jede Schulfeier überwachen. Sie müssen einschreiten, wenn sich die ersten Zeichen der Verhöhnung des neuen Staates zeigen, wie dies nicht 1933, sondern 1919 in deutschen Schulen begonnen hat.

Die neue Erziehung der deutschen Jugend muss zum ersten Mal den seit 500 Jahren machtlosen und isolierten deutschen Geist zum Polarstern erheben. Vor allem müssen die Universitäten, deren Lehrer und Schüler lange vor Hitler Hochmut und Rassenhass gefördert haben, von Professoren beherrscht werden, deren frühere Gesinnungen vorher genau durchgeprüft werden. Die Prüfung, wer in Deutschland lehren darf, muss unter Befragung ganz sicherer deutscher Berater von Fremden ausgeführt werden. Ueberall, wo das Bild Hitlers gehangen hat, soll das Bild Goethes aufgehängt werden; wo Göring von der Wand blickte, soll Beethovens Maske hängen. Die deutsche Geschichte ist für die neue Generation vollkommen neu zu schreiben. Die deutsche Presse, die von 1920 bis 30 immer nationalistischer wurde, darf in den ersten Jahren in keinem Falle demokratische Freiheit geniessen, sondern muss einem sorgsam ausgewählten Komitee von Fremden zur Zensur unterliegen. Wäre diese damals geschehen, so hätten wir vielleicht heute keinen Krieg.

Die Gegnerschaft gegen die Nazis verbürgt noch lange nicht, dass ein Deutscher die Grundsätze durchzusetzen entschlossen ist, für die die Alliierten kämpfen. Dennoch werden aus den Konzentrationslagern und aus der Emigration vertrauenswerte Männer hervorgehen, die ein gänzlich entwaffnetes Deutschland nicht nur akzeptieren, sondern mit Leidenschaft entwickeln wollen. Solche Männer werden von den Siegern aufgefordert werden, mit ihnen zusammen zu regieren.

Ein demokratisch gewählter Reichstag aber würde nach wenigen Jahren aufs neue eine Mehrheit ergeben, die wiederum die Revanche vorbereitet.

Es muss ein fremder Protektor eingesetzt, alle Staatsämter müssen von Fremden geleitet, aber von den sichersten Deutschen dabei unterstützt werden. Für einige Jahre kann es keine gesetzgebende, höchstens eine beratende deutsche Versammlung geben. Deutschland sollte zunächst so regiert werden, wie die Engländer mit großem Nutzen Aegypten regiert haben, natürlich nicht etwa vierzig Jahre lang, wie es dort geschah.

Das dritte ist die Regierung des deutschen Volkes.

Was ich vorschlage, ist also statt einer Bestrafung der Nation eine zeitweilige Entmachtung einer Nation, die gezeigt hat, dass sie sich nicht selber regieren kann. Nicht weil Hitler Europa versklavt hat, sondern nur, weil die Deutschen die weltgeschichtliche Möglichkeit einer Demokratie verloren und sich in einen Sklavenstaat zurückverwandelt haben, nicht als Strafe, sondern zum Schutze der Welt müssen sie die Regierung für einige Zeit abgeben. Dies wird ohne Camps und Hinrichtungen, in einer vollkommen humanen Form möglich sein . . .

Erziehen wir in einem solchen Deutschland eine neue Generation mit neuen Ideen, dann bereiten wir ein geeinigtes Europa vor, in dem der alte Hauptfeind des Friedens sich später wieder selbst regieren kann.

(24. Juli 1942)

PAUL TILLICH:

In der New York Times vom 6. Juli (1942) ist unter der Ueberschrift »Ludwig Asks Fight on ›German People‹« eine Rede von Emil Ludwig zitiert, die alle anständigen deutschen Juden in Amerika veranlassen sollte, sich von Ludwig entschlossen und sichtbar zu distanzieren. Ein Satz wie »Hitler ist Deutschland« und die Rede von dem deutschen »Kriegervolk« ist dem Arsenal der törichtesten antisemitischen Propaganda entnommen, nur dieses Mal nicht gegen die Juden, sondern gegen die Deutschen gerichtet. Ein Uebel, das sich zu einer bestimmten Zeit und in bestimmten Gruppen eines Volkes zeigt, wird dem ganzen Volk zugeschoben. Gegen diese Methode, gegen die wir nicht-jüdischen Freunde der Juden inner- und ausserhalb Deutschlands einen schweren Kampf geführt haben, um dessentwillen manche von uns in der Emigration sind, diese Methode wird jetzt von einem jüdischen Schriftsteller gegen uns gerichtet! Wenn er recht hat, dann hatten wir unrecht; dann ist uns die Möglichkeit genommen, weiterzukämpfen. Es ist Sache unserer jüdischen Freunde, diese Entscheidung zu treffen.

Ueber die erste Folgerung, die Ludwig zieht, braucht nicht viel gesagt zu werden. Die Fragen der Besetzung Deutschlands, der Zwischenperiode, der Entwaffnung, sind ernsthafte politische Fragen, die mit der Ludwigschen Deutschen-Psychologie nichts zu tun haben und von ernsthaften Politikern zu entscheiden sind. Ob diese freilich den Dieben und Räubern in Deutschland die Freude machen werden, nur englische und amerikanische Polizisten anzustellen, ist mir nicht sicher. Läppisch aber ist der Vorschlag, ein Heer von amerikanischen Lehrern herüberzuschicken, um die Deutschen »mores« zu lehren. Zur Begründung wird angeführt: »Religion, history, philosophy all teach principles foreign to the German character.«

Dieser Satz – nur »German« durch »Jewish« ersetzt – kann von jedem antisemitischen Schmutz-Pamphlet abgedruckt werden. Er hat das entsprechende Niveau. Sachlich ist es nicht nötig, auf ihn einzugehen im Hinblick auf die deutsche Mystik, die Reformation, Leibniz, Kant, Goethe usw.

Eines aber möchte ich zum Schluss sagen. Jedes Wort, das von Ludwigs Rede zitiert ist, bedeutet eine Entehrung der zahlreichen Unbekannten, die nicht wie Ludwig in Sicherheit das deutsche Volk schmähen, sondern in ihm, in täglicher Lebensgefahr, um die Seele und die Zukunft des deutschen Volkes kämpfen. Die Amerikaner, die seit Jahren diese Kämpfer unterstützen, werden sich für die Rolle bedanken, zu ihnen als Morallehrer zu gehen. Sie werden sich von ihnen sagen lassen, was sie in der Tiefe ihres Leidens erfahren haben, und werden schweigen!

(17. Juli 1942)

HANNAH ARENDT:

In der Emigration ist ein Zwist ausgebrochen um eine ernste und schwere Sache. Der Anlass ist recht banal: ein bekannter Schriftsteller, der im vorigen Weltkrieg die alldeutsche Couleur des damaligen deutschen Imperialismus trug, der in den dreissiger Jahren die faschistische Couleur des italienischen

Imperialismus annahm, versucht es mit einer neuen Grossmacht, indem er das amerikanische Volk zu einem bisher Gott sei Dank inexistenten Imperialismus ermuntert. Vor noch nicht 30 Jahren überzeugt, daß »am deutschen Wesen die Welt genesen« werde, vor noch nicht zehn Jahren begeistert von der Ueberlegenheit der italienischen Bomben über äthiopische Stämme, bleibt ihm, da er zufällig Jude ist, nichts mehr übrig, als den angelsächsischen Völkern die Palme der überlegenen Weisheit zuzuerkennen. Und da man doch gerne dabei ist, wenn Ueberlegenheit die Herrschaft antritt, so sieht sich unser Schriftsteller bereits mit den zukünftigen Siegern als Lehrer der überlegenen Moral durchs Brandenburger Tor ziehen. Paul Tillich, seit je ein erbitterter Feind des Rassenwahns und des Faschismus in jeder Gestalt und Couleur, hat hiergegen im Namen der deutschen Flüchtlinge energisch protestiert. Und er hat mit sehr viel Recht hinzugefügt, daß Juden am allerwenigsten Grund hätten, eine Denkart zu verbreiten, die von ihnen so furchtbare Opfer gefordert hat ...

(31. Juli 1942)

HEINZ POL:

Es gab eine Reihe von Möglichkeiten, gegen Ludwig zu polemisieren. Man konnte seine Thesen und vor allem seine Konklusionen durch Fakten sachlich widerlegen. Man konnte auch einem Schriftsteller, der einmal zu den radikalsten deutschen Nationalisten gehörte, und der bis in die jüngste Vergangenheit ein Bewunderer Mussolinis war, das Recht absprechen, sich zum Thema, was mit Deutschland geschehen solle, zu äussern.

Nur eins musste man vermeiden: die antisemitische Methode anzuwenden, d. h. die Rassenzugehörigkeit seines Gegners zur Grundlage seiner Polemik zu machen.

Dieser Methode ist der Nazi-Feind Tillich verzweifelt nahegekommen. Er fordert nämlich »alle anständigen deutschen Juden in Amerika« auf, von dem »jüdischen Schriftsteller« Ludwig abzurücken. Warum fordert Tillich nicht stattdessen »alle anständigen Deutschen in Amerika« auf, von dem »Schriftsteller« Ludwig abzurücken? Dass er diese Formulierung ausdrücklich nicht benutzt, sondern dass er die deutsche Emigration in zwei Rassenlager einteilt – statt ihre politischen und sozialen Gegensätze zu untersuchen – ich wüsste kaum eine traurigere Verirrung ...

Die Ansichten Ludwigs sind nicht, wie Tillich impliziert, typisch jüdisch, sie sind allenfalls typisch Ludwig.

(31. Juli 1942)

EMIL LUDWIG:

Die Nazis, die mich schon 1930 durch das Buch »Der Fall E. L.« auszeichneten, waren gegen mich besonders erbittert, weil ich ihnen zweimal zuvorgekommen bin. Als sich die heutigen Verbannten in ihrer Heimat sämtlich noch sehr wohl fühlten, im Jahre 1906, bin ich ausgewandert, fünfundzwanzigjährig, ohne jede äussere Nötigung, habe seitdem auf demselben Schweizer Boden 35 Jahre gelebt und nie wieder Wohnsitz in Deutschland genommen. Schliesslich wurde ich ein Jahr vor Hitler Schweizer Bürger, mit der öffentlichen Begründung, dass ich »in dem bevorstehenden zweiten Weltkriege nicht noch einmal ein Deutscher heissen wollte.«

Während dieser dauernden Kritik des deutschen Staates, die meine eigentliche Arbeit begleitet hat, habe ich die Erkenntnis der deutschen Meister, besonders Goethes, weiter in die Welt getragen, als es vorher einem Deutschen beschieden war. Es war auch Goethe, der den Typus meiner neuen Gegner, Frau Arendt und Herrn Pol, meinte, als er schrieb: »Bei den Deutschen wird das Ideelle gleich sentimental, zumal bei dem Tross der ordinären Autoren und Autorinnen.«

Solche Patrioten glauben sich gern wie Hugo oder Mazzini von einer vorüberrauschenden Regierung verfolgt, von der Mehrheit in der Heimat aber heimlich geliebt und erwartet. Sie bedauern das »irregeleitete und versklavte Volk« und haben aus dem Débacle der Republik um so weniger gelernt, je mehr sie daran beteiligt waren. Sie erkennen nicht, daß wir Juden unter dem Beifall des deutschen Volkes vertrieben wurden, und behaupten im Angesicht von 99 % Stimmen für Hitler, sie wären sämtlich durch Furcht und Drohung erpresst.

Die Dokumente lauten anders. Die Peitschen und Feuerbrände sind von zahllosen deutschen Bürgern aller Klassen und Schichten, vom Handwerker und Kommis zum Anwalt und Geschichtsprofessor, vom Schuljungen zum Siebzigjährigen, ohne Amt und Uniform, aus purem Juden-Hass mitgeschleudert worden. Dass es auch anständige Leute gab, das zeigen die Helden hinter dem Stacheldraht an. Die meisten begnügten sich mit einem Kondolenz-Schreiben an einen jüdischen Freund.

Ein Christ wie Herr Tillich, der nicht mit seinem Volke fortgejagt wurde, kann immer zurückkehren. Offenbar ein Deutscher von echtem Schrot und Korn, die er kürzlich aus blauer Luft, ohne jede Kenntnis meiner Rede, so tapfer gegen mich verschoss – er hatte keine »englische Fassung dieser Rede«, sondern sechs telegraphierte Zeilen vor sich –: so scheint Herr Tillich vorzüglich geeignet, ein neues Deutschland im Sinne der oben erwähnten, national erglühenden Liberalen zu neuem Glanze zu führen.

Männer und Frauen aber, die nach ein paar Jahren der Verbannung die Hand streicheln, die sie verprügelt hat, Juden, die heute fortfahren, das deutsche Volk zu lieben und zu verteidigen, mögen solche Gefühle mit ihrem Gewissen abmachen.

(14. August 1942)

Noch aufsehenerregender war das Pro und Kontra der Meinungen über einen Artikel in der Zeitschrift »American Mercury« vom April 1943. Der amerikanische Publizist Kingsbury Smith hatte darin die Teilung eines geschlagenen Deutschland befürwortet. In dem Artikel, der sich auf Informationen von Persönlichkeiten des State Departments berief, hieß es wörtlich: »Deutschland muß als politische und wirtschaftliche Einheit drastisch dezentralisiert werden bis zur Auflösung des Landes in separierte Staaten und Gebiete.« Die Zerstückelung (dismemberment) Deutschlands solle den preußischen Einfluß ausschalten. Auch hier wieder war der »Aufbau« eine völlig freie Tribüne:

ALBERT GRZESINSKI, früherer Berliner Polizeipräsident:
Wie Kingsbury Smith selbst sagt, schöpfte er aus amtlichen Quellen, vornehmlich des State Departments. Ich selbst habe Grund zu der Annahme, dass der Artikel tatsächlich bis zu einem gewissen Grade die Ansicht massgebender Stellen wiedergibt.

Was Kingsbury Smith als »Our Government's Plan for Post War Germany« wiedergibt, sind Ideen, die auf ihre Durchführbarkeit noch nicht geprüft worden sind. Ein Frieden, wie die Washingtoner Kreise, die Kingsbury Smith inspiriert haben, ihn sich vorstellen, ist kein Frieden. Er würde Europa nicht die nötige politische Ruhe bringen, weil im entscheidenden europäischen Sektor, nämlich in dem von 70 Millionen Deutschen bewohnten Herzstück dieses alten Erdteils, die für den Wiederaufbau nötige politische Ruhe nicht einkehren kann. Neben Verhinderung von Gewaltanwendung ist aber auch die politische Ruhe ein wesentlicher Faktor für die Erhaltung des Friedens. Durch militärische Dauerbesetzung, fremde Regierungs-Personen und ausländische Erziehung kann man politische Ruhe nicht herbeiführen, man stört sie im Gegenteil. Nicht einmal die Revolution, der man gern vorbeugen möchte, kann man mit solchen Massnahmen verhindern. Hier muss ein gutwilliges, sich selbst regierendes Volk freiwillig mithelfen. (16. April 1943)

Nietzsche bezeichnete die Gründung des deutschen Reiches als die Exstirpation des deutschen Geistes. Aber war nicht dieser deutsche Geist der Welt mehr nötig, als die preussische Kanonenkultur? Und lag nicht in jener Geistesmacht auch unvergleichlich mehr Garantie für Deutschlands Existenz und für Deutschlands Leistung für die Gesamtkultur, als in der ganzen deutschen Riesentechnik, die der Mittelpunkt alles deutschen Strebens geworden war? Musste diese Riesentechnik, wenn ihr alle höhere geistige Führung genommen war, nicht zur Organisation einer Riesenzerstörung führen, unter deren Donner dann schließlich Deutschland selber verschüttet werden könnte?

Von diesem ganzen Irrwege, dessen falsche Orientierung seit mehr als hundert Jahren von der deutschen Seele und der deutschen Intelligenz Besitz genommen haben, kann das deutsche Volk nur durch eine ganz drastische Neuordnung seiner Lebensform abgebracht werden. Solche neue Lebensform ist keine Vergewaltigung, sondern eine Rückführung zur wahren Natur und Aufgabe des deutschen Volkes in Europa. Das deutsche Volk ist kein Staatsvolk, es ist für etwas ganz anderes geboren und durch tausend Jahre seiner Geschichte erzogen. Deutschland war, wie der Franzose St. Pierre im 17. Jahrhundert bemerkte, ein »Volk von Völkern« und darum besonders geeignet, den Mittelpunkt der europäischen Föderation zu bilden. Die europäischen Ostprobleme können wegen des Durcheinander-Wohnens so vieler verschiedener ethnischer Elemente nur durch Föderation gelöst werden. Das föderalistische Prinzip ist die einzige Regelung, die den beiden Notwendigkeiten des Völkerlebens gerecht werden kann: Sicherstellung der Individualität und Sicherstellung der Gemeinschaft. Es ist zweifellos, dass nach diesem Kriege Bayern den Anstoss zur Auflösung des Reiches geben wird, das übrige Süd- und Westdeutschland wird folgen und sodann Hessen und Hannover. Auch die Hansastädte werden sich dieser Bewegung anschliessen. Solche Reduktion des preussischen Gebietes wird dann verhindern, dass Preussen eine grosse Indianer-Reservation wird, wo alles vorbereitet werden würde, was nötig ist, um das deutsche Volk von neuem zu erobern und in die Irre zu führen.

Diese ganze Entwicklung bedeutet nicht nur Dezentralisierung, sondern auch De-Politisierung, Abschied von der Machtpolitik, Kaltstellung aller Mentalitäten, die mit diesem ganzen Macht-Betriebe zu tun hatten. Deutschland wird wieder seiner kulturellen Mission zurückgegeben werden – zu seinem eigenen Segen und zum Segen für die ganze Welt.

(16. April 1943)

HUBERTUS PRINZ ZU LÖWENSTEIN:

Zweifellos wird das deutsche Volk, nach Hitlers Sturz, seinem Reiche wiederum eine bundesstaatliche Verfassung geben. Es ist auch anzunehmen, dass die dynastisch und nicht geschichtlich begründeten inneren Staatsgebilde zu Gunsten einer lebendigeren Einteilung in Reichsländer, mit eigenen Zuständigkeiten, im Rahmen des ungeteilten Reiches, weichen werden. Es sei dabei nicht vergessen, dass es gerade die republikanischen Parteien waren, die für eine stärkere Reichsgewalt gegenüber den »eigenstaatlichen« Schlupfwinkeln der Reaktion eintraten.

Vieles von dem, was sich heute unter Worten wie »Föderalismus« verbirgt, hat aber etwas ganz anderes im Sinne – keineswegs die künftige Verfassung des republikanischen deutschen Volkes, sondern die Zerschlagung der Reichseinheit. Sie reden von »Entpreussung« und ähnlichem, und denken an »autonome« Duodez-Staaten, unter wirtschaftlichen und politischen Kolonialverfassungen!

Dass die »Atlantic Charter« auch für Deutschland gilt, ist selbstverständlich. Nach göttlichem und menschlichem Rechte hat jedes Volk freien Anspruch auf sein Gebiet und auf die Konstituierung seiner Regierungsgewalt. Dieses Recht ist im ersten der fünf Punkte des Friedensprogramms Papst Pius XII. ausgesprochen; es gilt für alle Nationen, »kleine und grosse«.

Die Millionen von Deutschen, Katholiken, Protestanten, Sozialisten und andere, die sich Hitler niemals unterwarfen, wollen gemeinsam mit dem amerikanischen, russischen, englischen und allen übrigen Völkern, ein freies Europa, eine freie Menschheit. Sie haben ein Recht darauf, gehört zu werden, und sie haben nicht deshalb ihren Kampf geführt, damit ihr Reich zerschlagen und an die Stelle des gegenwärtigen, ein neues System von Unterdrückung gesetzt werde.

(16. April 1943)

EMIL LUDWIG:

Nur Leute, die nichts von der Geschichte Europas wissen, können eine Zerstückelung Deutschlands empfehlen. Die Einigung der Deutschen nach den Griechen und den Italienern war ein logisches Ereignis in der Reihe der nationalen Zusammenschlüsse, in denen das neunzehnte Jahrhundert seine einzige politische Tat entwickelte. Es war die Vorbedingung der Einigung Europas, die das zwanzigste auf alle Fälle und wahrscheinlich vor dem Abschlusse seiner ersten Hälfte erreichen wird.

Statt es zu zerstückeln, könnte man aber das Reich in zwei Republiken teilen, Alt-Preussen mit 25, und einen Deutschen Bund mit 50 Millionen, wodurch die Vorherrschaft der preussischen Junkerkaste und der Berliner Arroganz erschüttert würde.

Kein ernster Staatsmann der Alliierten denkt an Zerstückelung, aber die meisten denken jetzt an eine erzwungene und militärische Regierung der besiegten Deutschen. Nicht durch Zerteilung und nicht durch Wegnahme der Provinzen können sie gebessert werden; einzig durch Macht plus Erziehung. Sie haben die welthistorische Gelegenheit versäumt und der Welt vierzehn Jahre lang gezeigt, dass sie keine Demokratie wollen oder ertragen. Die Franzosen haben in achtzig Jahren viermal erfolgreich Revolution gemacht, weil sie die Freiheit lieben, die Deutschen haben in vierhundert Jahren zweimal erfolglos Revolution gemacht, weil sie den Gehorsam lieben.

Die Frage ist nicht, was in Hamburg oder im Korridor vorgeht, oder ob sich die Deutschen föderativ regieren wollen. Diese akademischen Spiele sind den debattierenden Herren von den allmählich vordringenden Siegern aus den Händen genommen worden. Als ich im vorigen Sommer eine fremde Militärmacht über Deutschland vorschlug, ging ein Schrei der Entrüstung durch die ganze Emigration. Heute nehmen es alle an, weil sie sehen, dass man sie zwingen wird.

(7. Mai 1943)

Über den inneren Widerstand gegen die Nazis sprach Toni Sender, die SPD-Reichstagsabgeordnete der Weimarer Republik, die in New York als Emigrantin lebte:

Haben sich jene, die das ganze deutsche Volk als minderwertig erklären, niemals die Frage vorgelegt, wie es kommt, dass sich unter all den Arbeitervertretern und Gewerkschaftlern kein Einziger fand, den die Nazis zu ihrem Quisling machen konnten?

Es waren nicht nur die viel verleumdeten Arbeiterführer, die lieber in den Tod als in die Schande gingen. Diejenigen, mit denen sie die Jahre hindurch zusammengestanden hatten, verhielten sich als ihrer würdig. In den Betriebsrätewahlen 1930 und 1931 hatten die freien Gewerkschaften 85 und 80 % der abgegebenen Stimmen erzielt, während die Nazis es selbst 1931 nur auf 0,7 % brachten. Als die Nazis trotzdem nach der Machteroberung hoff-

222

ten, unter dem Druck des Terrors die Arbeiter zu sich zwingen zu können und Wahlen ausschrieben, waren die Resultate für sie so verheerend, dass sie niemals Gesamtresultate zu veröffentlichen wagten und schon nach 1935 das ganze Experiment aufzugeben gezwungen waren.

In den ersten drei Jahren der Hitlerdiktatur wurden gegen 225 000 Männer und Frauen von den Nazigerichten zusammen 600 000 Jahre Gefängnis und Zuchthaus für »politische Verbrechen« verhängt und dazu kommen noch die Opfer hinter dem Drahtverhau der Konzentrationslager. Nur die geheimen Akten der Gestapo könnten genaue Information hierüber geben. Wird man ihrer je habhaft werden? Aber selbst nach den offiziellen Angaben der Gestapo betrug die Zahl derer, die am 1. April 1939 aus politischen Gründen in Haft waren, zusammen 302 562. Von diesen waren 27 396 angeklagt, 112 562 verurteilt und 162 734 in »Schutzhaft«. Nimmt man nur die Zahl der letzten Gruppe, die wohl die Schutzhäftlinge der Konzentrationslager umfasst und nimmt in sehr konservativer Schätzung an, dass die »Schutzhaft« mindestens ein volles Jahr dauert, so waren bis 1939 bereits nahezu eine Million Menschen zeitweise Insassen der Konzentrationslager für politische Vergehen, d. h. Opposition zum Nazi-Regime gewesen. Mit dem Kriegsausbruch aber hat sich der Terror ungemein verschärft.

Die Berichte über Widerstand der Arbeiter und insbesondere auch der Frauen mehren sich. Leider erlaubt der zur Verfügung stehende Raum nicht, aus der Fülle der Beispiele mehr anzuführen. Die hier gegebenen aber sollten verhindern helfen, Steine auf jene zu werfen, die drinnen ausgeharrt haben.

(30. Juli 1943)

Ein Leserbrief ließ die Debatte über die politische Haltung des deutschen Volkes im November 1943 neu aufflackern.

CHARLES WEISZ:

Gehört nicht jener Mann zum »*deutschen Volke*«, dem ich einst beim Baden das Leben rettete und der angeblich 21 Jahre mein bester Freund war, um mich, nachdem Hitler zwei Tage regierte, einen »*stinkigen, dreckigen Saujuden*« zu nennen. Gehört dieses Schwein nicht zum »deutschen Volke«? Was verstehen Sie unter dem deutschen Volke, muss ich Sie immer fragen? Vielleicht 200 – oder 2000 Menschen, die sich nicht an Brutalitäten beteiligten, nennen Sie diese 200 oder 2000 Menschen das »deutsche Volk« zwischen 80 Millionen anderen?

Ich war einmal recht stolz ein Deutscher zu sein, liebte Deutschland mehr

denn alles in dieser Welt ... Heute schäme ich mich, jemals ein Deutscher
gewesen zu sein.

(5. November 1943)

GERHART H. SEGER (früherer SPD-Reichstagsabgeordneter):
Dieser Tage bekam ich einen Brief von einem deutschen Kriegsgefangenen,
der hier in den US in einem Lager in den Südstaaten ist. Er ist aus einer
Stadt meines früheren deutschen Wahlkreises und berichtet mir, dass er 45
Monate in einem deutschen Konzentrationslager gesessen hat, weil er den
unterirdischen Kampf gegen die Nazis weiterführen half. Der Mann berichtet weiter, vom Februar 1943!, dass »wieder zwei Betriebsgruppen in den
S ... Werken in R ... hochgegangen« seien, das Urteil sei ihm noch nicht
bekannt. Diese Arbeiter, Herr Weisz, sind das deutsche Volk, von dem ich
rede. Als ich zuerst im Gefängnis und dann im Konzentrationslager sass,
haben die Arbeiter meiner Heimatstadt unter sich gesammelt und meiner
Frau jeden Monat ihre Wohnungsmiete gebracht ... Ich nenne diejenigen
das deutsche Volk, die unter Hintansetzung ihrer eigenen Sicherheit zahlreichen Juden Zuflucht in ihren Häusern und Wohnungen gegeben haben;
die für jüdische Freunde Lebensmittel eingekauft und sie ihnen gebracht
haben; ich nenne, kurzum, alle diejenigen das deutsche Volk, die sich anständig, mutig, aufrecht benommen haben und, wie die überfüllten Konzentrationslager, Zuchthäuser und Gefängnisse beweisen, noch benehmen.
Und ich bestreite, dass das, was Sie sagen, nur 2000 Leute seien – allein in
Oranienburg-Sachsenhausen, einem von 71 Konzentrationslagern, sitzen
18 000 politische Gefangene: Deutsche, nicht Hunnen!

(5. November 1943)

FRIEDRICH WILHELM FOERSTER:
Wie können Sie es wagen, sehr geehrter Herr Seger, angesichts unserer
heiligen Pflicht, keine neue Illusionen über das deutsche Volk zu verbreiten,
aus solcher verschwindenden Minorität »*das deutsche Volk*« zu machen? Ist
es wirklich Ihre Ansicht, dass jenseits der Nazis (die einen weit grösseren
Teil des deutschen Volkes erfasst haben, als es viele Emigranten wahrhaben
wollen) nichts vorhanden ist als das »deutsche Volk«, das Ihre Beispiele
beschreiben?
Da sage ich nein, dreimal nein! Zwischen den ewig passiven, indifferenten
Massen, die so träge und friedliebend waren, dass sie keine ernsthafte Wider-
standskraft gegenüber der nationalsozialistischen Verschwörung aufbrachten,

und den organisierten Nazis gab es doch die wogende Masse der grossen und kleinen Bürger, die Bildungsschichten, deren Hurra-Patriotismus seit den »grossen Erfolgen« der Aera Bismarck Hitlers Kommen vorbereitet hat und ohne deren Zustimmung alle die ungeheuren Verbrechen der Hitler-Banditen gar nicht möglich gewesen wären.

Wer nicht zugibt, dass der militaristische Pangermanismus schon lange vor Hitler eine Volkskrankheit, eine nationale Trunkenheit, eine kollektive Besessenheit geworden war, der zu widerstehen nur ganz wenige wagten und der sich darum auch die deutsche Sozialdemokratie in immer weitergehender Weise unterwarf – der ist entweder blind oder hat nicht das nötige Verantwortungsgefühl für seine Worte. Das Schlimmste war, dass es oft gerade die anständigen und idealistisch gesinnten Elemente waren, die am tollsten vom Nationalwahn befallen wurden – macht doch gerade dieser Umstand eine Selbstbesinnung des deutschen Volkes so ausserordentlich schwer.

(12. November 1943)

Furtwängler und das Hitler-Regime

FRITZ VON UNRUH

»Kein Fall im künstlerischen Leben Deutschlands fesselt so das Interesse der Weltmeinung wie der des Dirigenten Wilhelm Furtwängler, der heute um seine Rehabilitierung kämpft«, schrieb der »Aufbau« am 18. April 1947. »Das ist auch nicht verwunderlich. Furtwängler ist heute der bedeutendste Dirigent deutscher Nationalität. Während Toscanini ins Ausland ging, um nicht im faschistischen Italien wirken zu müssen, blieb Furtwängler im Nazireich.« Gegenüber der Verteidigung Furtwänglers sei »vor allem der deutsche Standpunkt dazu und nicht der jüdische wichtig«.
Aus seiner langen Verteidigungsschrift, in der Furtwängler gegen die Emigration ausfällig wurde, zitierte der »Aufbau« einige Passagen. Als Vertreter der Emigration meldete sich der Dichter Fritz von Unruh zum Wort, der selbst aus Hitler-Deutschland geflohen war und damals in New York lebte.
Ist es wirklich so sonderbar, dass man sich wundert, wenn einer, der vom wahren Ewigkeitswert deutschen Wesens einen Hauch verspürt hatte – im Gangsterstaat Hitlers bleiben wollte? Ist es nicht vielmehr erstaunlich, dass solch ein ›überpolitischer Europäer‹-Dirigent mit der Musik deutscher Kultur und Humanitas im Ohr vor ›Hitler und seinem Stab‹ das Podium betreten

konnte, um diese Zertrampler jeglicher Menschenwürde mit dem Ewigkeitswert deutscher Musik zu ergötzen? . . .

Jetzt schleudert er allen denen, die ihn etwa nach seiner Freisprechung noch
weiter verleumden – ein ›Wehe!‹ zu. Sonderlich jenen ausgebürgerten Leuten,
die (wie er sich in dem Exposé ausdrückt) ›den bequemen Platz des Zuschau-
ers inne hatten und sich nun nachträglich denen gegenüber, die im brennenden Hause versuchten zu retten was zu retten war – als moralische Richter
aufspielen und ihnen vorschreiben wollen, was sie hätten tun sollen . . .‹
›Dies‹, erhebt er den Finger, ›kann nicht zugelassen werden‹.

Mit solcher Drohung gegen Leute, die zwischen 1933 und 1939 das *damals*
doch noch nicht brennende Haus verlassen haben, um sich nicht dem Nazi-
Terror beugen zu müssen, manifestiert der Göringsche Staatsrat wohl nicht
die Meinung aller Deutschen? Hoffnung wird nämlich für Deutschland nur
von denen kommen, die nicht dem Pharisäer gleich sprechen: ›Herr, ich
danke Dir, dass ich nicht bin wie jener Zöllner.‹ Sondern die sich wie der
Zöllner an die Brust schlagen und beten: ›Gott sei mir Sünder gnädig.‹ . . .

Nun, wir ›schimpflich Geflüchteten‹ sind sicherlich zu dämlich, um den ›überpolitischen‹ Geist dieses ›Europäers‹ und von Göring ernannten Staatsrats zu
erfassen, der bekannte: ›dass eine einzige Aufführung eines wahrhaft grossen, deutschen Musikwerkes aus sich heraus eine stärkere und wesenhaftere
Verneinung des Geistes von Buchenwald und Auschwitz war, als alle Worte
je sein können.‹

Wir ›schimpflich Geflüchteten‹ fragen aber bescheiden: wie hat solch eine
Aufführung der 9. Symphonie, die der Göringsche Staatsrat des Dritten
Reiches noch 1942 am Geburtstage Hitlers dirigierte, den ›Geist‹ von Buchenwald so ›wesenhaft verneinen‹ können? selbst wenn der überpolitische Europäer-Dirigent dieses Wiegenfest des obersten Mordchefs der Gestapo mit
Beethovens ›Seid umschlungen Millionen! Diesen Kuss der ganzen Welt!‹
noch so weltberühmt und glorreich dirigiert haben sollte! Oder hat es seine,
auch von uns einst so bewunderte Dirigentenkunst etwa verhindert, dass
außerhalb des Konzertsaales zur gleichen Zeit Millionen von Menschen durch
das von ihm gefeierte Geburtstagskind elendiglich in Theresienstadt, Bran-
denburg, in Auschwitz und all den anderen Schandlagern erdrosselt, vergast
oder niedergeknüppelt wurden?

Zum Beweis seiner Nazi-Gegnerschaft führt der Göringsche Staatsrat hau-
fenweis Material an. Unter anderem auch einen von ihm an Goebbels geschriebenen Brief: ›Wenn sich der Kampf gegen das Judentum gegen wirk-

Fritz von Unruh: Selbstbildnis (1951)
Im Hintergrund eine symbolische Darstellung des zerstörten Frankfurt am Main.
Der Finger des Dichters deutet auf die Blume der Hoffnung.

liche Künstler richtet (Max Reinhardt, Huberman usw.), ist das nicht im Interesse des Kulturlebens.‹ (Ergo: der Kampf gegen alles übrige Judentum, das nicht aus wirklichen Künstlern bestand – dies *war* im Interesse des Kulturlebens?) Ein anderes, von ihm als wichtig angeführtes Argument lautet: ›Als einem Vertreter des ewigen, europäischen Deutschland verlieh mir die französische Regierung noch im Juli 1939 die Würde des Kommandanten der französischen Ehrenlegion.‹

Gewiss würden die ›schimpflich Geflüchteten‹ dem Kommandanten noch nachträglich ihre Glückwünsche darbringen – erinnerten sie sich nicht, dass die gleiche französische Regierung ein paar Monate vorher dem Reichsaussenminister von Ribbentrop den Grosskordon der Ehrenlegion verliehen hatte. Auch können die ›schimpflich Geflüchteten‹ natürlich nicht beurteilen, was dieser ›Schliesslich bin ich ein Deutscher‹-Dirigent ein Jahr später in jenen Juli-Tagen totaler Nazi-Siege als überpolitischer Europäer-Dirigent gegen den Mörder aller Dinge Hitler unternommen hat! Damals, als dessen Rommelsche Tank-Divisionen – Holland, Belgien und Nordfrankreich niederwalzend – schliesslich durch den Arc de Triomphe rasselten.

Denn wir weder mit dem Kommandantenkreuz, noch mit dem Grosskordon der Ehrenlegion dekorierten ›schimpflich Geflüchteten‹ konnten leider in jenen Hundstagen 1940 nicht beobachten, wie der ›Antihitlerianer-Dirigent‹ in dem vom Triumph entbrannten Hause des Dritten Reiches rettete, was noch zu retten war. Nämlich in den Kellern unseres Libourner Konzentrationslagers war z. B. überhaupt kein Fenster. Geschweige denn ›ein bequemer Fensterplatz‹. Vor lauter aufgewirbeltem Dreck war nicht einmal der mitgefangene Nebenmann klar zu erkennen, – um wieviel weniger der ›überpolitische Europäer und Retter‹ in dem orgienfeiernden Nazi-Paris. Statt dessen aber ging eine in deutschen Zeitungen publizierte, deutliche Photographie an dem ›bequemen Fensterplatz‹ von Hand zu Hand. Sie zeigte den überpolitischen Europäer gelegentlich eines Konzerts in der Philharmonie. Mit fliegenden Frackschössen schüttelt er in einer tiefen Verbeugung vom Dirigentenpult herab – Adolf Hitler die Hand. Im Hintergrund sassen in der ersten Zuschauerreihe nebeneinander alle jene prominenten ›Feuerwehrleute‹, die ›im brennenden Hause retten wollten, was zu retten war‹. Alle jene vielen, vielen, die sich nun verbitten, dass sich die ›schimpflich Geflüchteten‹ zu moralischen Richtern aufspielen und vorschreiben wollen, was diese deutschen und gleichzeitig überpolitischen Europäer – ›hätten tun sollen‹.

Wir – an unserem bequemen Fensterplatz – denken an ein Wort des Sankt Johannes, der einmal von den Mitläufern des Beelzebub sagt: ›Wer ihn nur grüsst, der macht sich seiner bösen Werke teilhaftig‹.

(18. April 1947)

Nach dem Tode des Dirigenten (am 30. November 1954) schrieb Musikkritiker Artur Holde im »Aufbau«:

Furtwängler war niemals ein Nazi, selbst nicht als er für kurze Zeit der Leitung der Reichsmusikkammer angehörte. Aber man schmeichelte ihm, dem »grössten deutschen« Dirigenten, so sehr man seine Abneigung gegen alle Rassenmassnahmen auch erkannte, denn man wollte sich den »berühmtesten Exponenten deutscher Musikkultur«, als den er sich auch selbst betrachtete, nicht verscherzen.

Trotz hoher Intelligenz war Furtwängler ein politisch kurzsichtiger Mensch, der ganz seinen musikalischen Interessen lebte, und der, wenn es zu Zusammenstössen mit geistig rohen Gewalten kam, weltfremd deren Stosskraft unterschätzte und, dabei sein eigenes geistiges Arsenal überschätzend, annahm, diesen Gewalten mit künstlerischen und humanitären Argumenten beikommen zu können. Mit der Philosophie des Romantikers glaubte er an den Sieg des Rechtsgefühls, des menschlichen Anstandes und vor allem der künstlerischen Leistung.

(7. Januar 1955)

McCarthy ohne Maske

MANFRED GEORGE

Während jener Jahre der politischen Sonnenfinsternis der USA, die durch den Namen Joseph Raymond McCarthy gekennzeichnet waren, gehörte der »Aufbau« zu der anfänglich numerisch kleinen (aber allmählich wachsenden) Gruppe derer, die den Terror des damaligen Bundessenators von Wisconsin konsequent bekämpften. Der folgende Artikel vom 19. März 1954 ist als Beispiel aus einer Fülle ähnlicher Analysen des »Aufbau« herausgegriffen. Am Ende desselben Jahres wurde dann der Bann des Demagogen gebrochen: Der Bundessenat nahm eine Resolution an, die einer moralischen Verurteilung McCarthys gleichkam.

Man kann es der Eisenhower-Administration nicht verdenken, wenn sie ihren Unmut darüber äussert, dass die grausige Burleske McCarthys und der sensationslüsternen Mitglieder seines Stabes die Aufmerksamkeit von den schweren Problemen, die die Nation zu lösen hat, ablenkt. Es liegt zweifellos etwas Unwürdiges darin, dass die ganze politische Szene von den Giftwolken vernebelt wird, die ständig aus dem Pfuhl dieses politischen Sumpfes aufsteigen.

Statt dass aber wirklich eindeutig ein Strich unter das Ganze gezogen wurde, ist die Rede des Vizepräsidenten Nixon, die er im Namen des Präsidenten gehalten hat, bei aller ihrer scheinbaren Entschlossenheit mit vielen Zweideutigkeiten belastet gewesen. Nixon ist ein glatter und ehrgeiziger Mann, der an sich Verstand genug hat, rechtzeitig zu bemerken, dass das Land auf die Dauer nicht die wüsten Parforce-Touren von Erzreaktionären, Abenteurern und Karrieristen, wie sie unter der Fahne des McCarthyismus versammelt sind, ertragen würde. Aber er ist weder entschlossen noch ideenreich genug, um den Präsidenten zu überzeugen, dass man mit dem Grundbösen niemals paktieren kann.

Er spürt auch, dass wenn nicht Wunder geschehen, die republikanischen Mehrheiten im Kongress im Herbst wie Butter vor der Sonne schmelzen dürften.

Deshalb wollen er und die Seinen nicht die demagogische Waffe der »zwanzig Jahre demokratischen Verrats und Misswirtschaft«, die ihnen (die Senatoren) McCarthy, Jenner, Dirksen und auch (Bundesjustizminister) Brownell geschmiedet haben, aufgeben. Mit dreidreiviertel Millionen Arbeitslosen bereits heute und, angesichts der Steuer-Rebellion im Kongress, mit der Aussicht, dass dem Bundesschatzamt ein breites Loch von sieben Milliarden Dollar im kommenden Steuerjahr in seinen Finanzboden gerissen wird, wollen Nixon und seine Freunde im wahrsten Sinne des Wortes »have their cake and eat it«. Sie möchten den McCarthyismus als Wahlwaffe gebrauchen, ohne sich McCarthy persönlich zu verschreiben.

Der Senator von Wisconsin hätte es so leicht haben können, wenn er nicht alles überspannt hätte. Er hätte unschwer auch Gehör und Hilfe Nixons finden können, wenn er nicht durch seine blindwütigen Beleidigungen der Armee und die Herausforderung solcher persönlicher Freunde Eisenhowers wie des Generals Lucius Clay, des Präsidenten der Chase National, John J. McCloy, oder auch des einflussreichen Paul Hoffman, es dem Vizepräsidenten unmöglich gemacht hätte, ihm zur Seite zu stehen. Nixon weiss besser als McCarthy, auf welcher Seite das Brot gebuttert wird. Er erfuhr im Weissen Haus den glühenden Zorn von Milton Eisenhower, dem Bruder des Präsidenten, und wusste auch, wie die übrigen Verwandten Eisenhowers

Point of Order
Zur Geschäftsordnung

Bei den Untersuchungen gegen Joseph McCarthy unterbrach dieser die
Verhandlungen durch »Rufe zur Geschäftsordnung«.
In seinem Ohr: sein Ratgeber Roy Cohn.
Zeichnung von Ludwig Wronkow, erschienen im »Aufbau« am 7. Mai 1954

McCarthy und seine Gruppe einschätzten. Musste der Senator von Wisconsin auch noch sein wüstes Pamphlet gegen den »Verräter« George Marshall an die Militär-Bibliotheken des Landes senden? Musste er anordnen, dass sich sein Haupt-Inquisitor, der penetrante Roy Cohn, in ein Duell ohne Pardon mit dem Heer einliess? Wieder zeigte sich, dass das Schicksal die, die es schlagen will, blind macht.

Aber man soll sich hüten zu glauben, dass McCarthy am Ende ist. Cohn und Schine und vielleicht auch Francis Carr, der Dritte in dem unheiligen Bunde im Kampf gegen die Armee, von dem man mit Staunen hört, dass er ein hoher Beamter des New Yorker FBI gewesen ist, werden vielleicht in den Staubwolken der Auseinandersetzung beruflich untergehen – McCarthy wird noch lange nicht seine Sache aufgeben.

Aber etwas Wesentliches ist geschehen: der Bann ist gebrochen, der Bann jener lähmenden Furcht, die McCarthy und die Seinen seit Jahren wie ein erstickendes Tuch über weite Gebiete der öffentlichen Meinung zu breiten versuchten. Grell fallen die Scheinwerfer auf diesen grossen »Säuberer«, der jetzt selbst so sehr der Säuberung zu bedürfen beginnt. Es klingt heute schon ganz anders, wenn etwa die Ortsgruppe der »Veterans of Foreign Wars« im Geburtsort des von McCarthy so schmählich beleidigten Generals Zwicker eine Resolution gegen den Senator, das bisherige Ideal der grossen Kriegs-teilnehmer-Verbände, annimmt, in der es als Begründung heisst:

»Senator McCarthy schied auf eigenen Wunsch bereits aus dem Militärdienst aus, als seine Kameraden vom Marine-Korps noch viele blutige Kämpfe im Pazifik zu bestehen hatten. McCarthy hat Behauptungen über erlittene Verwundungen gemacht, die er in Wirklichkeit nie erhalten hat. Er hat sich auf Bildern und in Reden als Maschinengewehr-Schütze im Flugzeug darge-stellt, während er als Nachrichten-Offizier im Büro verwandt wurde. Er hat falsche Behauptungen aufgestellt, als er veröffentlichte, dass er als Ge-meiner ins Heer eintrat, während er in Wirklichkeit als commissioned officer begann. Er hat ständig versucht, Orden und Auszeichnungen durchzusetzen, ohne dass die Vorgesetzten ihn dafür eingereicht hatten, usw.«

Der grosse Joe wird in diesen Scheinwerfern ein kleiner, böser Zwerg. Es war peinlich für ihn, dass er an dem Tage, da er die Klage gegen Senator Benton zurückzog und mit der Behauptung kniff, dass niemand Benton glaube, von einflussreichen Persönlichkeiten auch in Zeitungen veröffentlichte Briefe erhielt, in dem diese versicherten, dass sie jede Anschuldigung Bentons gegen McCarthy glaubten und McCarthys Klage entgegensähen.

McCarthy hat bis heute auch noch nicht die berühmte Artikelserie des Verlegers der »Las Vegas Sun«, Hank Greenspun, beantwortet oder Greenspun verklagt, obwohl die sieben Aufsätze des mutigen nevadischen Chefredakteurs (übrigens auch eines Erzfeindes des demokratischen Ichthyosaurus McCarran) Behauptungen und Enthüllungen enthalten, die kein anderer Mensch unbestritten würde hingehen lassen. Ganz abgesehen davon, dass Greenspun zum ersten Mal der Welt erzählt, dass McCarthy – ganz genau wie viele seiner erbarmungslos und oft sinnlos blossgestellten Opfer – in seiner Jugend ein radikaler New Deal-Demokrat gewesen ist, der im Lande mit Reden gegen die »Hoover Depression« herumfuhr und bei vielen als ein verkappter Kommunist galt, werden beunruhigende Einzelheiten über seine Handlungen, Neigungen, Mitarbeiter bis ins Einzelne belegt. Besonders interessant ist auch die Entlarvung, dass einer seiner Haupt-Assistenten, Don Surine, aus dem FBI herausgeflogen ist. Ein anderer Assistent ist wegen seines Verhaltens 1950 von der Polizei in Washington aufgegriffen worden, wieder ein anderer wurde »dishonorably« aus der Flotte entlassen, war ein ehemaliger Kommunist und wurde dann ebenfalls ein Stab-Mitglied McCarthys. Ueber Dr. J. B. Matthews, der später das Velde Committee mit seinem Angriff gegen die protestantische Kirche in schwerste Verlegenheit brachte, ist oft genug geschrieben worden. Manche Vertraute der Washingtoner Szene werden sich übrigens daran erinnern, dass derselbe Matthews einmal von dem Kongressmann Martin Dies, dem Vater aller »Ausschüsse gegen unamerikanische Tätigkeiten«, herausgeworfen worden ist. So könnte man stundenlang fortfahren.

Vizepräsident Nixon hat ganz recht: servieren wir die McCarthy, Cohn und Genossen raschestens ab und kümmern wir uns nicht mehr um sie. Wir haben Wichtigeres zu tun. Aber servieren wir sie wirklich ab und drohen wir nicht wie Nixon mit dem Oberlehrer-Finger. Ein Tadel wegen schlechten Betragens und 15 Minuten in der Ecke nach Schulschluss – das sind Massnahmen, die in diesem Falle nicht ausreichen.

(19. März 1954)

Der Fall Eichmann

Die »Aufbau«-Debatte über den Fall Adolf Eichmann, den Organisator der Massenmorde an Juden, erstreckte sich über Jahre. Ihr erster Höhepunkt

wurde mit dem Kommentar Manfred Georges nach dem Schluß des Jeru-
salemer Prozesses erreicht, in dem Eichmann am 11. Dezember 1961 zum
Tode verurteilt wurde. Die Diskussion wurde nach der Hinrichtung Eich-
manns neu angefacht durch eine Artikelserie Hannah Arendts in der Zeit-
schrift »New Yorker« (die 1963 als Buch unter dem Titel »Eichmann in
Jerusalem« erschien). Die folgende Übersicht zitiert die wichtigsten Punkte
aus dem journalistischen Symposion.

MANFRED GEORGE:

Jeder, der Eichmann im Gerichtssaal unmittelbar oder im Fernsehfunk beobachtet, der seine Verteidigung verfolgt, seine Argumente gehört und seinen
bis zuletzt durchgehaltenen Beteuerungen persönlicher Unschuld gelauscht
hat, wird mit tiefem Erschrecken eines erkannt haben: Eichmann hat überhaupt nicht verstanden, weswegen er angeklagt war.

Hier sass ein Mörder, der sich für unschuldig hielt, weil andere ihm das
Morden befohlen hatten. Hier sass das grässlichste Exemplar des Typs vom
»Untertan«, der ohne weiteres ein, und keineswegs ein blindes, Werkzeug
der sogenannten Obrigkeit wird. Hier sass ein Mann, der bis zum Blei-
stiftspitzen ein sorgfältiger, peinlich genauer Bürokrat war, und der zu jenen
Menschen gehörte, die am Tage die furchtbarsten Mordbefehle ausführen
können, um abends nach Hause zu gehen, um sich im trauten Familienkreis
an den Tisch zu setzen und von Frau und Kinder bewundert mit grösstem
Appetit ihr Beefsteak mit Knödeln essen können.

Ueberall in der Welt gibt es Tausende von potentiellen Eichmanns. Vorläufig
üben sie noch unbemerkt ihre Berufe aus und die meisten von ihnen erhalten
auch nie die Gelegenheit, sich aus einem spiessbürgerlichen Konformisten in
ein reissendes Tier zu verwandeln. Aber wenn für einen von ihnen die
Stunde kommt – und während des Zweiten Weltkrieges gab es überall in den
von den Nazis besetzten Gebieten, namentlich in Osteuropa, Hunderte von
kleinen und grossen, sich plötzlich als Eichmanns entpuppenden Bestien –
dann werden plötzlich aus Menschen Unmenschen in Uniformen. Wenn
dann der Krieg vorbei ist und die Uniformen an den Nagel gehängt sind,
dann sind sie wieder, solange sie nicht entdeckt werden, was sie waren: Klein-
bürger, bereitwillige Konformisten, brave Familienväter.

Der Tag der Vergeltung kommt selten. Viele dieser »Mörder unter uns«
sterben im Bett. Dass Eichmann jedenfalls nicht in seinem Bett zu Hause
sterben wird, bringt zwar keines seiner Opfer wieder zum Leben, das ist

schon richtig, aber es rückt, wenn auch nur leise und sehr provisorisch, für kurze Zeit die Waage der Gerechtigkeit wieder etwas ins Gleichgewicht.

(22. Dezember 1961)

RABBINER HUGO HAHN:
Unmittelbar nach der Kristallnacht im Jahre 1938 hat Mahatma Gandhi, der berühmte indische Weise, einen offenen Brief an Martin Buber und Leo Baeck gerichtet, in dem er die Juden Deutschlands aufforderte, ihr Leben auf dem Altar des passiven Widerstandes darzubringen. Solch freiwilliger Todeseinsatz, so meinte er, würde die Juden der Welt innerlich stärken und das Gewissen der Menschheit wachrufen.

Martin Buber gab die Antwort, mit der Leo Baeck übereinstimmte. Er wies darauf hin, dass die Haltung der Gewaltlosigkeit einer »dämonischen Universalwalze« gegenüber sinnlos sei. Martyrium bedeute Zeugenschaft. Die Judenfeinde seien aber nicht bereit, das Zeugnis anzunehmen. Damit sei freiwilliges Martyrium sinnlos geworden. Judentum sei eine Lehre des Lebens und nicht des Todes . . .

Für Gandhi waren die Juden in der Hitlerzeit nicht passiv genug. Für den Wiener Psychoanalytiker Bruno Bettelheim, der heute als Professor an der Universität in Chicago tätig ist, waren wir nicht aktiv, nicht aggressiv, nicht mutig genug . . .

Hannah Arendt teilt diese Anschauungsweise. Mit Bettelheim stellt sie fest, dass mehr Juden durch eine solche Angriffsbereitschaft gerettet worden wären, als dies durch die vorsichtigen Massnahmen der Auswanderungspolitik möglich war.

Wir können diese Rechnung nicht mitmachen, weil wir aus eigener Erfahrung zu wissen glauben, dass die Nazis sich durch solche »Heldentaten« nicht hätten imponieren lassen. Im Gegenteil: wir sind davon überzeugt, dass ihre Gegenmassnahmen, trotz der Stimmung im Ausland, Bartholomäus-Nächte ausgelöst hätten, in denen wahrscheinlich das Leben aller in Europa verbliebenen Juden ausgelöscht worden wäre. Solche Rechenkunststücke sind wenig geeignet, das Andenken der Umgekommenen zu ehren und den Schmerz der Ueberlebenden zu lindern.

(29. März 1963)

ADOLF LESCHNITZER:

Die wirkliche Wahrheit hinter dem, was ein Eichmann repräsentierte, ist selbst mit der besten, sorgsamsten und geistvollsten Argumentation nicht zu ergründen – und die Wahrheit dessen, was in den Opfern vorging, noch weniger. Hannah Arendt ist entzückt von den Richtern des Prozesses, deren ·Amt sie zwang, so ruhig und sachlich zu sein wie nur menschenmöglich. (Und sie macht sich, notabene, am Schluss der Serie selbst zum Obersten Richter . . .) Sie ist gegen *Ben Gurion*, gegen viele Zeugen, gegen den Generalstaatsanwalt *Gideon Hausner*, weil sie – wie es notabene vom öffentlichen Ankläger erwartet wird und erwartet werden muss – nicht nur mit dem Kopf, sondern mit schmerzender Seele an den »Fall Eichmann« herangingen. Es ist gerade die schmerzende, blutende Seele, die Hannah Arendt abgeht. Vielleicht wird einmal die Zeit kommen – wenn alle diejenigen, die den Nazismus am eigenen Leibe gespürt haben, nicht mehr vorhanden sein werden –, um mit ruhiger Sachlichkeit und rein argumentativ dem Nazi-Geschehen nachzugehen. Vorläufig ist es noch nicht möglich – und die Artikelserie von Hannah Arendt, gerade weil sie sachlich so hervorragend ist, beweist es.

(29. März 1963)

ROBERT M. W. KEMPNER:

Wenn man sich mit Mördern vom Typus Eichmann seit mehr als zwanzig Jahren befasst, sie angehört, vernommen, angeklagt und ihre Schwächen, Stärken und modus exterminandi studiert hat, so verschlingt man Berichte einer gelehrten Theoretikerin wie Hannah Arendt mit besonderer Faszination. Dass viele Einzelheiten unzutreffend sind, kann nicht erstaunen, da die intime Kenntnis der Regierungs-Struktur des Dritten Reiches und die »Bekanntschaft« mit den handelnden Mördern der Verfasserin mangeln. Erstaunlich ist es aber, wenn eine Soziologin von Rang sich durch faustdicke Lügen eines Adolf Eichmann bluffen lässt und sie für bare Münze nimmt, so dass der Wert der Studie beeinträchtigt wird. Zeigen wir dies an zwei Beispielen, die den Kern des Prozesses betreffen.

Ein Kernstück des Prozesses von Jerusalem war das von mir in Nürnberg der Welt präsentierte Protokoll der Wannsee-Konferenz der Nazi-Staatssekretäre. Dort wurde die mörderische Lösung der Judenfrage zwischen den Behörden koordiniert und Eichmann als Programmdirektor und Exekutor installiert. Vor Gericht erzählte er, wie er sich nach der Konferenz unschuldig wie Pontius Pilatus und seelisch erleichtert gefühlt habe: hätten doch die höchst ehrenwerten und juristisch gelehrten Staatssekretär-Teilnehmer dem von Reinhard Heydrich vorgetragenen Mordprogramm überraschend zugestimmt. Hannah Arendt glaubt nicht nur diese Einlassung, sondern ornamentiert sie noch mit der Erklärung, die hohen Beamten seien nicht einmal Parteigenossen gewesen. – In Wahrheit wollte Eichmann sich nur mit seiner unwahren Behauptung entlasten. Tatsächlich hatten die ministeriellen Teilnehmer nicht etwa überraschend dem Mordprogramm zugestimmt, sondern es seit Monaten in ihren Ressorts mitvorbereitet. Sie alle hatten laufend die Judenpolitik Hitlers gefördert und waren bis auf eine einzige Ausnahme Mitglieder der NSDAP, teilweise sogar der SS.

Ein zweites Kernstück: Die Verfasserin nimmt Eichmann die Behauptung ab, er sei ganz besonders durch interministerielle und andere Intrigen und Machtkämpfe in Anspruch genommen worden. Sie häkelt in dieses Argument noch die Namen und Titel von angeblichen Konkurrenten (competitors) Eichmanns in anderen Behörden und Zweigen der SS ein. Gewiss hat ein des Völkermordes Angeklagter das Recht, durch Lügen von seiner wahren Tätigkeit abzulenken und wie fast alle Kriegsverbrecher zu behaupten: Ich war so stark mit amtlichen Auseinandersetzungen und Kompetenz-Streitigkeiten beschäftigt, dass ich für eine angeblich verbrecherische Tätigkeit gar keine Zeit hatte. Darf aber eine kritische Chronistin dieser unsubstantiierten und abgedroschenen Verteidigungstaktik folgen? –

(12. April 1963)

ALFRED FARAU:

In der Feststellung von Frau Dr. Arendt und früher von Professor Bettelheim und anderen über den Anteil der Juden an ihrer eigenen Vernichtung vermischen sich zwei gänzlich verschiedene Erlebnisebenen, die zu trennen es eines kantischen Geistes bedarf. »Nicht der Mörder, sondern der Ermordete ist schuldig« ist nämlich richtig, von einer kosmischen Ebene aller Gesamtzusammenhänge gesehen und falsch, betrachtet von einer moralischen Ebene des menschlichen Zusammenlebens. Wenn das nicht sonnenklar gesagt wird – und es wurde nicht sonnenklar gesagt – wird die unheilvolle Verwirrung, in der wir leben, nur noch schlimmer. Und die Folgen sind schon da. Da kommen also jetzt die Leute gerannt, Juden und Christen, Europäer und Amerikaner, und sind wankend geworden. Mühselig hat man sie dazu gebracht, das Unglaubliche zu glauben ... hat man sie betrogen und ein

Wesentliches ihnen vorenthalten? – Ob Hannah Arendts und ähnliche Berichte genützt haben, lasse ich dahingestellt; dass sie viel geschadet haben, *weiss* ich. – Es ist wirklich so, dass die Hitleropfer zum Schaden noch den Spott haben.

(24. Mai 1963)

FRIEDRICH S. BRODNITZ:

Die Mehrzahl der Männer und Frauen, die die *Reichsvertretung der deutschen Juden* geschaffen und bis zu ihrer Auflösung im Jahre 1933 getragen haben, können nicht mehr als Zeugen auftreten, um die Arbeit der Reichsvertretung gegen die Kritik Hannah Arendts zu verteidigen. Sie haben ihr Ausharren in Berlin mit dem Tode bezahlt. Die wenigen von uns aus dem Kreis der Reichsvertretung, die noch am Leben sind, sind es dem Andenken ihrer ermordeten Freunde und der Ehre des deutschen Judentums schuldig, das völlig entstellte Bild zu berichtigen, das Hannah Arendt von der Führung des deutschen Judentums gibt.

Unter den Sünden, vor denen sich der Historiker hüten sollte, wiegt die Sünde der Nichterwähnung ebensoschwer wie die Sünde des Vorurteils. In ihrer Beschreibung des Schicksals der Juden in den verschiedenen europäischen Ländern gibt sie eine Fülle von Fakten und Namen. Aber wenn es zur Darstellung der Situation des deutschen Judentums – ihrer eigenen Gemeinschaft! – kommt, wird die sonst so beredte Hannah Arendt merkwürdig wortkarg. Sie spricht nur von der »Nazi-appointed« Reichsvereinigung, die im Jahre 1939 ernannt wurde, nachdem alle bisherigen Mitarbeiter der Reichsvertretung der deutschen Juden in Konzentrationslagern verschwunden waren. Mit keinem Wort erwähnt sie die bis dahin geleistete Arbeit der Reichsvertretung, die von 1933–1939 als eine Vertretung des gesamten deutschen Judentums bestanden hat. Sie nennt nur *Leo Baeck*, den sie als einen wohlmeinenden aber recht unzureichenden Greis darstellt. Kein Wort von *Otto Hirsch*, eine der feinsten Gestalten des deutschen Judentums, kein Wort von Männern wie *Julius Seligsohn* und *Arthur Lilienthal*, kein Wort von Frauen wie *Cora Berliner* und *Hanna Karminski*.

Jeder von ihnen hatte Gelegenheit und wiederholte Einladung zu befriedigender Arbeit im Ausland. Jeder von ihnen stellte die Verantwortung für das Schicksal der deutschen Juden über die persönliche Sicherheit und büsste die Treue zur Gemeinschaft mit dem Tode. Leo Baeck, der Einzige aus der Führung der Reichsvertretung, der das Lager überlebte, hat seinen Platz in der jüdischen Geschichte: in den Jahren der Reichsvertretung, den Jahren in Theresienstadt und in dem Abend seines Lebens nach der Befreiung. Er bedarf keiner Verteidigung gegen Hannah Arendt.

(31. Mai 1963)

GERSHON SCHOLEM:

Ich finde in Ihren [Hannah Arendts] Darlegungen des jüdischen Verhaltens unter extremen Umständen, in denen wir beide nicht gewesen sind, kein abgewogenes Urteil, sondern vielmehr ein oft ins Demagogische ausartendes Overstatement. Wer von uns kann heute sagen, welche Entschlüsse jene »Ältesten« der Juden, oder wie man sie nennen will, unter den damaligen Umständen hätten fassen müssen? Ich weiss es nicht, und ich habe nicht weniger darüber gelesen als Sie und aus Ihren Analysen habe ich nicht den Eindruck, dass Ihr Wissen besser begründet ist als mein Unwissen.

Es hat die Judenräte gegeben, einige unter ihnen waren Lumpen, andere waren Heilige. Ich habe über beide Typen viel gelesen. Es gab sehr viele Mittelmenschen wie wir alle, die unter unwiederholbaren und unrekonstruierbaren Bedingungen Entschlüsse fassen mussten. Ich weiss nicht, ob sie richtig oder falsch waren. Ich masse mir kein Urteil an. Ich war nicht da.

Gewiss – ich habe mich für diese Karriere speziell interessiert –, der Wiener Rabbiner Murmelstein in Theresienstadt hätte, wie alle Insassen des Lagers, die ich gesprochen habe, bestätigen, verdient, von den Juden gehängt zu werden, aber schon über viele andere gehen die Urteile weit auseinander. Warum zum Beispiel wurde Paul Eppstein, eine der umstrittensten Figuren, erschossen von den Nazis? Sie sagen es nicht. Der Grund ist aber, dass er gerade das getan hatte, was er nach Ihrer Behauptung eigentlich mehr oder weniger gefahrlos hätte tun können, er hatte Leuten in Theresienstadt gesagt, was ihnen in Auschwitz bevorstehe. 24 Stunden später war er erschossen.

Ihre These, dass durch die bekannten Manöver der Nazis die klare Scheidung zwischen Verfolgern und Opfern gelitten hätte und verwischt worden wäre, eine These, die Sie zum Nachteil der Anklage gegen Eichmann benutzen, halte ich für ganz falsch und tendenziös. In den Lagern wurden Menschen entwürdigt und wie Sie selber sagen, dazu gebracht, an ihrem eigenen Untergang mitzuarbeiten, bei der Hinrichtung ihrer Mitgefangenen zu assistieren und dergleichen. Und deswegen soll die Grenze zwischen Opfern und Verfolgern verwischt sein? Welche Perversität! Und wir sollen da kommen und sagen, die Juden selber hätten ihren »Anteil« an dem Judenmord. Das ist ein typischer Quaternio terminorum.

Ich habe in diesen Tagen einen Aufsatz über das Buch des Rabbiners von Piotrkow, Moses Chaim Lau, gelesen, der in der Zeit des Untergangs im Bewusstsein dessen, was kam, ein Buch geschrieben hat: »Der Weg zur Heiligung des Namens«, das man jetzt gedruckt hat, und der unter den Umständen, in denen er sich fand, genau zu fixieren versucht hat, was die Pflicht der Juden unter extremen Situationen sei. Nicht alles, was in jenem ergreifenden Text steht, der nicht der einzige ist, ist dem Inhalt (wenn auch nicht dem Tonfall) Ihrer Betrachtungen fremd. Es kommt in Ihrem Buch überhaupt nicht zur Erscheinung, wie viele Juden auch im vollen Bewußtsein der Sachlage ihren Weg gegangen sind. Jener Rabbi ist mit seiner Gemeinde nach Treblinka gegangen, obwohl er die Gemeinde aufgefordert hat wegzulaufen.

Der Heroismus der Juden hat nicht immer im Schiessen bestanden, und nicht immer haben wir uns dessen geschämt. Ich kann den nicht widerlegen, der sagt, die Juden haben ihr Schicksal verdient, weil sie sich von Anfang an nicht anders gewehrt haben, weil sie feige waren und dergleichen. Ich habe das erst in den letzten Tagen in den Briefen eines aufrichtigen jüdischen Antisemiten namens Kurt Tucholsky dargelegt gefunden. Ich bin nicht so fein, wie Tucholsky war, der natürlich recht hatte: wenn alle Juden weggelaufen wären, besonders nach Palästina, wären mehr am Leben. Ob es unter den historischen Bedingungen der jüdischen Geschichte und des jüdischen Lebens möglich war und ob es Schuld und Anteil am Verbrechen im historischen Sinn bedingt, ist eine andere Frage.

(20. Dezember 1963)

HANNAH ARENDT:

Ich kann mir nicht gut denken, dass Sie [Gershon Scholem] die folgenden Dinge missverstanden hätten, wenn Sie das Buch unvoreingenommen und unbeeinflusst von der sogenannten öffentlichen Meinung, die in diesem Falle manipuliert ist, gelesen hätten: Ich habe natürlich Eichmann nie zu einem »Zionisten« gemacht. Wenn Sie die Ironie des Satzes nicht verstanden haben, der ja ausserdem deutlichst in indirekter Rede, nämlich so, wie sich Eichmann selbst darstellte, spricht, dann kann ich mir wirklich nicht helfen. Ich kann Ihnen nur versichern, dass Dutzende von Lesern vor der Publikation des Buches hierüber nie einen Zweifel gehabt haben.

Ferner, die Frage, warum die Juden »sich haben töten lassen«, habe ich nie gestellt, sondern ich habe Hausner angeklagt, sie gestellt zu haben. Es hat kein Volk und keine Gruppe in Europa gegeben, die sich unter dem unmittelbaren Druck des Terrors anders verhalten haben als die Juden.

Die Frage, die ich aufgeworfen habe, ist die der Kooperation jüdischer Funktionäre, von denen man nicht sagen kann, dass sie einfach Verräter waren (die hat es auch gegeben, das ist aber uninteressant), und zwar zu Zeiten der Endlösung. Mit anderen Worten, bis 1939 oder 1941, wie man es nun ansetzen will, ist alles noch verständlich und entschuldbar. Das Problem begann danach. Über diese Sache wurde während des Prozesses gesprochen, ich konnte sie also nicht vermeiden. In ihr liegt das Stück »unbewältigte Vergangenheit«, das uns angeht.

Und wenn Sie vielleicht recht haben, dass es ein »abgewogenes Urteil« noch nicht geben kann, obwohl ich es bezweifle, so glaube ich, dass wir mit dieser Vergangenheit nur fertig werden können, wenn wir anfangen zu urteilen, und zwar kräftig. Mein Urteil in der Angelegenheit habe ich klar ausgesprochen, aber Sie haben es offenbar nicht verstanden. Es gab keine Möglichkeit, nichts zu tun. Und um nichts zu tun, brauchte man kein Heiliger zu sein: Ich bin ein einfacher Jude, und ich will mehr nicht sein. Ob diese Leute in allen Fällen verdient haben, gehängt zu werden, ist eine ganz andere Frage. Was hier zur Debatte steht, sind die Argumente, mit denen sie sich vor sich selbst und vor anderen gerechtfertigt haben.

Über diese Argumente steht uns ein Urteil zu. Diese Leute standen auch nicht unter dem unmittelbaren Druck des Terrors, sondern nur unter dem mittelbaren. Über die Gradunterschiede in diesen Dingen weiss ich Bescheid. Es gab da immer noch einen Raum des freien Entschlusses und des freien Handelns. Genauso, wie es bei den SS-Mördern, wie wir heute wissen, einen begrenzten Raum der Freiheit gab; sie konnten sagen, ich mache dies nicht mit, und es passierte ihnen gar nichts. Da wir es in der Politik mit Menschen und nicht mit Helden oder Heiligen zu tun haben, ist diese Möglichkeit der Non-partizipation offenbar für die Beurteilung des Einzelnen, nicht des Systems entscheidend.

(20. Dezember 1963)

ROBERT WELTSCH:

Wenn Greuelberichte sich in Statistiken verwandeln, ritzt das kaum die Oberfläche des Bewusstseins der Angesprochenen.

Mehr ist auch im Eichmann-Prozess in Israel nicht gelungen, wo die jungen Menschen ihr eigenes Leben und ihre persönlichen Interessen haben, ebenso wie anderswo in der »affluent society«. Das einzige Ergebnis sind dann Debatten wie die, vor der wir jetzt in namenloser Bestürzung stehen. Welch ein Paradox, die unsagbaren Ergebnisse der systematischen Dehumanisierung zu analysieren in der selbstsicheren, kommerzialisierten Atmosphäre der amerikanischen Welt von heute, auf schmalen Druckspalten zwischen der Anpreisung von Büstenhaltern, Lippenstiften und neuesten Automodellen. Selten hat sich die Ueberheblichkeit eines zu Gericht sitzenden Intellektualismus in einer solchen Fratze gezeigt. Ich war darüber sehr unglücklich.

Was im Dunkel jener Hölle vorgegangen ist, kann ich nicht aussagen, weil ich nicht dabei war. Ich wünschte, dass alle Beteiligten zumindest diesen Respekt empfänden und diese Pflicht einer natürlichen Selbstbeschränkung. Dass das Establishment (ich scheue den Ausdruck nicht) sich gegen generalisierende Aburteilung wehrt, ist völlig legitim und selbstverständlich. Es ist auch eine Ehrenpflicht, Freunde zu verteidigen, die in einer unausweichlichen, nicht in Worten zu reproduzierenden Situation waren, die nicht entrinnen, sich nicht entziehen konnten, und nicht den Rat der Klugen von 1964 einholen konnten, sondern dem Teufel gegenüberstanden und nur jeden Tag auf seinen Untergang hoffen konnten, »hoping against hope«.

Sind das nicht die Menschen, die geopfert wurden, damit wir übrig bleiben konnten, – wir, die rechtzeitig geflohen sind? Die nun zwanzig Jahre später Zeitungen füllen können mit dem Urteil über andere?

(7. Februar 1964)

Debatte um Hochhuths »Stellvertreter«

Die internationalen Auseinandersetzungen um Rolf Hochhuths Stück »Der Stellvertreter«, das von der Rolle des Papstes Pius XII. während der Nazijahre handelt, wurden im »Aufbau« ausgiebig berichtet. Anläßlich der New Yorker Aufführung erklärte Manfred George in seiner Kritik (»Aufbau«, 6. März 1964), daß die »ungebildete Masse der katholischen Laien« darin einen Angriff nicht nur auf den Papst, sondern auf die Kirche, die er repräsentiert, sehen könnte. »Kurzschlüsse« dieser Art seien »mangelnder Aufklärung« zuzuschreiben. »Das war wohl auch der Grund«, fuhr George fort, »warum die ersten Proteste gegen die Aufführung in New York von jüdischer Seite kamen. Auch bei den Juden unterscheidet sich die breite Masse kaum von anderen breiten Massen; sie ist ebensowenig bereit, eine Feuer-

probe geistigen Mutes zu bestehen und ebenso opportunistisch wie ihre übrigen Menschenbrüder«. George bekannte sich zu der Grundthese des Stückes, »daß Schweigen eine Sünde sein kann«.

(6. März 1964)

Aber auch hier ließ der »Aufbau« Vertreter divergierender Auffassungen zu Worte kommen:

ROBERT M. W. KEMPNER:

Das folgende, bisher meist Unbekannte aus amtlichen deutschen Akten, soll die historische Situation beleuchten, in der das Hochhuth-Drama spielt.

1. Pius XII wusste, dass die bereits 1942 und 1943 von Roosevelt, Churchill, etc., öffentlich angedrohte Bestrafung von Judenmördern völlig ergebnislos verhallt war. Hohe Nazi-Funktionäre reagierten, wie wir aus Nürnberg wissen, mit Aktenvermerken wie den folgenden: »(1) Fühle mich geehrt; (2) Zu den Akten.«

2. Der Papst hatte nur entmutigende Erfahrungen mit seinen zahlreichen Interventionen wegen der Verfolgung von Juden gemacht. Der Nuntius musste z. B. im Okt. 1942 wegen der vom Vatikan erbetenen Auskünfte über die Deportation von Juden aus Frankreich und aus Lemberg zurückberichten, er habe die Angelegenheiten beim Auswärtigen Amt vorgebracht, aber keine Auskünfte erhalten können. Der Unterstaatssekretär hatte sie glatt verweigert.

3. Auch mit seinen zahlreichen Interventionen wegen der Verfolgung von katholischen Priestern hatte der Papst in Berlin nur höchst entmutigende Erfahrungen gesammelt. Trotz seiner Interventionen wurden in Deutschland, Österreich, Polen, Frankreich und anderen Ländern 3000–4000 katholische Priester von den Nazis ermordet.

4. Als Ribbentrop nach Erteilung zahlreicher verlogener Antworten auf Interventionen von einer möglichen öffentlichen Stellungnahme des Vatikans erfuhr, sandte er seinem Botschafter Ernst von Weizsäcker eine erpresserische Instruktion (Telegramm Nr. 181 vom 24. Januar 1943):

»... Sollte der Vatikan politisch oder propagandistisch gegen Deutschland Stellung nehmen, so würde es unmissverständlich zum Bewusstsein zu bringen sein, dass sich eine Verschärfung der Beziehungen nicht etwa einseitig zum Nachteil Deutschlands auswirken würde, dass es der Reichsregierung vielmehr weder an wirksamem Propagandamaterial noch an der Möglichkeit tatsächlicher Massnahmen fehlt, um jeden vom Vatikan gegen Deutschland versuchten Schlag entsprechend wirksam zu erwidern.«

5. Zu den spätestens nach einem Siege Hitlers geplanten Massnahmen gehörten unter anderem: »Jeder katholische Staat muss sich seinen eigenen Papst wählen«; »Die christlichjüdische Pest geht ja jetzt wohl ihrem Ende entgegen«; »Der Bischof von Münster wird einmal vor die Gewehre kommen.« Diese und ähnliche Erklärungen Hitlers hat Alfred Rosenberg aufgezeichnet (siehe »Der Monat«, 1949, Heft 10, meine Veröffentlichung aus sonst unveröffentlichten Teilen des Rosenbergschen Tagebuches).

6. Jedes propagandistische Auftreten der Kirche gegenüber der Reichsregierung Hitlers wäre nicht nur »provozierter Selbstmord« gewesen, wie Rosenberg ebenfalls erklärt hatte, sondern hätte die Ermordung von noch mehr Juden und Priestern beschleunigt.

(24. Januar 1964)

ALBERT SCHWEITZER:

Ich bin ein aktiver Zeuge des menschlichen Versagens in jenen Zeiten gewesen, und glaube, wir müssen uns mit diesem grossen Problem der historischen Ereignisse beschäftigen. Wir schulden dies uns selbst, denn unser Versagen machte uns alle in jenen Tagen zu Mitschuldigen. Schließlich war dies ein Versagen nicht der katholischen Kirche allein, sondern auch der protestantischen. Die katholische Kirche trifft vielleicht eine grössere Schuld, denn sie war eine organisierte, übernationale Macht und in einer Position etwas zu tun, während die protestantische Kirche unorganisiert, ohnmächtig und nur eine nationale Macht war. Aber auch sie wurde schuldig einfach dadurch, dass sie die schreckliche und unmenschliche Tatsache der Verfolgung der Juden akzeptierte. Denn in jenen Tagen lebten wir in einer Zeit der Unmenschlichkeit auf kulturellem Gebiet, die man zurückdatieren kann bis zu Friedrich Nietzsche am Ende des vorigen Jahrhunderts. Das Versagen war eines der Philosophie ebenso wie des freien Denkens.

Um auf dem richtigen Wege der Geschichte zu bleiben, müssen wir der grossen Verirrung jener Tage bewusst werden und bewusst bleiben, damit wir nicht erneut in den Sumpf der Unmenschlichkeit geraten. Aus diesem Grunde ist es bedeutsam, dass das Drama »Der Stellvertreter« erschienen ist. Es klagt nicht nur eine historische Persönlichkeit an, die die grosse Verantwortung des Schweigens auf sich nahm, sondern es ist auch eine feierliche Warnung für unsere Kultur und ermahnt uns nie wieder Unmenschlichkeit zu akzeptieren und mit Schweigen zu übergehen. Das Denken unserer Zeit ist immer noch in Unmenschlichkeit verankert, die Geschichte der Welt in unserer Zeit weiterhin durch und durch unmenschlich, und wir akzeptieren dies als etwas Natürliches.

Hochhuths Drama ist nicht nur eine Anklage der Geschichte, sondern auch ein Warnruf an unsere Zeit, die in naiver Unmenschlichkeit verharrt.

(6. März 1964)

ROBERT WELTSCH:

Hochhuth klagt nicht das Christentum an und nicht die Kirche. Das Drama ist nicht anti-christlich. Im Gegenteil, er klagt einzelne Menschen an, weil sie nicht auf der Höhe ihrer Aufgabe standen, weil sie das Gebot des Christentums, das Gebot der Nächstenliebe nicht erfüllt haben, sondern statt dessen sich in Politik einliessen ...

Viele glauben, dass ein grosser objektiver Wert in der Tatsache liegt, dass eine universalistische Institution wie das Papsttum existiert. Paradoxerweise ist dies ja auch die Meinung von Hochhuth, andernfalls könnte er ja nicht diesen bestimmten Papst anklagen; seine Behauptung ist es, dass Pius XII. nicht auf der Höhe seines Amtes stand, und gerade in dieser Anklage drückt sich der Glaube aus, dass das Amt so gross ist, dass es seinen Träger zu Taten verpflichtet, die ein anderer Mensch, der nicht einen derartigen Status geniesst, nicht ausführen könnte. Aber diese Unterscheidung zwischen dem Manne und dem Amte wurde anscheinend von der Mehrheit der katholischen öffentlichen Meinung nicht akzeptiert ...

Man kann verstehen, dass die katholische Kirche immer den Argwohn hat, dass die »Häretiker« es auf die Kirche selbst abgesehen haben und dass sie die Haltung eines bestimmten Papstes nur darum angreifen, um damit das katholische Prinzip als Ganzes zu treffen. Denen, die nicht glauben, dass irgendein menschliches Wesen, sei er auch der grösste Weise, nicht irren kann, scheint es, dass diese Lehre der Unfehlbarkeit eine zu grosse Bürde dem Menschen auferlegt, der das Amt innehat. Wir müssen annehmen, dass die Kirche ihr Oberhaupt mit aller erdenklichen Sorgfalt und Strenge wählt, und dass der Mann, dem diese Rolle zuteil wird, zu den Besten gehört. Aber auch der beste Mann kann irren, und wenn man argumentiert, dass in einem bestimmten Moment ein Mann nicht auf der erforderlichen Höhe stand, weil er die politische Weltlage nicht richtig einschätze, liegt darin keine Beleidigung der Kirche.

Die nicht-katholische Welt hat im allgemeinen eine respektvolle Einstellung zum Papst; der gegenwärtige Träger des Amtes erfreut sich einer offenkundigen Sympathie und grosser Verehrung von seiten der ganzen Öffentlichkeit. Zweifellos ist besonders für Juden eine Stellungnahme gegenüber der Kirche eine sehr delikate und verantwortliche Angelegenheit, schon weil die Möglichkeit eines Missverständnisses dabei grösser ist als bei anderen. Hat doch lange Zeit hindurch die Kirche die Juden als Feind betrachtet, und wenn sie in der letzten Epoche diese Haltung geändert hat, liegt darin eine grosse Verbesserung, zumal da die Erfahrung der Hitler-Zeit gezeigt hat, welche Folgen ein ungezügelter Antisemitismus haben kann, der sich auch im Mittelalter jahrhundertelang entwickelt hat, nicht ganz ohne Mitwirkung der Kirche. Wenn sich die Kirche vom Antisemitismus abgrenzt, ist das ein gewaltiger Fortschritt. Wenn also die Kirche in der gegenwärtigen Kontroverse über Hochhuth sich mit grosser Erregung gegen den Vorwurf des Autors verteidigt, dass sie angeblich nicht alles, was in ihrer Macht stand, getan habe (aber in Wirklichkeit beschuldigt Hochhuth ja nur einen Mann und nicht die Kirche), um die anti-jüdischen Greueltaten der Nazis zu verhindern, so liegt darin eine indirekte Anerkennung, dass eine solche Verpflichtung ihr oblag und dass sie nur ohnmächtig war angesichts der bestehenden Umstände.

Ein katholischer deutscher Professor hat gesagt, dass ein offener Protest des Papstes, wenn Pius XII. ihn erlassen hätte, die römische Kirche und den Papst zu einer Höhe erhoben hätte, die sie seit dem Mittelalter nicht innehatten. Die Tatsache, dass ein solcher Protest nicht hörbar wurde, lässt sich nicht verwischen. Dies scheint uns der Kernpunkt des Dramas, und daran ändern auch die nichts, welche die persönlichen Motive des Papstes günstig auslegen. Niemand von uns hat ein Recht, ihre Worte anzuzweifeln, besonders niemand, der den Mann zu seinen Lebzeiten nicht gekannt hat. Aber ihre Einwendung widerlegt nicht die Schlussfolgerung, die der Autor aus der schrecklichen Tragödie gezogen hat.

(13. März 1964)

»Herr Karl« geht um

JOSEPH WECHSBERG

Der Artikel Joseph Wechsbergs wurde durch den Fall des Professors Taras Borodajkewycz an der Wiener Hochschule für Welthandel veranlaßt. Borodajkewycz hatte im März 1965 bei einer Pressekonferenz antisemitisch getönte Bemerkungen gemacht und offen zugestanden, daß er 1934 freiwillig und aus echter Überzeugung der NSDAP beigetreten sei. In Wien kam es daraufhin zu Demonstrationen österreichischer Widerstandskämpfer gegen den Professor, wobei ein Widerstandskämpfer von einem Rechtsradikalen getötet wurde. Borodajkewycz wurde endlich im Mai 1966 von der Disziplinarkommission des österreichischen Unterrichtsministeriums zwangspensioniert.

Wechsberg (geboren 1907 in Mährisch-Ostrau) fühlt sich als Altösterreicher (als »noch immer leicht monarchistischer U. S. citizen«). Er studierte in Prag Jus, in Wien Musik und in Paris Philosophie und »night life«. Der Schriftsteller, der seit 1948 als regelmäßiger Korrespondent des »New Yorker« tätig ist, schreibt über sich: »...besitze weder ein Haus noch einen Renoir, auch keine Jacht, nur eine Stradivari, auf der ich mit Leidenschaft Kammermusik spiele. Lebe in Europa und Amerika; ich bin, wie wir alle, überall und nirgendwo zu Hause. Mehr darüber in meinem letzten Buch ›The First Time Around‹«.

Die Hochschule für Welthandel in Wien war schon im Jahre des Heils 1925, als ich zwei Semester lang dort studierte, eine akademische Institution ganz besonderer Art. Gerüchten zufolge waren die Mauern der Lehranstalt antisemitisch imprägniert und reagierten auf blosse Berührung mit den üblichen Schimpfworten. Ein kompliziertes chemisches Verfahren angeblich grossdeutscher Herkunft.

Der Begriff der akademischen Freiheit wurde an der besagten Hochschule schon damals grosszügig interpretiert. Unter dem Schutz der akademischen Freiheit, die sich nicht wehren konnte, wurde zum Gaudium der Hörer energisch und robust für die Unfreiheit gekämpft – mit beiden Fäusten. Nach dem Prinzip »mens sana in corpore sano« legte man auf die körperliche Ausbildung der Studenten grossen Wert. Mindestens ein Mal pro Woche fanden in und vor der Hochschule Raufereien statt, bei denen die arischen Hörer ihre erdrückende Übermacht von zirka zehn zu eins gegen die jüdischen Kollegen in »erdrückender« Weise zum Ausdruck brachten. Die teutonischen Helden waren Meister im Tiefschlag.

Das Professoren-Kollegium nahm zu den Vorfällen eine passive und oft benevolente Haltung ein. Die akademische Freiheit blieb unangetastet. Stark angetastet wurden dagegen die nichtarischen Hörer, die manchmal von geweihtem akademischen Boden auf die Strasse hinausgetrieben wurden unter dem Gejohle der Heldenmajorität. Dort standen die uniformierten

Hüter der Ordnung, denen das Betreten der Hochschule natürlich versagt war. Auch sie verfolgten mit Wohlwollen die wöchentlichen Leibesübungen. Gelegentlich wurden einige jüdische Studenten wegen Provokation in Schutzhaft genommen.

Einer Abordnung der Minderheit, die Protest erhob, wurde von akademischer Seite nahegelegt, das Studium zu wechseln. Sie könnten ja rabbinische Philosophie studieren, anderswo, wo sie hingehörten. Inzwischen gingen die Exzesse weiter. Sie gehörten sozusagen zum guten akademischen Ton. – Aussenstehende sahen das Ganze als eine »Riesenhetz« an. Einmal entging ich den Faustschlägen der akademischen Athleten nur durch das beherzte Eingreifen meines Freundes Paul, der seine beiden Stöcke gegen die Angreifer schwang. Paul, deutscher Nichtjude, ein Opfer von Kinderlähmung, ging nämlich an Stöcken. Er lebt jetzt in Berlin.

Kein Wunder, dass ich jetzt beim Lesen der Wiener Zeitungsmeldungen über die Hochschule für Welthandel das Gefühl des déjà vu hatte. Es ist, wie man in der rabbinischen Philosophie sagt, eben alles schon dagewesen. Die Mauern scheinen noch immer allergisch gegenüber Nichtariern zu sein. Aus dem Laboratorium klingt höhnisches Lachen, während der Herr Professor mit dem schwer aussprechbaren, aber gut grossdeutschen Namen sein interessantes Experiment durchführt.

Der Herr Professor, in seiner Art von Geschichte bewandert, bemüht sich nämlich, das Rad der Geschichte zurückzudrehen. Das ist bisher noch keinem gelungen, was den Herrn Professor um so mehr ermutigt, der erste zu sein.

Er hat es nicht leicht. Er kämpft wie Don Quichotte gegen ein Phantom – in diesem Fall das Phantom von Millionen Toten. Im Jahre des Heils 1925 war alles viel einfacher. Es gab überall Opferlämmer – sechs Millionen Opferlämmer. Die gibt es nicht mehr. Das Reservoir der Opfer ist eingetrocknet. Es sind lausige Zeiten für Tiefschläger. Es ist kaum jemand zurückgeblieben, den man verprügeln kann.

Und so bieten die Anhänger des Herrn Professors einen kläglichen Anblick. Sie schreien wacker »Heil« und heben den rechten Arm, aber sie wissen nicht recht gegen wen. Sie verbrennen missliebige Zeitungen und werfen faule Eier. Sie nennen sich ordentliche Hörer, aber sie sind unordentliche Nicht-Hörer. Sie haben in den letzten Jahren immer weggehört, wenn gewisse geschichtliche Tatsachen erwähnt wurden, die ihnen nicht passten. Auschwitz? Nichts als Propaganda!

Sie sehen genauso aus wie Kommilitonen vor vierzig Jahren – fesch und unreif, forsch und brutal, dumm und verschlagen. Sie erinnern irgendwie an den Herrn Karl, den der Qualtinger unsterblich machte. Akademische Herren Karl, die das goldene Weaner Herz am rechten Fleck tragen, am grossdeutschen Fleck. Wien, Wien, nur du allein, a lovely place, Walzer und Apfelstrudel. Aber mit der Dummheit kämpfen Götter selbst vergebens. Warum sollten die akademischen Welten dagegen immun sein. Das Serum ist noch nicht erfunden.

Oder doch? Vor wenigen Tagen schrieb die »Presse«, das gutbürgerliche Wiener Blatt, im Leitartikel: »Die Wahrheit ist, dass ein Geruch über dem Land liegt, den der Kundige spürt, der Geruch der unbeerdigten Opfer aus Bürgerkriegen und Judenmorden. Wir haben uns die moralische Entsühnung zu leicht gemacht. Wir haben zu schnell verdrängt, was mit unseren jüdischen Mitbürgern geschah und wie sich jeder einzelne dabei verhalten hat.«

Vielleicht ist es doch nicht ganz so wie vor 40 Jahren.

(23. April 1965)

Denk' ich an Deutschland in der Nacht ...

HANS STEINITZ

Bei einer Aufführung von Arthur Millers erregendem Drama aus der Ära der Judendeportationen, »Zwischenfall in Vichy«, in einem Theater in der deutschen Bundesrepublik – so berichtet ein Leserbrief an die Redaktion einer führenden süddeutschen Zeitung – sass der Briefschreiber vor einigen jungen Offiziersanwärtern der deutschen Bundeswehr, die offenbar im Verlauf ihres staatsbürgerlichen Instruktionsdienstes in dieses Stück geschickt worden waren. Ihren lauten Bemerkungen – so schrieb der Leser der Zeitung – war zu entnehmen, dass Millers erschütternde Darstellung der jüdischen Tragödie und der hitlerischen Bestialität bei ihnen das Gegenteil des gewünschten Erfolges erzielte. Als der Briefschreiber sie nachher deswegen empört zur Rede stellte, speisten sie ihn mit gehässigen und schnoddrigen Antworten ab.

Der Mann fragt ziemlich verzweifelt: »Ist diese Einstellung symptomatisch für die jungen Offiziere unserer Bundeswehr, oder handelt es sich nur um den bekannten Prozentsatz borniertter Einzelgänger? ... Ich habe in Israel und den USA Menschen kennen gelernt, die nie wieder, auch nicht als Besucher, nach Deutschland kommen wollen; nach diesem Erlebnis verstehe ich sie noch besser als damals ...«

Die Episode im verdunkelten Theatersaal und der in der Zeitung veröffentlichte Protest enthalten in knappster Form die Summe der deutschen »Malaise«. Es gibt in Deutschland, offensichtlich, die feixenden und näselnden Applaudierer von Gaskammern, es gibt die empörten Briefschreiber und es gibt, vor allem, die bange Frage, ob die Ersteren »symptomatisch« oder »Einzelgänger« sind. Im Grunde ist das die grosse europäische Schicksalsfrage von heute.

Vielleicht sollte man diese Frage aber noch anders formulieren. Die amtlichen Sprecher der deutschen Bundesregierung stehen nunmehr seit vielen Jahren auf dem Standpunkt, dass alle Eruptionen unverbesserlichen Nazitums, von der Stimmabgabe für die »Reichspartei« in einem lokalen Wahlgang bis zum Vandalenakt an jüdischen Grabsteinen, Einzelaktionen unverbesserlicher ewig Gestriger sind, Entladungen von Sentiments noch übriggebliebener Unbelehrbarer oder geistig minderwertiger Verhetzter und Psychopathen – während im ganzen der ideologische und moralische Entgiftungs- und Läuterungsprozess im Volkskörper doch vorzügliche Fortschritte gemacht habe und vor allem die nachwachsende junge Generation vor dem Terror, der von ihren Vätern (oder doch in deren Namen) ausgeübt wurde, entschlossen abrücken.

Nun, es gibt zahllose Untermauerungen dieser zuversichtlichen Einstellung. Untersuchungen von Soziologen und Pädagogen, massenhafte zuverlässige Stichproben und Meinungsumfragen, Sammlungen von Schulaufsätzen und spontane »Briefe an den Herausgeber« in Zeitungsspalten, Polizeistatistiken und Pressequerschnitte: alles das scheint die amtliche Theorie zu bestätigen. Auch die gerichtliche Behandlung von Hakenkreuzschmierern und Grabsteinschändern hat das gleiche Ergebnis gehabt: man fasste die Täter, und es waren verworrene, aus der Bahn geworfene und, vor allem, isolierte Einzelgänger. Das ist unbestreitbar.

Aber dem steht entgegen, dass gerade erst vor wenigen Wochen der jährliche Bericht des Bonner Innenministers – der fünfte dieser Art – zum ersten Male wieder eine Zunahme rechtsradikaler Aktivitäten und verbrecherischer Vandalen- und Hasstaten zugeben musste, nebst Zunahme der Auflagen der pseudonazistischen Wochenzeitungen, die es im Lande gibt, und (wenigstens vereinzelten) Stimmzunahmen der neuen rechtsradikalen Partei in Kommunalwahlen. Das sind ebenfalls unbestreitbare Tatsachen.

Wir stehen also jetzt vor der entscheidenden Kernfrage: gibt es in Deutsch-

land »noch« Nazis, wie von Heuss und Adenauer an immer wieder die amtlichen Sprecher erklärten, oder gibt es »wieder« welche, wie das Innenmini-
sterium durchblicken lässt? Liegt der Ton auf »noch« oder auf »wieder«?

Ich stelle diese bange Frage ohne Hass und ohne Rachsucht, ohne kollektive
Feindschaft und kollektive Erbschuld-Thesen, sondern nur in aufrichtiger
tiefer Besorgnis. Ich kenne Hunderte, nein, Tausende von Deutschen per-
sönlich, in allen grossen Parteien, für deren prachtvolle Gesinnung ich meine
Hand ins Feuer legen würde, Deutsche, die ihre Ferien als freiwillige »Sühne-
Arbeiter« in israelischen Kibbuzim verbringen, die auf eigene Faust jüdi-
sche Friedhöfe in Ordnung halten und die in tausend grossen und kleinen
Dingen dokumentieren, wes guten Geistes Kind sie sind. Diese Leute mögen
Sozialdemokraten sein oder Konservative, Patrioten oder Kosmopoliten,
Klerikale oder Laizisten: das ist mir gleich; das ist ihr gutes Recht; es ver-
bindet sie die grosse gemeinsame Klammer des elementaren Anstandes, und
man kann ihnen die Hand reichen.
Aber dann gibt es den Bericht des Innenministers, in dem steht, dass die
gefassten Friedhofsschänder gestanden, von der Lektüre der »National- und
Soldatenzeitung« beeinflußt worden zu sein, und die Auflage dieses Blattes
ist gestiegen.
Kenne ich wirklich nur den einen Teil des Volkes und hält sich der andere
gerissen und augenzwinkernd verborgen, den günstigen Zeitpunkt zum Kra-
kehlen und Terrorisieren abwartend? Ich weiss, dass Tausende von Deutschen sich genau die gleiche Frage stellen, mit ebensoviel Sorge wie ich.
Ich weiss auch, dass es einen Bodensatz von Verhetzten und Asozialen in
vielen Ländern gibt, nicht nur in Deutschland, und es würde mich auch bei
anderen Ländern zutiefst erschrecken, wenn sie an Boden gewännen. Aber
der Fall Deutschland liegt, jedermann weiss das, unendlich viel kritischer,
und in der Nacht denke ich mehr und intensiver und besorgter an den Fall
Deutschland, als an andere. Nicht nur Heinrich Heine hat dieser Gedanke
nachts um den Schlaf gebracht; mehr als hundert Jahre später ist diese Art
Schlaflosigkeit erneut vorhanden. Ist sie erneut gerechtfertigt?

(8. April 1966)

Hilfe für die arabischen Flüchtlinge!

HANS STEINITZ

*Der folgende Artikel des heutigen »Aufbau«-Chefredakteurs erregte um so
größere Aufmerksamkeit, als er nur wenige Wochen nach dem Sechstagekrieg
zwischen Israel und den arabischen Staaten erschien. Er bestätigte die grundlegende (und im wahren Sinn amerikanische) Position des Blattes: Fairneß,
Freiheit, Recht für alle.*

Es ist jetzt soweit, dass man bei der Behandlung der Folgen der Krise im
Nahen Osten seine Aufmerksamkeit auf die Lage der arabischen Flüchtlinge lenken und in allererster Linie eine breit angelegte konstruktive Hilfs-
aktion für sie fordern muss. »Aufbau« steht auf dem Standpunkt, dass kein
Mensch auf Erden, vor allem aber kein Kranker, kein Kind und keine wehr-
lose Frau, dafür bestraft werden darf, unter der Jurisdiktion einer wider-
wärtigen, verrotteten und faschistischen Regierung zu stehen. »Aufbau«, das
Blatt der (in ihrer Mehrheit jüdischen) Emigration der Hitler-Ära, das sich
mit Staat und Volk von Israel solidarisch erklärt, fordert mit allem Nachdruck aus elementaren Gründen der Menschlichkeit und Rechtlichkeit sofortige und weitgehende Hilfe für die arabischen Flüchtlinge, die ein Strandgut
des Hasses, der Politik und der Kriegführung zu werden drohen.

»Aufbau«, von Menschen (und für Menschen) geschrieben, die selber Flüchtlinge waren und durch das Elend und die Rechtlosigkeit der Flüchtlings-
situation hindurchgegangen sind, erhebt heute seine Stimme, um für die
arabischen Flüchtlinge jene Hilfe, jene Rechtssicherheit, jenes soziale Exi-
stenzminimum zu fordern, das wir seinerzeit, als wir selber Flüchtlinge
waren, vergeblich für uns gewünscht und gefordert haben.

Gut, wir wissen, dass seit einigen Wochen, seit dem Waffenstillstand, unter
den arabischen Flüchtlingen, teils vom Roten Kreuz und teils von der Flücht-
lingsstelle der »Vereinten Nationen«, Wolldecken und Brot, Kondensmilch
und Mehl verteilt werden. Aber es möge sich kein Gewissen auf Erden
damit beruhigen und zufriedengeben. Solch elementarer Schutz gegen physische Not ist selbstverständlich. Es handelt sich um etwas ganz anderes:
wäre irgend jemand von uns, als wir verfolgte und verjagte Flüchtlinge
des Hitlersystems waren, mit Wolldecken und Kondensmilch zufriedenge-
stellt gewesen? Hätten wir das als ausreichende Hilfe und Befriedigung
von Recht und Menschlichkeit angesehen?

Die Lage ist, zugestandenermassen, überaus kompliziert; und politische Hintergedanken und Böswilligkeiten, die mit Menschenschicksalen spielen, als wären es Bälle, tragen nichts dazu bei, sie zu vereinfachen.

Rekapitulieren wir einmal, nur um ein wenig Klarheit zu schaffen, worum es sich handelt: während des israelischen Unabhängigkeitskrieges 1948 und noch kurz davor forderten der Mufti von Jerusalem, das »Arabische Hohe Komitee« und andere arabische Stimmen die arabische Zivilbevölkerung von Palästina zur Flucht und Auswanderung auf, und viele folgten diesem Ruf. Das Resultat war, dass etwa 800 000 Araber, die im Gebiet des heutigen Israel zu Hause waren, sich als entwurzelte Flüchtlinge jenseits der Grenzen wiederfanden: mehrheitlich in Jordanien, vor allem auch westlich des Jordanflusses, und im ägyptischen Gazastreifen entlang der Meeresküste.

Sie wurden ausnahmslos Wohlfahrsempfänger einer ad hoc geschaffenen Hilfsorganisation der »Vereinten Nationen«, die ihnen Mindestrationen von Lebensmitteln, Medikamenten, Schulbüchern usw. zur Verfügung stellte – laufend bis zum heutigen Tag. Nur ganz wenige von ihnen wurden von ihren Gastländern, allem Gerede von »arabischer Brüderlichkeit« zum Trotz, assimiliert; die Regierungen von Kairo, Amman und Damaskus beschränkten sich darauf, bei ihnen zynisch die Hoffnung auf Rückkehr in ihre »befreite« Heimat wachzuhalten oder Kader für Terroraktionen aus ihnen zu rekrutieren. Anregungen, dass Israel sie für ihre Eigentumsverluste entschädigen sollte, wurden von Israel stets abgelehnt.

Das Groteske ist, dass aus den ursprünglich 800 000 arabischen Flüchtlingen mittlerweile 1.3 Millionen geworden sind: ihre seither geborenen Kinder wurden den Listen hinzugefügt, tragische Fälle »geborener Flüchtlinge«, – und gestorben, eingebürgert, neuangesiedelt, weitergewandert ist anscheinend kein einziger ... Als nunmehr die israelischen Armeen vorstiessen und ägyptisches, jordanisches und syrisches Territorium unter ihre Militärkontrolle brachten, fand sich jedenfalls rund eine Million Araber unter israelischer Jurisdiktion: teils »alte« Flüchtlinge, die 1948 Israel entflohen waren, und teils »neue«, also reguläre jordanische und sonstige arabische Bürger, die in diesen Territorien residierten. Unbestritten ist Israel für das Wohl und Wehe aller derjenigen verantwortlich, die heute unter israelischem Besatzungsregime leben, ganz gleich, ob sie sich ihm freiwillig unterwerfen oder nur notgedrungen.

In einem Teil dieses besetzten Gebietes, im westlichen Teil Jordaniens herrscht seit Wochen eine konfuse Situation: viele Araber sind von dort in das »alte«

Jordanien jenseits des Flusses weitergeflohen, um nicht unter den Israelis leben zu müssen; andere, die das getan haben, sind wieder zurückgekehrt. Das beinahe total unkontrollierte Kommen und Gehen erschwert jede administrative Regelung; im ganzen aber ist die Auswanderungsbewegung nach Osten wohl erheblich stärker gewesen als die Rückbewegung nach Westen. Ob der sehr liberale und humane Beschluss der israelischen Regierung, in den nächsten vier Wochen freie Bewegung in beiden Richtungen zu gestatten und Rückwanderern gewisse Garantien zu versprechen, sich nennenswert auswirken wird, bleibt abzuwarten.

Israel hatte bisher, zwanzig Jahre lang, eine arabische Minderheit von etwa 12 % der Gesamtbevölkerung: die »Zuhausegebliebenen« von 1948. In ihrer Behandlung beging man, namentlich anfangs, manche Fehler und Ungeschicklichkeiten; letzthin hat sich das besser eingespielt, und jetzt in den Krisenwochen gab es keine Reibungen (und keine »Fünfte Kolonne«). Aber auf eine Eventualität, dass Israel mit einer arabischen Minderheit von nicht zwölf, sondern von vierzig Prozent zu leben haben wird, weiss kein Mensch in Israel eine Antwort, – oder wenigstens keine, die wert ist, als Lösung bezeichnet zu werden.

Hinzu kommen Unterschiedlichkeiten der sozialen Stellung: in Westjordanien gibt es unter den Arabern viele Bauern, die Land, Vieh und einen gewissen Wohlstand besassen, während z. B. in Gaza der Lebensstandard sehr viel niedriger ist. Dort scheint man auch politisch den Israelis am feindseligsten gegenüberzustehen, während in der Jerusalemer Altstadt der Regimewechsel beinahe spielend vor sich ging und z. B. der Beschluss der israelischen Militärverwaltung, Patienten arabischer Krankenhäuser jüdische Blutplasmen für Bluttransfusionen zur Verfügung zu stellen, erheblichen Eindruck gemacht haben soll. Aber so wichtig das psychologisch ist: den Kernpunkt betrifft es immer noch nicht.

Der Kernpunkt ist weder die Kondensmilch noch das Blutplasma; Kernpunkt ist und bleibt die gesicherte Rechtsstellung und mit ihr die gesicherte soziale Position.

Mit anderen Worten: es muss gefordert werden, dass die arabischen Flüchtlinge das Recht auf Freizügigkeit bekommen, so wie es in der internationalen Erklärung der Menschenrechte verankert ist; und dass die arabischen Flüchtlinge, die »alten« wie die »neuen«, solide Rechtssicherheit mit Niederlassungs- und Arbeitsbewilligung, Zugang zu Sozialversicherung und Krankenkassen und Rechtsanspruch auf Schulunterricht und Berufsausbildung erhalten, wo immer sie sich niederlassen wollen: sei es im Lande ihrer Geburt und bisherigen Residenz, sei es in einem neu gewählten Asylland, und dass sie Land erwerben, Naturalisation beanspruchen, Gewerkschaften beitreten, zum Gottesdienst gehen und ihre politischen Ansichten frei zum Ausdruck bringen können.

Das sind die grossen, zentralen, lebensnotwendigen Minimalforderungen, die wir für die arabischen Flüchtlinge stellen. Die Forderung mag sich an die Regierung von Israel richten, die, wie gesagt, letzthin einige liberale Beschlüsse zur Flüchtlingsfrage gefasst hat, oder an die arabischen Regierungen, die nun endlich einmal konkrete Brüderlichkeit zeigen und nicht mehr mit den Flüchtlingen Schindluder treiben sollten, oder auch an die internationalen Organisationen, die konstruktive Neuansiedlung fördern und nicht mehr nur kleine Notpflästerchen verteilen sollten.

Das sind die Forderungen, die wir stellen – wir, die wir selber einmal vor den düsteren Mauern hoffnungsloser Zukunft gestanden haben; wir, die wir nicht vergessen haben, was es heisst, Flüchtling zu sein; wir, die, obwohl wir unter diesen arabischen Flüchtlingen kaum Freunde zählen können, dennoch für Menschenrechte und Menschenhilfe eintreten, wer es auch immer ist, der rechtlos ist und der Hilfe bedarf.

(7. Juli 1967)

Der Artikel fand ein überwiegend positives Echo. Heinz Pächter schrieb in einem Leserbrief:

Vielleicht darf ich einen Schritt weitergehen und folgenden Plan entwickeln: die Vereinigten Staaten, deren Bürger wir sind, haben in der Abstimmung der (UN-) Sonderversammlung ebenfalls dafür gestimmt, dass man alles zur Linderung der Not tut, das gleiche taten Kanada, Australien, Brasilien und andere Einwanderungsländer. Erinnern wir uns der Not-Visen, mit denen viele von uns seinerzeit hier einwandern durften – sollte es nicht möglich sein, sagen wir bescheiden, zehntausend Visen in jedem dieser Länder für anpassungsfähige Araber zur Verfügung zu stellen?

(21. Juli 1967)

Schweigen ist Mitschuld

OTTO LEICHTER

Otto Leichter, der ständige politische Kolumnist des »Aufbau«, war seit seinen Studententagen mit dem österreichischen Sozialismus verbunden. Der gebürtige Wiener (Jahrgang 1897) wirkte von 1925 bis zur Einstellung des Blattes durch das Dollfuß-Regime 1934 als Redakteur der »Wiener Arbeiter-Zeitung«; er arbeitete dann in der politischen und gewerkschaftlichen Untergrundbewegung Österreichs.

Ab 1956 war Leichter UN-Korrespondent der Deutschen Presse-Agentur. Er ist der Autor der Bücher »Die Wirtschaftsrechnung in der sozialistischen Gesellschaft« (1923); »Österreich 1934« (unter dem Pseudonym Pertinax 1934 in Zürich veröffentlicht, 1964 unter dem Titel »Glück und Ende der Ersten Republik« neu aufgelegt); »Zwischen zwei Diktaturen« (1968).

Auch Leichters Betrachtung über die Unterdrückung der Farbigen in Rhodesien bestätigt das »Aufbau«-Credo: »Wir sind die Hüter unseres Bruders!«

Die Hinrichtungen schwarzer Rebellen in Rhodesien, die brutalen Urteile der südafrikanischen Rassisten gegen Führer der farbigen Opposition in Südwestafrika haben die Aufmerksamkeit der Welt auf die Unterdrückung Farbiger durch weisse Minderheiten gelenkt, die ihre rassische Diktatur aufrechterhalten wollen. Der Appell des Papstes an die rhodesische »Regierung«, die ihre Isolierung in der Welt durch Missachtung einer von der englischen Königin erlassenen Amnestie verschärfte und damit die letzten Bande nicht nur zum Commonwealth, sondern auch zur gesitteten Menschheit zerriss, legte den Finger auf die klaffende Wunde. Rassismus wirkt, wie die Geschichte Hitlers zeigt, wie eine sich ausbreitende Pest.

Wallace in Alabama und nun als Präsidentschaftskandidat in 49 von den 50 USA-Bundesstaaten, die farbigen Rassisten, die eine Trauerfeier für den Rassisten Malcolm X mit Appellen zur Bewaffnung der Schwarzen gegen die Weissen verbanden, die Austreibung von Indern aus Kenja, ein Stammeskrieg in Nigerien, in dem bereits mehr als 30 000 Ibos getötet wurden – all dies sind ernste Warnungen an eine vergessliche Welt.

Mag sein, dass in Südafrika die in Enklaven eingesperrten Neger, die sich aus ihrer Umzäumung nicht entfernen dürfen (ausser wenn sie für die Weissen arbeiten und dann wieder in ihre »Reservationen« zurückkehren), besser ernährt werden als anderswo. Aber sie werden nur als Zugtiere, die mehr leisten sollen, behandelt. In Südwestafrika ist es nicht anders. Hier kommt noch die erschwerende Tatsache hinzu, dass die südafrikanische Regierung gegen alle völkerrechtlichen Regeln ein Land, das ihr vom Völkerbund nur als Treuhandschaft übergeben wurde – eine frühere deutsche Kolonie – widerrechtlich in Besitz nahm.

Rhodesien ist ein höchst gefährliches Beispiel dafür, dass eine weisse Minderheit eine grosse farbige Mehrheit unterdrückt, sie des wichtigsten aller Rechte, des Stimmrechts, beraubt, um auf diese Weise die weisse Herrschaft zu verewigen. Niemand wird leugnen, dass die Uneinigkeit unter den Farbigen Rhodesiens und ihre Passivität die weisse Herrschaft festigte. Aber wer kennt die Details des brutalen, von südafrikanischer, nach Rhodesien entsendeter Polizei gestützten Terrors! Die Hinrichtungen zeigen nur allzu deutlich, dass der Mechanismus der Unterdrückung, der im Dritten Reich die Massenschlächterei unter Juden, Polen, Kroaten und anderen ermöglichte, auch in Rhodesien wirkt.

Niemand hat darum ein Recht, über Südafrika und Rhodesien mit Achselzucken hinwegzusehen. Wer dies tut, verrät das Andenken jener, die in Europa Opfer des Rassismus wurden.

Und man vergesse nicht: Rassismus tobt bereits in der unmittelbaren Nachbarschaft jedes Amerikaners, auch derer, die hier eine Heimstätte fanden, nachdem sie vom Rassismus Hitlers vertrieben worden waren. In den USA ist die rassistische Gefahr doppelt: auf der einen Seite die Mannen Wallaces, die – man gebe sich keinen Illusionen hin – gerade bei der weissen Bevölkerung der unteren Klassen Anklang finden, weil diese sich durch die aufstrebende Konkurrenz der Neger bedroht fühlen. Nicht die amerikanische Oberklasse, sondern die Weissen auf der unteren Stufe der sozialen Leiter sehen in dem aufstrebenden Neger die Gefahr.

Wie leicht könnten diese jeder Demagogie zugänglichen Opfer des Hasses sich gegen die Juden kehren! Und wie ernst ist die Gefahr des Antisemitismus unter den rassistischen Negern auf der anderen Seite: sie sehen in dem kleinen jüdischen Geschäftsmann, der unter tausend Gefahren seinen Laden in Harlem oder in den Negervierteln von Chicago, Detroit oder Watts betrieb, den »weissen Ausbeuter« . . .

Niemand darf sich darum in der Illusion wiegen, dass der weisse Rassismus »weit hinten« in Südafrika die weissen Amerikaner oder Europäer nichts angehe. Es gibt nur einen moralischen Massstab – gegen den Rassismus. Dies ist übrigens auch der vernünftige und einwandfreie Grundsatz, von dem sich die israelische Delegation in den Vereinten Nationen leiten lässt, wann immer es zu Abstimmungen über afrikanische Rassenfragen kommt.

Die Ohnmacht der Vereinten Nationen auf diesem Gebiet ist eines ihrer schwersten Probleme. Der falsche Gebrauch, den die afrikanischen Delegationen in den U. N. von diesem Forum in der Rassenfrage machen, hat nicht nur das Gefühl in der Welt verstärkt, dass die Vereinten Nationen zu nichts nutze sind, sondern die Afrikaner selbst auch daran gehindert, in den entscheidenden politischen Fragen, bei denen sie eine viel grössere Rolle spielen könnten, ihr Gewicht in die Waagschale zu werfen. Je öfter die Afrikaner Südafrika in den Vereinten Nationen zur Sprache bringen, desto öfter führen sie eine Demonstration der Machtlosigkeit der U. N. herbei, und desto öfter ermöglichen sie es den Russen, auf billige Art ihre Demagogie spielen zu lassen.

Was nützt die Demonstration der Ohnmacht – noch dazu in einer Zeit, in der die von Nasser verschuldete Sperrung des Suez-Kanals den südafrikanischen Häfen ein Monopol verleiht, das nicht nur eine ungeahnte Wirtschaftsbelebung für Südafrika bringt, sondern seine Häfen für den Welthandel unentbehrlich erscheinen lässt ...

Die Schwarzen in Südafrika, Südwestafrika und Rhodesien können selbst nichts unternehmen, und die afrikanischen Länder sind wirtschaftlich, politisch und militärisch zu schwach, um die Befreiung ihrer unterdrückten Rassengenossen selbst in die Hand nehmen zu können.

Was den Kampf gegen Apartheid und Rassismus ebenfalls schwächt, ist eine bedenkliche Doppelmoral, die sich in der Welt eingeschlichen hat und an der die Afrikaner selbst nicht unschuldig sind. Der Bürger- und Stammeskrieg in Nigerien bedroht die Ibos in dem von Nigerien abgefallenen Teil: Tausende von ihnen sind bereits dem angefachten Stammeshass zum Opfer gefallen. Hat ein Afrikaner in den U. N., hat sonst jemand in der Welt gegen die drohende Vernichtung dieses Stammes protestiert? Die Menschenrechtskommission in der U. N. war im Februar und Anfang März wochenlang versammelt, aber das Wort »Ibo« ist nicht gefallen. Aber haben nicht auch sie Menschenrechte? Trotz allem, was sie sinnloserweise gegen die Einheit Nigeriens unternahmen?

Die Welt hat mit Recht die britischen Massnahmen gegen Inder und Pakistaner, die aus Kenia vertrieben und trotz Besitz von britischen Pässen nach dem jüngsten Gesetz nicht nach Grossbritannien zugelassen werden, mit Bedauern, ja unter Protest vernommen. Aber hat irgend jemand, die indische Regierung eingeschlossen, gegen die Vertreibung der vielfach seit mehr als einer Generation in Kenia ansässigen Inder und Pakistanis protestiert? Schweigen ist Mitschuld!

Und was hat die Menschenrechtskommission der U. N. gegen die faschistenartige griechische Diktatur unternommen, die jedes einzelne Menschenrecht mit Füssen tritt? Die Schweden haben versucht, diese Frage auf die

Tagesordnung der U. N.-Menschenrechtskommission zu stellen. Die Europäer und westlichen Demokratien schwiegen. Die Kommunisten zeigten kein grosses Interesse – von den Afrikanern gar nicht zu reden. Und doch handelt es sich um den äusserst bedenklichen Versuch, in Europa – und noch dazu in einem NATO-Land – eine Militärdiktatur aufzurichten und die geistige Freiheit zu töten. Wo bleibt da die »freie Welt«?

Die Doppelmoral ist eines der bedenklichsten Zeichen der gegenwärtigen Welt. Das Traurige ist, dass alle, Ost und West, Süd und Nord, sich hier mitschuldig machen. Die Moral mit dem doppelten Boden ist ein Zeichen des Niedergangs. Moral ist nur Moral, wenn jeder ihr unterworfen ist.

(15. März 1968)

Zum Fall Defregger

HANS KÜHNER · EDWIN M. LANDAU

Der »Aufbau« berichtete laufend über den Fall des Münchener Weihbischofs Matthias Defregger. Defregger war der Mitverantwortlichkeit an einem Nazi-Verbrechen im Zweiten Weltkrieg beschuldigt worden: der Erschießung von siebzehn unschuldigen Menschen am 7. Juni 1944 in dem italienischen Ort Filetto di Camarda.

Am 5. September 1969 veröffentlichte das Blatt zu dem Fall einen Offenen Brief an den Vorgesetzten Defreggers, den Münchener Kardinal Dr. Julius Döpfner. Autoren des Briefes waren die beiden Vorsitzenden des Internationalen Schutzverbandes deutschsprachiger Schriftsteller in Zürich, Hans Kühner und Edwin M. Landau.

Eminenz, sehr verehrter Herr Kardinal,

mit wachsender Bestürzung und Entrüstung verfolgen wir das Verhalten der Kirche im Falle Defregger. Als der in fünf Erdteilen vertretene grösste internationale Verband der vom Nazismus verfolgten und emigrierten Schriftsteller, dem Nobelpreisträger wie Thomas Mann und Hermann Hesse, ein Ritter des Pour-le-Mérite wie Annette Kolb und eine so lautere, moralisch unbeirrbare Persönlichkeit wie Karl Jaspers angehört haben, können und werden wir nicht schweigen. Unser Auftrag, daran mitzuwirken, dass der Ungeist des ›tausendjährigen Reiches‹ für immer überwunden wird, zwingt uns, in solchem Falle zu sprechen und, sofern es mit Stillschweigen übergangen wird, uns öffentlich Gehör zu verschaffen.

Verstehen Sie uns recht, Herr Kardinal. Niemand von uns will den ersten

Stein werfen oder den Stab über einen Mitmenschen brechen. Aber es gibt Fakten, die sich theologisch wie juristisch einfach nicht vom Tische fegen lassen und die gebieterisch zu entsprechenden Entscheidungen zwingen. Jedes Ausweichen kann nur als ein Fortwirken der geistigen und ethischen Verwirrung des Nazismus betrachtet werden. Was in Onna in den Abruzzen geschehen ist, bleibt ein Kriegsverbrechen. Es wiegt um so schwerer, als kein Heeresangehöriger, gleichviel welchen Ranges, sich hier auf Befehlsnotstand berufen kann. Wer wollte und den Mut dazu aufbrachte, konnte sich der Mitwirkung an verbrecherischen Handlungen sehr wohl entziehen. Es liegen ausreichende Beweise dafür vor.

Herr Defregger hat versagt.

Alle, die nach dem Kriege in den deutschen Staatsdienst treten wollten, mussten auf Fragebogen und unter Eid über ihr Verhalten in der Nazizeit Auskunft geben. Dass jemand, der den geistigen Stand wählt, sich von solcher Auskunftserteilung dispensiert, ist und bleibt unbegreiflich; dass er, der anderen für geringe Vergehen moralische Vorhaltungen macht, es fertigbringt, sein Vergehen – wir wiederholen, ein Kriegsverbrechen – nicht ruchbar werden zu lassen, ist ungeheuerlich; dass er jedoch im vollen Bewusstsein seiner Unwürdigkeit und Schuld die Stufen der Hierarchie der Kirche erklimmt und mit Händen, an denen das Blut unschuldiger Menschen klebt, sakramentale und sakrale Handlungen vollzieht, übersteigt jegliches Vorstellungsvermögen. Sie, Herr Kardinal, haben das gewusst – und entschuldigt. Eine Kirche aber, die durch einen ihrer höchsten Würdenträger, den Primas von Deutschland, Derartiges zu entschuldigen und zu decken versucht, wird, auch ohne das Zweite Vatikanum, unglaubwürdig, – ganz besonders die katholische Kirche in der Bundesrepublik, die, wie das Schreiben der deutschen Bischöfe an den polnischen Episkopat zeigt, sich berufen wähnt, an der Überwindung der Folgen der Nazidiktatur mitwirken zu können. Und hätte nicht die Stimme der Tausende katholischer – so zeigt das Werk unseres Verbandsmitgliedes Benedicta Maria Kempner – und protestantischer Geistlicher, die durch nazistische Mörder umgekommen sind, weil sie lieber zu sterben bereit waren, als die Botschaft des Herrn zu verraten: hätte nicht das Andenken an sie alle Ihnen, Eminenz, sagen müssen, dass es auch für Herrn Defregger nur den Weg der Sühne zu beschreiten gilt?

Für Herrn Defregger, sofern er sich nicht doch noch der weltlichen Justiz stellen muss, dürfte es eigentlich nur noch die Einsamkeit der Mönchszelle geben.

Soll die katholische Kirche in Deutschland nicht unabsehbaren Schaden durch diese Affäre erleiden, so kann es nur noch den einzigen Fluchtweg nach vorne geben und das heisst, die Akten sämtlicher Geistlicher, die im Zweiten Weltkrieg Heeresdienst geleistet haben, von einer unabhängigen Instanz nachprüfen zu lassen. Denn es wäre, nach allem, was geschehen ist und was wir nun wissen, mehr denn erstaunlich, stünde der Fall Defregger vereinzelt da. Nur eine Kirche, die diesen Weg der Selbstreinigung geht, kann in der gegenwärtigen, für die katholische Kirche als Ganzes so entscheidungsvollen Stunde ihre Glaubwürdigkeit erweisen, deutlicher zurückgewinnen. Auch die heute veröffentlichte uninteressierte Erklärung des stellvertretenden Pressechefs des Vatikan, Monsignore Casimiri, die Kirche kümmere sich bei Bewerbern um das Bischofsamt nur um den Lebenslauf vom Tage der Priesterweihe an, dürfte in Deutschland für immer ad absurdum geführt sein. Angesichts der Schwere des Falles Defregger und der heute bereits sich abzeichnenden klaren Folgen für die Kirche, halten die beiden Unterzeichner, gläubige und aktive Katholiken, es in ihrer Besorgnis für angezeigt, dieses Schreiben auch den vatikanischen Instanzen zur Kenntnis zu bringen.

Mit Hochachtung
Dr. Hans Kühner
Dr. Edwin M. Landau
(5. September 1969)

Kritik und Essay

Unser Weg geht weiter

FRANZ WERFEL

Von seiner Emigration nach Amerika 1940 bis zu seinem frühen Tode 1945 war Franz Werfel Mitarbeiter des »Aufbau«. In seinem Nachruf auf den Epiker, Lyriker und Essayisten im »Aufbau« verglich Heinrich Eduard Jacob das Erscheinen des ersten Gedichtbandes Werfels im Jahre 1911 (»Der Weltfreund«) mit dem Aufgang der Morgensonne, und er deutete auf das Geheimnis des Dichters: »Dynamik war man nur vom Haß gewohnt. Hier aber ertönte und erdröhnte, weit über jede pazifistische Predigt hinaus, das Ungewitter der Liebe. Ein Prophet sprach, und ein jüdischer.«

Es ist nicht leicht für mich, über das zu sprechen, was brennt wie Feuer. Ich bin nur einer von jenen Hunderttausenden, welche das betäubende Schicksal unseres Stammes an sich selbst erlitten haben, einer von jenen Unzähligen, denen ihr früheres Leben in schmerzlichen Nebel sich aufgelöst hat, Heimat, Sicherheit, Haus, Besitz, Familie, Werk und Namen. Immer wieder gilt es, Antwort zu geben auf die furchtbare Frage: »Was sollen wir tun?« Ich kann nur zaghaft versuchen, der anderen Frage ins Antlitz zu schauen: »Wie sollen wir es verstehen?«

Wie sollen wir verstehen, was da geschieht, beinah schon seit einem Jahrzehnt? Wie sollen wir diesen Hass des Abgrunds verstehen, der sich schrecklicher als je um eine Menschenart sammelt, die einige Jahrtausende schon ihr Leben unter den Völkern erhält? Antisemitismus? Was für ein törichtes, schwaches und ungenaues Wort für dieses diabolische Phänomen! Die Juden, diese Blutzeugen der Rassentheorie, mögen sein, was sie wollen, eine Rasse sind sie nicht. Das beweist in seinen Werken kein Geringerer als Professor Günther, das Oberhaupt der nationalsozialistischen Rassenforschung. Beruht also der Antisemitismus nur auf ökonomischen und soziologischen Ursachen? Sind die jüdischen Kaufleute, Industriellen, Bankiers etc. ausschließlich als Parasiten reich geworden, während die nichtjüdischen Millionäre ihr Geld einzig und allein durch Ethik verdient haben? Ich habe gefunden, dass in der Welt seit eh und je zwei schlimme Märchen umgehen: Erstens, dass die Juden so besonders reich und zweitens, dass sie so besonders gescheit sind. Der Hass ruht immer auf einer Überschätzung des von ihm gewähltem Objekts. Oberflächlich gesehen, spielen Artverschiedenheit, Konkurrenz, Neid, die sogenannten biologischen Gründe eine Rolle im Antisemitismus, sie erklären ihn aber keinesfalls. Sie sind das moderne Kostüm einer tausendjährigen Erscheinung, die sich den historischen Bedingungen gemäss immer anders zu verkleiden wusste.

In früheren Zeitläuften war der Judenhass jeweils provinziell begrenzt. Heute, in unserer technischen Zeit, ist er planetar. Möge niemand glauben, dass es auf dieser Erde einen Fussbreit gesellschaftlichen Bodens gibt, der nicht vulkanisch unterwühlt ist! Möge niemand mutmassen, dass hier oder dort, wo Juden leben, nicht dasselbe geschehen könne wie in Europa. Es kann geschehen, schlimmer noch und in unbekannten Ausmassen. Wie also sollen wir diesen unwandelbaren Hass verstehen? Ich werde so unbescheiden sein, einige Zeilen zu zitieren, die ich vor mehr als zwanzig Jahren niedergeschrieben habe. Sie lauten: »Israel hat der Welt einen Gott geschenkt. Jedes Geschenk bedeutet eine Art von Demütigung des Beschenkten. Proportional mit der Grösse der Wohltat wächst der seelische Widerstand des Empfängers.«

Israel hat der Welt einen Gott geschenkt, ohne es selbst zu wollen. Es ist ein merkwürdiger Gott, ein Gott, der im aufreizendsten Widerspruch steht zu allen anderen Göttern vor ihm. Diese babylonischen, ägyptischen, griechischen Gottheiten gaben sich zufrieden mit den ihnen gewidmeten Opferdiensten und Mysterien, sie griffen sozusagen nicht über ihr Fach als Götter hinaus. Israels Gott hingegen greift unablässig über sein theologisches Fach hinaus. Er stellt das Menschentier auf den Kopf. Er ist ein ewiger Forderer. Da fordert er z. B.: »Du sollst deinen Nächsten lieben wie dich selbst.« »Warum soll ich meinen Nächsten lieben«, fragt das Menschentier im Naturzustand, »ich muss mich ja vor diesem bösen Kerl verteidigen und auf meiner Hut sein.« Der Forderer aber fordert noch Verrückteres: »Du sollst den Lohn des Arbeiters nicht nach Sonnenuntergang im Hause behalten!« »Du sollst den Fremdling, der in deinen Toren weilt, nicht unterdrücken!« Dem Menschentier im Naturzustand brummt der Kopf von all diesem – Du sollst – Du sollst. »Wen andern bitte soll ich unterdrücken«, fragt er naiv, »als den Fremdling in meinen Toren? Er hat ja keine Waffen und ist schwach.«

In seiner evangelischen Ausweitung wird Israels Gott noch paradoxer: »Liebe deine Feinde«, befiehlt er, »verzeihe denen, die dich hassen! Wenn dich einer auf die rechte Backe schlägt, so reiche ihm die linke dar!« Das Menschentier blinzelt hilflos. Diese Forderungen sind praktisch so unerfüllbar, dass sie gerade dadurch eine mythische Heiligkeit gewinnen.

Seit zweitausend Jahren ist Israels Gott mittels der grossen biblischen Religionen der offizielle Gott dieser Erde. Das heisst, seit zweitausend Jahren bestimmt der jüdische Geist die innere Haltung und das moralische Schicksal der wichtigsten Nationen. Der jüdische Geist ist ein paradoxer Geist. Er will den natürlichen Menschen vom Zwang der Natur befreien und ihn zum Ebenbild dessen emporheben, was er als das nächste Gute und Heilige erträumt. Zweitausend Jahre schon seufzt der natürliche Mensch, »der Mensch der Völker«, »der Goy«, unter diesem ihm aufgezwungenen Paradoxon des ewig unerfüllbaren »Du sollst – du sollst – du sollst.« Er sehnt sich danach, das zu sein, was er ist, Natur, ein Wesen jenseits von Gut und Böse, spielend-schöpferische Kraft, wie Meer und Wolken, Fluss und Gebirg. Die Wissenschaft kommt seiner dumpfen Rebellion zur Hilfe. Sie hat ihm die metaphysischen und theologischen Hemmungen aus dem Weg geräumt. Die Philosophie der letzten Generationen vollendete das Befreiungswerk. Man denke nur an Nietzsche! Und jetzt ist der technische Fortschritt sein stärkster Verbündeter im Kampf gegen die alten Werte. Als eine soziale Revolution von ungeheurer Tragweite erscheint uns das, was heute in der Welt vorgeht. Es ist auch in der äusseren Form eine soziale Revolution. In der innersten Wirklichkeit ist es viel mehr. Es ist der gewaltigste Religionskrieg aller Zeiten, den die Menschheit gegen das zweitausendjährige Paradox führt, gegen Israels Geist, den biblischen Geist in all seinen Ausprägungen. Keine schrecklicheren Kriege kennt die Geschichte als Religionskriege. Und nun begreifen wir auch, warum der moderne Antisemitismus, der Judenhass unserer Tage so unausdenklich grauenhafte Formen annimmt. Es geht diesmal nicht wie früher um Entrechtung und Ausplünderung von jüdischen Volksteilen in gewissen Ländern. Es geht um weit mehr. Das Ziel des Feindes ist die völlige Ausrottung des jüdischen Geistes von diesem Planeten, und zwar in all seinen Formen und Konsequenzen. Damit aber Israels Gott und Geist von diesem Planeten verschwinde, muss vorerst der physische Träger dieses Geistes bis zum letzten Mann vernichtet sein, das jüdische Volk. Denn solange noch ein einziger Jude lebt, kann die Flamme des fordernden Geistes weiterzünden. Hierin sieht der Judenhass diabolisch klar. Wie Israels Geist seinen physischen Träger, so besitzt auch der Antisemitismus den seinen. Dies ist nicht nur der Nationalsozialismus, der Faschismus in seinen verschiedenen Farben, es ist ein neuer biologischer Typus der heutigen Jugend, der sich quer durch alle Kontinente und Völker und Klassen erstreckt. Man kann diesem neuen Typus dutzendweise auf der

Strasse begegnen. Er wartet hier und überall auf seine Stunde. In meinem letzten Buch habe ich diesen Typus »den motorisierten Golem« genannt. Er träumt mit sonderbarem Fanatismus von einer wertfreien, geist- und seelenlosen Welt, die einer technisch durchorganisierten Gefrier-Hölle gleicht. – Gegen diesen entsetzlichen Feind geht der Krieg. Er ist wahrhaftig ein heiliger Krieg. Wie furchtbar nur, dass die Fronten so sehr verwischt sind und dass der Feind überall in den eigenen Reihen steht. Im vordersten Sturm dieses heiligen Krieges kämpft England. (Ist es nur ein symbolischer Zufall, dass die Puritaner den Ursprung der britischen Nation von den zehn verlorenen Stämmen Israels herleiten?) Fällt England, so fällt die amerikanische Demokratie. Fallen England und die amerikanische Demokratie, so hat die letzte Stunde des jüdischen Volkes geschlagen und sein langer Wanderweg hat das Ende erreicht. Sinkt das Judentum dahin, so verblassen die christlichen Kirchen zu leeren Schatten und verschwinden schnell. Die Anstrengung jeder geistigen Kultur wird abgeworfen und der Mensch darf wieder sein, was er auf seiner niedrigsten Stufe war, ein technisch begabtes Tier.

Es darf nicht geschehen! Dieser verzweifelte Schrei entringt sich unsrer Brust. England darf nicht fallen! Die amerikanische Demokratie darf nicht nachstürzen. Der Weg des jüdischen Volkes, des biblischen Geistes darf nicht zu Ende sein! Wir Juden kämpfen heute um mehr als um den Bestand unserer Gemeinden in der Diaspora, um mehr als um das Aufbauwerk in Palästina, ja, um mehr als unser Leben. Wir kämpfen den Gotteskampf um das Heil der ganzen Welt.

In diesen Worten liegt mein Glaube! Es ist eines der grossen Geheimnisse der Menschheitsgeschichte, dass Israel von Zeit zu Zeit immer wieder den Gotteskampf um das Heil der Welt kämpfen muss, ob dieses Volk will oder nicht. Darin, wenn irgendwo, liegt der Beweis seiner »Auserwähltheit«, oder richtiger und bescheidener gesagt, seiner »Ausgesondertheit« unter den Völkern. Es wäre aber ganz und gar verfehlt, wenn dieser Glaube uns hochmütig und stolz machen sollte. Nein, er ruft uns zur Selbsterkenntnis auf, zur Busse und zum Opfer. Als Individuen sind wir keineswegs besser, sondern in mancher Beziehung schlechter, schwächer, unvollkommener als jenes Wesen, das ich den »natürlichen Menschen« genannt habe. Mit ironischer Zweideutigkeit gesagt, wir verdienen es gar nicht, dass es uns so schlecht geht, dass wir so viel leiden müssen. Als Einzelne verdienen wir es gar nicht, dass vom Sein oder Nichtsein unseres sonderbaren Stammes das geistige und politische Schicksal des ganzen Menschengeschlechtes abhängt. Wer solchen Erkenntnissen wirklich nahe kommt, erschauert bis ins Herz vor dieser Verkettung.

Darum ist alles zu wenig, was geschieht. Darum genügen die Opfer nicht an Geld und Gut, an Unterstützung und Hilfe, die unser Gewissen so schnell beruhigen. Allzu viele glauben noch, ihnen persönlich gelte der Vernichtungswille des Feindes nicht. Solange wir unser Bewusstsein noch nicht vollgetrunken haben mit dem Sinn dieses Geschehens, mit der furchtbaren Notwendigkeit, in die wir geschleudert sind, solange werden wir schlechte Krieger sein. Wir aber haben gute Krieger zu sein in diesem grössten und gefährlichsten Augenblick unserer Geschichte!

(27. Dezember 1940)

Über die Würde der Emigranten

JOHANNES URZIDIL

Die Welt Johannes Urzidils (1896–1970) bewegt sich zwischen Goethe und Franz Kafka, zwischen dem alten »Prager Dichterkreis« und dem neuen Amerika. Als Essayist, Lyriker, Erzähler (»Das große Halleluja«, 1959) hat Urzidil Wesentliches geschaffen. Sein Standardwerk »Goethe in Böhmen« (1932) erschien 1962 in einer Neuausgabe. »Hollar, der Kupferstecher des Barock« (1936) wurde auch ins Tschechische und Englische übersetzt. Urzidils Leben in Amerika (seit 1941) inspirierte die Bände »Das Glück der Gegenwart – Amerika in Goethes Leben und Werk« (1960), »Amerika und die Antike« (1964) und »Väterliches aus Prag und Handwerkliches aus New York« (1969).

Die weitaus grösste Anzahl all der Menschen, die ihre verschiedenen Vaterländer verlassen mussten, hätten in einem ungestörten, von Diktaturen und Krieg freien Europa sogenannte normale Lebensläufe in vorgezeichneten Bahnen zurückgelegt.

Was sich nun mit ihnen abspielt, ist ergreifend, nicht etwa wegen der tausend Schwierigkeiten der Emigration, wegen der Mühsale des vielfachen Berufswechsels, des Ringens nach Anpassung und der natürlichen Angst vor Erwerbslosigkeit und allfälliger Not, sondern weil fast alle diese Menschen plötzlich in ein überdimensioniertes Schicksal hineingestellt wurden. Zwischen den Abmessungen der eigenen Persönlichkeit und dem Volumen des

Schicksals klafft ein Abgrund, in den der Mensch mit Schrecken und Entsetzen hineinstarrt. Ich kannte einen einfachen, völlig unpolitischen, anständigen und in geordneten Verhältnissen lebenden jüdischen Kaufmann meiner Heimatstadt. Er musste mit seiner Familie auswandern. Es glückte ihm, noch vor dem Krieg nach Amerika zu gelangen. Technische Schwierigkeiten der Visabestimmungen liessen damals die Gefahr für ihn entstehen, U. S. A. wieder verlassen zu müssen. Sein Weib – die Angst vor solchem neuen Umbruch, ja vielleicht der Rückkehr nach Nazi-Europa nicht ertragen könnend – vollführte mit ihren Kindern einen Todessprung von irgend einem Hochhaus.

Dies ist zugegebenermassen ein extremes Ereignis, vielleicht auch in der Seelenanlage der Frau prädisponiert. Trotzdem aber bezeichnet es als Extrem das Wesen all der tragischen Schicksalsdisproportionen, unter denen jeder und auch der einfachste Emigrant – ja gerade dieser – zu leiden hat. Selbst Leuten, deren Schicksal weniger aufregend verlief als das jenes Kaufmanns, denen sozusagen »nichts« passiert ist, die nicht in Konzentrationslagern waren, nicht geradezu gequält wurden und vielleicht sogar in der Emigration das Glück hatten, irgendeinen Beruf mit ausreichendem Auskommen zu erlangen, selbst diesen Menschen ist viel mehr zugemutet, als einem normalen durchschnittlichen Menschenkinde billigerweise abgefordert werden darf.

Denn es ist nicht bloss der Verlust der Heimat in seiner gesamten Bedeutung, das Zurücklassen von geliebten Angehörigen und Freunden, die Einbusse von Besitz (über diese lächeln wir längst), der Umsturz des Berufes, die unvermeidlichen Demütigungen, die kaum jemandem völlig erspart bleiben; es ist eben das, dass ein einfacher Mensch jählings sein soll, das in seinen Ausmassen sonst nur ungewöhnlichen, bedeutsamen, abenteuerlichen Naturen vorbehalten blieb oder dem man nur vermöge einer philosophischen Haltung beizukommen vermag, zu der viel Beherrschung, Selbstzucht und Fähigkeit zur Resignation nötig ist. Von dem einfachen Menschen wird plötzlich gefordert, er möge in gewissem Sinne zum Helden, Märtyrer, Philosophen werden.

Nun ist dies zwar weitgehend eine Forderung, die auch an viele in der Heimat Verbliebene und an jeden Zivilisten und Soldaten kriegführender Länder gestellt wird – ob er nun in einer Londoner Strasse oder im Kampfflugzeug oder an der Tankfront den Geschossen ausgesetzt sei. Doch in solchem Zusammenhang der Vaterlandsverteidigung oder des inneren Abwehrkampfes hat diese Forderung nicht bloss einen triftigen, sachlichen

Gehalt, sondern bietet darüber hinaus die Entschädigungen einer ruhmvollen Verhaltungsweise an, die eben das Ausmass des unverhältnismässig grossen plötzlichen Schicksals von innen her ausfüllt. Dem Emigranten ist dieser innere Ausgleich nur selten beschieden. Vielfach scheint es, als bringe er seine Opfer nur für sich selbst, für die äussere Erhaltung seines Daseins.

Dem ist nicht ganz oder nicht immer so, und auch hier gibt es eine tiefe Trostmöglichkeit. Ich rede nicht bloss von der Verstärkung des inneren Reichtums des Menschen, der neue Welten und Daseinsformen kennenlernt, Erlebnissen, nicht immer negativer Art, ausgesetzt ist, die ihm nie zuteil worden wären. Ich rede nicht bloss von den Läuterungen der Charaktere, die Vorzüge entwickeln können, die sie selbst an sich noch nicht kannten, obwohl in derart ausgesprochenen Lagen die »Aenderung« der Menschen hauptsächlich darin besteht, dass ihre guten und ihre ungünstigen Eigenschaften nur um so intensiver hervortreten. Ich rede nicht bloss von den grossen Proben an Anständigkeit und edler Gesinnung, denen, trotz allem Unglück und allen Misslichkeiten, jeder von uns begegnete und die uns immer wieder auch in dieser Zeit des ärgsten Weltübels beweisen, dass der Mensch trotz allem gut ist, dass das Leben trotz aller Tragik wert ist, gelebt zu werden, und dass – wie die Natur in allen ihren Phasen ewig sich selbst gleich bleibt – auch das Positive im Menschen nicht ausgerottet werden kann, selbst wenn vorübergehend in manchen Zonen und Charakteren das Böse einen schmerzhaften Sieg erringen mag. So wie zeitweilige vernichtende Elementarkatastrophen der allgemeinen Schönheit der Welt nichts anhaben können, ja eher ihr etwas hinzusetzen.

Ich rede von dem Glück der Hilfe, nicht nur von jener, die jedem von uns in irgendeiner Art zuteil wird, sondern die jedem von uns doch irgendwie manchesmal zu leisten gewährt ist, und wenn er dies nicht zu können glaubt, liegt es nur daran, dass er nicht genug scharf hinsieht. Denn es gibt in der weiten Welt niemanden, der nicht auch wenigstens ein Geringes über sich selbst hinaus zu tun vermöchte. Das neue Weltschicksal wird nicht bloss erkämpft auf den Schlachtfeldern jeder Art und vermöge von Revolutionen, sondern ebensosehr durch den inneren Beitrag der tieferen Beharrlichkeit, die nicht allein die Charaktere im Einzelnen, sondern zugleich das wahre Bild des gesamten Daseins formt. Nicht Vertriebene, Ausgestossene, in neuen Welten sich mühselig Zurechtfindende, sondern Träger einer nie dagewesenen, auf die Umwelt sittlich einwirkenden Würde sind alle Emigranten, die ihr Schicksal richtig begreifen, einer freilich schmerzvollen, aber zugleich erhabenen Sendung, die niemand ihnen abnehmen und niemand an ihrer Statt erfüllen kann. Auch an den heimatlich ungestörten Menschen ihrer neuen Umwelt muss sich früher oder später die moralische Kraft auswirken, welche die Berührung mit ausserordentlichen Schicksalen unvermeidlich übt.

(26. September 1941)

Berthold Viertel

HERMANN BROCH

Der Autor der Trilogie »Die Schlafwandler« (1931–32), des Romans »Tod des Vergil« (1945) und der nachgelassenen Fragmente einer »Massenpsychologie« wird in seiner vollen Bedeutung erst heute allmählich entdeckt. Hermann Broch (1886–1951) stieg aus dem Aussagbaren in das Vor- und Unbewußte, wie James Joyce, dessen Werk ihn tief bewegte und anregte.
Der gebürtige Wiener, der 1941 als Emigrant in USA ankam, war ein verhältnismäßig seltener Gast in den Spalten des »Aufbau«. Zu seinen wenigen – daher um so willkommeneren – Beiträgen gehörte, neben einigen Buchkritiken, diese Studie über Berthold Viertel.

Immer wieder im Verlaufe der Weltgeschichte hat das Böse über das Gute gesiegt, und immer wieder wird es dies tun; aber immer wieder hat es hierzu von frischem anheben müssen, niemals noch hat es sich historisch zu instituieren vermocht, vielmehr hat sich noch immer gezeigt, dass die institutionelle und weiterwirkende Kraft, allen Niederlagen zum Trotz, dem Guten vorbehalten ist. Und ebenso wird die »schlechte« Kunst, die Tageskunst immer wieder den Sieg über das Echte davontragen, aber immer noch hat dieses in der Dauerwirkung obsiegt. Denn das Gesetz des menschlichen Fortschritts, das tröstlicherweise die Geschichte konstituiert, gehört der ethischen, nicht der ästhetischen Kategorie an; bloss die »gute« Handlung geht zukunftsbestimmend in die Geschichte ein, mehr noch, sie wird in ihrer ethisch höchsten, also religiösen Prägung zum geschichtlich epochebildenden Moment, und wenn auch die künstlerische Leistung – sie gleichfalls nichts anders als Handlung in Ansehung der Geschichte – noch lange keine religiöse Tat darstellt, sie kann ohne ihre religiöse Grundhaltung nicht bestehen, sie bezieht all ihre »Echtheit« aus solch allgemein religiöser Grundhaltung: eben darum wird das Geistige und im besonderen das Künstlerische so überaus verwerflich und vergänglich, wenn es aus der ethischen Kategorie ausscheidet und sich zum bloss ästhetischen Spiel herabwürdigt. Wahre Kunst ist ethische Handlung, und daran zu erinnern ist heute beinahe Pflicht, ist notwendiger geworden, als es je zuvor gewesen ist.

Denn die Vernunft der Dinge, ihr guter Sinn
Ist dem Vergelter fremd, dem Ueberbieter unserer Entfremdung!
Die Söhne und Töchter der Menschen
Werden ihn aber wissender beerben.
Nach so viel blutigen Hin und Her
Wird eines klärenden Tages
Die Waage wieder stillstehen über gerechterem Wachstum.
    (»Zum Leben oder zum Tode«.)

Wenn irgendwo, so ist im Schaffen Berthold Viertels die moralische Grundhaltung des echten Künstlers vorhanden. Menschheitserkenntnis, Menschheitsvertrauen, Menschheitsmitleid, Menschheitsverantwortung, diese Hauptqualitäten ethischen Künstlertums waren ihm von allem Anfang zu eigen, haben seit jeher seine Lebensrichtung bestimmt und haben ihn daher auch von allem Anfang an seinen Platz neben dem ethischen Künstler kat'exochen, neben Karl Kraus wählen lassen. Die geistige Reinheit und der geistige Mut und die geistige Unerbittlichkeit, die der junge Mensch gesucht hatte, dies hatte er in Kraus' »Fackel« gefunden, und hier erschienen auch seine ersten Gedichte, die dann später, bereichert durch andere, in dem Bande »Die Spur« gesammelt wurden. Ein neuer dichterischer Ton war damit vernehmlich geworden, und es war der einer neuen Ehrlichkeit; selten noch waren die Dinge so unmittelbar ausgesprochen worden, selten noch so sehr »wie sie sind«, und diese unmittelbare Schlichtheit und schlichte Unmittelbarkeit, diese unbedingte Ehrlichkeit, blieb das Grundelement eines Lebenswerkes, das sich aus solchen Anfängen entwickeln sollte und durch die nächsten fünfunddreissig Jahre sich entwickelt hat. Ethisches Künstlertum hebt mit künstlerischer Ehrlichkeit an und fusst ein für allemal auf ihr. Denn zum Wesen moralischen Seins gehört die unbedingte Objekttreue, gehört die Auslöschung des Subjekts, gehört seine Unterordnung unter den Forderungen objektiver Wahrheitssuche und einer Erkenntnis, die letztlich stets auf die Welttotalität und deren Unendlichkeit gerichtet ist. Das Subjekt, das Ich, das dichtende Ich, wird solcherart für den echten Dichter ebenfalls nur ein Teil der Objektwelt, und die Aussagen, welche das lyrische Gedicht über dieses Ich macht, sind schlichte Wahrheitsaussagen, bar jener unehrlichen Sentimentalität, die der schlechte Dichter produziert, sobald er von seinem

Ich und seinem Innenleben spricht. Das echte Gedicht besitzt die Würde der objektiven Wahrheit und wird hierdurch selber zum objektiven Sein, an dem Gut und Böse sich scheiden: dies aber ist künstlerische Gesinnung, und es ist die Gesinnung der Viertelschen Dichtung.

Der graslose Hang gegenüber vom Haus,
Da ruhen am Abend die Augen aus.
Und das rauschende Meer, ohne Worte ein Chor,
Sagt nichts und beruhigt am Abend das Ohr.
Ohne Gras ein Hügel, darauf nichts spriesst,
Kein Schiff, nur Wasser, das wäscht und giesst.
Ist es Glas, ist's Luft, ein Blau ohne Saum.
Himmel ohne Sonne, Strasse ohne Baum.
Ein Stein vor dem Haus mit blauschwarzem Bruch.
Auf dem Fensterbrett ein gelbes Tuch.
Und das Schlagen der See, die nur immer so tut,
Herankommt und nicht ankommt, ankommt und nicht ruht.
Und die Nacht, die dem Tag in den Nacken weht.
Denn der Tag hat sich lautlos umgedreht.
Ein Stern, der steigt, weil die Sonne fiel.
Und das Kind im Haus legt zu Boden sein Spiel.

(»Am Abend«.)

Das Lyrische als unmittelbare Auseinandersetzung des Subjekts mit dem Objekt durchwebt jedwede künstlerische Produktion. Sie ist deren unmittelbarster und ehrlichster Ausdruck. Keine andere Dichtungsart kann ein solches Mass der Ehrlichkeit erreichen. Echte Lyrik ist stets von äusserster kompromissloser Radikalität; sie kleidet die Wahrheiten, welche sie auszusprechen hat und ausspricht, in keinerlei Verbrämungen, wie etwa die einer Erzählung ein, sie nimmt keinerlei Rücksicht auf irgendein Publikum, dem man sich im Wege gewisser, mehr oder weniger ästhetischer Verständigungskonventionen zu nähern hat, vielmehr ist sie letztlich für den Autor allein bestimmt. Sie ist damit der strikte Gegenpol zum Drama, da dieses – allerdings nicht minder radikal – ausschliesslich von der Richtung auf ein ideelles oder reales Publikum seine Ausdrucks- und Lebensmöglichkeit empfängt. Beiden aber, echter Lyrik wie echter Dramatik, ist kraft ihrer beiderseitigen Radikalität etwas Gemeinsames eigentümlich, nämlich eine absolute, unmittelbar dem menschlichen Sein entspringende Ehrlichkeit, und zwar eine individuelle für den lyrischen Dichter, hingegen eine kollektive für den Dramatiker gemäss der seltsamen schöpferischen Einheit, die dieser stets mit seinem Publikum bildet. Nicht zuletzt auf diese radikale Ehrlichkeit ist es zurückzuführen, dass das wesentlich Dichterische (u. a. die »Nationaldichtung«) sich vor allem in dramatischer und lyrischer Form äussert, dass lyrische und dramatische Begabung weit häufiger sich miteinander als etwa zum Beispiel mit erzählerischer paaren. Auch Viertels Dichtertum steht unter dem Zeichen dieser auffallenden Doppelbegabung, einer um so auffallenderen, als sie bei ihm eine Vereinigung introvertiertester und extrovertiertester Tätigkeit ist: neben seiner lyrischen Arbeit steht die praktische des Theaterregisseurs und Theaterleiters.

Ein Leben mussten wir verlieren, unser Land.

Ertrag der Mühen, unser bisschen Ehre,

Vermögen und Besitz, die Sprache gar,

Um im Exile eines späten Tages,

Als wir zu beissen nichts und nichts zu hoffen

Im schnöden Niederfall der Zeit mehr hatten,

Uns an die Stirn zu schlagen, rufend: »Shakespeare!«

(»Shakespeare«.)

Lyrik ist rückhaltlose Einfühlung in eine gegebene Situation, so rückhaltlos, dass mit der Erfassung dieser einmaligen Situation und dieses einmaligen Augenblicks auch immer zugleich die ganze Welt in ihrer Totalität miterfasst wird. In vielen, ja in den meisten der Viertel'schen Gedichte tritt diese Totalitätserfassung, die das Universum gerade im Unscheinbaren, gerade im verschwindend unscheinbaren Augenblickserlebnis erfüllt, deutlich zutage, und vieles spricht dafür, dass Viertels Erfassung des dramatischen Kunstwerkes aus eben der nämlichen, ausserordentlichen Einfühlungsgabe herstammt. Denn auch das dramatische Kunstwerk ist Repräsentant solcher Totalität, erstens seiner eigenen, soweit es nämlich wahre Dichtung ist, zweitens jedoch derjenigen, welche von der Schauspielkunst in der Aufführung getragen wird und oftmals beauftragt ist, die mangelnde dichterische zu überdecken und tunlichst zu ersetzen. Noch weitaus gültiger ist dies für den Film, da hier der Regisseur als produktiver Autor zu wirken hat, und zwar eben weit eher als lyrisch einfühlender denn als dramatischer Dichter. Unzweifelhaft werden auch die Grundzüge der Viertel'schen Regiekunst von diesen Aufgaben her bestimmt, nicht zuletzt weil alles wirkliche Wissen um das dramatische Sein und um die Bedürfnisse des Theaters – und wie wenige Theatermänner ahnen dies auch nur im entferntesten – in einem tiefsten

Grunde ausschliesslich von der Sprache bedingt ist: in der Sprache ist die Welttotalität aufbewahrt, und durch die Sprache wird sie sowohl im lyrischen wie im dramatischen Kunstwerk erfüllt.

Dass ich bei Tag und Nacht
In dieser Sprache schreibe,
Ihr treuer als der Freundschaft und dem Weibe,
Es wird mir viel verdacht.
Ob, was ich sage, sie erröten macht,
Weil ich im zornigen Bescheide
Die Wahrheit nicht vermeide
Und nicht in fremde Tracht
Mein Herz verkleide:
Sie bleibt die alte doch in ihrer Pracht.
Hat sie mich leiden auch gemacht,
Ich tu' ihr nichts zu Leide.
Sie hat im Ausland oft die Nacht
Mit mir durchwacht,
Sie weiss, dass ich der Schurken keinen um die Macht,
Der sie geschändet, je beneide.
Wir tragen lieber unseres Unglücks Fracht
Und wirken, dass sie menschenwürdig bleibe.
Dann kommt sie, mich zu trösten, sacht
Und wundert sich, wie ich es treibe,
Dass ich im Glauben, in der Hoffnung bleibe,
Obwohl ich weiter in ihr schreibe.

(»Die deutsche Sprache«.)

Zu anderen Zeiten wäre Viertel bloss ein führender lyrischer Dichter und ein ausserordentlicher Theaterleiter gewesen; heute ist er mehr: heute ist. er politische Person. Nicht als aktiver Politiker ist er dies, möge er in seinen politischen Aufsätzen auch viel Bedeutsames schon gesagt und noch weiter zu sagen haben, nein, er ist es als politische Potenz und Existenz. Denn wer das Leben und die Welt so unmittelbar religiös wie dieser Lyriker erfassen kann, erfassen muss und erfasst, der ist mit Erkenntnis, Mitleid und Verantwortung einem Geschehen gegenübergestellt, dessen Grauen ihn nicht nur erschüttert, sondern auch zur Selbstbehauptung zwingt. Und an solcher Selbstbehauptung, die letztlich immer wieder Menschheitsvertrauen heisst, wird der ethische Künstler, oftmals sogar gegen seinen Willen, zur politischen

Person. Im engeren Sinne ist Viertel kein politischer Dichter; seine Gedichte sind fast niemals politische Meinungsäusserung, doch in der Welttotalität, die sie mit jedem ihrer Anlässe begreifen, ist auch stets die Menschheitstotalität so sehr miteinbegriffen, dass sie geradezu zwangsläufig als politische Enunziation wirken; selbst ihre formale Vollkommenheit, entsprungen einer vollkommenen Einheit von Inhalt und Form, wird damit zur politisch-ethischen Demonstration, zu einer Demonstration des Guten gegen das Böse, des Unvergänglichen gegen das Vergängliche. Eben darum aber ist es so überaus begrüssenswert und wichtig, dass Viertel sich entschlossen hat, die lyrische Produktion seiner Emigrationsjahre zu sammeln und in einem Auswahlband »Fürchte dich nicht« (Barthold Fles Verlag, New York, 193 Seiten) jetzt herauszubringen. Ein ethischer Dichter, ebenso liebenswert wie stark in seiner künstlerischen und moralischen und seienden Person, legt hier Zeugnis für die deutsche Dichtung und für deren Verantwortung ab. Und die deutsche Sprache wird es ihm danken.

(30. Januar 1942 und 6. Februar 1942)

Aufruf zum Leben

CARL ZUCKMAYER

Wenn man von Glück in der Emigration sprechen kann, so darf man es im Falle Carl Zuckmayers. Nicht daß die Ereignisse der Zeit ihn nicht ebenfalls tief aufgewühlt hätten. Aber der Rheinhesse (geboren 1896 in Nackenheim) hatte eine Fähigkeit, die vielen anderen konstitutionell nicht gegeben war: sein Panzer von harter, erdhafter Vitalität ließ das Grauen der Zeit an ihm abprallen. Auf einer Farm in Vermont überlebte der Dichter des »Fröhlichen Weinberg«, des »Schinderhannes«, und der »Katharina Knie« die schlimmsten Hitlerjahre und sammelte Kräfte für die Zukunft. Sie brachte seine Rückkehr nach Europa, zur deutschen Bühne und zur deutschen Literatur. Zuckmayers Lebenserinnerungen (»Als wär's ein Stück von mir«, 1966) gehören zu den wenigen Chroniken der Zeit, die völlig echt und unverbogen, frei von Kleinlichkeit und Neurasthenie sind.
Zuckmayers Lebensmotiv findet man in seinem »Hauptmann von Köpenick«, in den Worten des Zwergs aus dem Märchen vom Rumpelstilzchen: »Nein, laßt uns lieber von Menschen sprechen. Etwas Lebendiges ist mir lieber als alle Schätze der Welt.«

Unter dem Eindruck der Nachricht vom Freitod Stefan Zweigs schrieb der Dichter für den »Aufbau« das folgende Manifest des Lebens.

Der Entschluss zu sterben ist ein unveräusserliches Recht jedes Einzelnen. Wenn ein Mensch die letzte Entscheidung fällt und sie mit seinem Tod besiegelt, so hat die Frage, ob er richtig oder falsch gehandelt hat, zu schweigen. Denn es gibt dafür keinen Massstab und kein Gesetz, als das des eigenen freien Willens. Für uns jedoch, die wir durch das Ereignis eines Freitods in unserer Mitte zutiefst betroffen sind, erhebt sich die Frage nach dem Sinn unseres Weiterlebens. Allzu leicht könnten wir geneigt sein, die Lage und Haltung eines Einzelnen, der von den gleichen Zeitmächten geschlagen war, die uns bedrängen, allgemein zu verstehen, und den Weg, den er für seine Person gewählt hat, als Beispiel aufzufassen, als Ausweg – oder als Urteil. Verführerisch ist der Gedanke, in Stolz und Einsamkeit den Giftbecher zu nehmen, bevor der widerliche Massen-Galgenwald errichtet ist, der uns bestimmt sein mag. Fast scheint es Erlösung, die böse Last wegzuwerfen, ehe sie uns ganz zu Boden drückt und erwürgt. Manchem mag es wie ein süsser Schwindel, wie ein Rausch zu Kopf steigen, dem sich so traurig-lustvoll hinzugeben wäre – schon die Worte klingen wie aushauchende Erfüllung einer letzten Lebensgier: vergehen, verwehen, verrinnen, verströmen, enden, vollenden. Wer kennt nicht das heisse Flüstern dieser Versuchung. Wer weiss nicht von jener bis zum Herzpochen aufregenden Träumerei, erster Liebesverwirrung gleich, in der sich Lebensangst mit der Bravour des Absprungs, der Grenzüberschreitung, der Ich-Entfesselung, beklemmend und atemlos vermischt. Es ist aber nicht an der Zeit, mit dem Tod zu schlafen.

Die Dämmerung, die uns umgibt, deutet nicht auf Abend, auf Mohn, auf Buhlschaft. Hinter diesem Zwielicht flammt ein blutiges Morgenrot, das harten Tag kündet, und das uns ruft zu leben, zu kämpfen, zu bestehen.

Gebt nicht auf, Kameraden!

Wir sind allein. Wir sind vom Alp des Zweifels und der Verzweiflung heimgesucht. Vielen von uns greift die nackte Not an die Gurgel. Wir haben kein Banner, um das wir uns scharen können, keine Hymne, die uns vereint und erhebt. Wir sind zu stolz und zu hart geprüft, um uns an windiger Hoffnung zu berauschen. Wir wissen, dass, was vor uns liegt, Kampf bis aufs Messer heisst, und wir sind nicht mehr jung an Taten. Wir kennen den Gegner. Wir sehen der vollen Wahrheit ins Gesicht. Wir haben nichts als unser Leben. Dieses aber, im schärfsten Scheidewasser gewaschen, ist immer noch eine Kraft, die unzerteilbar besteht, ein Element, das aller Vernichtung trotzt, eine Waffe, in die das Zeichen des Sieges eingegraben ist, sei es, dass die Schneide des Hasses sie furchtbar macht, sei es, dass sie gesegnet wird von der grösseren Macht, der Liebe.

Jedes einzelne Leben, einmalig und einzig in eines Menschen Leib und Seele geprägt – jedes einzelne Leben, das trotz und gegen die Vernichtung sich erhält und seiner Losung treu bleibt, ist eine Macht, eine Festung, an der sich der feindliche Ansturm brechen muss. Solang noch einer lebt, wenn auch in äusserster Bedrängnis, der Anderes denkt, fühlt, glaubt und will, als der Bedränger, hat Hitler nicht gesiegt. Er wird und kann nicht siegen über unser Herz – er kann und wird nicht siegen, wenn er nicht Fuss fasst in uns selber, und uns von innen überwältigt, auslöscht, vergiftet und zerstört. Lasst Euch nicht von der Müdigkeit übermannen, die den einsamen Posten gefährlicher macht als die Schlachtreihe, singt sie weg, solang Ihr noch einen Hauch von Stimme habt, ruft das Signal, das Kennwort durch die Nacht, es heisse: Leben!

Gebt nicht auf, Kameraden. Selbst wenn der Posten, auf dem wir stehen, sehr kalt und sehr bitter ist, selbst wenn er verloren scheint. Hat nicht der verlorene Posten oft die Schlacht gewendet?

Macht besteht, Unmacht verkommt. Aber Macht ist nicht eine Ansammlung äusserer Machtmittel allein. Die höchste Macht ist das Leben, wenn es erfüllt ist vom Bewusstsein der Produktivität. Dann ist es den ungeheuersten Gewalten der Vernichtung überlegen, so wie ein Samenhaar, eine lebendige Zelle, stärker ist als eine Sturmflut, ein Erdbeben, oder ein Panzerwagen.

Dies unser einziges Leben, das kleinste und schwächste Ding der Welt, ist eine Macht, solang es teilnimmt am Ganzen, als ein schöpferischer Keim. Nur das schöpferische Leben auf dieser Welt, von dem kein Lebendiger ausgeschlossen sei, ist das Ziel all unserer Kämpfe.

Das schöpferische Leben umfliesst uns unermessen, mit tausend Fasern hält es in uns ein, mit tausend Strahlen und Wellen sind wir von ihm durchwirkt. Es ist ein Geschenk, eine Gnade, ein Wunder, ein Sinnbild des Vollkommenen, Ganzen. Rosiges Frühlicht küsst den nackten Schnee, auf dem Fenstersims vor Deiner verrauchten Stube, in der Du ringst, und zweifelst. Durch junge Baumrinden knistert der steigende Saft. Das Gesicht eines Toten mag marmorne Schönheit werden, in der Sekunde bevor es verfällt. Die Hand eines Mannes, am hölzernen Spatengriff, die Kraft der ausgesparten Bewegung: Arbeit! und die gebrochene Erde mischt ihren starken Geruch ins tiefe Einziehen, Ausstossen, des Atems in Deiner Brust.

Vergiss nicht, wie Brot schmeckt. Vergiss nicht, wie Wein mundet, in den Stunden, in denen Du hungrig und durstig bist. Vergiss nicht die Macht Deiner Träume. Gebt nicht auf, Kameraden!

Wir müssen dieses Leben bis zum äussersten verteidigen, denn es gehört nicht uns allein. Was auch kommen mag: kämpft weiter. Lebt: aus Trotz – wenn alle andren Kräfte Euch versagen und selbst die Freude lahm wird – lebt: aus Wut! Keiner von uns darf sterben, so lange Hitler lebt! Seid ungebrochen im Willen, die Pest zu überleben. Denkt an die Männer die kämpfen – denkt an das Ziel!

Kämpft, indem Ihr nicht aufgebt zu leben. Mitzutragen. Wir haben mitzutragen, und mitzubüssen, alle Schwächen und Fehler, die um uns, vor uns, durch uns und ohne uns, geschehen sind. Diese Fehler, Schwachheit im Leben und Kämpfen, werden unerbittlich bestraft, sind schon bestraft worden, und wir wissen nicht, wie weit noch die Strafe geht, wie weit sie aufgeholt, gutgemacht, abgegolten und umgewandelt werden kann in Opfer, Kraft und Sieg. Aber selbst wenn der Sieg ganz fern scheint und kaum erreichbar, gebt nicht auf. Selbst wenn das Unheil weiter wüchse und unseren letzten Stand bedrohte – gebt nicht auf. Denkt: lieber soll Jeder von uns, ohne Unterschied von Alter und Geschlecht, noch seine Faust um eine Waffe klammern, und ein Guerillakämpfer werden, und wenn es nichts anderes und Edleres mehr gäbe in unserem Tag, so wär auch das noch Leben: zu töten. Das Böse zu töten, wo Du es treffen kannst.

Denn wer von uns hätte das Mass, und die Gewissheit der Grösse, zu glauben, er sei erhoben und erhaben über Liebe und Hass und das eine, das einzige Leben?

Und wer dürfte von sich selbst sagen, dass er am tiefsten litte?

Du weisst sie alle, die freien und unfreien Tode, zwischen dem Schierlingstrank des Sokrates und dem Gasschlauch des Arbeitslosen. Des Petronius weltmüde Verblutung, die Sternenkühle des Seneca, den Sprung ins Aetnafeuer des Empedokles, den Sturz des Feldherrn in sein unglückliches Schwert.

Keiner davon ist uns gegeben. So schlagt den Mantel um die Schulter und zögert nicht, weiterzugehen in der Nacht, jagt einen Schnaps durch Eure Kehle, und schaut ohne Furcht in die schaurig durchfunkelte Finsternis.

Liebt, und hasst, seid Menschen, bereit zu atmen, zu kämpfen, zu zeugen, und zu sterben dann, wenn Euch der letzte Tropfen Blut vom Herzen springt. Der letzte Tropfen Blut noch glühe, ein Weihgeschenk, der grossen Freiheit unseres Geistes, und dem grösseren Daimon, der uns treibt und bestimmt, der unser wahres Schicksal ist, unser Anfang und Ende, und der Quell all unseres Lebens: Unsterblichkeit!

(20. März 1942)

Elisabeth Bergner in New York

JULIUS BAB

Julius Bab (1880–1955) war nicht nur ein großer Theaterkritiker der Weimarer Republik, sondern gleichzeitig ein brillanter Literatur- und Theaterhistoriker. Auch als Vortragender ist er zahllosen Hörern in Europa und Amerika unvergessen. Nach der Kristallnacht des Jahres 1938 emigrierte auch er.

Bab, Theaterkritiker der »Welt am Montag« und der »Berliner Volks-Zeitung«, schrieb neben Schauspielerporträts Biographien über G. B. Shaw (1910 und 1926) und Richard Dehmel (1902 und 1926), »Das Leben Goethes« (1921), die fünfbändige »Chronik des deutschen Dramas« (1921–26), »Theater der Gegenwart« (1928) und »Fortinbras« (1914 und 1921), ein feines Manifest seiner Goethisch-unromantischen Lebensanschauung.

Wer einmal Berliner Theater erlebt hat, für den ist es aufregend, Elisabeth Bergner auf der richtigen Bühne wiederzusehen. Auch wenn man sie in den letzten fünfzehn Jahren im Film, zuletzt im englischen, oft genug gesehen hat. Denn das wirkliche Theater ist, wenn nicht in jedem Sinne mehr, so doch sicherlich etwas ganz anderes als der lebendigste Film....

Und da steht nun also wieder Elisabeth Bergner – und spricht englisch. Aber niemand kann deutlich genug sagen, wie wenig ein schauspielerischer Eindruck von den Vokabeln, die gesprochen werden, abhängt. Wenn Bassermann sagt: »Gooh aweee!« so sind diese englischen Vokabeln mit ihrem eindringlich steigenden Gesang wahrscheinlich Mannheimisch und ganz bestimmt Bassermannsch, und deshalb bezaubernd.

Und da steht nun Elizabeth Bergner und spricht englisch. Ihre kindliche Gestalt hat sich in einem halben Menschenalter nicht geändert. Sie hat noch diesen schmollenden Ton eines liebenswerten und sehr verzogenen Kindes – diesen reizvoll suchenden Blick, dieses Zucken der runden Schultern und diese zärtlich spielende Kätzchenstimme – »Kind, Heilige und Hexe« – so wie unser vortrefflicher Arthur Eloesser das in seinem wunderhübschen Bergnerbuch vor beinah zwanzig Jahren beschrieben hat.

Aber dann geschieht es: dann kommt Verwirrung über dieses reizende Kind, Todesangst, Wut und Verzweiflung, und diese kleine Person – nun gar nicht mehr Kätzchen, sondern allenfalls ein verwundeter Leopard – füllt fauchend, rasend, schreiend die grosse Bühne. Ein Ausdruck, dem niemand widerstehen kann, das ganze Haus ist durch und durch geschüttelt.

Weshalb sie so rast? Da müsste ich ja nun eigentlich etwas über das Stück sagen, aber ich begnüge mich, festzustellen, dass es »The Two Mrs. Carrols« heisst und von . . . stammt. Das Stück ist ein so bodenlos dummer Schmarren, dass das Publikum mit viel Recht an den schaurigsten Stellen zu lachen anfing – wenn es nicht gerade durch eine Schauspielkunst wie die der Bergner in Bann gehalten wurde.

Deren grosser Ausbruch kommt daher, dass sie die unangenehme Entdeckung macht, dass ihr lieber Mann im Begriff ist, sie mit Gift umzubringen. Diesen Mann spielte *Victor Jory*, mit einem hübschen Theatertemperament, aber viel zu liebenswürdig, als dass man ihm solche Schlechtigkeit zutrauen könnte. Eher sieht schon *Irene Worth* wie »der Engel des Todes« aus (als solcher soll sie nämlich gemalt werden). Und ganz reizend ist *Michelette Burani* mit dem schnellen und lärmenden Französisch einer alten Haushälterin. Andere Mitwirkende haben mir weniger gefallen; aber darauf kommt es nicht an – es kommt an diesem Abend nur auf die Bergner an.

Ich habe in den letzten Jahren viele namhafte Tragödinnen gesehen. Kaum eine schien eines solchen Ausbruchs fähig, wie die Bergner ihn an diesem Abend zeigte. Die meisten haben sich noch nicht von dem erholt, was wir »Realismus« nannten. Der war nach einer Zeit naturlos virtuosen Theaterspielens sicher nötig. Man lernte wieder natürlich und diskret sein. Aber man muss begreifen, dass »Natürlich- und Diskretsein« der Ausgangspunkt und nicht das Ziel der Schauspielkunst ist. Wenn der göttliche Funken in eine Seele fällt, so verbrennt alle Diskretion wie Stroh, und die Flammen schlagen heraus und das Haus gerät in Glut. So geschah es mit Elisabeth Bergner. Das amerikanische Publikum merkte das; man flüsterte um mich her mit etwas beklommenem Staunen »Sarah Bernhardt!«, »Duse!«. – – –

Das ist ja nun vielleicht etwas zuviel gesagt; es gibt da gewisse Gewichtsunterschiede auch im Seelischen. Aber das kann man mit Wahrheit sagen: Elisabeth Bergner kommt aus dem Hause, wo die elementare, die furchtlos wahre, die unbedingt hinreissende Schauspielkunst wohnt.

(13. August 1943)

Dichter überwinden das Exil

KURT PINTHUS

*»Tambourmajor deutscher Kultur«: so wurde Kurt Pinthus von einem Pub-
lizisten genannt. Der gebürtige Erfurter (Jahrgang 1886) war einer der
Begründer und Vorkämpfer des deutschen Expressionismus; sein Band
»Menschheitsdämmerung« (1920 erschienen, 1950 mit spektakulärem Erfolg
neu aufgelegt) war die erste Sammlung expressionistischer Gedichte. Als
literarischer Berater der Verlage Ernst Rowohlt und Kurt Wolff entdeckte
er viele Talente. Er war der erste Theaterrezensent Mitteleuropas, der das
Kino ernst nahm, und der erste Literaturkommentator am Berliner Rundfunk. Pinthus' Kritiken im »8-Uhr-Abendblatt« waren ebenso autoritativ
und lebendig wie sein späteres Werk im »Aufbau«, als dessen Star-Rezen-
sent er viele Jahre hindurch seinen alten Enthusiasmus für Bühne und Film
zeigte.*

*Pinthus' Name befand sich auf der ersten Liste der von den Nazis verbo-
tenen Autoren. Der Kritiker wirkte in Amerika zunächst an der New School
for Social Research in New York, wurde 1941 Berater für die Theater-
sammlung der Library of Congress in Washington, 1947 Dozent für Thea-
tergeschichte an der Columbia University und arbeitet seit seiner Emeritie-
rung 1961 am Deutschen Literatur-Archiv in Marbach an neuen Essays und
Büchern.*

Wie so viele banale Feststellungen ist auch diese eine bittere Wahrheit:
niemals und nirgends in der Weltgeschichte ward eine so grosse Auswanderung von Schriftstellern und geistigen Arbeitern aller Art verursacht –
nicht nur aus deutschsprachigen Ländern, sondern vom gesamten europäischen Kontinent – wie durch Hitlers Vergewaltigung der sogenannten alten
Welt. Seit der Verbrennung und Vernichtung unserer Bücher vor fast zwölf
Jahren ist eine ungeheuer umfangreiche Literatur von einstmals deutschen
Schriftstellern im Exil erwachsen, über die ganze Welt hin, in deutscher
Sprache, aber auch in Englisch, Französisch, Spanisch, Holländisch und anderen Zungen. Eine unübersehbare Literatur … unübersehbar, weil alle
Bemühungen fehlschlugen, wie ich es seit 1937 bei mancherlei Institutionen
angeregt hatte, genaue Listen der vertriebenen und ausgewanderten deutschschreibenden Schriftsteller, sowie ihrer Werke anzulegen, die in vielen grossen und kleinen Verlagen, erst in Holland, Oesterreich, Frankreich, Russ-

land, in der Schweiz und der Tschechoslowakei, später in England, Amerika, Mexico, Argentinien erschienen. Denn während Hitlers rascher Eroberung Europas kamen die ursprünglich deutschschreibenden Autoren mit den nun gleichfalls vertriebenen Kollegen aus den bisherigen Gastländern in hellen Haufen in die Vereinigten Staaten. Und es begann eine unheimliche Mischung der Sprachen, in denen die Bücher der europäischen Schriftsteller veröffentlicht wurden.

Viele dieser Schriftsteller blieben in New York und Hollywood. Aber es ist wenig bekannt, dass eine viel grössere Zahl von geistigen Arbeitern als die in New York und Hollywood Bleibenden sich in sogenannten gelehrten Berufen über das ganze Land verbreitete – nicht nur Gelehrte, die schon in Europa als Professoren gewirkt hatten, sondern Hunderte von jüngeren und älteren Schriftstellern, Theaterleuten, Kritikern, die nun in Hunderten von Colleges und Universitäten lehrten – manche sind in fernen und kleinen Schulen verschollen, manche nahmen neue Namen an. Von diesen Stillen im grossen Lande, die unablässig ihre Artikel und Essays in gelehrten Zeitschriften erscheinen lassen, soll hier nicht die Rede sein.

Ueber die anderen aber, die mit bekannten oder werdenden Namen als Schriftsteller herüberkamen, ist es schwer, in Kürze einiges zu sagen, weil sie sich in viele Kategorien verteilen. Manche, wie *Ivan* und *Claire Goll*, oder *Ernst Erich Noth*, hatten sich schon daran gewöhnt ihre Bücher in Französisch zu schreiben, als sie hier ankamen. Manche waren durch Uebersetzungen ihrer Bücher bereits im Ausland bekannter als in Deutschland während des Ausgangs der Republik und des Beginns der Nazi-Herrschaft. Manche waren inzwischen Angehörige anderer Staaten geworden. Das Ungewöhnliche in dieser ungeheuren Exil-Bewegung deutschschreibender Schriftsteller ist, dass sie fast alle entschlossen sind, nicht wieder in die deutschsprechenden Länder zurückzugehen – sie leben nicht mehr im Exil, sondern in einer neuen Heimat.

Deshalb handelten viele konsequent – auf zweierlei Art. Entweder sie bemühten sich, mit Verbissenheit, in der Sprache des neuen Landes zu schreiben, was allerdings nur wenigen gelang. Oder sie gaben den Beruf, zu schreiben, was sie zu sagen hatten, ganz auf, weil sie es nicht in deutscher Sprache veröffentlichen konnten. Sie schwiegen, wie *Albrecht Schaeffer, Fritz von Unruh, Carl Zuckmayer* ... und manche gingen in andere Berufe. Nur ganz wenige, in äusserster Konsequenz, schieden aus dem Leben, wie *Ernst Toller*, der mir einige Tage vor seinem Ende sagte: »Was ist denn ein

Schriftsteller, der nicht mehr in seiner Sprache gedruckt und gelesen werden kann?«

Die meisten aber hatten sich mit diesem Schicksal abgefunden: dass ihre Bücher jetzt nur in englischen Uebersetzungen erscheinen konnten. Einzelne wurden daneben auch in kleinen deutschen Auflagen veröffentlicht. Wieviel selbst in bemühten Uebersetzungen verloren geht, beweist ein Vergleich der englischen Uebersetzung und des deutschen Originals etwa von Werfels »Bernadette«, Thomas Manns Josephs-Roman, oder Feuchtwangers »Der Tag wird kommen«. Wie gross aber muss die Wucht solcher übersetzten Bücher sein, wenn sie in der anderen Sprache dennoch Bestsellers werden konnten, oder in Hunderttausenden von Exemplaren durch den Book of the Month Club und andere Buch-Vereinigungen verbreitet wurden, wie Werfels »Embezzled Heaven« und »Song of Bernadette«, Anna Seghers »The Seventh Cross«, oder Heidens Hitlerbuch.

Manche Aeltere wurden im neuen Lande fruchtbarer, als sie drüben waren: Thomas Mann hat hier in viel rascherer Folge seine Bücher veröffentlicht als drüben, und der Schweigsamste aller Dichter, der nur alle 15 Jahre ein Drama veröffentlichte, *Richard Beer-Hofmann*, hat hier, fast achtzigjährig, gleich eine Gedichtsammlung und ein Prosa-Buch an den Tag gegeben. Andere, die bereits in den Vereinigten Staaten in Gunst standen, bewahrten oder vermehrten Ruhm und Leser- oder Hörerschaft, wie *Heinrich Mann, Erich Maria Remarque, Franz Molnar, Emil Ludwig, Vicky Baum, Lion Feuchtwanger, Bruno Frank, Martin Gumpert, Oskar Maria Graf, Annette Kolb, Bert Brecht, Ferdinand Bruckner, Heinrich Eduard Jacob, Ludwig Marcuse* und viele andere.

Manche hier gänzlich oder fast ganz Unbekannte gewannen schnelle Anerkennung, viele von ihnen mit Büchern über Glanz, Elend und Niederbruch des alten Europa: *Klaus* und *Erika Mann, Hans Habe, Stefan Heym, Ernst Lothar, F. C. Weiskopf, Franz Hoellering, Friedrich Torberg, Kurt Juhn, Ivan Heilbut, Herman Borchardt, Walter Schoenstedt, Heinz Pol, Peter Domanik, Leo Lania, Bella Fromm, Hertha Pauli.* Manchen glückte es mit sensationellen, aufpeitschenden Büchern, wie *Curt Riess, Arthur Koestler,* manchen mit stillen und abseitigen Werken, wie *Hermann Broch* und *Joachim Maas.* Manche veröffentlichten sogar Lyrik, wie *Walter Mehring, Berthold Viertel, Hans Sahl, Ivan Heilbut, Lessie Sachs.* Und manche gaben so scharfe Analysen des Zeitgeschehens, dass ihre Werke in Amerika und England amtlich eingeführt oder empfohlen wurden, unter ihnen *Leopold*

Schwarzschild, Franz Neumann, Max Werner, Peter Drucker, Oscar Meyer. Nur wenige Namen sind hier aufgeführt, wie rasche Erinnerung sie rasch zusammenraffte – und keine Namen der vielen Gelehrten und für gelehrte und populäre Blätter Schreibenden.

In diesen kurzen Bemerkungen sind Wertungen nicht versucht worden. Jeder Literarkritiker weiss, dass grosse Ereignisse erst nach einer gewissen Inkubationsfrist zu grossen literarischen Werken reifen können. Aber die Schriftsteller im Exil oder in der neuen Heimat streben weniger Grösse und Reife, als vor allem, weil das jetzt wichtiger ist, Wirkung an. Und schon jetzt kann der durch jahrzehntelange kritische Uebung kundig Gewordene sagen, was einst spätere Literaturhistoriker bestätigen werden: dass nicht nur manche aus der furchtbaren Zeit zur Aufhellung und Aufrüttelung dieser Zeit von immigrierten Schriftstellern hier verfasste Bücher, sondern auch manche unter allgemeinerem Aspekt geschriebene, sowohl von Wirkung, Gewicht und Wert sind und bleiben.

(22. Dezember 1944)

Vom gesicherten und vom ungesicherten Leben

VERA CRAENER

Die Assoziation Vera Craeners mit Literatur und Journalismus begann in einer Buchhandlung. Sie arbeitete bei Reuss & Pollak in der Meinekestrasse in Berlin, wo sich die direkte Beziehung zu den Autoren in »Vorlesungen aus eigenen Werken« manifestierte. Eines Tages sandte sie der »Vossischen Zeitung« ein Feuilleton. Es wurde nicht nur sofort gedruckt, sondern gleich darauf noch vom Rundfunk erworben. Damit war Vera Craener als »Ullstein-Girl« etabliert. Sie schrieb bald für alle Blätter des Hauses, auch für das »Tempo«, dessen Feuilletonchef Manfred Georg (George) war.

Nach der Machtergreifung der Nazis emigrierte sie in das Geburtsland ihres Vaters (der aus Kalifornien stammte). 1940 holte Manfred George sie an den »Aufbau« – zuerst als freie Mitarbeiterin, später als Redakteurin des Mode- und Frauenressorts. Sie hat diesem Teil des Blattes mehr und mehr ihre eigene Prägung verliehen. Es ist eine reizvolle Mischung von modischen und musischen Dingen – Kleider, Küche, Keller, Kabarett, Film, Touristik, Literatur.

Vera Craener war Georg Hermann, von dessen grausamem Los sie hier spricht, freundschaftlich verbunden.

286

Wir haben es mit Trauer im Herzen gelesen: auch Georg Hermann hat den Weg nach Polen antreten müssen. Der Vater des »Jettchen Gebert«, geistiger Nachfolger Fontanes, den das Schicksal Berlins und seiner Menschen immer so stark zur Darstellung gereizt hat, dass man ihn, so paradox es auch heute klingt, fast den »Heimatkünstler Berlins« nennen konnte, ist wahrscheinlich von den Deutschen, die er einst so liebte, in den Gaskammern Polens umgebracht worden.

Es gibt einen Essay von ihm, der heisst »Was von Büchern übrigbleibt«. Darin hat er sich sehr pessimistisch geäussert über das, was unser Hirn an Inhalten behält. »Es gleicht,« sagte er, »einem Friedhof aller Nationen und Konfessionen, mit Grabstätten und Inschriften: Hier ruht der Grüne Heinrich. Daneben der Werther. Dort ruht David Copperfield und der Hungerpastor, Marie Grubbe und Anna Karenina, Jettchen Gebert und der Lederstrumpf, Maupassants Bel Ami und Ibsens Nora.«

Namen sind es, die uns bleiben und fast nie die Inhalte. Wir erinnern uns, wenn überhaupt, immer nur der Zufälligkeiten und Nebensächlichkeiten, die fast nie den Kern treffen. Nehmen wir den Dr. Herzfeld. Diese erschütternde Auseinandersetzung eines einsamen Menschen mit den Problemen des Krieges. »Richtig,« sagen die Leute, »das ist doch die Geschichte mit den ›Ditopassablen‹ und den ›Entmündigungsknaben‹.« Das ist alles, was ihnen geblieben ist. Upton Sinclair, der mit seinem Roman aus den Chicagoer Schlachthäusern, dem »Sumpf«, einen Welterfolg errang, sagte bitter: »Ich wollte die Leute ins Herz treffen, aber ich habe sie nur in den Magen getroffen.«

Auch Georg Hermann hat mit seinem »Jettchen« einen Grossteil der Leser in den Magen getroffen »Mürbekuchen« kann man noch essen, wenn der Leichenwagen vor der Tür steht ... Jettchen Gebert – das ist die Geschichte zweier Familien, der alteingesessenen und der zugewanderten. »Es ist,« wie er selber einmal sagte, »die Tragödie der Haus- und Wanderratten – und die Wanderratten sind stärker.« Hatten die Leser das begriffen? Wohl kaum.

Denn dann würden ihm nicht die Leute überall, wo er hingekommen ist, auf die Schulter geklopft haben und gesagt: »Jettchen Gebert! ... Entzückend! ... Mürbekuchen kann man noch essen, wenn der Leichenwagen vor der Tür steht!« Und sie hätten ihm nicht, immer wieder und um ihm eine Freude zu machen, Mürbekuchen vorgesetzt. Dabei konnte er Mürbekuchen nicht ausstehen. Er platzte, wenn er nur das Wort hörte. »Sie haben«, sagte er,

»gar nichts mit dem Buch zu tun, sind ein Nebenher, eine Belanglosigkeit, ein Farbenfleckchen im Zeitkolorit, genau wie das Rubinglas und die Sinumbralampe. Und ich weiss genau, noch fünf Minuten vor meinem Tode wird mich jemand anbrüllen: »Jettchen Gebert – ach Gott, Onkel Eli und die Mürbekuchen. . . .«

Das Ende ist anders gekommen, als er es sich damals vorgestellt hatte. Aber noch bis zuletzt ist er offenbar der Beobachter des kleinen Details geblieben, dessen liebevoller Schilderer er immer war. Denn: »Behalten Sie das. Schreiben Sie das auf für später,« soll er dem Chronisten gesagt haben, der ihn noch vor seinem Abtransport nach Polen in Westerbork besuchte und den er auf die tausend Kleinigkeiten aufmerksam machte, an denen die anderen vorübergegangen waren.

Dabei hatte er schon lange gewusst, dass er selbst nicht mehr zum Schreiben kommen würde. »Mein Rücken ist zu alt, als dass ich mich noch nach all den Themen bücken könnte, die heute auf der Strasse liegen,« sagte er, als wir ihm 1938 in Holland Lebewohl sagten, »aber Ihr Jungen müsst Eure Augen offenhalten und schreiben, was Ihr seht.«

Wir haben dann oft versucht, ihm auf Umwegen zu schreiben, aber niemals eine Antwort bekommen. So hat er wohl nie erfahren, was wir ihm aus der Neuen Welt berichtet haben: wie wir die Geschichte »Vom gesicherten und vom ungesicherten Leben«, die sich durch sein gesamtes Oeuvre zieht, hier nun in neuen Variationen und am eigenen Leibe erfahren. Er hat das Thema oft und gern abgewandelt: in der »Nacht des Dr. Herzfeld« ist davon die Rede und in der ganzen »Steilen Treppe«. Immer stehen sich bei ihm zwei Welten gegenüber – die Menschen aus dem gesicherten und die aus dem ungesicherten Leben. Ist es dort Hermann Gutzeit, der Literat, über dem immer die Peitsche des Verdienenmüssens gehangen hat und der, solange er zurückdenken kann, »wie ein Cirkusclown auf der rollenden Kugel balancieren muss«, und Dr. Herzfeld, der, bei allem was er durchgemacht hat, doch immer Lebenssicherheit gehabt hat und das Gefühl, dass er »nicht aus der Kutsche fallen kann«, so ist es dort Paul Gutmann, für den »Kattun der Angelpunkt der Welt ist«, und Fritz Eisner, der die Feder hundertmal eintauschen musste, ehe er sich mit aufstellen durfte am Start »zum grossen Wettlauf um das bisschen Geld, um das bisschen Stellung, um das bisschen papiernen Zeitungsruhm und um den Trostpreis eines Nekrologs.«

Schade, lieber Georg Hermann, dass wir Dir nicht mehr sagen konnten, wie viele von uns erst hier ganz hinter Deine vielen Weisheiten gekommen sind, und dass Du vor allem keine Kunde und keine Hilfe mehr bekommen konntest aus der Neuen Welt, von der Du schon früh prophezeit hast, dass sie einst zur Schatzkammer des alten Europa werden würde.

(21. September 1945)

L. van Beethovens Abenteuer in USA

PAUL NETTL

Paul Nettl (geb. 1889 in Hohenelbe, Böhmen) ist einer der fruchtbarsten Musikforscher unserer Zeit. Sein »Mozart in Böhmen« (1938) ist ein Standardwerk. Auch eine Reihe seiner anderen Bücher ist Mozart gewidmet. Eine Händel-Studie Nettls erschien 1958.

Er habilitierte sich 1921 als Privatdozent an der Deutschen Universität Prag mit einer Arbeit »Die Wiener Tanzkomposition in der zweiten Hälfte des 17. Jahrhunderts«. 1924 veröffentlichte er »Musik und Tanz bei Casanova«, 1927 »Beiträge zur böhmischen und mährischen Musikgeschichte«. Nach dem erzwungenen Ende seiner Prager Lehrtätigkeit 1939 kam er in die USA. Von 1946 bis 1963 wirkte er als Ordinarius für Musikgeschichte an der Indiana University. Der folgende Beethoven-Essay gehört zu den zahlreichen Arbeiten, die er für den »Aufbau« schrieb.

Über Beethovens Neffen Karl, den Sohn seines Bruders Kaspar Karl, ist eine ganze Literatur geschrieben worden. Zuletzt eine ausgezeichnete psychoanalytische Untersuchung von R. und E. Sterba, nachdem sich bereits Dr. Max Wancza ausgiebig mit diesem »bösen Geist« des grossen Komponisten beschäftigt hatte. Es ist wohlbekannt, dass Beethoven eine fast krankhafte Zuneigung zu dem Sohn seines jüngeren Bruders gefasst hatte. Dieser Bruder hatte den Komponisten zum Vormund seines Sohnes eingesetzt, da er zu den erzieherischen Fähigkeiten seiner Gattin Johanna, geb. Reiss, nicht genügend Zutrauen hatte. Beethoven hat die ihm auferlegte Verantwortung so schwer getragen, dass er durch den leichtsinnigen jungen Mann oft an den Rand der Verzweiflung gebracht wurde.

Nachdem der Neffe in verschiedenen Erziehungsanstalten sich schlecht bewährt und schliesslich einen Selbstmordversuch unternommen hatte, gelang es Beethoven, ihn bei einem Infanterieregiment in Iglau (Mähren) unterzubringen. Beim Militär besserte sich Karl auffallend, besonders, nachdem er im Haus des Magistratsrats Naske seine spätere Gattin Caroline Barbara Charlotte kennengelernt hatte. Als Caroline 1831 nach Wien übergesiedelt war, quittierte Karl ein Jahr später den Militärdienst und heiratete sie 1832. Karl starb 1858 an Leberkrebs in Wien. Seine Witwe überlebte ihn um mehr als drei Jahrzehnte und starb 1891. Der Ehe entsprossen vier Töchter und ein Sohn. Der letztere, Ludwig van Beethoven, war lange Mittelpunkt einer Skandalaffäre.

Schon Prof. Sandberger hat in einem Aufsatz »Beethoven und München« über diesen Grossneffen des Meisters Mitteilungen gemacht. Ludwig war durch den bekannten Musikhistoriker Ludwig Nohl 1868 an Richard Wagner und durch diesen an König Ludwig II. von Bayern empfohlen worden. Im Laufe der Jahre erfreute er sich der Generosität des Königs, die ihn jedoch nicht davon abhielt, systematische Betrügereien zu begehen, bis sich endlich die bayrischen Gerichte mit dem Fall eingehend beschäftigten und ihn 1872 zu einer Gefängnisstrafe von vier Jahren, seine Gattin Marie, geb. Nitsche, zu sechs Jahren Gefängnis verurteilten. Beethoven trat damals als Baron und als »Enkel« des berühmten Tonsetzers auf. In der Beethovenliteratur liest man nun, dass sich die Spuren dieses Hochstaplers in den Vereinigten Staaten verlieren und selbst ein Kenner der Materie wie Donald W. Mac Ardle schreibt mir: »No confirmation of any kind has been found of the legend that Nephew Karl's son emigrated to the U. S. A.«

Ich hatte vor kurzem Gelegenheit, in Wien den Privatgelehrten Dr. Robert Homolka kennenzulernen, der sich seit Jahren mit den Nachkommen Karl van Beethovens intensiv beschäftigt hat, und dessen Buch »Der Neffe Karl« 1958 erscheinen soll. Dr. Homolka hat mir sein gesamtes Material zur Verfügung gestellt, das ich hier auszugsweise, soweit es sich um die amerikanische »Legende« handelt, wiedergebe. Dr. Homolkas Forschungen beruhen auf Dokumenten und Briefen, die sich in der Familie erhalten haben. Es scheint danach, dass die Verurteilung Ludwigs in contumaciam erfolgte, denn das Ehepaar schiffte sich am 30. August 1871 mit dem kleinen Sohn Karl Julius Maria, der 1870 in München geboren war, nach Amerika ein. Die Landung erfolgte am 15. September und noch am gleichen Abend reist die Familie nach Rochester, N. Y., wo Ludwig eine Anstellung im Büro eines Architekten erhält. Eine Woche nach der Ankunft in Rochester kommt ein Sohn Heinrich zur Welt, der jedoch sechs Monate später stirbt und auf dem dortigen Kirchhof begraben ist. Ludwigs Skandalaffäre wurde jedoch bald in Rochester bekannt, wo man einen Artikel von Ludwig Nohl in der vielgelesenen deutschen Zeitung »Nachrichten aus Deutschland« lesen konnte. Dieser Artikel erwähnte den Verhaftungsbefehl.

So verlässt das Ehepaar Rochester und siedelt sich in Buffalo an, wo Ludwig auch die Niagara-Fälle besucht und sich später in Montreal niederlässt. Ohne Zweifel brannte ihm auch hier der Boden unter den Füssen. In Montreal gibt Marie, eine ausgezeichnete Pianistin, mit grossem Erfolg ein Konzert und absolviert eine Tournée, die sie nach Quebec, Ottawa, Brockville, Hamilton usw. führt. Im Sommer 1873 erfolgt die Uebersiedlung nach Detroit, wo Marie im Opernhaus in einem Konzert der Philharmonic Society mit grossem Erfolg auftritt, während Ludwig bei der Michigan Central Railroad auf sechs Wochen eine Anstellung erhält.

Kurz darauf übersiedelt man nach Jackson, Mich., wo Beethoven bei der gleichen Compagnie mit einem Monatsgehalt von $ 60.– arbeitet, während Marie Klavierstunden erteilt. Ludwig scheint eine erfinderische Natur gewesen zu sein. Er kommt auf den Gedanken, ein Messengerboy Service-Institut nach europäischem Muster zu gründen. Er arbeitet den Plan aus und sieht sich nach einem kapitalkräftigen Teilhaber um. Das Ehepaar Beethoven hatte mit einer Familie Stiles, die sich in Sabula, Iowa, niederliess, die Ueberfahrt von Europa gemacht. Auf wiederholte Einladungen kommt es im Sommer 1873 zu einem Besuch in Sabula, wo man sich eine Woche als Gast der Familie Stiles aufhält. Das Unternehmen wird nun tatsächlich ins Leben gerufen, Stiles schiesst das Kapital vor. Ludwig kehrt auf kurze Zeit nach Jackson zurück, um im Herbst nach Chicago zu übersiedeln, wo am 1. Januar 1874 die Organisation begonnen wird. Das Institut wird vergrössert und im Herbst 1874 erfolgt die Uebersiedlung nach New York.

Das Ehepaar wohnt zuerst in Staten Island, später in Manhattan. Nachdem auch in New York ein ähnliches Geschäft eröffnet wurde, erfolgt im Frühjahr 1875 die Gründung einer dritten Filiale in Philadelphia. Die Dienstmänner-Idee lässt jedoch Beethoven nicht schlafen. Anlässlich der New Yorker World's Fair kommt Ludwig auf den Gedanken, alten Leuten den Besuch der Ausstellung durch Anschaffung von 500 Rollstühlen mit Bedienung zu erleichtern. Das Unternehmen wird ein grosser Erfolg, der den Präsidenten der Ausstellung und die Direktion einer Telegrafen-Gesellschaft veranlasst, mit Beethoven einen Kontrakt abzuschliessen, auf Grund dessen er die Leitung des Ausstellungsdienstes gegen 25 % Gewinnanteil übernimmt. Beethoven wird nun General Manager einer grossen Gesellschaft mit der Zentrale in New York. Das Originalgeschäftspapier trägt den folgenden Kopf:

New York Commissionaire Company
General Office: German Savings Bank Building

Cor. 14th St. and 4th Avenue, Branch Office
1130 Broadway, Louis von Hoven, Managing Director.

Die Namensänderung von »van Beethoven« in »von Hoven« ist des Rätsels Lösung, warum man von der Beethovenschen Nachkommenschaft in Amerika nur als »Legende« sprach. Denn Ludwig selbst kommt auf diese Frage in einem Brief an seine Schwester Maria Anna zu sprechen, die zweite Tochter des Neffen Karl, die Gattin von Paul Weidinger, Hauptkassierers der Anglo-Oesterreichischen Bank und Professors für Handelswissenschaft in Wien. Der Brief vom 9. September 1875 lautet folgendermassen: »Dass ich unseren Namen nur in der Abkürzung trage, die Dir bekannt ist, wird Dich nicht wundern. Ich freue mich täglich darüber, dass ich zu diesem Entschluss kam, ehe ich ins Geschäftsleben trat. Mein Name erscheint, wie bei dem öffentlichen Charakter der Institute selbstverständlich, auf so vielen tausend verschiedenen Drucksorten in den hiesigen Hauptstädten, dass ich im günstigsten Falle aus dem Beantworten lästiger Fragen niemals herausgekommen wäre; ausserdem sind Abkürzungen, Veränderungen und Uebersetzungen von Familiennamen hier etwas Alltägliches, und ich kann sagen, dass ich eigentlich nur durch meine Briefe an unsere gute Mutter zuweilen mich erinnere, wie ich eigentlich heisse. Ich wünsche, dass auch meine Kinder sich einst so nennen, ob sie nun in Amerika bleiben oder nicht; sie werden ein Anrecht auf den Namen haben, da ich mein amerikanisches Bürgerrecht unter demselben erwerben will, sobald ich fünf Jahre im Lande bin.«

Es ist charakteristisch, wie Ludwig seine Namensänderung motiviert. Der eigentliche Grund ist natürlich, seine Münchener Vergangenheit vergessen zu machen. In dem gleichen Jahr 1875 brechen leider die Briefe Ludwigs ab. Aber Erzählungen der noch heute in Wien lebenden Familienmitglieder ergänzen die Korrespondenz. Das Ehepaar von Hoven kam 1878 mit seinen beiden Kindern, Meta, damals vier, und Karl, acht Jahre alt, zu Besuch nach Wien. Robert Heimler, der Gatte der dritten Tochter des Neffen Karl namens Gabriele, berichtete, dass die amerikanischen Verwandten in der Heimlerschen Wohnung in Wien VIII (Josefstadt), Lenaugasse 3, wohnten. Wie lange das Ehepaar in Wien blieb, ist nicht bekannt. Heimler drängte auf ihre Rückkehr nach Amerika; offenbar war der Ruf Ludwigs in Wien mehr als zweifelhaft. Zwischen 1878 und 1890 klafft eine Lücke in unserer Kenntnis. Nach Aussage Karls, Ludwigs Sohn, lebte Ludwig zuletzt als Direktor der Pacific Railroad in New York in besten Verhältnissen. Die nächste Nachricht über Ludwig stammt aus Paris 1890. Es handelt sich um einen Brief von Marie von Hoven an Robert Heimler, in dem gesagt wird, dass Ludwig im Nebenzimmer sehr krank zu Bett liege und auch ihr Sohn Karl sehr krank sei. Da Louis derzeit nichts verdiene, sei sie mit ihren Kindern in grossen Geldnöten. Der Kurator ihres Vermögens, Bankier Schweinburg in Wien, werde ihr erst am 1. Juli Geld senden. Ihr Vermögen sei durch die Krankheiten bis auf eine kleine Summe verbraucht. Heimler solle bei Schweinburg einen Vorschuss zu erhalten trachten. Die Pariser Anschrift ist: 2 rue Millet, St. Cloux. Ein zweiter Brief vom 25. Februar bestätigt mit überschwenglichen Dankesworten die Uebersendung von 200 Frcs. Alles andere ist in Nebel gehüllt, vor allem, wie die Familie nach Paris kam. Karl erzählte 1917 dem österreichischem Journalisten Karl Mittelmann, dass er mit seiner Mutter seit 20 Jahren in Brüssel lebe. Meta soll bei einem Schiffsausflug in Amerika umgekommen sein. Karl erzählte ferner 1917, dass er fünf Geschwister gehabt habe, von denen er allein übriggeblieben sei. Danach müssten in U. S. A. noch zwei weitere Kinder zur Welt gekommen sein, deren Namen und Daten unbekannt sind. Wann und wo Ludwig gestorben ist, entzieht sich unserer Kenntnis. Keinesfalls in Amerika, sondern entweder in Paris oder Brüssel. Ende September 1916 übersiedelten Mutter und Sohn nach Wien und wohnten im XIII. Bezirk, Zehetnergasse 19. Karl Julius, der einzig überlebende Beethoven, leistete Militärdienst als Landsturmmann. Seine Mutter starb 1917. Der »letzte Beethoven« war Journalist und schrieb schon als Zwanzigjähriger Artikel für englische und französische Zeitungen. Er wurde 1916 in Antwerpen zum Militär eingezogen und traf am 26. September mit seiner Mutter in Wien ein. Es ist hier nicht der Ort, seine militärische Laufbahn zu verfolgen. Er wurde öfter gesehen, so z. B. von dem New Yorker Pianisten Bruno Eisner. Er kam im Dezember in das Garnisonsspital Nr 1, wo er sich einer Darmverschlussoperation unterziehen musste und am 10. Dezember starb. Er ist neben seiner Mutter Marie begraben. Der Marmorgrabstein trägt die beiden Namen: Marie van Beethoven und Karl Julius van Beethoven.

Dr. Homolka teilt mir mit, dass er jedes Jahr regelmässig das Grab besucht und für beide Tote ein Licht anzündet. Karl, dieser letzte Beethoven, war schwächlich und unterernährt, den militärischen Strapazen nicht gewachsen. Er machte einen bejammernswerten Eindruck. Den Unteroffizieren diente er zum Spott. »Beethoven – Baracke auskehren, Fussboden waschen, Beethoven – Abort reinigen, Beethoven – Holz holen.« Welche Tragikomödie der menschlichen Bestie! Seine Kameraden jedoch hatten Mitleid mit ihm und nahmen ihn gelegentlich auf ihren Urlaub mit.

Die Familie kümmerte sich nicht um ihn. Sie schämten sich seiner. Wenn er sie besuchte, speisten sie ihn mit einem 10-Kronenschein und ein paar Zigaretten ab. Geistig wird er als hochintelligent und lebhaft geschildert. Er beherrschte mehrere Sprachen. Es ist, als ob der böse Dämon, der von den Zeiten des trunksüchtigen Vaters des Meisters an sein Unwesen trieb, noch diesen letzten Beethoven zu Tode schüttelte. Welch eine Antithese: Ludwig van Beethoven, einer der Grössten der Menschheit, und der verhöhnte und gepeinigte arme Landsturmmann!

(28. September 1956)

Israel und das Abendland

KARL JASPERS

Die »Aufbau«-Redaktion bat den großen deutschen Philosophen Karl Jaspers, seine Einstellung zu Israel auseinanderzusetzen. Er kam dieser Bitte mit dem folgenden bemerkenswerten Essay nach.
Jaspers (1883–1969) hielt während des Dritten Reichs seinen humanitären Ideen wie seiner jüdischen Frau die Treue und wurde darum von den Nazis seiner Heidelberger Professur beraubt, die er seit 1921 innegehabt hatte. Neben philosophischen Werken schrieb er auch politische Kampfschriften (»Die Atombombe und die Zukunft des Menschen«, 1958; »Wohin treibt die Bundesrepublik?«, 1966).

Auf die Frage des »Aufbau«, was Israel für mich bedeute, antworte ich, ohne Jude zu sein. Israel bedeutet mir persönlich zunächst, was es meinen jüdischen Freunden bedeutet. Dies aber trifft zusammen mit dem, was ich ersehne als Deutscher, der erfahren musste, was sein Volk durch ein böses Regime den Juden angetan hat, und mit dem, was ich als Abendländer wünsche, der von der Schuld der Christenheit an den Juden weiss.

Einst argumentierte ich gegen den Zionismus. Schon äusserlich schien mir die Sache illusionär. Im Jahre 1906, zur Zeit der türkischen Herrschaft, hörte ich in einer jüdischen Versammlung in Heidelberg einen Redner sagen, die Gründung in Palästina sei unmöglich, denn irgendwann würden die Araber alle Juden totschlagen. Damals schien mir auch die faktische gesellschaftliche und berufliche Beschränkung von Juden trotz rechtlicher Gleichheit kein genügender Grund, sich einen eigenen Boden als Vaterland zu beschaffen. Den Stolz wegen mangelnder Achtung liess ich bei Juden so wenig wie bei anderen Menschen gelten. Der darin liegende Ehrbegriff war mir fremd.

Seit der Ausrottung von sechs Millionen Juden durch Hitler hat sich meine Auffassung radikal geändert. Jetzt handelt es sich nicht mehr um Stolz, nicht um nationale Ambitionen, sondern um eine neue Weltlage, die nun erst ganz offenbar wurde. Die Erde ist vergeben. Die Juden können nicht mehr wandern und fliehen. Was jetzt durch Nazideutschland geschehen ist, kann irgendwann überall auf der Erde wiedergeschehen. Wer vernichtet werden soll, will sich nicht hinmorden lassen, sondern kämpfen. Kämpfen kann nur, wer einen Boden und auf ihm einen Staat hat. Israel ist daher eine jüdische Notwendigkeit in der neuen Weltlage, wenn Juden sich in ihr unter gleichen Bedingungen, wie alle Menschen sonst, als Dasein behaupten wollen. Dass Israel in Palästina begründet wurde, ist geschichtlich zu rechtfertigen durch eine dreitausendjährige Vergangenheit, durch die englische Versprechung, durch legalen Landkauf ohne Betrug und Gewalt, und dann, den letzten Grund legend nach dem Abzug der Engländer 1948, die keine Vorsorge für die ihnen folgende Herrschaft und für den Schutz der Juden getroffen hatten, durch ihre Selbstbehauptung gegen die über sie zu ihrer aller Austilgung herfallenden Araber, und schliesslich noch durch Urbarmachung von Sümpfen und Wüsten und Aufbau einer neuen Industrie. Heute weiss jeder Jude, im Unterschied von der Hitlerzeit und gegenüber dem Verhalten der abendländischen Mächte auf dem Kongress in Evian (1938), dass es für ihn ein Land auf der Erde gibt. Dorthin kann er kommen, wenn er seine Umwelt nicht ertragen mag und wenn sein Leben dadurch, dass er Jude ist, bedroht wird.

Für entscheidend halte ich aber Folgendes: Weil das Schicksal der Juden, das nach unzähligen Verfolgungen schliesslich zur Ermordung ihres europäischen Teils geführt hat, eine Schuld der gesamten Christenheit ist, bedeutet Israel eine Verpflichtung des Abendlandes. Einst haben die Juden durch die biblische Religion die Tiefen aufgeschlossen, aus denen für uns, noch in allem Unheil, das Leben möglich, durch die Gottesgewissheit die Menschenwürde unantastbar wurde. Aus Jesus spricht der Jude in seiner überwältigenden Leidenskraft und Liebe, in seiner alle Bande zerreissenden Unbedingtheit, in seiner Gottesgewissheit noch am Kreuze mit dem Psalmwort: »Mein Gott, mein Gott, warum hast du mich verlassen?« Durch das alte und das neue Testament (das fast ganz von Juden stammt) haben sie das Christentum in die Welt gebracht. Damit haben sie neben den Griechen und Römern den Boden des Abendlandes, aber den festesten und tiefsten Boden gelegt, der alles trägt. Die heutigen Juden sind die Nachkommen derer, die den Schritt

zum Christentum paulinischen Charakters nicht taten (Jesus und die Ur-
gemeinde fühlten sich noch als Juden in dem Gottesglauben, der schon längst
den universalen Sinn der einen Wahrheit angenommen hatte). Dadurch haben die Juden die unvergleichliche und einzige Stellung als Gründer des
Christentums und als Ausnahme vom Christentum zugleich.

Das Dasein der Juden kann jederzeit der Stachel zur Rettung der Seele des
Abendländers werden durch ihre Unbequemlichkeit, durch ihre Illusions-
losigkeit (die das Unheil der Welt nicht wegredet in falschem Trost oder
stoischer Starrheit oder in Weltflucht). Bei ihnen lebt etwas vom Ursprung
des Christentums, der im kirchlichen Christentum oft verschleiert und un-
wirksam geworden ist. Das Dasein der Juden in ihrer Wirklichkeit erinnert
uns, damit wir nicht versinken.

Für die jeweils andersgläubigen Konfessionen (als den vielfachen historischen
Schalen des einen Wahren) ist die jüdische Gesetzlichkeit mit ihrem Ritualis-
mus und Talmudismus so absurd wie die Gottmenschheit und Trinität. Man
muss die Dinge dem Konfessionellen überlassen, das ergriffen und beseelt
wird von dem einen Gemeinsamen, der Wirklichkeit Gottes selber, wie sie
die jüdische Bibel alten und neuen Testaments ergriffen und zur Grundlage
des Abendlandes gemacht hat. Dieses Eine, Gemeinsame – in der Chiffre des
Bundes mit Gott – wird verraten, wenn die Juden verraten werden.

Deshalb weiss, wer abendländisch denkt: Israel gehört durch Ueberlieferung
und Wirklichkeit ganz und gar zum Abendland. Die Juden und nun der
Staat Israel müssten auf Grund einzigartiger Verpflichtung in den Bund der
abendländischen Selbstbehauptung eingeschlossen sein. Ein Angriff auf Israel müsste einen Angriff auf das Abendland selber bedeuten und die Folgen
eines solchen Angriffs haben. Weil Israels politisches Dasein im Vorderen
Orient unbequem ist, gibt es für die Politiker überall Gründe, sich von ihm
zu distanzieren. Hier aber ist Halbheit und Unentschiedenheit Symptom des
sittlich-politischen Zustandes des gesamten Abendlandes, der, wenn er an-
hielte, zum Verderben unser aller würde. Das Abendland kann Israel nicht
preisgeben, ohne sich selbst preiszugeben. Hat das Abendland hier keine
Solidarität, so hat es überhaupt keine verlässliche Solidarität und wird
sterben. Geht Israel unter, so wird das zugleich zum Ende des Abendlandes, nicht wegen der Einbusse einer winzigen Machtposition auf der Erde
und einiger Millionen Menschen, sondern wegen seiner sittlich-politischen
Verderbnis.

Ich weiss nicht, was aus den Juden in Israel wird. Ich kann nicht glauben, dass sie einfach ein kleines Volk wie andere werden, ein bloss moderner Staat mit der modernen Politik, und dass sie schliesslich nicht eigentlich mehr Juden sein werden, und dass sie am Ende dort sagen: Ich bin Israeli, aber nicht Jude. Ueber die ganze Erde wird heute schweigend gewartet auf die Keime der Kräfte, die das technische Zeitalter durchdringen, es aus der Raserei zum Untergang hin zurückholen und es unter Bedingungen stellen, es mit seinen Möglichkeiten ergreifen und einen neuen Menschen hervorbringen, der Herr über sich und seine Welt wird, weil er in seiner Freiheit vor der Transzendenz sich findet. Wer dürfte es wagen, für Israel eine Mission zu behaupten, welche allen Abendländern aufgegeben ist: die einer Erneuerung und Verwandlung der biblischen Religion aus dem ewigen Ursprung! Die Juden Israels können diese Mission vielleicht auf eine unersetzliche Weise erfahren. Daher höre ich jedes Symptom dessen, was diesem im Wege steht, mit Schrecken: die schlimme verkrustete böse Orthodoxie dort, die es möglich macht, dass es in Israel nicht einmal eine Zivilehe gibt, und die infolge der Parteizersplitterung in die Politik hineinwirkt, andererseits die totale Assimilation an moderne Technik, die Auflösung in platte Weltlichkeiten, das Absinken des Anspruchs an sich selbst, die Ungerechtigkeit im eigenen Staatswesen, die nationalistischen Impulse, die Preisgabe der sittlichen Ueberforderung, die die Juden einst zum Heil der Menschen so unerbittlich als von Gott kommend erfasst und anerkannt haben. Dagegen höre ich mit Liebe und Hoffnung von allem, was die Züge der prophetischen Frömmigkeit trägt, was den grenzenlosen Opfermut bezeugt, und was unter so schwierigen Lebensumständen die biblische Gerechtigkeit und menschliche Weite, absichtslos und ohne Hochmut, verwirklicht.

(25. Juli 1958)

Gründgens als Mephisto in New York

KURT PINTHUS

Vielleicht sollte man eine »Faust«-Aufführung überhaupt nicht kritisieren, auch nicht den (einfacheren) ersten Teil, denn Goethe arbeitete dreissig Jahre daran, und als dieser erste Teil zum ersten Mal vollständig 1808 im Druck erschien, sprach der Dichter selbst als Kritiker von der »barbarischen Komposition« und dem »Ganzen, das immer Fragment bleiben muss«. Wie also will Regie und Schauspielkunst an einem Theaterabend jenes einheitliche

Ganze schaffen, das Goethe selbst in dreissig Jahren nicht gelang? – angesichts des unablässigen Gedankensturms, des Gefühlsgewitters, des Sprachglanzes, der szenischen Schwierigkeiten und der prall mit allem Menschlichen, Unmenschlichen, Uebermenschlichen gefüllten Gestalten und Aktionen.

Auch *Gustaf Gründgens* hat dreissig Jahre am »Faust« gearbeitet – an der Rolle des Mephisto und an der Inszenierung. Nicht verwunderlich, dass jetzt die Aufführung eigentlich »Mephisto« heissen müsste statt »Faust«. Mephisto ist immer da, auch wenn er nicht da ist; er beherrscht als grandioser Schauspieler wie als saftige Gestalt, skeptischer Philosoph und triumphierender Geist das Stück. Er steht schon, wenn der Vorhang hochgeht, auf der Bühne »im Vorspiel auf dem Theater« als Lustige Person im Harlekinskostüm, und er hat das letzte, laute herrische Wort der letzten Szene »Her zu mir!« (während Gretchens »Heinrich, Heinrich« kaum hörbar ist).

Ich sah Gründgens' ersten Mephisto 1932 im Staatstheater zu Berlin – die Vorstellung währte fünf Stunden, die jetzige nur drei. Schon damals spielte er den Mephisto mit kalkweissem Gesicht, ein geschmeidiger Akrobat des Körpers wie der Sprache, ein immer beweglicher, immer veränderlicher Teufel. Damals aber mit Glatzkopf und Glotzaugen; jetzt stets mit schwarzer, ganz eng anliegender Kappe auf dem Schädel, stets in schwarzem Kostüm und schwarzen Handschuhen. Damals mehr süffisant und frech: jetzt lauernd, pfiffig, manchmal künstlich verdutzt oder müde und angestrengt. Denn dieser Teufel ist sich bewusst, nur ein kleiner Teufel zu sein, im Grunde ein unwilliger, schon etwas abgebrauchter Teufel, der seinen Zauberspuk ebenso satt hat wie die Routine, immer wieder Teufel sein zu müssen.

Viele Mephistos habe ich gesehen, von dem Magdeburger Stadttheaterdirektor, der ihn mit einem Schwänzchen hinten spielte, das er bei erregten oder witzigen Passagen durch einen Mechanismus zum Wackeln brachte, bis (vor zehn Jahren in New York) zum fast achtzigjährigen Albert Bassermann, der als Kavalier ganz in Rot und brav hinkend mit diabolischem Spass alles und alle durcheinander trieb.

Ich habe Mephisto als armen Teufel gesehen, als hundsgemeinen, als feistfeixenden, dummdreisten, als tierischen Teufel oder als überheblichen Trottel. Alle waren fast durchgehend auf einen bestimmten Ton und Typ festgelegt.

Gründgens ist sicherlich der komplizierteste, der vielseitigste, der graziöseste, vor allem der durchgeistigste, witzigste, weiseste Teufel, den ich je sah, ein höhnischer, hämischer Kerl, der überlegen und überlegt mit Faust, dem Publikum, mit seiner eigenen Rolle spielt, auch wenn er gelegentlich den Demütigen, oder Betulich-Ehrpussligen markiert mit wackelndem Oberkörper und devot sich vorschiebenden Kopf, und gar im Uebermut ordinär Maul und Zunge bleckt.

Jeder Satz durchhallt scharf gegliedert das Theater; jede Zeile ist genau durchdacht und klar, manchmal beissend und beizend, besonders in der Szene mit dem Schüler, der besten der Aufführung, zu eindringlichster, manchmal penetranter Wirkung gebracht, so dass seine nihilistische Weisheit über Metaphysik, Idealismus und die Ohnmacht des Worts oft erschreckend Strömungen heutiger Philosophie ähnelt.

Natürlich muss ein so rationalistischer, triumphal überlegener Mephisto die Tragödie »Faust« verwandeln: das Uebersinnliche, der Seelenkampf, die Geisterwelt, aber auch Pathos und Gefühl werden nach Möglichkeit ausgetrieben. Faust wird zur Nebenfigur, die mit chemischen, parapsychischen Experimenten, mit dem Teufel, mit seiner Liebesgeschichte viel Verdruss hat. In stark gekürzter Rolle und fast im Konversationston gesprochenen Verstext kann Fausts leidenschaftliche Sehnsucht nach Erkenntnis und dann nach Genuss wenig hervorbrechen. *Will Quadflieg*, als guter Sprecher bekannt, darf nicht viel mehr tun als einen Bruchteil der wohlbekannten Verse sinngerecht zu sprechen und stets Würde zu bewahren. So ist hier eigentlich Faust der arme Teufel, und der Teufel ist der (in seiner Art) Erkenntnis findende Faust.

Vor allem wenn dieser Erdgeist, den Goethe als Zeichnung schildert, hier vor dämmerigem Hintergrund als ein düsterer, sibirischer Bauer mit kolossalem verwilderten Haar- und Bartwuchs im dicken, dunkelbraunen Pelerinen-Mantel erscheint. Gründgens hat diese Auffassung im Druck zu verteidigen versucht, aber damit wohl niemanden, am wenigsten sich selbst überzeugt.

(17. Februar 1961)

Die Religion des Aleph Beth
Zu Rosh Hashonoh 5723

HUGO HAHN

Hugo Hahn (1893–1967) schrieb viele Jahre hindurch für den »Aufbau« Betrachtungen über die jüdische Religion, die – wie der hier wiedergegebene Aufsatz – die tiefsten Probleme der menschlichen Existenz berührten.

*Hahn, der als Rabbiner in Offenburg (Baden) und Essen gewirkt hatte,
gründete in New York eine neue Gemeinde, die Congregation Habonim –
genau ein Jahr nach der Kristallnacht des November 1938, in der auch seine
Synagoge in Essen in Flammen aufgegangen war.*

Als Gott die Welt erschaffen wollte, so erzählt der Talmud, stellte sich jeder
Buchstabe vor Gottes Thron und bat darum, dass mit ihm das Schöpfungs-
werk beginnen sollte. Der Heilige, gelobt sei Er, griff nach dem Beth, das
gleichzeitig im Hebräischen den Zahlenwert Zwei darstellt, und begann mit
ihm die Erschaffung der Welt. Deshalb heisst es zu Beginn der Torah: »Am
Anfang schuf Gott den Himmel und die Erde«. Das hebräische Wort für »Im
Anfang« ist »Bereschis«. Und so beginnt die Geschichte der Weltwerdung
mit dem Buchstaben »Beth«.

Das »Aleph«, das im Hebräischen an erster Stelle steht und den Zahlenwert
Eins repräsentiert, stand verärgert und beleidigt beiseite. Gott aber tröstete
das Aleph, indem er darauf hinwies, dass es dazu ausersehen wurde, an der
Spitze der Zehn Gebote zu stehen, die der physischen Weltschöpfung erst
ihren sittlich-religiösen Sinn und Wert geben. In der Tat beginnen die Worte
auf den zwei Tafeln des Bundes mit der Feststellung: »Ich bin der Ewige,
Dein Gott«. »Ich« heisst im Hebräischen »Anochi« und dies Wort beginnt
mit dem Buchstaben »Aleph«.

Mit dieser plastischen Darstellung des Schöpfungsaktes soll angedeutet werden, dass die Welt, in der wir leben, eigentlich aus zwei Welten besteht: der
sichtbaren und der unsichtbaren, der materiellen und der geistigen. Aufgabe
des Menschen ist es, »Bürger zweier Welten« zu werden. Das »Aleph« ist uns
gegeben, um die zwei Welten zusammenzuhalten und in einer höheren Einheit zu erfassen.

Viele Philosophen haben versucht, den Menschen von dem Doppeljoch des
»Beth« zu befreien und das Weltall auf einer Komponente aufruhen zu
lassen.

So haben sie sich z. B. nur an die sichtbare Welt gehalten und in der Materie
die letzte Ursache alles Seins gesehen. Von Thales im alten Griechenland bis
zu Darwin in der modernen Zeit hat es verschiedene Formen dieser einseiti-
gen Weltbetrachtung gegeben. Sie ist nicht nur Sonderbesitz einzelner Persönlichkeiten geblieben, sondern hat ganze Völker in ihren Bann gezogen
und sie zu Gegnern der biblischen Aleph-Beth-Welt gemacht.

Ihnen gegenüber stehen die Idealisten, die die Materie gering schätzen und
die Welt auf den Geist allein gründen wollen. In der letzten Formulierung

gehen sie so weit zu behaupten, dass die Gegenstände des Universums vor allem Gebilde des menschlichen Geistes sind. Der Mensch benennt die Dinge. Er ist deshalb ihr Herr und Gebieter. Die Welt ist lediglich vom Geist her zu erfassen und zu verstehen.

Die Bibel ist weder ein materialistisches noch ein idealistisches, sie ist ein realistisches Buch. Sie kümmert sich um die irdischen Belange ebensosehr wie um die geistigen Zusammenhänge. Die Eiferer in unserer Mitte, die die Bibel von allen Ereignissen des bösen Triebes reinigen wollen, um aus der Schrift ein Dokument für »anständige« Kinder zu machen, fügen diesem Buch, das der Ausdruck des guten und des bösen Triebes sein will, grosses Unrecht zu. Die zwei Welten, in die wir hineingeboren sind, können nur in einer höheren Einheit zusammengefasst werden, wenn wir dem »Beth« das »Aleph« hinzufügen, das der Repräsentant der Zehn Gebote und des Einen und Einzigen Gottes ist.

Rosh Haschonoh ist der Tag des Gerichts, an dem wir uns prüfen sollen, ob wir noch Juden sind, die an die zwei Welten und den Einen Gott glauben.

Die Form der Feier unserer »Jomim Noroim« unserer »ehrfurchtgebenden Feste, soll uns an die Grundwahrheit jüdischen Lebens erinnnern. Rosh Hashonoh wird zwei Tage gefeiert, gemäss dem Beth, mit dem die Welt erschaffen wurde. Jom Kippur ist der eine Tag, an dem wir uns Dem am nächsten fühlen, der die beiden Welten in seinen Händen hält und es so dem Menschen möglich macht mit dem »Aleph«, dem Zeichen des Einen Gottes, die Zweiheit zu überwinden und so eine einheitliche geschlossene Persönlichkeit zu werden.

Unser Neujahrs-Wunsch lautet darum: Lasset uns im Neuen jüdischen Jahr Aleph-Beth-Juden sein und bleiben.

(28. September 1962)

Ein Nobelpreisträger wider Willen

FRANÇOIS BONDY

François Bondy (Berlin, Jahrgang 1915) ist ein schweizerischer Publizist und war Mitbegründer der europäischen föderalistischen Bewegung. Bondy ist seit 1940 mit der Züricher »Weltwoche« verbunden, deren Redaktion er auch gegenwärtig angehört. Von 1951 bis 1969 war er Chefredakteur der Zeitschrift »Preuves« in Paris. Der hervorragende kulturpolitische Essayist – ein

Band literarischer Studien erschien 1970 unter dem Titel »Aus nächster Fer-
ne« – ist seit vielen Jahren Korrespondent des »Aufbau«.

Jean Paul Sartre war von der Schwedischen Akademie 1964 der literarische
Nobelpreis zuerkannt worden, aber der Dramatiker, Romancier und Philo-
soph schlug die Ehrung aus.

Vor vier Jahren erschien Jean Paul Sartres »Kritik der dialektischen Vernunft, Band I« – ein gewaltiger Foliant, der Soziologie, Geschichte und
Politik in willkürlichste Formeln zwingt, voll eigenartig unschöner Wort-
bildungen in riesigen Schachtelsätzen, ein Sammelsurium von Exkursen, eine
Absage an alle Verführungskünste der Literatur. Auch die Interessiertesten
konnten sich nur mit Mühe durcharbeiten.

Und jetzt, als sein nächstes Buch: »Les mots« (Die Wörter), wie alle Bücher
Sartres bei Gallimard in Paris. An Umfang umfasst es nur ein Siebentel
der »Kritik«, in kurzen straffen Sätzen, in ungemein lesbarer, eingängiger
Sprache, ohne jede besondere Terminologie – weder die »Kontingenz« noch
der »Entwurf«, weder die »mauvaise foi« noch andere der schwerfälligen
Sartreschen Spezialbegriffe werden bemüht.

Das Buch wurde sofort und mit Recht ein durchschlagender Erfolg. So haben
wir den doppelten Sartre – den engagierten Denker, der eine revolutionäre
Botschaft noch den Gelehrtesten schwer zugänglich macht, und den hinreis-
senden Schriftsteller, der im Essay wie im Selbstbekenntnis (hier in der Mischung von beidem) jeden Leser unmittelbar anspricht. Ein streitbarer Hu-
manist also, ein neuer Erasmus?

Selten wohl ist ein französisches Buch den Lesern des Auslands so schnell
vorgestellt worden wie dieses. Ausführliche Würdigungen sind bereits in
vielen Zeitungen erschienen, als das Buch noch im Vorabdruck in Sartres
Zeitschrift erschien.

Nachdem Sartre Baudelaire im negativen, Jean Genet im positiven Sinn von
ihrer Kindheit her gedeutet hat, aus einer für das ganze Leben und Werk
entscheidenden Wendung im frühesten Alter, durfte man neugierig sein, wie
er mit sich selbst fertig werden mochte. Die eigene Vergangenheit nimmt
seit einigen Jahren einen immer bedeutenderen Raum in Sartres Schriften
ein: der Nachruf auf Camus, die Erinnerung an Merleau-Ponty, die Vorrede
zu einem Buch des 1940 gefallenen Freundes Paul Nizan, aber auch persönliche Exkurse in Essays über Flaubert, über Tintoretto. Der Mann, der sich
der Zukunft verpflichtet, der Gegenwart zugewandt fühlte, sinnt gegen
Ende des sechsten Lebensjahrzehnts immer mehr über die Einflüsse der Ver-

gangenheit. Ist das Rückzug und Resignation? Oder Selbstbesinnung und Klärung, die nach so viel fragmentarischen, sprunghaften Polemiken allerdings not tat? Sartre hat das, was ein Leben von rückwärts her bindet und bestimmt, stets als ein Negatives gesehen, von dem der Mensch sich losreissen kann und muss. Heute fragt er sich, ob ihm dieser Bruch, diese »Selbstbestimmung« eigentlich gelungen ist.

»Die Wörter« sind eine Abrechnung, die Geschichte eines Erfolges und eines Scheiterns zugleich. »Die Illusion zerbricht«, so war bezeichnenderweise eine der Würdigungen dieses Buches betitelt. Aber »Die Wörter« sind nicht der Bruch in Sartres Welt, sie sind einer unter vielen derartigen Brüchen und daher keine Abwendung vom bisherigen Sartre, sondern weit mehr eine Fortsetzung. »Die Wörter« – ein glänzendes, aber auch ein unangenehmes Buch: die Befriedigung über den frühen Tod des Vaters, die Porträtierung einer bürgerlichen Familie mit Generationen von Pfarrern und Lehrern, jene des Kindes »Poulou«, dessen Wachträume von späterem Ruhm an James Thurbers »Walter Mitty« erinnern – es geht alles so nahtlos, glatt und konsequent ineinander. Kann ein älterer Mensch über das Kind, das er war, so eindeutig, so bestimmt urteilen?

Wir finden hier alle Motive, alle Komplexe Sartres. Da bezeichnet er sich, wie schon früher, mit Wollust als einen »Verräter«, analysiert aber auch solche Selbstaggression in der besten Tradition der französischen Moralisten als Salvierung: »Wer verliert, gewinnt.« Auch in seinem Glauben an die Macht des Wortes erkennt er die verweltlichte, aber nicht ausrottbare »Religion«. Die Polarität Einsperrung – Ausbruch beherrscht auch dieses Buch. »Mathieu öffnete sich wie eine Wunde«, heisst es in »Zeit der Reife«. Hier nun öffnet sich Sartre, wie ein Buch – aber es ist das gleiche.

Ist »Les mots« ein »grosser« Sartre? Vor 26 Jahren ist »Der Ekel« erschienen, ein Wendepunkt in der Literatur, neuartiger Ausdruck einer neuen Erfahrung, einer neuen Verzweiflung und neben anderem eine Satire auf die humanistischen Illusionen eines Intellektuellen. In »Der Ekel« ist am Schluss das Projekt eines Buches noch ein Ausweg, eine Befreiung vielleicht. In »Les mots« ist das »Buch« ein Schicksal, ein hingenommener Zwang und eben noch ein kleines Stück erhaltene Menschlichkeit.

»Wurzelnd dort, wo ich hasse«. Karl Kraus hat es gesagt, Sartre lebt es ununterbrochen vor. Er hat versucht, den Mensch als jenes Wesen zu zeigen, das seine Wurzeln in die Zukunft schlägt, das sich als seinen eigenen Grund konstituiert. Heute erzählt er, wie der kleine Poulou zum berühmten Schriftsteller Jean-Paul Sartre werden wollte – und wie er es ironischerweise wirklich geworden ist. Nach der Flucht in antibürgerliche Kollektive, in denen er den eigenen widerborstigen Individualismus niemals loswerden konnte, bekennt er sich zu dem, was er war.

»Die Wörter« – sie sind zugleich Mauer und Fenster, wie seine Bücher zugleich Monolog und Anrede. Gemessen an »Der Ekel« und anderen früheren Schriften ist »Les mots« kein Bruch und kein Durchbruch; gemessen an den Neuerscheinungen, ist es allerdings ein literarisches Ereignis. Und ist, obgleich echt Sartre, ein sehr traditionsgebundenes Buch. Diese Mischung von Willkür und Selbstpreisgabe, von Redlichkeit und Inszenesetzung – bis zu Jean Jacques Rousseau und noch weiter reicht die Tradition der skrupelhaften, eskapistischen Lebensbeichte als Rechenschaft und Exempel.

Es ist bewegend, wie Sartre uns hier gesteht, dass er ein Klassiker der französischen Literatur werden musste und dass er dieses Gelingen ehrlich und grimmig als ein Scheitern erlebt.

(30. Oktober 1964)

»Sterben für Madrid«

MANFRED GEORGE

Manfred George erlebte den spanischen Bürgerkrieg als Reporter. Seine Besprechung des Films »Sterben für Madrid« »To Die in Madrid« erschien in der ungewöhnlichen Form eines Leitartikels.

Es ist merkwürdig: in dem recht vollen und infolge der langen Dauer von zahlreichen Gewittern grosser Ereignisse beherrschten Leben des Schreibers dieser Zeilen haben erster und zweiter Weltkrieg und die ganze Hitler-Katastrophe nicht den gleichen, bis heute nachwirkenden Eindruck hinterlassen wie ein anderes, im Vergleich mit den genannten viel »kleineres« Geschehen. Das hängt vielleicht damit zusammen, dass die anderen Ereignisse mit ihren vielen Millionen von Toten bis heute für ein menschliches Gehirn unfassbar geblieben sind. Denn es scheint kein Zweifel, dass, wer sie wirklich erfassen würde, notgedrungenerweise, da keine Sprache ein solches Erleben auszudrücken reichen würde, im Irrenhaus enden müsste. Das »kleinere« Geschehnis, von dem hier gesprochen wird, konnte erfasst werden, obwohl es eines der unheimlichsten und folgeschwersten unserer zeitgenössischen Weltgeschichte ist: der spanische Bürgerkrieg.

Es ist bisher kaum geschehen, dass an dieser Stelle ein Film zum Thema eines Leitartikels gedient hat. Das ist nun hier mit »To Die in Madrid« der Fall. Aus bisher unzugänglichen Archiven, französischen, englischen, deutschen, russischen und amerikanischen, ist ein Film über die grosse Tragödie in Spanien, die von 1936 bis 1939 dieses herrliche Land in ein blutiges Grab verwandelte, gedreht worden. Gewidmet ist der Film den Kriegskorrespondenten, die in Spanien gefallen sind, und allen Journalisten, Reportern und Kameraleuten, die, wie es in der Einleitung heisst, »mit Feder und Kamera ihre Aufgabe erfüllten und den Film möglich machten«.

Was sich da heute, fast 30 Jahre später, vor unseren Augen abrollt, vor einem Zuschauerraum, in dem vielleicht zwei oder drei Menschen gerade noch die blasseste Ahnung von dem historischen Ereignis haben, ist eine erschütternde Darstellung, die sich durch eine ausserordentliche Objektivität auszeichnet. Aber gerade dadurch wird die Rolle des Generals Franco als eines Aufrührers, seines Militärs als einer grausamen faschistischen Truppe, der damaligen Kirche des Landes als eines allen kirchlichen Regeln widersprechenden mörderischen Parteigängers und der »fünften Kolonne« als Exponent einer verwöhnten oberen Bürgerschicht klar.

Nicht dass auf der anderen Seite lauter Heilige im Glorienschein die Schützengräben besetzt haben, es sind viele böse Dinge auch von der aus Liberalen, Sozialisten und Kommunisten zusammengewürfelten Linken begangen worden. Im Film wird auch von vornherein klar, was jedem, der damals in Spanien war, bald zur bitteren Erfahrung wurde, dass die Verteidiger der Republik mit ihrer buntscheckigen Uniformierung den schlechten Waffen und vielfach antiquierten Geschützen nichts auf die Dauer, auch bei grösstem Elan und Idealismus, ausrichten konnten. Dazu kam dann, dass Hitler und Mussolini auf der einen, in viel geringerem Mass die Russen auf der anderen Seite den spanischen Kriegsschauplatz als Uebungsfeld zum Ausprobieren ihrer Flugzeuge und deren neuen Bomben benutzten.

Was Francos mohammedanische Truppen, die Nazipiloten der Luftwaffe und ihre italienischen Bundesgenossen dem spanischen Volk antaten, das zeigt der Film in so starken Bildern, dass man nicht einmal darüber schluchzen kann, weil das Gefühl erstarrt. Zahlreiche vertraute Gesichter tauchen in dem Film auf. Nie gesehene Photos von der Belagerung und Entsetzung des Alcazar, der Zerstörung Guernicas, die Ankunft und Abfahrt der Internationalen Brigade, fortgeschickt schliesslich, weil man Francos Friedensangebot traute – eine ganze Welt, die kaum jemand von der heutigen Generation je kennengelernt hat, entfaltet sich auf der Leinwand des Films, den Frederic Rossif zusammengestellt, ja mehr als zusammengestellt, aus zahllosen Dokumentarbildern zu einer erschütternden Einheit gestaltet hat. Wo Kommentare gesprochen werden, geschieht es durch die Stimmen von John Gielgud, Irene Worth u. a. Die eindrucksame Begleitmusik stammt von Maurice Jarre.

Ueber das Aufwecken der Erinnerung hinaus – wer diesen Krieg mitgemacht hat, wird die kahlen Felder und Gebirge, die zerstörten Städte und die weinenden Frauen, die Toten und Verwundeten, die er kannte, nicht vergessen – hat dieser Film seine spezielle Bedeutung. Und man ist auch nicht allein mit seiner tiefen inneren Bewegtheit. In einem ausgezeichneten Buch, das vor kurzem von Gabriel Jackson erschienen ist (»The Spanish Republic and the Civil War«, Princeton University Press), schreibt der Autor, dass »eine ganze Generation von Engländern und Amerikanern emotionell tiefer in diesen Krieg verwickelt war, als in irgendein anderes Weltereignis ihres Lebens«.

Manchem mag dies übertrieben erscheinen. Insbesondere wenn er von heute aus auf die Ereignisse blickt; aber wer schon damals empfand, dass der Kampf und Sieg Francos ein Vorspiel für alle die Entsetzlichkeit des Zweiten Weltkrieges waren, für all den Schwindel und die Verdorbenheit zahlloser Weltpolitiker, der kann die Aussage Jacksons verstehen. Gerade wer damals nicht verstand, dass England einen Nichtintervations-Ausschuss gründete, den es beherrschte, dass der sozialistische Premier Frankreichs, ein Mann wie Léon Blum, sich weigerte, seinen Gesinnungsgenossen jenseits der Pyrenäen zu helfen, dass die Vereinigten Staaten vor dem spanischen Feuer wie vor dem Teufel zurückzuckten, der erinnert sich der Verzweiflung, die damals die liberalen Kräfte in den genannten Ländern, nicht zuletzt auch alle die Flüchtlinge vor Hitler, packte, die erleben mussten, wie die demokratische Welt das aus allen Wunden blutende Spanien einem Rebellengeneral und Usurpator auslieferte.

Drei Jahre lang hielt Spanien aus, bis es zusammenbrach. Die Republik hatte 400 000 Mann auf dem Schlachtfeld verloren. 200 000 Mann starben später in Francos Gefängnissen. Wer spricht noch davon, wer trauert noch um die Opfer eines einzigartigen historischen Ueberfalls auf die Demokratie?! Ein paar alte Leute in Asylen Südfrankreichs, ein paar Refugees, die heute in New York oder in Mexico und anderen latein-amerikanischen Ländern leben. Ab und zu sieht man in den Gängen der United Nations noch den Kopf des greisen Alvarez del Vayo auftauchen, und es gibt ein paar spanische

Vereine, die die Erinnerung an eine grosse Sache, die von der Welt schmählich im Stich gelassen wurde, wachhalten.

Dieser Film, den alle unsere Leser, die politisch Blut und nicht Wasser in den Adern haben, ab 20. September im Cinema Carnegie Hall sehen sollten, wird mithelfen, das Gedenken an das ungeheure kollektive Opfer eines Volkes nicht vergessen zu lassen.

(17. September 1965)

Marxismus: Dogma und Wirklichkeit

HEINZ PÄCHTER

Heinz (Henry M.) Pächter teilt seine Zeit zwischen der Unterrichtung amerikanischer Studenten (New School for Social Research und City College, New York) und der Unterrichtung europäischer Leser (»Handelsblatt«, »Weltwoche«) über Amerika. Es ist Mitherausgeber der Zeitschrift »Dissent«.

Der Soziologe und Historiker wurde 1907 in Berlin geboren, emigrierte zunächst nach Frankreich und 1941 nach USA, wo er während des Zweiten Weltkriegs für OWI und OSS arbeitete. Zu seinen Buchveröffentlichungen zählen die Werke »Paracelsus«, »Espana Crisol Politico«, »Weltmacht Rußland«, »Nazi-Deutsch«.

Welch glücklicher Zufall, dass wir in diesen Tagen nicht, wie im vorigen Jahre, den hundertsten Veröffentlichungstag des »Kapital« feiern, sondern den 150. Geburtstag seines Verfassers. Denn das Rad der Geschichte hat die langwierige Dissertation über den Mehrwert nunmehr gründlich zermahlen – nicht ohne mit ihrem Staube die Gefilde der Geschichte kräftig zu düngen! –, aber es hebt ins hellste Licht unserer zeitgenössischen Diskussion die flammenden und quälenden »Jugendschriften« von Karl Marx, dem Achtundvierziger. Der Patriarchenbart des Gründers, der als Staatsphilosoph über russischen Banketten und sozialistischen Kongressen prangt, erscheint uns heute wieder als der zornige Bart eines Propheten. Der Gelehrte, der zwanzig Jahre lang täglich in die Bibliothek des Britischen Museums pilgerte und mühsam die Selbstzeugnisse unseres Wirtschaftssystems zusammenklaubte, mochte ein Führer für die Massen des viktorianisch-wilhelminischen Zeitalters sein, die seine Schriften nicht lesen konnten, aber darin – wie die Frommen in einem heiligen Schrein – die Versicherung bewahrt glaubten, ihr Weg zum Heil sei unwiderstehlich und wissenschaftlich beweisbar. Im 19. Jahrhundert war es notwendig, dass diese Versicherung in der magischen Sprache einer unzugänglichen Wissenschaft gegeben wurde.

Der junge Marx rief den Menschen auf, sich gegen seine Umstände aufzulehnen und seine Verhältnisse selbst zu formen; die marxistischen Lehrbücher lehren, es seien die Umstände, die den Menschen schüfen, und die Verhältnisse würden schon mehr oder minder von selbst die ersehnte Umwälzung herbeiführen. Die Arbeiterklasse brauchte sich nur zu organisieren, um dann im gegebenen Moment die alte Maschine von den bankrotten Kapitalisten zu übernehmen. Inzwischen hatte die marxistische Wissenschaft nichts zu tun, als aus des Meisters grossem Zitatenschatz jeweils die bereits vorausgesehene und vorausbedachte Antwort zu ziehen. Diese Werke werden nun von eifrigen Philologen mit Akribie und Gelehrsamkeit ediert und interpretiert.

Denn Marx glaubte nicht, wie die meisten anderen Philosophen, dass er ein für alle Zeiten gültiges Lehrgebäude errichtet habe (»Wir sagen dem Proletarier nicht: hier ist die Wahrheit, hier knie nieder«); sondern wie heute jeder Klippschüler weiss, entdeckte er das soziologische Gesetz, dass Ideen sich nach den gesellschaftlichen und geschichtlichen Verhältnissen wandeln. Er war nicht so töricht zu meinen, dass seine eigenen Ideen von diesem Gesetz ausgenommen wären. Ja er ging sogar noch einen Schritt weiter: wenn Leute unter veränderten Bedingungen an einer Idee festhalten, die vielleicht einmal ganz richtig war, so wird diese Idee zur Fessel weiteren kritischen Denkens und darum falsch, blosse Ideologie oder religiöses Dogma. Bei Marx ist die Wahrheit nie das Abbild einer sich stets gleichbleibenden Wirklichkeit, sondern ist immer sich entwickelnde Erkenntnis, die im Prozesse des Erkennens selbst das Objekt (die Welt) umgestaltet. Das ist in der modernen Physik ein ganz geläufiger Vorgang, aber nur Marx hat ihn konsequent auf die Gesellschaftswissenschaft angewandt, wo er naturgemäss ein viel allgemeineres Phänomen ist.

Wie intim die Theorie bei Marx mit der umwälzenden Praxis verbunden ist, lässt sich an Marxens eigener Geistesentwicklung und insbesondere an der fortschreitenden Verfeinerung seiner Geschichtsauffassung zeigen. In jenen Jugendschriften, die uns heute so vertraut anmuten, klagt Marx noch über die Entfremdung des Menschen, seine »Entmenschung« durch die kommerzielle Zivilisation. Aber im Unterschied zu seinen Freunden, den Radikalen von damals – Junghegelianern, Feuerbachianern und »wahren« oder »deutschen« Sozialisten, die den heutigen Psycho-Anarchisten, Marcuse-Jüngern und »Neuen« Linken entsprechen – erkannte Marx, dass man diesen Verlust des »natürlichen« Menschen nicht wieder rückgängig machen kann, indem man sich dagegen auflehnt.

Da die Entfremdung ein Produkt gesellschaftlicher Entwicklung ist, muss sie durch gesellschaftliche Kräfte überwunden werden, und diese können nur einer Klasse angehören, die selbst völlig entmenscht und daher zu einer totalen Umwälzung der Gesellschaft bereit ist. Ganz im Sinne der Apokalypse lebte Marx damals in der Erwartung, dass die »Erfüllung« des Kapitalismus seinen Untergang hervorbringen würde.

Aber wie sollte man sich dieses Sich-Selbst-Überschlagen des Kapitalismus vorstellen? Durch den grossen »Kladderadatsch«, den jedermann für das Jahr 1848 erwartete? Darauf gab Marx im »Kommunistischen Manifest« 1847 die überraschende Antwort: Keineswegs. Nicht nur musste der Sozialismus auf die Entwicklung des Kapitalismus warten; auch die totale Revolution konnte nur als Fortsetzung der »bürgerlichen« Revolution gewonnen werden, und als der März-Sturm tatsächlich ausbrach, gab Marx seinen Kommunisten genaue Anweisung, wie sie den »radikalen Flügel der Bourgeoisie« weitertreiben sollten. Ein neues Stadium in Marx' Denken war erreicht, in dem er nun von der »permanenten Revolution« sprach. Als die Revolution geschlagen war oder in einem schmählichen Kompromiss zwischen Fürsten und Bourgeoisie endete, da wandte sich nunmehr Marx seiner Lebensaufgabe zu, eine selbständige Politik und Ökonomie der proletarischen Klasse zu entwickeln, die in ständigem Kampf um ihre Lebensbedingungen das Bewusstsein vom Prozess der gesellschaftlichen Entwicklung gewinnen sollte. Diese kritische Methode, die Entwicklung des gedanklichen Widerspruchs aus gegebenen geschichtlich-gesellschaftlichen Verhältnissen, ist der eigentliche Inhalt des Denkens Marx' in seinen mannigfachen Anwendungen. Wer diese Methode anwendet, kann sich Marxist nennen, selbst wenn er den sogenannten »Materialismus« für Metaphysik, die Dialektik für eine Spielerei und die Wert- und Mehrwertlehre für Talmudistik hält.

Vor Marxens Lehrsätzen, die grossenteils auf Beobachtungen und Vorstellungen, ja wissenschaftlichen Moden des 19. Jahrhunderts beruhen, brauchten die herrschenden Klassen keine Angst zu haben. Weder hat er die Klassen entdeckt noch den Klassenkampf erfunden. Auch die Mehrwert-Theorie war bereits in der englischen Ökonomie vorgebildet. Selbst die Theorie von der Akkumulation des Kapitals und das Gesetz der wiederkehrenden Krisen – lange für einen spezifischen Beitrag der marxistischen Ökonomie gehalten – hat der bedeutende Marxist Hilferding für »klassenmässig neutral« erklärt, ja man kann ohne Übertreibung sagen, dass viele konkrete Beobachtungen von Marx – etwa das Gesetz der Konzentration – und sogar viele seiner Lehrmeinungen, wie die ökonomische Verursachung der Kriege, heute Allgemeingut auch der nicht-marxistischen Ökonomie und in allen Lehrbüchern zu finden sind. Er teilt dieses Schicksal mit Freud – dass er gerade von denen, die ihn am meisten bestehlen, auch am wütendsten verlästert wird. Aber was all diesen vermeintlichen und unbewussten Nachläufern fehlt, ist Marxens spezifische Methode der Verbindung von Theorie und Praxis, jene schneidende Konkretheit der Untersuchung, die die Wahrheit nicht für gefunden hält, ehe sie nicht überwunden ist, und die der Menschheit neue Aufgaben stellt, indem sie sie verwirklicht . . .

(26. April 1968)

Die Welt »entdeckt« Arthur Schnitzler

RICHARD PLANT

Richard Plant (Plaut) ist ein anerkannter Arthur-Schnitzler-Spezialist seit seinen Studientagen: der gebürtige Frankfurter (Jahrgang 1910) promovierte mit einer Arbeit über den Dichter.
Plant, heute Ordentlicher Professor für Germanistik am New Yorker City College und Theaterkritiker des »Aufbau«, ist ein vielseitiger Autor. Er war Mitarbeiter des Feuilletons der alten »Frankfurter Zeitung«. Einige Kurzgeschichten, die er in der Zeitschrift »New Yorker« veröffentlichte, trugen ihm ein Stipendium der Eugene-Saxton-Stiftung ein. Plant gab ein Studienbuch für Deutschlernende (Bölls »Abenteuer eines Brotbeutels«) heraus, schrieb zwei Kinderromane, ein »Taschenbuch des Films« (1938) und, zusammen mit Oskar Seidlin, »S. O. S. Genf« (1939); einen Roman über das Vorhitler-Deutschland (»The Dragon in the Forest«, 1950); Buchkritiken für die »New York Times« und »Saturday Review«, und den Text zu Jack Beesons Oper »Lizzi Borden«.
Wenn es mit logischen Dingen auf dieser Welt, und besonders der literarischen, zuginge, so hätten die Amerikaner eigentlich Schnitzlers Erzählungen, Romane, Lustspiele, Dramen begeistert verschlingen sollen. Oder wenigstens seit dem Zweiten Weltkrieg hätten sie das tun sollen, denn hier entfaltete

sich ja, in höchst lesbarer Erzählform, das Spektrum Sigmund Freuds, vom frühen Ödipus bis zum späten Verfolgungswahn, vom Sieg des Unbewussten über die Vernunft bis zum raffinierten Voyeurismus und Exhibitionismus der Ich-Novelle »Fräulein Else« (erfolgreich auch als Film mit Elisabeth Bergner).

Doch das Logisch-zu-Erwartende ist nicht eingetroffen; vielleicht weil die Übersetzer Schnitzlers Melodie im Englischen nicht getroffen haben, vielleicht weil bis vor etwa zehn Jahren in der Literatur die sexuellen Tabus noch zu mächtig waren. Gewiss, »Der Reigen« wurde als französischer Film (»La Ronde«) ein Welterfolg; liest man heute bei selbst damals prominenten Kritikern nach, so schämt man sich, denn sie können sich nicht gut genug tun mit »französischem Charm« und »echt gallischer Erotik« . . .

Seit ein paar Jahren scheint sich nun aber eine neue Strömung entwickelt zu haben – noch nicht so spürbar, dass sich die prominenten Zeitschriften, wie etwa »Partisan Review«, auf den »Altmeister des Unbewussten« gestürzt hätten, wie das mit Kafka und Kierkegaard geschah. Aber immerhin rührte sich etwas unter der Eisschicht des Verschollenseins. Ein spezifischer Grund dafür liegt auf der Hand. Gleich nach Kriegsende haben sich die von der Hitler-Zwangsjacke befreiten Verleger aller jener »entarteten« Autoren angenommen, die seit 1933 verbannt waren. Auch Schnitzler ist neu gedruckt worden; vor allem seine Lustspiele sind über zahlreiche deutschsprachige Bühnen gegangen, und ein paar Waghalsige brachten sogar Dissertationen unter, obwohl ja die konservative deutsche Germanistik gerne Forschungsarbeiten ablehnt, die ins 20. Jahrhundert hereinragen.

Jedoch die Stimmung des Nachkriegs-Europa war eher stürmisch-apokalyptisch, nicht so günstig für ein geruhsames Geniessen der Musik und Melancholie und ziselierten Satire Dr. Schnitzlers. »Die Blechtrommel« schlug eben lauter; man verschlang die genial-grobianische Chronik des bösartigen Koboldzwerges, der seine Antinazistreiche mit Hexereien ethisch finanzierte, und dessen erstaunliches Liebestreiben, handgreiflich-pubertär, knallgenau und hochkomisch etwa jedes dritte Kapitel würzte. Und dann feierte der urdeutsche Expressionismus seine hektische Auferstehung; wer kann noch unaufdringlicher Kammermusik zuhören, wenn das elektronisch aufgeplusterte Rock 'n' Roll seine Protestmélangen herausbrüllt?

Aber trotzdem, und gegen all das Getös, ist die leise, wehrhafte und wahrhafte Stimme Schnitzlers durchgekommen. Eine »internationale Schnitzlergesellschaft«, von dem unermüdlichen Pionier Robert Weiss gegründet und am Leben erhalten, hat dazu beigetragen, Schnitzler der neuen Lesegeneration nahezubringen. Gewiss, seine Nachkriegsauflagen können sich nicht mit denen des »Zauberbergs« messen; jedoch sind sich die »neuen Kritiker« darüber einig, dass hier ein chemisches Amalgam existiert, das im deutschen Bereich sehr selten ist: eine Kombination von Grazie mit Bedeutung, von Tiefe mit disziplinierter Eleganz. Dass Schnitzler die Abgründe der Psyche ausloten konnte, als die offizielle Psychiatrie noch nicht einmal halbwegs vernünftige Kategorien etabliert hatte, ist schon erstaunlich; dass er jedoch ein farbiges Erzählungsgerüst über diesen Abgrund zu spannen vermochte, dass er die Welt als Bühne, die Bühne als Welt in Novelle und Drama zu bannen wusste, das haben die jungen Leser, die jungen Essayisten deutscher Sprache mit echter Ausgräberfreude wahrgenommen und gefeiert.

Leider hat die psychedelisch orientierte Jugend in Amerika vor allem Hesse, wegen »Steppenwolf« und »Demian«, adoptiert und den wahren Tiefgräber der Doppelgängerei, der Schizophrenie, der brennenden Zusammenbruchneurose, nämlich Arthur Schnitzler, ignoriert. Kurz: dringend benötigt wird ein Schnitzler-Prophet, Kämpfer, Übersetzer; das heisst, jemand, der das für Schnitzler in Amerika zustande bringt, was Eric Bentley für Brecht getan hat.

(29. November 1968)

Die Freundschaft eines Lebens

ROBERT BREUER

Als jugendlicher Habitué auf dem »Juchhe« der Wiener Staatsoper erhielt Robert Breuer entscheidende Impulse. Seine ersten journalistischen Arbeiten in der »Neuen Freien Presse« trugen das Signum »stud. gym.« (er war damals noch Schüler des Realgymnasiums).

Breuer, seit 1941 Mitarbeiter und seit 1962 ständiger Musikreferent des »Aufbau«, ist amerikanischer Musik- und Theaterkorrespondent großer schweizerischer und deutscher Zeitungen, des Senders RIAS Berlin, des Süddeutschen Rundfunks und des Südwestfunks. Er ist auch mit Essays in amerikanischen Zeitschriften und Beiträgen in Musikanthologien hervorgetreten.

Das Erlebnis des Komponisten und Dirigenten Richard Strauss wurde für Breuer wegbestimmend. Bereits in jungen Jahren fühlte er eine starke Affini-

tät für das Werk des Komponisten und seines Librettisten Hugo von Hof-
mannsthal. Seine Abiturientenarbeit, »Sophokles' Elektra in der Bearbeitung
durch Hugo von Hofmannsthal und Richard Strauss«, brachte ihn in schrift-
lichen und persönlichen Kontakt mit Hofmannsthal.

»Du sprichst so schöne Worte aus über das, was Du als mir gegeben ansiehst,
Du siehst es mit dem vergrössernden Auge der freundschaftlichen Liebe –
ich selber sehe es wahrer und strenger und stehe recht arm vor Dir . . .«

So schreibt Hugo von Hofmannsthal, Gast Carl Jacob Burckhardts in
Schönenberg, Post Pratteln, am 8. Februar 1929 »in diesem freundlich stillen
Gastzimmer eines freundlichen Landhauses« an Leopold von Andrian.

In der Reihe der bisher veröffentlichten Briefwechsel, die Hofmannsthal
mit Freunden führte, kommt der Korrespondenz mit dem um ein Jahr jüngeren Lebenskameraden des Dichters besondere Bedeutung zu. Die Freundschaft erstreckte sich über mehr als sechsunddreissig Jahre. Es waren die für
Hofmannsthal und auch für Andrian entscheidendsten Jahre, die zwischen
dem ersten Begegnen der geistverwandten jungen Menschen im Wiener Haus
des Erziehers Andrians, des Germanisten Oskar Walzel, und Hofmannsthals
Tod lagen. Eine Epoche, in der sich das politische Weltbild ständig verdü-
sterte, in der beide Dichter seismographisch auf die Veränderungen dieses
Weltbildes reagierten und alles unternahmen, um aus dem Verfall der k. u. k.
Monarchie die kleine, ihnen wichtig scheinende Sendung Österreichs als kulturelle Hochburg im deutschsprachigen Raum Europas zu retten.

Das spielerisch Verträumte des Jung-Wien-Kreises bildet den Ausgangs-
punkt einer Beziehung, in der die Karrieren beider Freunde eine kurze
Strecke parallel laufen: Hofmannsthal und Stefan George zählen zu den
Bewunderern der autobiographischen Erzählung »Der Garten der Erkennt-
nis« (1895 veröffentlicht), welche der literarische Durchbruch Andrians ist.
Er hat schon seit seinem dreizehnten Jahr Verse geschrieben und sogar einen
»Romanzencyclus« verlegt gesehen.

Man ist einer Zeit nahe, in der Menschen sich Zeit und Musse nehmen mussten, um Zusammenkünfte, gemeinsame Ausflüge, Landaufenthalte schriftlich
und mit langatmiger Gewissenhaftigkeit zu vereinbaren. Dann aber, noch
bevor er die juristischen Examina besteht, setzen bei Andrian schwere Ner-
venkrisen ein, Neurosen, die den später Vereinsamten bis zum Tode begleiten und zu deren »Heilung« Hofmannsthal dem mitunter eingebildeten
Kranken manchen praktischen Ratschlag erteilt.

Das Dichterische in Andrian verstummt, wenigstens nach aussen hin. Innerlich ringt er, der erst 1930 »Die Ständeordnung des Alls« und sieben Jahre später das posthum Hofmannsthal zugeeignete »Österreich im Prisma der Idee« veröffentlicht, all die Jahre um die Kraft, seinen Gedanken dichterischen Ausdruck zu verleihen. Hofmannsthal seinerseits avanciert zu einem »Goethe des XX. Jahrhunderts«, aber ist doch gerne und willig bereit, sich dem kritischen Urteil des in den diplomatischen Dienst getretenen Freundes zu unterwerfen.

Andrians erster Auslandsposten ist der eines Attachés in Athen. Es folgen Jahre in Rio de Janeiro, Buenos Aires, St. Petersburg, Bukarest, nochmals Athen, bis er (1912) Generalkonsul in Warschau wird. Dorthin kehrt er nach Besetzung Polens durch die Mittelmächte als Ausserordentlicher Gesandter beim deutschen Oberkommando zurück. Die Freundschaft mit Hofmannsthal intensiviert sich. Der Autor der »Elektra« wird auf Anregung Andrians eingeladen, in Warschau kulturpolitische Vorträge zu halten. 1918 unterstützt Hofmannsthal die von Graf Colloredo betriebene Berufung Andrians zum Intendanten der kaiserlichen Theater. In den kurzen Monaten seiner Tätigkeit, welcher die Novemberrevolution ein Ende setzte, konnte Andrian, dem Hofmannsthals Theatererfahrung und diplomatischer Takt zugute kamen, die ersten Schritte zur Zusammenarbeit mit Richard Strauss, Max Reinhardt und Alexander Moissi einleiten und, was am wichtigsten ist, die Teilnahme der Wiener Staatstheater an den Salzburger Festspielen sichern.

Was den vom Lauf der Geschichte Verbitterten aufrecht hält, ist, während er unstet in Liechtenstein, in der Schweiz, in Frankreich und Deutschland lebt (ehe er wieder in seine Villa nach Alt-Aussee und schliesslich nach Wien zurückkehrt), die Freundschaft und geistige Nähe Hofmannsthals. Beruf und Lebensarbeit sind Andrian genommen; er wendet sich religionsphilosophischen Problemen zu, verfasst Aufsätze über diplomatische und kulturelle Fragen, wird noch einmal – zu Hofmannsthals 50. Geburtstag – in einem die gemeinsame Jugend besingenden Gedicht zum Lyriker und summiert seine Einstellung zu Hofmannsthal in den bewegenden Worten: »Behalt mich lieb und vertrau mir, das ist für mich unendlich wichtig, damit ich durchhalten kann ... Denn meine alte Freundschaft für Dich als Dichter, weil Du eben derjenige bist, der mir nicht der einzige Dichter unserer Zeit scheint, das wäre übertrieben, aber für mich der homogenste – der dichterischste Dichter – das heisst wahrscheinlich mit anderen Worten, der grösste.«

Eine Welt von gestern versprüht in diesen Briefen noch einmal ihre einst leuchtenden Farben. Im Geben und Nehmen lag das Befruchtende dieser

einmalig grossen und dennoch Distanz wahrenden Freundschaft zweier
Männer, die Österreichs Zusammenbruch nicht überwunden haben und deshalb bestrebt blieben, füreinander da zu sein, um »mit Dankbarkeit des vielen Guten zu gedenken«, das sie aneinander band.

(2. Mai 1969)

Mahler und die Tränen des Dienstmädchens

CLAUS-HENNING BACHMANN

*Claus-Henning Bachmann, 1928 in Hamburg als Sohn eines jüdischen Rechts-
anwalts geboren, ist heute einer der führenden Musikschriftsteller Europas.
In den späten fünfziger Jahren bezog er Regie und Musiklehre in sein Arbeitsfeld ein. Ab 1964 war er Chefdramaturg und Regisseur am Staatstheater Braunschweig; ab 1967 Lehrer am Opernstudio der Bayerischen Staatsoper München. Jetzt ist er freier Regisseur und Publizist.*

ERHELLENDES ÜBER EINEN WEGBEREITER AUF DEM
EUROPÄISCHEN FORUM ALPBACH 1969

Das »Requiem« von György Ligeti, sagte Rudolf Stephan in seinem Alp-
bacher Musik-Seminar, sei wie die Ruine eines Requiems: als ob man durch
eine große Eingangspforte trete und dann nichts sehe als ein Brennessel-Beet.
Mit anderen Worten: es setze die Kenntnis aller früheren, oft pathetischen
Totenmessen voraus und beschränke sich dann auf einen vergleichsweise be-
scheideneren Klageton. Ein ähnliches Bild aus der Archäologie läßt sich auf
den ganzen Kurs münzen, der in der Hauptsache Gustav Mahler galt: es
war, als ob man einen ruinösen Grund Meter für Meter mühsam absuchte,
Stein für Stein sorgfältig untersuchte – und mit einem Male das Gebäude eines Werkes, ja des ganzen Oeuvre, in allen Proportionen vor sich sah. Im
scheinbar monomanisch genauen Betrachten der Texturen eröffneten sich
Durchblicke auf das, was sie eingab, und auf das Spezifische ihrer Wirkung –
diese Kunst des Durchlässig-Machens beherrscht der Ordinarius für Musikwissenschaft an der Freien Universität Berlin wie kaum ein zweiter. Es entspricht, nebenbei, einem Verfahren von Mahler selber, der häufig musikalische
Formen aus Gegensätzen baute, wobei sich eine Verschränkung von Ver-
gangenem, gleichsam nur Erinnertem, und der Vorbereitung von Kommen-
dem ergab. Und es steht auch in Analogie zu der Mahlerschen Eigenart, aus

dem Amorphen das Gegliederte, Gestalthafte hervortreten zu lassen; ein Moment, das abgewandelt bei Alban Berg, nicht minder bei Ligeti wiederkehrt.

Das Amorphe bei Mahler schlägt sich nieder in der »musikalischen Prosa«: die Taktstriche sind in diesen Teilen nicht mehr verbindlich, der regelhaften Ordnung ist abgesagt. Der Takt ist gewissermaßen imaginär, seine Füllung von den Taktstrichen unabhängig. Im Todes-Adagio aus der »Lulu«-Sinfonie von Berg kehrt das Stilmittel Mahlers wieder: von den grundierenden Klangfeldern in unterschiedlichen Dauern – zu Beginn des Satzes – hebt sich später das genau Artikulierte ab. Ein amorpher Rhythmus, eine amorphe Tonart und ein – durch Tremolo bewirkter – amorpher Geräusch-Hintergrund bestimmen auch das erste der Drei Orchesterstücke von Berg. »Deutlichkeit« soll bei Mahler nicht frei verfügbar sein, sondern aus dem Schwammigen, Undeutlichen erst hervorgehen, sich in verschiedenen Präsenzgraden davon absetzen: insofern sei der von Kurt Blaukopf in seinem jüngst erschienen Mahler-Buch aufgestellten These, daß erst der Stereo-Klang dem Komponisten wahrhaft gerecht werde, zu widersprechen. Partikel, Fragmente schieben sich bei Mahler übereinander; auf weite Strecken werde (im »Lied von der Erde«, zweiter Satz) der Versuch gemacht, die Harmonie durch eine Melodie darzustellen. Das greift, von Mahler aus gesehen, weit in die Zukunft.

Im Gegensatz zu dem Amorphen folgen die dritte und vierte Sinfonie Mahlers einer klassizistischen Gestaltungsweise. Kennzeichnend dafür ist, dass jeweils ein festgefügter Gedanke exponiert wird, dessen Glieder sich dann verselbständigen. Ein relativ dichtes Gewebe ist so beschaffen, daß die Stimmen immer durchhörbar und verfolgbar sind. Auch darin war Mahler ein Moderner, daß seine Instrumentation nicht dem bloß äußerlichen, sensuellen Effekt diente, sondern den Tonsatz zu verdeutlichen suchte. Er setzte sich ab vom Üblichen: wenn bei ihm etwas im konventionellen Sinn »schlecht klingt«, nicht die weiche, runde, in allen Ritzen ausinstrumentierte Fülle hat, so soll es dem »Schönklang«, für den jeder Provinz-Kapellmeister ein Ohr hat, widersprechen. Das »Lied von der Erde« ist weithin von Zurücknahme bestimmt; alles, was klingt, erläuterte Stephan, sei nur die hörbare Seite einer großen Üppigkeit. Aufgekündigt ist im gesamten sinfonischen Werk Mahlers Vorstellung von der Sinfonie als einem Erhabenen und Edlen; als einem Gebilde, in dem gepflegte und charakteristische Gedanken sorgsam aneinandergefügt sind. Ihn interessierte nicht die in seiner idealistisch gestimmten

Zeit liegende Trennung in hochwertige ernste und abqualifizierte leichte Musik: darin ähnelte er einem nachgeborenen genialischen Außenseiter, dem Amerikaner Charles Ives. Auf ihn verweist der erste Satz der dritten Sinfonie: kein Unterschied ist gewissermaßen zwischen Bums-Musik und Kunst-Musik.

Das Moment des Vulgären kehrt wieder bei Berg, in den Variationen über Wedekinds Bänkellied aus der »Lulu«-Sinfonie. Hier erscheint es in einer äußerst stilisierten und kunstvollen Weise: die vier Variationen konstituieren ein Thema, das als bekannt vorausgesetzt wird, aber nicht bekannt ist; erst zum Schluß bringt eine Leierkastenmelodie das Thema in der Originalgestalt. Am Kompositionsprinzip des »Monoritmico« aus dem Adagio der »Lulu«-Musik, einem konstanten Rhythmus in wechselnder Bedeutung, läßt sich studieren, wie die Vorstellung von der Welt als einem Gefüge von Gegensätzen aus der Musik geschwunden ist. Ein solches Erscheinen des Gleichbleibenden in jeweils verschiedener Sinngebung findet sich schon bei Mahler. Bei ihm bereits verändert sich das aus der Musik ablesbare Weltbild im Sinn der Gegenwart: aufgegeben ist das Ideal der Einheitlichkeit, ein Zerfall, der sich allerdings schon bei Beethoven ankündigte; die Welt ist nicht mehr mit sich im Einklang und kann nur noch als eine zerrissene abgebildet werden. Bei Mahler, sagte Stephan, »stören« die Röhrenglocken und die Choräle nicht deshalb, weil sie bedenklich sind, sondern weil dieses Bedenkliche hervorgehoben ist, damit es ja bemerkt werde. Der Störfaktor, der negative Reaktionen auslöst, haftet der Musik nicht bloß an, er ist ihr einkomponiert.

Die Anschauung, daß ein Kunstwerk etwas sei, das die Totalität der Welt widerspiegelt, also mit den berüchtigten ewigen Werten zu tun habe, hängt mit der Lebensferne der Kunst zusammen, aber auch mit der weitverbreiteten Ansicht, daß Kunst das eine und Geschäft das andere sei. Niemals gebärdet sich Mahlers Musik wie Natur, als ein Unmittelbares, von oben herab Geschenktes – immer tritt sie als ein von der Hand des Komponisten Gemachtes in Erscheinung. Sie ist deshalb nicht »organisch«, und ein Sinfoniesatz wie das Finale der Sechsten befriedigt nur dann nicht, wenn man ihn nach dem Vorbild dümmlicher Konzertführer als Auseinandersetzung mit dem Schicksal, erfüllt von Todessehnsucht, mündend in unentrinnbare Tragik, versteht. Etwas herabstilisiert, stellt sich die Assoziation »Trauermusik mit Obers« ein ... Mahler hat die Tränen, die das Dienstmädchen über schöne Melodien weinte, nicht verachtet; wenn das Schreiben einer Sinfonie hieß, eine Welt zu bauen, gehörte das weniger Edle, der Kitschgeschmack, dazu.

Erst heute zeigen sich in dem, was unzulänglich meist »Pop«-Musik oder »Action«-Musik genannt wird, die Auswirkungen dieser Hereinnahme des Banalen. Im übrigen unterscheide sich das bedeutende Kunstwerk vom unbedeutenden nicht dadurch, daß man keine Einwände dagegen erheben könne, sondern darin, daß man an sie nicht denken wolle.

Formale Bezüge bestehen auch zwischen Mahler und Boulez (»Le soleil des eaux«). Stephan warnte indes vor übetriebener Geschichtsgläubigkeit: in unserer Zeit neige man dazu, ein Stück historisch einzuordnen, kaum, daß die Tinte trocken sei. Doch wenn ein Komponist »fortune« habe, stelle sich ihm ungewollt ein Steg zur Tradition ein, das Glück der nicht historisierenden, im Werk subcutan bleibenden Erinnerung an vergangene Charaktere, die sein Bewußtsein mitgeprägt haben. – Der Vorstand des Österreichischen College, Veranstalter der 25. Internationalen Hochschulwochen in Alpbach, des »Europäischen Forums«, war gut beraten, als er Rudolf Stephan einlud; den Listigen, der scheinbar zur ästhetischen Theorie nicht bereit war und sich dann willig zu ihr provozieren ließ. Der Titel des Kurses zwar – »Mahlers Sinfonien und die Musik der Zukunft« – blieb Fiktion, weil Futurologie nicht Sache der Musikwissenschaft ist, aber auf die Gegenwart fiel manches Licht, für das der Berichterstatter dankt.

(24. Oktober 1969)

»Ein brennendes Recht floß durch sein Herz«

WILL SCHABER

In jungen Jahren war Will Schaber als Gerichtsberichterstatter tätig. Er empfand, wie viele deutsche Journalisten, die Ausstrahlung des großen, früh verstorbenen Gerichtsreporters Sling.

Schaber (Jahrgang 1905) emigrierte 1933; kam über Estland und die Tschechoslowakei 1938 nach USA; war von 1941 bis 1962 Abteilungsleiter bei den British Information Services in New York, 1962–64 Forschungsassistent des Fernsehproduzenten Peter von Zahn und ist seit 1967 Redakteur am »Aufbau«. Zu seinen Büchern gehören eine Studie »Thomas Mann« (1936), ein Essay »Weltbürger – Bürgen der Welt« (1938), »USA – Koloss im Wandel« (1958) und die Anthologie (mit Walter Fabian) »Leitartikel bewegen die Welt« (1964).

Es war im Berlin der zwanziger Jahre. Der Chefredakteur einer grossen

Tageszeitung liess einen jungen Reporter zu sich kommen. »Ich möchte«, sagte er, »dass Sie bei uns Gerichtsberichte à la Sling schreiben. Nehmen Sie vor allem das Schnellgericht aufs Korn. Dort finden Sie das nötige Material.« Dieses Gespräch muss sich in anderen Redaktionen wiederholt haben. Slings Vignetten in der »Vossischen Zeitung« beeindruckten die Öffentlichkeit – Richter, Anwälte und juristische Laien – aufs tiefste. Sie wurden zum Tagesgespräch. Und sie machten Schule.

Vor der Zeit Slings war die Gerichtsberichterstattung auch der hauptstädtischen deutschen Presse unprofiliert gewesen: Tratsch, Sensationshuberei oder dürre Aneinanderreihung von Fakten. Sling gab ihr eine völlig neue Dimension. Für ihn war eine Gerichtsverhandlung ein menschliches Drama. Viel Tragik, aber auch viel Komik zeichnete sich im Konflikt mit den Gesetzesparagraphen ab. Jeder Fall musste in seinem spezifischen psychologischen Licht gesehen werden; das Leben wiederholte sich nicht. Und war die Schuld eine komplexe Angelegenheit, so musste es auch die Entscheidung über die Sühne sein.

Seine Fähigkeit, Menschen klar zu porträtieren und Situationen mit scharfer Pointe zu umranden, brachte ihn oft in die Nachbarschaft der grossen Meister der Kurzgeschichte. Mit vorbildlicher Ökonomie des Wortes wurden Prozessfiguren in seinen Spalten lebendig – zum Beispiel die Angeklagte in einem Hausfriedensbruch-Verfahren: »Wie sie nun dastand, mit den kleinen bösen Augen in dem massigen Gesicht, den kraftvollen Unterkiefer beim unausgesetzten Reden auf- und niederklappend, glich sie einem jener grotesken Fische, die im Aquarium an den Glaswänden ihre tropischen Schnauzen kühlen.« Die Mentalität eines Richters vermochte er in eine aphoristische Formel zu pressen: »Das Urteil fliesst kühl von seinen Lippen ... Man ist als Angeklagter gar nicht schlecht bei ihm aufgehoben. ... Aber man verlässt seinen Saal weniger gerichtet als verwaltet.«

Sling war im allgemeinen ein milder, gelassener Beobachter der juristischen comédie humaine. Aber es gab Augenblicke, die ihn zu sarkastischer Ironie trieben. So das Wirken eines Gerichtsarztes: »Möge Herr Roth bald den Ruhestand in dem so vollkommenen Umfange finden, dessen die Frankfurter Rechtsprechung so dringend bedarf.« Oder die Umstülpung eines ganz ausnahmsweise guten Rechtsspruches: »Es war einmal ein vernünftiges Urteil, ein besonders vernünftiges, das es wagte, der geltenden Rechtsprechung zu trotzen. Infolgedessen durfte es nicht lange leben: die Staatsanwaltschaft legte Berufung ein, und die zweite Instanz brachte es glücklich zur Strecke.«

Der distanzierte Raconteur wurde, wenn nötig, zum leidenschaftlichen Polemiker. Sling war unerbittlich im Kampf gegen Grundschäden der Rechtsprechung. Wenn er sah, wie Angeklagte sich in den Maschen törichter Paragraphen verstrickten, forderte er die Änderung der Gesetze. Keiner hat eine so konsequente Offensive gegen den »Unfug des Schwörens« geführt wie dieser Journalist. Sling enthüllte die Meineidsseuche, die nach der sogenannten Emminger-Reform im Jahre 1924 über Deutschland hereinbrach. Mit logischen Argumenten und harten Statistiken hämmerte er der deutschen Öffentlichkeit die Wahrheit ein: dass Menschen ins Zuchthaus wanderten, weil sie als Zeugen oft in geringfügigen Details falsche Angaben gemacht hatten.

»Wie lange wird dieser Unfug noch fortgesetzt werden, der schlimmer ist als grob, durch dessen Gewährenlassen unsere höchsten Justizbehörden sich selbst eine von Tag zu Tag sich häufende Mitschuld aufladen?« fragte Sling. Er hat die Abstellung des Missbrauchs nicht mehr erlebt. Aber dass die skandalöse Übung schliesslich beseitigt wurde, war wesentlich der ethischen Entflammtheit dieses Publizisten zu danken.

Sling – er hiess mit seinem bürgerlichen Namen Paul Schlesinger – war als Ullstein-Korrespondent in München tätig gewesen, bevor er nach Berlin gerufen wurde. Sein neuer Auftrag für die »Voss« betraf die »human interest«-Seiten der Gesellschaft in der Reichshauptstadt. Es kam aber bald der Zeitpunkt, in dem das Material für seine Kolumne spärlicher wurde. Als Ausweg aus diesem Dilemma bot sich der Griff zur Rechtsprechung an; der Gerichtssaal war so unerschöpflich wie das Leben selbst.

Es waren ihm nur wenige Jahre der Erfüllung in dieser neuen erregenden Funktion gegeben – aber genug, um tiefe Furchen in der deutschen Journalistik und Justiz zu ziehen. Sling starb fünfzigjährig am 22. Mai 1928. Einer der schönsten Nachrufe stammte von einem hohen Richter, dem Senatspräsidenten am Berliner Kammergericht, Dr. Alfred Gerstel. Er schrieb, dass »dieser warmherzige, feinfühlige und in jeder Faser seines Herzens musische Mensch« den Beruf des Berichterstatters »aus den Niederungen stumpfer Reportage zur Höhe einer Betätigung von erlesener Geistigkeit emporgehoben« habe. Und Gerstel wandte auf Sling das Wort über Florian Geyer an: »Ein brennendes Recht floss durch sein Herz.«

Ein Jahr nach Slings Tod war eine Sammlung seiner Berichte und Betrachtungen unter dem Titel »Richter und Gerichtete« erschienen. Heute, vierzig Jahre später, liegt der Band noch einmal vor – wiederum betreut von dem ursprünglichen Herausgeber Robert M. W. Kempner, der Sling während seiner Tätigkeit als Justizreferendar noch persönlich kannte und viele wertvolle erläuternde Bemerkungen beisteuert.

In seiner feinen Einleitung nennt Kempner das Buch »eine Fibel der Menschlichkeit«. Und die Lektüre des Buchs bestätigt die Charakterisierung Seite für Seite. Psychologische Einsicht; Kenntnis der Menschen und des Justizapparats; verzeihende Güte gegenüber den Irrungen des Einzelnen und Protest gegen das »unedle Unglück« gesellschaftlicher Torheit; Transparenz und Grazie des Stils: alles ist so frisch, hell und klar wie je zuvor. Es ist ein grossartiges Zeitdokument, das die Zeit überdauern wird.

(9. Januar 1970)

Heine und die deutsche »Befreiung«

FRITZ HELLENDALL

Fritz Hellendall ist ein engerer Landsmann Heinrich Heines – und als Kämpfer für Heine ist der gebürtige Düsseldorfer in den letzten Jahren bekanntgeworden. Er hat sich vor allem, zusammen mit Freunden in verschiedenen Teilen der Welt, für die Umbenennung der Düsseldorfer Universität zu Ehren des Dichters eingesetzt, wobei der »Aufbau« ihm oft als Forum diente.

Hellendall emigrierte 1934 nach London, wo er als Anwalt wirkt. Nach dem Zweiten Weltkrieg schrieb er im Auftrag der »International War Crime Commission« eine Untersuchung über Schuld und Bestrafung der Naziverbrecher.

Der Düsseldorfer Germanist Manfred Windfuhr, über dessen mutiges Eintreten für die Benennung seiner Universität nach Heinrich Heine in der ganzen Welt berichtet wurde, hat die ersten Resultate seiner Heine-Forschung in seinem Buch »Heinrich Heine, Revolution und Reflexion« vorgelegt. Es ist zwar nicht ganz richtig, wenn in dem Schutzumschlag Windfuhrs Buch als »die erste wissenschaftliche Gesamtdarstellung Heines, die seit 30 Jahren von einem deutschen Autor vorgelegt wird«, bezeichnet wird; denn vor etwa zwei Jahren erschien in einem anderen Teil Deutschlands das Paperback des Jenaer Germanisten Hans Kaufmann »Heinrich Heine, Geistige Entwicklung und künstlerisches Werk«, das in mancher Beziehung als eine Ergänzung des Windfuhr-Buches dienen kann.

Aber man darf Professor Windfuhr für die Gründlichkeit und Klarheit danken, mit der er so viele Legenden über Heine zerstört und die Universalität seines Geistes und die einheitliche Linie seines Werkes herausgearbeitet hat. Die Tatsache, dass er als Vertreter der jungen Generation, als Rheinländer und als Professor der Düsseldorfer Universität dieses Werk vorgelegt hat, gibt Hoffnung, dass sich in der Universität von Heines Vaterstadt der Geist Heines doch als stärker erweisen wird als der Ungeist Martin Heideggers.

Einer der Hauptzwecke von Windfuhrs Buch ist offensichtlich, Heine, den so lange in Deutschland als »Artfremden« Beschimpften, als einen der grössten Denker Deutschlands zu enthüllen. Als Rheinländer ist Windfuhr mit Recht stolz darauf, Heine zu den Seinen zählen zu dürfen. Aber es scheint doch, dass der Gelehrte den Einfluss der jüdischen Herkunft Heines auf die Entwicklung seiner Persönlichkeit unterschätzt. Es war mehr als »das gesellschaftliche Engagement mit der eigenen Herkunft«, das manche von Heines Eigentümlichkeiten und Auffassungen entscheidend bestimmt hat.

Windfuhr stellt mit Recht fest, dass es in Düsseldorf kein Ghetto gab. Es trifft wohl auch zu, dass die jüdische Orthodoxie (»der altägyptisch ungesunde Glaube«) Heines Entwicklung verhältnismässig wenig beeinflusst hat. Aber Windfuhr unterschätzt einen wesentlichen Faktor: Heine erlebte in früher Jugend, dass Napoleon in Düsseldorf einrückte. Napoleon brachte für den Westen Deutschlands das Ende der Kleinstaaterei, das Ende des Feudalismus und die wesentlichen Errungenschaften der Französischen Revolution; den dort lebenden Juden brachte er das Ende aller mittelalterlichen Disqualifikationen und ihre Emanzipation als Staatsbürger. Die historische Bedeutung Napoleons für die Bevölkerung des Rheinlandes ist von der späteren preussisch-deutschen Geschichtsschreibung verkleistert und verfälscht worden. Die katastrophale Folge der sogenannten »Befreiungskriege« von 1813 bis 1815 ist ein Thema, an dem die Historiker in beiden Teilen Deutschlands bisher vorbeigegangen sind, da man den Mythus der »Befreiung« von 1813/15 als Teil einer sogenannten patriotischen Tradition vom Königin-Luise-Bund bis zu Walter Ulbricht zu gern aufrechterhalten möchte. Dass dieser »Befreiungskrieg« von einer Koalition der rückständigsten Kräfte Europas vom russischen Zaren über den preussischen König zu den britischen Tories getragen wurde, und daher eine Periode des finstersten Rückschritts in Deutschland einleitete – deren Folgen wir noch 1933/45 zu spüren hatten – wird immer wieder vergessen.

Mit den »Befreiungskriegen« beginnt der Hiatus für die deutschen Juden.

Gegen sie richtete sich die wiederinstallierte Reaktion mit aller Kraft. Elbogen legt dar (»Geschichte der Juden seit dem Untergang des jüdischen Staates«, S. 93 ff), wie damals den Juden überall ihre unter Napoleon errungenen Rechte geraubt wurden. In den Wirtschaftskrisen der Jahre nach 1815 lenkten die Regierenden wie so oft den Zorn der Bevölkerung auf den jüdischen Sündenbock ab, so dass es um 1819 auch zu Pogromen kam.

Der neu aufkommende deutsche Patriotismus dieser Jahre war nicht wie der Patriotismus in Frankreich und Italien demokratisch-revolutionär, sondern beherrscht von der Deutschtümelei und der romantischen Anbetung des christlichen Feudalismus des Mittelalters. Er hatte sich gegen Napoleon und die Ideen der Französischen Revolution gerichtet, und richtete sich nach der »Befreiung« von der »Fremdherrschaft« gegen den Liberalismus und die Emanzipation der Juden. Während der demokratisch-liberale Patriotismus in Frankreich, England und den Vereinigten Staaten die Emanzipation der Juden befürwortete und durchsetzte, während in Italien die patriotische Bewegung, die sich gegen Metternichs »Heilige Allianz« richtete, die Sache der Juden zu der ihren machte und nach ihrem Siege die Ghettos sprengte, schloss der neue deutsche »Patriotismus« gleich von Anfang an nach den Kriegen von 1813/15 die Juden aus.

In diesem Zusammenhang bedarf Windfuhrs Behauptung, (S. 188), »dass im frühen 19. Jahrhundert Judenverfolgungen zu den Ausnahmen gehörten«, einer Berichtigung. Wenn auch die Judenverfolgungen im frühen 19. Jahrhundert nicht die technische »Vollkommenheit« der Nazizeit erreichten, so gehörten sie keineswegs zu den Ausnahmen, und die Disqualifikation und Verfolgung der Juden hatte auf Heines Entwicklung und Werk einen entscheidenden Einfluss. Sie trieben ihn in einem Moment der Verzweiflung dazu, sich taufen zu lassen – eine Handlung, die er zeitlebens bereut hat. Er selbst hat hierzu erklärt:

»Ich mache kein Hehl aus meinem Judentum, zu dem ich nicht zurückgekehrt bin, da ich es niemals verlassen hatte«,

und legte an anderer Stelle das stolze Bekenntnis ab:

»Ich sehe jetzt, die Griechen waren nur schöne Jünglinge, die Juden aber waren immer Männer, gewaltige unbeugsame Männer, nicht bloss ehemals, sondern bis auf den heutigen Tag, trotz 16 Jahrhunderten der Verfolgung und des Elends. Ich habe sie seitdem besser würdigen gelernt, und wenn nicht jeder Geburtsstolz bei den Kämpfern der Revolution und ihrer demokratischen Prinzipien ein närrischer Widerspruch wäre, so könnte der Schreiber dieser Blätter stolz darauf sein, dass seine Ahnen dem edlen Hause Israel angehörten, dass er ein Abkömmling jener Märtyrer war, die der Welt einen Gott gegeben und auf allen Schlachtfeldern des Gedankens gekämpft und gelitten haben.«

Heine brauchte sich daher nicht, wie Windfuhr (S. 188) ausführte, erst »aus den Quellen« die Anschauung über die Judenverfolgungen zu verschaffen. Er bekam sie in den Jahren nach 1815 am eigenen Leibe zu spüren. Und wenn in dem Deutschland der damaligen Zeit liberale und demokratische Gedankengänge als »unpatriotisch« und »artfremd« disqualifiziert wurden, und damit die Grundlagen für die verbrecherische Ideologie der Nazis gelegt wurden, so ist es kein Wunder, dass Heine, der deutsche Jude und »des freien Rheines noch weit freierer Sohn«, in seinen Werken an andere Traditionen anknüpfte als die der christlichen Deutschtümler, im »Almansor« an die grosse arabisch-jüdische Symbiose in Spanien, im »Rabbi von Bacharach« an die Leiden der Juden in dem von den Deutschtümlern gepriesenen Mittelalter, und schliesslich in den »Grenadieren« an den »unpatriotischen Gegenstand« Napoleon (Kaufmann, S. 234), der im Rheinland nicht nur von den Juden als Befreier begrüsst wurde.

Kaum 100 Jahre nach Napoleons Tod erlebte Deutschland wieder eine kurze Zeitspanne, in der man glaubte und hoffte, dass die alten Disqualifikationen gegenüber den Juden endlich der Geschichte angehörten, die Zeit der Weimarer Republik. Diese Illusionen der Weimarer Zeit wurden durch das Hitlerregime vernichtet – in einer unendlich katastrophaleren Weise als die Illusionen der rheinischen Juden im Jahre 1815.

(13. März 1970)

Unbequeme Wahrheiten

MAX TAU

Einen Schlüssel zum Leben und Werk Max Taus bietet die Rede, mit der der Erzähler, Essayist und literarische Mittler sich 1950 in Hamburg für die Verleihung des Friedenspreises an ihn bedankte. »Die Literatur«, sagte Tau damals, »befindet sich in einer Schicksalsstunde ... Was den Politikern nicht gelungen ist, das muß dem Geist und der neuen Literatur gelingen – die Wiedererweckung des Vertrauens, die Ehrfurcht vor dem Leben und den Respekt vor dem Menschen zu erneuern. Denn nur so vermag man das Licht zurück-

zubringen, das die Welt entbehrt.« Mit diesen Worten schlug er die Schaffung einer »Friedensbibliothek« vor, die später unter seiner Leitung zur Wirklichkeit wurde.

Tau ist, trotz des bitteren Erlebens der Hitlerjahre, ein Optimist im Sinne Albert Schweitzers geblieben, der sein Denken und Handeln stark beeinflußt hat. Der gebürtige Beuthener (Jahrgang 1897) vertraut der Macht derjenigen, die den Mut haben, abseits der breiten Fahrstraße des Tages zu schaffen (bemerkenswerterweise hieß eine Gedichtanthologie, die der junge Max Tau 1921 veröffentlichte, »Die Stillen«). Der Nationalsozialismus verschlug den Cassirer-Lektor nach Norwegen, das ihm zur zweiten Heimat wurde. Abgesehen von den Jahren der Nazibesetzung, die er in Schweden verbrachte, lebt er seit 1938 in Oslo. Sein erstes Buch, das er nach dem Zweiten Weltkrieg in Deutschland veröffentlichte, hieß »Glaube an den Menschen«. Es enthielt das Bekenntnis zu Taus alter Vision eines neuen Deutschland.

Was, so denke ich oft, würde wohl mein Grossvater sagen, wenn ich ihm erzählen könnte, was die Menschen heute treiben. Denn überall kann man die gleichen Phänomene entdecken. Die meisten Menschen fliehen vor sich selbst. Sie entschuldigen sich damit, dass sie keine Zeit haben. Eigentlich versuchen sie einen Wettlauf mit der Zeit, ohne die Zeit richtig zu gebrauchen. Sie vermögen nur, die materielle Seite zu sehen. Sie wollen weniger arbeiten, mehr verdienen und noch mehr besitzen. Eigentlich verlangen sie eine Versicherung für das Leben. Sie wollen nicht einen einzigen Schritt gehen, ohne zu wissen, dass sie sich in Sicherheit befinden. So flüchten sie vor dem Leben. Sie wollen Leiden entgehen. Sie wollen nur sein, aber nicht wachsen. Den tiefsten Grund für diese verzweifelte Situation vermag ich nur in der Überschätzung der äusseren Kenntnisse, die dem Menschen Macht geben, zu sehen. Viele glauben, einen bestimmten Bereich zu beherrschen. Sie sind davon überzeugt, dass sie in diesem Bereich alles wissen. Aber in Wirklichkeit sind sie nicht imstande, die Probleme des Lebens zu sehen. Sie sind fest davon überzeugt, dass Wissen eine Realität ist. Die meisten von ihnen vermögen nicht, über das, was sie beherrschen, hinauszusehen. Sie haben keine Zeit, denn sie fühlen sich in sich selbst nicht sicher genug.

Wenn ein Mensch nur wagt, was sie gelernt haben, mit anderen Augen zu sehen, dann glauben sie, dass sie sich bereits in Gefahr befinden. Schon hier beginnt ihr Kampf um ihr Prestige. Der Mensch hat sich in sein eigenes Gefängnis eingeschlossen. Er ist kaum mehr imstande, Kontakt zu finden. Er will nur verteidigen, was er besitzt. Ist er bereits zum Roboter herabgesunken? Denn für Menschliches hat er verschiedene Schubladen, er kann liebevoll zu seinen Kindern sein, er kann guter Musik mit Andacht lauschen, aber alles steht in Verbindung mit Genuss und seinem kleinen privaten Ich.

Will man ein Mensch werden, der im Bilde Gottes geschaffen ist, dann ist es wichtig, Kontakt zueinander zu finden. Diese Verbindung ist nur möglich, wenn man sich selbst gefunden hat, wenn man die Augen öffnet, um sich selbst zu sehen, sein eigenes Denken zu kontrollieren und sein Gewissen fragt. Das Gewissen gibt immer die richtige Antwort.

Jeder Mensch kann sich Wissen aneignen. Aber wir leben in einer Zeit, wo man mit dem Wissen ein Spiel treibt. Man belohnt den, der im richtigen Augenblick die richtige Antwort zu geben vermag. Das hat aber nichts mit Bildung zu tun. Das ist nur ein Pokerspiel vor den Augen vieler Fernsehzuschauer. Der wirklich geistige Prozess vollzieht sich immer in der Stille. Er ist genau so unsichtbar wie die wirkliche Bildung. Wenn der Mensch Kräfte genug hat, wenn es gilt, den eigenen Vorteil zu wahren, sollte er dann nicht auch die Kraft haben, allein zu stehen und die Wahrheit in der ungeeigneten Stunde zu sagen?

Die Quelle aller Dinge besitzt der Mensch selbst, ihm ist es gegeben, durch sein Gewissen zu entscheiden. Wissen kann eine Kultur nur dann befruchten, wenn es an die stärkste Kraft des Menschlichen gebunden ist. Wir Menschen brauchen die Leitbilder, die uns der Mensch zu geben vermag, der uns vorlebt, wie wir leben sollen. Es ist viel schwerer, ein Held des Friedens zu werden, als ein Held im Kriege zu sein. Der Krieg ist von Menschen erdacht, und er kann auch von Menschen verhindert werden.

Wir haben eine grosse pädagogische Aufgabe vor uns, wir sind verpflichtet, den Mut und die Abenteuerlust des Krieges in die Phantasie für den Frieden umzuwandeln, so dass der Mensch im Frieden alle Abenteuer erlebt, seinen Mut beweisen und seinen Sieg erreichen kann. Erst wenn wir wieder imstande sind zu bewundern, was ein Mensch aus sich selbst geboren hat, werden wir, was wir wollen, kehren wir zu dem Ursprung zurück. Kultur ist nicht abhängig von den Leistungen eines Mannes, der durch den Weltraum fliegt. In dem Triumphgeschrei für seine Leistung vergessen die Menschen die stille, dienende Arbeit der Wissenschaftler, die diese Leistung vor den Augen der Welt erst möglich gemacht haben.

Ohne den Menschen ist ein sinnvolles Leben nicht möglich. Versuchen wir erst doch einmal Pioniere für den Menschen zu werden, seine Werte zu erkennen und seine Entfaltungsmöglichkeiten aufzuspüren. Jede Entfaltungsmöglichkeit ist von dem Zuspruch, von dem Vertrauen und von dem Glauben des Mitmenschen abhängig. Erst wenn der Mensch sich wieder zu Hause fühlt, wenn er die Heimat seiner Bestimmung gefunden hat, wird er auch imstande sein, die erste Epoche der Menschenentdeckung abzuschliessen. Dann wird es sich sehr schnell erweisen, dass er sich aus seiner isolierten Einsamkeit befreit fühlt, dass er mit der Zeit nicht mehr um die Wette zu laufen braucht, dass er durch den Glauben des Anderen gedeihen und wachsen kann.

(13. November 1970)

Menschen der Zeit

Abschied von Joseph Roth

LUDWIG MARCUSE

Ludwig Marcuse, streitbarer Essayist, Kulturphilosoph und Kritiker, brachte überall, wo er auftrat, »Leben in die Bude«: im Hörsaal, zwischen Buchdeckeln und in der Presse. Auch im »Aufbau« glänzte die ironische Klinge dieses Kämpfers. Neben Polemiken steuerte er Porträts bei, für die der Nachruf auf Joseph Roth charakteristisch ist.

Marcuse, gebürtiger Berliner (Jahrgang 1894), schrieb Biographien über Georg Büchner (1922), Strindberg (1924), Ludwig Börne (1929), Heinrich Heine (1932), Ignatius von Loyola (1937), Sigmund Freud (1956) und eine viel beachtete Autobiographie (»Mein zwanzigstes Jahrhundert«, 1960). Während seiner amerikanischen Jahre war er Professor an der University of Southern California. Er lebte bis zu seinem Tode am 2. August 1971 in Bad Wiessee.

Es gibt ein paar Menschen, die nie Distanz zu ihm gewinnen konnten, so sehr liebten sie ihn. Ich gehörte dazu und bin sehr glücklich gewesen. So kann ich ihm auch heute keinen Nekrolog ins Grab nachschicken, nur eine Liebeserklärung.

Vor zwei Monaten, eine Stunde vor meiner Abfahrt nach Amerika, sah ich ihn das letztemal. Er sass in meinem Pariser Zimmer: den Hut auf dem Kopf, ein dünnes Stöckchen glitt zwischen den schlanken Fingern hin und her, der Mantel hing, wie ein Cape, leicht an den Schultern – er wollte gar nicht erst den Gedanken aufkommen lassen, als beabsichtige er, sich häuslich niederzulassen. Und so kam denn auch nach zwei Minuten das Sätzchen, das unabwendbar war, wenn er, selten einmal, sich gezwungen sah, in eine Privatwohnung einzutreten: »Gehen wir hinüber ins Bistro!« Er ist in österreichischen und deutschen Hotel-Hallen gross geworden und starb in einer französischen Kneipe. Ein Jude auf der Wanderschaft.

Im Bistro blickte er dann einer roten Flüssigkeit tief auf den Grund – ich hasste dieses Farbige, seit fünfzehn Jahren, als den grossen Feind, der mir den Freund schliesslich abspenstig machen wird. Joseph Roth hat, trotz aller begeisterten Reden über den wichtigen Unterschied von Pernod père und Pernod fils, mich zum Hasser des Alkohols gemacht... Die schönsten Gespräche mit alten Freunden beginnen: Weisst Du noch, damals, vor zwanzig Jahren?

»Da habe ich Dich gründlich beschwindelt«, sagte Roth mit zynischer Wärme, »gleich zu Beginn und mit einer ausgewachsenen Lüge. Ich liess Dir sagen, ich wollte Dich kennenlernen, weil Dein letztes Buch mir gefallen hätte. Ich hatte es gar nicht gelesen – und als ich es dann später las, gefiel es mir nicht, weil ich es nicht verstand. Aber ich war neugierig auf Dich gewesen.«
»Ich habe damals, beim ersten Mal, in der Nähe des Savigny-Platzes, noch viel kräftiger gelogen.« Er holte den Blick aus dem Glas langsam zurück, das farbige Nasse schwamm jetzt in seinen Augen, die mich absuchten wie die Augen eines Lehrers, der ganz zufrieden mit seinem Schüler ist – aber noch einmal das Einzelne überprüft. Doch dachte er nun etwas schärfer zurück und sagte erstaunt: »Du warst doch aber damals noch ein Pathetiker, mit einem Wahrheits-Fimmel?« »Ja, das ist so gekommen: Du bildetest Dir ein, ein ganz grosser Graphologe zu sein, und batest mich, viele Schriftproben mitzubringen.
Jede einzelne Deiner Deutungen war grundfalsch – aber so phantasiereich, so geistreich, so witzig und so graziös; Du warst dabei so sicher und Deine liebe, reizende Frau so glücklich über ihren zarten Zauberer, dass ich Euch Beiden schwor: Du müsstest die Handschriften und ihre Schreiber bereits gekannt haben, es wäre gar nicht anders möglich.« Roth war schon wieder in einem neuen kleinen Ozean, dessen Farbe noch giftiger war, untergegangen. Von dem blonden spärlichen Schnauzbart, den er sich im letzten Jahrzehnt in einer Dichterlaune zugelegt hatte, tropfte es grünlich herab, als wäre der Mann bereits ertrunken.
Er hat es mit der Wirklichkeit nie sehr genau genommen, nicht nur an jenem ersten Tag unserer Freundschaft: nicht als Journalist, nicht als Romancier, nicht als Kulturphilosoph und nicht als Mitmensch. Er hatte so viel Herz und so viel Phantasie, dass er den lieben Gott imitieren musste, sich seine eigene Realität schuf – und nicht zu bewegen war, die Produktion des grossen Kollegen für mehr zu nehmen als einen Steinbruch, der gut zu gebrauchen war. Das war bisweilen sehr hart für einen Freund, der ein äusserst empfindliches Gewissen für das Objektive besass – bis dieser Freund so überwältigt war, dass er auch den kleinen Gott liebte und nicht mehr kritisierte. Wozu mit ihm streiten über Menschen und Parteien! Er war kein Psychologe – ausser, wenn er die Psyche selbst gemacht hatte. Er war kein Politiker – sein Monarchismus, sein Katholizismus, sein Konservatismus, sein Austriazismus waren nur sehr eigenwillige und schwer lesbare Geheim-Chiffern; nicht das, was unter diesen Worten im Konservations-Lexikon steht. Er war ein Poet im

ursprünglichen Sinne des Wortes, der Schöpfer eines All – und sass, wie jeder Poet, in einem Elfenbein-Turm; auch wenn er mit Schuschnigg sprach, mit dem Pater Muckermann korrespondierte, mit Rauschning diskutierte und an der Spitze der Oesterreichischen Legion in Deutschland einzuziehen gedachte. Man konnte ihn nur verstehen, wenn man sich in seinen Turm begab. Der stand einst im »Englischen Hof« und im »Hotel am Zoo«; zuletzt in der Rue de Tournon. Ich war in diesem Turm zu Hause. Und sehr glücklich.

Er musizierte uns etwas vor, dass uns das Herz aufging. Er war weder am Tisch noch in seinen winzigen, zierlichen, eng aneinandergedrängten Buchstaben »positiv«, »aufbauend«, »optimistisch«, »kämpferisch« – wenn auch ein glänzender Hasser. Er war traurig, hatte die Liebe ohne den Glauben und für den Mitmenschen keine Schlacht-Parole und viel Mitleid. Kurz, wir dürfen es nicht verheimlichen: er war ein Pessimist. Aber ich gestehe, dass ich mich sehr oft von den Forschen, Unentwegten, Unbesiegbaren zu diesem Melancholiker rettete, wenn mein Lebensmut zu Ende war. Er hatte keine stahlharte dogmatische Soziologie – nur eine unverfälschte Liebe; es gibt Menschen, die meinen, dass es vom Ersteren zu viel und vom Letzteren zu wenig gibt. In manchen Kreisen war er allerdings als dekadent verachtet und als Nicht-Realist verdammt.

Und nun habe ich ihn immer noch nicht in seiner Meisterschaft gepriesen. Er zeichnete mit einem spitzen Bleistift, dessen Hülle so grell aussah wie der Trank neben dem Manuskript, so schlichte, anschauliche, gescheite und melodische deutsche Sätze hin wie kein anderer deutscher Schriftsteller in den letzten zwanzig Jahren. Es gibt Zeitgenossen, deren Werke umfänglicher, deren Themen vielseitiger, deren Fabeln interessanter, deren Pointen dichter gesät und deren Gedanken tiefer sind. Nicht ein einziges Gesamtwerk ist von grösserem Charme und – echter. Auch die Besten haben hier und da gemogelt. Auch die Berühmtesten haben bisweilen geschludert (und manche nicht **nur bisweilen**) – ich werde nie vergessen, wie Roths böser Blick, ein blauer Blitz, in diese Sätze fuhr, mitten hindurch durch ein dickleibiges Buch. Ja, es konnte geschehen, dass er im Zorn zum Messer griff und in eine Druckseite mitten hinein schnitt, weil er meinte, dass solchen Sprach-Krüppeln nicht anders beizukommen ist.

Und wie ich nun daran gehe, diese Abschiedsworte, denen ich keine tröstliche Wendung anfügen kann, abzuschliessen: da sehe ich den geliebten Richter, über diese Zeilen gebeugt, hochnotpeinlich untersuchen, ob nicht vielleicht eine unreine Schwebung eine unechte Empfindung verrät. Er besass das moralischste Ohr – das einzige, vor dem ich je gezittert habe. Er war ein sterblicher Mensch, mit vielen grossen und kleinen Fehlern, in einem war er unfehlbar: er schuf ein makelloses Deutsch; Spiegel einer grossen Sehnsucht nach dem Makellosen.

(15. Juni 1939)

Worte am Sarge Sigmund Freuds

Im Krematorium in London

STEFAN ZWEIG

In seinen Erinnerungen »Die Welt von gestern« berichtete Stefan Zweig (1881–1942), daß Sigmund Freud ihm einmal gesagt habe: »Es gibt ebensowenig eine hundertprozentige Wahrheit wie hundertprozentigen Alkohol!« Dieses Bekenntnis imponierte Zweig, dem soignierten Skeptiker. Freuds Ideen beeinflussten den Biographen, dessen Werk die ganze moderne Weltgeschichte umspannte: von Marie Antoinette bis Mary Baker Eddy, von Magellan bis Masareel und von Erasmus bis Tolstoi.

Erinnern wir uns – bei andern Sterblichen, bei fast allen, ist innerhalb der knappen Minute, da der Leib erkaltet, ihr Dasein, ihr Mitunssein für immer beendet. Bei diesem Einen dagegen, an dessen Bahre wir stehen, bei diesem Einen und Einzigen innerhalb unserer trostlosen Zeit bedeutet Tod nur eine flüchtige und fast wesenlose Erscheinung. Hier ist das Vonunsgehen kein Ende, kein harter Abschluss, sondern bloss linder Uebergang von Sterblichkeit in Unsterblichkeit. Für das körperlich Vergängliche, das wir heute schmerzvoll verlieren, ist das Unvergängliche seines Werks, seines Wesens gerettet – wir alle in diesem Raume, die noch atmen und leben und sprechen und lauschen, wir alle hier sind im geistigen Sinne nicht ein tausendstel Teil so lebendig wie dieser grosse Tote hier in seinem engen irdischen Sarg.

Erwarten Sie nicht, dass ich Sigmund Freuds Lebenstat vor Ihnen rühme. Sie kennen seine Leistung und wer kennt sie nicht? Wen unserer Generation hat sie nicht innerlich durchforscht und verwandelt? Sie lebt, diese herrliche Entdeckertat der menschlichen Seele, als unvergängliche Legende in allen Sprachen und dies im wörtlichsten Sinne, denn wo ist eine Sprache, welche die Begriffe, die Vokabeln, die er der Dämmerung des Halbbewussten entrungen, nun wieder missen und entbehren könnte? Sitte, Erziehung, Philosophie,

334

Dichtkunst, Malerei und Psychologie, alle und alle Formen geistigen Schaffens und seelischer Verständigung sind seit zwei, seit drei Generationen durch ihn wie durch keinen zweiten unserer Zeit bereichert und umgewertet worden. – Selbst die von seinem Werk nicht wissen oder gegen seine Erkenntnisse sich wehren, selbst jene, die niemals seinen Namen vernommen, sind ihm unbewusst pflichtig und seinem geistigen Willen untertan. Jeder von uns Menschen des zwanzigsten Jahrhunderts wäre anders ohne ihn in seinem Denken und Verstehen, jeder von uns dächte, urteilte, fühlte enger, unfreier, ungerechter, ohne sein uns Vorausdenken.

Alles, was Sigmund Freud geschaffen und vorausgedeutet als Finder und Führer, wird auch in Hinkunft mit uns sein; nur eines und einer hat uns verlassen – der Mann selbst, der kostbare und unersetzliche Freund. Ich glaube, wir alle haben ohne Unterschied, so verschieden wir sein mögen, in unserer Jugend nichts so sehr ersehnt als einmal in Fleisch und Blut vor uns gestaltet zu sehen, was Schopenhauer die höchste Form des Daseins nennt – eine moralische Existenz, einen heroischen Lebenslauf. Alle haben wir als Knaben geträumt, einmal einem solchen geistigen Heros zu begegnen, an dem wir uns formen und steigern könnten, einem Mann, gleichgültig gegen die Versuchungen des Ruhms und der Eitelkeit, einem Mann mit voller und verantwortlicher Seele einzig seiner Aufgabe hingegeben, einer Aufgabe, die wiederum nicht sich selbst, sondern der ganzen Menschheit dient. Diesen enthusiastischen Traum unserer Knabenzeit, dieses immer strengere Postulat unserer Mannesjahre hat dieser Tote mit seinem Leben unvergessbar erfüllt und uns damit ein geistiges Glück ohnegleichen geschenkt. Hier war er endlich inmitten einer eitlen und unvergesslichen Zeit: der Unbeirrbare, der reine Wahrheitssucher, dem nichts in dieser Welt wichtig war als das Absolute, das dauernd Gültige. Hier war er endlich vor unseren Augen, vor unserm ehrfürchtigen Herzen, der edelste, der vollendetste Typus des Forschers mit seinem ewigen Zwiespalt – vorsichtig einerseits, sorgsam prüfend, siebenfach überlegend und sich selber bezweifelnd, solange er einer Erkenntnis nicht sicher war, dann aber, sobald er eine Ueberzeugung erkämpft, sie verteidigend wider den Widerstand einer ganzen Welt. An ihm haben wir, hat die Zeit wieder einmal vorbildlich erfahren, dass es keinen herrlicheren Mut auf Erden gibt als den freien, den unabhängigen, des geistigen Menschen; unvergesslich wird dieser sein Mut uns erinnerlich bleiben. Erkenntnisse zu finden, die andere nicht entdeckten, weil sie nicht wagten, sie zu finden oder gar auszusprechen und zu bekennen. Er aber hat gewagt und gewagt, immer wieder und allein gegen alle, sich vorausgewagt in das Unbetretene bis zum letzten Tage seines Lebens: welch ein Vorbild hat er uns gegeben mit dieser seiner geistigen Tapferkeit im ewigen Erkenntniskriege der Menschheit!

Aber wir, die wir ihn kannten, wissen auch, welche führende persönliche Bescheidenheit diesem Mute zum Absoluten nachbarlich wohnte, und wie er, dieser wundervoll Seelenstarke, gleichzeitig der Verstehendste aller seelischen Schwächen bei anderen war. Dieser tiefe Zweiklang – die Strenge des Geistes, die Güte des Herzens – ergab am Ende seines Lebens die vollendetste Harmonie, welche innerhalb der geistigen Welt errungen werden kann: eine reine, klare, eine herbstliche Weisheit. Wer ihn erlebt in diesen seinen letzten Jahren, war getröstet in einer Stunde vertrauten Gesprächs über den Widersinn und Wahnsinn unserer Welt, und oft habe ich mir in solchen Stunden gewünscht, sie seien auch jungen werdenden Menschen mitgegönnt, damit sie in einer Zeit, wenn wir für die seelische Grösse dieses Mannes nicht mehr werden zeugen können, noch stolz sagen könnten: – ich habe einen wahrhaft Weisen gesehen, ich habe Sigmund Freud gekannt.

Dies mag unser Trost sein in dieser Stunde: er hatte sein Werk vollendet und sich innerlich selbst vollendet, Meister selbst über den Urfeind des Lebens, über den physischen Schmerz durch Festigkeit des Geistes, durch Duldsamkeit der Seele, Meister nicht minder im Kampf gegen das eigene Leiden, wie er es zeitlebens im Kampf gegen das fremde gewesen, und somit vorbildlich als Arzt, als Philosoph, als Selbsterkenner bis zum letzten Moment.

(1. November 1939)

In memoriam Walter Hasenclever

KURT PINTHUS

Es hat in der Weltliteraturgeschichte keine tragischere Generation gegeben als die, welche um 1910 begann und 30 Jahre lang in Kampf, Revolte, Exil lebte, weil sie 30 Jahre in den mannigfältigsten Formen für Frieden, Freiheit, Gerechtigkeit, Menschlichkeit, sprach, schrieb, lehrte und starb.

Zuerst kämpften diese Schriftsteller leidenschaftlich gegen Tradition und alte Generation; dann wurden sie in den ersten Wahlkampf getrieben; sie standen in der Revolution 1918, und als sie glaubten, dass ihre Ideen erfüllt wurden, erkannten sie, dass ihre übersteigerte Sprache von den Massen, für die sie schrieben, nicht verstanden wurde. Sie begannen den Kampf von Neuem um 1925 in einfacherer Form und Gestalt gegen den anrückenden Faschismus. Wie vor 1914 sahen sie vor 1933 die Gefahr. Aber sie wurden damals nicht gehört, sondern für ihre Prophetie vertrieben, eingesperrt, gemartert, getötet. Noch im Exil werden sie von Land zu Land gejagt, und ihre unsteten Schicksale sind wilder als die, welche sie für die Helden ihrer Jugendwerke erfanden.

Eine der bekanntesten und markantesten Schriftsteller dieser Generation ist Walter Hasenclever. War – muss ich sagen. Denn er tötete sich mit Veronal in einem französischen Konzentrationslager auf die Kunde, dass die Deutschen anrückten, fast am Tage seines 50. Geburtstags. Tragische Ironie: wenige Stunden später wurde das Lager geöffnet, und alle entkamen, nach wüsten Abenteuern, zur Pyrenäen-Halbinsel.

Als Studenten 1909 in Leipzig schlossen wir Freundschaft fürs Leben, das wir fanatisch liebten, und um uns sammelte sich jener Kreis, der ein sehr lebendiger Teil der Strömung wurde, die man später Expressionismus genannt hat: Werfel, Brod, Kafka, Hiller, Ehrenstein, Lasker-Schüler und viele, viele andere. Hasenclever, der dunkelhaarige, dunkelhäutige Rheinländer, voll Feuer und Charme, war der typische Jüngling seiner Generation: aus wohlhabender jüdischer Bürgerschicht, gegen die revoltiert wurde, erfüllt von Daseinsgier und zugleich von Ahnung nahenden Unheils.

»Der Jüngling« war der Titel seines ersten feurig dahinfahrenden und etwas erfahrenen Gedichtbandes. »Der Sohn« hiess (1913) das Drama, das den Kampf der Söhne gegen die Väter für ein freieres, besseres Leben predigte, in einer merkwürdigen Mischung aus Pathos, Zynismus und Begeisterung, aus Schillerschen Versen und Wedekindscher Prosa. Dies erste expressionistische Drama (nach Sorges Vorläufer »Der Bettler«) wurde 1916 in Dresden hinter verschlossenen Türen aufgeführt. Ernst Deutsch, jetzt in Hollywood, spielte ekstatisch den Sohn.

Wir alle im Parkett, Dichter, Kritiker, Theaterleute, spürten: ein neuer Drama-Stil, ein neuer Schauspiel-Stil, schrill, empörerisch, übersteigert, aufpeitschend, war in der Wildheit jener Zeit geboren. Wenige wussten, dass dies nicht nur ein erdachtes, erfühltes, sondern ein erlebtes Drama war; denn Hasenclever Vater und Sohn standen sich zeitlebens in tödlichem Hass gegenüber. Die Popularität dieses bald überall gespielten Stückes kann man heute nicht mehr ermessen, vielleicht nicht mehr verstehen. Tausende von Jünglingen trugen das Stück in der Tasche, wie 150 Jahre früher den »Werther«, und ahmten es nach – während Hasenclever, nach politischen Gedichten und Dramen, sich schon anderen Bezirken zugewandt hatte: denen des Geheimnisvollen, Mystischen, Transzendenten, in immer neuen Versuchen.

»Menschen« heisst das Stück, in dem der Ermordete die Schreckensbezirke der Welt noch einmal durchwandert, nicht in Sätzen geschrieben, sondern in Einzelworten, die Schreie sind. »Jenseits« heisst das Stück, in dem nur zwei Personen auftreten, ein Liebespaar, nach dem die Hand des toten Gatten tödlich aus dem Jenseits greift. Ein anderes: »Mord«, fragend, ob der Mörder oder der, welcher den Mord wünscht, der wirkliche Schuldige ist.

Aus der Wirrnis fand Hasenclever in Paris wieder zur Wirklichkeit und Klarheit, und schrieb von jetzt an, 1924, nur noch Komödien, niemals wieder ein Drama. »Ein besserer Herr«, monatelang im Berliner Staatstheater gespielt, lässt die Geschichte eines Heiratsschwindlers zur Zeitkritik werden. »Ehen werden im Himmel geschlossen«, monatelang in den Kammerspielen, reizte Kirche und Gerichte zum Eingriff, weil der liebe Gott, Petrus und Magdalena persönlich ins Menschengeschick eingreifen.

»Napoleon greift ein«, zeigt, was geschehen würde, wenn Napoleon aus dem Wachsfigurenkabinett lebendig unter die Menschen von heute treten würde, als Militär, Liebhaber und Filmfigur.

Aber nicht Napoleon, sondern ein anderer griff ein, trieb diese und schwächere Komödien Hasenclevers von der Bühne, hinderte die Aufführungen besserer. Eine Komödie hatte er mit Tucholsky, eine andere mit Toller geschrieben; beide gingen ihm im selbstgewählten Tode im Exil voran. Hasenclever vermochte schliesslich nicht mehr in den Städten zu leben, fast menschenscheu hauste er in Dalmatien, in Italien, in Südfrankreich auf dem Lande, um zum erstenmal in Romanen sich versuchend, in denen er seine Mitmenschen, seine Zeit, sich selbst grausam analysierte.

Alter Bursche (so haben wir uns seit 30 Jahren angeredet), du warst unter den vielen Freunden eines reichen, immer noch reichen Lebens, der mir Nächste, Liebste. Vor 30 Jahren, als unsere ersten Schriften gelesen wurden, gelobten wir uns, der Ueberlebende solle über den Anderen den Nachruf schreiben. Ich erfülle mein Versprechen, viele tausend Meilen weit von dort, wo Wildfremde Dich an unbekanntem Ort in fremdem Land begraben haben.

»Wie werd' ich diese Schuld bezahlen müssen?« sang vor 30 Jahren der dritte in unserem Freundschaftsbund, Franz Werfel, der, schon totgesagt, nun aus dem Chaos gerettet ist. Wir werden sie bezahlen, der immer kleiner werdende Kreis der Uebriggebliebenen jener Generation, ob wir leben und sterben im australischen Busch, oder in Palästina, am Kap der guten Hoffnung oder in diesem werdenden Erdteil: wir werden weiter sprechen und schreiben und lehren, wie wir alle, jeder auf seine Weise, es bis jetzt getan haben: für Freiheit und Gerechtigkeit und Menschlichkeit.

Jüngere werden sagen, das seien recht allgemeine Begriffe, unter denen man sich nichts Rechtes vorstellen kann. Wir haben uns schon was Rechtes darunter vorgestellt, und wir glauben, dass es das Rechte für eine spätere Menschheit ist. Nicht wahr, alter Bursche?!

(23. August 1940)

Einer für alle

MANFRED GEORGE

Wir wissen nicht, wer Israel Leiser Karp war. Wir wissen nicht, wie er aussah, ob er Familie hatte, wie sein Charakter war. Wir wissen nur, dass er ein Jude war und dass er am 30. August [1940] in Bordeaux erschossen wurde.

Er wurde erschossen wegen eines »Aktes der Gewalttätigkeit gegen das deutsche Heer«. Im Urteil heisst es, dass seine Untat darin bestand, dass er den Trommler einer Ehrenabteilung, die auf der Eisenbahnstation St. Jean die Naziflagge hisste, mit einem Stock bedroht habe.

Man stelle sich vor: ein Jude bedroht die deutsche Armee mit einem Stock. David hat den panzerklirrenden Goliath mit einem Stein und einer Lederschleuder getötet. Hat der Nazi-Gerichtshof vielleicht an diese Gefahr gedacht?

Da stand Israel Leiser Karp vor ihm – wir wissen nicht, ob er weinte, blass war oder stark im Herzen –, und die deutsche Armee mit Tankgeschwadern, Luftflotte, zahllosen Divisionen sah in dem erhobenen Stock die grosse Gefahr und wusste keinen anderen Rat, als den Träger dieses Stocks im Morgengrauen zu erschiessen.

Sie haben nicht Israel Leiser Karp erschossen. Sie wollten auch gar nicht den töricht-temperamentvollen Mann treffen, sondern sie erschossen in ihm den Juden als solchen. Nazis lieben Symbole, und die Hinrichtung von Bordeaux ist ein symbolischer Akt. In Karp sollte jeder Jude getroffen werden. Erschiessen, treten, plündern, vergewaltigen, rauben – die Juden sollen sich auf der Programmliste der Nazis ihr Todesurteil aussuchen. Diese Drohung steht hinter dem Spruch von Bordeaux, der vom Stadtkommandanten gezeichnet ist. Ohne Erröten. Und von fünf Richtern, die auch der Begriff der Scham längst geflohen hat.

339

Was ist der Fall Leiser Karp? Ein Schicksal unter Tausenden, Zehntausenden, Hunderttausenden. Nebensächlich? Aber können wir Schicksale von Zehntausenden beweinen? Können wir über Zahlen klagen, so furchtbar sie sind? Unser Herz ist nicht kräftig genug, unsere Vorstellungskraft nicht scharf genug. Wir müssen uns an den Fall halten, an den Einzelfall, so wie wir nur aus uns und unserem eigenen Leid heraus leben und das anderer erfassen können.

In diesem Juden von Bordeaux bist Du getroffen, und Du, und Ihr alle, jeder, der diese Zeilen liest, und jeder, der die Geschichte einem anderen erzählt. Dich, ja Dich, Leser, haben die Kugeln getroffen. Sie gingen durch den Körper von Israel Leiser Karp hindurch und flogen über die ganze Welt.

Einer für alle! Wir aber wollen in alter traditioneller Form den Spruch umkehren, wenn die Zeit dazu reif ist: alle werden verantwortlich sein für einen, alle für diesen einen Israel Leiser Karp.

(6. September 1940)

Schnitzler und Kanzler Seipel

ERNST LOTHAR

Was die Jurisprudenz und Staatsverwaltung mit Ernst Lothar verloren, gewannen das Theater und die Literatur. Der gebürtige Brünner, von 1914 bis 1925 Staatsanwalt und Hofrat im österreichischen Handelsministerium, machte erst den Sprung zur Presse (er war 1925–35 Theaterkritiker der »Neuen Freien Presse«) und dann zur Bühne (als Nachfolger Max Reinhardts im Theater in der Josefstadt). Lothar, der 1933 die Schauspielerin Adrienne Gessner geheiratet hatte, war während der Hitlerzeit Literaturprofessor in Colorado. Nach dem Krieg kehrte er nach Österreich zurück, wo er das Burgtheater und die Salzburger Festspiele wiederaufbauen half.

Lothar wirkte als Lyriker, Essayist und Romancier. Bereits sein erster großer Roman, »Der Feldherr«, wurde 1918 (in einem Wettbewerb um die »beste Kriegsgeschichte«) preisgekrönt.

Die folgende Story stammt aus einer Rede, die Ernst Lothar 1941 im »Aufbau«-New-World-Club in New York zum Gedächtnis Arthur Schnitzlers hielt.

Die Wahrheit zu sagen, blieb Arthur Schnitzler Selbstverständlichkeit, auch dann und dort, wo sie am riskantesten war. Lassen Sie mich Ihnen ein Bei-

spiel erzählen. Im April des Jahres 1929 plante die damalige österreichische
Regierung, nach berühmten Mustern, ein sogenanntes Schmutz- und Schund-
gesetz, und der Gesamtverband schaffender Künstler, dessen Vorsitz ich damals führte, setzte eine Besprechung mit der Regierung durch, an der die
Vertreter der beteiligten Schaffensgebiete teilnahmen.

Richard Beer-Hofmann, der uns heute die Freude seiner Anwesenheit macht,
erwies sie uns auch damals, und er mag sich der denkwürdigen Szene erinnern, die bei jenem Anlass auf dem Wiener Ballhausplatz gespielt wurde. An
der Tête des grossen Tisches sass Bundeskanzler Dr. Seipel, ein in seiner aske-
tischen Strenge und Stärke hochachtbarer Mann. Ihm schräg gegenüber Arthur Schnitzler. Im Bewusstsein dessen, was er war und vertrat, ein Bewusstsein, das ihn nie verlassen und das er nie befleckt hat, widersetzte er sich dem
von der Regierung geplanten Eingriff in die Freiheit des künstlerischen
Schaffens vehement. Es hat nie einen besseren Demokraten gegeben, weil es
nie einen überzeugenderen gegeben hat. »Natürlich!«, sagte Herr Karl Hans
Strobl, Verfasser der von durchdringendem Erdgeruch erfüllten »Vaclav-
bude« –: »Herr Schnitzler stellt sich in Verteidigungspositur vor seinen ›Reigen‹.« Peinliches Schweigen. Dann die graue, lehrhafte Stimme Seipels: »Bitte die geehrten Herren, sich persönlicher Bemerkungen zu enthalten.«

Und Schnitzlers Stimme, eine der wohllautendsten, die es je gegeben hat,
Harmonie in sich selbst: »Ich betrachte das nicht als meine persönliche Angelegenheit, Herr Bundeskanzler. Aber wenn ich dem Gedächtnis des Herrn
Strobl nachhelfen darf, dann war es nicht nur mein ›Reigen‹, sondern auch
mein ›Leutnant Gustl‹, der – bis hoch hinauf – öffentliches Erröten und
weniger öffentliche Intrigen gegen mich bewirkte.«

Der Kanzler unterbricht: »Halten Sie es für eine gesunde Wirkung des schrift-
stellerischen Schaffens, wenn der Leser oder Beschauer errötet?«

Schnitzlers Antwort: »Das hängt vom Leser oder Beschauer ab, Exzellenz.
Erröten ist eine Hautfrage, aber auch eine Frage der Geistesverfassung,«

Abermals bange Pause. »Sie sind also der Meinung, dass das künstlerische
Schaffen sich darüber hinwegsetzen darf, ob es die Scham oder sonstige moralische Regungen verletzt?«

Schnitzler lächelt sein ironischstes Lächeln: »Das künstlerische Schaffen darf
sich über alles hinwegsetzen, wenn es ein einziges voll respektiert: die Wahrheit. Die Wahrheit, Exzellenz, rechtfertigt alles, sogar das Erröten.«

Und der Kanzler antwortet, kälter und strenger als vorher: »Herr Doktor
Schnitzler, da trennen uns Welten!«

(6. Juni 1941)

341

Stefan Zweig: Der Mann ohne Land

HERMANN KESTEN

Als »Schutzvater der Versprengten« charakterisierte Hanns Arens den Ro-
mancier Hermann Kesten (Nürnberg, Jahrgang 1900). Mit Recht: Kesten ist
als Helfer bedrängter Kollegen ebenso bekanntgeworden wie als literarisch
Schaffender. Viele verdanken seiner Initiative nicht nur die physische Ret-
tung aus Hitler-Europa, sondern auch die berufliche und moralische Rettung:
Kesten, Leiter des Kiepenheuer-Verlags bis zur Machtergreifung der Nazis,
gründete 1933 den Verlag Allert de Lange in Amsterdam, der sich großzügig
der Emigrationsliteratur annahm. Es ist kennzeichnend, daß er angesichts
des tragischen Todes Stefan Zweigs die humanitäre Seite seines Freundes in
den Vordergrund stellte.
Zu Kestens eigenem erzählerischen Werk gehören die Romane »Josef sucht
die Freiheit« (1928), »Glückliche Menschen« (1931), »Ferdinand und Isa-
bella« (1936), »König Philipp II.« (1938) und »Die Kinder von Gernika«
(1939). Er ist auch durch Essaybände und die Briefsammlung »Deutsche Li-
teratur im Exil« bekanntgeworden.

Stefan Zweig war ein Sohn des Glücks. Er starb wie ein Philosoph. Mit dem
Wort »Freiheit« auf den Lippen verliess er eine Welt, die erst anfängt, bar-
barisch zu werden. Er berief sich auf ein Leben, das nur geistiger Arbeit
geweiht war. Er schrieb mir aus Brasilien, am 15. Januar 1942, von dem
»schönen Mut«, der »sich wird in Geduld verwandeln müssen bis auf jenes
mysteriöse ›Nachher‹, das zu erleben ich eigentlich neugierig wäre.«

Er schrieb mir u. a. anlässlich seines »Montaigne«, an dem er zuletzt arbeitete: »Mich interessiert vor allem von seinen Problemen nur das eine, das sich
uns allen heute mit gleicher Eindringlichkeit und Gefährlichkeit wie damals
stellt: Wie bleibe ich frei, wie erhalte ich die Klarheit des Hirns in einer herz-
losen und fanatisierten Zeit?«

In vielen Ländern und Literaturen zuhause, nannte sich Stefan Zweig zuletzt einen »Mann ohne Land«. Ein deutscher Schriftsteller aus der besten
Schule, ein Europäer aus europäischem Heimatgefühl und Ueberzeugung,
fand er es schwer, ein Weltbürger zu sein, nachdem er schon in England für
eine Weile ein enemy alien war. Der wie keiner sich in der Welt zuhause
fühlte, starb als ein Ausländer des Lebens, ein Ausländer auf unserer täglich
kleineren und engeren Erde.

Er hatte ein sanftes Herz. Er war ein Freund des Friedens und der Dichter. Er hatte Millionen Leser und Hunderte Freunde. Er hat ein grosses, umfangreiches Werk hinterlassen, und fand immer Zeit, der Entdecker, Ratgeber, Helfer, Mäzen der jungen Dichter vieler europäischer Länder zu sein.

Ich will hier nur zwei noble Züge erwähnen, einmal seine altrepublikanische Abwehr aller offiziellen Ehrungen, und dann seine stete Hilfsbereitschaft, – zwei Züge, die er oft bei derselben Gelegenheit unter Beweis stellte. Er, der nun in Brasilien ein Staatsbegräbnis bekommt, hat von einem Mussolini, der ihm in vorhitlerischen Tagen Ehrungen oder Orden anbieten liess, die Freiheit zweier antifaschistischer Italiener erbeten und erhalten. Und als er 1940 in Argentinien gefeiert und vom Aussenminister empfangen wurde, erbat sich Zweig, statt der Ehrungen, die ihm der Minister anbot, nur drei argentinische Visen für drei deutsche Antifaschisten, und erhielt sie.

(27. Februar 1942)

Jessner definiert Regie

LIONEL ROYCE (LEO REUSS)

Lionel Royce (ursprünglich Leo Reuss), 1891 in Dolina (Polen) geboren, studierte in Wien, begann dort als Schauspieler und Regisseur, wirkte später im deutschen Theater und debütierte 1937 in Hollywood in dem MGM-Film »Marie Antoinette«. Zu den vielen anderen Filmen, die ihn bekanntmachten, gehörten auch »Confessions of a Nazi Spy«, »Mission to Moscow« und »Cross of Lorraine«. Er starb 1946 in Hollywood.

Die hier wiedergegebene Anekdote erschien im »Aufbau«, zusammen mit anderen Beiträgen, zum 65. Geburtstag Leopold Jessners, den der frühere Generalintendant der Staatlichen Schauspiele Berlin in der Emigration in Los Angeles feierte.

An einem Gesellschafts-Abend im Hause Monty Jacobs' in Berlin, lange vor Hitler, als es noch eine grosse deutsche Theaterzeit gab, sagte ein Schauspieler: »Der Regisseur ist ein Kapitalist. Er zieht seinen Profit aus den Talenten der andern, die die wirkliche Arbeit leisten.«

Lächelnd antwortete Leopold Jessner: »Ich glaube, Regie ist der altruistischste aller Berufe. Der Regisseur dient seinen Schauspielern. Er muss sie lieben, schon um sie zu erkennen. Er muss sie erleben, um sie voll zu entfalten. Er muss sich in sie verlieren, um sich selbst zu finden.«

Das ist Jessner.

(5. März 1943)

Frau Liebermanns Freitod

MAX OSBORN

Max Osborn, Mitarbeiter des »Aufbau« bis zu seinem Tode 1946, war vor den Hitlerjahren einer der führenden Kunsthistoriker und -kritiker Deutschlands. Er war an der »B.Z. am Mittag« und (von 1913 bis 1933) an der »Vossischen Zeitung« tätig. Seine »Geschichte der Kunst« (1910–1933) erreichte siebzig Auflagen und wurde ins Spanische, Russische und Kroatische übersetzt. Osborns Erinnerungen erschienen 1945 unter dem Titel »Der bunte Spiegel« in dem Emigrationsverlag von F. Krause in New York.
Osborn war mit dem Maler Max Liebermann und seiner Frau eng befreundet.

Vor mehreren Monaten kam aus Europa die (auch im »Aufbau« wiedergegebene) Nachricht, Frau Martha Liebermann, die hochbetagte Witwe Max Liebermanns, sei von den Nazis nach Polen verschickt worden. Jetzt folgt berichtigend die noch tiefer erschütternde Kunde, dass die 85jährige alte Dame, um dem grauenhaften Schicksal der Deportierten zu entgehen, kurz vorher in ihrer Berliner Wohnung ihrem Leben selbst ein Ende gemacht habe. Diesmal scheint die Mitteilung leider keinem Zweifel mehr zu unterliegen: sie ist vom Office of War Information auf Grund einer Notiz in einer Schweizer Zeitung, dem »St. Galler Tagblatt«, der hiesigen Presse übermittelt worden.

Deportation oder Freitod – man weiss kaum mehr zu sagen, welche Wendung als die tragischere aufzufassen wäre. Aber der heroische Ausgang dieses Daseins, das ganz und gar schlichteste, vornehmste Zurückhaltung gewesen, muss jeden mit besonderer Rührung ergreifen. Frau Liebermann, stets fast ängstlich darauf bedacht, in der Oeffentlichkeit nicht hervorzutreten und im Schatten ihres grossen Gatten zu bleiben, hat namentlich seit dem Tode des Meisters (1935) ein völlig stilles Leben geführt. Sicherlich hat sie der Gedanke erfüllt, in der Stadt zu sterben, in der sie geboren war und viele Jahrzehnte hohen Glückes verbracht hat. Es war ihr nicht beschieden.

Wenn man alt geworden wie der Schreiber dieser Zeilen, sieht man sich immer von Erinnerungen umschwebt. So sehe ich mich heute in wehmütigem Gedenken in den Sommer 1884 zurückversetzt, wo ich als grasgrüner Gymnasiast in Kissingen mit Entzücken das wunderschöne Fräulein Markwaldt zuerst sah. Sie war dort in Begleitung ihrer Eltern, mit ihrer jüngeren Schwe-

ster, die später den Landgerichtsrat Ring heiratete, einen Sohn des Schriftstellers Max Ring. Plötzlich erschien in Kissingen ein jüngerer Herr mit
funkelnden Augen und dem dichten Buschwerk schwärzester Haare, der jeden Morgen auf der Brunnenpromenade der jungen Schönen einen grossen
Strauss Blumen überreichte. Das musste der designierte oder bereits ernannte
Bräutigam sein. Man erzählte, es sei ein Maler mit Namen Liebermann, von
dessen schon aufsteigendem Ruhm ich nichts wusste. Immer wieder musste
ich in späteren Jahrzehnten dem Meister, bei dem der wallende Haarschmuck
längst der historischen Glatze gewichen war, von dieser ersten, etwas einsei-
tigen Begegnung mit ihm erzählen.

Die Anmut und das liebenswürdige Lächeln von damals hat Frau Liebermann
niemals verloren. So ging sie als der gute Geist des Liebermann-Hauses am
Pariser Platz in Berlin wie des Landsitzes in Wannsee einher. Manches Werk
ihres Mannes weiss davon zu künden. An erster Stelle das bezaubernde Bild,
das bis zuletzt in der Liebermannschen Wohnung neben dem Brandenburger
Tor hing: sie ruht darauf lässig in einem Schaukelstuhl, von den zarten
Farben des Hintergrundes abgehoben. Andere Gemälde, eine lange Reihe
von Zeichnungen und Graphiken kommen hinzu, auf denen die Lebensgefährtin als junge Frau, als Mutter und Grossmutter erscheint. Vieles findet
man in Julius Elias' reizvoller Publikation »Max Liebermann zu Hause«.

Die Tochter des Meisters, sein einziges Kind, lebt mit ihrem Gatten und ihrer
jugendlichen Tochter seit einiger Zeit in New York. Die Familie war unaus-
gesetzt bemüht, auch Frau Liebermann aus Deutschland herauszubekommen.
Sie hatte von der Schweiz wie von Schweden die Einreise-Visa für die Mutter erhalten, aber die deutschen Behörden verweigerten die Erlaubnis zur
Auswanderung. In dem genannten Schweizer Blatt wurde angegeben, die
Bedrängte »habe nicht genug ›Lösegeld‹ aufbringen können«. Doch scheint
es, dass diese Formulierung unter den gegebenen Umständen noch näherer
Aufklärung bedarf.

Gewiss, es sind viele Hunderttausende, die Gleiches oder Aehnliches erlitten.
Sie alle haben zur furchtbarsten Anklage dasselbe Recht. Aber mitunter darf
man dennoch solche Einzelfälle in besondere Beleuchtung rücken.

(7. Mai 1943)

Todesanzeige

Ein jüdisches Schicksal

CURT RIESS

Curt Riess begann seine publizistische Karriere als Sportjournalist am »Berliner Tageblatt« und »12-Uhr Blatt«. Später wurde er Theater- und Filmkritiker. Während der Hitlerjahre (er kam 1934 als Korrespondent von »Paris Soir« nach Amerika) startete er die große Reihe seiner (bisher nahezu fünfzig) Bücher, die einer Fülle der verschiedenartigsten zeitgenössischen Themen gewidmet sind. Riess schrieb Biographien über Goebbels, Gustaf Gründgens, Wilhelm Furtwängler und den Strafverteidiger Max Alsberg, eine »Weltgeschichte der Schallplatte«, Chroniken über Swissair und das Zürcher Schauspielhaus und einen Roman »Zwischenlandung in Paris«, der verfilmt wurde.

Hier gibt Riess die Geschichte eines einfachen Mannes – eines unter den Millionen der namenlosen Opfer des Hitlerregimes.

Er trug den Namen Adolf, der für uns keinen besonderen Klang hatte und sicher nichts Finsteres oder Furchtbares bedeutete. Er war ein ziemlich kleiner, ein wenig dicklicher Mann, mit einer Glatze und kurzsichtigen Augen hinter dicken Brillengläsern. Mein Onkel Adolf war kein Mann, der auffiel, der den Eindruck einer Persönlichkeit machte; er war auch nichts Besonderes. Er war ein kleiner Kaufmann, er ging seinen Geschäften nach, er sass im Kaffeehaus und er spielte Karten. Er konnte leicht in Erregung geraten, schrie dann ein bisschen mit seiner Frau oder seinen Freunden, aber er beruhigte sich bald. Er war, wenn ich so an ihn zurückdenke, eigentlich etwas komisch. Und er war sehr gutmütig.

Wenn ich versuche, ihn mir jetzt vor Augen zu rufen, formen sich mir viel stärker als die Umrisse dieses kleinen, etwas dicklichen und kurzsichtigen Mannes mit der Glatze, die Strassen und die Plätze, die Gebäude der Stadt, in der er lebte. Würzburg ist eine schöne mittelgrosse Stadt. Wer einmal dort gewesen ist, wird es so schnell nicht vergessen. Der Main zwischen den sanften Hügeln. Das Rokokoschloss und die alte Festung auf dem Marienberg. Die Madonnen von Riemenschneider auf den alten Brücken, auf alten Brunnen, in den unzähligen Kirchen. Der Steinwein und das dunkle, dicke Würzburger Bier. Die Gesichter der alten Bäuerinnen aus der Umgebung, die alle aussehen als seien sie von Dürer gemalt. . . . Ich war noch recht jung, als ich

346

aus meiner Geburtsstadt nach Berlin verpflanzt wurde. Aber ich habe diese Stadt mehr geliebt als irgend eine Stadt auf der Welt. Ich habe mir immer vorgenommen, einmal nach Würzburg zurückzukehren ...

Aber ich wollte nicht von der Stadt sprechen. Ich wollte von meinem Onkel Adolf erzählen. Er lebte sein ganzes Leben in dieser kleinen Stadt. Er gehörte dazu, ohne besonders wichtig zu sein. Man lächelte über ihn und vergass ihn. Irgendwann wäre er einmal gestorben und auf dem jüdischen Friedhof fünf Meilen vor der Stadt begraben worden.

Da kamen die Nazis.

Bevor ich Deutschland verliess, fuhr ich durch Würzburg, um ihm Lebewohl zu sagen. Er verstand nicht, warum ich gehen wollte. Warum? Das mit den Nazis würde sich schon geben. Ihn belästige niemand.

Ich schrieb ihm noch einigemal. Aus Paris, aus New York. Ich redete ihm zu, mit seiner Frau ausser Landes zu gehen. Er hörte nicht auf die Warnung. Später schrieb er mir gelegentlich, um mich zu bitten, einem seiner Freunde oder Verwandten bei der Auswanderung behilflich zu sein. Für sich selbst wollte er nichts. Dann, als es zu spät war, kamen, auf indirektem Wege, ein paar Hilferufe. Und dann hörte ich nichts mehr.

Auf Umwegen wurde mir später berichtet, dass man ihn und seine Frau aus seinem Haus – aus unserem uralten Würzburger Haus herausgetrieben hatte. Die Behörden hatten die beiden alten Leute – im Leichenschauhaus des jüdischen Friedhofs einquartiert. Mein Onkel soll gesagt haben: »Nun habe ich es wenigstens nicht mehr weit.« Er musste jeden Tag mit einem Handkarren nach Würzburg hineinfahren, um zu versuchen, irgendwelche Lebensmittel aufzutreiben. Er hatte jeden Tag fünf Meilen weg hin und fünf Meilen zurück – und er muss damals schon 72 oder 73 Jahre alt gewesen sein.

Es ist vielleicht ein wenig anmassend, so viel von dem Unglück eines Einzelnen, eines kleinen, ein wenig komischen, zänkischen alten Mannes zu berichten. Es gibt zu viel Unglück heute, als dass man das Recht hätte, für dieses bisschen Unglück irgend jemanden zu interessieren.

Und dann bekam ich die Nachricht, dass sie Onkel Adolf erschossen haben. Ich weiss, es gibt so viel Unglück. Aber ich kann das Bild nicht aus dem Kopf bekommen. Erschossen! Er war so gar nicht dazu bestimmt, auf diese Weise zu sterben. Der kleine Mann, immer ein bisschen aufgeregt. . . . Ich versuche, mir vorzustellen, wie er zuletzt ausgesehen haben mag. Sicher war er gar nicht mehr dicklich. Sicher war er nur noch in Lumpen gehüllt. Sicher hat er einen weissen, struppigen Bart gehabt. Die Brille werden sie ihm wohl zerschlagen haben.

Ich sehe ihn immerfort, diesen kleinen, ausgemergelten Mann, mit dem weissen, struppigen Bart und den halb blinden Augen. Ich sehe ihn, wie sie ihn herumstossen, wie sie über ihn lachen, wie er müde zusammenbricht – er ist gar nicht mehr komisch.

Ich sehe ihn immerfort – und hinter ihm sehe ich nichts mehr. Würzburg ist verschwunden. Das Schloss, die Festung, der Main, die sanften Hügel, der bezaubernde Rokokopark, das Grabmal von Walther von der Vogelweide, die Madonnen des Riemenschneider . . . verschwunden. Es ist alles nicht mehr da, wird nie wieder da sein. Ich werde das alles nie wieder lieben. Wenn ich morgen lese, dass Würzburg von Bomben zerstört wurde, wird mein Herz auch nicht eine Sekunde lang aussetzen.

Mein Onkel Adolf Steinam war kein bedeutsamer Mensch. Es kann nicht gesagt werden, dass er weiterleben wird. Er wäre in jeder Zeit, auch der besten, schnell vergessen worden. Vielleicht ist die unwürdige Grausamkeit, die läppische Gemeinheit, mit der man ihn um die Ecke gebracht hat, das Wichtigste in seinem ganzen Leben. Denn es macht ihn zu einem in der Schar derer, die wir nie vergessen dürfen.

Da er keine Kinder hatte, musste ich für ihn aufstehen, um dies zu sagen.

(16. Juli 1943)

Zwei Nachrufe auf Gerhart Hauptmann

LUDWIG MARCUSE

Dieser Essay über die zwei Seelen in Gerhart Hauptmann ist um so bemerkenswerter, als der Autor im Jahre 1923 Herausgeber der Werke des Dichters war.

NUMMER EINS

Er ist nun mit Vierundachtzig gestorben.

Und niemand kann uns hindern (es sei denn die eigene engste Engherzigkeit), an diesem Tage überwältigt zu werden von den Erinnerungen an hundert glückliche Theater-Abende. Wir sind gross geworden mit seinen Geschöpfen; selbst Hauptmann ist nicht imstande gewesen, mir seine Pippa vom Herzen zu reissen.

Das Hauptmann-Volk, von Sonnenaufgang bis Sonnenuntergang, gehört zu uns; es wäre feige Selbstverstümmelung, es abzuschütteln. Der Schöpfer dieses Volks allerdings – das ist ein ganz anderes Kapitel. (Anmerkung für Theologen: man schliesst besser nicht von den Kreaturen auf den Herrn.) Kein anderer Dramatiker des zwanzigsten deutschen Jahrhunderts hat solch ein lebendiges Geschlecht in die Welt gesetzt. Es ist ein Geschlecht – nicht nur eine Summe von Figuren. Sie haben alle miteinander starke Familien-Aehnlichkeit: »Einsame Menschen«, in die Einsamkeit gejagte Menschen – hineingetrieben in jene Wüste, wo selbst die liebevoll dargebotene Hand das vom Unglück verstockte Individuum in seiner Selbst-Isolation nicht mehr erreicht.

Hauptmanns »Helden«: die Friedensfestler, Johannes Vockerat, Crampton, Henschel, Starschenski, Arnold Kramer, Der Arme Heinrich, Rose Bernd, Gabriel Schilling, Gersuind, Griseldis, Frau John – sind vor allem gehetztes Wild. Aber nicht passives Wild; sonst wäre die Tragödie nur gedichteter Mord. Das Wild infiziert sich mit der Feindseligkeit des Wilderndn. Die Gehetzten verbauen sich böse in einer Festung, mauern sie zu und gehen ein. Sie unterliegen nicht der Uebermacht der Peiniger; sie unterliegen der Selbst-Verstockung, die ihre Peiniger hervorgerufen haben. Hätte Rose Bernd sich nicht der milden Frau Flamm offenbaren können? Nein: »Helfen kann mer dabei niemand nich!« (Das war der Frieden vor Hitler, das ist der Frieden nach Hitler: man sträubt sich, sich zu offenbaren; man hat verlernt, sich zu offenbaren.)

Und auch die Bösen sind – Gehetzte, attackierende Gehetzte. Stockmann, der sadistische Pfau, ist – »blass, verzerrt, kriechend, scheu«. Der alte Huhn, dieses tierische Ungetüm, ist »unter seinen Lumpen so weiss wie ein Mädchen« – Hauptmann hatte zwei begnadete Augen, die durch die Mucker-Phrase vom Bösen im Menschen hindurchsahen. Er hatte ein ganz richtiges Menschen-Herz. Und dann auch noch das Wort dazu.

Und wurde mit dieser Gabe einer der wenigen ganz grossen Dramatiker Deutschlands. Der Einzige, der im »Florian Geyer« den Deutschen ein National-Drama geschenkt hat.

NUMMER ZWEI

Und ausserdem war er noch Deutschlands sichtbarste Schmach und Schande. Das Berliner Blatt »Ulenspiegel« stellte vor einigen Wochen Gerhart Hauptmann auf den verschiedenen Stationen seines Lebenswegs karikaturistisch dar – unter dem Motto (frei nach Schiller): »Es flicht die Mitwelt dem Dichter – viele Kränze«. Bei einem Essen zu Ehren Gerhart Hauptmanns, aus

Anlass der Verleihung des Oxforder Ehren-Doktorats, sagte G. B. Shaw einst: »Ich bewundere Deutschland sehr. Es ist ein grosses Land. Und wie alle grossen Länder ist es auch bescheiden. Es überlässt gern die Ehrung seiner grossen Männer dem Ausland.« Auf niemand trifft dieser Satz weniger zu als auf Gerhart Hauptmann.

Von wieviel deutschen Mitwelten liess er sich nicht in einem langen Leben bekränzen! Da gab es (am Ende des neunzehnten Jahrhunderts) einen schönen Kranz vom oppositionellen deutschen Bürgertum – weil dumme Abgeordnete geschrieen hatten: »Dieser Hauptmann gehört hinter Schloss und Riegel.« Dann feierte ihn (am Beginn des zwanzigsten Jahrhunderts) eine behäbige Bourgeoisie für die »Versunkene Glocke«. Dann schickte Wilhelm II. den Roten Adler-Orden Vierter Klasse an Ganghofer, Presber – und Hauptmann. Die Sozialdemokraten liebten besonders den Schöpfer der »Weber«, Hauptmann wurde zum Dichter der Ebert-Republik ernannt – und Severing persönlich ehrte den Siebzigjährigen. In derselben Woche bekränzte ihn dann auch noch Herr von Papen, der eine Konkurrenz-Regierung etabliert hatte.

Dann schrieb Hauptmann einen rührenden Nachruf auf Hindenburg, der mit dem Satz begann: »Die Weltuhr steht still«. Dann bekränzte er den Hitler. (Man hörte hingegen nie, dass der Korporal den Hauptmann bekränzte.) Und um ganz komplett zu sein, nahm der Dichter zu guter Letzt noch die Kränze der deutschen Repräsentanten der Sowjet-Union entgegen. Mehr konnte er nicht erwarten. Er hat sein Leben zuende gelebt.

Und hätte es so leicht gehabt, nicht so ganz erbärmlich klein zu sein. Mit einer Spazierfahrt von seinem Rapallo nach Ventimiglia hätte er sich dem Dienst an der blutigsten Gemeinheit entziehen können. Er wäre auch dann kein Emigrant geworden. Millionäre des Ruhms sinken nie so tief herab. Er hätte nie eine Chance gehabt, Märtyrer zu werden. Aber es lohnte ihm einfach nicht die paar Umständlichkeiten.

Dass aber der Erzähler des süssen Märchens »Und Pippa tanzt«, des süssesten Nachhalls der deutschen Romantik, es in Deutschland aushielt, obwohl es ihn fast nichts gekostet hätte, es nicht auszuhalten, ist ein so stupendes Faktum, dass man nicht genug darüber nachdenken kann. Lullen wir uns nicht damit ein, dass wir ihm Dreck nachwerfen!

Gerhart Hauptmann illuminierte mehr als nur einen einzigen unerträglich-unzulänglichen Menschen. Er illuminiert tausend »Grosse« – unerträglich-unzulänglich »Grosse«. Menschen mit immensen Begabungen, bisweilen mit gewaltigen Einsichten – und ihr Tag ist nicht im mindesten von diesen Einsichten geformt. Die fähigsten Leute sind ganz kleine Menschen: das ist die Regel, die Hauptmann bengalisch beleuchtet hat. . . .

Der Fürst zu Hohenlohe-Schillingsfürst schrieb einmal, nach einer Aufführung im Königlichen Schauspielhaus, in sein Tagebuch: »Heute abend im ›Hannele‹. Ein grässliches Machwerk, sozialdemokratisch-realistisch, dabei von krankhafter, sentimentaler Mystik, nervenangreifend, überhaupt scheusslich. Wir gingen nachher zu Borchardt, um uns durch Champagner und Kaviar wieder in eine menschliche Stimmung zu versetzen.« Man ersetzt das Wort »Hannele« durch den Titel des Stücks, das die Nazis zwölf Jahre in Deutschland spielten. Dann hat man so ungefähr das, was Hauptmann über die furchtbarsten deutschen Jahre zu sagen hatte.

Er war ein Genie – und vegetierte dahin wie irgendein Meissner. Er säte himmlische Freuden, er säte tiefe Einsichten – und ging durch die Zeit als ein verlorener Säufer.

(21. Juni 1946)

Reinhardt: Der Erlöser des deutschen Theaters

FRANZ WERFEL

Franz Werfel schrieb diese Huldigung an den großen Theatermann für »Aufbau« zum siebzigsten Geburtstag Max Reinhardts.

Der Mann, dessen siebzigsten Geburtstag wir heute mit Ergriffenheit feiern, ist ein ruhmgekrönter König jenes Traumes, den die Menschheit allabendlich träumt, um ihren schweren Tag zu verwinden.

Betrachtet man die Fülle seiner Taten, den Glanz seiner Siege, die Dauer seines Wirkens, die Erneuerungskraft seiner Kunst, so ist er der Einzige im Reiche des Menschheits-Traums, der Theater heisst – dem heute der Königsrang zugesprochen werden darf.

Als Max Reinhardts Gestirn über der europäischen Schauspielkunst aufging, da war ringsum die Leere des Epigonentums und die Wüste des Naturalismus. Seine ersten Strahlen schon überschütteten das vernünftelnde Grau in Grau mit entzückender Farbe und lösten den pathetischen Stelzgang in tänzerische Bewegung. Nur die, welche sehr jung waren in jener Zeit, wissen von der Neuheit, von der Seelenmacht und dem Sinnenrausch, den dieser grosse Künstler dem erstarrten deutschen Theater verschwenderisch schenkte.

Die Biographie Max Reinhardts ist eine abgekürzte Geschichte des Dramas. Wie Schlegel-Tieck das deutsche Sprachgewand Shakespeares schufen, so schuf er für eine ganze Epoche das gültige Bühnengewand Shakespeares. Dies ist von allen seinen Leistungen die grösste, die er unermüdlich wiederholte, ummodelte und nachfeilte. Er weckte die griechischen Tragiker aus ihrem marmornen Schlaf und wagte es, den König Oedipus in einer Zirkus-Manege zusammenbrechen zu lassen. Er rückte im Kammerspiel das Geschehen so nahe an den Zuhörer heran, dass man die feinste Regung der Seele, das leiseste Wimperzucken der Emotion wie durch ein Mikroskop wahrnehmen konnte. So wurden die psychologischen Dramen Ibsens, Strindbergs, Hauptmanns zum unerhörten Ereignis.

Er entfernte im Grossen Schauspielhaus das Geschehen so weit vom Zuhörer, dass die Historien von Florian Geyer und Montezuma in atemberaubender Monumentalität vorüberzogen. Er schlug sein Gerüst vor den Kathedralen auf und in den Kathedralen. Gehorsam nur dem Traum, den er beherrscht und der ihn beherrscht, überwand er nach echtem Traum-Gesetz alle Schwierigkeiten der Materie. Die Kirchenglocken Salzburgs läuteten seinem »Jedermann« zu Diensten. Der Canale San Trovaso zu Venedig und die Boboli-Gärten von Florenz boten seinen Visionen Raum.

Dieser im schönsten Sinne Unersättliche zeigte sich niemals in der Beschränkung als Meister. »Genug ist nicht genug«, so könnte sein Wappenspruch lauten. Seine Herrschaft reicht vom Mysterienspiel bis zur Operette, von Calderon zu Offenbach, von Goethes »Faust« bis zur leichten Gesellschafts-Komödie.

Wie er, ein machtvoller Souverän der Phantasie, den Rahmen des Theaters für seine Zwecke sprengte oder einengte, so drückte er jeder Form des Schauspiels, die es gibt, seinen Stempel auf. Für den Reichtum seiner Eingebungen, für seine Fähigkeit, sich zu verwandeln, gibt es keinen Massstab in der Geschichte des Theaters. Durch den farbigen Glanz des Spiels hindurch diente er aber stets dem höchsten Ziel des Dramas: Der Selbst-Offenbarung des Menschen.

Er presste aus den Dichtungen, die er darstellte, das menschliche Geheimnis wie ein mystisches Oel. Und nicht genug damit. Er bereicherte jedes Werk aus seinem eigenen Seelenschatz. Denn dies ist das Rätsel, dem dieser Theatermann seine einzigartige Stellung in der Geschichte verdankt: Indem er den Worten des Dichters Gestalt verleiht, wird er selbst zum inspirierten Dichter.

Während einer Probe für die Welturaufführung von Franz Werfels Stück »Die ewige Straße« 1936 in New York. Von links nach rechts vorn: Franz Werfel, Max Reinhardt, Kurt Weill; hinten: Jacob Ben-Ami, Lotte Lenja, Helene Thimig. Zeichnung von B. F. Dolbin

Max Reinhardt ist ein Götterliebling. Die Götter gewähren ihren Lieblingen als höchste Gnade ewige Jugend, oder besser ausgedrückt: Alterslosigkeit. Und so sehen wir diesen Siebzigjährigen unermüdlich am Werke, voll von Plänen, voll von der herrlichen Künstler-Gier, neue Träume in Wirklichkeiten umzuwandeln. In seinen Augen, die tiefer zu lauschen vermögen als Augenpaare sonst, ist keine Spur von Sättigung oder Ruhe-Bedürfnis. Er scheint die Taten eines langen Tages vergessen zu haben. Denn für den wahren Künstler geht die Sonne immer gerade erst auf; selbst am Abend.

Wenn wir, seine alten Schuldner, heute vor ihn hintreten, so liegt unser bester Dank an ihn in der Ueberzeugung, dass die neue Welt des Traumherrschers, die entsteht, Max Reinhardts noch dringender bedürfen wird, als die alte Welt seiner bedurft hat.

(10. September 1943)

T. W. als Anfänger

MAX OSBORN

Am 3. März 1944 berichtete Max Osborn auf der Titelseite des »Aufbau« von dem tragischen Ende Theodor Wolffs, des früheren Chefredakteurs des »Berliner Tageblatt«: »In Nizza, wo er seit 1934 lebte und unter der italienischen Besatzung unbehelligt geblieben war, haben ihn die später einrückenden Nazis aufgegriffen. Sie haben den Fünfundsiebzigjährigen wieder nach Deutschland zurückgeschleift, ihn durch die Hölle von Dachau und Oranienburg gestoßen und schließlich, als tödliche Erkrankung ihn gepackt, nach Berlin transportiert, wo er im früheren Krankenhaus der jüdischen Gemeinde seinen Leiden erlag.«

Im Rahmen einer Schilderung des Lebens von »T. W.«, wie Wolff seine berühmten Leitartikel zu signieren pflegte, erzählte Osborn von den Anfängen des großen Publizisten.

Theodor Wolff gehörte zu den Menschen, die von ihrer Jugend, ja von ihrer Kindheit an zum Mann der Feder gestempelt werden. Wir haben zusammen die Schulbank des Berliner Wilhelmsgymnasiums gedrückt (wobei Wolff mir um ein Semester voraus war), und ich sehe noch die Titelseiten der schülerhaften »Zeitungen« vor mir, die der 17jährige »leitete«.

Eine dieser kühnen Unternehmungen war eine richtige gedruckte Monatsschrift, die wir zusammen herausgaben, mit dem gar nicht üblen Namen

»Erste Waffengänge«. Anfangsheft: Januar 1886! Ich sass in Obersekunda, aber Wolff war mittlerweile mit dem damaligen »Einjährigen-Zeugnis« abgegangen und, da seine Mutter eine Verwandte von Rudolf Mosse war, in den Betrieb des noch jungen »Berliner Tageblatts« eingetreten. Das war indessen kein Vorwärtslancieren durch Verwandtschaftelei, der Onkel Mosse steckte vielmehr den Jüngling, den er aus Sentimentalität aufgenommen, in die Expedition, wo er Pakete schnürte und sehnsüchtig nach den geheiligten Räumen der Redaktion ausblickte.

Doch Mosses erfahrenes Auge sah bald, eben aus jenen »Ersten Waffengängen«, welch ein Talent neben ihm aufwuchs. Er holte Theodor wirklich in die Redaktion.

(3. März 1944)

Wenn Johnny einmal fragen wird . . .

KURT HELLMER

Kurt Hellmer, Sohn des Frankfurter Theaterdirektors Arthur Hellmer, war vierzehn Jahre hindurch (1938–52) als Redakteur des »Aufbau« tätig. Vor den Hitlerjahren war er Dramaturg und Regisseur in Deutschland und in Wien. Heute leitet er eine literarische Agentur in New York.

Am 6. Juni 1944, als Johnny Liebmann vier Monate alt war, ist sein Vater als einer der ersten bei der Invasion von Frankreich gefallen. Johnny wird dies erst in einigen Jahren auf die unausbleibliche Frage nach seinem Vater erfahren. Und er wird sich der Tragweite seiner Tragödie um so bewusster werden, je älter er wird. Er teilt dieses Schicksal mit vielen Tausenden anderer Johnnys, die, wie er, ihren Vater niemals gesehen haben und ihn nur aus den Erzählungen ihrer noch jungen Mütter kennen.

Aber bei Johnny – und wir wissen von einem konkreten Fall und nur der Name Johnny Liebmann ist frei erfunden – wird es noch etwas anderes sein. Denn Johnny wird, sobald er alt genug ist, um es zu verstehen, noch viel mehr erfahren. Seine Tragödie wird noch um Vieles grösser sein als die der anderen Johnnys.

Sein Vater war nämlich – wie auch seine Mutter – ein Flüchtling aus Deutschland. Aus jenem Deutschland, mit dem Amerika und die übrige Welt in jahrelangem erbitterten Kampf lag. In Deutschland ist sein Vater geboren, aufgewachsen und erzogen worden, dort hatte er begonnen, sich sein Leben aufzubauen. Bis die Deutschen ihn – und alle seine Glaubensgenossen – zu verfolgen begannen, entehrten, enteigneten und aus seiner Heimat verstiessen. Bar jeder Mittel fand er in Amerika Zuflucht und schaffte sich zum zweiten Male eine Existenz. Dann fiel er für die neue Heimat.

Johnny wird auch erfahren, dass die Eltern seines Vaters nach Polen deportiert und dort von den Deutschen in der schändlichsten Weise umgebracht worden sind. Dass die Eltern seiner Mutter zuerst nach Frankreich geflohen waren und von dort nach dem französischen Zusammenbruch ihre Flucht fortsetzen mussten, bei der die Mutter in einem spanischen Gefängnis den Tod fand und der Vater später in Freiheit, aber zum Leben zu schwach, in Südamerika gestorben ist. Er wird von dem Schicksal weiterer naher Verwandter erfahren, die die Deutschen erstochen, verbrannt, zu Tode gepeitscht haben.

Johnnys Tragödie bleibt, obwohl sie sich erst in der Zukunft abspielen wird, die Tragödie der deutschen, ja der europäischen Juden. Diese Tragödie endet nicht mit dem Sturz des Naziregimes. Sie zieht ihre Kreise bis in noch ungeborene Generationen.

Welch schauerliches Erwachen für Johnny, der sich plötzlich in ein Riesenirrenhaus zurückversetzt glauben wird, in dem er sich nicht auskennt. Der Krieg wird längst zu Ende sein und Johnny wird von ihm schon im Geschichtsunterricht in der Schule hören, aber seine persönliche Tragödie wird ihn bis an sein Lebensende begleiten. Und er wird sie überliefern an seine Kinder und Kindeskinder, er, der Amerikaner deutschjüdischer Abstammung.

An uns, den Lebenden und Erwachsenen, aber ist es, uns Johnnys zukünftige Tragödie als ewige Warnung vor Augen zu halten. Die seltsamen Herren, die auch heute noch mit den Deutschen paktieren wollen und glauben, sie »retten« zu können, werden diese Tragödie vielleicht nicht ernst nehmen. Sie verstehen sie eben nicht – oder wollen sie nicht verstehen. Aber die anderen, die kein Mitleid haben mit den deutschen Schlächtern unschuldiger Männer, Frauen und Kinder, die mögen Johnnys Vater ein Denkmal errichten und darunter die mahnenden Worte setzen: *Dem unbekannten Nazi-Opfer.* Damit nicht Johnnys Generation aufs neue zum Kampf gegen die Deutschen aufgerufen werden muss.

(7. Juli 1944)

Dank an Thomas Mann

ALEXANDER GRANACH

»Eben noch sahen wir ihn von den Fenstern unseres Büros vollbepackt mit Tüten vom Einkauf für die täglichen Mahlzeiten über die 44. Strasse ins Hotel Royalton zurückstampfen. Eben noch war er bei uns gewesen, hatte uns ein Manuskript gebracht und freudestrahlend erzählt, dass nunmehr die Übersetzung seines Buches endgültig fertig sei. Da kam ein Telefonanruf: Blinddarmentzündung – tödlicher Ausgang.«

So schrieb Manfred George im »Aufbau« zum Tode des Schauspielers Alexander Granach im März 1945. Granach, eine mächtige Figur des deutschen Theaters der Weimarer Republik, hatte gerade angefangen, am Broadway Fuß zu fassen – als rebellischer Fischer in »A Bell for Adano«.

Das Manuskript, das George erwähnt, war der »Dank an Thomas Mann«, mit dem der Schauspieler nicht nur den Dichter, sondern sich selbst ehrte.

Das Buch, dessen Veröffentlichung Alexander Granach ebenfalls nicht mehr erlebte, war seine Autobiographie »Hier geht ein Mensch«. Teile daraus hatte er im New World Club vorgetragen. »Granach« – schrieb Manfred George – »las sie nicht vor, sondern erlebte sie noch einmal. Er sang, er schluchzte, er lachte, er verwandelte sich ganz und gar zurück in jenen Jungen, der Geheimnisse des Lebens und Todes in vielen Formen mit jener Intensität erfahren hatte, die an die Wurzel aller Dinge reicht.«

Es sind genug Stimmen da, die das ganze deutsche Volk jetzt für Mörder halten. Stimmen, die statt Mörder Mörder zu nennen, auch die Gemordeten zu Mördern machen wollen.

Als Schauspieler in Berlin 1933 habe ich mit angesehen, wie die Schauspieler Krauss und George zu den Mördern übergingen. Ich habe es aber auch mit angesehen, wie Ernst Busch gejagt und Hans Otto gemordet wurde.

Deshalb ist für mich ein Faschist ein Mörder und ein Feind. Und ein Antifaschist ein Verfolgter und ein Bruder. – Manches Mal ist es nicht populär, solche einfache Wahrheiten auszusprechen. Aber in solch einem Manchesmal ist es doch wichtig, an solche Wahrheiten zu erinnern.

Ich bin Jude, und mein Herz ist voller Scham und Empörung über das Schicksal meines Volkes. Ueber seine Hilflosigkeit, was ihm angetan wird in seiner Leidensgeschichte, seit der Faschismus zur Macht kam.

Die Welt-Oeffentlichkeit hat zu lange ihre Augen und Ohren nicht geöffnet, hat zu lange zu den Morden geschwiegen. Diejenigen aber, die es mit tausend beredten Zungen herausgeweint und herausgeschrien, hat man einfach mit »Greuelpropaganda« abgetan.

Jetzt aber bekommen wir es schön in Photos und anderen Dokumenten aufgetischt von Majdanek und Treblinka. Treblinka und Majdanek. Mord an hilflosen Greisen, Frauen und Kindern. Mord und Pogrom: die Tragödie des jüdischen Volkes und die Schande der Menschheit.

Aber die Gesetze des Lebens gehen weiter. Die ganze Welt brennt jetzt. Es stirbt auf den Schlachtfeldern eine schuldig gemachte Jugend für ihre Mordstifter auf einer Seite.

Und eine unschuldige Jugend auf der anderen Seite kämpft und verteidigt ihre Freiheiten.

Kein Zweifel, wie dieser blutige Krieg ausfallen wird. Die Menschheit wird sich reinigen. Die faschistische Eiterbeule wird wegoperiert werden vom menschlichen Körper. Das Blut der Unschuldigen auch meines jüdischen Volkes wird verwandelt werden in weisse Blätter der Geschichte. . . .

Ich lese »Das Gesetz« von Thomas Mann.

Merkwürdig ist mir zumute.

Die deutschen Faschisten morden uns, für sie sind wir die Verkörperung alles Bösen, und mit Gasfabriken versuchen sie, uns von der Erde wegzubrennen!

Und der deutsche Dichter Thomas Mann steigt herab zu unseren Urquellen und schafft in reifster Männlichkeit eine geistige Renaissance unserer alttestamentarischen Urahnen. Der Dichter erinnert die Welt daran, dass diese biblischen Urahnen die Moral und die Sittlichkeit und das Gesetz in dieser Welt begründet haben.

Das ist ein geistiger und seelischer Trost.

Der Dichter Thomas Mann benutzt die Wurzeln unseres Volkes, die Urquellen unseres Nwojs Awojssems, unsere Urahnen, um sein reifes Lebenswerk, um die Gedanken und Gefühl-Ernte seines Künstler-Daseins der Welt zu überliefern.

Das ist ein geistiger und seelischer Trost für das jüdische Volk jetzt – und einmal wird es auch ein seelischer und geistiger Trost sein für das vom Faschismus gereinigte deutsche Volk.

Ein ukrainisches Sprichwort sagt: »Jedno dereno Ahrest taj lopata« – »Von einem Baum ist ein Kreuz und eine Schaufel.« Der deutsche Faschismus brennt in uns in Majdanek. Der deutsche Dichter erneuert mit seinem Genius unsere geistige Substanz.

Juden, wenn sie Thomas Mann lesen, werden Trost empfinden und ihn segnen, wie er uns mit seinem Werk segnet.

(23. März 1945)

Der mutige Fritz Busch

ARTUR HOLDE

Artur Holdes Interview mit dem Dirigenten Fritz Busch, der wie sein Bruder, der Geiger Adolf Busch, es konsequent ablehnte, mit den Nazis zu paktieren, stellt einen interessanten Beitrag zur Geschichte unserer Zeit dar.
Holde war der erste Musikkritiker des »Aufbau« – von 1938 bis zu seinem Tode 1962. Der gebürtige Rendsburger studierte an der Berliner Universität und am Sternschen Konservatorium, war 1910–1936 Dirigent an der Großen Synagoge zu Frankfurt und 1911–1919 Dirigent am dortigen Neuen Theater. Nachdem er die Theaterarbeit an den Nagel gehängt hatte, wurde er Musikkritiker für den »Frankfurter General-Anzeiger« (wo Ludwig Marcuse gleichzeitig das Theaterressort betreute). Holde veröffentlichte die Bände »Jews in Music« und Monographien über Bruno Walter und Leonard Bernstein im Rembrandt-Verlag, Berlin.

Eine Wiederbegegnung nach Jahren, in denen die deutsche Katastrophe die meisten menschlichen Beziehungen aus dem früheren Leben zerrissen oder von Grund auf geändert hat, ist immer aufwühlend. Es werden nicht Erinnerungen aus vergangenen schönen Zeiten in ein wenig sentimentaler Stimmung ausgetauscht, sondern die Sprechenden stehen bei jedem Wort unter dem belastenden Eindruck des inzwischen Geschehenen. Auch dem früheren Generalmusikdirektor des Dresdener Opernhauses, Dr. Fritz Busch, ergeht es nicht anders:

»Ich gerate immer in grosse Erregung«, gesteht er, »wenn ich an all das zurückdenke, was sich in Deutschland seit dem Umsturz bis zum Zusammenbruch ereignet hat. Ich war ein guter Deutscher, wie wir alle: ich habe den ersten Weltkrieg aktiv mitgemacht, und ich wirkte in meinen Stellungen in Stuttgart und Dresden nach besten Kräften für deutsche Kultur. Meine Arbeit war von der Sympathie der Künstler, der Oeffentlichkeit und der Behörden getragen, und noch im Januar 1933 erhielt ich ein einstimmiges Vertrauensvotum des Sängerensembles der Oper. Aber mit der Machtergreifung Hitlers wurde durch die feindselige Haltung der lokalen Nazibonzen die Situation im März unhaltbar. Mich hatte schon seit Jahren ein so tiefer, nicht

zu unterdrückender Widerwille gegen alles, was die Nazi predigten und taten, gepackt, dass jede Verständigung undenkbar war, und mein Entschluss
sich verstärkte, das Land zu verlassen, falls die Nazi die Regierung übernehmen würden.«

»Mein Instinkt sagte mir klar, dass ein so verruchtes System, wie das nationalsozialistische, nicht geduldet werden dürfte und auf die Dauer nicht bestehen könne. Als mich Göring durch das Angebot des Berliner Generalmu-
sikdirektor-Postens umzustimmen versuchte, fragte ich ihn, wie ich Beethovens Neunte dirigieren solle, wenn ich all das Unrecht und die Verfolgungen
mitansehen müsste.« »Wir können Sie zwingen!« entgegnete Göring zynisch.
– »Tun Sie es nur, – Sie ahnen nicht, was für eine Neunte ich Ihnen dann
vordirigieren werde.« – »Die Nazis verstanden meine Einstellung überhaupt
nicht.« –

Da Fritz Busch im Sinne der »Fragebogen« alle Bedingungen erfüllte – was
doch bei nahezu allen emigrierten Künstlern nicht der Fall war – so liess man
nicht locker:

»Nicht weniger als sieben Mal,« berichtet Busch weiter, »sandte man ins Ausland, nach Buenos Aires, Kopenhagen, in die Schweiz, Vertrauensleute zu
mir, die mich zur Rückkehr bewegen sollten. Hitler glaubte, man müsse mir
nur die angesehenste und bestbezahlte Stellung anbieten, um mich umzustimmen. Es bedurfte der grössten Bemühungen, um den Herrschaften klarzumachen, dass allein der Abscheu vor dem System und nicht beleidigtes
Selbstgefühl infolge der Dresdner Vorgänge Ursache meines Wegganges war.
– »Ich bin«, erklärt Busch, »kein Politiker, sondern nur, wenn Sie so wollen,
ein Anhänger des Erasmus von Rotterdam ...«

»Ab 1937 war ich unter anderem in Stockholm zur Leitung einer Serie von
Konzerten und Opernaufführungen verpflichtet. Der Vorstand des »Kon-
zertvereins«, der gewiss keine Sympathien für die Nazis hatte, beanstandete
1940, dass ich ausser schwedischen bisher fast ausschliesslich jüdische Solisten
aus dem Auslande verpflichtet hatte. Im Interesse der Neutralität des Landes
bat man mich, auch deutsche Künstler heranzuziehen.«

»Am nächsten Tag ging ein Telegramm an Georg Kulenkampf, der bekanntlich ein guter Geiger ist, mit einem für die Devisen-hungrigen Nazis sehr be-
stechenden Honorarangebot ab. Umgehend kam eine begeistert zustimmende
Antwort! – Neues Kabel; mein Programmvorschlag: *Mendelssohns Violin-
konzert!* – Darauf eisiges Schweigen ...« Busch muss heute noch über diese
Eulenspiegelei herzlich lachen.

Bei einem Gastspiel in Budapest erschien wieder der schon in die Schweiz gesandte Mittelsmann, ein Dr. Capra, um ihn erneut, diesmal nach Wien, zur Rückkehr zu bewegen. – Offenbar waren dem Abgesandten selbst inzwischen mehr und mehr Bedenken über das Treiben der Nazis gekommen.

»Es wird sich ja manches ändern . . .«, versicherte er mir auf meine Anklagen gegen das System. – »*Es muss sich alles ändern,* bevor ich je wieder deutschen Boden betrete und dort Musik mache!« war die Entgegnung« . . .

(30. November 1945)

»Der gefährlichste Mann in Europa«

JOSEPH MAIER

Joseph Maier war 1945/46 Chef der analytischen Abteilung der amerikanischen Strafverfolgung im Nürnberger Kriegsverbrecherprozeß. Das Porträt des Naziführers Otto Skorzeny erwuchs aus scharfer direkter Beobachtung.

Maier, 1911 geboren und in Leipzig aufgewachsen, ist Sproß eines alten Rabbinergeschlechts. Seine Eltern waren bereits vor der Machtergreifung Hitlers nach den USA ausgewandert. Maier studierte einige Zeit lang am orthodoxen Rabbinerseminar in New York, kehrte dann (»im Vertrauen auf den alten Hindenburg«) nach Leipzig zurück, um Philosophie, Soziologie, Anglistik und Germanistik zu studieren, kam aber bereits im September 1933 wieder nach New York. Als Schüler Max Horkheimers setzte er sein Studium an der Columbia University fort (1934 erwarb er den Magistertitel, 1939 die Doktorwürde).

Seit 1947 ist Maier Professor der Soziologie an der Rutgers University. Für den »Aufbau«, dessen Redaktion er 1940–43 angehörte, schreibt er heute noch den »Wochenabschnitt«.

Er heisst Otto Skorzeny. Ehemaliger SS-Oberstleutnant der Reserve. Oesterreicher. Etwa 37 Jahre alt. Ein baumlanger Kerl, mit einem mächtigen Schmiss über der linken Wange. Eben wird ihm in Dachau der Prozess gemacht, weil er kriegsgefangene amerikanische Soldaten grausam niedermetzelte und ihre Uniformen für eigene »Einsätze« benutzte.

Die Visage ist unvergesslich. Ich habe während meiner Amtstätigkeit beim Nürnberger Prozess die Physiognomie der »Hauptverbrecher« aus nächster Nähe studiert. Mit der einzigen Ausnahme Kaltenbrunners, waren es All-

361

tagsgesichter. Ihr »Beruf« war ihnen nicht aufgeschrieben. Der Teufel hatte nicht die Fratze, die ihm der Mythos andichtet. Er sah ordinär wie der Durchschnitt aus. Man hätte ihn niemals zu identifizieren vermocht, wäre nicht seine Hintergrundswelt: ungeheure Berge von Leichen, jüdischen, russischen und amerikanischen, in ihrer ganzen Furchtbarkeit vor unseren Augen auferstanden.

Anders Skorzeny. Hier ist der Fleisch gewordene »Ideal-Typus«. Das Leben übertrifft die Phantasie. Hollywoods Nazicharaktere wirken wie armselige Kopie. Alle äusseren (und auch wohl inneren) Attribute der »nationalsozialistischen Persönlichkeit« erscheinen in diesem Mann verkörpert. Wer weiss, wie es in seiner Seele ausschaut? Wer weiss, ob er ein Gewissen hat und es ihn quält? Ob die zahllosen Opfer seiner »Einsätze« seinen Schlaf stören? So wie er vor mir sitzt, Ende Oktober 1945, beim Verhör in dem kleinen Vernehmungszimmer auf der dritten Etage des Nürnberger Justizgebäudes, ist er nur Soldat und Offizier: »Frontsoldat« bis in die Fingerspitzen. Kalter, ruhiger, sicherer Blick. Stimme und Sprache sind abgewogen, sachlich, beherrscht, »korrekt«.

»Gestatten Sie, Herr Doktor. Wenn ich wirklich der von den Alliierten gesuchte, gefährliche Chef des deutschen ›secret service‹ gewesen wäre, hätte mich die höchste Führungsstelle des Reiches, der Wehrmachtsführungsstab, sicher nicht beinahe die Hälfte meiner Amtszeit zu persönlichen Fronteinsätzen befohlen. Die Erklärung dafür ist auch einfach: Es gab tatsächlich keinen deutschen ›secret service‹ im amerikanischen oder englischen Sinne. Als ich den Italien-Einsatz glücklich durchgeführt hatte . . .«

Der »Italien-Einsatz« war Skorzenys Glanzstück. Hier hat er einmal in seinem Leben etwas getan, das den gesamten Sinn, die gesamte Tendenz dieses Lebens in sich sammelt. An der Spitze einer Bande von fünfzig Fallschirmtruppen überrascht er im September 1943 ein italienisches Partisanenlager in den Gran Casso-Bergen und »befreit« Benito Mussolini. Goebbels' Propaganda-Maschine rührt, »ganz gegen meinen Willen«, die Trommeln. Er ist der gefeiertste Mann des Tages. Ein tollkühner Held. Man stelle sich vor: vor der Nase der Amerikaner schnappt Otto den Musso. Aber er spricht darüber nur im kühlen Berichtston. Er hatte seinen Befehl. Er hat nur seine Pflicht getan.

»Als ich den Italien-Einsatz glücklich durchgeführt hatte, sah eben die deutsche Führung in mir einen Offizier, dem sie das notwendige Glück und den Verstand als Mensch und das Können und den Willen als Soldat zutraute, um neue Sonderaufträge mit gemischten, rasch zusammengestellten Verbänden durchzuführen.«

Hatte er, um von »Einsätzen« zu sprechen, die *nicht* »zur glücklichen Durchführung« gelangten, den »Sonderauftrag«, General Eisenhower zu ermorden?

»Wenn ich bitten darf: Das ist doch ein jetzt festgestellter Irrtum des Counter Intelligence Corps und weder der Tatsache noch der Planung nach richtig. Ein blühendes Phantasieprodukt, nichts weiter. Ich will hier feierlichst erklären, dass ich zu einem Einsatz gegen General Eisenhower weder einen Befehl hatte, noch dass je ein derartiger Plan vorhanden war. Ich erkläre weiter feierlichst, dass ich einen solchen Auftrag, als für einen Offizier ehrenrührig, niemals angenommen hätte. Aber so waren viele Gerüchte im Umlauf, die uns in ihrer Vielzahl nur recht waren, da wir annehmen konnten, dass diese zumindest in den ersten Tagen der überraschen letzten Offensive vom Gegner ernst genommen und Verwirrung stiften würden.«

Ein erlaubtes, soldatisches Manöver. Von der nämlichen Art waren sämtliche »eigenen Einsätze«, vom »Italieneinsatz« über den »Ungarneinsatz« (Mitte September bis Ende Oktober 1944) bis zum »Einsatz Oderfront, Division Schwedt« (Ende Januar bis Ende Februar 1945). Ausschliesslich eine Angelegenheit des persönlichen Muts und der soldatischen Pflichterfüllung. Herrgott, ist das so schwer zu verstehen?

»Ich bin überzeugt, dass auch der amerikanische Offizier, jetzt nach Beendigung des Krieges, seinen tapferen Gegner, den früheren deutschen Offizier, anerkennt, ebenso wie wir unseren früheren Gegner achten. Ich kann mir nicht denken, dass gerade mir diese Achtung versagt wird, obwohl ich mir alle verliehenen Tapferkeitsauszeichnungen bis zum Eichenlaub des Ritterkreuzes in persönlichen Einsätzen verdient habe. Ich habe, wie alle deutschen Offiziere, nicht mehr als meine Pflicht getan, wie es uns der deutsche Offizierseid vorschrieb.«

Nazi war er nicht und niemals. »Bei den einzigen Wahlen, an denen ich in Oesterreich im Jahre 1932 teilnahm, habe ich, wie mein Vater, die stärkste bürgerliche, die Christlich-Soziale Partei gewählt.« Und in die SS ist er gleichsam nur aus Versehen hineingeraten, nämlich »als begeisterter Motorrad- und Autosportler«. Von Antisemitismus keine Spur. »Im Gegenteil, als Wirtschaftler habe ich mich gegen viele Arisierungen gestellt, die oft in unwürdiger, aber auch wirtschaftlich nicht vertretbarer Form vorgenommen wurden. Wie viele Oesterreicher, habe auch ich mich gegen eine falsche Bevormundung und Uebergriffe durch reichsdeutsche ›Uebernazi‹ gewehrt.«

Gewehrt? Waren Sie vielleicht ein heimlicher Antifaschist, Herr Skorzeny, und hatten, wie Herr Schacht uns weismachen will, stets dieselbe Absicht, das Regime »von innen her« zu stürzen? Ist das Ihr Ernst?

»Meiner Ansicht nach hat ein subalterner Offizier nur die Pflicht, wenn er Bedenken gegen einen Befehl hat, diese offen bei der befehlenden Stelle vorzubringen. Ich persönlich habe immer den Mut aufgebracht, solche Bedenken offen zu äussern – auch Himmler und Hitler gegenüber, woraufhin ich nicht mehr vorgelassen wurde.«

Nein, Antifaschist war er nun gerade nicht. Aber wer war das schon in Deutschland? Seid edel und grossmütig und tragt einem nichts nach. Männer wie Otto Skorzeny, »die ihren Offizierseid ernst genommen und in diesem für jeden Menschen furchtbaren Krieg ihr Bestes für ihr Vaterland gegeben haben, werden auch für den Wiederaufbau Europas ihr Bestes geben. Gefährliche Menschen sind eher hinter Schreibtischen zu suchen, von wo aus sie Befehle gaben, ohne ihr eigenes Leben aufs Spiel zu setzen.«

Die Naivität des Herrn Oberstleutnant der SS! Nach unserem letzten Verhör erklärte er: »Wenn ich jetzt eine kleine persönliche Hoffnung aussprechen darf: Ich hoffe ein wenig, noch dieses Weihnachtsfest bei meiner Familie verbringen zu können. Es wäre seit 1939 das erste Weihnachten zu Hause und das erste Fest, das ich zusammen mit meiner Tochter verleben würde.«

Am Ende ist der Mann mit den vielen »persönlichen Einsätzen« vielleicht gar nicht so naiv. Vielleicht kalkuliert er ganz richtig: wenn Massenmordgeneral Kesselring begnadigt wird, warum nicht Skorzeny? Vielleicht bekommt er doch noch das kleine Fräulein Skorzeny zu sehen, um sich mit ihm gemeinsam dem »Wiederaufbau« Europas zu widmen?

(26. September 1947)

Die Eiche Goethes

KURT KERSTEN

»Kersten ist einer von jenen Menschen gewesen, die ihren Freunden wie ihren Jugendträumen bis ins hohe Alter ... die Treue gehalten haben. Es gibt nicht viele Menschen auf dieser Welt, von denen man das vorbehaltlos sagen kann.«

Manfred George schrieb diese Worte zum Tode Kerstens im Mai 1962. Und er fügte hinzu: »Der ›Aufbau‹ war eine Art geistiger Heimat und ein zentra-

les Arbeitsfeld für Kersten geworden. Seitdem es 1946 uns gelungen war, ihn aus einer sechsjährigen Art von Isolierungshaft in dem französischen Martinique nach den Vereinigten Staaten herüberzubringen, war für Kersten der ›Aufbau‹ die letzte Festung, von der aus er gegen seine Todfeinde, alle Unterdrücker der menschlichen Freiheit, kämpfte. Und wurden wir bisweilen etwas müde im Kampf oder fühlten wir uns erschöpft, war es immer Kersten, der mahnte: ›Unterschätzt nicht, was es bedeutet, heute eine unabhängige Position in der Welt wahren zu können!‹«

Kersten, der aus einem alten deutschen Bauerngeschlecht stammte (geb. 1891 in Welheiden-Kassel), schrieb Biographien über Peter den Großen (1935) und über den Völkerkundler und Revolutionär Georg Forster (»Der Weltumsegler«, 1957); »Unter Freiheitsfahnen – Deutsche Freiwillige in der Geschichte« (1938); und »1848 – Die Deutsche Revolution« (1948).

Mitten in der Hölle von Buchenwald stand ein alter Baum, eine Eiche. Und selbst dieser Baum glich einem entsetzlichen Skelett, als ihn ein Franzose im Juli 1944 zeichnete: verkrümmte, sich vor Schmerz windende Aeste, hilflos ausgestreckte Glieder, laublos und verdorrend. Die alte Eiche wurde einen Monat später beim Bombardement der Rüstungswerke des Lagers eingeäschert. Man erzählt von diesem Baum, dass Goethe unter ihm gesessen und geträumt habe. Auf der Zeichnung sieht man ausgemergelte Elendsgestalten im Schutz der Eiche, die keinen Schatten mehr spendet. Der Baum Goethes im Buchenwald – ein erschreckendes Symbol.

Léon Delarbre heisst der Franzose, von dem diese schaurige Vision stammt. Aber schauriger noch sind andere Visionen im Buch dieses Zeichners, der Maler und Konservator des Museums zu Belfort war. Delarbre hat zur Résistance gehört und mit seiner Gruppe in dem ihm anvertrauten Museum Sitzungen abgehalten, in der Stahlkassette geheime Schriftstücke aufbewahrt. Alles ist auch lange gutgegangen, bis im Januar 1944 die Museumsgruppe aufflog, und Delarbre über viele Stationen nach Buchenwald geschickt wurde. Er trug die eingebrannte Nummer 185409 und musste im Rüstungswerk arbeiten, auch in der »Dora«, dieser unterirdischen Fabrik, wo man Geheimwaffen herstellte und die Opfer Hitlers innerhalb kurzer Zeit an den giftigen Dämpfen elend zugrunde gingen.

Delarbre hat auch »Dora« überlebt. Dieser Mann, ein Zeichner von Berufung, wollte der Nachwelt ein getreues Abbild der deutschen Hölle überliefern. Nun war es schwer, einen Bleistift und Papier zu beschaffen, war es nur unter Todesgefahr möglich, zu zeichnen und die Blätter aufzubewahren.

Delarbre brachte es fertig, sich die notwendigen Utensilien zu verschaffen, denn die Eitelkeit der Lagertyrannen war gross; sie brannten darauf, gezeichnet zu werden. Und so konnte Delarbre zeichnen, was er sehen musste, oft hinter dem Rücken eines Freundes. Noch schwerer war es, die Blätter zu verbergen; er trug sie ständig bei sich, versteckte sie unter dem Sklavenkittel, in den verwanzten Strohsäcken, immer in Gefahr, erwischt und gehängt zu werden.

So sieht man in einem Buch unter dem Titel »Dora« (Editions Michel de Romilly, Paris), diese »Croquis clandestins«, eines schauerlicher und anklägerischer als das andere. Verhungerte, Gehängte mit einem Stück Holz zwischen den Zähnen; Tiere von Offizieren und Kapos grinsen einen an. Da geht der Kapo Georg, ein ellenlanges grässliches Ungeheuer, gebückt wie ein wildes Tier, das gerade auf die Beute losstürzen will, in den groben Fäusten den Knüppel. Da sieht man Totenladungen auf Schubkarren, verfallene menschenähnliche Wesen, sieht reihenweis Gehängte, Sterbende in Winkel zusammengefegt, Leichen Erschossener im Strassengraben, ein Gerippe über einen Tisch gebeugt und sich erbrechend, zum Tode verurteilt.

Es ist die Hölle und keine Apokalypse, kein Dante, kein Breughel haben solche Gesichte geahnt, wie sie Delarbre unter der schattenlosen Eiche erblicken musste. Ein solches Buch sollte in Deutschland millionenfach verbreitet werden. Nicht ohne Bitterkeit betrachtet man die heute in Deutschland erscheinenden Kunstzeitschriften, die zahlreich und in vortrefflicher Herstellung herausgegeben werden, aber keine Notiz von der deutschen Wirklichkeit nehmen. Das Gewissen ist tot, denn die Eiche Goethes gehört zu den Verbrannten in Buchenwald.

(14. Mai 1948)

Besuch in Texas

HERTHA PAULI

Hertha Pauli, die Autorin dieses Interviews mit dem Maler und Graphiker George Grosz, entstammt einer Wiener Gelehrten- und Schriftstellerfamilie (ihr Bruder, Wolfgang Pauli, erhielt den Nobel-Preis für Physik). Aus der sechsten Schulklasse brannte sie durch, ging zum Theater und wirkte bis 1933 an den Berliner Reinhardt-Bühnen. Nach der Nazi-Machtergreifung kehrte sie nach Wien zurück und wurde Schriftstellerin. Während der ersten 24 Stunden nach dem »Anschluß« flüchtete sie über Zürich nach Paris, floh beim Zusammenbruch Frankreichs unter Bomben kreuz und quer bis Marseille und wurde zusammen mit vielen anderen Schützlingen des Amerikaners Varian Fry im Herbst 1940 nach den USA gebracht.

Hertha Pauli, die jetzt amerikanische Bürgerin ist, hat mehrere Dutzend Bücher geschrieben, darunter eine Biographie von Alfred Nobel; (zusammen mit ihrem Mann, E. B. Ashton) eine Geschichte der Statue of Liberty; ein Buch über die Entstehung des Weihnachtslieds »Stille Nacht« und ein Erinnerungswerk »Der Riß der Zeit geht durch mein Herz«.

Das Haus des George Grosz in Long Island hat keinen Keller, aber ein grosses Atelier unter dem Dach, wo seine Bilder entstehen und – zunächst versteckt werden. Dafür strahlen die Wände des weiten »Living-Room« über und über von Grosz-Originalen. Er blinzelt ihnen zu, sieht sich um und meint: »Es hat Cachet. Ja, es hat Cachet«.

Wie Frauenkörper schmiegen sich die Sanddünen der Cape Cod-Zeichnungen an den Meeressaum. Dazwischen hält auf einem kleinen Oelbild ein Wesen Wache – grau in grau – im Niemandsland, wo der Regenbogen verboten ist. Aus schmutzigen Soldatenstiefeln ist dieses Kind unserer Zeit gewachsen; der Körper, eisengraues Skelett, steht einsam vor Mauerresten auf einem messerscharf durch Schutt gezogenen Weg unter stahlblauem Himmel.

Ein Journalist, eben aus Deutschland gekommen, starrt auf das Bild: »Keiner hat die Ruinen drüben richtig beschrieben – und Du hast sie gemalt«. Grosz schüttelt den Kopf; das Bild stammt noch aus der Kriegszeit, vor der Zerstörung.

Ein Mannequin, von griechischem Faltenwurf umgeben, hängt über dem Sofa, unter den Falten steckt der Kopf ohne Gesicht, augenlos. Der Wiener Kunsthistoriker Sedlmayer schrieb kürzlich darüber: »Die Drapierung eines Stoffes auf einer Gliederpuppe wird – gewollt oder ungewollt – zum leibhaftigen Bild des Todes«. Als aber ein Lehrerehepaar aus Harlem ein Grosz-Aquarell kaufte, deutete die dunkle junge Frau auf die Gewandstudie und meinte: »Eine Madonna –«.

»Bin nämlich jetzt ein reicher Mann,« sagte George Grosz heute. Gestern kam er aus Texas zurückgeflogen. Er hat also den Auftrag bekommen, denke ich. Ein Warenhaus in Dallas hatte ihn mit Manager eingeladen.

»Den hab' ich geschenkt bekommen,« erklärte Grosz und setzt stolz einen riesigen, milchweissen Panama-Hut auf. »Damit bist Du reich. Ein Cotton-Mann.« Sein Gesicht wird verschmitzt. »Eigentlich wollt' ich lieber ein Cattle-Mann sein. Aber Oilmen und Cattlemen tragen Filzhüte. Na ja –

geschenkter Hut – und dann war's auch zu heiss für Filz. 96 im Schatten. In der Sonne brauchst Du natürlich so'n Hut – und Mensch, es war Sonne.« Trotzdem regnete es plötzlich auf dem Weg zum Hotel, dicke Tropfen.

Ein Naturwunder, dachte George. Aber die ihm beigeordnete junge Dame vom Public Relations Department des Warenhauses wusste alles. Das Nieseln kam aus den Hochhäusern ringsum, vom Air-conditioning. Grosz und Manager hatten zwei Zimmer im 23. Stock, jedes mit Bad, Salon dazwischen. »War in Ordnung.«

Zum Dinner führte sie der junge Warenhausmagnat in seinen Klub. Dort gäbe es das beste Essen, und das Essen in Texas sei das beste der Welt.

George flüsterte uns zu: »Ist ja gar nicht! Aber ich sage natürlich« – er wird lauter – »›Gewiss, ist mir bekannt‹, und bestelle ein Steak. Was denn, Steak aus Texas ist das beste der Welt. Millionäre in Texas sind die reichsten der Welt, das Warenhaus ist das grösste der Welt, und ich bin in Texas der grösste Maler der Welt – natürlich bescheiden; rede auch nicht zu viel. Du, ich spiele das – tadellos.«

Dabei wandelt er sich, steht auf und spielt die Millionäre. Sie sind gross, kräftig, erstklassig angezogen, manikürte Hände – »aber die Hände, fass' die erst mal an!« Die Malerhände von Grosz bewegen sich plötzlich im rasenden Rhythmus des Drillbohrers. Er steht breitbeinig und gebückt. »*Das* merkt man,« sagt er, »*das* haben die alle noch gemacht – war auch gar nicht so lange her, bis dann endlich . . .« Wir sehen förmlich die neue Oelquelle aufspritzen.

Grosz wurde herumgereicht. Von Empfang zu Empfang, vorwiegend für ältere Damen. »Mensch, essigsauer. Aber die geben den Ton an.« Einmal begrüsste ihn plötzlich der Kurator eines New Yorker Museums – auch geschäftlich in Texas. Sie bestaunten zusammen das Gebäude der grössten Zeitung des Südwestens und die grösste Druckerpresse der Welt. Alles spielte sich in Superlativen ab. Im Art Department wurde das Personal versammelt, um George Grosz zu bestaunen. Ein kleiner, abgeschabter Angestellter trat auf ihn zu – »Du, da wurde mir aber kalt. Der kannte mich. War mal ein Maler gewesen.«

Ein Zwischenblick auf seine Bilder, und wir gehen mit George weiter durch die Strassen von Dallas. »Weisst Du, da steht dann einer mit so 'nem Gürtel, breit und voller Diamanten – aus Glas, natürlich – und hintendrauf steht ›Billy‹. Dazu 'n buntes Hemd, mit allen möglichen Sachen bekleistert, und Dungarees und kleine Hakenschuhe, die machen den grössten Fuss ›dainty‹

– und ’n ganz bestimmter Gang, ’ne gewisse Grazie, ohne dass die es wollen
– schauen auch keine Frau an –« Die Hände in die Hüften gestützt, schaut
George an Eva Grosz und mir vorbei durch die Bilder. Es ist, als käme er
gerade aus dem Sattel.

»So einer steht dann regungslos an der Ecke,« sagt er, »stundenlang.« Ab und
zu spuckt er mal aus. Dann sitzt er auf dem linken Absatz, das rechte Knie
vorgestellt: »Oder sie hocken – they squat, like this – stundenlang. Nur die
Mexikaner sind anders. Siehst Du sofort. Keine Sekunde still. Tadellos.«

Im Auto ging es immer weiter hinaus ins Land, bis sogar die Publicity Lady
sich nicht mehr auskannte. Vor einem verfallenen Haus mit Tankstelle hielten sie, um nach dem Weg zu fragen. Auf der Porch sass ein Mann. »Der
sitzt da, beobachtet Dich und rührt sich nicht. Dann geht ’ne Tür, heraus
kommt ’ne Frau, Haut wie Leder, ›sunbonnet‹ auf dem Kopf – wie 1860.
Dahinter liegt die Prärie – dahinter ist nichts.« Wir sehen die ungeheure Einsamkeit vor uns. »Das ist nicht romantisch. Das ist endlos.«

George verabredete sich zwei Tage früher als vorgesehen und nahm den
Auftrag mit. »Sie werden unser Dallas bestimmt richtig malen, Mr. Grosz,«
sagte man ihm. »Wir verwenden nur das modernste Material.«

»Haben Sie das herrliche Plywood hier an der Türe gesehen?« fragte die
Publicity Lady.

Der Manager hatte den Preis längst ausgemacht. Grosz nickte zustimmend.
»Natürlich, das Material ist die Hauptsache.«

»Mr. Grosz« – das war einer mit dem knorrigen Händedruck – »Sie könnten
wirklich aus Texas sein.«

Hab’ ich richtig gemacht, dachte Grosz. Tadellos. Und er hatte ja auch den
Hut. Einen Revolver, Colt 48, bekam er noch dazu. Der liegt nun neben dem
milch-weissen »ten-gallon-hat«. Darüber, in Oel, wacht der Mann vor den
Ruinen, in seiner grauen Skeletthand hängt ein Fetzen in Regenbogenfarben,
die verbotene Fahne.

Harmlos blinkt darunter der Revolver aus Texas.

(8. August 1952)

Begegnung mit Albert Schweitzer

MANFRED GEORGE

Trotz der ungeheuren geographischen Distanz zwischen New York und Lambarene im tiefsten Afrika gab es keine innere Distanz zwischen Albert Schweitzer und dem »Aufbau«. Der große Philosoph, Arzt, Organist und Musikforscher las das Blatt regelmäßig und stand mit Chefredakteur Manfred George in lebhafter Korrespondenz. Ein merkwürdiger Zufall brachte die hier geschilderte persönliche Begegnung der beiden Männer.

Man kann tagelang, ja jahrelang mit Menschen in Büros, Parteien oder Vereinen räumlich eng zusammensein und mit ihnen auch viel im Austausch von Arbeit und Rede zu tun haben, aber wenn sie eines Tages fort sind, ist es, als seien sie nie dagewesen ... Es bleibt einfach von ihnen nichts übrig, weil nichts in ihnen war. Und andere trifft man nur ganz unvermittelt und nur auf kurze Zeit, aber es ist, als habe man sie lange gekannt, und man wird sie auch nie wieder vergessen. Das sind die Menschen, die ich Leucht-Menschen nennen möchte, die so in einem unsichtbaren Glanz ihres Mensch-Seins dahinwandeln, dass durch ihre Anwesenheit plötzlich die Welt für eine kurze Frist ein besserer, reinerer Ort scheint.

Wie oft erschien mir auch diesmal das Gute in zuerst täuschender Unscheinbarkeit. Denn als ich auf dem Frankfurter Hauptbahnhof aus dem Zuge, der mich nach Heidelberg bringen sollte, hinaussah, fiel mir der alte Herr im Schlapphut, einem schwarzen, altmodischen, fest zugeknöpften Anzug und mit zwei schon etwas schäbigen Köfferchen in den Händen gar nicht auf, als er in seinen festen Zugstiefeln beschaulich und nach einem Platz suchend dahintrottete. Dann stieg er in meinen Wagen dritter Klasse, und mit einem Mal war sein Gesicht da: ein grosses, von buschigen Augenbrauen und grauem Haar und Schnurrbart scharf akzentuiertes, kühnes und willensstarkes Gesicht, verwittert und jung zugleich, machtvoll, aber aus forschenden Augen nur die Macht der Güte ausstrahlend.

Unvermittelt stand ich so dem Manne gegenüber, dem zu begegnen ich mich seit Jahren gesehnt hatte. Aber wann kam ich schon nach dem französischen Kongo-Gebiet, oder auch nur, wenn er einmal auf Ferien in Europa war, nach seinem Heimatdorf Günsbach im Elsass? Vor allem aber: vor solchen seltenen Sendboten Gottes auf Erden versagt die gelernte journalistische Jagdfreudigkeit, setzt eingeborene Scheu ein. Trotzdem war das Begehren,

diese Begegnung als Geschenk des Schicksals nicht auszuschlagen, zu gross.
Und während der fremde alte Herr noch einmal auf dem Bahnsteig seinen
kräftigen 77jährigen Körper dehnte, manövrierte ich rasch mein leichtes
Gepäck in das Abteil, in dem er seine Köfferchen abgestellt hatte.

Dann kam er. Der Zug fuhr ab und ich überschlug noch einmal in Gedanken
das ungewöhnliche Leben, das dieser Mann mir gegenüber, in seine Zeitung
vertieft, geführt hat: Professor Albert Schweitzer, Theologe, Arzt, Organist,
Orgelbauer, Bach-Biograph, Religion, Heilkunde und die grosse klassische
Musik bis ins tiefste beherrschend, Verfasser zahlreicher Bücher, darunter
über die Gestalt Jesu, die des Apostels Paulus, Goethe, Probleme der Humanität, der Religions-Philosophie und manche über sein Leben und Wirken
im Urwald. Mit dreissig Jahren hatte Albert Schweitzer sein als blutjunger
Mensch abgelegtes Gelübde eingehalten: von nun an ins Zentrum seines
Lebens Arbeit an Menschen zu stellen, die andere gemeinhin ausschlugen ...
Er war in die tropischen Dschungel gegangen, war in der heute durch ihn
weltberühmt gewordenen Missionssiedlung Lambarene, tief im Dschungel
afrikanischer Tropen, Arzt geworden. Wo niemand bisher gewirkt hatte,
hatte er in einem Bretterverschlag den Kampf gegen Schlafkrankheit, Mala-
ria und andere Seuchen des schwarzen Erdteils begonnen ...

Der Zug rollte dahin. Mein Gegenüber versuchte die Coupé-Tür zu schliessen.
Ich helfe ihm, unsere Hände berühren sich, und dann ist es heraus: »Sind
Sie nicht Professor Schweitzer?« Ein grosses freundliches Lächeln antwortet:
»Jawohl, seit meiner Geburt.« Ich stelle mich vor, denn ich weiss, dass Albert
Schweitzer zu den Abonnenten des »Aufbau« gehört. Er leuchtet auf: »Ich
habe eine Berichtigung an Sie im Koffer!« Ein guter Gesprächsbeginn für
einen Journalisten. Schweitzer fährt fort: »Ja, ich bin nämlich nicht ganz der
Meinung eines Ihrer Mitarbeiter über die unteren französischen Kolonial-
beamten. Sie sind durchaus hervorragend.«

Und dann sind wir mitten im Gespräch. Draussen huscht das zerbombte
Darmstadt vorbei. Schweitzer kommt gerade aus Frankfurt, wo er bei der
Verleihung des Goethepreises an den Dichter Zuckmayer anwesend war.
Und er verrät, dass die Goethepreisträger es ihm zu »verdanken« haben,
dass sie bei der Preisverteilung eine Rede halten müssen: »Der Preisträger
Nummer Eins ist Stefan George gewesen. Er hat den Preis zwar angenommen, aber mitteilen lassen, dass er keine Zeit habe hinzukommen, um ihn
in Empfang zu nehmen. Ich selbst war der zweite Preisträger und habe
damals stipuliert, dass die Erwählten doch wenigstens etwas über ihre Beziehung zu Goethe sagen sollten.«

Dann gleitet das Gespräch nach Lambarene hinüber. »Den letzten Sommer habe ich nicht richtig Zeit zum Arbeiten gehabt, ich habe zu viel bauen müssen.« Und auf einen etwas fragenden, ungläubigen Blick, erläutert er stolz: »Ja, ich helfe meine Stationshäuser, Hütten und Schuppen selbst bauen, hier mit diesen Händen, und zwar mit unbehauenen Steinen.«

Man sieht auf diese Hände, die Hände eines Mannes, der einmal als Organist in den grossen Bachkonzerten Europas stürmische Triumphe gefeiert hat, und der auch heute noch ein Meister vieler Instrumente ist. Jetzt gerade wieder fährt er nach seinem Heimatsdorf Günsbach, in sein kleines Europa-Ferienhäuschen mit den vielen bunten Blumen und den stillen Feldern am Abend und der Orgel, die nach seinen eigenen Angaben gebaut worden ist. In Lambarene hat er dafür ein Tropenklavier, das den Klimaverhältnissen entsprechend hergestellt ist. Ja, ich schaue auf diese Hände, die Tausende von Menschen geheilt und Dutzende von Büchern geschrieben haben, starke Hände, halb Bauernhände, halb Musikerhände und vor allem die Hände eines grossen Heilers, Schöpferhände.

Einsam ist es im Kongo, Lambarene ist nicht Dakar, Brazzaville oder Nairobi, Lambarene ist noch Wildnis, weit ins fast Unzugängliche vorgeschobener Posten der Zivilisation. »Oberbürgermeister Kolb hat mich in Frankfurt gefragt,« lächelt Schweitzer, »welches eigentlich die nächste Bahnstation sei. Worauf ich nur sagen konnte: tausend Kilometer entfernt und ich weiss auch nicht, wie man hinkommt.«

Leben in Lambarene, mit relativ wenig Weissen und willfährigen, aber nicht unschwierigen schwarzen Helfern, ist, täglich Arbeit von 7 Uhr morgens bis 2 Uhr nachts. Der Tropenarzt Schweitzer ist gleichzeitig Pflanzer und Organisator, Dolmetscher und Geistlicher, Ingenieur, Wegebauer und Steinklopfer. Tausende und Abertausende von Patienten kommen alljährlich zu ihm, meilenweit, tageweit aus dem ganzen Urwaldgebiet. In Lambarene gibt es keine ruhige Stunde und nur wenig Schlaf. Und trotzdem: Nacht um Nacht, wenn es irgend geht, arbeitet Schweitzer an seinen Werken: »Ich habe«, erzählt er, »augenblicklich eine neue grössere philosophische Betrachtung und eine religionswissenschaftliche Untersuchung in Arbeit. Meine Post kann ich fast kaum selbst erledigen. Ich habe zwei Helfer für Briefe und zum Durchlesen der Zeitungen, Magazine und wissenschaftlichen Zeitschriften, damit sie mir das Wichtigste vorlegen. Den ›Aufbau‹ freilich lese ich selber. Und ich lasse keine Nummer aus.«

Das ist keine liebenswürdige Phrase. Als einmal in Aspen in Colorado eine

Festwoche stattfand, zu der Gelehrte aus aller Welt gekommen waren, da berichtete uns später Prof. Ernst Simon (Jerusalem), dass Albert Schweitzer auf ihn zugegangen sei und ihm versichert habe, er stimme mit seinen Gedanken völlig überein. Wo er denn seine Artikel gelesen habe, fragte Simon erstaunt. »Aber natürlich im ›Aufbau‹«, hatte Schweitzer geantwortet. »Daraus unterrichte ich mich über alles, was in Israel vorgeht. Es ist schwer«, fährt Schweitzer fort, »auf dem laufenden zu bleiben. Aber ich muss schliesslich wissen, was in der Welt vorgeht. Denn ich kann nicht jedes Jahr nach Europa kommen, um das Versäumte nachzuholen. Schliesslich bin ich einmal sogar zwölf Jahre hintereinander im Urwald steckengeblieben.«

Seine Europareisen sind auch keine Ferien. Sie dienen ihm dazu, gewisse Studien in der balsamischen Luft des Elsass zu Ende zu führen und zu der Musik Europas, vor allem zu seiner geliebten Orgel, zurückzukehren. Ferien kennt dieser unermüdliche Helfer nicht. Er schmunzelt: »Einmal habe ich wirklich Ferien gehabt. Es waren meine herrlichsten Tage, als der Dampfer, mit dem ich nach Europa fuhr, 18 Tage in Dakar in Reparatur gehen musste. Den Frieden dieser drei Wochen werde ich nie vergessen.«

Schweitzer ist nach Afrika gegangen, weil er empfand, dass der Mensch dazu da ist, den Menschen zu helfen. Aber nicht nur den Menschen, sondern auch den Tieren und Blumen. Schweitzer leidet mit der Qual alles Lebendigen. Er hat eine Bewunderin und Freundin, die ausgezeichnete, auch unseren Lesern bekannte Journalistin und Dichterin Anita, die immer ins Elsass hinabfährt, um den verehrten Meister zu besuchen. Nur einmal ist sie mit ihm in Konflikt geraten. Sie hatte ein Sträusschen Feldblumen gepflückt, um sie ihm auf den Arbeitstisch zu stellen. Da wurde Schweitzer ganz traurig und unwillig: »Man pflückt doch keine Feldblumen! Man bringt doch nichts Lebendiges um!«

Unser Gespräch springt von Thema zu Thema. Jetzt gleitet draussen die Landschaft der Bergstrasse vorbei. Und Schweitzer spricht nachdenklich von den Stunden des Zweifels und der Verzweiflung, die Goethe hier einst inmitten all dieser Lieblichkeit der Natur durchgemacht hatte. Schweitzer kramt aus seiner schwarzen Handtasche ein dickes, festgebundenes Notizbuch hervor. Es sind seine Tagebücher. Viele davon schreibt er jedes Jahr voll, mit Notizen, Einfällen, Kommentaren. Es sind Bruchstücke zu seinen wissenschaftlichen und philosophischen Arbeiten, die auf diesen kleinen Blättern in den altmodischen Bändchen gesammelt sind. Drüben in Lambarene muss er sie, wie alle seine Papiere, mit besonders präparierten Stricken

an die Decke ziehen und sie als seine Handbibliothek dort hängend aufbewahren, damit sie nicht von allerhand Insekten-Getier zerfressen werden.
Ich blättere in dem Bändchen. Es sind erstaunlich viel ausgeschnittene Gedichte darin. »Ich liebe Gedichte,« erläutert Schweitzer. »Ich lese viel und
lasse mich auch nicht abschrecken, wenn ich unter Hunderten auch nur ein
gutes Gedicht finde. Ich stöbere auch gerne durch kleinere Blätter. Man findet
dort oft ganz unerwartet schöne lyrische Perlen. Übrigens, Sie müssen mir ein
Gedicht aus Ihrem Blatt heraussuchen. Es ist mir unvergessen. Es handelt
von einem Emigranten, der vor den Nazis geflüchtet ist und in Paris von
einer Brücke in die Seine starrt. Und er gedenkt der Opfer und fragt:
Warum nicht ich? Sehen Sie, das habe ich auch oft gefragt: Warum nicht
ich?«

Schweitzer ist freilich selbst kein Mensch, der trübe Gedanken seiner Herr
werden lässt. Er deutet auf einen Ausschnitt in seinem Notizbuch. Es ist der
Bericht von einem türkischen Juden, namens Mosche Biron, der eine Gefängnisstrafe erhalten hatte, weil er, obwohl schon 108jährig, einen Nachbarn
schwer verprügelt hatte. »Das möchte ich mit 108 Jahren auch noch können«,
kommentiert Schweitzer strahlend ...

Schon taucht Heidelberg am Horizont auf. Die Begegnung ist zu Ende ...
»Aber wer wird mir«, frage ich Albert Schweitzer, »es glauben, wenn ich
erzähle, dass mir eine Begegnung mit Ihnen in einem deutschen D-Zug-
Wagen in den Schoss gefallen ist? Jeder wird sagen, das hat sich der G. doch
erfunden?!«

Worauf das Opfer dieses Interviews folgende Zeilen in mein Notizbuch
schrieb:

»Ich bestätige hiermit Herrn Manfred George, dass er mich leibhaftig in
III. Classe in der Bahn zwischen Frankfurt und Heidelberg entdeckt hat und
dass wir in der Freude miteinander bekannt zu werden miteinander gewett-
eifert haben. 29. August 1952. Albert Schweitzer.«

(17. Oktober 1952)

Gedenkblatt für Hermann-Neisse

PEM

*PEM – die Initialen, deren sich Paul Marcus bedient – sind seit Jahrzehnten
ein Signum für das journalistische Miniaturporträt, für prägnante Skizzen*

374

aus der Theater- und Filmwelt und halb amüsante, halb wehmütige Erinnerungen an das alte Berlin und die alte Boheme.

Marcus (Jahrgang 1901) stammt aus der kleinen Spreestadt Beeskow. Er ging in Berlin zur Schule und in die Lehre: bei der Darmstädter Bank. Aber nach einem kurzen Gastspiel als Devisen-Arbitrageur in Mannheim trieb es ihn zum Journalismus. Und dabei blieb er: bis 1933 in Berlin, dann in Wien und (seit 1935) in London.

PEM schrieb die Erinnerungsbände »Strangers Everywhere« (Refugee-Schicksale; 1939), »Heimweh nach dem Kurfürstendamm« (1952) und »Und der Himmel hängt voller Geigen« (1955). Künftige Geschichtsschreiber der Emigration werden darin und in seinen journalistischen Vignetten reiches Material entdecken.

PEMs Artikel über Max Hermann-Neisse war veranlaßt durch die Anbringung einer Gedenktafel zu Ehren des Dichters am Hause Kurfürstendamm 215 in Westberlin, wo er lange gewohnt hatte.

»London gibt wirklich nur Anregung zu zwei Gedichten – eines über den Hydepark, das andere über den Nebel; und beide habe ich schon geschrieben.« So pflegte Max Hermann-Neisse seine Unzufriedenheit über sein Leben in England auszudrücken; die Schweiz wäre ihm lieber gewesen. In Wirklichkeit aber war es natürlich nicht die mangelnde Atmosphäre zum Dichten, sondern das Fehlen der Kaffeehäuser und die englische Sprache, mit der sich dieser Meister der deutschen nicht befreunden konnte und mit der er rein phonetisch auf ewigem Kriegsfuss stand.

Im Herzen von London hatte er ein kleines Lokal gefunden, das in seinen Augen eine entfernte Aehnlichkeit mit seiner geliebten »Mampe-Stube« in Berlin hatte. Dort sassen wir zusammen mit dem Komiker Paul Graetz, dem Revue-König Hermann Haller und dem alten »Papa« Roessler, dem »Fünf-Frankfurter«-Autor, und spielten Stammtisch; es war ein kümmerlicher Ersatz. Nicht zu vergleichen mit unseren Stammtischen im »Café Wien« und bei »Mampe« in der Nürnbergerstrasse. Max Hermann-Neisse gehörte zu jenen unheilbaren Berlinern, die über den Schlesischen Bahnhof gekommen waren, und war ganz freiwillig ins Exil gegangen, obwohl sich die Nazis sehr um ihn bemühten. Nun hatten sie ihn ausgebürgert; aber die geliebte Sprache, in der er seine Verse schrieb, konnten sie ihm nicht nehmen.

Mit seiner schönen, blonden Frau Leni war er früh an die Spree übersiedelt und trug sein Lebenlang seine geliebte schlesische Heimat und ihren Dialekt mit sich herum; den Namen seiner Heimatstadt hatte er dem seinem ange-

hängt. Seine ersten Gedichte habe ich in den grünen Heften der »Grünen
Erde« gelesen, die der spätere Schauspieler Walter Rilla herausgab. »Macke«,
wie wir ihn nannten, war ein streitbarer Lyriker, der sich gegen das wild-
gewordene Bürgertum auflehnte; wann er seine schönen Verse schrieb, liess
sich nicht genau feststellen, denn man traf ihn überall, wo sich Künstler
versammelten. Niemals sass er allein wie Erich Kästner vor seinem Glas
Sekt in einer lauten Bar und reimte vor sich hin oder gebärdete sich trunken
wie andere Dichter.

Er liebte das Leben in den Garderoben der Schauspieler und Artisten, und
hat neben Hans Siemsen die schönste Prosa über jene Menschen geschrieben,
die aus den Koffern leben. Max Hermann-Neisses Varieté- und Kabarett-
Kritiken waren impressionistische Meisterstücke, und noch in London konnte
ich ihm keine grössere Freude machen, als ihn ins »Prince of Wales« mitzunehmen, wo unser gemeinsamer Freund Henry, der Tänzer und Gatte Anita
Berbers, sechsmal am Tage auftrat. In der Welt, in der es nach Schminke
roch, war »Macke« fast glücklich.

Max Hermann-Neisse war ein konsequenter Pazifist, der Hitler hasste, weil
der einem Krieg entgegentrieb, und der es England späterhin genauso
übelnahm, dass es den Fehdehandschuh aufnahm. Dass es keinen anderen
Weg gab, die Nazis zu beseitigen, wollte er nicht wahrhaben; einen gerechten Krieg gab es für ihn nicht. Sein allzu früher Tod ist vielleicht weniger
dem Exil zuzuschreiben, als dem Abscheu gegen das verhasste Morden,
obwohl der Titel eines Bandes von Gedichten »*Um uns die Fremde*« hiess
und somit am besten seine Gefühle fern der geliebten Heimat wiedergab.
Eines seiner schönsten Gedichte aus dem Exil ist bereits in englischen Schulbüchern zu lesen:

> Ein deutscher Dichter bin ich einst gewesen,
> die Heimat klang in meiner Melodie,
> ihr Leben war in meinem Lied zu lesen,
> das mit ihr welkte und mit ihr gedieh ...
> Doch hier wird niemand meine Verse lesen,
> ist nichts, was meiner Seele Sprache spricht;
> ein deutscher Dichter bin ich einst gewesen,
> jetzt ist mein Leben Spuk wie mein Gedicht ...«

(8. Juni 1956)

Robert Capa als Filmheld

LUDWIG WRONKOW

*»Er lebte vom Mut der Verzweiflung. Capa ist so gestorben, wie es sich
für ihn gehörte – im Tumult des Untergangs.« So schrieb Therese Pol zum
Tod des Kriegsphotographen in Indochina 1954. »Er war ausserstande zu
photographieren, wenn nicht alles um ihn herum in Flammen aufging.
Bewegung und Aufregung waren für ihn dasselbe.«
In derselben Nummer des »Aufbau« (4. Juni 1954) erinnerte Ludwig Wronkow an ein Pariser Erlebnis mit Robert Capa, der ursprünglich André
Friedmann hieß, aus Budapest stammte und mit Ernest Hemingway eng
befreundet war.*

Es war in den ersten Monaten unserer Emigration aus Deutschland. Im
Jahre 1933.

Wir sassen im Café du Dôme auf dem Montparnasse und warteten. Worauf,
wussten wir nicht genau. Wir hatten wenig zu tun und deshalb auch wenig
Geld.

Da bekam ich von Fritz Drach, den die Nazis später ermordeten und der
damals Chefredakteur der »Vu«, der besten illustrierten Zeitung Frankreichs, war, den Auftrag, den Kriminalroman »Der Mörder mit dem Bume-
rang« mit Photos zu illustrieren.

Die Aufnahmen machte die Tochter des kürzlich verstorbenen Verlegers
der »Vu«, Lucien Vogel. Ich hatte so etwas wie ein Drehbuch zu schreiben,
die richtigen Darsteller zu finden und Regie zu führen. Aber ich engagierte
keine Berufsschauspieler. Ich stellte aus den Emigranten im »Dôme« und den
umliegenden Cafés eine achtköpfige Gruppe zusammen.

Am schwersten war es, einen Mörder, der dann aber gar keiner war, zu
finden. Bis ich auf Robert Capa stiess. Er hatte gerade gestern seinen Photo-
apparat versetzt und deshalb noch weniger zu tun als wir.

Capa spielte die Titelrolle des Romans wunderbar. Er rasierte sich noch
seltener, konnte meisterhaft eine Wachsfigur für das Titelblatt der »Vu«
darstellen, drapierte geschickt Handtücher um seinen nackten Oberkörper
und verstand es, bei seiner Vernehmung durch einen Pariser Polizeikommis-
sar, den ich spielte, ein schönes schuldbewusstes Gesicht – nach dem Muster
des damals aktuellen »Reichstagsbrandstifters« Lubbe – zu machen.

Mit dem Honorar für die Schauspielerei holte Capa seine Kamera vom

377

Mont-dePiété, dem Pariser Pfandhaus, zurück, und dann begann bald seine Karriere als Kriegsphotograph. Er ging über Spanien, wo seine Frau im Bürgerkrieg umkam, nach Amerika. Mit den Tanks des Generals Leclercq kehrte er erst wieder nach Paris zurück.

Seine dokumentarischen Photos von Israel gab Capa in gemeinschaftlicher Arbeit mit John Steinbeck (This Is Israel, 1948) und mit I. F. Stone (Report on Israel, 1950) heraus.

Sein Ideal war immer, ein für allemal ein arbeitsloser Kriegsphotograph zu sein. Nun ist er in Indochina auf eine Landmine getreten.

(4. Juni 1954)

Fritz von Unruh als Maler

RICHARD VAN DYCK

Richard van Dyck (1889–1966) träumte davon, Kapellmeister zu werden. Aber sein Vater diktierte: »Ein Musikus in der Familie (der Bruder Felix) ist genug, basta!« So studierte der in Bremen Gebürtige Jura. Er machte jedoch keinen Gebrauch davon, sondern ging nach einem kurzen Intermezzo bei einer kleinen Privatbank zum Journalismus über. 1923 holte Hermann Zucker, der Chefredakteur des »8-Uhr-Abendblatts«, den jungen Reporter. Dort saß van Dyck mehrere Jahre im gleichen Redaktionszimmer wie Manfred Georg, bis dieser zu Ullstein ging.

Während der ersten Hitlerjahre gehörte van Dyck zum Redaktionsstab von Georg Bernhards »Pariser Tageblatt«. Im Januar 1942 kam er nach gefährlich-abenteuerlicher Reise in USA an. Von 1944–1958 war er Redaktionsmitglied des »Aufbau«.

Sein Artikel über den Maler Fritz von Unruh bringt eine charakteristische Seite des Emigrationslebens eines Dichters heraus: die Unmöglichkeit, in den fremden Sprachbezirk einzudringen, führt zu dem schöpferischen Abstecher in eine andere, wortfreie, Kunst.

In der Geschichte der Künste oder der Literatur ist das Phänomen der Doppelbegabung eine der interessantesten Erscheinungen. Dichter, die malen, oder Maler, die dichten, oder Musiker, die schreiben, sind immer nur Ausnahmen, kommen aber dennoch häufiger vor, als man denkt.

Das berühmteste Beispiel ist Michelangelo, dessen Sonette von ergreifender Schwermut zur Weltliteratur zählen. Goethe wandelte in Italien in den Spuren Winckelmanns, es trieb ihn immer wieder, seine Eindrücke von der italienischen Landschaft in zeichnerische Form umzusetzen. Die englischen Dichter Dante Gabriel Rossetti und William Blake brachten es als Maler, Zeichner und Radierer zu beinahe dem gleichem Ruhm, den ihnen ihre Dichtungen gewannen. Blakes Radierungen zur »Göttlichen Komödie« sind grandiose Visionen, dem gewaltigen Werk, das sie illustrieren, fast kongenial. Den grossen französischen Maler Paul Gauguin trieb es, sein seltsames Leben im Südseeparadies in dem autobiographisch getönten Bekenntnisbuch »Noa-Noa« zu beschreiben. Richard Wagners Schriften und Dichtungen zählen viele Bände. Und wer denkt nicht in diesem Zusammenhang sofort an Ernst Barlach, in dem sich sogar eine dreifache Begabung als Bildhauer, Lithograph und Dramatiker kundgab?

In jüngster Zeit erlebten wir den eruptiven Ausbruch einer Doppelbegabung in Fritz von Unruh. Es geschah in den Jahren seines Exils in New York, dass der ungestüme Drang zu künstlerischer Gestaltung mit anderen Mitteln als dem Wort ihn plötzlich zu malerischem Schaffen zwang.

Ich erinnere mich noch gut an jenen Abend hoch oben in seiner kleinen Penthouse-Wohnung am Riverside Drive. Wir sassen mit dem Dichter und seiner Gattin auf der weiten Terrasse und blickten hinaus auf die wundervolle Hudson-Landschaft, die im Abendsonnenschein sanft verdämmerte. Da sprang der Dichter plötzlich vom Stuhl auf und sagte, auf die Farbenpracht am verglühenden Himmel hinweisend: »Da sehen Sie, was mich mit Urgewalt zum Malen getrieben hat. Es schien mir, als gäbe es Dinge, die das Wort allein nicht meistern kann, Gesichte, die nur durch Form und Farbe gestaltet werden können«. Geheimnisvoll lächelnd, zog der Dichter meine Frau und mich in das Zimmer neben der Terrasse zurück und sagte: »Nun will ich Ihnen meine Bilder zeigen«. Aus einer Ecke holte er seine ungerahmten Gemälde hervor und stellte eines nach dem anderen auf die Staffelei.

Wir waren überrascht. Diese Landschaften, diese Selbstporträts waren mehr als dilettantische Pinseleien. Sie manifestierten eine echte und unzweifelhafte malerische Begabung. Kein Geringerer als der verstorbene hervorragende Kunstkritiker Dr. Max Osborn hatte Unruhs Fähigkeit als Maler erkannt und ihn immer wieder zu künstlerischem Schaffen mit Pinsel und Palette angespornt. Hier vor uns sahen wir das Resultat – das malerische Opus eines Autodidakten, in dem zwar noch manches unausgegoren schien, das jedoch einen überraschenden Sinn für Komposition und Farbgebung verriet.

Da war vor allem ein Selbstporträt, das der Dichter-Maler »Frankfurt 1948«
nannte. Es zeigte ihn mit gekreuzten Händen über der Brust vor dem Hintergrund der Mainstadt, in der er 1948 in der Paulskirche seine berühmte
Rede an die Deutschen gehalten hatte. In diesem Werk war wirklich etwas
von gotischer Inbrunst. Es war in der malerischen Technik und in der
Leuchtkraft des Kolorits nach meinem Empfinden allen anderen uns gezeig-
ten Bildern weit überlegen. Und es hat dann auch später in einer Ausstellung
der Gemälde Fritz von Unruhs in der Galerie St. Etienne in der 57. Strasse
allgemeine Beachtung und viel Lob gefunden.

(13. Mai 1955)

Die Welt meines Vaters

MONIKA MANN

*Monika Mann, die hier einen interessanten Einblick in die Triebkräfte des
Schaffens ihres Vaters Thomas Mann gibt, verlebte Kindheit und Jugend in
ihrem Elternhaus in München. Seit 1933 führte sie das Wanderleben der
Exilierten; Stationen waren Frankreich, Italien, die Schweiz, Österreich,
England und die USA (drei Jahre Kalifornien, zwölf Jahre New York).
Ihr Mann, der Donatello-Forscher Jenö Lányi, kam auf einem von den
Nazis torpedierten Schiff um. Monika Mann, vorwiegend als Lyrikerin und
Feuilletonistin bekannt, ist auch als Verfasserin einer Autobiographie und
einer Novelle hervorgetreten. Seit 1955 lebt sie auf Capri.*
Sitze ich mit meinem Vater zusammen, strahlt er eine tiefe beseelte Neugierde aus, die zugleich schon Wissen ist. Das ist beinah unheimlich. Sein Schweigen – er schweigt viel – fordert wohl zur Rede auf, doch kommt sie mir
unwillkürlich überflüssig vor, sie scheint höchstens eine Bestätigung dessen,
was er schon weiss, seine Neugierde nur gespielt und Höflichkeit. Er spielt
das Kind, das alles zum ersten Mal hört und sieht, und irgendwie ist er's
wohl auch: ein Kind mit Brunnentiefen. Die Lust und die Naivität des
Kindes ist ihm schon eigen. Zum Beispiel schaut er ganz fromm darein, wenn
er den brennenden Christbaum sieht, er liebt Uhren, die klingeln können,
er geht gern in den Zirkus und er spielt gern Tod und Leben.
Einmal war ich mit meinem Papa im Hamlet, wo im Duell dem Hamlet
der Arm blutete. Nachher hat er zu dem Schauspieler gesagt, das war Blut
auf Ihrem Arm, nicht wahr? Der Schauspieler sagte entzaubernd, es war

Zahnpasta. Ich glaube, mein Vater erlebte in diesem Moment eine allgemeine Desillusion. Obgleich er selbst mit allen technischen Schikanen und Tricks der Kunst ausgestattet ist, tritt er ihr mit reinem Glauben gegenüber, er war enttäuscht, betrogen worden. Ueber die Frechheit, die in jenem Betrug lag und mit welcher der Schauspieler ihn zugab, empfand er wohl auch wieder eine tiefe Freude. Was für ein Teufelsbub, wie er die Leute naszuführen weiss! Mit Zahnpasta zaubert er ihnen dänisches Prinzenblut vor. Mein Papa mochte weiter denken: und ich zaubere ihnen mit Worten meine Welt vor, und sie glauben daran, es ist im Grunde derselbe Bluff. In dem strengen, ja frommen Gelüste, die Welt in Worten wiederzuschöpfen, liegt wohl auch so etwas wie eine kindliche, ja diabolische Freude an der Nachahmung, am Nasführen, am Bluff. Ich kann mir vorstellen, sähe mein Vater ein Schmuck-stück von einzigartiger Schönheit und einzigartigem Wert, und sähe er sodann ein zweites, das aufs Haar genauso ist, aber falsch, würde er ganz verliebt auf diese Nachahmung schauen und ausrufen, es ist doch fabelhaft! Ich ziehe es in seiner Raffiniertheit sogar dem echten vor. Noch dazu bewahre ich es mit besserem Gewissen auf, der unersetzbare Wert des echten würde belastend, ja sündhaft auf mich wirken. So ähnlich war es mit dem echten und dem nachgemachten Leben. Das echte wurde vom nachgemachten ent-lastet, entwertet und in seinem Wert auch wieder gesteigert. Man mochte ein Buch von Conrad lesen und glaubte auf dem Meer zu sein, das war genug. Und dennoch wurde das wirkliche Meer dadurch in seiner Lebendigkeit er-höht. Seit es die Grammophonplatte gibt, weiss man den Wert der lebendi-gen Musik zu schätzen. Indem mein Vater in der nachgemachten Welt lebte, ward ihm die echte doppelt lebendig. Verliess er die Stube der Alchemie, atmete er mit doppelter Wärme und Lust die Luft der Wirklichkeit, die ihn aber auf die Dauer ermüdete und irritierte, ja überwältigte, er musste sie immer wieder mit der fiktiven vertauschen, und die eine feuerte die andere an. Und er war keineswegs nur ein Doktor der Alchemie, sondern ein richti-ger Lebensmann. Wenige liebten es wie er, in einer hübschen Landschaft zu spazieren, schöne Fenster anzugucken – besonders, auch wenn es schöne Leder-, Silber-, auch Konditorware gab – oder ein Kind lachen, eine Alte fluchen, einen Burschen singen, den Wind sausen zu hören, oder das Herbst-laub glühen, die Blumen blühen, die Vögel fliegen, zwei Hunde spielen zu sehen. Aber auch für das Schlimme, Merkwürdige und Traurige hatte er Sinn – alles atmete er ein und fand es – unvermutet – in seiner Arbeitsstätte wieder.

(3. Juni 1955)

Der Tod des Oberbürgermeisters

ROBERT M. W. KEMPNER

Robert M. W. Kempner ist »Aufbau«-Mitarbeiter seit der Frühperiode des Blattes. Wie bereits geschildert wurde, hat er sich der Zeitung bedient, um die Kriegführung Amerikas gegen die Achsenmächte zu unterstützen und die Verfolgung der Naziverbrecher zu sichern. Er war stellvertretender Hauptankläger in den Nürnberger Prozessen und ist Autor einer Reihe von Büchern über den Nationalsozialismus. Seine Wirkung als Schriftsteller wird durch die im »Aufbau« vom 17. Oktober 1969 wiedergegebene Stelle aus einem Brief des Romanciers Erich Maria Remarque an Kempner dokumentiert: »Ihr letztes Buch war grossartig, hat mich aber so mitgenommen, dass ich vor Aufregung fast einen neuen Herzinfarkt bekam.«
Kempner, 1899 während einer Reise seiner Eltern in Freiburg geboren, wuchs in Berlin auf und wurde nach dem Zweiten Weltkrieg eine Art Wahl-Frankfurter. Er war mit Oberbürgermeister Walter Kolb befreundet.

Als ich die Nelken kaufte, weinte die Blumenfrau. Mit Tränen in den Augen notierte sie die Adresse der Familie des toten Oberbürgermeisters Walter Kolb, um dessen Gesundheit eine ganze Stadt seit Monaten gebangt hatte, bis er – wenige Tage nach Rückkunft vom Krankheitsurlaub – mit 54 Jahren einem Herzinfarkt erlag.

Als ich vor zehn Jahren, kurz nach seiner Wahl, mit Kolb zusammensass, war er besorgt, ob auch Juden nach Frankfurt zurückkehren würden. »Ich will eine Stadt aufbauen, aber *keine Stadt ohne Juden«*, erklärte er damals emphatisch, und lud die Juden öffentlich zur Rückkehr ein.

Kolb wurde einer der grössten Städtebauer der deutschen Geschichte, nicht »nur« ein Frankfurter Oberbürgermeister wie Miquel, Adickes, Landmann, die wahrlich Grosse waren. Der sozialdemokratische Assessor im preussischen Landwirtschaftsministerium, mit dem wir einst bei Lauer in der Neuen Wilhelmstrasse lunchten, der spätere Landrat des Kreises Schmalkalden, der begeisterte Reichsbannermann, der KZ-Häftling des »Tausendjährigen Reiches«, war einer der wenigen Verwaltungsmänner, denen nach 1945 das Schicksal der alten Reichsstadt und neuen westdeutschen Metropole anvertraut werden konnte.

Er begann selbst, mit der Schippe die Trümmer abzuräumen, errang eine Popularität ohnegleichen, schuf mit seinen Mitarbeitern ein neues Frankfurt, die Metropole der Banken, der Messen, der Gewerkschaften, der Fluglinien. Heute, zehn Jahre nach seinem Amtsbeginn, sprachen an seiner Bahre in der Paulskirche die führenden Geister des Landes: Theodor *Heuss*, der Bundespräsident; Georg August *Zinn*, der hessische Ministerpräsident; Erich *Ollenhauer*, der Vorsitzende der SPD; und Notabeln der Stadt. Martin *Niemöller* segnete die sterblichen Reste. Ueber hunderttausend säumten den Weg des Trauerzuges. Der Verkehr stand still. Die amerikanische »Besatzungsmacht«, eng und erfolgreich zehn Jahre lang mit Kolb am Wiederaufbau verbunden, war durch Diplomaten und Generäle vertreten. »Wenn Deutschland mehr Kolbs besässe, hätten wir keine Sorge um seine Zukunft!« – äusserte ein USA-Vertreter.

(5. Oktober 1956)

Erinnerungen an einen großen Juden

THEODOR HEUSS

»In seiner Gegenwart lernten wir Ehrfurcht«, schrieb Dr. Max Grünewald im »Aufbau« vom 9. November 1956 zum Tode Leo Baecks. »Zu dem Dank, den wir, die Juden aus Deutschland, ihm schulden, tritt der Dank dafür, dass er uns auch in der Zerstreuung zusammengehalten hat – mehr als irgendein anderer – und dass er unsere Sache vertreten hat – besser als irgendein anderer.«
Einige Wochen später widmete der »Aufbau« seine regelmäßige Kulturbeilage, »Der Zeitgeist«, dem Gedächtnis Leo Baecks. Hier sprach über Baecks Persönlichkeit auch ein hervorragender Christ – der damalige Präsident der Bundesrepublik Deutschland, Theodor Heuss.
Leo Baecks geistiger Rang, die Würdigung, die er als Berliner Rabbiner nicht bloss bei den Juden, sondern auch in den theologisch interessierten Gruppen über den jüdischen Kreis hinaus genoss, waren mir schon bekannt, ehe ich ihn im Hause meines württembergischen Landsmannes und Studienfreundes Dr. Otto Hirsch persönlich kennenlernte. Hirsch war, als der Nationalsozialismus mit seiner Vernichtungspolitik gegen den jüdischen Menschen begann, aus Stuttgart nach Berlin übergesiedelt und hatte sich – dem bedeutenden Manne waren vom Ausland her starke berufliche Wirkungsmöglichkeiten angeboten – an die Spitze der »Reichsvertretung der deutschen Juden« stellen lassen. Die Gespräche mit ihm, mit Leo Baeck waren,

wie konnte es anders sein, tragisch durchfärbt – beide Männer illusionslos, und es wäre ein Selbstbelügen gewesen, hätte ich wagen können, der ich vor ihnen in der inneren Scham stand, mit billigen Worten das sie bedrohende Schicksal an die Seite zu reden. Aber es war dann doch eine tiefe Erschütterung, als ich von Otto Hirschs Frau erfuhr, dass sie ihn in Mauthausen ermordet hatten, ihr eigenes, gleiches Los hörte ich, von Berlin verzogen, erst nach 1945 und auch dies, dass Baeck nach Theresienstadt verschleppt worden, aber noch am Leben war.

Leo Baeck hätte, denke ich, nicht der Behauptung widersprochen, dass die gleiche Liebe zu Otto Hirsch und die gemeinsame Trauer um seinen Märtyrertod das Band war, das unseren Begegnungen in den letzten Jahren den Charakter des Menschlich-Unmittelbaren gab. Wir haben Geschichtliches, Politisches, Theologisches besprochen – Otto Hirsch war der schweigende, aber von uns in der Kraft seiner männlichen Natur erspürte Partner unserer Gespräche.

Von diesen will ich nicht weitererzählen. Ich bewahre sie als Geschenke in meinem Gedächtnis, weil es eine Gnade ist in dieser Zeit der seelischen Verwirrung drei Kräften in einem Menschen begegnet zu sein: der ruhigen Würde, der souveränen Bildung und der inneren Freiheit. Aber dies darf ich sagen: nach solch einem Besuch bei Baeck reflektierte ich einmal über den Einfall, wenn Lessing wieder gespielt wird, müsste der Darsteller des Nathan vorher ein paar Tage den Umgang mit Leo Baeck zu erreichen suchen. Natürlich weiss ich, dass Lessing achtzehntes Jahrhundert ist und Nathan gar kein Rabbiner, dass Generationen inzwischen jüdische und christliche Theologie sehr wechselreicher Färbung entwickelt haben und Baeck darüber nicht bloss Bescheid wusste, sondern daran teilhatte. Aber das stört mich nicht, diese Ueberlegung mitzuteilen. Sie möchte im rechten Sinn verstanden werden. Das gelingt, wenn man Lessing wieder liest.

(30. November 1956)

Die letzte der Zille-Jöhren

PEM

In Bad Tölz, unweit ihres geliebten »Weissbach-Häusl« in Bayrisch-Gmain, ist *Claire Waldoff* nun gestorben, nachdem man ihr gerade ihre Wiedergutmachungsansprüche abgelehnt hatte. Von 70 Mark Rente und einem »Ehrensold« der Stadt Berlin von 150 Mark hat sie die letzten Jahre, von ihrer Lebensgefährtin Olly umsorgt, leben müssen. An ein Auftreten war nicht mehr zu denken, weil es erstens keine grossen Varietés mehr in Deutschland gibt und zweitens weil Claire ihre eigenen Liedertexte nicht mehr im Kopf behielt. Nur einige wenige seltene Platten bleiben von dieser letzten und grössten Volkssängerin übrig. In ihren immer mit grüner Tinte geschriebenen Briefen hatte sie mir immer versprochen, ich würde eine erben.

Als wir uns nach dem Kriege zum ersten Mal wieder im Hamburger »Haus Vaterland« wiedersahen und uns mit dem üblichen »Du hast dich aber gar nicht verändert« begrüssten, sagte sie nur »Na, nuh machs aber halblang«. Claire war die Letzte, von der ich hörte, als ich Deutschland verlassen musste; und sie war die Erste, die sich nach Kriegsende bei mir meldete. Ins Exil sandte sie zuweilen anonyme Postanweisungen, und in ihrem ersten Schreiben danach begann sie mit den Worten: »Wenn ich mir die Sache richtig überlege, war der vorige Zusammenbruch eigentlich viel schöner als der jetzige. Damals schrieben mir der Tucholsky, Schiffer und Mehring Chansons; jetzt gibts nur den Kästner, und der schreibt für die Hesterberg.«

Die Waldoff spielte, bevor sie von Paul Schneider-Duncker im »Roland von Berlin« fürs Kabarett entdeckt wurde, das »Rautendelein«. Meine Generation hat sie zuerst auf der Bühne des Berliner »Theater am Nollendorfplatz« liebengelernt, wo sie in »Immer feste druff« und »Drei alte Schachteln« ihre kessen Chansons sang. Späterhin holte sie sich Erik Charell ins »Grosse Schauspielhaus«, und ausserdem war Claire natürlich die hochbezahlte Varieté-Attraktion, die nicht nur ausserhalb Berlins, sondern sogar in London Triumphe feierte. Sie war im Grunde die Verkörperung des besten Berlinertums – mit einem grossen Herz und ebensolcher Schnauze. Als Peter Sachse dem verstorbenen Heinrich Zille ein Denkmal setzte – im Hof des »Theater am Kottbusser Tor« – weihte Claire Waldoff es ein, und kein Auge blieb trocken, als diese »Zille-Jöhre« Walter Kollos »Mein Miljöh« sang, während der Regen sanft auf Otto Reuters Schirm trippelte.

Claire Waldoff war die Freundin aller Bohemiens. Kein Wunder, dass sie sich mit den Nazis nicht verstehen konnte, die ihre liebsten Trink-Kumpane eingesperrt oder aus dem Lande vertrieben hatten. Ihr »Hermann heesst er« wurde sofort verboten, obwohl es gar nicht auf Göring gemünzt war. Dr. Goebbels mochte sie nicht, weil Claire immer neue Ausreden gefunden hatte, seinen Einladungen nicht zu folgen. Ihre schöne Berliner Wohnung mit der riesigen Bibliothek fiel den Bomben zum Opfer; sie konnte besonders die handsignierten Ausgaben ihrer Freunde nie vergessen, die dabei vernichtet worden waren. Denn obwohl sie ihr Lebenlang »aus den Koffern« lebte, hing sie an ihrer »Bleibe«. Das winzige »Weissbach-Häusl« an der bayrisch-österreichischen Grenze war das Einzige, was ihr geblieben.

Dort hat sie vor fast drei Jahren ihren siebzigsten Geburtstag gefeiert. Weil ich nicht wusste, was sie würde brauchen können – es ging ihr finanziell schon nicht mehr sehr gut –, sandte ich Olly Geld. Und als ich dann später fragte, was sich die beiden Unzertrennlichen dafür gekauft hätten, erfuhr ich, sie hätten sich ein paar Flaschen Sekt kommen lassen, um auf mein Wohl zu trinken. Nicht genug Kohlen, aber Sekt – das war die ganze Claire bis zuletzt, auch nach dem ersten Schlaganfall.

Die letzte Karte bekam ich zu Neujahr. Still, wie sie zuletzt gelebt hat, ist Claire nun zum letzten Male abgetreten. Wer sie einmal gehört hat, wird wenigstens ihre krähende Reibeisenstimme nicht vergessen. Sie war die Letzte der grossen Chansonetten und ein feiner Kerl.

In ihrem Sinne wäre es, wenn man mit einem »N. D. P.« (Na, denn Prost) von ihr Abschied nehmen und die gute Olly nicht vergessen würde, die in guten und bösen Tagen so treu zu Claire Waldoff hielt.

(1. Februar 1957)

Warum ist der Amerikaner freundlich?

Gespräch mit Thornton Wilder

HANS SAHL

Die Affinität, die zwischen Autor und Übersetzer bestehen muß, wird durch das hier wiedergegebene Gespräch veranschaulicht. Hans Sahl hat neben Bühnenwerken von Thornton Wilder auch Dramen von Tennessee Williams, Arthur Miller, John Osborne und Arthur Kopit ins Deutsche übertragen. Er selbst ist ein Autor von beträchtlicher Skala: außer einem Oratorium (»Jemand«, 1938) schrieb er Gedichte (»Die hellen Nächte«, 1941), einen Zeitroman (»Die Wenigen und die Vielen«, 1959) und die Monographie »George Grosz« (1966).

Sahl (Jahrgang 1902, Dresden) war in den zwanziger Jahren der jüngste Kritiker Berlins (»Tagebuch« und »Montag Morgen«). Er ist heute als New Yorker Theater- und Kunstkritiker für deutsche und schweizerische Zeitungen tätig.

In der Halle eines New Yorker Hotels wartete ich auf Thornton Wilder, um Fragen der Uebersetzung mit ihm zu besprechen. Als Erkennungszeichen war mir nur »ein kleiner weisser Schnurrbart« angegeben worden. Plötzlich setzte sich die Drehtür eilig in Bewegung und liess einen Herrn herein, in dem ich sofort den Gesuchten erkannte, obwohl von dem Schnurrbart zunächst sehr wenig zu sehen war. Es war das Ungewöhnliche seiner sonst keineswegs ungewöhnlichen Erscheinung, sozusagen die Veredelung eines hierzulande üblichen Normaltypus', die ihn zugleich von diesem unterschied und der auffällig zur Schau getragenen Vornehmheit seines Wesens eine Art von spanischer Grandezza hinzufügte, die durch den ein wenig schief ins Gesicht gedrückten Hut fast etwas Herausforderndes bekam.

Wilder sprach von Amerika, von der Höflichkeit und Freundlichkeit der Menschen im Umgang miteinander, und ich sagte ihm, es wäre mir immer so vorgekommen, als wisse hier jeder, wie schwer das Leben sei, und deshalb sei man freundlich zueinander, wie Boxer oder Tennisspieler, die einander vor und nach dem Kampf die Hände reichen.

»Sie finden, dass wir einsam sind?«, sagte er. »Vielleicht. Aber das ist auch unsere Stärke. Die Leute, die hier herüberkamen, wussten, dass sie alles aufgaben, was den Menschen vor der Einsamkeit schützt: Bindungen, Stallwärme, Ofenwärme. Es waren Abenteurer, die dem Bekannten, Vertrauten entflohen und allein sein wollten. In Europa wird die Einsamkeit zum tragischen Erlebnis der Vereinzelung, wie bei Hölderlin oder Kafka. Hier ist sie nichts anderes als das Erlebnis des ungeheuren Raums, in den wir gestellt sind, und der menschlichen Vielfalt und Massenhaftigkeit, die uns umgibt und an der wir teilhaben, das, was ich die ›Multiplicity of Man‹ nennen möchte. Sie finden es häufig in unserer Literatur ausgedrückt, bei Whitman und Faulkner und Wolfe, übrigens auch bei Homer und Dante, aber nicht bei Goethe und den französischen Romanciers.

»Was ich meine, hat nichts oder nur sehr wenig mit jener uns so oft vorgeworfenen ›Vermassung des Individuums‹ zu tun, dafür aber sehr viel mit dem schon bei Homer hervortretenden Gefühl für die Mannigfaltigkeit der Gattung Mensch. Wir wissen, dass wir viele sind, und doch ist jeder unersetzbar einmalig. Gertrude Stein, von der wir alle, Hemingway und Sherwood Anderson und ich, so viel gelernt haben, Gertrude Stein sagt irgendwo: ›Für einen Amerikaner ist die Menge eins plus eins plus eins ... Für einen Europäer ist sie 250 oder 6789.‹«

»Die Leute denken, ich hasse das Vulgäre«, sagte er lachend. »Im Gegenteil, ich liebe es, wie man immer das liebt, was einem selbst unerreichbar ist.«

Während er mir eine Zeitung in die Hand drückte, setzte er sich an den Schreibtisch und begann, sein Dokument aufzusetzen: »Man darf es den Amerikanern nicht verübeln, dass sie nicht allen Erforderungen ›hoher Kultur‹ genügen, denn sie haben sich einer Aufgabe unterzogen, die sie sehr in Anspruch nimmt, nämlich, einen neuen Menschen zu erfinden. Dieser neue Typus Mensch ist noch nicht ganz klar erkennbar – wir wissen noch nicht, ob er gut oder schlecht ist, aber er ist neu. Sein Hauptmerkmal besteht darin, dass er jeden anderen Menschen, der ihm begegnet, als aus demselben menschlichen ›Stoff‹ gemacht betrachtet. Da jeder neue Mensch nur einer unter Millionen Menschen ist, so ist der Amerikaner ›freundlich‹ – nicht aus Güte, nicht aus Herablassung, nicht aus Selbstüberheblichkeit – aus der Erkenntnis heraus, dass jeder Mensch ein Leben zu leben hat, bei dem ihm niemand hilft.

»Der Amerikaner ist nicht bereit anzunehmen, dass der andere ein Dieb oder ein Betrüger sei. Sein Land wird auf zwei Seiten von Ozeanen begrenzt, die weder freundlich noch feindlich sind; im Norden durch ein englisch sprechendes Land mit einer unbefestigten Grenze, im Süden von den Mexikanern, die er so gut wie gar nicht bemerkt. Er hat keine Gelegenheit gehabt, sich zu fürchten, und seine Fähigkeit, sich mit anderen zu vergleichen, ist nur gering.

»Indessen spielt sich in der Seele des Amerikaners ein höchst intensives, subjektives Drama ab. Er musste in sich selbst englische, deutsche, holländische, französische, slawische und skandinavische Einflüsse harmonisch verarbeiten. Er musste dem Gefühl entwachsen, ein verachteter, ungeschliffener Ableger des britischen Empire zu sein. Er musste sich mit seinem schlechten Gewissen auseinandersetzen, einen neuen Erdteil aufgebrochen und erobert – und die Indianer liquidiert und die Neger als Sklaven eingeführt zu haben. Er musste den strengen Puritanismus der kleinen Gemeinden und ihrer Gründer der grossstädtischen Gedankenwelt des 20. Jahrhunderts anpassen, und er musste Mythen und Kunstformen erfinden, um sein neues Bewusstsein darzustellen. Jede Vorstellung von Raum ist ihm vertraut und ebenso jedes Verständnis für den Menschen – für die Verschiedenheit der Typen ebenso wie für die Menge. Aber er sieht sich vor die Notwendigkeit gestellt, einen neuen Begriff von Zeit zu prägen, weil er die Zeit nur als etwas Abstraktes erlebt – nicht als einen kulturell-menschlichen Ablauf. Der Amerikaner . . .«

Hier brach das Manuskript ab.

»Schreiben Sie es zu Ende«, sagte er lächelnd. »Wir haben es ohnehin zusammen gedacht. Uebrigens ist es schon spät. Ich muss morgen zeitig aufstehen.«

Ich sah ihn davoneilen, den Hut ein wenig schief ins Gesicht gedrückt, mit jenem verstohlenen Enthusiasmus für die kleinen, gewöhnlichen Dinge des Lebens, die er bewunderte und zugleich durchschaute und in seinen Stücken mit einer fast mystischen Gläubigkeit ernst nahm – auch er ein amerikanischer Mensch, ein Mann der Literatur, in dem das Beste, was Europa hervorgebracht hatte, sich mit den Ingredienzien eines neuen Erdteils vermischte, einer Welt, in der alles nebeneinander möglich war und jeder in sich selbst das Drama der Unvereinbarkeit zu einer neuen Lebenshaltung zu verarbeiten hatte.

(24. Mai 1957)

Hoch klingt das Lied vom braven Mann

KURT R. GROSSMANN

Beinahe wäre uns Jack davongefahren und mit ihm ein Erlebnis. Denn Jack ist ein Taxichauffeur, und unseren Ruf »Taxi, Taxi«, hörte er erst im letzten Augenblick.

Wir kamen schnell mit Jack ins Gespräch und hielten ihn für einen Juden – denn Jack redete uns jiddisch an. Aber es stellte sich heraus, dass er ein *Katholik* irischen Ursprungs namens *Jack Paley* ist, der vierundzwanzig Jahre lang dem U. S. Medical Corps angehörte und als junger Sanitäter nach dem Ersten Weltkrieg im amerikanischen Krankenhaus in Berlin Dienst tat.

Dienst tut Jack auch noch heute. Bevor er seinen langen Tag beginnt, hält sein Taxi jeden Morgen beim *Jewish Sanitarium and Hospital for Chronic Diseases* in *Brooklyn*, N. Y., wo tausend Kranke, mit solchen furchtbaren Plagen wie Paralyse, Gelenkentzündung, Muskelschwund und Parkinsonscher Krankheit behaftet, dahinsiechen. Jeden Morgen erscheint Jack in einem der Wards und hilft drei Stunden lang seinen körperlich behinderten jüdischen Freunden beim Waschen, Baden, Anziehen, Essen, und hört sich ihre unerfüllbaren Hoffnungen und begründeten Befürchtungen an. Da viele nicht schreiben können, tut Jack es für sie.

Diese Geschichte erzählt uns Jack nicht, um viel Wesens daraus zu machen, sondern um uns daran zu erinnern, wieviel Leid es rings um uns gibt, für dessen Linderung wir alle einen kleinen Beitrag leisten können. Jack leistet seine Samariterdienste schon über zehn Jahre. Vorn auf seinem Sitz im Taxi befand sich ein grosser Karton mit Früchten, die er am nächsten Tage seinen Freunden im Jewish Hospital bringen wollte. Er arbeitet immer einen Tag in der Woche länger als die Kollegen, und dieser Verdienst finanziert sein Ein-Mann-Hilfswerk.

Nach dem »Warum« gefragt, erklärte er seinen Fahrgästen, dass seine Eltern ihn in der katholischen Religion erzogen und gleichzeitig gelehrt haben, dass alle Menschen Brüder seien. In seinen langen Jahren als Sanitäter bei der Armee habe er viel Leid gesehen, aber auch festgestellt, wie dieses Leid durch gegenseitige Hilfe zu lindern sei. Das hat ihn bewogen, jenen Hilflosesten der Hilflosen seine brüderliche Hand zu leihen.

Jack Paley ist ein freundlicher Mann. Obwohl er viel eigenen Kummer gerade in den letzten Jahren erlebte – der Verlobte seiner Tochter fiel in Korea; die Tochter starb an gebrochenem Herzen und die Mutter erlitt einen Schlaganfall, dessen Folgen sie erlag – hat dies alles Jack Paley nicht von seiner Bahn, seinen Menschenbrüdern zu helfen, abbringen können. Wiewohl er selbst ein gerüttelt Mass von Kummer zu tragen hat, geht er tagaus tagein zu denen, deren Leid und Leiden ihm noch grösser scheinen. Er tut es nicht für Orden und Ehrenzeichen, sondern, wie er es ausdrückte: »Ich bin nur dankbar, dass ich in der Lage bin, dieses Werk von draussen zu tun. Ich könnte doch auch ein Patient dort drinnen sein. Jeder von uns könnte es sein . . .«

Wir trennen uns von ihm mit dem Gedanken: welch ein Trost, dass es solche Menschen gibt. Und am kommenden Thanksgiving lasst uns alle Jack Paleys gedenken. Denn wir sind dankbar dafür, dass es ihn gibt.

(28. November 1958)

Albert Einstein privat

BRUNO EISNER

Der Pianist Bruno Eisner und seine Frau Olga, eine Konzertsängerin, waren mit Albert Einstein eng befreundet. Eisner konzertierte in allen Teilen Europas; er war Solist unter Arthur Nikisch, Bruno Walter und Wilhelm Furtwängler.

Der in Wien gebürtige Künstler emigrierte nach den USA., wo er an der University of Colorado und an der Musikakademie von Philadelphia unter-

Albert Einstein. Zeichnung von B. F. Dolbin

richtete. Im Ullstein-Verlag gab er die Klavierwerke Carl Maria von We-
bers heraus.

Albert Einstein war, wie Eisners Erinnerungen bestätigen, ein enthusiasti-
scher, aber schlechter Geiger. Das Wohltätigkeitskonzert in der Berliner Villa
Franz von Mendelssohns, von dem hier die Rede ist, wurde in der »Vossi-
schen Zeitung« besprochen. Das Blatt rühmte – wahrscheinlich mit einer
gewissen reservatio mentalis – die ausdrucksvolle Weise, in der Einstein
zusammen mit dem Gastgeber das Bach-Doppelkonzert gespielt habe.

Als ich 1936 als Besucher nach New York kam, hatte er für mich ein Zimmer
bei der Familie Dr. Talmey genommen und die Miete für einen Monat
bezahlt. Dr. Talmey war Augenarzt. Im Leben Einsteins spielte er eine
historische Rolle. Er war ungefähr drei Jahre älter als Einstein und hatte in
München als armer Student zu einer Zeit gelebt, als die Einsteins auch dort
wohnten. Zum Dank dafür, dass er regelmässig bei ihnen freie Mahlzeiten
erhielt, unterrichtete er Einstein in Algebra. Einstein war ihm zeitlebens
dankbar. Ich traf Einstein oft bei Talmeys und auch nach dem Tode des
Doktors besuchte er Frau Talmey oft und nahm sie viel in Konzerte mit.
Einstein vernachlässigte seine äussere Erscheinung vollständig. Meine Frau
sagte einmal zu ihm: »Was an Ihrer Theorie relativ ist, weiss ich nicht. Ihr
Sweater aber ist positiv schmutzig.« Dröhnendes Gelächter: »Aber ich kann
mich nicht von ihm trennen. Ich habe ihn schon 20 Jahre«.

Einmal schilderte Frau Einstein meiner Frau einen Aufenthalt Einsteins auf
einem Schloss nahe bei London. Die Türe öffnete sich und ein Heer von
Dienern stand da, um die Einsteins in ihre Zimmer zu eskortieren. Er hatte
nur ein ganz kleines Köfferchen bei sich. Sobald sie im Zimmer allein waren,
setzte er sich gebrochen auf einen Stuhl und sagte verzweifelt: »Ich hoffe
nur, sie vergessen uns«. Als Einstein ein anderes Mal aus einem Schloss in
Schottland zurückkam, war sein Köfferchen ebenso peinlich in Ordnung wie
vor der Abreise. Als Frau Einstein ihn für seinen Ordnungssinn belobte,
lachte er sein Schuljungen-Lachen und sagte: »Ich habe es überhaupt nicht
geöffnet«.

Nein, eitel war er nicht – mit einer Ausnahme: sein Geigenspiel. Und grade
dazu hatte er wenig Grund. Das Geigen war ihm wohl ebenso wichtig wie
seine Wissenschaft. Er war elementar musikalisch. Wenn man mit ihm Kammermusik machte und er seinen »Platz« verlor, war es nie notwendig, zu
unterbrechen. Er sprang im richtigen Moment wieder ein. Sein Spiel war
höchst mittelmäßig und farblos. Aber seine Phrasierung war tadellos.

Nach meiner ersten Rückkehr aus Palästina arrangierten wir im Hause von
Mendelssohn ein Wohltätigkeitskonzert für Palästina. Das Programm enthielt unter anderem zwei Arien von Bach für Alt, Klavier und obligate
Geigenstimme. Meine Frau sang die Arien, Einstein übernahm die Geige.
Aber bei der ersten Probe im Hause Mendelssohn stellte sich heraus, dass der
Part für ihn viel zu schwer war. Noch am selben Abend nach der Probe unternahm meine Frau die delikate Mission, Einstein zum Verzicht zu bewegen
mit der frommen Lüge, dass sie selbst die Arien seit längerer Zeit nicht öffentlich gesungen habe, dass viel mehr Proben nötig seien, und dass sie statt dessen Lieder von Schubert singen werde.

Am nächsten Morgen um halbacht Uhr früh (das Konzert fand nachmittags
um 5 Uhr statt) läutete das Telephon. Frau Einstein sagte: »Albertle (sie war
Schwäbin) übt schon seit 6 Uhr früh. Kommt doch um 10 zu einer Probe!«
In Eis und Schnee gingen wir hin. Einstein begrüsste uns: »Macht mir nichts
vor. Ich weiss, ich habe sehr schlecht gespielt. Versuchen wir es noch einmal.«
Und wirklich, es ging diesmal gut. Bevor wir den Konzertsaal betraten,
klopfte er meiner Frau zärtlich auf die Schulter und sagte: »Ihr habt mich
alle hereingelegt, aber dabei gut zurechtgebogen.«

(9. März 1962)

Nicht der Andere allein ist schuldig

Gespräch mit Arthur Miller

MANFRED GEORGE

So viele Fragen nach Sinn und Bedeutung des neuen Stückes »Incident at
Vichy« von Arthur Miller sind in den verschiedensten Kreisen aufgetaucht,
dass der Autor dem Wunsch einer kleinen Gruppe von Kritikern, mit ihm zu
diskutieren, nachkam. Der hochaufgeschossene, athletisch trainiert wirkende
Dramatiker, der schon so viele wirksame Bühnenwerke der amerikanischen
Bühne wie dem Welttheater geschenkt hat, zeigte sich bei der Begegnung
ungewöhnlich aufgeschlossen. Gewiss, er schreibt, weil Schreiben ihm eine
ungeheure Befriedigung bereitet, aber er schreibt vor allem auch aus dem
grossen, inneren Drang und Druck, unter dem er ständig steht, nach dem
Platz des Menschen in dieser verwirrten Welt und nach dessen Aufgabe darin
zu suchen. In der Tat, immer ist Miller von seinem ersten Stück »All My
Sons« bis zu dem vorletzten »After the Fall« auf der Suche gewesen. Sehr

unerbittlich gegen sich, sehr scharf und ohne konformistische Seitenblicke nach links oder rechts.

»Ich habe über ›Incident at Vichy‹ 1950 nachzudenken begonnen, als mir ein Europäer erzählte, dass bei den Judenverfolgungen in dieser französischen Stadt ein Mann den Platz eines anderen genommen und sich damit dem eigenen Untergang geweiht hatte. Der Gedanke an diese Episode verfolgte mich Jahre hindurch. Eines Morgens war dann das ganze Konzept fix und fertig und ich schrieb das Stück in kurzer Frist nieder. Es ist diesem unbekannten Mann gewidmet.«

(In dem Stück ist dieser Unbekannte ein österreichischer Aristokrat, der zusammen mit einer kleinen Schar von Juden aufgegriffen und mit ihnen zur Aussortierung – Freilassung oder Versendung in ein Todeslager – vor eine nazistische Untersuchungskommission geschleppt wird. Am Schluss des Stückes gibt der freigelassene Aristokrat einem jüdischen Arzt seinen Passierschein, so dass dieser entkommen kann, und setzt sich selbst der Rache der nazistischen Behörden aus.)

»Ich glaube«, meint Miller im Laufe des Gesprächs, »dass alle Menschen, die das Böse in der Welt verurteilen, auch verstehen müssen, dass dieses Böse nicht ohne ihre eigene Mitschuld existieren könnte. Es wäre einfach, wenn die Welt in Schuldige und Unschuldige geteilt werden könnte. Was uns meistens fehlt, ist die Einsicht in uns selbst. Wir sehen nur zu oft den Balken im Auge des Anderen. Ich tadle die Menschen nicht, die hassen und auf Vergeltung dringen. Wenn ich im Warschauer Ghetto gewesen wäre, würde ich es wahrscheinlich auch tun. Aber ich glaube, wenn wir Klarheit erlangen wollen über die Probleme von heute, so dürfen wir nicht übersehen, dass wir selbst immer gefährdet sind, dem Bösen zu verfallen. Der deutsche Major in meinem Stück zum Beispiel sagt etwas sehr Wichtiges (dieser Major muss, von der Gestapo gezwungen, die Untersuchung durchführen, die er hasst, und ist über seine Aufgabe sehr verzweifelt), und zwar zu dem französischen Arzt, seinem Gegenspieler, der ihm vorwirft, nicht zu rebellieren: »Ich habe Sie vor der Mündung meiner Pistole und mich hat der Gestapo-Chef vor der Mündung der seinen und hinter ihm steht wieder ein anderer schussbereit da – ich bin nur ein Glied in einer Kette . . .«

Worauf Miller, wie schon früher, auch in »Incident at Vichy« hinauswill, ist die Forderung nach der individuellen Entscheidung. »Die Entscheidung war noch relativ klar«, meint er, »als es Könige gab oder Diktatoren. Heute haben wir Volksregierungen innerhalb einer sehr kompliziert gewordenen Welt, in der es schwer ist, die Schuld an der Entscheidung einem Einzelnen zuzuschreiben – und trotzdem bleibt das Individuum vor sich selbst verantwortlich.«

Was aber heisst verantwortlich? Wann entscheidet sich der Mensch? Der Aristokrat in Millers Stück ist zwar sein ganzes Leben lang ein Antinazi gewesen, aber er hat sich nie zur Tat entschieden. Plötzlich bringt er das höchste Opfer, das er bringen kann, das seines Lebens.

»Nein«, erwidert Miller auf eine Frage. »Ich kann nicht sagen, warum dieser Adelige sich zu seiner Handlung entschliesst, jedenfalls ist sie mir selbst nur bis zu einem gewissen Punkt klar. Alles andere ist das grosse Geheimnis der Menschen und dieses Geheimnis ist heilig. Niemand weiss auch vorher, welche Menschen zu solchen Handlungen fähig sind. Ich selbst habe, als ich in grosser Not war, von Menschen Hilfe erhalten, von denen ich es nie vermutet hätte, und keine von solchen, von denen ich sie erwartet hatte. Es sind oft Menschen, denen man ihre Tat, eine Tat des Märtyrertums oder der grossen Tapferkeit, nie zugetraut hätte. Plötzlich blüht in ihnen das Gefühl für die Menschheit und ihre Verantwortlichkeit für das Menschentum auf. Verantwortlichkeit ist die Frage des Tages, ist das dringendste Gebot, das an uns ergeht, wenn wir nicht alle untergehen wollen. Wenn ich sehe, wie in New York Menschen auf der Strasse erschlagen werden können, ohne dass, aus lauter Gleichgültigkeit, Menschen ans Telephon gehen, um die Polizei zu rufen, oder Verunglückte auf der Landstrasse liegen bleiben und von vorbeifahrenden Autos nicht mitgenommen werden, dann weiss ich, wo das Böse sitzt. Der Nazismus war zweifellos eine furchtbare Erscheinung, aber um ihn zu verstehen, kommen wir nicht mit der Idee der Rache weiter, sondern nur mit der Untersuchung des Mangels an Verantwortlichkeit, der für sein Entstehen mit eine Ursache war. Er ist auch noch lange nicht verdaut. Er nicht und alles sonstige Böse, das in der Welt schwelt. Wir müssen die Gefahr erkennen, die aus jeder Art der Bejahung der Gewalt resultiert. Ich kenne keinen Unterschied zwischen gerechtem Töten und ungerechtem Töten. Ich weiss nur, dass, wo immer getötet wird, eine Gewalt entfesselt wird, die nur zu unser aller Untergang führen kann. Niemand kann durch Akte der Gewalt, die er übt, von irgend etwas befreit werden. Es ist sehr gefährlich, selbst aus guten Gründen zu töten. Solche Akte sind tragische Akte, aber keine befreienden Akte. In meinem Stück sitzt unter den Gefangenen ein uralter Jude, der kein Wort spricht, sondern nur bisweilen die Hände ringt, bisweilen stumm die Lippen bewegt. Er ist das Bild dessen, worum es in dem

Stück geht: das Abbild des Leidens der Menschheit. Und nun werden Sie sich mit Recht fragen, was ich mit meinem Stück zu erreichen hoffe: ich möchte die Menschen unruhig machen, ich möchte, dass sie nachdenken. Keine Kunst kann die Menschen ändern, aber sie kann einen Druck auf sie ausüben, das Leben mit anderen Augen anzusehen, das eigene moralische Problem zu erkennen.«

(4. Dezember 1964)

Erinnerungen an Bernard Baruch

JOACHIM AUERBACH

Joachim Auerbach war viele Jahre hindurch mit Bernard Baruch, dem Finanzgenius und Berater amerikanischer Präsidenten, eng befreundet. Seine Erinnerung an das in seiner Gegenwart geführte Gespräch zwischen Baruch und Präsident Franklin D. Roosevelt ist historisch außerordentlich interessant. Roosevelt zeigte, daß er aus den Ereignissen in Europa gelernt hatte; er wollte nicht in den Fehler Großbritanniens verfallen, das auf den Krieg mit Hitler unvorbereitet gewesen war.

Auerbach, der Wall-Street-Korrespondent des »Aufbau«, wurde 1899 in Wien geboren, erwarb sein Jus-Doktorat an der dortigen Universität, emigrierte schon zwei Wochen vor dem Einmarsch Hitlers 1938 in Österreich und lebt seitdem in den USA. Bis vor kurzem war er als Börsenmakler tätig. Sein Hobby ist Bibliophilie; er hat 1500 Bände von Erstausgaben dichterischer Werke gesammelt.

Es war anlässlich eines Besuches bei Bernard Baruch (Anfang 1939). Plötzlich läutete das Telephon, B. B. hob den Hörer ab und sprach in die Muschel: »Yes, Boss, I am at your disposal. I will be with you any time you want. I'll bring all my home work with me. Yes, Boss, of course, Boss . . .«

Als er meinen erstaunten Blick sah, sagte er: »Dies war F.D.R.; ich soll übermorgen zu ihm kommen und ihm all meine Pläne für eine eventuelle Aufrüstung der amerikanischen Militärmacht unterbreiten. Ich werde ihm erklären und nachweisen, dass wir für die zu erwartenden politischen Ereignisse in der Welt militärisch in keiner Weise vorbereitet sind. Diesmal werden wir nicht drei Jahre Zeit zur Aufrüstung haben, und die Sicherheit des Staates erfordert, dass wir so schnell und so intensiv wie möglich aufrüsten«. Diese mit grossem Ernst gesprochenen Worte hatten zwar auf mich einen grossen Eindruck gemacht, ich hatte aber nicht erwartet, dass sie einen entscheidenden Einfluss ausüben würden.

Ich beobachtete zwei Tage später in einem Maklerbüro gerade den Börsenverlauf, als plötzlich gegen Mittag die Börse eine starke Aufwärtsbewegung zeigte und auf dem Ticker folgende Nachricht herauskam: »Der Präsident hatte eine zweistündige Unterredung mit B. B., dem wirtschaftlichen Rüstungschef des Ersten Weltkrieges. Nach Beendigung der Konferenz erklärte B. B. den versammelten Reportern die Vorschläge, welche er dem Präsidenten unterbreitet hatte.« Diese deckten sich vollständig mit dem, was er mir zwei Tage vorher gesagt hatte. Es wurde damals angenommen, dass Präsident Roosevelt die Ansicht Bernard Baruchs teilte. Die Geburtsstunde der amerikanischen Rüstung hatte geschlagen ...

Als ich B. B. einmal erklärte, er habe auf der Börse viel Glück gehabt, erwiderte er: »Luck means when preparation meets opportunity.«
Man kann kaum in besserer oder kürzerer Form die Erfordernisse zu einer erfolgreichen Börsentransaktion festhalten.

(2. Juli 1965)

Kirchenbau in Mississippi

HILDE MARX

Hilde Marx diktierte ihre ersten Gedichte, ehe sie selbst zu schreiben gelernt hatte. Noch vor dem Abitur erhielt sie den Jean-Paul-Preis ihrer Heimatstadt Bayreuth »für besondere Leistungen in der deutschen Sprache«. Wenige Jahre später wurde sie durch das Hitler-Regime gezwungen, ihr Studium des Journalismus an der Berliner Universität aufzugeben. Sie war freie Mitarbeiterin Berliner Zeitungen, bis die Reichsschriftumskammer wegen ihrer »nichtarischen Abstammung« sie als »geistig unfähig wie politisch unzuverlässig« erklärte, »ein so hohes Kulturgut wie die deutsche Sprache zu handhaben«.

Im Jahre 1935 erhielt sie den Ersten Literaturpreis der Berliner Jüdischen Gemeinde für einen Sprechchor, und ihr erster Gedichtband wurde veröffentlicht.

Seit ihrer Einwanderung in den USA 1938 ist sie dem »Aufbau« als Lyrikerin und Feuilletonistin und Kritikerin eng verbunden und darüber hinaus als Vortragende und Schauspielerin tätig.

397

*Ihre Schilderung der Aktivität Ronny Pollacks – des Sohnes deutscher Emi-
granten – steht hier als Hinweis darauf, daß eine grosse Zahl von Vertretern
der »Zweiten Generation« in den Reihen der amerikanischen Bürgerrechts-
bewegung kämpft.*

Während wir am Sedertisch sassen, war einer unserer jungen Freunde mit
fünf seinesgleichen – alles Studenten am New Yorker Queens College, fünf
Juden und ein Katholik – im Auto unterwegs nach Mississippi, um dort
zu helfen, eine der vielen bombardierten Kirchen der Negergemeinden
wiederaufzubauen. Sie kamen am Vormittag des ersten Pessach-Feiertages
dort an.

Unser Freund Ronny Pollack, Präsident der Queens College-Studentenschaft,
der 1964 das »Fast For Freedom« in New York geleitet hatte, war einer der
sechs jungen Männer. Er kam zehn Tage später zurück, sonnenverbrannt
von den Tagen langer Arbeit im Freien, müde von der körperlichen Anstrengung und von vielen stundenlangen nächtlichen Diskussionen, erfüllter
denn je von seiner Mission im Dienst der Bürgerrechte des Landes, das seinen
Eltern Heimat geworden war, da sie aus ihrer deutschen Heimat fliehen
mussten; aber auch glücklicher in dem Bewusstsein, dass nicht nur im Norden und nicht nur unter Studenten, sondern auch im Süden und in den verschiedensten Kreisen der gleiche Wille und dieselbe Hilfsbereitschaft bestehen und dass, gerade dort, Beispiele persönlichen Mutes und wahrer
Begeisterung zu finden sind.

Da war der junge Pfarrer von der Sekte der Mennoniten, Vater zweier Kinder, der Ronny und zwei seiner Freunde während ihres Aufenthaltes in
Meridien, Miss., in seinem Haus aufnahm, ohne Furcht vor mündlichen
oder schriftlichen Drohungen. Da war der Kreisrichter, der offen über seine
Arbeit im Dienste menschlicher Würde und Gleichberechtigung der Rassen
sprach, und dem es klar sein muss, dass er kaum wiedergewählt werden
wird. Da war die Negerin, die die Jungens am Ostersonntag nach dem Weg
zur Kirche fragten, wo sie dem Gottesdienst beiwohnen wollten, und die
aufrecht in der Mitte der Weissen ging, auch als ein Kerl auf einem Motorrad
sie dauernd drohend umzirkelte und sie am Ende beinahe niederrannte. Da
waren die weissen Studenten der berühmten »Ole Miss«-Universität und
andere, die zum Bauen kamen – unter ihnen einer vom Meridien Junior
College, dessen Eltern ihn im Geist der Bigotterie erzogen hatten und der
durch seine eigenen Zweifel den Mut zum Fragen fand; ein Lehrer antwortete ihm, dass die sechs Jungens aus New York einer kommunistischen Front

angehörten, aber er gab sich damit nicht zufrieden und sprach mit den Jungens selbst – mit dem Erfolg, dass er mit ihnen zu arbeiten begann.

Die Gruppe der sechs war für sich allein und unabhängig; andere werden sich ebenso zusammentun, oder von Organisationen geschickt werden. Der grösste Nachdruck wird weiter auf dem freien Wahlrecht für Neger liegen, in einem Teil des Landes, in dem die Negerbevölkerung nur durch einige wenige Prozent, also minimal, im öffentlichen Leben vertreten ist.

(28. Mai 1965)

Gourmet Alfred Kerr

ANONYM

Die folgende Erinnerung erschien im »Aufbau« zur 100. Wiederkehr des Geburtstags des großen Berliner Theaterkritikers.

Es war in den zwanziger Jahren. Längst hatte Alfred Kerr als Theaterreferent seinen publizistischen Ruhm begründet. Sein hämmerndes Stakkato erhob die Kritik zur Kunst. Längst hatte er auch die Bühne des Lebens zu schildern begonnen. Sensitiv, verliebt, ironisch, liliencronisch forsch und feurig schrieb er über Länder und Menschen.

Er war ebenso prachtvoll als Redner. Unvergesslich bleiben allen, die ihn hörten, seine wöchentlichen Rundfunkgespräche über den Sender Königswusterhausen. Sie waren Kerr-Feuilletons im besten Sinne, unformell plaudernd und eine unvergleichliche Lebensfreude ausstrahlend. Natürlich spiegelte sich darin auch der Gourmet Kerr. Eines Tages erzählte er enthusiastisch über seine Neuentdeckung: den Dürkheimer Rotwein. Dann sprach er von vielen anderen Dingen. Zum Schluss kam die Erinnerung: »Meine Damen und Herrn, vergessen Sie nicht...« Pause. Dann, langsam, jedes Wort trompetenhaft schmetternd: »Offenen – roten – Dürkheimer! ... offenen – roten – Dürkheimer!«

Es klang, als spräche Bacchus selbst.

(15. Dezember 1967)

Adenauer und die Juden

ELIZABETH RULF

Nach dem Tode des ersten deutschen Bundeskanzlers sandte eine Leserin dem »Aufbau« den folgenden Brief.
Mein Vater war Patentanwalt, und Dr. Adenauer war sein Klient.
Adenauer besass immer ein tiefes Gefühl für die Juden. Einige Tage vor dem Boykott-Tag, 1. April 1933, telefonierte er mit meinem Vater und bot ihm und unserer Familie sein Haus in Rhöndorf als Unterschlupf vor den Nazis an. Zu dieser Zeit war das Rhöndorf-Haus eine Sommervilla. Zum Glück brauchte mein Vater damals das Angebot nicht zu benutzen. Später war Dr. Adenauer selbst in schwieriger Lage und konnte nicht mehr helfen. Solange er es konnte, setzte er sich für seine jüdischen Bekannten und Freunde in Köln ein; was vermutlich einer der Gründe war, warum er so schnell durch einen Nazi-Bürgermeister ersetzt wurde.

(28. April 1967)

Der junge Ilja Ehrenburg

GERSHON SWET

»Dieser Artikel ist bei 200 Blutdruck geschrieben – bitte das zu würdigen«:
so hieß es in dem Begleitbrief zu einem Aufsatz, den Gershon Swet einmal von einer Reise aus Israel an den »Aufbau« richtete.
Swet, von 1948 bis zu seinem Tod 1968 regelmäßiger Kommentator des Blattes für jüdische und israelische Fragen, war ein Vollblutjournalist. Noch bis zum letzten Augenblick arbeitete er an den drei Schreibmaschinen, auf denen er in vier Sprachen schrieb: Hebräisch, Jiddisch, Russisch und Deutsch. Der gebürtige Kiewer (1893) hatte viele Jahre in Berlin als Korrespondent der jiddischen Presse von Warschau und Riga gearbeitet und von 1934 bis 1948 am Tel-Aviver »Haaretz«. Er siedelte dann nach New York über, wo er auch eine Stelle als hebräischer Pressesekretär der Jewish Agency übernahm.
Swet war, wie seine Kollegen wußten, eine wandelnde Anekdotensammlung. Beim Tode Ehrenburgs erinnerte er daran, daß der Sowjetpublizist nicht immer »linientreu« gewesen war.

Ehrenburg, der in seiner Jugend zehn Jahre in Paris gelebt hatte und erst 1917 nach Russland zurückkehrte, arbeitete 1919 in der Redaktion einer Tageszeitung in Kiew, seiner Heimatstadt. Er war damals streng antibolschewistisch, – was aber Weissgardisten der Armee Denikin nicht hinderte, eines Nachts die Redaktionsräume des Blattes nach ihm zu durchsuchen, um den »Judenbengel« zu entführen und zu beseitigen. Die Setzer der Zeitung versteckten ihn auf einer Hintertreppe und schlossen hinter ihm alle Türen ab, und liessen ihn auch noch dort, vorsichtshalber, nachdem die Weissgardisten abgezogen waren; erst als die Soldateska zum zweiten Male erschienen und vergeblich nach ihm gesucht hatte, liess man ihn heraus. Am nächsten Tage erschien im Blatt ein später berühmt gewordener Artikel mit seiner Signatur »Gedanken auf einer Hintertreppe«, der mit folgenden Worten begann: »Ich, Ilja Ehrenburg, russischer Dichter und Schriftsteller, Kiewer Jude, Autor des (anti-bolschewistischen) Gedichtes »Gebet um Russland«, habe eine ganze Nacht auf der Hintertreppe dieses Zeitungsgebäudes verbringen müssen. Warum?« Er rechnete in dem Artikel scharf mit dem Rowdytum der Armee Denikin ab; seine Worte machten tiefen Eindruck, wurden zum Stadtgespräch und gingen in die Annalen des russischen Journalismus ein. Ehrenburg war damals 28 Jahre alt.

(8. September 1967)

Der letzte Operettenkönig

HANS HABE

Hans Habe (1911 in Budapest geboren, in Wien aufgewachsen) ist einer der fruchtbarsten Romanciers unserer Zeit. Habe, im Zweiten Weltkrieg Major in der amerikanischen Armee, wurde nach dem Krieg mit dem Aufbau der deutschen Presse in der amerikanischen Besatzungszone beauftragt.
Bereits sein erster Roman, der in der Emigration erschien (»Drei über die Grenze«), wurde in achtzehn Sprachen übersetzt. Seitdem folgten eine Autobiographie »Ich stelle mich vor« und eine Reihe weiterer Romane, deren Gesamtverbreitung Habes englischer Verleger auf über zehn Millionen Exemplare geschätzt hat. »Wenn es meine Zeit gestattet« – sagt Habe – »schreibe ich Artikel, die zuweilen Ärgernis erregen. Da ich weder abstrakt schreibe noch ein Linksintellektueller bin, gehöre ich zur jüngsten Generation.«

*Der folgende Artikel ist eine brillante Erinnerung an die tragische Figur
Paul Abrahams – und an das Berlin der Vorhitlerzeit.*

Lieber Pali,

Am 2. November wärest Du fünfundsiebzig Jahre alt geworden. Vor sieben
Jahren, im Mai 1960, bist Du in Hamburg gestorben. In »geistiger Umnachtung«, so hiess es in den Berichten. Wir, Deine Freunde, waren uns längst
Deiner Tragödie bewusst. Die Hoffnung war längst dahin, ehe Dein Leben
zu Ende ging.

Ich muss oft an Dich denken, Pali. Denn was könnte bezeichnender für unsere
Zeit sein, als dass das Leben des letzten Operettenkönigs, des letzten fröhlichen Monarchen im Reich der leichten Muse, von Schicksalstragödien umwittert war? Nicht nur Österreich ist eine »Operette mit tödlichem Ausgang«.

Persönliche Tragödien waren es nicht allein. Meteorenhaft war Dein Aufstieg,
der letzte Meteorenflug vor dem Untergang. Du hattest, in Budapest, als
Bankbeamter begonnen. Deine guten Eltern wollten vom Musikstudium
nichts hören. Im geheimen studiertest Du dennoch – aber nicht etwa jene
leichte Musik, die Dich später berühmt gemacht hat. Du gehörtest nicht zu
den »Zigeunern«, die ohne Noten spielen. Deine Liebe galt der grossen,
symphonischen Musik. Weil Du das Grosse wolltest, hast Du im Geringeren
Grosses geschaffen. Und weil Du zugleich – welch seltene Tugend! – Deine
Grenzen kanntest.

Ende der zwanziger Jahre gingst Du nach Berlin. Es war damals das Mekka
der Talente – unvergleichlich, nicht nachzuahmen. Man will jetzt die Legende
um das Berlin der Weimarer Republik zerstören. Aber sie ist unzerstörbar,
weil sie keine Legende ist. Es war wahrscheinlich die einzige Stadt der Welt,
wo keine Begabung auf der Strasse liegen blieb. Berlin war ein gesegneter
Asphalt.

Drei Jahre vor dem Sieg des Unmenschen wurde Deine Operette »Victoria
und ihr Husar« uraufgeführt. Es war das alte Rezept der Operetten von
Lehár, Kálmán, Leo Fall und Oskar Straus. Aber wer genau hinhorchte –
und Berlin horchte genau hin –, der hörte die neue Musik des ehemaligen
Meisterschülers. Die Musikakademie Bartóks und Kodálys. Gleichzeitig mit
den grossen Amerikanern, und früher als manche von ihnen, hast Du die
Brücke von der verstaubten Operette zum modernen Musical geschlagen.
Noch halb Husar, schon halb Victoria. Noch halb Paprika, schon halb
Broadway.

Berlin jubelte Dir zu. Dein Name prangte auf allen Litfassäulen. Filmverträge, Millionengeschäfte, Schallplatten – und das Rokoko-Schlösschen in der Fasanenstrasse. Du fandest Dich im neuen Reichtum, im neuen Ruhm schnell zurecht, und bliebst doch ein Fremder. Hager, mit eingefallenen Wangen unter den hohen Backenknochen, mit grossen, glühenden Augen, von der graziösen Eleganz eines französischen Marquis: so wandeltest Du, etwas verständnislos, über den Kurfürstendamm.

Ganz Berlin sang: »Nur ein Mädel gibt es auf der Welt«, »Pardon, Madame« und »Mausi, süss warst du heute nacht«. Der entzückendste Clown der Budapester Operette, Oskar Dénes, die Soubrette par excellence, Rozsi Bársony, ewig jung auch heute, führten Deine Musik zum Triumph. Ein Jahr darauf kam »Die Blume von Hawaii«, und nun sang man »My golden Baby« und »Traumschöne Perle der Südsee«. Weil Du im Grunde ein ernster Musiker warst, waren Dir die Rhythmen fremder Länder nie fremd.

Die Tragödie begann mit Deinem grössten Erfolg: »Ball im Savoy«. Gitta Alpar sang im Grossen Schauspielhaus. Es war die Weihnachtspremiere des Jahres 1932. Draussen rumorte die Strasse. Die braunen Bataillone waren auf dem Marsch. Der ganze Glanz hatte nur drei Jahre gedauert.

Du konntest es nicht verstehen. Du hattest »amerikanische« Musik geschrieben, aber Amerika, wohin Du flohst, verstand Deine Musik nicht. In Europa, das in Dunkelheit versank, wurden Deine Melodien schlankweg gestohlen. Du erzähltest mir, dass ein ungetreuer Diener Deine Schreibtischlade im Berliner Haus erbrochen und die unveröffentlichten Lieder an »Komponisten« verkauft hatte. Eines Tages weigertest Du Dich, den Fahrstuhl Deines kleinen Hotels in New York zu verlassen. Und dann sah ich Dich erst wieder, als ich Dich im Irrenhaus besuchte.

Hamburg hat Dir einen stillen, würdigen Lebensabend beschert. Von Deinen neuen Triumphen – Du bist immer noch einer der meistgespielten Operettenkomponisten Deutschlands, ja Europas – hast Du kaum etwas vernommen. Manchmal spieltest Du Klavier. Nicht Abraham, sondern Beethoven. Dass Du der letzte König der Operette warst, ein Spätgeborener, ein Unzeitgemässer, hast Du nicht mehr so recht begriffen. Manchmal, wenn Deine Melodien erklingen, sehe ich Dich, eine Vision von E.T.A. Hoffmann, am Dirigentenpult. Die Schar, die Dich kannte, ist zusammengeschrumpft. Sie wird Dich nicht vergessen.

(10. November 1967)

Norman Thomas nimmt Abschied

WILL SCHABER

Der folgende Bericht schildert ein Gespräch des amerikanischen sozialistischen Führers mit dem Vertreter des »Aufbau«. Es war eines seiner letzten Interviews (Norman Thomas starb im Dezember 1968).

Zwei Personen und ein Aluminiumstock mussten ihn auf dem Weg zur Rednertribüne stützen. Er ist nahezu blind, sein Gesicht blass, der Körper durch fortschreitende Arthritis und die Folgen eines Automobilunfalls geschwächt. Aber als der nahezu dreiundachtzigjährige Norman Thomas zu sprechen begann, wirkte die Magie des sozialen Evangelisten wie eh und je. Er brachte hundert Studenten aus dreissig verschiedenen Ländern der Welt eine bewegende Botschaft.

»Reisen können wertvoll sein« – sagte Norman Thomas zu den Gästen –, »wenn man einen offenen Blick hat. Loyalitäten sind notwendig. Aber während meines langen Lebens habe ich gelernt, dass die meisten Menschen nur Gruppenloyalitäten kennen. Wenn wir uns jedoch nicht darüber hinaus zur Loyalität gegenüber der Menschheit erheben, ist das Leben sinnlos.«

Keiner der Anwesenden wird diese Worte des grossen alten Mannes je vergessen können.

Die Veranstalter hatten die Rede als die letzte angekündigt, die Norman Thomas halten werde.

Einige Tage später kam Norman Thomas in einem Interview für den »Aufbau« auf die Versammlung zurück. Er sagte, dass er seit Jahren die stärkste Anhängerschaft unter jungen Menschen gefunden habe. Viele der amerikanischen Arbeiter hätten sich mit dem Wohlfahrtsstaat als Endziel abgefunden, aber in der Jugend sei der Wille zum demokratischen Sozialismus lebendig geblieben.

Er glaubt, dass die Jugend den konformistischen Kräften der modernen Gesellschaft entgegentreten wird. Dass die USA sich von der Epidemie des McCarthyismus erholt habe, sei das hoffnungsvollste Zeichen ihrer neueren Geschichte.

Norman Thomas bekennt, dass die Aussicht auf eine »Computer-Wirtschaft« ihn vor Jahren beunruhigt habe. Er habe befürchtet, dass der Computer ein riesiges Heer von Arbeitskräften von ihren Posten verdrängen würde. In Wirklichkeit seien durch diese technologische Umwälzung eher Arbeitsstellen geschaffen worden. Dagegen stelle die weitgehende Ausschaltung der ungeschulten Arbeiter ein ernsthaftes Problem dar – um so ernsthafter, als die Landwirtschaft im Süden viele Kräfte überflüssig gemacht habe, die jetzt auf die Arbeitsmärkte des Nordens einen Druck ausübten.

Als noch alarmierender erscheint dem alten Bürgerrechtskämpfer die Rassenfrage: »Die Extremisten unter den Negern wirken nicht für Integration – sie haben sich eine Art schwarzer Apartheid zum Ziel gesetzt. Während ich ihre Gefühle nur allzu gut verstehen kann, halte ich ihre Taktik für verhängnisvoll. Denn die Verbesserung des Loses der Neger hängt von einem erfolgreichen Krieg gegen die Armut ab – und dieser Krieg muss von Weissen und Schwarzen gemeinsam geführt werden. Ein sozialer Guerillakrieg, von dem die schwarzen Extremisten sprechen, könnte nur Zerstörung bringen. Es liegt bei dem weissen Teil der Bevölkerung – und besonders bei den weissen Arbeitern –, den Negern den richtigen Weg zu zeigen: eine Generaloffensive gegen alle Phasen des sozialen Unrechts, das in den Negerghettos seinen besonderen Ausdruck findet«.

Er lachte über die Frage, ob seine Karriere als Redner wirklich zu Ende sei. Er werde, meinte er, sein Äusserstes tun, um noch viele »letzte« Reden halten zu können, aber die Entscheidung darüber liege in der Hand der Natur und seiner Ärzte. Wenn alles gut geht, wird er in diesen Tagen nach Chicago reisen und – neben Martin Luther King und John K. Galbraith – bei der Tagung der »National Labor Leadership Assembly for Peace« über den Vietnamkrieg sprechen.

Aber in vieler Hinsicht bedeuten die nächsten Wochen eine scharfe Zäsur im Leben Norman Thomas'. Sein Büro in der 19. Strasse in New York, das seine Einmannagentur, den »Post-War World Council«, beherbergte, wird vor Jahresende schliessen. Norman Thomas' monatlicher »Newsletter« wird eingestellt. Der politische Kommentar, den er zweimal wöchentlich für die »Denver Post« schrieb, wird bald zum letzten Mal erscheinen. Und Norman Thomas wird aus allen Komitees, deren Mitglied er war, ausscheiden.

Selbst der Unermüdlichste wird an einem bestimmten Punkt zum Rückzug gezwungen – schliesslich umspannt das öffentliche Leben des grossen Sozialisten und Pazifisten und Dissenters par excellence nunmehr weit über ein halbes Jahrhundert.

Er hat seine Ziele weit, sehr weit gesteckt. Man hat ihn, der Franklin Roosevelt in vier Wahlkampagnen erbittert bekämpfte, trotzdem den »Vater des New Deal« genannt. Darin liegt viel Wahres, denn die Fernvision des Sozialisten zwang Amerika, sich neue – wenn auch nähere – Ziele zu setzen.

Selbst seine Gegner lernten ihn zu respektieren. Das fiel ihnen dadurch leichter, als Thomas, Sohn einer Geistlichenfamilie aus Ohio (und selbst in seiner Jugend Geistlicher), die diamantene Härte seiner Argumente immer mit der vollendeten Manier des Gentlemans verbindet. Und vor allem dadurch, dass dieser Mann mehr und mehr zu einer Institution, einem Teil der amerikanischen geistig-politischen Landschaft wurde – so unverkennbar und so echt amerikanisch wie die Rothölzer Kaliforniens und die Kirchtürme Neuenglands.

(10. November 1967)

Barbra Streisands Kindertraum

FRIEDRICH PORGES

Friedrich Porges, der Hollywooder Korrespondent des »Aufbau«, hatte eine vielseitige Laufbahn als Redakteur, Kritiker, Dramaturg, Hörspiel-, Film- und Buchautor. Der in Wien Gebürtige war Redakteur der früheren Wiener Tageszeitung »Die Zeit«, des »Morgen«, und der »Bühne«, und Wiener Korrespondent der »B. Z. am Mittag« und »Morgenpost«; ab 1923 stellvertretender Chefredakteur des Berliner »Montag Morgen«. 1926 wurde er Herausgeber der Zeitschrift »Mein Film«.

Zu seinen Buchveröffentlichungen zählen »Die Liebe des Thomas Hill«, »Der Schritt ins Dunkel«, »Charlie Chaplin, der Vagabund«, »Mensch in Fesseln« und »Schatten erobern die Welt«. Porges, der über London nach Hollywood kam, schrieb zwanzig vielgesendete Hörspiele. Seit dem Ende des Zweiten Weltkrieges ist er auch als Berichterstatter europäischer Zeitungen und Zeitschriften tätig. Porges war wiederholt Präsident der Hollywood Foreign Press Association.

Sein »Aufbau«-Interview mit Barbra Streisand stellte, wie man im amerikanischen Zeitungsjargon sagt, einen »scoop« dar – eine Überraschung ganz besonders für seine Kollegen, denen der Star die kalte Schulter gezeigt hatte.
Wer sie im Studio bei der Arbeit beobachtet, der darf mit Sicherheit behaupten, dass Barbra Streisand auf dem Weg ist, auch ein bedeutender Filmstar zu werden. Und dass sie das ebenfalls erreicht hat – bedeutet die Erfüllung eines Traumes, den die siebenjährige Barbra zu hegen begann.

»Damals schon, als ein Kind, dessen Lieblingsspiel darin bestand, sich zu verkleiden und zu verstellen, zu singen, zu tanzen und zu agieren und

komische Auftritte zu inszenieren, hatte ich davon geträumt und mir felsen-
fest vorgenommen, nicht nur auf einem Showbusiness-Gebiet, sondern auf
jedem die ›Beste‹ zu werden – als Gesangstar, als Schallplattenstar, als Star
der Bühne und als Filmstar – der beste Star!«

Das erzählte mir Barbra Streisand, die faszinierende junge Frau, deren ent-
schiedene Haltung und dezidierte Redeform die Stärke ihrer Persönlichkeit
verraten, als ich mit ihr endlich ein ergiebiges Gespräch führen konnte.
Endlich –, weil sich die hartköpfige Barbra seit einiger Zeit geweigert hatte,
mit Journalisten zu »plaudern«. Sie begründete diese »Presseschau« mir gegenüber:

»Einfach, weil die Zeitungsleute meine Äusserungen so häufig entstellt und
mir Bemerkungen in den Mund gelegt haben, die ich niemals machte. Das
ärgerte mich! Punktum!« Diesmal war Barbra jedenfalls gesprächig. Zunächst im Hinblick auf ihr Debüt beim Film, eine neue Erfahrung für sie,
die sich doch einst auch vorgenommen hatte, der »beste Filmstar« zu werden.

»Im Anfang war ich ein wenig befremdet«, gesteht sie. »Wenn man auf der
Bühne spielt, so hat man den ständigen Kontakt mit einer lebendigen Zu-
schauerschaft, deren unmittelbare Reaktion man spürt. Ist sie zustimmend,
so weiss man, dass man das Richtige macht. In der Aufnahmehalle des Film-
studios ist man nur von einer Gruppe künstlerischer und technischer Mitarbeiter umgeben, also Leuten vom Bau. Die bleiben kühl und sachlich. Und
nur wenn der Regisseur – beim »Funny Girl«-Film der wunderbare und
geduldige William Wyler – nach etlichen Aufnahmen einer Szene seine Zu-
friedenheit äussert, kann man annehmen, dass man den Auftritt richtig gespielt hat, wenigstens in einer der wiederholt photographierten Szenen. Den
Schauspieler, der von der Bühne kommt, muss die Methode der Durchführung gesonderter kurzer Szenen, die zeitlich nicht einmal dem Ablauf der
Handlung folgen, seltsam anmuten. Wenn es sich allerdings um grosse,
länger dauernde handelt, wird es interessant. Da kann man auch Charakter-
züge der Figur prägnanter formen. Komisch war am Anfang der Eindruck,
den die im Projektionsraum vorgeführten, an den betreffenden Tagen abge-
drehten Szenen auf mich machten. Ich habe geglaubt, dass da eine andere
Person oben auf der Wand ist, die ich beobachten soll. Und ich wurde mit
einem Male zur Kritikerin an der ›Fremden‹. Ich versuchte, objektiv zu
beurteilen, ob das, was ›die da oben‹ machte, gut oder schlecht war, ob es mir
zusagte oder nicht!«

Barbra hat sich jedenfalls beim Film schon »eingewöhnt«. In Hollywood allerdings noch nicht. »Hollywood ist ein Arbeitsplatz gut und schön«, meint sie, »aber zu langweilig als ständiger Aufenthaltsort. Ich ziehe New York dafür vor. Das ist eine lebendige, auch künstlerisch anregende Stadt. Ausserdem bin ich in New York nun einmal daheim!«

Warum sie das Showbusiness so liebt? »Weil das eine Welt der Ablenkung und der Phantasie ist«, entgegnet sie eilig. »Die reale Welt ist doch so hässlich! Die andere ist schön!«

Von Politik als Betätigungsfeld will die 25jährige Barbra nichts wissen. »Ich habe den Sinn nicht dafür!« beteuert sie. »Ich bin geradlinig für die Freiheit des Individuums. Das ist meine Politik. In der Welt, die uns umgibt, sind eine Menge von Begriffen in Verwirrung geraten. Und die Empfindungswelt kann sich nicht friedlich entwickeln. Der Fortschritt der robusten technischen Wissenschaft hat das zarte Gefühlsleben erwürgt!«

(24. November 1967)

»Ein Murmeln, ein stiller Seufzer«
Interview mit Elie Wiesel

RICHARD YAFFE

Richard Yaffe begann seine journalistische Tätigkeit mit vierzehn Jahren als Redaktionslaufbursche in einer Zeitung seiner Heimatstadt Lancaster (Pennsylvania). Yaffe ist seit 1968 regelmäßiger »Aufbau«-Korrespondent; er wirkt daneben als New Yorker Berichterstatter des Londoner »Jewish Chronicle«. In früheren Jahren war er außenpolitischer Redakteur der (vor langer Zeit eingestellten) fortschrittlichen inseratenlosen New Yorker Tageszeitung »PM« und osteuropäischer Korrespondent des Columbia Broadcasting System.

Sein Gespräch mit dem Dichter Elie Wiesel war veranlaßt durch die Veröffentlichung des letzten Bandes von Elie Wiesels Zyklus über die Massenvernichtung der Juden.

Elie Wiesels zehntes – und letztes – Buch über die Schreckenszeit erscheint genau zum 25. Jahrestag seiner Befreiung aus den Todeslagern. Wie er mir sagte, bewegt er sich jetzt fort »von einem Gebiet und einer Zeit, die bisher im Mittelpunkt meiner gesamten Arbeit gestanden haben«.

Warum? Er sagte, er habe immer gewusst, selbst ehe er sein erstes Buch über

Auschwitz (»Nacht«) schrieb, dass es zehn Bücher werden würden, nicht mehr und nicht weniger. Er hat versucht, die Geschichte der sechs Millionen zu erzählen, aber Worte können sie nicht beschreiben – und niemand will sie hören.

»Alles, was in meinen zehn Büchern steht, bezieht sich auf die Massenvernichtung. Sie ist das grösste Ereignis, das die Menschheit befallen hat.« Er stockte. »Das andere grosse Ereignis war die Verkündung der Thora.«

Das zehnte Buch, das in USA »One Generation After« und in anderen Ländern »Zwielicht« betitelt ist, wurde seiner Ansicht nach geschrieben, »um zu erklären – vielleicht mir selbst gegenüber –, warum die anderen geschrieben wurden. Man kann sagen, dass es meine Art der Inventuraufnahme ist.«

»Dies ist mein letztes Buch, das sich unmittelbar mit Auschwitz und seinem düsteren Reich befasst«, sagte er. »Von nun an werde ich über andere Dinge schreiben – oder vielleicht dieselben Dinge in verschiedenen Verkleidungen –: chassidische Meister, mystische Wanderer, die miteinander oder mit sich selbst sprechen, Kinder, die von der messianischen Flamme und gefährlichen Träumen erfasst sind. Die Schreckenszeit wird stets gegenwärtig bleiben – ohne aber sichtbar zu werden«.

Warum hat ein Mann, der der »Dichter der Schreckensherrschaft« genannt wurde, eine solche Entscheidung getroffen?

»Das hat etwas mit seltsamen Schuldgefühlen zu tun, die wir alle – wir, die Erzähler der jüngsten Vergangenheit – wegen unserer Werke in uns tragen. Manche von uns glauben eine Sünde begangen zu haben: wir haben Uneingeweihten Geheimnisse enthüllt. Andere sind überzeugt, dass sie ihre eigene Wahrheit entstellt haben: die wahre Geschichte ist niemals überliefert worden – und wird es niemals werden. Wo wir ein Mysterium fühlen, fühlt die neue Generation Banalität. Das Ereignis, das uns gezeichnet hat, wird jetzt als Anekdote angesehen. Man höre nur junge Radikale an – sie vergleichen Treblinka mit Harlem, und man wird verstehen, was ich meine.«

»Seltsam: wenn die Überlebenden nicht den absoluten Drang in sich verspürt hätten, Aussenstehenden das zu überliefern, was sie gesehen und gelitten haben, würden viele nicht überlebt haben. Die Überzeugung, dass die Ereignisse berichtet werden müssen, erhielt sie am Leben, weil sie auf diese Weise den sinnlosen Leiden und Todeskämpfen einen Sinn aufdrückten.«

Er selbst hat, wie er mir sagte, die Erzählung zehn Jahre lang in seinem Kopf herumgetragen, ehe er imstande war, sich hinzusetzen und zu versuchen, sie niederzuschreiben.

Aber der Versuch, die Dinge zu berichten, »endet beinahe in einem Fehl-schlag. Wer hätte vor 25 Jahren geglaubt, dass Juden in Polen so bald wie-der verfolgt werden würden? Dass der Antisemitismus wieder respektabel sein würde – selbst unter gewissen ›Liberalen‹? Wer hätte geglaubt, dass zur gleichen Zeit die resignierten oder trotzigen Opfer von gestern über Nacht die Welt mit ihren militärischen Leistungen in Erstaunen setzen würden? Und dass in Russland, fünfzig Jahre nach der kommunistischen Revolution, junge Juden zu Tausenden plötzlich hervortreten und Verwandtschaft mit ihrer Vergangenheit und ihrem Volke beanspruchen würden? Gefahren, Wunder, Metamorphosen auf allen Ebenen – das war die Generation, die war.«

»Von ihnen«, fuhr er fort, »spreche ich in dem vorliegenden Buch. Nennen Sie es ein Tagebuch, oder eine Sammlung von Kurzgeschichten, Essays, Dialogen und quasi-polemischen Texten: wie gewöhnlich entziehen sich mei-ne Schriften der Kategorisierung. Das kommt daher, dass sie Themen und Zwangsvorstellungen behandeln, die ihrem inneren Wesen nach bestehende Kategorien sowohl der Geschichte als auch der Literatur negieren: Wer Romane über Auschwitz schreibt – der schreibt nicht über Auschwitz.«

Elie Wiesel sagte, er glaube, dass er und »andere Zeugen« etwas von den »Echos und Flammen von dort drüben« eingefangen haben, aber »heute bin ich nicht sicher, ob dies mehr als eine Illusion war. So habe ich alle die Dinge, die ich früher gesagt habe, wieder gesagt – aber manche, wenn nicht die meisten, werden nicht wiederholt werden. Das Mosaik wird sich von innen her schliessen. Wenn die Tore geschlossen sind, werden die Dialoge nicht wie-der geöffnet werden.«

Nun zu diesem zehnten, »und vielleicht letzten« – eine Einchränkung der bündigen Erklärung, dass dies das letzte sein würde? – »Blick in die Nacht«. Er schaut zurück in seinem Buch auf jene 25 Jahre, er »macht öfters Halt, um sich zu erinnern, oder einfach um nochmals abzuschätzen – gewisse Standpunkte und Episoden der 25 Jahre: die Rückkehr in meine Heimat-stadt, das Begräbnis meiner Barmitzvah-Uhr, meine ersten Versuche, gewisse Worte lebendig zu machen, meine Beziehung zu solchen komplexen Pro-blemen wie Deutschland, Russland und Israels neues »Image« als eine Be-satzungsmacht, meine Gefühle gegenüber radikalen Rebellen von heute. Es ist eine persönliche Sicht auf aktuelle und auch zeitlose Geschehnisse. Daher das Gemisch von Stilen und Tönungen, Akzenten und Ausgangspunkten. Alle werden allein durch Auschwitz zusammengeschweisst. Auschwitz er-klärt alles, dennoch wird Auschwitz niemals erklärt werden.

»Stellen Sie sich vor, dass mein Bettler (von Jerusalem) daran zweifelt, ob sein Zeugnis wirklich abgegeben oder gehört wurde, und Sie werden verstehen, was ich meine. Dieses Buch ist der Bericht seiner Zweifel. Seine Argumente? Ein hochintelligenter und aufrichtiger Priester in einem kleinen Ort in New Mexiko sagte mir: ›Alle Bücher über die Schreckensherrschaft Hitlers langweilen mich!‹ Sie verstehen? Die Menschen sind noch nicht reif zu hören, geschweige denn zu verstehen. Dem Schweigen von gestern folgt das Vergessen von heute. Warum soll man sich dann mühen? Möge die Vergangenheit die Gegenwart begraben.

»Blättern wir daher auf eine andere Seite um. Natürlich hört man, wenn wir dies tun, einen gewissen Ton. Ich hoffe, dass dies der Ton ist – ein Murmeln, ein stiller Seufzer –, den man in den Seiten dieses Buches finden wird.«

Ich fragte ihn, wie lange es dauern würde, bis die Menschen die Nazischrekken in ihrer wahren Perspektive erkennen würden. Wie lange hat es nach dem Exodus gedauert, bis die Kinder Israel ihn verstanden?

»Sie müssen bedenken«, sagte er, »dass nur zwei der Juden, die in der Wüste waren, das Gelobte Land betraten. Vielleicht muss unsere Generation der Überlebenden aussterben, bevor die nächste Generation versteht.«

(8. Mai 1970)

Zum Tode von B. F. Dolbin

HANS SAHL

Benedict F. Dolbin, der Zeichner und langjährige Kunstkritiker des »Aufbau«, starb am 31. März 1971 in New York.

Wenn man unter Genie die Fähigkeit versteht, der Epoche, in der man lebt, Sinn und Ausdruck zu verleihen, so war Dolbin ein Genie unserer Zeit. Er hat das Gesicht einer Epoche gezeichnet und seine Signatur darunter gesetzt. Sie war der Stempel, der es aussergewöhnlich machte und ihm zugleich seine physiognomische Glaubwürdigkeit bestätigte, das Post Scriptum eines Künstlers, der stets das letzte Wort hatte, nachdem alles andere bereits gesagt worden war.

Berühmt wurde er im Berlin der zwanziger Jahre, wohin er, 1883 in Wien geboren, als junger Mann gekommen war, wie so viele seiner Landsleute, zum Beispiel Alfred Polgar, angezogen von der geistigen Vitalität dieser

Stadt. Seine Karikaturen erschienen im »Querschnitt«, in der »Literarischen Welt«, in Leopold Schwarzschilds »Tagebuch«, die Spuren seiner satirischen Entlarvungstechnik waren in fast allen deutschen Zeitungen und Zeitschriften zu finden. Von Dolbin gezeichnet zu werden, war eine Aus-Zeichnung, mitunter auch ein Todesurteil. Auf jeden Fall eine Begleiterscheinung der Prominenz, der man sich auf Gedeih und Verderb auszuliefern hatte. Damals erschienen seine ersten Bändchen, »Die Gezeichneten des Herrn Dolbin«, »Auf den letzten Blick«, »Aus meinem Panoptikum« – verwegen, oftmals beleidigend geniale Versuche, sich mit ein paar Strichen bei den Beliebten unbeliebt zu machen, sie »ohne Radiergummi« zu sehen. Wie in Ben Jonsons »Volpone« oder in Goyas Karikaturen vom spanischen Hof wurden bei Dolbin die Menschen zu absonderlichen Tieren oder die Tiere zu absonderlichen Menschen. Damals entstand auch – mit Axel Eggebrecht – das reizende Büchlein »Katzen« und, mit Stephan Ehrenzweig, »Hunde« – man suchte vergebens nach den menschlichen Originalen. Aber es waren wirklich nur – Hunde.

In seinen Mappen, die sich in seiner Wohnung in Jackson Heights auftürmten, befinden sich mehr als hunderttausend Zeichnungen: das Lebenswerk eines Künstlers, der Gesichter lesen konnte wie andere Hände. Er hat die Hieroglyphen des Mienenspiels entziffert und ihren verborgenen Sinn freigelegt. Seine Zeichnungen sind optische Zitate, abgekürzte Lebensläufe. Sie vollenden, was in einem Gesicht nur angedeutet war, sie sagen es zu Ende. Sie enthüllen. Sie sagen nicht nur, wie jemand jetzt aussieht, sondern auch, wie er morgen oder übermorgen aussehen wird oder wie er einmal ausgesehen hat, als er noch eine Knolle war, eine Wurzel oder ein Tier, beispielsweise ein Fuchs, oder ganz einfach, eine Nase. Und manchmal sagen sie auch, dass einer nur aus Versehen so aussieht, wie er aussieht, oder mit Absicht.

Einmal zeichnete er einen schlanken jungen Mann, der Gedichte und Kritiken schrieb – den Autor dieses Nachrufs. Als er mir das Blatt zeigte, war ich entsetzt. »Passen Sie auf«, sagte Dolbin mit der ihm eigenen, sanft beschwörenden Eindringlichkeit, als wollte er mir ein Geheimnis anvertrauen, »So werden Sie einmal in zwanzig Jahren aussehen. Verlassen Sie sich drauf.«

Ich habe ein Leben lang versucht, das Porträt von damals zu widerlegen. Aber je mehr ich ihm auswich, desto ähnlicher wurde ich ihm. Vielen ist es ebenso ergangen. Sie wurden, wozu er sie im Bild verurteilt hatte: zu den »Gezeichneten des Herrn Dolbin«.

B. F. Dolbin: Selbstbildnis

»Ich schreibe nieder, was der Angeschaute meinen Augen diktiert«, hat er einmal gesagt. Die Betonung liegt auf dem Wort »Angeschaute«. Denn im Anschauen diktierte Dolbin dem Gesicht, was es ihm enthüllen sollte. Er war ein Moralist, der mit einer schrecklichen Forderung an den Menschen herantrat: erkenne dich selbst! Wie Karl Kraus, den er sehr verehrte, die Korruption der Zeit an den Irrtümern der Sprache zu erkennen glaubte, so demonstrierte sie Dolbin an den Irrtümern der Physiognomie. Beide zeigten den Widerspruch auf zwischen dem, was war, und dem, was sein sollte, Kraus, indem er an der falschen Grammatik die falschen Bewusstseinsinhalte nachwies, Dolbin, indem er den Widerspruch zwischen Wahrheit und Lüge in einem Gesicht feststellte. Seine »Verzerrungen« waren nicht nur aus der Lust am Ornament, am geistvollen Schnörkel entstanden, sondern aus dem leidenschaftlichen Bedürfnis, Stellung zu nehmen, einzugreifen, zu korrigieren. Er war ein Mensch mit einem untrüglichen Wertgefühl, was seine Kunstkritiken, die er Woche für Woche im »Aufbau« veröffentlichte, zu einem unentbehrlichen Wegweiser durch die Dschungelwelt des New Yorker Kunstbetriebes machte.

Darüber hinaus verfügte er über eine profunde Fachkenntnis auf fast allen Gebieten menschlicher Produktivität. Er war Dirigent, Pianist, Choreograph in einer Person, je nachdem, wen er gerade zu zeichnen hatte, einen Musiker, einen Maler oder einen Tänzer. Im Grunde ergänzte er in seinen Kunstkritiken, was er mit den Mitteln der Graphiken ausdrücken wollte. Seine Zeichnungen waren ebenfalls Rezensionen, kritische Kommentare, Gutachten darüber, was ein Mann zu sein vorgab und was er wirklich war. »Ich bin am besten, wenn ich tief hassen oder lieben kann«, schrieb er. Unter seinen Blättern finden sich solche, die im nervösen Strich die Bewunderung, die er dem Porträtierten entgegenbrachte, spüren lassen (Adolf Loos, Alfred Polgar, Peter Altenberg) und andere, in denen er ihn der Lächerlichkeit überantwortet, weil er es nicht besser verdiente.

Als er noch jung war, hatte sein Vater in Wien ihn eine »verschüttete Gewürzbüchse« genannt und damit einer damals vielleicht nicht unberechtigten Sorge um die allzu vielseitigen Interessen und Talente seines Sohnes Ausdruck geben wollen. In der Tat ist Dolbin in vielen Künsten zu Hause gewesen und hat sich in vielen Fähigkeiten erprobt: als Ingenieur, Dichter, Komponist, Architekt, Schauspieler, Maler und Sänger. Er ist im Kabarett »Nachtlicht« in Wien aufgetreten, hat bei Arnold Schönberg Musik studiert und als Ingenieur einen Kran für ein Geschoss erfunden, das im Ersten

Weltkrieg eingesetzt wurde, was hier der Kuriosität halber berichtet werden soll. Er hat 25 Lautenlieder komponiert (darunter eins, das zum Volkslied wurde: »Das Schreiberlein von Osnabrück«), einige Schachturniere gewonnen und ist als Tennisspieler mehrfach ausgezeichnet worden.

Die Protagonisten des Theaters, der Literatur, der Kunst und Wissenschaft sind von ihm porträtiert worden. Zu fragen, wen er alles gezeichnet hat, erübrigt sich – man müsste das Namensverzeichnis von »Who is Who?« abschreiben. In Amerika hat er seine Sammlung von Köpfen der alten Welt um die der neuen bereichern können. Er hatte es in New York schwerer, sich durchzusetzen, aber der schlanke Mann mit dem elastischen Schritt eines Tänzers, dem zerfurchten Gesicht und der bedeutenden Nase, der Karikaturist, der aussah, als hätte er sich selbst karikiert, wurde auch hier zu einer vertrauten Erscheinung. Man traf ihn, gemeinsam mit jener bewundernswerten Frau, die einst als Ellen Herz Berlin verzaubert und seinetwegen eine grosse schauspielerische Karriere aufgegeben hatte, bei den Generalproben der Met, bei Leonard Bernstein und im Guggenheim-Museum, den grossen Zeichenblock unter den Arm geklemmt, immer betrachtend, prüfend, vergleichend, auf der Jagd nach dem Geheimnis, das jeder mit sich herumträgt und so ängstlich vor der Welt zu verbergen sucht.

In einer Zeit, die das Gesicht aus ihrem Bewusstsein verdrängen wollte, weil sie sich vor ihm fürchtete, hat Dolbin es nicht einen Augenblick lang aus den Augen gelassen. Er hat die Fratzenhaftigkeit dieser Epoche, aber auch ihren Geist und Adel für die Nachwelt aufgehoben. Davon handeln seine Blätter, die er uns zu treuen Händen überliess, von jenem inneren Drama der Selbstverwirklichung, dessen Schauplatz das menschliche Gesicht ist und das erst der Tod zu Ende zeichnet.

(1. April 1971)

DER EIGENTÜMER DES »AUFBAU«

Der New World Club

In der Ausgabe des »Aufbau« vom 1. April 1939 – der ersten, für die Manfred George verantwortlich zeichnete – stand folgender Aufruf:

Einsam? Ohne Hilfe?

Acht Wege in die neue Heimat;

Der German-Jewish Club, Inc. bezweckt den Zusammenschluss deutschsprachiger Juden, um ihnen die gesellschaftliche und kulturelle Einordnung in das amerikanische Leben zu ermöglichen. Der Klub erfüllt seine Aufgaben durch folgende Einrichtungen:

1. Beratung, Arbeitsvermittlung und andere soziale Einrichtungen,
2. Kurse, Vorträge, Versammlungen,
3. Kunst- und Unterhaltungsabende, Elternabende, Tanz,
4. Zusammenfassung der Jugend in Sport und Spiel,
5. Arbeitsgemeinschaft für Aerzte,
6. Arbeitsgemeinschaft für jüdische und politische Probleme,
7. Zusammenarbeit mit jüdischen Organisationen in New York und im Lande,
8. Kostenlose Zusendung seiner Zeitung »Aufbau« (monatlich zweimal).

Der German Jewish Club, aus dem der New World Club hervorging, wurde um die Jahreswende 1924/25 in New York von Josef Adler, Fred H. Bielefeld, Julius Frei und Willy Günzburger gegründet.

Präsidenten der Organisation waren: Willy Günzburger, Eric de Jonge, Alfred Katzenstein, Dr. George S. Lasch, Fred Sloan, Ernest Heumann, Fred H. Bielefeld, Dr. Wilfred C. Hulse, Dr. Fred S. Schleger und Ludwig Lowenstein. Derzeit amtierender Präsident ist Dr. Norbert Goldenberg. Dem vom New World Club ernannten Aufsichtsrat des »Aufbau« (»Aufbau«-Komitee) gehörten viele Jahre lang, ausser mehreren der bereits Genannten, an: Dr. Alfred Prager als Vorsitzender, Michael Schnaittacher als Schatzmeister, Dr. Morris Dessauer als Klubdirektor, Elsie Frank und Jerry Brunell.